소설시학, 그 미로의 탐색

홍태식

소설론 평론집

소설시학,
그 미로의 탐색

홍태식

보고사

책머리에

　참을 수 없는 존재의 가벼움, 물론 밀란 쿤데라의 소설 제목이다. 여기서 말하는 존재는 인간만을 특정한 말일 수도 있고 인간을 둘러싸고 있는 다양한 사상(事象)을 아우르는 말일 수도 있지만, 우리는 이 존재의 의미를 인간에 국한시켜 생각할 수밖에 없다. 즉 인간 존재의 가벼움을 뜻하는 말로 보아야 한다는 것이다.

　그런데 왜 이 작가는 존재를 가벼움이라는 말과 연결했을까? 그는 인간을 정말 가벼운 존재로 보았기 때문일까? 우리가 이 소설을 차분히 읽어보면 그렇지 않다는 것을 그리 어렵지 않게 확인할 수 있다. 제목이 존재의 가벼움이라고 해서 이 작가가 인간 존재의 의미를 가볍게 보고 있다는 것은 아니라는 것이다. 이 가벼움이라는 말은 어쩌면 인간 존재가 지니고 있는 불가사의한 무게를 역설적으로 나타내고 있는 말일지도 모른다. '나는 누구이고, 또 어떻게 살아야 할 것인가?'라는 명제 앞에서 답을 찾지 못하고 미망과 좌절에 사로잡히는 인간의 비극적인 모습을 그는 가벼움이라는 말로 나타냈을 것이라는 추측이 가능하다.

　본디 위대한 존재일 수 있었으나 그 길을 찾지 못하고 안일과 나태로 자기를 합리화하는 길로 들어선 너와 나의 불행한 모습이 이 가벼움이라는 말 속에 담긴 의미라는 것이다. 결국 이 소설은 우리가 가벼움을 벗어나 의미 있는 삶을 영위할 수 있으려면 어떻게 해야 할 것인가 하는 보편적인 질문을 우리에게 던지고 있는 셈이다. 이 질문은 이 소설 이

전에 늘 우리가 자신에게 던져온 물음이기에 이 소설에 대한 공감의 폭은 넓어지게 되는 것이다.

소설은 이처럼 우리를 어려운 철학적 사유의 세계로 인도하는 경향이 있다. 그러면서도 재미가 있다. 아니, 먼저 재미가 있고 그 뒤를 따라 우리 앞에 문제를 던지는 형식이 소설이다. 그저 문제만 던져 놓는다든가, 깊은 생각만 요구한다면 이 바쁜 세상에 누가 그 따분한 작업을 하려고 하겠는가. 재미가 있어서 눈을 뗄 수 없게 하면서 독자 스스로 무엇인가를 생각하게 만드는 힘이 소설의 존재를 가능케 하는 것이다. 〈참을 수 없는 존재의 가벼움〉은 소설의 존재 이유를 비교적 잘 보여주는 소설의 한 예가 될 것이다.

그러나 말은 쉽지만 이런 이야기를 만들어낸다는 것은 참으로 지난한 일일 수밖에 없다. 좋은 소설을 쓴다는 것은 그것이 갖추어야 할 까다로운 조건을 잘 이해하고 충족시켜야 한다는 것을 의미한다. 작가가 나서서 잘 설명한다고 해서 좋은 소설이 되는 것도 아니고, 그럴 듯한 정경 묘사나 눈부신 수사를 동원한다고 해서 감명을 주는 소설이 되는 것도 아니다. 소설을 공부하는 사람은 우선 소설의 문학적 관습을 철저히 이해하고 실제 습작에 적용할 수 있어야 한다. 문학적 관습은 앞선 시대의 고전이 보여주는 모범적인 형식 속에 들어있다. 고전적 가치가 있는 많은 소설들을 읽고 그것을 수없이 많이 모방하는 과정을 거쳐야 비로소 좋은 소설이 갖추어야 할 조건이 무엇인지를 터득할 수 있게 된다는 것이다.

그 다음에 우리가 중요하게 여겨야 할 것은 앞서 예를 든 밀란 쿤데라처럼 인간이 안고 있는 문제를 깊이 있게 들여다 볼 줄 아는 힘을 길러야 한다는 것이다. 이를 위해서는 우선 인간과 생명 있는 모든 것들에 대해 깊은 관심과 애정을 가져야 한다. 이 뜨거운 가슴이 있어야 그 본질에 다가갈 수 있기 때문이다. 그리고 인간을 말하고 있는 다양한 인접 학문을 두루 섭렵해야 한다는 것도 늘 염두에 둬야 할 일이다. 인간이 간절히 소망하는 것들과 그들의 고뇌와 불행을 탐색하여 독자 앞에 제시함으로써 그들로 하여금 스스로 생각하고 길을 찾아갈 수 있게 해 주는 것, 이 궁극적인 소설의 기능을 성취하기 위해서는 깊이 있는 인간 탐구가 선행되어야 한다는 점을 잊어서는 안 될 것이다.

문학작품에 대한 비평적 작업은 작품의 해석과 평가, 그리고 어떤 전망과 대안의 제시에 집중되어 있는 것이 일반적 양상이다. 평론 자체의 기본적 기능으로 본다면 비평적 작업은 그것으로 충분하다고 할 수 있으나, 이러한 것들이 교육 현장으로 들어오게 되면 다소 양상이 달라져야 한다. 소설을 공부하는 사람들 – 소설가 지망생들을 위해서는 그 비평적 작업이 소설의 기본적 성격과 그것이 만들어지는 원리, 혹은 구성 요소들이 유기적 관련 하에서 작품화되는 과정에 초점을 맞추고 진행되어야 한다. 즉 소설의 구조의 원리가 실제 작품상에서 어떻게 적용되고 나타나게 되는가를 알 수 있게 해주는 작업이 되어야 한다는 것이다.

본고는 이러한 소설 수업을 염두에 두고 몇 가지 소설의 기초 이론을 실제 작품에 적용하여 그것을 증명해 보이고, 학생들로 하여금 그것을 이해하게 함으로써 소설 쓰기 공부에 도움이 될 수 있도록 하기 위하여 집필된 소설론 평론집이다.

위에서 밀란 쿤데라를 장황하게 인용하거나 식상한 소설 공부 얘기를 꺼낸 것도 이러한 이유에서였다. 소설가 지망생들로 하여금 소설의 본질이 무엇인가를 미리 생각해 볼 수 있도록 하기 위함이었다.

이 책은 평소 이러한 소설 공부에 대한 필자의 생각을 정리한 논문과 평론을 수정 보완하고 재구성하여 엮은 것이다.

이 책의 발간을 흔쾌히 허락해 주신 보고사의 김흥국 사장님과 편집진 여러분, 그리고 소중한 저서를 인용할 수 있도록 허락해 주신 가톨릭대학교의 김봉군 교수님께 깊은 감사의 인사를 올리는 바이다.

2014. 08. 25.

저자 유당 씀.

차 례

제2부　글쓰기를 다시 생각하다

제3부 한국소설의 지평 열기를 생각하다

부록

제1부

소설의 기본을 생각하다

소설시학, 그 미로를 더듬다

1. 진실성(眞實性)이 있는 이야기

　'소설은 어떤 모습으로 존재하는가?'라는 질문에 대한 대답은 어느 정도까지는 가능한 것으로 보인다. 그리고 이것은 필연적으로 '소설은 무엇인가?'라는 질문으로 이어질 수밖에 없다. 소설은 어떤 형태(form)를 갖는다든가, 이야기(story)의 형식으로 되어 있다든가, 어떤 인생의 모형(pattern)을 보여 준다든가, 작가의 체험의 상상적 구조물이라든가 하는 식의 우리가 들어온 소설에 관한 모든 이야기는 이미 존재하는 소설을 탐구하여 얻은 나름대로의 결론으로 보인다. 각인각색의 소설에 대한 견해 표명은, 그 결론을 표명한 용어의 미묘성에 약간의 혼돈과 애매함이 없는 것은 아니지만, 소설이 존재하는 모습에 대한 어느 정도의 해명이 가능하리라는 시사(示唆)를 던져 준다 할 것이다. 그러나 소설은 원초적으로 하나의 독자적인 예술적 영역을 차지하고 있다는 데에 존재의 의의가 있다고 전제한다면, 그것은 본질적으로 작가의 개성의 산물(産物)로 간주되어야 하며, 결과로서 이 지상에 존재하는 모든 소설은 한편도 똑같은 모습을 하고 있는 작품은 없는 것이고, 그러한 천태만상의 소설들을 동시에 만족시킬 수 있는 공통분모를 추출하여 '이것이 소설의 존재양식이다'라고 단안(斷案)을 내릴 수 없다는 것도 인정해야 할 것이다.

소설을 연구하는 사람들은 이 점에서 많은 고충을 느낄 것이다. 그들에게는 오랜 세월을 두고 수많은 비판과 찬사의 순환을 거쳐서 오늘날에도 왕성한 생명력을 가지고 많은 사람들의 입에 오르내리는, 고전적(古典的) 가치가 있는 소위 위대한 소설이 탐구의 대상이 될 수밖에 없는데, 그런데 그러한 부분으로서 전체를 투시(透視)하는 형안(炯眼)의 가치와 그 결과도 높이 평가되어야 하겠지만, 그 과정에서 손가락 사이로 새어나간 물처럼 잡지 못하여 망각하게 된 소설의 특성도 상당할 것이라는 것, 그래서 소설을 연구하는 사람들은 언제나 그가 내리는 결론은 과정이라는 생각을 떨쳐 버릴 수 없을 것이다. 이러한 현실은 완전을 갈망하고 지향하는 인간의 성향으로 볼 때 하나의 참기 어려운 고통이지만, 그것을 필연적인 것으로 접수할 수밖에는 없다. 소설 그 자체가 영원한 수수께끼인 인간에 대한 이야기로 되어 있기 때문이고, 그 소설을 쓰는 것도 인간이기 때문이다. 인간을 완전하게 포착한다는 것이 불가능한 것처럼 소설을 어떤 각도에서든 온전히, 빠뜨리지 않고 그 모든 것을 설명한다는 것은 영원히 불가능할지도 모른다.

그러나 우리가 개별적인 소설들의 특수성으로부터 눈을 돌려 일반적인 관점에 서게 되면 시야에 들어오는, 어렴풋하지만 '소설은 이런 식(式)으로 존재하는구나.'하는 하나의 양식을 발견할 수 있게 된다. 그것은 소설이 이야기로 되어 있다는 것, 즉 설화(說話)의 양식을 갖는다는 점이다. 이 점은 E. M. Forster가 그의 〈소설의 양상, *Aspects of the Novel*〉에서 누누이 강조하고 있는 점이기도 하며, 거의 모든 소설이론가들도 정도의 차이는 있지만 이러한 소설의 특성을 거의 본질적인 것으로 간주하고 있음을 볼 수 있다. 소설의 존재양식을 규명하고자 하는 입장에서는, 이 점은 부정할 수도, 회의(懷疑)를 가질 필요도 없는 것으로 보인다.

소설의 설화적인 성격은 분명히 소설의 거대하고도 본질적인 특성이다. 소설의 기원을 고대의 신화(神話)와 서사시(敍事詩)로 보는 견해[1]를 따른다면, 특히 서사시(Epic)는 소설의 설화성을 설명하는 데 필요한 많은 근거를 제공할 것으로 보인다. Moulton은, '서사시는 스토리적인 플롯이 특징이며, 그것은 어디까지나 내러티브(narrative)의 형식으로 표현되는 데에 서사시의 기본적인 성격이 있다.'[2]라고 하고 있어 오늘날의 소설이 분명히 서사시에 상응(相應)하는 요건을 갖추고 있음을 지적하고 있다. '스토리적인 플롯'이 설화적 구성, 즉 외면적이고 객관적인 시간의 질서를 따라서 인간과 사회의 영고성쇠(榮枯盛衰)를 이야기해 나가는 틀이라고 해석된다면, 이것은 서술(敍述), 즉 내러티브의 형식을 취할 수밖에 없는 것이다. 이 서술의 형식을 설화적 구성의 기본적 특성이라고 한다면, 유럽 중세(中世)의 로망스나 근대소설도 서술의 형식을 취하고 있다는 점에서 이 설화성의 범주를 벗어날 수는 없는 것이다.

소설의 기원이 중세 유럽의 로망스(Romance)에 있다는 견해도 있다. 로망스는 중세기적인 전기적(傳奇的) 연애(戀愛) 기사담(騎士譚), 혹은 환상적으로 이상화된 기사의 무용(武勇) 연애담, 또는 영웅 이야기를 다루는 스토리 중심의 서사문학(敍事文學)이다. 비록, 로망스가 본격소설(本格小說)은 아니며, 그것을 위한 한 준비 단계라고는 하지만 그것이 스토

---

1) 구인환·구창환, 〈문학개론〉, 삼영사, 1981, p.158.
　R. G. Moulton 의 *The Modern study of Literature*에서 인용함.
2) *Ibid.*, p.159.

리 중심으로 되어 있다는 것은 무엇을 뜻하는가? '스토리 중심'이란 스토리를 중심으로 하는 구성이라는 뜻 이외의 다른 것은 아니며, 나아가 서사시의 '스토리적인 플롯'과 동의어에 불과한 것이다. 이런 서술의 형식을 특징으로 한다는 점에서 로망스도 서사시의 산문적(散文的) 요소의 전통을 무시하고서는 설명의 영역을 넓히기 어려울 것이다. 본격 소설을 위한 준비 단계로서의 로망스가 보여주는 설화적 구성, 그것은 서사시의 변용(變容)이며 그대로 소설의 한 본질적 성격을 결정하는 요건이 되는 것이라 하여 무방할 것이다.

이 중세 유럽의 로망스에 해당하는 것을 한국문학사에서 굳이 찾는다면 조선시대의 국문소설(고대소설)을 들 수 있을 것이다. 고대문학의 생성 발전의 과정을 보면 그 계보가 설화의 형식을 근간으로 하고 있음을 볼 수 있다. 고대의 설화문학에서 발전 형성된 것이 고대소설임은 재론의 여지가 없다. 설화는 신화를 비롯하여 전설(傳說)과 민담(民譚)을 포함하는 개념으로 처리되고 있는데, 전설이나 민담은 한결같이 순행적 구성으로써 이야기를 전개해가는 형식을 취하고 있다. 출생이나 무동기적(無動機的), 우연적인 등장을 통하여 인물이 소개되고 그 인물이 겪어가는 모험이나 역경(逆境)이 흥미 위주로 전개되다가 결과에 가서는 성공적으로 자신의 문제를 해결하고 안정과 평화를 찾는다는 식의 평면적인 서술형식을 보여 주고 있다. 이러한 설화의 전통성을 그대로 계승한 것이 고대소설의 전기적(傳奇的) 성격인 것이다. 서양의 서사시처럼 영웅의 화려한 전투나 업적을 찬양하거나 민족의 파란만장한 영고성쇠를 운명적으로 그려나가는 거창한 스케일도 아니고, 중세의 로망스처럼 기사가 등장하여 사랑과 모험을 낭만적으로 펼쳐 나가는 눈부신 스토리도 없지만, 한국의 고대설화는 서사시의 산문적 속성(서술된 이야기)과 동궤에 위치하며 고대소설은 로망스와 그 전기성에서 유사성을 보인다고 할 것이다. 〈춘향전〉이 열녀설화(烈女說話)에서 〈심청전〉이 인신공희설화(人身供犧說話)에서 각각 발전해 온 것이라는 것은 당연한 사실로서 받아들여지고 있는데, 이것은, 상식적인 얘기지만, 고대소설이 신소설(新小說)의 과도기를 거쳐서 근대소설로 정착된 일련의 과정을 생각 할 때, 그대로 설화적 성격이 소설의 존재양식의 근간을 이룬다는 것을 입증하는 예가 될 것이다.

그리고 이러한 설화성의 문학양식은, 시대와 의식에 따라 나타나는 모습에는 차이가 있겠지만, 인간의 가장 본원적인 욕구와 필요에 의하여 출현했다는 점도 지적돼야 할 것이다. 극(劇, drama)과 관련된 것이기는 하지만 아리스토텔레스는, "인간은 모방된 것에 대하여 희열을 느낀다."[3]라고 했는데, '모방된 것'은 극(劇), 즉 현대적 용어로 말한다면 문학작품을 이르는 것임은 주지의 사실이다. 그 다음에 이어지는 아리스토텔레스의 설명에 의하면 물론 이 기쁨은 발견과 앎[인지(認知)]에서 오는 것이기는 하다. 그러나 이 기쁨은 보고 듣는 데서 출발되어지는 것이고, 이 점은 그대로 이야기에 대한 인간의 태도에도 연결되는 문제로 보인다. 즉, 인간은 본능적으로 이야기를 듣고 싶어 하고, 이야기를 듣는데서 기쁨을 느낀다는 것이다. 단순히 흥미와 호기심을 충족시킬 수 있다는 점에서 출발하여 무엇인가를 알게 되었다는 기쁨으로 연장되는 심리적인 요인에서부터 설화양식의 문학이 탄생한 것으로 볼 수 있다는 것이다. 인간이 본래적으로 지니고 있는 이야기에 대한 선호도에 대하여 Foster는 다음과 같이 언급하고 있다.

---

3) Aristoteles, 〈詩學〉, 손명현 역, 《박영문고》 47, 1982, p.49.

네안델타알人도 그 두개골 모양으로 판단하건데 이야기를 들었습니다. 원시적인 청중은 봉두난발에 입을 헤 벌리고 모닥불 주위에 앉아 맘모스나 털투성이 水牛와의 싸움에 지쳐서 써스펜스에 의해서만 눈을 뜨고 있었던 것입니다. 다음에는 무슨 일이 일어날까? (중략) …… 그런데 청중은 다음에 무슨 일이 일어날지 추측할 수 있으면 곧 잠이 들거나 이야기하는 자를 죽여 버립니다…… (중략) 쉐헤라쟈드가 그 운명을 피할 수 있었던 것은 써스펜스 라는 무기를 다룰 줄 알았기 때문이며 - 폭군이나 야만인에게 효과가 있는 유일한 문학적 도구가 이것입니다. 그 여자는 훌륭한 小說家였습니다.[4]

노동(사냥)에 지쳐 있는 원시인(原始人)들이지만, 그래서 쏟아져 내리는 잠을 주체할 수 없는 상황이지만 그 가운데서도 그들이 눈을 뜨고 이야기를 듣고 있는 것은 그 이야기에 서스펜스가 있기 때문이라고 한다. 쉐헤라쟈드가 무수히 죽어 나간 전 왕비(王妃)들의 전철을 밟지 않고 살아남을 수 있었던 비결도 서스펜스라는 무기를 다룰 줄 알았기 때문이라는 것이다. 청중에게 '지속적인 긴장감'을 갖게 한 것이 원시 시대의 이야기꾼(story-teller)이나 쉐헤라쟈드가 목숨을 부지할 수 있었던 요인인 것이다. 지속적 긴장감은 흥미와 호기심의 충족을 위한 과정이며, 그것은 하나의 기쁨이다. 긴장은, "형식의 발견 과정에서 얻어지는 유익하고도 즐거운 심적 상황을 지칭한 것이다"[5]라고 할 때, '형식의 발견 과정'을 '이야기를 듣는 과정'으로 대치하고 보면 지속적 긴장감을 유발하는 이야기는 하나의 기쁨이 아닐 수 없으며, 부수적으로 생활에 유익한 정보를 얻는 기회도 될 수 있는 것이다.

문학의 발생학적 기원설에 의하면 원시종합예술에 나타나는 모든 행위와 의식(儀式)은 원시인의 사냥이나 농경과 같은 일상을 모방한 것으

---

4) E. M. Forster, *"Aspects of the Novel"*, Penguin Books, 1977, p.32, p.41.
5) 정상균, 〈形式文學論〉, 한신문화사, 1982, p.28.

로, 그것은 개개인의 노동을 자극하고 이를 정리하는 의미를 띤다고 한다. 이런 각도에 보면 원시적인 story-teller는 원시인들의 생활의욕을 고무(鼓舞)하는 독전대(督戰隊)의 역할도 수행했을 것으로 짐작된다. 어느 원시인의 용감한 사냥 장면을 영웅적으로 재현함으로써 원시인들의 마음속에 영웅심을 심어 주고 승리와 쟁취에의 의욕을 불러일으킬 수도 있었을 것이다. 쉐헤라자드가 흥미와 호기심을 자극하면서도 무언중에 진실을 왕(王)의 심중에 심어 준 것도 지속적인 긴장감을 야기(惹起)하는 이야기의 효과인 것이다. 우리가 어렸을 때 이웃집 아저씨에게서 들은, 허무맹랑한 인물을 중심으로 하는 조잡한 이야기이기는 하지만 그 인물의 뛰어난 활약에 감탄하여 나도 그런 사람이 되어 보겠다고 생각한 것도, 원시인의 이야기나 쉐헤라자드의 이야기가 갖는 효용(效用)의 범주에 드는 것이다.

그리고 쉐헤라자드는 서스펜스를 잘 사용할 줄 알았기 때문에 '훌륭한 소설가'였다는 것은 소설가는 독자에게 지속적 긴장감을 갖게 하여 어떤 쾌감과 재미를 느낄 수 있게 하는 재능을 가져야 한다는 점을 우회적으로 지적한 것으로 보인다. 물론, 오늘날의 소설의 독자는 봉두난발(蓬頭亂髮)의 원시인도 아니고 폭군도 아니다. 그들에게는 단순한 흥미의 충족이나 막연한 재미의 차원을 넘어선, 현대인이기에 갈망하는 또다른 양식의 설화가 필요할 것이다. 다시 말해서, 지속적인 긴장감이 흥미나 재미에 그치는 그러한 것이 아니라 보다 고급한, 이른바 아리스토텔레스적인 지적 쾌락(知的快樂)을 가져다주는 현대적 설화를 요구할 것이다. 그러나 원시적인 story- teller에게서나, 쉐헤라자드에게서나, 우리가 어렸을 때 이야기를 들려 준 이웃집 아저씨에게서나, 오늘날의 소설가에게서나 발견되는 공통점은 청중이나 독자를 재미있게, 즉 지속적 긴장감을 느낄 수 있게 해준다는 점이다. 근대 이후의 본격

소설에서도 이 서스펜스를 느끼게 하는 이야기를 서술해 간다는 특성
은 소설의 존재형식을 설명하는 가장 중요한 요소임은 부인할 수가 없
는 것이다.

> 이야기는 문학적 조직 중에서도 가장 저급하고 단순한 것입니다. 그러나
> 이것은 소설이라는 무척 복잡한 조직의 전반에 걸쳐 공통하는 최고의 요소
> 입니다.[6]

소설의 이러한 설화적 성격은 근대소설에 오면 좀 다른 개념이 착색
(着色)되는 것을 발견하게 된다. 지금까지 살펴 본 소설의 설화성은 소설
이 지니는 설화적 성격의 원천으로서의 서사시의 산문적 요소나 로망스
의 전기적(傳奇的) 스토리라는 개념의 차원을 넘어서지 못한 것이었다.
또한, Forster를 인용한 의도도, 인간이 본능적으로 이야기를 좋아하
며, 그러한 본능을 충족시키기 위하여 원시인들은 story-teller를 만들
어냈을 것이며, 타고난 그래서 그 재능을 인정받아 이야기꾼이 된 한
원시인은 서스펜스를 적절히 구사해서 그의 소임을 충실히 이행함으로
써 소설가의 역할을 담당했을 것이라는 추측이 가능하지 않을까 하는
것을 암시하려는 데 있다. 그가 쉐헤라자드를 훌륭한 소설가라고 한
것은 소설가의 재능에 대한 암시적인 논단(論斷)이었을 것이다.

근대소설에 오면 지금까지 언급된 초보적인 설화성의 의미는 많이
변색되거나 색채가 더해졌음을 알게 된다. 독자로 하여금 지속적인 긴
장감을 갖게 함으로써 끝까지 그 소설을 읽어나가도록 유도한다는 근본
적인 설화성에는 변화가 없지만, 단순한 흥미 위주의, 다 읽고 난 뒤에

---

6) E. M. Forster, *op. cit.*, p.42.

그저 재미있었다는 느낌만을 남기는 스토리적인 플롯의 차원을 넘어서
는 어떤 실질적인 문제성을 내포하고 제시한다는 점에서 근대 소설의
설화성은 많이 변질되었다고 볼 수 있는 것이다. 낭만적으로 행동할
뿐(낭만적인 행동으로 설명되어 질 뿐) 행동에 대한 내면적인 반성이나 회의
(懷疑)를 보여주지 못하는 인물들로 가득한 전기적 로망스나 우리의 고
대소설과는 다른, 소설에 대한 새로운 각성이 나타나는 것이다.

　그 새로운 각성은 우선 고도의 예술적 의욕이라 규정지을 수 있을
것이다. 위에서 지적한 근대 소설이 내포하는 '문제성'이란 바로 이 예
술적 의욕과 관련되는 문제인 것인 바, 여기서 말하는 예술적 의욕은
구체적인 인생의 문제에 뜨거운 관심을 갖는다는 의미망에 포함되는
것이다. 어떤 이야기이든 인간과 관련되지 않은 이야기는 없겠지만,
특히 심각한 인생의 문제를 다루고자 하는 노력이 근대 소설에 나타난
예술적 의욕이라고 본다는 것이다. 예술은 인간과 인생의 어떤 의미를
구현해 내는 데 그 미적 가치(美的價値)가 있다는 것이다. 예술은 인생을
제재로 하여 인간과 인생의 진실(眞實)을 형상화, 혹은 형식화하기 때문
에 예술일 수 있는 것이다.

　　　예술은 인생과 같고 그것은 *絶妙한* 표현으로 밝혀진 人生이다.[7]

　'예술=인생'은 미묘하지만 긍정이 가는 등식(等式)이며, 이것은 소설
에도 적용될 수도 있을 것이다. 근대소설은 르네상스 이후의 휴머니즘
과 관련된 인간 존재에 대한 인식과 인간의 본질에 대한 탐구, 나아가
서 새로운 인간형의 발견과 창조에 관심을 갖는다. 인간의 탐구와 인간

---

7) Elizabeth Dipple, 〈플롯〉, 문우상 역, 《문학비평총서》 10, 서울대학교 출판부, 1980,
　　p.11.

의 인식에 대한 관심은 예술적 입장과 태도의 표명이며, 근대소설의
정신이다. 근대 소설은 시대의식과 인간 개체의 의식이 발전적으로 변
질되고, 세계관과 인생관이 확충되어 가는 근대사회의 철학적 일면과
도 관계를 가지면서 새로운 설화의 세계를 창조한 것이다. 이러한 점이
전기적인 스토리와 구별되는 근대 소설의 설화성인 것이다. 즉, 근대소
설의 설화성은 인간과 인생의 진실에 대한 관심과 그 구명(究明)에 대한
의욕으로 특징지어진다는 것이다.

　이것은 이야기의 진실성(reality)의 문제요 독자가 느끼는 박진감(迫進
感)의 문제다. 지금까지 언급한 설화성이란 허구적(fictional)인 이야기
를 전제로 하는 것은 물론이다. 우리의 고대소설이나 1930년대의 소설
은 똑같이 가능성(possibility)과 개연성(蓋然性, probability)에 의하여 창
조된 허구의 세계이면서도 1930년대의 소설에서 보다 깊은 인상과 감
동을 받는 것은 무엇 때문인가? 같은 개연성 위에 기초를 두고 있지만,
후자(後者)가 인생의 본질에 접근하려는 더 강한 의지를 보여주기 때문
인 것이다. 허구를 통하여 제시되는, 천재가 발견한(반드시 천재가 아니라
도 가능하지만) 인생의 진실과 그 진실을 심각한 인생의 문제로 받아들이
는 독자의 태도와의 관계가 '진실성이며 박진감'이다(이 표현과 공감의 문
제는 다음 장에서 상세히 언급하겠다).

　그러나 고대소설은 이 진실성과 박진감이 잘 형성되지 않는다는 약점
이 있다. 고대 소설의 작가가 생각하는 진실은 사회와 제도가 요구하는
동시대적인 선(善)이거나 도덕의 단순한 일부에 지나지 않는 것들이라는
점에 그 한계가 있다. 일부종사(一夫從事)라든가, 효제충신(孝悌忠信)이라
든가 하는 것들이 여기에 속하는 선이며 도덕으로 나타나 있는데, 이들
은 훌륭한 도덕률이기는 하지만 인간의 진실성에 육박하기에는 그 개념
이 너무 추상적이고 제한적이다. 권선징악(勸善懲惡)까지도 그 도식적(圖

式的)인 강조의 수법 때문에 근대 소설이 필요로 하는 진실과는 상당한 거리가 있다. 독자는 고민하지 않고 이야기의 추이(推移)를 따라 Forster 가 이른바 '그래서, 그래서 ······'식으로 흥미를 충족시키다가, '아, 착하게 살아야겠구나.'하는 정도의 새롭지 않은 각성으로 책을 덮게 된다. 진실한 인생의 고민과 갈등을 통하여 삶에 대한 어떤 문제를 제기하고자 하는 노력, 인생의 본질을 구명하고자 하는 의도가 상대적으로 미약하다는 것이다. 이러한 우리의 고대소설이 노정하는 문제점들을 극복하고 등장한 것이 근대, 혹은 현대소설이다.

근대소설은 이렇게 로망스나 우리의 고대소설처럼 안이하게 이야기를 전개하는 것을 단연 거부한다. 물론 오늘의 소설 속에는 여전히 서사시적인 역사성과 로망스적인 낭만성이 서사문학의 한 전통으로 도도하게 흐르고 있기는 하지만, 근대 이후의 소설을 주도해 온 것은 리얼리즘(realism)의 수법(手法)과 정신이다. 리얼리즘에 대한 인식 자체가 소설의 설화성에 하나의 획기적인 변혁을 가져온 것이다. 리얼리즘은 현실을 있는 그대로 충실하게 반영한다는 정도의 통상적 의미를 갖는 것이지만, 단순한 듯한 소설의 이런 기능과 수법을 전기소설(傳奇小說) 작가들은 생각해 보려고 하지 않았던 것이다.

리얼리즘은 현실의 반영(反映)이다. 그러나 이 반영 속에는 작가가 의도하든 그렇지 않든 사람들이 미처 깨닫지 못한 인생의 진실이 스며들게 된다. 시비(是非)나 미추(美醜)를 떠나 현실을 구성하는 모든 원리들이 바로 인간의 진실이 되기 때문이다. 리얼리즘은 허구를 통하여 이 원리를 진실처럼 보이게 함으로써, 결과적으로 독자에게 삶의 의미를 이해하고 깨닫게 하는 리얼리즘 작가들의 전가(傳家)의 보도(寶刀)인 셈이다.

현실이 무엇이건 간에 그것이 예술 작품과 동일한 것이 아니고 그에 선행하는 것이라고 말하는 것이 안전하다. 그렇다면 리얼리즘은 모종의 방법으로 현실을 이해하고 현실의 환영을 표현하려는 예술 형식의 하나다.[8]

이러한 리얼리즘의 발견과 성취는 근대 소설로 하여금 고도의 예술적 지위를 점하게 한 중요한 계기가 된다. 현대 소설에 오게 되면 이 리얼리즘의 개념은 상당히 변질되거나 극단적인 경우에는 해체되려는 경향을 보이지만 궁극적으로 소설이 인간에 관하여 이야기 한다는 본질에서 본다면 그러한 경향은 하나의 변용에 불과할 것이다. 이러한 리얼리즘으로 착색된 것이 전기적(傳奇的)인 로망스나 우리의 고대소설과는 구별되는 근대소설의 특징적인 설화적 성격인 것이다.

소설은 본질적으로 이야기의 형식을 취한다. Moulton이 근대 소설을 '인생의 서사시(Epic of human)'라고 규정한 것은, 소설이 지니는 형식의 서술적 성격과 그 내용의 역사적 요소, 혹은 그 관습성, 즉 설화적 성격을 염두에 두었기 때문이다. 지속적인 긴장감을 유발시키는 소설가의 이야기는 초보적인 흥미와 호기심에서 출발하여 인생에 대한 철학적 인식으로 연장된다. 전기적인 스토리에서 재미를 느끼는 것은 거기에 긴장된 이야기가 있기 때문이며, 근대소설에서 감동과 깨달음을 얻는 것은 거기에 인생의 리얼리즘이 있기 때문이다. 인생에 대한 철학적 인식은 보편적 진리와 관련되는 까닭에 인생의 비밀에 도달하는 길이 된다. 단순하지만 긴장감을 야기하는 원시적 story-teller의 이야기, 인생의 진실을 깨닫게 하는 '만대(萬代)를 통할 수 있는 전설(the legend of every age)[9] - 근대 이후의 소설은 모두 재미있고 유익한 옛날이야기

---

8) Demian Grant, 김종운 역, 〈리얼리즘〉, 《문학비평총서》 1, 서울대학교 출판부, 1981, p.23.
9) Percy Lubbock, "*The Craft of Fiction*", Jonathan Cape(Thirty Bedford Squrare), 1957, p.34.

의 자식들이다.

2. 인간성을 구현(具現)하는 플롯(plot)

소설은 인간의 운명(運命)을 그려나간다. 소설은 운명의 빛이 굴절하는 세계를 보여준다. 성공과 실패, 행복과 불행, 욕망과 좌절, 해후(邂逅)와 별리(別離) 등의 명암(明暗)이 운명에 의하여 극적으로 전개되는 것이다. 소설가는 마치 신(神)이 인간을 만든 것처럼 그렇게 자신의 의도 안에서 인간의 운명을 창조해가는 것이다. 이런 뜻에서 모리악(Mauriac)은, 소설가는 모든 인간 가운데서 가장 신을 닮은 존재라고 말했을 것이다. 그는 현실 속에서 선택한 소재를, 조각가가 석고를 빚어서 자신이 의도하는 어떤 형상을 만들 듯이, 적당히 주물러서 현실과는 다른 하나의 새로운 세계를 빚어낸다. 따라서 소설이 구축하는 허구의 세계는 현실과 다르면서도 현실과 병존하는 창조된 세계인 것이다.

창조된 세계는 비자연적(非自然的) 세계이다. 비자연적 세계는 모든 예술의 궁극적 결과이다. 즉, 예술작품은 비자연적인 구체적 표상물(表象物)로서 제재를 통하여 형상화된 형식인 것이다. 여기서 비자연적이란 작자의 제작 의도에 의해서 창조된다는 것을 의미한다. 허구의 세계는 자연의 세계 – 현실에서 유추(類推)된 세계이며 조작(造作)된 것이기에 인위적(人爲的), 비자연적인 것이 되지 않을 수 없는 것이다. 본래의 모습에서 변형된 가공적(架空的)인 것이면서도 소설이 하나의 예술성을 획득하는 까닭은 그림이나 조각(彫刻)이 그러하듯이, 소설가의 미적 이념(美的理念)이 진실성을 가지고 나타나기 때문일 것이다. 소설가의 미적 이념은 인간의 운명에 직결되는 것이다. 다시 말해서 소설은 인간에 대한 이야기를 하고 있기 때문에 미적 가치를 지니게 되며 예술성을 획득한다는 것이다.

소설가가 인간의 운명을 그려 나간다는 것은 그의 선택이며 자유에 속하는 문제이다. 그리고 그것은 어느 정도 원칙의 문제에 속하기도 한다. 왜냐하면, 선택이란 어디까지나 자유지만 소설에서는 독자의 기대감이나 소설 고유의 전통이나 관습을 고려해야만 하기 때문이다. 즉, 소설가는 어떻게 하면 독자에게 감동과 재미를 줄 수 있을까를 생각하지 않을 수 없고, 그런 점을 감안할 때 소설의 전통을 의식하지 않을 수 없기 때문이라는 것이다.10) 물론 이러한 점이 소설가의 자유를 구속하는 절대적인 힘은 아니다. 한 천재가 건설한 위대한 사상(思想)은 경우에 따라서 독자의 소설에 대한 기대감을 바꾸어 놓을 수도 있고, 소설의 전통과 그 지평을 변화시키고 확대해 나갈 수 있는 힘이 있기 때문이다.

그러면 소설가는 이러한 '선택의 자유'를 작품 속에서 어떻게 실현하며 조정(調整)하는가? 이 실현과 조정이라고 하는 것은 독자의 기대감과 관련되기도 하지만 작품이 진실성(reality)을 획득해야 한다는 점에 더 크게 관련되는 것이다.

> 인물과 상황은 그것이 리얼한 것으로서 우리에게 감명을 줄 때 우리의 마음을 가장 잘 감동시키고 흥미롭게 해 주는 것이 된다 …… (중략) 말할 것도 없이 박진감을 소유하고 있지 않다면 좋은 소설은 쓸 수 없다.11)

소설이 독자에게 재미와 감동을 느끼게 할 수 있으려면 진실한 것이

---

10) William Kenny, "*How to analyze Fiction*", 'Choice in writing a story', Monarch press, p.9.

11) Henry James, 〈소설예술론, *The Art of Fiction*〉, 윤기한 역, 학문사, 1982, p.17.

되어야 하며, 진실한 것이 되기 위해서는 소설가가 창조하는 세계는 터무니없는 공상(空想)의 세계여서는 안 된다는 것이다. 현실과는 다르면서도 현실의 원리를 벗어나지 않는 '통상성(通常性)'의 범위 내에서 창조될 때 그 허구의 세계는 진실성을 지니게 되며, 사실상 대부분의 소설은 이 점을 성공적으로 수행하고 있기도 하다. 소설가는, 마치 실존주의 철학자들이 일상적인 호기심이나 상식, 또는 매너리즘으로 인하여 가려지거나 망각되어진 인간과 인생의 본질적인 면면(面面)을 예리한 통찰로써 포착해 내는 것처럼, 그 숨겨진 진실을 찾아내되 그것을 허구적인 이야기로 독자 앞에 제시한다는 점에서는 분명히 현실과는 다른 세계를 보여준다. 인간과 인생의 본질적인 면(面)이란 그가 생각하는 미적 이념이며 이상적 행동으로서, 자연적 소산물인 현실 속의 인간 행동과는 달리 비자연적 행동, 즉 꾸며낸 행동이므로 현실에서는 볼 수 없는 것이다. 그러면서도 그것은 현실의 인간이나 상황과 동질성을 띠고 있다는 점에서 소설에 진실성을 부여하고 있는 것이다. 여기에 소설과 소설가의 자유 의지가 그 실현 과정에서 어느 정도 조정되고 억제되지 않으면 안 된다는 근거가 있는 것이다. 그러므로 이 조정의 문제는 플롯(plot)의 문제로 연장되지 않을 수 없다.

'플롯(plot)'은 가장 고전적인 문학 용어—Aristotle의 '미토스(mythos)'의 개념을 계승한 것이지만 확고한 위치를 갖고 있지 못하며 유동적이라는 견해, 심지어는 무용론(無用論)까지 대두하고 있다. 그러나 우리가 소설의 구조나 자유 실현의 자취를 탐색할 때 그래도 마음 놓고 의지할 수 있는 것은 플롯의 개념일 것이다.

> 소설가는 그 행동을 플롯으로 구성해야 하며 그가 고려하고 있는 목적에 따라 계획되고 배열된 대로 그것이 독자에 의하여 이해되어야만 한다.[12]

이 인용문은 소설의 플롯에 대한 가장 건전한 견해의 표명이 될 것이
다. 소설가는 주제를 허구적인 이야기로 형상화하는 데 필요한 소재-
현실에서 취재(取材)한 인간의 이야기를 선택해서(경우에 따라서는 소재가
주제를 결정할 수도 있다) 그 소재를 알맞게 변형시키고-사건화하고 효과
적인 주제 구현의 방법을 선택하여 사건(action)을 배열하며, 이 사건의
배열이 시간과 인과율(因果律)의 법칙에 밀착되도록 한다. 이것이 플롯
에 대한 가장 소박한 이해가 될 것이다. 아리스토텔레스는 플롯의 적당
한 구조에 대하여 다음과 같이 말하고 있다.

> 그런데, 전체는 시초와 중간과 종말을 가지고 있는 것이다. 시초는 그
> 자신 필연적으로 다른 것 다음에 오는 것이 아니고, 그것 다음에 다른 것이
> 존재하거나 생성하는 성질의 것이다. 종말은 이와 반대로 그 자신 필연적
> 으로 혹은 대개 다른 것 다음에 오나 그것 다음에는 아무런 다른 것이 오지
> 않는 성질의 것이다. 중간은 그 자신 다른 것 다음에 오고, 또 그것 다음에
> 다른 것이 오기도 하는 것이다.13)

이어서 그는, 부분의 배열에는 질서와 크기가 있어야 하는데, 미(美)
는 크기와 질서 속에 있기 때문이라고 했다. 아리스토텔레스는, 비극(悲
劇)은 일정한 크기와 질서를 지님으로써 미(美)를 성취하며, 미의 성취
가 비극(tragedy)의 예술성을 결정한다고 본 것이다. 이 비극의 예술성
은 인간행동의 모방에서부터 출발하는 것이므로 미(美)는 인간의 운명
의 문제인 셈이다. 이 말은, '소설은 인간의 운명을 취급함으로써 미를
성취한다.'라는 의미로 대치되어도 무방할 것이다. 그의 말을 따르면,
'시초'는 자연스럽게 나타나야 하며 '중간'은 역시 자연스럽게 시초에

---

12) Elizabeth Dipple, *op. cit.*, p.8.
13) Aristoteles, *op. cit.*, pp.67~68.

이어져야 하고 필연적으로, '종말'을 유도할 때에 바람직한 플롯이 형성된다는 것이다. 그가 말한 극(drama)이 갖추어야 할 시작과 중간과 종말의 구조는 행동의 논리적 통일성을 의미한다고 보아야 할 것이다. 그것이 '질서(秩序)'인 것이다. 문학작품에 나타나는 질서라는 것은 혼돈의 평정이요, 상상력을 통한 체험의 통일이며 부분과 부분과의 유기적이고도 정연(整然)한 관계를 의미한다. 아리스토텔레스는 이런 점을 '시초, 중간, 종말'로써 설명한 것이다.

실상 플롯이란 작가가 자신의 체험을 상상력을 통하여 잘 정돈된 이야기로 바꾸어 놓는, 즉 질서화 하는 개성적인 방법이다. 체험의 상상적 질서화가 성립되기 위해서는 잡다한 사건과 사건이 유기적으로 연결되어야 하는데, 여기에 필수적으로 요구되는 것이 바로 사건의 '논리성(論理性)'이라는 것이다. 사건과 사건이 유기적으로 연결된다는 것은 사건 상호간에 자연스러운 호응이 이루어진다는 것을 의미하며, 이러한 호응은 논리적 전개 속에서 가능한 것이다. 플롯은 이런 의미에서 소설가의 논리적, 지적(知的) 활동이라 할 수 있을 것이다. 그리고 사건 상호간에는 필연성이라는 것이 반드시 개재(介在)해 있어야 한다. '시(始) → 중(中) → 종(終)'의 논리적인 연결을 가능하게 하는 고리는 이 필연성인 것이다. 자연스러운 호응 – 사건의 자연스러운 전개, 즉 자발성(自發性)과 논리성, 그리고 필연적인 사건의 전개는 플롯이 진실성(reality)을 획득하는데 있어 필수적인 요소들이다.

허구의 세계인 소설이 현실 이상으로 독자에게 박진감을 줄 수 있어야한다는 것은 이러한 플롯의 성립 요건이 갖추어져야 한다는 것을 의미하며, 실제로 독자로 하여금 박진감을 느끼게 한다는 것은 그 소설이 플롯을 성공적으로 수행하고 있다는 것을 뜻하는 것이다. Henry James는 '박진감을 생기게 한 비결'[14]이란 말을 쓰고 있지만, 그 비결이란 위와 같은 의미망 속에서 의의를 갖는 것이라고 보아야 할 것이다.

또한, 사건의 논리성, 자발성, 필연성은 작가의 자유의지 실현의 한 자취로 평가될 수 있다. 플롯이 그 작가만의 개성적인 방법이라고 한다면 그것은 작가의 자유로운 의사에 종속되는 것이며, 따라서 자유의지의 한 표명이라고 보아야 할 것이다. 그러나 그 자유는 소설가의 목적 달성을 위한 방법으로 조정되어야 하며, 이것이 자유의 한계이기도 하다. 진실성과 박진감을 창조하여 소설가 자신의 미적 이념을 실현할 수 있는 범위 내에서의 자유의지여야 한다는 것이다. 이것이 소설가와 소설의 자유인 것이다. 모든 예술의 이념이 자유이듯이 – 미의 창조 과정에서 자유를 실현하듯이, 비록 단서가 붙기는 하지만 소설의 이념도 자유이며, 이 자유는 플롯을 통해서 실현된다. 그러므로 플롯은 자유를 추구하는 인간성의 구현을 목적으로 한다. 소설가 자신의 자유를 통하여 모든 인간의 자유 실현의 자취를 그려내게 되는 것이다. 아리스토텔레스가 '플롯의 목적은 행동'이라고 한 말을 소설에 적용한다면, 소설에서의 플롯의 목적은 인간의 운명을 통하여 인간성, 혹은 자유 실현의 의지를 구현하는 것이라고 할 수 있을 것이다.

다시 플롯의 요건으로 돌아가서 Edwin Muir의 말을 들어 본다. 아리스토텔레스의 성실한 연구자로 보이는 그는, "극적 소설이 가장 위대한 극적 소설일 때에는 시적 비극과 유사할 때이다."[15]라고 하고 있다. 그는 여러 가지 유형의 소설을 분류한 가운데서 이 극적 소설의 플롯이

---

14) Henry James, *op. cit.*, p.17.
   그는 그 비결이란 다름 아닌 사소한 체험이라도 그것은 상상력에 의하여 재구성하는데 있다고 보는 것 같다. 천재적인 상상력은 작가의 재능이며 그의 비결이란 뜻으로 볼 수 있을 것 같다.

15) Edwin Muir, *"The structure of the novel"*, A Harbinger Book, p.41.

가장 바람직한 형태라고 보는 것 같다. 그가 극적소설(劇的小說, dramatic novel)이 비극과 유사하다고 한 것은 그 플롯 – 행동의 논리적 통일성을 의식하고 한 말일 것이다. 극적 소설에서는 사건과 사건이 유기적으로 정연하게 전개되어 집중적으로 나타나며 하나의 결말을 향해서 진행된다는 것이다. 이 경우 소설 내부의 모든 힘의 균형이 플롯을 만들어내고 플롯의 윤곽을 결정한다는 것이다. 이것은 내면적 필연성에 의해서 외면적 사건의 박진감이 형성되므로, 겉으로 드러나는 사건과 진실은 동의어(同義語)여야 하고 행동과 성격이 완벽하게 융합되어 있을 때 적절한 플롯의 구조가 이루어진다는 것을 뜻하는 것이다. '극적 소설에서는 사건이 집중적으로 나타나면서 하나의 결말을 향해 진전된다'라고 하는 것은 인간의 운명을 극적으로 결정해 버린다는 뜻으로 해석되는데 이것이 성공적으로 수행되기 위해서는 논리성과 자발성(자유로운 사건의 전개, 또는 사건 자체의 자연스러운 전개), 필연성 등이 필수적으로 요구된다 할 것이다.

그는 이어서 스토리에는 언제나 생명의 기운이 넘치고 있어야 하는데, 만일 생명을 자유로이 창조하지 못하는 논리로 상황이 풀려 나간다면 작중인물들이 진실하다 할지라도 결과는 기계적인 것이 될 것이라 했다.[16] 그가 말하는 생명이란 인간과 인생의 진실한 면, 즉 아리스토텔레스적인 보편적 진리를 뜻함은 물론이다. 인간과 인생의 보편적 진리는 논리적이고 자발적이며 필연적인 플롯 속에서 구현된다는 것이다.

졸고(拙稿) 「〈백치(白痴) 아다다〉 연구」의 한 부분을 인용하여 이러한 사정을 확인해 보기로 한다. 또, 김동인의 〈배따라기〉도 비교를 위하여 그 플롯의 일부 양상을 살펴보기로 한다.

---

16) *Ibid.*, p.48.

〈백치 아다다〉에서의 '아다다'는 시집에서 쫓겨 와 친정에 붙어살고 있는 천덕꾸러기 백치이다. 그녀가 장을 푸다가 동이를 깨뜨리는 데서 이야기가 시작되는데, 이것은 훌륭하게 계획된 시초로서 아다다의 운명의 명암을 암시한다고 볼 수 있다. 동이를 깨면서 백치가 등장한다는 것은 이미 그녀가 운명적으로 비극의 주인공이 될 것이라는 것을 독자에게 예감케 하려는 작가의 의도로 보이지만 거의 고의성(故意性)을 느낄 수 없는 지극히 자연스러운 것으로 받아들여진다. 그러나 독자는 섣불리 자신의 예감과 추측에 자신을 가져서는 안 된다. 소설가는 끊임없이 독자의 예상을 배반함으로써 놀라움을 느끼게 하고 극적 긴장을 고조시키기 때문이다. 암시(暗示, underplot)는 반전(反轉)의 전조(前兆)라고 해도 무방하다. 암시와 반전은 독자의 예상을 거부하기도 하고 요구하기도 하면서 플롯의 윤곽을 결정해가는 중요한 요소가 된다.

어머니에게서 쫓겨난 아다다는 갈 곳이 없다. 시댁(媤宅)은 엄두도 못 내고, 집으로 돌아가자니 어머니의 매가 무섭다. 이 경우 시간은, 아다다와 어머니, 아다다와 시댁 식구들을 둘러싸고 뱅뱅 돌 뿐 진전이 없다. 여기에서는 플롯의 맺힘과 풀림에 상당히 중요한 작용을 하는 인간관계의 문제가 부각되고 있다. 인간은 자신을 통하여 타인을 이해하고 타인을 통하여 자신을 파악한다. 여기에 인간이 인간으로서 함께 존재할 수 있는 근거가 있다. 소설 속의 인물과 인물도—비록 작가의 피조물로서 창조된 인간이기는 하지만 그들도 상호간의 행동을 통해서 자신을 파악하고 타인을 이해하고 행동을 결정한다. 그러나 이러한 인간관계가 허영(虛榮)이나 욕망으로 착색되면 타인을 모방하거나, 타인을 자신 안으로 끌어들여 자아를 망각하고 결과적으로 자신을 스스로 파멸의 구렁텅이로 몰고 가는 경우를 연출하게 된다. 〈보봐리 부인〉의 '엠마 보봐리'는 후자의 예(例)가 될 것이며, 〈적과 흑〉의 '줄리앙 소렐'

은 전자의 예가 될 것이다. 아다다는 어머니를 통하여 자신의 처지를 파악하며, 시댁 식구들을 통하여 자신의 행동의 방향을 결정하려 한다. 그리고 친정아버지를 통하여 사회적인 윤리적 규범을 생각하게 된다. 근본적으로 인간이기 때문에 백치이기는 하지만 아다다도 인간적인 대우를 받으면서 살고 싶다는 즉, 행복하게 사랑받으면서 살고 싶다는 욕구를 지닐 수밖에 없는데, 이러한 인간관계 속에서 파악되어진 자신의 존재 의의(意義)의 실현을 위해 그녀는 '수룡'을 선택하게 된다.

이 부분에 오면 시간은 약간 이동하게 되고 인물의 성격에도 변화가 생긴다. 이러한 일련의 과정이 아주 자연스럽게 연결되기 때문에 누가 조종하는 이야기라는 인상을 전연 받을 수가 없다. 지겹고 안타깝기만 한 상황에서 수룡을 선택하는 결정에 이르기까지의 일련의 사건은 순전히 아다다의 자유 의지의 결과이며 그렇게 되지 않을 수 없는 필연적 상황의 결과이다. 이것은 아다다가 이끄는 사건의 자유이며 플롯에 반영된 작가의 자유이다. 아다다는 수룡과 꿈같은 생활을 설계하며 행복해 한다. 이것은 독자에게 또 한 차례 불길한 예감을 갖게 한다. 반전은 암시이며 암시는 반전을 전제하기 때문인데, 이 점은 자연적인 일상생활의 원리에 입각한 것이기 때문에 진실한 것이다. 작가 계용묵은 성공적으로 진실성을 성취해 가고 있는 것이다.

아다다는 자신을 불행하게 만들었다고 생각하는 돈이 수룡에게도 많이 있다는 사실에 놀란다. '돈'은 아다다에게 있어서는 불행의 상징이요 수룡에게는 생의 희망이다. 하나의 대상에 대한 두 인물의 상반된 성격이 한 비극성을 내포하는 요인이라 할 수 있을 것이다. 아다다는 돈이 그녀의 이 모든 행복을 앗아가리라는 생각에 너무 괴로웠다. 이 작품이 자발성이라든가 논리성에 충실한 플롯을 보여 주고 있다고 말해도 좋은 것은 이러한 아다다의 자발적인 사고와 행위 때문이다. 지라르가 이른

바, 스탕달적인 허영(vanity)이나 푸르스트적인 속물근성(snobbism)[17]과
는 본질적으로 다른 가장 인간적인 욕망이 아다다의 자발적 사고 안에서
추구되고 있는 것이다. 만일 아다다가 백치가 아니었다면 이만한 리얼
리티를 얻지 못할 것이라는 것은 분명하다. 백치라는 조건에 걸맞은,
상궤(常軌)를 벗어난 사고(思考)와 행위가 지극히 자연스럽게 그리고 자
유스럽게 인과율을 따라서 진행되고 있는 것이다. 그리고 하나의 극적
결과를 조심스럽게 준비해가는 치밀한 계획은 독자에게 박진감을 주고
도 남음이 있는 것이다.

아다다는 결국 돈을 바다에 버리게 되고, 물 위에 뜬 돈을 바라보며
기꺼워하는 아다다, 그 아다다를 바다에 차 넣어 버리는 수룡, 이 대목에
이르면 아다다는 아다다대로 성격과 행동이 일치되어 나타나고, 수룡은
수룡대로 성격과 행동이 일치되는 것을 볼 수 있다. 서로 상반되는 두
사람의 성격과 행동이 확연히 구분되면서 인생의 어떤 슬픈 진실을 보여
주는 것이다. 이 경우는 "특별한 행동은 더 이상 추적할 수 없는 어떤
비극적 파국을 야기하여 행동 그 자체를 완결시킬 것이다"[18]라고 하는
Muir의 말에 부합되고 있다. 우물쭈물하는 듯 하면서 축적해 온 시간과
인간관계가 한꺼번에 터져 버림으로써 극적으로 결말이 제시되고 있는
것이다.

사건은 끝났지만 인간의 운명의 문제는 남아 있다. 아다다의 죽음은
자발적이고 논리적이어서 플롯의 자유와 필연을 획득했지만, 인생의 가
치 있는 길을 모색했고 그것을 찾았다기보다 깨달았을 때 이미 인간은
시행착오의 종점(終點)에 서게 된다는 이 비극적인 운명은 성취된 플롯이

17) Rene Giard, 〈소설의 理論〉, 김윤식 역, 'Ⅳ. 허영·정열의 변증법', 'Ⅴ. 스탕달과 프루
  스트', 삼영사, 1977 참조.
18) Edwin Huir, op. cit., p.58.

남기는 또 하나의 문제인 것이다. 그러나 아다다는 분명히 인간과 인생을 제시하는 일련의 통일된 행동을 보여 주었으며, 나름대로의 인간성의 구현을 성취했다 할 것이다. 〈백치 아다다〉는 극적소설이 요구하는 정연한 플롯을 보여주는 한 예가 될 것이다. 이 작품에서 우리는 사건과 사건이 상호간에 유기적으로 관련을 맺고 인과율을 따라 필연적으로 전개됨으로써 플롯의 목적을 달성하고 있음을 보게 된다.

〈배따라기〉에서 작중화자가 작중의 주인공을 만나는 장면은 다소 부자연스럽고 작위적이라는 느낌을 준다. 어떤 동기(動機)에 의해 촉발되는 사건이 아니라 우연한 만남으로 시작되는 사건이라는 점에서 그렇다는 것이다. 작중 화자가 들려주는 이야기는 어느 정도 극적 구성을 의식한 것이기는 하지만 필연성과 자유로운 플롯의 전개라는 점에서 성공적인 플롯으로 보기가 어렵다. 내부 이야기의 주인공이 처음부터 내뱉은 말, "거저 운명이 데일 힘셉디다."는 독자로 하여금 다음을 읽고 싶은 마음을 가시게 하는 것이다. 그 말은 플롯이 성취해야 할 결과인 것이다. 이 작품은 단순한 설화적 요소가 강해서 객관적 시간의 흐름에 맞춘 스토리의 전개에 그치고 만 느낌이 강하다. 주인공이 현재의 처지가 된 결정적 요인인 쥐 잡는 장면은 과장이 심해서 리얼리티가 잘 살아나지 못하고 있다. 쥐 한 마리를 잡는데 옷매무새가 온통 흐트러지고 머리채가 헝클어졌다는 것은 조작했다는 인상을 강하게 풍기고 있다.

앞서 말한 것처럼 소설과 소설가의 자유는 진실성을 드러내야 한다는 점에서 그 자유는 제한될 필요가 있다. 〈백치 아다다〉가 사건 진행이 아다다의 자발적 욕구에 근거를 두고 이루어지기 때문에 필연과 자유, 그리고 질서를 지니는 플롯을 보여 준 것에 비하면, 〈배따라기〉에서의 사건은, 사건다운 사건이라고는 쥐 잡는 대목 한군데일 뿐, 온통 삽화적인 이야기들로 가득 차 있어서 사건 상호간의 유기적인 관련성이나 필연

성이 결여되어 있는 것이다. 쥐 잡는 대목에 이르기까지의 사소한 에피
소드는 극적 구성을 위한 준비 단계로서는 치밀하지 못할 뿐만이 아니라
자발성도 없는 것이어서 동기로서는 불충분하다는 것이다. '역시 쥐였
다' 것을 깨닫는 장면은 모파상적인 기발함은 있지만 그 위치가 적절하
지 못하다. 또한, 아내가 자살한 것도 충분한 설득력을 지니지 못한다.
이 작품은 인생(人生)에 대한 삽화적인 이야기이지 완결된 인생도(人生圖)
는 되지 못한다. 그것은 통일적인 전일체로서의 플롯이 형성되지 못했
고, 따라서 논리성이나 필연성을 결여함으로써 진실성(reality)을 획득하
지 못했기 때문이다. 이 작품은 정연한 플롯보다는 인생의 미묘한 기미
(機微)를 보여주었다는 데 그 의미를 두어야 할 작품이라 할 것이다

　극적소설이 보여주는 플롯이 모든 소설 가운데서 가장 우수한 플롯
이라는 것은 아니다. 다만 정연한 플롯이란 어떤 것이며, 어떻게 나타
나는 것인가를 보여주는 대표적인 예가 극적소설이라는 것뿐이다. 그
러나 극적소설이 보여주는 플롯은 어느 정도 플롯의 이념을 실현할 수
있는 형태로 볼 수 있다는 점도 부정할 수는 없을 것이다.
　Percy Lubbock는, "가장 훌륭한 형태란 주제를 가장 잘 표현할 수
있는 것을 말하며 이 밖에 소설에 있어서의 형태의 의미에 관한 어떤
다른 정의가 있을 수 없다"라고 하면서 주제와 형태가 일치하여 분간할
수 없는 작품이 가장 훌륭한 작품[19]이라고 정의하고 있다. 그가 말하는
형태(form)란 곧 플롯의 개념으로 통할 것이다. 소설의 주제는 소설가
의 미적 이념으로서 작품의 중심 사상이 되기도 한다. 그러므로 주제는
인간과 인생의 진실과 관련된 것이어야 한다. 이 문제는 다음 장에서

---

19) Percy Lubbock, *op. cit.*, p.40

좀 더 자세히 다루게 되겠지만, 이 주제와 형태가 일치하여 분간할 수
없는 작품이라고 하는 것은 그 주제가 필연적(necessarily)으로 전개되어
야 하고 독창적(uniquely)으로 전개되어야 한다는 의미망에 포함된다.
필연성은 소설 자체의 자유의 문제와 관련되며(필연성은 논리성에도 상응
한다), 독창성은 소설가의 자유와 관련된다. 자유와 필연은 극적 구성
(plot)의 요체이다. Lubbock가 말한 주제와 형태의 일치는 질서정연한
플롯을 통하여 구현된 주제라는 뜻으로 풀이되어야 할 것이다. 플롯이
구현하는 것은 인간성이요, 인생의 진실이며 그 핵심은 자유의 실현이
다. 그것이 플롯의 목적이며, 플롯의 실체는 인간의 운명에 명암을 드
리우는 이야기로 나타난다.

3. 표현(表現)과 공감(共感)

이 장에서는 논점을 바꾸어 소설의 기능적 측면과 관련되는 문제를
검토해 보고자 한다. 소설의 기능적 측면에 대한 검토는 소설이 존재하
는 이유와 양식(樣式)을 이해하는 데에 많은 도움을 주리라 생각되기
때문이다.

소설은 표현과 공감의 조화에 근거를 두고 존재한다. 소설은 작가의
미적 이념이 작중인물의 의지적 행동을 통하여 표현되고, 또 그것이
독자의 공감을 불러올 때 비로소 인간과 인간성의 승리를 구현했다고
할 수 있다. 이 인간 – 인생과 인간성(humanity)의 구현이 소설을 문학
으로 존재하게 하는 하나의 요인이 됨은 앞서 밝힌 바 있다. 그런 의미
에서 소설은 긍정적인 인생관과 건전한 휴머니즘을 기초로 하는 인간
구원(救援)의 사상(thought)을 건설하여 독자와 공유할 수 있어야 할 것

이다. 소설의 이러한 사상은, 소설로 하여금 극복해야 할 많은 난제를 안고 신음하는 인간 – 특히 현대인을 구제하는 성스러운 현대 양심의 일익을 담당하게 할 것이며, 여기에 또 하나의 소설의 존재 이유가 있기도 하다.

소설도 하나의 표현(expression)으로서, 표현은 체험의 상상적 질서화이고, 그런 까닭에 상상적 체험의 소산물인 한 예술일 수밖에 없다는 점은 우선적으로 강조되어야 하며. 또한 소설은 하나의 예술[목적]로서 존재하는 형식이지 소실외적인 다른 무엇을 위해 존재하는 수단은 아니라는 것도 분명하지만, 우리가 소설의 현실적 기능 문제에 관심을 갖는 이유는, 소설이 철저한 산문정신(散文精神)의 산물이라는 점 때문이다. 소설을 지배하는 산문정신의 사전적 의미는 사물이나 현상에 대한 시적 감흥이나 낭만적 감각을 배제하고, 현실을 객관적으로 탐구하여 자유로운 문장으로 표현하려는 문학적 태도로 규정된다. 이것은 산문정신이 삶을 지적으로 파악하려는 태도와 깊은 관계가 있으며, 나아가 인간성의 해방으로 연결됨을 뜻하는 것이다. 소설이 개연성과 가능성, 그리고 객관성을 그 근거로 하여 어떤 가공의 세계를 창조한다는 것은, 그것이 곧 인간의 자유, 그 구원의 문제와 무관할 수 없음을 증명하는 것이라 할 것이다.

소설의 존재양식은 표현과 공감으로 설명될 수 있다. 표현과 공감의 문제는 문학예술 전반에 적용될 수 있는 존재의 조건인 바, 소설을 포함한 모든 문학은 창조자(작가)와 감상자(독자) 양자의 존재와 교통에 그 성립의 요건이 자리 잡고 있기 때문이다. 창조자의 미적 이념과 그것을 전달코자 하는 욕구는 그로 하여금 형식(form)을 탐구하게 만들고, 그 결과 발견하게 되는 형식은 표현의 과정을 거쳐 성취된다. 표현으로 성취된 형식은 상상적인 이념이며, 그의 미적 이념의 실현이다. 이 형식에서 가장 중요한 것은 형식 자체가 속성으로 포함하는 예술성의 성립 여부이다. 이 예술성은, 특히 소설의 경우 이것은 '진실성(reality)'에 의하여 그 성립의 성패가 결정된다. 즉 소설의 리얼리티는 그 자체의 예술성을 담보하는 조건이다. 이야기의 진실성은, 허구적이지만 새로운 인생의 구현(具現)과 그 인생에 대한 독자의 완전한 공감으로 형성된다.

또, 진실성은 작가가 생각하는 미적 이념의 객관도(客觀度)와 밀접한 관계가 있다. 그 미적 이념은, 그러므로 일상적인 어떤 원리에 근거를 두거나, 거의 일치하는 것 – 동질성이나 통상성 – 이어야 한다. 이것은 역시 감상자의 공감을 염두에 둔 말이다. 그러니까 작가는 소설 속에서 개연성 있는 진실한 인간과 인생을 표현해야 하는 바, 그것이 곧 소설의 예술성과 독자의 공감 여부를 좌우하기 때문이다. 공감을 불러일으키는 표현의 힘, 그것은 적절한 형식의 발견을 가능케 하는 철저한 인간 탐구로부터 비롯되는 것임도 잊어서는 안 된다.

표현과 공감의 문제는 순수하게 전달 의지와 수용용의(受容用意)에 의하여 지배된다. 그렇기 때문에 전달되는 내용이 위대한, 아니 최소한 온당한 것이 아니어서는 안 되는 것인데, 여기에 적합한 견해로는 Arnold의 '인생비평(人生批評)'을 거론해 볼 수 있다. Arnold는 문학에 있어서의 사상(thought)의 문제를 중요하게 취급하면서, "인생에 대한 숭고하고도 심원한 사상의 적용(適用)은 시적(詩的) 위대성의 가장 본질적인 부분"[20]이라고 말했는데, 이것은 무엇이 전달되는가에 따라 작품의 가치는 물론 전달의 성패(成敗)가 좌우된다는 뜻으로 해석될 수 있

---

20) 최재서, 〈文學原論〉, 신원도서, 1978, p.252.
　　Mathew Arnold : Wordsworth(Essay in criticism, second series, p.140) "The noble and profound application of ideas to life is the most essential part of poetic greatness"

다. 그가 말한 '인생에 대한 사상의 적용', 또는 '인생비평'은 모두 작가의 이념의 문제와 연결되는 것들이다. 작가가 자신의 이념에 충실할 때, 그리고 그 이념을 신앙(信仰)할 때, 전달되는 내용은 충실하고 그 문학은 위대해질 수 있다는 것이다.

그런데 그 이념의 타당성과 문학의 위대성은 작가의 일방적 독단에 의하여 만들어질 수는 없다. 어디까지나 전달의 객체, 즉 그 수용자인 독자의 수용용의를 자극할 수 있는 '그 무엇'이 전달 내용 속에 포함되어야 한다. 독자의 수긍을 유도하는 '그 무엇', 그것은 고전적(古典的)으로 말하자면 Aristotle이 말한, '인간은 모방된 것에 기쁨을 느낀다'는 것과 우선 관련된다. '모방된 것'을 작품으로 해석한다면 어떤 경우에 독자는 작품에서 기쁨[쾌락(快樂)]을 느끼게 되는가? 소박하게 표현해서, 독자가 작품 속에 형상화된 인간의 이야기와 인생에 거의 전적(全的)으로 동의하고 공감하는 경우가 아니면 작품에서 받는 '기쁨'이란 존재할 수 없다. 이 기쁨은 발견에서 오는 그것이며, 인간의 지적(知的), 정서적 욕구, 특히 지적 욕구를 충족시키는 데서 오는 그것이다. 현대적으로 말하더라도, 오늘을 살아가는 자신의 인생의 의미를 작중인물을 통하여 확인할 때, 사람은 누구나 문학(소설)이 가져다주는 기쁨을 체험하게 된다고 말할 수 있을 것이다. 다시 말해서, 독자가 작품 속에서 자신의 모습을 발견하고, 그 작품의 인물에게서 어떤 동질성(同質性), 혹은 동류의식을 느끼게 될 경우, 그 희한(稀罕)한 일치감은 순간적으로 독자로 하여금 정신적인 황홀감(ecstasy)을 체험케 하는데, 이때가 바로 작가의 이념, 즉 위대한 사상이 실상(實相)을 가지고 실현되는 경우인 것이다. 이러한 경우를 흔히 예술적 체험이라고 부르기도 하는데, Arnold는 이것을 '시적 진실성(poetic truth)'이라고 규정한 바 있다. 이것은 시(詩)의 경우뿐만이 아니라 소설에서도 그대로 적용되는 원리다.

우리는 누구나 인간을 행복하고 평화로운 세계로 인도하는 그 무엇 –그것은 사상일 수도 있고, 종교일 수도 있으며, 어떤 색다른 문화일 수도 있다– 이 존재한다고 믿는다. 인간의 모든 행위는 '그 무엇'의 발견을 위한 시행착오(trail and error)의 연속이며 탐구의 과정이라 하여도 과언이 아니다. 소설은 바로 모든 인간이 공유하는 인간의 소망을 객관성 있게 언어를 통하여 구상화(具象化)한 것이다. 소설을 쓰는 것은 유토피아를 갈구하는 인간의 욕망을 대변하는 행위인 것이다. Vallery가, 인간이 최고의 이상을 추구하는 과정에서 부수적으로 얻게 된 것이 순수한 서정시(抒情詩)라는 뉴앙스의 말을 남긴 것은 문학에 있어서 그 본질과 관련된 시사적(示唆的)인 의미를 갖는다 할 것이다. 시인이 상상하는 최고의 선(善), 그것은 시인의 미적 이념이며, 그는 그것의 실현에 대한 욕구를 언어를 통하여 형상화한다. 결국, 인간이 욕망하는 바를 상징적으로 표출하는 어떤 모습이 작품이라는 형식으로 나타나는 것이다. 그리고 그 미적 이념 – 이상(理想)의 실현에 대한 갈망이 객관성을 지닐 때, 즉 형식화(形式化)되었을 때, 비로소 그 이념은 독자로 하여금 예술적 체험을 얻게 하며, 문학작품 자체도 그 존재의 가치를 획득하게 되는 것이다.

소설가는 어떠한 경우에라도 그의 인간과 인간의 행위에 대한 사랑과 신뢰를 상실해서는 안 된다. 소설가가 인간과 그의 행위를 사랑하는 것은, 그 속에는 언제나 어떤 형태로든 진실이 숨어 있기 때문이며, 그 진실 속에는 인간존재와 존재의 당위(當爲)에 대한 원리가 숨 쉬고 있기 때문이다. 그 진실과 원리를 망각하고서는 위대한 형식, 예술성을 지닌 인생의 어떤 상징적인 의미 구조를 발견할 수도 없고 만들어낼 수도 없는 것이다. 이것을 바꾸어 말하면, 시인의 경우처럼 소설가도 작품을 쓰는 저변에는 자기실현(self-realization)이라는 목적의식이 깔려 있음을 뜻한다. 그에게 있어 자기실현이란 인간에 대한 믿음과 사랑을 확인하는 일이며, 인간에 대한 희망을 발견하여 그것을 독자와 함께 공유하는 일이다. 휴머니즘과 같은 어떤 신념을 상상력을 통하여 허구화함으로써 독자를 변화시키는 일, 이것이 그의 자기실현이다. 따라서 소설 속에 제시된 인생도(人生圖)는 소설가와 독자가 공유, 공감할 수 있는 것이어야 하며, 그가 보여주는 인생의 모형(pattern)은 인간을 지배하는 어떤 원리에 부합되어야 하고, 그가 탐구하고 성취한 형식은 모든 인간의 소망을 설득력 있게 상징화한 것이어야 하는 것이다.

　독자는 표현된 인생과 제시된 모형과 형식을 체험함으로써 새로운 세계에 대하여 눈을 뜨게 된다. 인습적인 제도나 권위에 염증을 느낀 독자에게 새로운 윤리(倫理)를 제시하는 소설은 그대로 그들에게 새로운 인생을 구상하고 창조할 수 있게 하는 길잡이가 될 것이며, 허위(虛僞)와 자만(自慢) 속에 갇혀 있었던 사람들에게 참된 휴머니즘을 제시하는 소설은 참회의 기회를 제공하게 될 것이다. 소설이 매양 이렇게 공리적(功利的)인 어떤 기능을 수행하는 것은 아니며, 꼭 그것을 염두에 두고 쓰여 지는 것은 아니라 할지라도, 작가와 독자가 공감을 토대로 작품에서 만났을 때 소설이라는 문학이 위대해질 수 있다는 기본 원리를 감안하면, 소설이 새로운 인생을 제시하고, 그 제시된 인생이 독자를 변화시킬 수 있다는 점은 부인할 수 없는 것이다. 결국, 인간과 인간 행위의 바탕에 숨 쉬고 있는 진실과 그 진실 속에서 발견되는 존재의 당위를 지배하는 원리를 형식화함으로써 감상자(鑑賞者)의 수긍과 지지(支持)를 얻어 낼 수 있을 때, 비로소 소설은 그 기능을 성공적으로 수행했다고 할 수 있을 것이다. 소설에서 표현(expression)은 발견과, 발견된 것의 형식화(formalize)의 문제이며, 공감(sympathy)은 그것을 긍정적으로 수용한다는 의미망을 형성한다. 이 표현과 공감의 원만한 조화가 소설의 존재 가치의 유무(有無)를 결정한다는 뜻이다.

표현의 실질적 의미는 언어를 통한 체험의 구상화이다. 문학의 매개 수단이며 표현 수단 - 표현 매체인 언어는 내용과 형식의 완전 융화로 이루어진, 인간의 잡다한 상념을 통일한 현상이므로, 표현 그 자체는 내용과 형식의 조화를 추구하는 과정이라 할 것이다. 다시 말해서, 작가의 체험이 언어를 통하여 형식화 - 작품화되는 과정이 표현인 것이다. Dewy가 표현을 상상적 체험이라 했을 때의 '상상적 체험'이란, 상상력을 통하여 다양한 체험들을 종합하고 그것들을 유기적으로 조직하고 통일하여 하나의 완성된 작품으로 창조하는 과정임을 의미하는 것이다. 인간의 상상력이라고 하는 것은 독립적으로 수행되는 어떤 능력이 아니라, 정서, 혹은 지성에 의하여 자극되거나, 또는 그것들과 결합함으로써 야기되는 하나의 정신작용이다. 작가가 어떤 현상이나 사건에 부딪혀 거기에서 강한 인상(印象)이나 충동을 받게 되는 경우, 그것으로 말미암아 상상의 기능이 발휘되어 과거의 체험과 현재의 새로운 지각(知覺)을 결합하고 통일하는 현상이 나타날 수 있는데 우리는 이러한 정신작용을 상상력이라 부르고 있다. 그러므로 표현의 근본적 원인은 체험이며, 그 결과는 체험의 상상적 조직과 통일로써 성취되는 것이다.

소설가는 원칙적으로 언제나 자신의 체험을 가지고 작품을 제작한다. 이것은 일차적으로 소설가는 자신이 창조하는 모든 인간이 되어 봐야 하며, 그 인간이 꾸며가는 인생을 체험해 보아야 한다는 것을 뜻한다. 그러나 소설가가 자신이 창조하는 모든 인간과 인생을 체험한다는 것은 말할 것도 없이 불가능한 일이다. 한 개인이 아무리 탁월한 능력을 소유한다 할지라도 한정된 생활의 테두리 안에서 여러 유형의 인간이 되어 본다거나 생활을 체험한다는 것은 불가능한 것이다. 여기서 말하는 체험이란, 그러므로 직접적 체험이라는 뜻과 아울러 간접 체험, 혹은 상상적 체험을 모두 포함하는 의미로 쓰인 것이다.

최재서(崔載瑞)는 〈문학원론(文學原論)〉에서 상상적 체험과 직접적 체험의 차이를 '셰익스피어'와 '벤, 존슨'을 예(例)로 들어 설명하고 있다.[21] 벤, 존슨은 항상 움직이는 인간형들을 세밀하게 관찰하여 그 특징들을 이지적(理智的)으로 결합하여 많은 희극인물(喜劇人物)들을 그려내었는데, 그들의 성격은 특이하며 그들의 행동은 논리적이어서 재미있고도 수긍할 만하지만 무대를 떠나면 그들은 관객의 인상에서 사라져 버리고 마는데, 여기에 비하면 셰익스피어의 인물들은 무대를 떠난 뒤에도 관객의 마음속에 남아 현실사회의 인간들보다도 더 현실적인 인물들로서 살아있다는 것이다. 그 차이가 생기는 이유는, 셰익스피어가 자신이 생각해 낼 수 있는 모든 인격(人格)을 염두에 두면서 행동을 체험함으로써 인물을 창조했기 때문인데, 작가가 인물을 체험해 본다는 것은 어떠한 환경과 사건 속에서 어떤 인물이 어떻게 사고(思考)하고, 왜 행동하지 않을 수 없겠는가를 상상적으로 이해하는 과정이며, 그는 그 체험에 근거해서 인물을 그려냈기 때문에 성공적인 작가가 될 수 있었다는 것이다. 셰익스피어는 상상적 체험을 투철하게 실천했다는 의미에서 표현의 대가(大家)였다는 것이다. 우리는 여기에서, 표현이란 인간과 인생에 대한 체험을 상상적으로 조직하고 결합하여 완성된 통일체를 창조하는 과정이라는 점을 다시 생각하게 된다.

4. 작가의 이념(理念)과 의지적(意志的) 행동

소설은 작가의 이념과 작중인물의 의지적 행동을 다룬다는 점에서 또 하나의 존재 의의를 갖는다. 표현을 가능케 하는 상상적 체험은 자연스러

---

21) 최재서, 앞의 책, pp.358~360.

운 것이어야 하지만, 동시에 그것은 어느 정도 작가의 의도(意圖), 혹은
의지와도 관련된다. 단순히 아름다운 풍경을 재현한 그림에서 미(美)를
실현한 흔적을 발견하기는 어렵다. 풍경의 단순한 재현이 아니라 화가(畵
家)의 미에 대한 이념을 창조적으로 주입(注入)한 흔적을 보게 될 때 감상
자는 그 그림의 예술성을 인식하게 된다. 이런 점은 소설의 경우도 마찬
가지다. 자연적이고 일상적인 인간의 행동이 무작위적으로 서술되어 있
다면 그것은 한갓 보고문(報告文)에 불과하여 창조의 의미를 획득할 수
없게 된다. 위에서 말한 작가의 의도란 예술성을 표출하려는 노력을 의미
한다. 여기에 소설이 창조하는 세계가 일상의 현실세계와는 달라야 하
고, 또 다를 수밖에 없는 근거가 있는 것이다.

　소설에 있어서 표현의 대상은 인간 그 자체와 그 인간이 만들어 가는
구체적 인생이다. 소설 속에 나타난 인간과 구체적 인생은 현실의 인간
과 인생에 대하여 유추적 관계에 있으며, 그 의미는 작중인물의 의지적
행동을 통하여 구현된다.

　　　사건은 행동을 위한 전초적인 기초이며, 궁극적으로 행동 속에 그것의
　　　가치가 실현될 수 있으며 행동을 통해서 그 존재 의미가 발휘 확인될 수
　　　있다. 행동은 운용(運用)이며 적용이다.22)

　이 인용문에서 '사건'을 '구체적 인생'이라는 뜻으로 바꿔 놓고 보면
소설에서의 표현은 인간 행동의 질서화임을 알 수 있다. 잡다한 행동
속에서 그 행동들 사이의 관계와 그 관계를 가능하게 하는 원리를 발견
하고, 혼돈을 질서의 세계로 승화시키는 힘이 상상력임은 물론이다.
그러면 작가는 어떤 의지를 가지고 행동을 질서화 하는 것인가? 이 물

---

22) 정상균, 앞의 책, pp.13~14.

음은 소설가의 고유한 사명을 논단(論斷)하게끔 강요하는 듯한 인상을
준다. 그러면 소설가에게 부여된 고유한 사명이 본래적으로 존재하는
것인가? 하는 의문이 동시에 제기된다. 소설가는 무엇을 써서 인간 사
회에 어떤 공헌을 하는가? 소설이 수행하는 기능은 무엇인가? 이런 식
으로 발전해나가면 최소한의 해답도 얻기 어려운 논리의 미궁(迷宮)을
헤맬 수밖에 없을 것이다. 그러므로 여기서는 이러한 물음에 대한 논리
적 단정이나 논란의 여지를 피하면서, 그러한 문제의 해결에 도움이
되고자 하는 뜻에서 작가의 의지, 혹은 이념과 소설 속의 행동의 의미
를 검토해 보고자 한다.

위에서 소설은 모든 인간이 공유하는 소망을 객관성 있게 언어를 통하
여 구상화한 것이며, 소설을 쓰는 것은 유토피아를 갈구하는 인간의
욕망을 대변하는 행위라고 규정한 바 있다. 이것은 소설이라고 하는
행위를 인간의 이상추구(理想追求)의 심성에 비추어 본 규정인 바, 다소
주관적이고 지엽적인 언명(言明)일 위험성도 있다. 그러나 모든 예술
행위는 그 의도나 기법(技法), 수단(手段) 여하(如何)에 관계없이 궁극적으
로 휴머니즘의 실천을 근간으로 수행된다고 믿는다면 소설도 작가의
인간적 의지, 즉 이상추구의 한 표출로 인식되어야 할 것이다.

일부 인간에 대한 불신과 혐오를 가진 사람들도 있어서 인간의 현재
와 미래에 대하여 회의적이고 절망적인 견해를 피력하는 경우도 있지
만, 건전한 세계관 위에서 바라본다면 인간에게는 아직 충분히 희망이
있으며, 나아가 이상을 추구하고 실현해 나갈 수 있는 능력도 있음을
확인하게 된다. 인간은 결과적으로 파멸하기 위하여 존재하는가, 아니
면 이상을 실현하기 위하여 존재하는가, 하는 물음은 영원히 해결될
수 없는 불가지론(不可知論)처럼 보여진다. 그러나 대부분의 사람들은
미래에 대한 희망과 비전을 가지라는 상식적인 경구(警句)를 믿으면서

살아가고 있으며, 이것이 또한 현실의 최선일 수밖에는 없다. 소설가는 이러한 현실의 최선을 확인하고 추구하기 위하여 휴머니즘을 건설하려고 한다. 그리고 대부분의 작가들은, 소설이 휴머니즘을 건설해야 한다는 명제(命題)는 보편적 동의를 얻기 어렵다는 비판의 여지가 있다 할지라도, 독자들이 그것을 발견할 수 있는 작품을 생산해야 한다는 신념을 갖고 있는 것처럼 보인다. 왜냐하면 인간의 성향 그 자체가 이상추구적인 까닭이고 작가도 인간이기 때문이다. 즉, 인간은 이 세계에는 개인의 욕망이나 능력을 초월하여 완전하고 아름다운 이념들이 객관적으로 존재하고 있음을 확신하고 있기 때문이다.[23) 누구보다도 소설가에게는 이러한 확신이 더욱 필요하다는 것이 우리들의 생각이기도 하다.

계용묵의 〈백치 아다다〉에 나오는 '아다다'는 비록 백치이기는 하지만 이상 실현의 의지를 가지는 인물로서, 이상향을 갈구하는 우리 정상인들의 세계를 역설적으로 대변한다. 그녀는, 한 인간이 비정(非情)한 다른 인간들의 간섭과 운명에 의해서 어떻게 좌절하고 패배하는가를 보여주기도 하지만, 그보다는 이상을 추구하는 인간 앞에 언제나 장애물로 작용하는 운명과 어떻게 싸웠는가를 보여줬다는 점에서 인간 승리를 쟁취했다 할 것이다. 신비평(新批評, New Criticism)에서는 늘 작품 그 자체만을 가지고 이야기하지만 이러한 백치의 이야기는 작가의 인간적 의지와 필연적으로 관련된다고 보아야 할 것이다. 계용묵은 아다다의 의지적 행동을 통하여 그의 작가적 이념, 즉 휴머니즘을 건설한 것이다. 아다다의 의지는 곧 작가의 인간 구원의 의지인 것이다. '벙어리 삼룡이'도 유사한 의미를 갖는 인물이다. 벙어리로서 갖은 고통과 수모를 감수하면서도 마지막 화재 장면에서 그는 자신의 인간성을 회

---

23) 최재서, 앞의 책, p.237.

복하고 인간이고자 하는 의지를 실현한다. 그 의지는 작가 나도향(羅稻香)의 미적 이념이며 '삼룡이'라는 개인의 이상(理想)이다. 아다다나 삼룡이는 이 모든 과정을 가정 격렬한 행동으로 마무리 짓는다. 그들의 죽음은 인물의 행동이 보여 줄 수 있는 가장 심각한 의미를 가지는 것이며, 소설의 목적이 승화되어 나타난 것이라 볼 수 있다. 그리고 이것이 이 소설들의 예술성을 결정해 버렸다. 그들의 죽음은 인간의 가장 아름다운 소망이 실현된 결과로 볼 수 있기 때문이다. 아리스토텔레스가 비극은 인간의 행동을 모방한다고 했을 때, 그 행동은 오늘날의 소설에서 구현되는 인간 행동, 즉 어떤 의지를 내포하는 행동의 의미를 갖는다고 볼 수 있다. 이 경우 행동은 플롯의 목적이 된다. 그리고 모든 목적의 근저에는 의지가 있다고 한다면 행동은 의지의 소산물일 수밖에 없다. 아다다나 삼룡이의 행동 – 죽음은 그들의 의지의 결과물인 것이다. 부언하자면 그들의 행동에는 작가의 인간 구원의 의지라는 휴머니즘이 투영되어 있다는 것이다.

> 하나의 행동 속에는 사건을 운영하는 개인의 의지가 포함되어 있기 마련이며 어느 행동이나 개인의 일정한 의도가 들어 있음을 볼 수 있고 역(逆)으로 개인의 의지와 의도가 깃들어 있는 것이 행동이라고 말할 수 있다.[24]

이 인용문을 보면 소설 속의 인물의 의지가 행동의 원인일 수도 있고, 또 행동은 의지를 실현하는 과정일 수도 있다는 점을 알게 된다. 작품에 투영된 작가의 의지는 그가 의도하는 예술성의 표출과 관련되며, 자신의 이념과 이상을 실현하고자 하는 작중인물의 의지는 이 예술성을 성립시키는 요인이 된다. 인물이 수행하는 행동은 구체적인 사건

---

24) 정상균, 앞의 책, p.14.

이며, 이 사건은 인생을 구성하는 요소이고, 또 작가는 인생의 표현을 통해 예술성을 성취하는 것이라면 그는 당연히 휴머니즘의 구현을 통해 소기의 목적에 도달할 수밖에는 없는 것이다.

기계문명(mechanism)과 배금주의(拜金主義, mammonism)의 팽배가 인간의 정신적 파탄을 초래하여 현대인은 그 정신문화에 있어 백척간두(百尺竿頭)의 벼랑에 직면해 있다고들 한다. 종교가 이렇게 비틀거리는 현대인에게 정신적 자양(滋養)을 공급하고 상실된 인간성을 회복시켜 그들을 구원해야 할 임무를 가지고 있다고 하지만, 그에 못지않게 소설도 예술성을 성공적으로 성취하여 비전(vision)과 새로운 세계를 독자에게 제시함으로써 인간 구원의 기능을 수행할 수도 있음에 우리는 주목해야 한다. 소설의 발생적 원인을 따지지 않더라도, 그리고 굳이 공리적 기능을 내세우지 않아도 소설 자체가 지니고 있는 예술성이 자연스럽게 그러한 임무의 일익을 충분히 감당해 나갈 수 있기 때문이며, 소설의 예술성은 작가의 미적 이념에 의하여 결정되고, 작가의 미적 이념은 작중인물의 이상(理想)지향적인 이념적 행동, 즉 인간 구원의 행동으로 나타나기 때문이다.

소설에서의 표현은 언어를 통한 인간 행동의 구현임을 보아왔지만, 이것이 작가의 이념이나 의지와 깊이 관련되어 있음은 당연한 일이라는 점도 지적되었다. 소설이 구축하는 허구의 세계, 그 세계 속에 형상화된 어느 인간과 인생의 이야기는 실제적인 현실의 사건보다도 진실한 느낌을 줄 수 있어야 하며, 그렇게 되기 위해서는 작가의 이념이나 의지가 긍정적인 인생관 위에 자리 잡고 있어야 함을 강조한 셈이다. 소설은 '허구화(虛構化, fictionize)'라는 방법을 통해 인생을 해석하고 현실의 인간 앞에 비전을 제시하는 예술이다. 작가는 자신의 이념을 작중인물의 의지와 행동을 통하여 구현하며, 여기에 하나의 예술적 존재양식으로서의 소설의 중요한 의의가 숨 쉬고 있는 것이다.

5. 사상(思想)의 건설(建設)

소설은 그 전달하고자 하는 내용에 의하여 존재의 모습과 의의가 결정될 수도 있다.

우리는 위에서 작가의 의지는, 그의 미적 이념이 작중인물의 의지-행동과 만나 필연적인 관계를 형성할 때 작품으로 형상화될 수 있음을 보았다. 그렇게 보면 표현 과정은 작가나 독자 모두에게 상상적, 대리적 체험의 의미를 갖는다. 그리고 작가의 이념은 절대적이지는 않지만 대체로 인간주의적인 경향을 보이고 있다는 점, 그것이 인간 구원의 문제, 상실된 인간성의 회복에 공헌할 수 있다는 점도 지적되었다. 이러한 것들은 어느 정도 소설 속에 표현되는 내용의 문제들이라 볼 수 있다. 예술은 내용과 형식의 불가분리한 통일체이므로 이러한 내용들이 구체적인 형상으로 구현되는 전일체(全一體)가 소설인 셈이다. 다시 말해서, 작가는 작품을 통해서 인생을 형상화하고, 형상화된 인생은 그 자체가 작품인 것이다. 흔히 작품에서 사상(thought)의 문제를 거론하곤 하는데, 우리가 거론하는 사상이란 실은 작품에서 구현된 인생의 의미, 나아가서 작가의 인생관과 관련되는 것인 바, 그것은 자체가 형식화된 사상(事象)인 것이다. 일반적으로 사상은 내용적 요소라고 하지만, 그것이 구현된 인생의 의미라고 본다면, 작품에서의 사상은 이미 내용과 형식을 변증법적으로 극복한 상상적 체험의 소산물인 것이다. 그러므로 소설에서의 사상의 문제는 소설의 존재 의의와 가치를 규정하는 중요한 요소가 된다.

근대 이후의 소설의 특징은 인간의 탐구와 인식, 새로운 인간형의 발견으로 규정된다. 소설은 인간과 인생을 대상으로 하여 그 본질적 의미를 탐구, 규명하며 새로운 논리적 차원의 인간형을 제시하는 데에 특징이 있다는 것이다. Forster는, 근원에 숨어있는 인간의 생활을 밝혀내는 것이 소설가의 임무라고 지적하고 있다.[25] 이 말은, 소설은 인간생활을 분명하게 보여준다는 의미로 해석될 수도 있고, 표면적으로는 잘 드러나지 않는 개별적 인간의 비밀스러운 면을 밝혀 보여준다는 뜻으로도 볼 수 있다. 얼핏 보기에도 전자의 해석이 합리적일 것 같다는 생각이 들고, 또 그렇게 해야 옳을 것이다.

그러나 그는 여러 곳에서 소설은 비밀스러운 인간의 모습을 보여주기 때문에 역사(歷史)보다 진실하다는 뜻의 이야기를 하고 있다. 부분적이기는 하지만 아리스토텔레스의 견해를 받아들이기를 주저하고 있는 Forster가 이렇게 이야기하는 진심이 어디에 있는지는 알기 어렵지만, 위의 인용문을 '인간생활의 본질을 밝힌다'는 의미쯤으로 해석한다면, Edwin Muir의 지적처럼, 그는 인간생활 자체가 인생적이기 때문에 '소설은 인생을 독자에게 제시할 수 있어야 한다'는 주장을 하고 있는 것으로 볼 수 있다[26] Forster가 소설을 '인생의 제시'로 해석할 때, 그 인생은 물론 허구화된 인생, 다시 말해서 현실의 인간이 꾸려나가는 삶의 모습과는 다른 의미를 갖는다는 것은 물론이다. 근원에 숨어 있는 생활을 밝혀내는 것이 단순히 그려 보여 주는 것이라면, 즉, 소극적이며 재현적인 리얼리즘 정도의 의미에서 그치는 것이라면 이미 그것은 소설적 가치를 상당 부분 상실하고 있는 셈이다. 우리는, 소설은 독자로 하여금 적극적인 인생의 의미를 상상적, 대리적으로 체험케 하는 데

25) E. M. Foster, *op. cit.*, pp.57~58.
26) Edwin Muir, *op. cit.*, p.10.

그 예술성이 있다는 점을 늘 상기해야 할 것이다.

소설의 절대적 탐구 대상인 인간과 인생의 본질적 의미, 또는 이것을 움직여 나가는 어떤 원리로서의 진실의 문제는 곧바로 사상의 문제로 직결되며, 궁극적으로는 철학적 사유의 대상에 포함된다. 소설에 있어서의 사상의 문제는 '인생이란 무엇인가?'에 대한 해답이라기보다는 '어떻게 살아야 하는가?'라는 물음인 동시에 그 물음에 대한 해답의 모색(摸索)이라 볼 수 있다. 그러니까 사상은 완성된 어떤 해답의 체계가 아니라 독자에게 사고(思考)를 요구하는 문제의 제기이면서 작가와 독자가 함께 바람직한 삶의 길, 그 답을 찾아가는 지적 과정이라 할 수 있는 것이다.

이런 식으로 말하면 소설이 무슨 윤리적인 생활을 위한 수신 교과서쯤으로 이해되고 있는 것은 아닌가 하는 비난을 면하기 어렵겠지만, 여기서의 사상은 사회가 요구하는 제도적 관습이나 윤리의식과는 거의 무관한 것이다. 그것은 그 이전의 인간의 자유와 인간적 가치의 실현과 관련되는 문제인 까닭이다. 위에서, 구현된 인생, 형식화된 사상(事象)의 하나로서 사상(思想)을 파악한 바 있는데, 이것은 시(詩)의 경우에서 말하는 '정서(情緒)와 융합된 사상'과 같은 뜻으로 이해될 수 있다. 앞서 소개한 Arnold는, 시는 '인생비평'이라고 하면서 도덕적 사상을 강조했다. 최재서는 이 점을 다음과 같이 설명하고 있다.

"〈쥬벨론〉보다 15년 후에 쓰여진 〈워즈워스 시집 서문〉에서 아놀드는 다시 한 번 시와 사상의 문제를 취급했는데, 여기서는 '사상(思想)'이란 말이 '도덕(道德)'이란 말과 동일시(同一視)되어 있다. 워어즈워스가 시인으로서 탁월한 점은 그가 그의 주제(主題)에다 사상을 힘 있게 적용한 데 있지만 그 사상은 근본에 있어 도덕적 사상(道德的 思想)이라 말했다. 여기서 '도덕적'이라 함은 '교훈적(敎訓的)'을 의미하지 않으며, 또 도덕적 사상이

라고 해서 도덕적 체계나 윤리학(倫理學)을 의미하지 않는다. 그것은 시인
이 '어떻게 살 것인가?'하는 근본 문제에 대해서 깊이 사색했음을 의미한
다. '어떻게 살 것인가?'하는 문제 자체가 도덕적 사상이다. 그리고 그것은
인간에게 가장 흥미를 일으키는 문제다. 워어즈워스는 여러모로 그러한
문제에 관심을 가지고 있다. 도덕적이라는 말에 대해서 넓은 의미를 포함
시켜야 할 것은 말할 나위도 없다.[27]

　　Arnold가 말하는 도덕적 사상은 문학적으로 형상화된 사상을 의미
한다. 삶의 태도에 대한 진지한 고민과 해답의 모색은 분명 철학적 사
유에 가까운 것이지만 어쩌면 철학적 사상보다도 더 진실하고 설득력
있는 일면을 지니고 있는지도 모른다. 아놀드에 따르면 철학보다 더
강한 설득력을 지니는 소위 도덕적 사상은, 곧 시에서는 정서와 융합된
사상이다. 철학은 우리의 이성적(理性的) 깨달음을 촉구하는 데 비해,
시는 우리의 정서를 움직이기 때문에 상대적으로 설득력이 강한 것으
로 볼 수 있다.

　　그리고 우리의 정서를 움직이는 힘은 '시적 진실성(poetic truth)'인 바,
시적 진실성은 인생비평 속에 나타나 있는 사상의 진실성을 의미한다.
이것은 워즈워드가 이른바, '감동적 사상(affecting thought)'이 지니는
힘인 것이다. "독자에게 감동을 주는 직접적인 힘은 물론 정서지만, 단
순히 정서만으로써는 감동력이 심각하지도 못하고 지속적일 수도 없다.
정서에다 심각성과 지속성을 주는 것은 실로 사상이다"[28]라고 하는 진
술은 문학에서의 사상은, 지성이나 정서와 결합된 상상력의 소산물로서
우리에게 중대한 인생의 의미를 전달하는 요소임을 강조하고 있다.

　　앞서 '사상은 완성된 어떤 해답의 체계가 아니라 독자에게 사고(思考)

---

27) 최재서, 앞의 책, p.254.
28) 최재서, 앞의 책, p.258.

를 요구하는 문제의 제기이면서 작가와 독자가 함께 바람직한 삶의 길, 그 답을 찾아가는 지적 과정'이라 했지만 그 개념을 좀 더 구체화시켜 볼 필요가 있다. 다소 위험한 일이기는 하지만 그 구체적 의미를 규정해 볼 필요가 있다는 것이다. 그것은 위에서 지적한 바처럼 인간의 자유와 인간적 가치의 증진과 그 실현을 가능케 하는 것과 관련되는 것이어야 할 것이다. 인류의 역사는 인간이 부단히 자유로운 인간성을 추구한 행로의 기록이다. 부언한다면, 인간성의 실현과 자유를 저해하는 요인들과의 끊임없는 투쟁이 역사의 중심에 자리 잡고 있다는 것이다. 토인비의 '도전(挑戰)과 응전(應戰)'은 이 점에서 웅변적이다. 인류 역사상 위대한 사상은 매양 이러한 인간적 가치와 자유의 실현을 그 내용으로 하고 있음을 우리는 역사의 도처에서 볼 수 있다.

문학작품은 시간과 공간을 수렴하는 형식이므로 의식적이든 무의식적이든 이러한 시대적 단층을 반영하지 않을 수 없다. 요컨대, 문학작품에서의 사상은 이러한 위대한 사상을 반영하고, 또 그것을 이상적으로 실현하고자 하는 의욕적인 인간의 모습을 보여 줄 수 있어야 한다. 그리고 그것은 항상 새로운 시대를 지향하는 것이어야 하며, 인간의 본질에 관계되어야 하며, 삶의 바람직한 좌표를, 혹은 미래를 향한 비전을 제시할 수 있는 것이어야 한다.

> 새 진리를 주장하는 새 사상은 그것이 청신(淸新)하고 실질적으로 건설적이어서 그 시대사람 대다수에게 자극과 감동을 주고 그들을 고무(鼓舞)하고 격려하여 미래의 개척으로 추진시키기 때문에 가치가 있는 것이다.[29]

이 진술은 절대적, 불변적 진리의 존재 가능성을 전적으로 부정하는

---

29) *Ibid*, p.264.

것은 아니지만, 문학은 항상 시대가 요구하는 새로운 사상을 진리로 써 추구해야 한다고 주장한다. 반면, 그것이 보편적 진리와 동떨어진 것이어서는 안 된다는 점도 간접적으로 경계하고 있다.

이상의 내용은 주로 시(詩)의 문제와 관련되는 것처럼 보이지만, 소설의 경우도 사상의 문제에 있어서는 이와 다를 바 없다. 앞서 소설은 인생의 구현이며 인간의 탐구라고 언급한 바 있지만, 이것은 바로 시에서 말하는 인생비평의 개념과 동일한 의미를 지닌다는 것은 재론의 여지가 없다. 문학에서의 사상의 문제는 장르의 차이를 넘어서는 공통의 숙제이자 관심사다. 인간은 항상 극복해야 할 과제를 앞에 놓고 있다. 그 과제는 시대와 상황에 따라서 다를 수 있지만, 그것을 극복하지 못할 때에는 인간적 가치의 증진과 실현이 어렵다는 점에서 공통되는 과제가 언제나 인간 앞에 제시된다는 것이다. 소설가는 바로 이러한 인간이 당면하고 있는, 또는 맞닥뜨리게 될 과제를 예리하게 포착해야 하며, 그것을 어떻게 극복해 갔는지를, 아니면 어떻게 좌절했는가를 제시할 수 있어야 한다. 사실, 극복과 좌절은 소설에서는 하나의 주제를 향해 가는 쌍두마차와 같은 관계이므로 굳이 나누어 생각할 필요는 없을지도 모른다. 그러나 지향점을 향한 행위의 결과는 어떤 모습으로든 제시되어야 할 것이다.

물론, Edwin Muir의 지적처럼, 소설이 몇 개의 어떤 패턴에 의해 쓰여 질 수는 없다.30) 한 인간의 인생을 모형화 할 수는 있어도, 그 모형으로 다른 인생을 재단한다는 것은 위험한 일일 뿐만 아니라, 자칫 오류에 빠질 가능성이 크기 때문이다. 그러나 소설가는 지향해야 할 좌표를 설정하고 제시할 수 있어야 한다는 의미에서의 패턴은 창조해

---

30) Edwin Muir, *op. cit.*, pp.11~12

내어야 하며, 그 좌표는 인간의 이상과 이념을 실현하는 것과 관계가 있어야 한다. 인간성의 자유로운 발현을 억제하고 인간적 가치의 증진 (增進)을 저해하는 요인들과 과감히 맞서는 용기가 소설가에게는 필요하다. 물론, 이것은 예술적 표현이라는 테두리 안에서의 이야기이다. 인간이 인간다울 수 있는 길을 제시하고 인간 외적인 어떠한 요소에 의해서도 인간이 구속(拘束)되지 않는 건전한 인간 세계를 지향할 수 있는 사상을 표현 하는 일이 소설가의 책무라 할 것이다. Foster의 '근본적 생활의 구명(究明)'은 '참된 인간성의 발견'으로 이해되어야 할 것이며, 이것은 나아가 인간적 가치의 증진, 그 자체를 목적으로 하는 것이어야 할 것이다.

> 현대문학은 리얼리즘을 정점(頂點)으로 하는 근대문학의 부정에서 출발한다. '보는 문학'이나 '반영하는 문학'이 아니고 '변화시키는 것을 제시하는 문학'이요, '교사(敎師)나 구제(救濟)의 문학'이다.[31]

이것은 지나치게 문학의 공리성(功利性)을 내세운 것 같지만, 거대한 물질문명 속에서 마멸되어가는 인간성을 구제해야 할 임무가 문학, 특히 소설에도 있음을 분명히 밝히고 있다. 어느 시대에나 문학인 스스로가 인식하고 있었고, 또 요구되었던 문학의 한 기능은 인간성을 고양(高揚)해야 한다는 점이었다. 현대의 소설가도 이에서 예외일 수는 없다. 그는 인간적 가치의 증진과 자유로운 인간성의 발현을 옹호하는 휴머니즘을 건설해야 할 것이다. 괴테가 "관습과 권위와 규칙들로 뭉쳐진 구질서로부터 그들(독일의 젊은 시인들)을 해방시켰다"라고 한 말이라든가, 하

---

31) 구인환, 〈한국근대 소설연구〉, 삼영사, 1980, p.43.
　　R. M. Albères, 〈20세기 문학의 총결산〉(이진구·박이문 공역), 신양사, p.4에서 인용한 것임.

이네가 자신을 "시를 통한 인류 해방전의 용감한 전사(戰士)"[32]라고 언급한 것들은 이런 점에서 중대한 시사성(示唆性)을 갖는 것이라 하겠다.

6. 지(知)와 정(情)의 조화(調和) : 결어를 겸하여

소설은 투철한 산문정신(散文精神)의 소산물이다. 산문정신은 객관성과 실재적 과학정신을 의미하며 현실성을 높이 사는 실증주의(實證主義) 세계이다.[33] 그것은 열렬(熱烈)한 탐구와 실증과 분석에서 비판과 제시로 나아가는 지성적 정신이기도 하다. 그러므로 소설은 인간을 사랑하는 정열에 의거하되, 인간을 냉정히 탐구하는 정신에서 시작하여 인간적이지 못한 요소들을 비판하고 정화(淨化)하여 인간성을 구제하고 인간적 가치를 실현하는 정신으로 나아가야 한다. 그러기 위하여 소설가는 정적(情的)인간이면서도 예리한 지성을 소유한 인간이 되고자 노력해야 할 것이다. 소설가는 어느 정도 천재성으로 태어나는 것이기도 하지만, 소설을 쓰는데 적합한 인간이 되고자 노력하는 것도 좋은 소설가를 낳는 소이(所以)가 된다. 정적 인간이면서도 지성적 인간이라는 명제는 의미의 구조 자체가 상반적이며, 또 실제 생활에서 보통 사람들이 두 가지를 조화 시킨다는 것은 어려운 일이다. 그러나 소설가는 이 두 유형의 상충(相衝)하는 점을 변증법적으로 극복해야만 소설가로서의 주어진 기능과 사명을 완수할 수 있는 것이다. 시가 정서와 지성의 원만한 조화에 의하여 시로서 성취되는 것과 같이, 소설은 인간에 대한 사랑과 비판이 조화

---

32) 최재서, 앞의 책, p.268.
   Heine : Memoirs March, 30, 1855. "I was a brave soldier in the Liberation War of humanity."
33) 구인한·구창환, 앞의 책, p.62.

를 이루어 독자가 공감할 수 있는 세계를 그들 앞에 제시할 수 있을 때 비로소 소설로서 성취될 수 있는 것이다.

　과거에 시가 담당했던 인간정서의 순화(醇化)라고 하는 임무는 이제 소설의 인간성 구원이라는 임무로 인계된 듯싶다. 시가 여전히 오늘날에도 인간의 정신생활에 크게 공헌하고 있음은 분명하지만, 자연을 이상(理想)으로 알고 자연을 규범으로 삼아온 시로서는 기계문명과 물질문명의 물결로 인하여 분주해지고 복잡해진 현대를 감당하는 임무를 소설에게 인계하는 것이 근대 이후 시대정신의 자연스러운 흐름이라는 점을 인정하지 않을 수 없는 일이기도 할 것이다. 워어즈워드가 이른바, '시인은 인류의 교사(敎師)'라는 말처럼, 현대의 소설가들은 방황하는 현대인의 등대가 되고 교사가 되는 역할을 소설을 통해서 수행해야 할 것이다. 이것이 진정한 의미의 산문정신이라 생각되며, 여기에 소설의 참된 존재 가치가 또한 자리 잡고 있다고 믿는다.

제2장

캐릭터의 몇 가지 양상

- 작중인물의 복수욕과 플롯에 대하여 -

1. 캐릭터에 대한 하나의 가설(假說)

소설의 플롯은 작중 인물의 성격에 의하여 결정된다. 성격은 인물이
보여주는 행동의 인과율을 지배한다. 통상적인 소설의 기법으로 보면
성격이 인물의 행동을 제한하거나 결정하고 있음을 확인할 수 있다.
사건 중심의 소설이든 인물 중심의 소설이든 궁극적으로 그 작품에서
핵심적인 기능을 수행하는 것은 작중 인물의 성격이다. 따라서 우리가
한 소설의 작품적 의도에 접근하고자 할 때에는 이 인물의 성격을 유심
히 살펴보지 않을 수 없다. 한 소설이 지니고 있는 구조적 특성과 그
특성으로 하여 나타나는 예술적 가치를 파악하려고 할 때에도 필연적
으로 성격의 안내를 받을 수밖에 없다. 말하자면 인물의 성격은 우리가
소설로 들어가는 통로이며, 궁극적으로 소설의 미학을 깨닫게 하는,
소설의 이론적 이해를 위한 열쇠이기도 하다.

소설에서 이처럼 중요한 성격은 대체로 작가의 인물 구성의 방법에
의하여 결정된다. 물론 그렇다고 해서 인물이 작가에게 종속되는 피동적
인 존재라는 것은 아니다. 소설 속에 등장하는 인물은 이미 그 창조자(작

가)의 통제를 벗어나 존재하는 하나의 독자적인 생명체이기는 하지만, 이것은 결과론이고, 그 창조의 과정에서 성격과 생명력의 비밀이 형성된다는 것이다. 소설을 이해하고 해석하려는 작업은 이 성격 창조의 과정, 즉 인물 구성의 방법을 통하여 성격을 파악하는 데서 시작되지 않을 수 없다. 그래서 필요한 것이 작가가 보여주는 인물 구성의 방법 가운데서 그 인물을 가장 잘 나타내는 특징적인 요소를 끄집어내는 일이다. 인물의 이 특징적인 요소를 보통 성격지표(性格指標, character-indicator)라고 부른다.

그러나 작중인물의 성격을 단적으로 드러내는 어떤 지표라는 것은 그리 쉽게 발견되어지는 것은 아니다. 그러한 지표는 아마도 원칙적으로나 현실적으로 존재하지 않는 것인지도 모른다. 인간이라는 복합적이고 미묘한 존재를 하나의, 또는 몇 개의 눈에 띄는 모습으로 판단하거나 규정하는 것은 거의 언제나 시행착오(試行錯誤)로 끝날 가능성이 크다. 일상에서 우리가 늘 대하는 친근한 사람도 우리가 그에 대하여 알고 있는 것은 극히 부분적인 것에 불과한 경우가 대부분이다. 그가 우리와 나누는 대화, 우리에게 보여주는 행동, 그의 습관, 성장 배경과 생활환경 등, 우리가 그에 대하여 보고 듣고 하는 자료는 수없이 많이 있지만 그럼에도 불구하고 그 어떤 것도 그를 확실히 파악하는 데 결정적인 단서가 되지는 못한다. 우리가 그와의 관계 속에서 발견하거나 느끼는 그의 인간성이나 위인(爲人)이라는 것도 어느 정도까지 사실과 부합하는가 하는 것은 측정하기가 어려운 것이다. 우리가 그의 인간성과 위인에 대하여 갖고 있는 판단의 내용도 현상적으로 나타나는 사실에 근거를 둔 것이라기보다는, 우리 자신의 인간에 대한 체험적인 인식에 근거를 둔 것이라고 보는 것이 타당할 것이다.

그러고 보면 그에 대하여 내리는 평가나 판단은 오히려 지극히 가상적(假想的)이고 막연하며 무책임한 것이라 할 만 하다. 그러나 우리가 현실에서 인간관계를 유지하면서 살아가기 위해서는 어떤 형태로든 나와 관계가 맺어지는 타인에 대해 정보를 갖지 않으면 안 된다. 신분이나 지위 같은 표피적인 정보는 일회적인 탐문(探聞)이나 본인과의 만남을 통해서 확실한 것을 얻을 수 있지만 그 인간에 대한 정보는 오랜 시간을 두고 꾸준히 접촉하고 관찰하는 데서만이 비로소, 단편적으로나마 얻어낼 수가 있는 것이다. 인간은 대체로 자신을 드러내기보다는 감추어 두려고 하는 성향이 강하기 때문에 인내를 가지고 접근하는 태도가 아니고서는 그를 알아낼 길이 없는 것이다. 개중에는 언제나 자신 있게 자기를 드러내 보이는 듯한 사람도 있지만, 그것은 오히려 자신을 위장하는 태도일 가능성이 더 클 수도 있다.

　이것은 현실에서 만나는 인간들에 대한 이야기지만 소설 속에 등장하는 인물에 대해서도 그들을 확실히 인지한다는 것은 똑같이 어려운 일이다. 작중인물은 현실의 인물과는 달리 합목적적(合目的的)으로 고안(考案)된 인간이기 때문에 어느 정도 자유가 통제되어 있기는 하지만[1] 여전히 다각적인 면모를 보임으로써 그들을 추적하고 포착하려는 우리를 혼란에 빠뜨리곤 한다. 소설가들이 관례적으로 사용해 온, 인물을 드러내는 여러 가지 장치[2]들도 작중인물을 파악하는 데 사실 그렇게 썩 유용한 것은 아니다. 인물을 드러내는 지표들이란 작중 현실을 구성하고, 실제감(lifelikeness)을 형성하는 것에 대해서는 상당한 공헌을 하

---

1) William kenney, "*How To Analyze Fiction*", Monarch press, 1966, p.25
　One of the most delicate tasks of the writer of fiction is to create and maintain the illusion that his characters are free, while at the same time making sure they are not really so.
2) 관례적인 인물구성의 지표로는 주로 육체적인 외모, 행동, 작중 인물이 처해 있는 상황, 대화 등이 사용된다.

지만, 인물을 파악하는 단서로서는 미흡한 점이 있다는 것이다. 그렇다
고 해서 관례적인 성격묘사의 지표를 무시하고서는 성격의 파악이 또
한 불가능하다. 본고에서는 관례적인 인물구성(characterization)의 지표
들의 도움을 최대한 받으면서 그 중에서 특히 작중인물의 행동을 중요
한 단서로 삼아 인물을 추적하는 입장을 취했다. 인물이 행동(대화를
포함하는) 단서가 된다고 보기 때문이다. 작중인물이 보여주는 자신에
대한 태도와 그에 대한 타인들의 태도를 포함하는 행동은 인물의 성격
을 열어가는 쓸 만한 열쇠임에는 틀림없다.[3)]

그런데 어떤 행동에는 반드시 그렇게 행동하지 않을 수 없는 근본적
인 동기가 있기 마련이다. 그 근본적인 동기는 한 인물의 동기를 파악
하기 위해서는 인물의 심리적 인과율(the law of causality)에 관심을 가
져야 한다. 인물의 행동을 통하여 어떤 심리적 인과율에 도달하게 되면
근본적 동기를 포착할 수 있게 되고, 인물의 성격을 파악할 수 있게
된다고 보는 것이다. 이 근본적 동기를 성격으로 보고 그 자체를 가장
중요한 인물의 성격지표로 본다는 것이다. 따라서 성격지표라는 말은
일차적으로 관례적인 인물 구성의 방법을 의미하지만, 궁극적으로는
인물의 근본적 동기를 의미하는 것이다. 부분적, 가시적 지표보다는
심리적 국면을 파악하는 것이 성격을 진단하고 규정하는 보다 설득력
있는 지표가 된다고 보는 것이다.

이렇게 보면 인물의 성격으로 향하는 통로인 행동은 일차적인 성격
지표가 되며, 근본적인 동기가 최종적인 성격지표가 될 수밖에 없다.
행동을 통하여 성격을 진단하고 그 결과를 지표로 삼아서 행동을 조명해
본다면 인물에 대한 보다 선명한 이해가 가능하리라 본다. 본고는 이러

---

3) 김병욱 편, 최상규 역, 〈현대소설의 이론〉, 대방출판사, 1984, p.255.

한 인물의 이해를 통하여 캐릭터가 소설미학(小說 美學)에 공헌하는 양상을 파악하고자 하는 데 한 목적을 두고 있다. 졸저 ≪한국 근대 단편소설의 인물 연구≫중, 〈현실과 낙원, 그 평행선의 비극성〉, 〈에로스의 각성과 승화를 통한 자기구원〉, 〈속박과 고역의 공간, 그것의 부정과 파괴〉를 인용하거나 부분적으로 전재하여 이 문제를 정리해 보고자 한다.

2. 〈광염(狂炎)소나타〉의 경우

이 소설의 주인공인 백성수는 그 출생부터 문제의 소지를 안고 있는 인물이다. 그것은 첫째 그의 아버지 백○○이 보여준 유전적 배경이고, 둘째는 공인되지 않은 유복자(遺腹子)로서의 탄생이다. 인간은 누구나 어떤 유전적 배경을 갖고 태어나지만 백성수의 경우는, 순치되기를 거부하는 야성적 천재이며 그 천재와 현실의 괴리를 극복하지 못하고 술로 일생을 마친 아버지를 그 유전적 배경으로 가지고 있다는 점이 특이하다면 특이한 점이다. 모든 자식들이 아버지의 소양(素養)을 다 이어받는 것은 아니지만 백성수의 경우는 그 아버지를 그대로 닮았다는 점이 또한 특이하다. 이러한 인물 설정은 작가의 특권으로 배려된 것이라 할지라도 백성수의 입장에서 보면 미묘한 운명의 장난이라 아니할 수 없다. 또, 그의 어머니는 어떤 연유로 그러하게 되었는지 밝혀지지는 않았지만 백○○와 비합법적인 관계를 통해서 백성수를 출산하게 된다. 윤리적 차원에서 볼 때 그것은 사통(私通)이며 야합(野合)이다. 그랬기에 그녀는 친정으로부터 축출 당한다. 백성수를 잉태하면서 백○○는 타계하고, 그녀는 내쫓기어 기구한 삶의 주인공이 된다. 이러한 두 가지 문제점–야성적 천재성, 기구한 출생–은 앞으로 백성수가 전개해 나가는 모든 사건의 선행 조건이 된다.

그러나 이것은 조건일 뿐이지 확실한 성격의 지표가 되는 것은 아니다.

백성수는 교양 있는 어머니의 세심한 보살핌으로 곱고 착하게 자랐다. 가난한 가운데서도 어머니는 오르간을 준비하여 그의 심성을 아름답게 가꾸려고 애썼다.

> 아침에는 새소리 바람에 버석거리는 퍼풀라 잎, 어머니의 사랑, 부엌에서 국 끓는 소리, 이러한 모든 것이 이 소년에게는 신비스럽고 다정스러워, 그는 피아노에 향하여 앉아서 생각나는 대로 키-를 두드리고 하였습니다.4)

백성수의 재능의 싹을 본 어머니가 마련해 준 피아노에 앉아서 신비롭고도 다정스러운 아침을 건반 위에 아무렇게나 옮기는 그는 어린 천사의 모습을 하고 있다. 이 시절의 백성수가 생활하는 공간은 그야말로 낙원(樂園)이었다. 이 공간은 어린 백성수에게는 그대로 낙원의 이미지였으며 어머니의 세계였다. 그는 중학을 졸업하고 직공으로 취직하고 있으면서도 음악에 대한 관심과 집착을 여전히 지니고 있었다. 그러던 어느 날 어머니가 득병(得病)을 하게 되면서부터 그의 생활은 급전직하하여 궁핍과 안타까움이 온통 그를 지배하게 되었다. 혼수상태에 빠진 어머니를 구하기 위하여 의사를 부르러 가던 그는 문득 돈이 없음을 생각하고 주인이 잠깐 자리를 비운 담뱃가게의 돈 몇 푼을 훔치게 되고, 그것 때문에 그는 결국 어머니의 임종을 보지 못하게 된다.

백성수는 비록 기구한 운명이기는 하지만 어머니 때문에 아무런 어려움도 모르고 곱게 자랐으며, 어머니의 교화로 착한 사람으로 성장한 사람임을 알 수 있다. 남달리 큰 문제를 불러일으키는 점도 없었으며 주변의 눈살을 찌푸리게 하는 점도 없는 평범한 인간으로 성장한 것이

---

4) 金東仁, 〈狂炎소나타〉, 전광용 편, 《한국근대소설의 理解》, 民音社, 1983, p.437.

다. 한 가지 남다른 점이 있었다면 끓어오르는 젊음의 감격과 열정을 오선지에 옮겨보려는 음악가로서의 생활을 했다는 점이다. 실제 정식으로 음악 공부를 한 적이 없으니 그것이 잘 될 리 없었겠지만 잘 안 되는 그 점을 안타까워하면서 가계(家計)를 꾸려갔다는 것이다. 그러나 중요한 것은 그가 착한 사람으로 성장하고 생활했다는 것이 아니라, 그가 사랑하는 어머니를 끝내 구하지 못했고 더욱이나 어머니의 임종도 보지 못하게 됐다는 점이다. 이 점이 앞으로의 사건에 나타나는 백성수의 성격을 이해하는 실마리가 된다.

감옥에서 나온 백성수는 전에 살던 집에 가보았으나 이미 남이 들어와 살고 있었으며, 후문(後聞)에 의하면 그의 어머니는 아들을 찾아 길거리까지 기어 나와 죽었다고 했다. 백성수의 심경은 참담해지지 않을 수 없었다. 어머니에 대한 불효와 어머니를 구원하지 못한 죄책감, 여기에서부터 백성수의 인간성은 변하게 된다. 이것은 윤리적인 의식에서 비롯된 심성변화의 요인으로서, 장차 보다 근본적인 성격 변화의 출발점을 이룬다. "성격이란 상태가 아니라 과정이다."[5] 백성수의 성격이 유년기, 청소년기, 장년기로 변해가는 과정이야 말로 이 인용문의 좋은 보기가 될 것이다.

백성수가 어머니를 사별했다는 것은 불효나 죄책감 이전의 '탄생충격(誕生衝擊, trauma of birth)'의 의미를 갖는다. 백성수가 지금까지 생활해 온 공간은 어머니의 세계였다. 그 어머니의 세계에서는 아무 위험도 없었으며, 모든 것이 신비롭고 아름답고 평화로웠다. 뿐만 아니라, 그 세계에서 어머니는 온전히 그의 소유였으며 그것을 방해하는 아버지도 없었기에 그는 아무 불안과 위협을 겪지 않아도 되었다. "사내아이가

---

5) 김병욱 편, 최상규 역, *op. cit.*, p.256.

어머니를 독점하려 하며, 아버지를 방해물로 여기고, 아버지가 여행을 가거나 집에 없으면 만족하고 있는 모양을 쉽게 볼 수 있다"[6]라고 하는 프로이드의 언명에 의하면 백성수는 지극히 만족스러운 세계, 말하자면 낙원에 살고 있었음을 알 수 있다.

이러한 백성수에게 어머니의 죽음은 모든 것의 상실을 의미할 뿐만 아니라 사회적 제도나 권위가 그에게 부과하는 가혹한 시련을 의미하기도 하는 것이다. 백성수로부터 어머니를 빼앗아 간 것은 사회제도이며(적어도 백성수의 생각으로는 그렇다는 것이다), 그 사회제도는 백성수가 일찍이 겪어 본 적이 없는 방해꾼(blocking character)으로서의 부성원리(父性原理)의 의미를 갖는다. 사회 제도는 화해를 거부하는 거대한 부성원리이다(개인적 부자관계에서는 대체로 아들과 아버지는 적대관계를 해소하고 화해하게 된다). 그것은 백성수로부터 어머니를 빼앗아 가기만 할 뿐 그에게 아무런 대체물도 제공하지 않는다. 당연히 필연적으로 저항과 복수의 감정이 유발될 수밖에 없다. 자기의 소유물, 또는 안식처를 부당하게 빼앗긴 자가 갖게 되는 감정은 불안과 분노일 수밖에 없다. 어머니의 세계로부터 분리되어 의지가지없이 된 백성수가 우선 느끼는 것은 불안의 감정일 것이다. 어머니의 세계에서 어머니식의 교육만 받았을 뿐, 아버지를 통한 사회적응 방식과 능력을 교육받을 기회가 없었던 백성수이기에 갑작스런 어머니의 세계로부터의 분리는 지극히 충격적인 체험이 되지 않을 수 없다.

현실적 불안은 외부 세계에 있는 위험을 알 때에 생기는 고통스러운 정서적 경험이다. 위험이란 그 사람을 해치려고 하는 환경의 상태이다. … 불안에 압도당하게 하는 경험을 '충격적'인 것이라고 부른다. 이러한 경험은

---

6) S. 프로이드, 〈정신분석입문〉, 민희석 옮김, 트썸, 1982, p.227.

그 사람으로 하여금 갓난애의 상태로 되돌아가게 하기 때문이다. 모든 충격적 경험의 원형(原型)은 '탄생충격'이다.[7]

이러한 백성수의 현실적 불안이 그를 무기력하게 만들게 된다. 백성수는 불안과 유아기(幼兒期)로의 퇴행(退行)을 반복하는 인물이 되어 버리고 마는 것이다. 이러한 불안의 감정을 뒤따라 일어나는 것이 분노의 감정이며, 이것은 곧바로 저항과 복수의 의지로 연장되는 것이다. 백성수가 출옥(出獄)하던 날 그 담뱃가게에 방화를 하게 되는 것은 자기를 불안 상태로 몰아넣고도 대체물을 제공하지 않은 사회제도에 대한 저항과 복수의 첫 몸짓인 것이다.

백성수는 어머니에 대한 죄의식을 담뱃가게 주인으로 대표되는 사회제도에게로 투사하여, 즉 사회로 그 책임을 전가하여 스스로 파괴적 충동을 불러일으키게 된다. 나머지 하나는 앞서도 상세히 지적한 바 있는 모성의 세계로부터 분리되는 고통이다. 이것은 개체적, 심리적 차원에서의 성격이자, 그의 성격의 핵심을 이루는 것이다. 이러한 두 가지 원인에서 연유된 복수욕은 방화로써 일단 해소되고, 〈광염소나타〉의 작곡으로 승화됨으로써 일단락된다. 광염소나타의 작곡은 예상하지 못한, 복수욕의 부산물이며, 백성수 자신이 깨닫지 못한 잃어버린 모성의 세계의 대체물이다.

> 이때의 저의 심리를 어떻게 형용하였으면 좋을지 저는 모르겠습니다. 저는 사면을 한 번 보고 그 나까리에 달려가서 불을 그어서 놓았습니다.… 나까리에 연달아 있는 집들을 헐어내는 광경을 구경하다가, 문득 흥분되어서 집으로 돌아왔습니다. 그날 밤에 된 것이 〈성난 파도〉였습니다.[8]

---

7) Calvin S. Hall, 〈프로이드 心理學入門〉, 黃文秀 譯. 범우사, 1977, p.106
8) 〈광염소나타〉, pp.434~435.

백성수는 앞서 지적한 대로 현실과 사회에 적응하기 힘든 인물이다. 전연 자기가 살아온 모성의 세계와 다른 현실 속에서는 그는 예의 그 불안증만 커질 뿐이었다. 거기에다 '채근 비슷이' 말하는(사실 백성수를 조종하고자 하는) K씨의 격려도 크나큰 부담이 되었을 것이다. 사실 이 경우 아버지의 친구인 K씨는 백성수에게 있어 조력자라기보다는 아버지와 동일시되는 방해꾼으로서 그에게 저항의 감정만 불러일으킴으로써 그의 불안증을 더욱 커지게 만드는 인물일 수도 있기 때문이다. 불안증이 극도에 달한 상태에서 발견한 낟가리는 적으로 인식되었고 그는 방화를 하게 되는 것이다. 사회, 또는 적대자에 대한 반감이 낟가리에 전위(轉位, displacement)된 것이다. 여기까지만 해도 그 방화는 작곡을 의식한 방화가 아니었다. 광염소나타와 같은 자연스런 행위의 결과로 〈성난 파도〉가 만들어진 것이다.

그러나 이후 백성수는 거의 습관적으로 방화를 하게 되는데, 그것은 의식적으로 음악을 얻기 위해서라는 명분 아래 저지르는 명백한 범죄였다. 여기에는 K씨의 간접적인 사주(使嗾)가 있었음은 물론이다. K씨는 끝내 그 방화가 백성수의 짓인 줄 모른다고 했지만, 두 번째 방화 때, 그를 자극하기 위하여 불난 사실을 백성수에게 알려주러 간 때부터 K씨는 그것을 이미 사주하고 있었던 것이다.

백성수는 이런 과정—방화와 작곡을 되풀이하면서 자기식의 생존 방식과 존재의미를 구축해 나가게 된다. 사회 제도나 규범이 한 개인으로부터 그의 소유물을 빼앗기만 하고 그것을 보상하지 않을 때, 즉 그 개인에게 알맞은 대체물을 제공하지 못할 때, 그 개인은 스스로의 힘으로 대체물을 추구하게 된다.[9] 그러나, 그 방법은 이미 정상적인 것이

---

9) Calvin S. Hall, *op. cit.*, pp.105~112 참조.

될 수 없다. 사회가 공인하지 않는 방법이 아니고서는 자신의 잃어버린 소유물에 대한 보상을 받을 수 없기 때문이다.

백성수는 그의 삶의 보금자리인 어머니의 세계를 박탈당하고 무방비 상태로 사회에 내팽겨 쳐졌다. 그는 현실 사회에서는 잃어버린 모성의 세계(낙원)를 찾을 수 없었기 때문에 늘 불안과 위협에 시달리다가 강렬한 복수욕에서 재래된 방화(파괴)를 통해 작곡을 하게 되고 그 음악 속에서 순간적인 구원을 얻게 된다. 다시 말해서 백성수에게 있어 음악은 낙원으로 회귀하고자 하는 그의 소망이 순간적으로 달성되는 시공(時空)인 것이다. 이것이 두 번 세 번 반복되는 과정에서 생활의 한 양식이 되어버렸고, 동시에 자신이 현실 사회에서 존재하는 의미도 여기에서 찾게 되었다. 이것은 자신의 행위가 범죄라는 의식 이전의 절실한, 실존이 부딪치는 생의 의미와 관련되는 문제다. 이렇게 보면, 백성수가 방화를 하는 특정한 동기는 음악을 작곡하기 위한 것이지만 근본적 동기는 복수욕의 충족과 낙원 회귀의 소망임을 알 수 있다.

백성수는 십여 일 건너 한 번씩 방화를 하고 그 때마다 한 곡의 음악을 얻는 무모하고 충동적이며 파괴적인 생활을 계속하지만, 필연적인 귀결로서 이 일에도 식상하고 만다. 이미 사회적 구성원으로서의 인격체와는 거리가 멀어진 것은 물론이려니와, 수없는 방화에서도 자극과 만족을 얻지 못할 만큼 그의 심성은 악마적이 되고 말았다. 평상시에는 무위의 얌전한 사람, 그러나 어둠 속에서는 범죄와 광란과 야성의 사람 백성수는 이러한 양면성이 교차되는 생활 속에서 심신이 피폐해 갔다. 그의 음악은 K씨에 의하면 여전히 흥분과 광포, 야성과 힘에 가득 찬 경악할 만한 것이었지만, 이제 더 이상 방화에서 그는 음악을 얻을 수 없게 되었다.

그 무렵 K씨는 '차차 힘이 없어져 가네'라는 한 마디 말로 백성수를 각성시켰고, 백성수는 급기야 끔찍한 범죄로 발전해 가기 시작한다. 우연한 일이라고는 하지만 버려진 늙은이의 시체를 보는 순간 그는 광란으로 빠져들어 그 시체를 참혹하게 만들어 버리고 〈피의 선율〉이라는 작품을 얻었다. 백성수가 사체(死體)를 모독(冒瀆)하는 행위는 백성수 자신의 죽음의 본능(thanatos)이다. 죽음의 본능은 보통 공격적 자기 파괴적인 행동(aggressive, … self-destructive pattern)으로 나타난다고 한다.10) 사체를 모독하는 것은 적대세력(사회규범과 제도)에 대한 공격(복수)이며, 동시에 자신을 파괴하는, 윤리적 파멸에 이르게 하는 행동이다. 백성수에게 어떤 여인이 있었는지는 밝혀지지 않았으나, 그는 아는 한 여인이 죽었다는 소식을 듣고 그 무덤에 갔다가 시체를 파내어 시간(屍姦)을 자행한다. 그 결과 '사령(死靈)'이라는 곡을 얻는다. 시간은 일종의 시체애호증으로서 성본능(eros)이 도착된 상태(perversion)다. 이것은 사체 모독과는 또 다른 백성수의 일면이겠으나 여전히 악마적, 괴기적 취향이며, 윤리적 파탄의 극한점에 도달하고 있음을 보여준다. 그리고 급기야는 살인에까지 이르고 수많은 사람의 생명을 희생하여 작품을 낳게 된다.

사체모독, 시간, 살인은 그 정도에 있어서 강도의 차이는 있지만 모두 방화가 갖는 의미 속에 포함된다. 백성수는 이러한 일련의 용서받을 수 없는 범죄를 통하여 그의 복수욕과 낙원 희귀의 소망을 충족시키려고 했으며, 또 부분적으로 그것을 성취하기는 했다. 그러나 그러한 것의 반대급부로 영원히 사회에서 격리되는, 그리하여 다시는 그의 낙원으로 희귀 할 수 없는 처지로 전락하고 만다. 백성수에게 있어 음악의 작곡은, 개인과 세계, 현실과 소망이 영원히 조화되지 못하는 데서 오는 비극성과 동의어이다. 이 소설은 우리 모두가 지니고 있는 욕구와 소망의 한 전형을 보여주고 있다. 인간이 갖는 욕구와 소망이 모두 백

---

10) Michael J. Mahoney, Abnormal Psychology(perspective on human variance), Harper & Row, publishers, Inc., 1980, p.80.

성수의 경우처럼 비정상적인 것이거나 비극적인 것이 되지는 않겠지만, 그것이 그렇게 될 수 있는, 한 가능성의 세계를 열어 보여주고 있다는 점만은 지적되어야 할 것이다.

백성수의 성격지표는 복수욕과 낙원 희귀의 소망이다. 동시에 백성수는 현실을 파괴하지 않고는 진정한 이상에 도달할 수 없으며, 이상에 도달했다고 생각하는 순간 인간적 파멸이 불가피하다는 비극적인 인생의 진실을 우리에게 보여주고 있다. 그는 인생이라는 거대한 비극적 아이러니의 주인공이다. 그리고 이 소설에서의 플롯의 핵심은 복수욕과 낙원희귀의 소망이다.

3. 〈벙어리 삼룡이〉의 경우

벙어리 삼룡이의 성격을 진단할 수 있는 지표로서 우리가 처음 만나게 되는 곳은 1번 서두의 그의 외모(외양, external appearance)가 소개된 부분이다.

> 그 집에는 삼룡(三龍)이라는 벙어리 하인 하나이 잇스니 키가 본시 크지 못하야 땅딸보로 되엇고 고개가 빼지 못하야 몸둥이에 대강이를 갖다가 부친 것갓다. 거기다가 얼골이 몹시 얼고 입이 몹시 크다. 머리는 전에 새꼬랑지가튼 것을 주인의 명령으로 깎기는 깎엇스나 불밤송이 모양으로 언제든지 푸하고 일어섯다. 그래서 거러다니는 것을 보면 마치 옴독개비가 서서다니는 것가티 숨차보이고 더듸어 보인다.[11]

상당수의 소설들이 그러하듯이 나도향의 소설에서도 인물묘사는 그

---

[11] 羅稻香, 〈벙어리 三龍이〉, 《現代評論》 제7호, 1927.8, p.44.

인물의 전정(前程)을 암시하는 기능을 갖고 있다. 외모를 묘사하면서 중간 중간 그 용모에서 풍기는 인상을 전지적 입장에서 논평하고 있는데, 그 논평 속에서 독자는 그 인물의 성격의 일단과 그 성격이 빚어냄 직한 사건을 예상해 볼 수 있게 된다. 〈물레방아〉에 나오는 '방원'의 처(妻)를 묘사한 부분이 그렇고, 〈뽕〉에서 '안협댁'을 소개하는 부분도 그렇다. 삼룡이의 경우에서도 우리는 객관적인 외모의 묘사 뒤에 옴두꺼비라는 말로써 그 인물이 주는 느낌을 묘사한 데에서 그의 용모의 추악성과 생득적(生得的)인 불구성에서 유추될 수 있는 그의 운명의 비극성을 충분히 예상해 볼 수 있다. 옴두꺼비는 사람들이 꺼리고 멀리하는 동물이다. 삼룡이는 외모의 추악성과 벙어리라는 불구성 때문에 옴두꺼비처럼 소외되고 버림받는 존재인 것이다. 삼룡이의 이 추악한 외모, 불구성이 일차적인 그의 성격지표이며, 이것은 장차 나타나게 되는 그의 행동의 근본적인 동기와 밀접하게 연결된다.

선천적인 추악성과 불구성에도 불구하고 삼룡이는 그의 주인 오생원의 보살핌으로 생활 그 자체에는 부족함이 없었으나, 그의 아들로부터 견디기 어려운 수난과 모욕을 당해야 한다는 고통이 있었다. 주인 아들이 가혹 행위를 할 때마다 그의 가슴에는 비분한 마음이 꽉 들어찼지만 그는 주인 아들을 원망하는 것보다 병신인 자신을 원망했으며, 주인 아들을 저주하기보다는 세상을 저주한다고 했다. 그것은 운명에 대한 원망이며, 자신을 소외시키는 사회에 대한 저주다. 직접적인 가해자인 주인 아들을 원망하거나 저주하는 것은 오생원과 자기의 관계로 보아 회피하거나 억압되어야 할 감정이다. 여기에서 삼룡이의 감정적 에너지의 전이(transference)가 발생하여 분노의 대상은 대체되며, 그것이 곧 자신의 운명과 자신을 소외시키는 세상에 대한 원망과 저주로 나타난 것이다. 그러나 이런 전이된 감정은 새아씨의 출현과 함께 수정되어 주인 아들과 세상(사회)을 동일시하게 된다. 주인 아들은 원망과 저주의 감정을 촉발시키는 인물이지만 아직까지는 실질적인 적대세력은 아니다. 삼룡이는 주인 아들을 대하는 태도에서, 수모와 수난을 당하면서도 오생원에 대한 의리와 보은(報恩)으로 행동하는 모습을 보여준다.

그 다음으로 볼 수 있는 삼룡이의 성격은 에로스, 즉 성적본능(eros, a sexual instinct)과 관련된 것이다. 그는 나이 스물세 살이라는 한창 때이지만, 스물세 살의 뜨거운 정열을 나타낼 수도 없었고, 그런 여건도 그에게는 주어지지 않았다. 그는 자신이 처녀들로부터 놀림이나 받는 병신 벙어리임을 잘 알고 있었기 때문에 스스로 정열을 억제하고, 사랑과 같은 것은 자기의 영역이 아니라고 단념하고 있었다. 그러나 이러한 생각은 이지적인 자기 억제와 감정의 회피에서 온 것이지 자연스러운 현상은 아니기 때문에 적당한 계기가 주어지면 그 욕구의 에너지는 언제든지 표면화할 가능성이 있는 것이다. 그래서 작중화자는 삼룡이의 심리적 상태를 '휴화산(休火山)'에 비유하고 있다.

> 마치 언제 폭발이 될른지 아지 못하는 휴화산(休火山)모양으로 그의 가슴속에는 충분한 정열을 깁히 감추어 노았스나 그것이 아직 폭발될 시기가 일우지 못한 것이었섯다.[12]

외계의 압력과 삼룡이 자신의 강대한 자제력 때문에 드러나지 않을 뿐이지 삼룡이의 마음속에는 뜨거워서 엉기어 버린 엿과 같은 감추어 놓은 정열과 욕구가 있음을 역설하고 있다. 이러한 내용은 작중화자에 의한 일방적인 정보 제공에 의하여 우리가 알게 된 것이지만, 그럼에도 불구하고 이것은 진실한 이야기로서 충분한 신빙성을 가지고 있다. 백

---

12) 〈벙어리 三龍이〉, p.47.

치인 '아다다'가 사랑을 잃지 않기 위하여 돈을 바다에 버리는 그 열정이 타당하고 가능한 일이라면 벙어리 삼룡이의 숨겨놓은 성적 본능의 역동성도 타당하고 가능한 것이다. 그리고 이러한 성본능은 단순한 에로티시즘적인 욕구와는 다소 다른, 자신의 보호 내지 보전의 의미를 갖는다.13) 성애적 욕구를 충족시키고자 하는 본능의 바탕에는 자기 존재와 생명을 보전하고자 하는 근원적 욕구가 숨어 있다고 보는 것이다.

또한 자기의 생명과 존재를 보전하고자 하는 것은 자기구원(自己救援)과 동일한 의미선상에 놓이는 것이기도 하다. 인류통성(人類通性)의 한 인간조건이라고 할 수 있는 이러한 욕구가 삼룡이의 한 기본적 성격으로 제시되어 있는 것이다. 그리고 위의 인용문을 통해서 우리는 삼룡이의 에로스가 어느 시점에선가는 터질 것이라는 암시를 받게 되는데, 그런 점에서 그것은 복선(伏線)의 의미를 갖는다. 2번 단락의 끝 부분에, "이 집에 노예가 되어 있으면서도 그것을 자기의 천직으로 알고 있을 뿐이요, 다시는 자기가 살아갈 세상이 없는 것 같이 밖에 알지 못하게 된 것이다"라고 한 것도 상당히 중대한 복선의 구실을 한다. 그 집을 떠나서는 살 수 없다는 삼룡의 고착된 관념이 그 집에서 쫓겨나게 되자 방화를 하는 격렬한 행동으로 바뀔 수밖에 없는 필연성을 마련해 주고 있기 때문이다. 이런 점에서 이 소설이 낭만적이고 환상적이면서도 리얼리티를 지니게 되는 근거를 볼 수 있다.14)

이 소설에서 본격적 사건은 오생원이 며느리를 본 뒤에서부터 시작된다.

---

13) Mahoney, *op. cit.*, p.80.
   Eros, a sexual instinct, was said to make self-protective and life-sustaing demands to ego.

14) 尹弘老, 〈한국근대소설연구〉, 一潮閣, 1984, p.214 참조.

처음 새색시가 이 집에 왔을 때 그녀는 삼룡이에게 있어 근접할 수 없는 천상의 달이나 별처럼 숭고한 존재였지 연모의 대상은 아니었다. 차라리 그녀는 삼룡이의 우상(偶像)이었다고 하는 것이 옳을 것이다. 그런데 날이 지나면서 그 '보기에도 황홀하고 건드리기도 황송할 만큼 숭고한 여자'인 새색시가 주인 아들로부터 폭행당하고 학대받는 것을 목격하면서 삼룡이는 새색시를 동정하게 되었고, 새색시를 위해서는 무엇이라도 하겠다는 마음을 갖게 된다. 여기에서부터 삼룡이의 새색시에 대한 구체적인 감정이 나타나는 것이다. 이러한 새색시의 등장과 그녀가 놓인 형편은 삼룡이의 성격변화에 중대한 영향을 미친다. 그것은 우선 오생원에 대한 삼룡이의 심적 태도의 변화로 나타난다. 삼룡이에게 있어 오생원은 부성원리(父性原理)의 긍정적인 표상이었고 주인 아들은 그 아버지와 동일시되는 대상이었기에 그는 모든 굴욕과 고통을 감수할 수가 있었다. 삼룡이의 행동은 새색시가 오기 전까지는 부성원리로서의 오생원이 심어 준 초자아에 의해 지배되었기 때문에 복종과 수모와 고통을 의무처럼 받아들였다는 것이다.

그러나 주인 아들이 천상의 달 같고 별 같은 새색시를 자기처럼 천한 사람 다루듯이 마구 학대하는 것을 보면서 삼룡이의 생각은 서서히 달라지기 시작한다. 자기에게는 우상 같은 존귀한 존재인 새색시가 자기처럼 학대당하는 광경을 보면서 삼룡이는 새색시에게서 어떤 동질성을 발견하게 되고, 이 발견은 삼룡이로 하여금 인간관계 속에서의 자기의 의무를 각성하게 만든다.[15] 학대받는 사람, 제자리가 제대로 주어지지 않은 사람, 소외된 사람이라는 공통점에서부터 인식되는 새색시와의 동질성의 확인은 삼룡이로 하여금 무엇인가 새롭게 행동하지 않으면

---

15) 鄭尙均, 〈형식문학론〉, 翰信文化社, 1982, pp.29~30 참조.

안 된다는 각오를 갖게 한 것이다. 이렇게 되면서 과거에는 동일시되었던 오생원과 주인아들은 분리되어 오생원은 삼룡이에게 있어 도덕적 의무의 대상으로만 남게 되고, 주인 아들은 일찍이 삼룡이 원망하고 저주했던 운명, 혹은 세상과 동일시된다. 삼룡이에게 있어 병신이라는 운명과 자신을 소외시키는 세상(사회)은 투쟁하고 극복해야 할 대상이다. 삼룡이 새색시를 위하여 의분을 느꼈다는 것은 평범하게 이야기하면 정의감의 발동이지만 근본적으로는 각성과 발전을 의미하는 것이다. 새색시의 출현은 삼룡이 오생원으로부터 벗어나 자기의 길을 찾게 되는 계기가 되며, 적대 세력으로서의 주인 아들과 투쟁하는 시발점이 된다. 동시에 삼룡이의 숨겨놓은 에로스를 재생시킴으로써 삼룡이로 하여금 새로운 삶의 기쁨을 느끼게 하는 계기가 된다.

새색시를 가운데 둔 주인 아들과 삼룡이의 갈등은 '부시쌈지'16)에서부터 발단이 된다. 삼룡이가 술 취한 주인 아들을 업어다가 눕혀준 것이 고마워서 새색시가 삼룡이에게 만들어준 부시쌈지다. 이 부시쌈지는 삼룡이와 주인 아들의 대립과 갈등을 구체화시키는 매개물이며, 삼룡이와 새색시를 동류의식으로 묶어놓은 끈이다. 이 부시쌈지 사건으로 하여 삼룡이의 의분은 더욱 고조되고 주인 아들의 가혹행위는 점증(漸增)된다. 그리고 그 결과로서 삼룡이는 안방 출입을 금지 당하는데, 이때부터 삼룡이의 새아씨를 뵙고 싶어 하는 마음이 싹트게 된다. 지금까지는 우상이었던 새색시가 연모의 대상으로 바뀌는 것이다.

이것은 삼룡이의 성격의 발전이며 그의 삶이 새로운 전환점을 맞았음을 의미한다. 비록 현실적(제도적, 윤리적)으로 삼룡의 연정(戀情)은 용인될 수가 없고, 또 실제 이루어질 수도 없는 것이겠지만 그의 이러한

---

16) 부시쌈지는 새색시가 삼룡이에게 주는 동정(同情)과 인정(認定)을 표시한다. 부시[男性]와 그것을 감싸는 쌈지[女性]는 극히 상징적인 의미를 갖는 것이기도 하다.

감정은 에로스의 재발견을 통한 자기 확인, 나아가서 자기실현이라는 문제와 관련된다는 데에 중요성이 있다. 새색시에 대한 그의 연정은 잠정적인 것이요 하나의 가능태로 끝나는 한이 있더라도, 삼룡에게는 그것을 통하여 새로운 삶의 통로, 자기 구원의 통로를 발견 할 수 있었다는 데 큰 의미가 있는 것이다. 그의 아씨에 대한 사랑의 감정은 승화(sublimation)되어야 할 것이지 현실화될 수 없다는 데에 삼룡이의 고통이 있는 것이며, 벙어리로서의 승화의 방법은 자기희생밖에 없다는 데에 그의 비극이 있다. 〈광화사〉의 솔거는 그림을 통하여 에로스를 승화시키려 했지만 삼룡이에게는 그런 재주가 없다. 그는 새색시를 위하여, 아니 자기 자신을 위하여 주인 아들과 투쟁하지 않을 수 없다. 그 길만이 에로스를 충족시키고 자신을 구원할 수 있는 방법이기 때문이다. 삼룡이에게 있어 자기희생은 에로스의 대체물이며 자기 구원에 이르는 시발점이다. 이런 점에서 삼룡이는 솔거보다 철저하게 비극적인 인물이다.

삼룡이는 새색시의 자살 기도 현장을 목격하고 말리려다가 오히려 불륜의 오해를 사게 되고 바깥으로 내동댕이쳐진다.

> 그가 날마다 열고 날마다 닷든 문이 자기가 지금은 열랴하나 자기를 내어 쫓고 열려지지를 안는다. 자긔가 건사하고 자긔가 거두는 모든 것이 오늘에는 자긔의 말을 듯지 안는다. 어려서부터 지금까지 모든 정성과 힘과 뜻을 다하야 충성스러웁게 일한갑시 오늘에 이것이다.[17]

삼룡이에게 있어 이 집안에서 축출된다는 것은 죽음이나 다름없는 커다란 충격이다. 앞서도 이러한 점이 작중화자에 의하여 누누이 지적되었지만, 어떤 고통이 따르더라도 그에게 이 집은 삶의 보금자리임에

---

17) 〈벙어리 三龍이〉, p.55.

틀림없다. 따라서 삼룡이가 느끼는 충격은 일종의 탄생충격(trauma of birth)이다. 모든 인간이 경험하는 충격의 원형은 탄생충격임은 앞의 글에서 지적한 바와 같다. 그것은 영구적 결과를 남기는 쇼크로서 불안의 원천이 된다는 점도 지적한 바 있다. 불안은 분노로 연장되고 분노는 자신의 삶의 보금자리(낙원)로부터 추방한 적대자에 대한 파괴적(공격적)행동으로 나타난다.

> 공격적 행위에 의해 우리는 적에 의한 손상이나 파멸로부터 우리 자신을 보호한다. 또한 우리는 공격성으로 말미암아 우리의 기본적 욕구의 충족을 방해하는 장애물을 극복할 수 있다.[18]

이러한 행동에는 복수의 욕구가 수반되며 죽음의 본능도 개재된다. 삼룡이 오생원집에 방화를 하는 것은, '믿고 바라던 것이 자기의 원수란 것을 알고' 난 뒤의 참을 수 없는 배신감에서 저지르는 파괴적(공격적) 행위이며, '그 모든 것을 없애버리고 또한 없어지는 것이 나을 것을 알았다'라고 하는 내적 독백 속에 드러난 복수의 욕구와 죽음의 본능에서 연유된 행위임을 알 수 있다. 이 대목에서는 새색시와 관계되는 에로스는 잠시 망각되고, 일찍이 삼룡이가 품어왔던 운명과 세상에 대한 복수의 감정이 문득 두드러지게 나타난다. 이런 점이 삼룡이의 성격을 확연하게 드러내는 데에 장해요소가 되고 있음도 부인할 수 없다. 그러나 주인 아들은 삼룡이의 에로스의 실현을 방해하는 또 다른 의미의 적대세력임을 생각한다면 방화의 동기 속에는 그의 에로스의 문제도 포함된다고 할 수 있을 것이다.

삼룡이는 불타는 집 속으로 뛰어 들어가 먼저 오생원을 구하는 것으

---

18) Calvin S. Hall, *op. cit.*, p.82.

로 되어 있는데 이것은 삼룡이의 오생원에 대한 도덕적 의무의 이행이
라는 점에서 긍정적으로 볼 수 있으나 삼룡이의 성격의 변화나 발전과
정으로 보아 모순된 행동이라 할 것이다. 그의 최종 성격 규정에 혼란
을 야기하는 요소이다.[19] 다음에 새색시를 찾아 불난 집을 미친 듯이
뒤지며 다니다가 만난, 구원을 애걸하는 주인 아들을 뿌리치는 삼룡이
의 행동은 정당한 것이며, 그의 승리를 의미하는 것이다.

> 새앗시를 자기 가슴에 안엇을 때 그는 이제 처음으로 사러난듯하얏다.
> 그는 자긔의 목숨이 다한줄 알엇슬 때 그 새앗시를 자긔 가슴에 힘껏 끼어
> 안앗다가 다시 그를 데리고 불 가운데를 헤치고 박가 트로 나온 뒤에 새앗
> 시를 내려 놀때에 그는 발서 목숨이 끈허진 뒤엿다. 집은 모조리 타고 벙어
> 리는 새앗시 무릅에 누워 잇섯다 그의 울분은 그 불과 함께 살어젓슬는지!
> 평화롭고 행복스러운 우슴이 그의 입 가장자리에 옅게 나타낫슬뿐이다.[20]

삼룡이는 방화를 통하여 자기를 버리고 배신한 모든 것에 복수를 했
으며, 새색시를 위하다가 주인 아들로부터 가혹행위를 당하는 것과 같
은 자기희생을 통하여 에로스의 승화를 성취하며, 나아가 자기구원의
길에 도달한 것이다.

삼룡이의 일차적인 성격지표는 그의 추악한 외모, 혹은 선천적 불구
자라는 점이다. 이러한 운명적 조건에서부터 그의 성격은 형성된다.
그러나 심화된, 그의 행위의 근본적 동기로서의 성격 지표는 복수욕과
에로스와 자기 구원이다. 좀 더 세분하여 말한다면 삼룡이의 결정적인
행동인 방화의 특정한 동기는 복수욕이며, 근본적 동기는 에로스의 승
화를 통한 자기구원이라 할 수 있다.

---

19) 李在先, 〈韓國短篇小說研究〉, 一潮閣, 1982, p.214 참조.
20) 〈벙어리 三龍이〉, p.56~57.

4. 〈불〉의 경우

이 작품의 내용을 스토리에 따라 요약하여 도식화하면 다음과 같다. '(1) 강요된 폭력적인 성(또는 고된 노역) → (2) 그것의 회피 수단 모색(파괴적이고 공격적인 본능 발동) → (3) 방화(발견, 인지) → (4) 해방과 기쁨'이 그것이다.

사건이 시간적 순서에 따라 배열된 평면적 구성을 취하고 있으며, 플롯의 인과율도 그러한 순행적 구성 속에 차례대로 이어져 있다. 이 작품의 내용은 거의 (1)과 (2)로 채워져 있어 지루한 느낌을 주지만 (3)의 행동에 확고한 필연성을 마련해 주는 구실을 한다. 순이는 어떤 상황에서 어떻게 고통 받고 있으며, 그 가운데서 어떤 생각을 하고 있는가 하는 것이 그 중요 내용이다. 실제 사건이 진행된 시간인 약 24시간의 대부분이 (1)과 (2)에 소요된 시간이어서 (1)과 (2)에서 (3)에 이르는 시간적 거리는 상당히 먼 것처럼 보이지만, (1)과 (2)에서 정지되어 있는 듯 하던 시간이 빠른 속도로 전환되면서 곧바로 결말에 이르는 것은 인물의 행동에 역동적(dynamic)인 힘을 부여하는 의미가 있다. 순이와 같은 나이 어린 인물이, 감당하기 어려운 고통에서 벗어나기 위하여 하는 행동은 충동적이며 순간적일 때 설득력이 있다. 전후를 재고 주저하는 모습을 보인다면 그 인물의 행동의 역동성은 사라지고 독자의 긴장도 이완되어 극적 효과를 상실하게 된다. 표면적으로 드러나는 이러한 구조적인 특성을 고려하면서 순이의 성격을 진단해 보기로 한다.

우리가 최초로 순이에 대하여 얻을 수 있는 정보는, 그녀가 열다섯 살 난 어린 소녀라는 것, 그녀가 강제적인 성행위로 인하여 견디기 어려운 고통을 당하고 있다는 사실이다. 이 정보는 성격을 드러내는 실마리로서는 좀 미약하지만 앞으로의 사건을 이해하는 데는 많은 도움을

준다. 즉, 앞으로의 순이의 행동에 타당성을 부여하는 근거의 역할을
하는 것이다. 순이의 경우는 위에서 지적한 두 가지 외에 그녀의 성격
을 일차적으로 진단 할 수 있는 지표를 지니지 않는 인물로 볼 수 있다.
그것은 이 소설이 사회도로서의 성격을 지니고 있기 때문에 나타나는
현상이라고도 할 수 있을 것이다.

> 성격이 차츰 밝혀져 감에 따라서 독자들은 최초에 관찰할 수 있었던 이
> 특징을 그 제한된 방식으로나마 작중인물의 본성중의 어떤 기본적인 것을
> 가리키는 요소로 느끼게 되는 것이다.[21]

이 진술은 순이의 성격을 추적하는 우리의 입장을 적절히 대변해 주
고 있다.

처음 장면은 순이가 폭행이나 다름없는 성행위로 인하여 당하는 극
한적인 고통을 상세히 묘사하여 보여주고 있다. 첫 장면은 얼핏 보기에
는 불필요하다는 느낌을 줄 만큼 장황하게 고통의 정도와 상태를 자세
히 묘사하고 있다. 여기에서 디테일의 명수(名手)로서의 현진건의 필력
에 새삼 감탄하게 되거니와 아울러 그만큼 상세하기 때문에 순이가 당
하는 고통에 경악을 금치 못하게 된다.

'온종일 물이기, 절구질하기, 물방아 찧기, 논에 나간 일꾼들에게 밥
나르기에 더할 수 없이 지쳤던' 그녀에게 또 이런 고통까지 주어지는
가혹한 삶의 시공이 과연 현실적으로 존재 가능한 것이라면 그것은 큰
불행이 아닐 수 없다. 그러한 단말마적(斷末魔的)인 고통을 느끼면서도
잠을 깨지 못하는 육체적 피로 또한 극한적인 것이 아닐 수 없었다.

---

21) 金炳旭, 최상규 譯, 앞의 책, p.259.

'이리다간 내가 죽겟구먼! 어서 잠을 깨야지, 잠을 깨야지' 하면서도 풀칠이나 한 듯이 조아붓는 눈을 뜰 수가 업섯다. 흙물가티 텁텁한 잠을 물리칠 수가 업섯다. 련해 입을 딱딱 벌이며 몸을 치수르다가, 나종에는 지긋지긋한 고통을 억지로 참는 사람모양으로, 이까지 빠드득 갈아부티엇다.···22)

이 서두 부분에서 순이의 잠 못 자는 고통과 성행위에서 오는 고통을 길게 묘사하여 나열한 것은 작가의 장광설 취향 때문이 아니라, 그녀가 처한 현실이 어떠한 것이며 그녀가 어떻게 피폐해가며, 그렇기 때문에 그녀가 어떻게 행동해야 할 것인가 하는 문제를 제시하기 위함이라는 것을 알 수 있다. 이 장면은 현재 순이의 삶의 공간에서 순이가 당하는 모든 부당한 피해를 축약하여 보여주고 있는 것이다. 그리고 그 와중에서 얼핏 보인 '밤빛과 어우러진 큰 상판의 검은 부분'은 그녀에게 있어 절망과 같은 것이다. 한낮의 노역도 견디기 어려운 것이지만, 소위 남편으로부터 밤에 당하는 이 일은 더욱 참을 수 없는 것이기에 남편은 그녀에게 무시무시한 괴물일 수밖에 없고 그를 보는 것은 절망에 빠지는 것과 다름없는 것이다. 밤빛을 닮은 남편은 그녀를 속박하고 가해하며 파괴하는 순이의 적대세력이다. 며느리에게 가혹한 노역(勞役)을 강요하는 시어머니와 함께 남편은 순이에 대하여 직접적인 가해자23)인 동시에, 순이로 하여금 이러한 불행에 빠지게 한 시대의 구조적 모순(극도의 빈곤)과 제도(조혼, 또는 민며느리 제도)를 대표하기도 하고 상징하기도 하는 인물이다. 따라서 그들은 현실적으로나 근본적으로 파괴해 없

---

22) 玄鎭健, 〈불〉, 《개벽》 제55호, 1925.1, p.55.

23) 순이에게 시어머니는 '무서운 어머니(the terrible mother)', '악한 어머니(wicked mother)', '吸血鬼(vampire)', 또는 '늙은 魔鬼(old witch)'이며 남편은 '일종의 敵對的 動物(a hostile animal)'이다. 시어머니는 그러니까 관능적인 '뱀을 同伴한 女人(snake woman)'인 셈이다(E. Neumann, *The Great mother*, Princeton University Press, 1974, p.149, 表Ⅲ, pp.185~186 참조).

애거나 극복해야 할 적대세력인 것이다. 인간은 누구나 자신이 외부의 어떤 위협 때문에 파괴될지도 모른다는 생각이 들면 그 위협의 요소를 파괴함으로써 거기에서 벗어나고자 한다.[24]

　부언하거니와 이 서두 부분은 순이의 삶의 모습의 제유(提喩, synec-doche)이며, 그녀에게 행동의 동기를 부여하는 기능을 담당하고 있다. 이 대목은 복선과는 또 다른 의미에서 플롯에 논리성을 부여하는 근거가 된다.

　새벽녘이 되어 사내(남편)가 들일을 하기 위하여 밖으로 나간 뒤 순이는 겨우 잠을 깰 수 있게 된다. 얼핏 잠을 깬 순이는 자기가 누워 있는 곳이 '원수의 방'임을 비로소 깨닫는다. 말할 것도 없이 원수의 방은 순이의 차원으로 축소된 시대적 현실(경제적 빈곤과 조혼제도가 지배하는 시대적 상황)이기도 하다. 순이의 입장에서는 그 원수의 방을 없애야 하겠지만, 아직 나이 어린 순이로서는 그런 강인한 의지를 보일 수 없을 뿐만 아니라, 그 실천의 능력도 없었기 때문에 그녀는 일차적으로 그 원수의 방으로부터의 탈출을 시도한 것이다. 그러나 그 탈출은 남편의 영향권 밖으로의 탈출이 불가능했기 때문에 무위로 끝나고 말았다.

　그녀가 탈출하기에는 그녀를 얽어매고 있는 속박의 굴레가 너무나 강인했던 것이다. 그녀는 사실상 탈출을 할 수 없고, 탈출했다 해도 갈 곳이 없는 처지였기에(그녀의 친정은 수백 리 떨어져 있었고, 가깝다 해도 친정에서는 받아주지 않았던 것이 그 시대 여인들의 운명이었음을 우리는 잘 알고 있다.) 고작 헛간으로 도피할 수밖에 없었던 것이다. 현실은 견딜 수 없고, 그렇다고 그것을 회피할 방법이 있는 것도 아닐 때 인간이 취할 수 있는 행동은 무엇이겠는가. 그것은 다시 현실로 돌아가서 투쟁하고

24) Calvin, S. Hall, *Loc cit.*, p.82

그것을 파괴하는 것으로 나타날 수밖에 없다. 여기서도 순이의 방화(放火)가 갖는 행위의 타당성을 발견 할 수 있다.

> 총총히 마루로 나오니, 아직 날은 다 밝지 안핫다. 자욱한 안개를 격해서 광채를 일흔 흰달이 죽은 사람의 눈갈모양으로 히멀어케 서으로 기울고 잇다. (중략) 번쩍하고 불붓는 모양이 매우 조핫다. 새밝안 입술이 날름날름 집어주는 솔가비를 삼키는 꼴을 그는 흥미잇게 구경하고 잇섯다.25)

제대로 쉬지도 못하고 밖으로 나온 순이의 눈에 비친 새벽 정경과 쇠죽을 끓이면서 아궁이의 불구경을 하는 순이의 모습이 나타나 있다.

그런데 이 두 가지 이야기 단위는 순이의 심리적 상태와 앞으로의 행동을 암시한다는 점에서 매우 중요하다. 우선 순이가 본 새벽달의 모습은 순이의 감정을 반영하는 것이다. 인물이 보는 풍경은 그 인물의 감정이나 영혼의 모습과 등가물이라 할 수 있다.26) 다시 말해서 풍경이나 배경은 인물의 심리적 상황이나, 어떤 충동이나 욕구를 충분히 반영해 준다는 것이다. 그러니까 순이가 본 새벽달의 모습은 순이의 내경(內景)이 외면화된 모습인 셈이다. 좀 더 구체적으로 이야기해 본다면, 순이가 달을 '죽은 사람의 눈깔'로 본 것은 거기에 순이의 죽음의 본능이 투영되었기 때문이다. 죽음의 본능(the death instinct), 즉 타나토스가 어떤 작용을 하는가 하는 것은 아직 밝혀지지 않고 있지만, 그것의 가장 현저한 파생물은 공격성과 파괴성이라고 한다.27) 극한적인 노역과 고통 속에서 생활하는 순이가 살고 싶지 않다는 마음을 갖게 될 가능성, 즉 죽음에의 유혹을 느끼게 될 가능성은 큰 것이다. '죽은 사람의 눈깔'

---

25) 〈불〉, pp.56~57.
26) 金華榮 編譯, 〈소설이란 무엇인가〉, 문학과 사상사, 1986, pp.226~227.
27) Mahomey, *op. cit.*, pp.79~80와 Calvin S. hall, *op. cit.*, p.80 참조.

을 닮은 달은 순이가 느끼는 죽음에의 유혹의 상징물이다.

그리고 이러한 죽음의 본능에서 파생되는 공격적, 파괴적 리비도가 치환(displacement)되어 나타난 것이 아궁이에서 타는 불을 재미있게 구경하는 행위라고 볼 수 있다. 불은 파괴와 정화(淨化)라는 모순된 기능을 갖는다. 재생(再生)을 전제로 할 때 불은 정화의 기능을 갖는 것이며, 죽음의 본능과 연결될 때 그것은 파괴의 기능을 갖는다. 두 기능 다 소멸시킨다는 공통점이 있지만 그 동기에 따라서 불의 의미는 전연 달라지는 것이다. 순이의 경우, 그녀가 구경하고 있는 불은, 그녀가 당하고 있는 현실적 고통으로 볼 때 파괴적, 공격적 리비도를 자극하는 것이라 할 수 있다. 나중에 밝혀지겠지만 순이에게 있어 불은 파괴적인 기능이 주된 것이지만, 부분적으로 정화의 의미를 갖는 점도 있다. 여기에서 순이가 불을 흥미 있게 바라보는 것은 바로 그녀의 죽음의 본능이 작용하고 있음을 의미하며, 그것은 미구에 원수의 방으로 표상되는 남편과 시어머니(또는 시대와 제도)에 대한 파괴적, 공격적 행위가 현실화될 것이라는 것을 암시하고 있다. 플롯의 전개 과정으로 보아서 하나의 복선에 해당하는 부분이기도 하다.

여기서 잠시 짚고 넘어가야 할 문제는, 순이에게 있어 원수의 방에 대체되는 세계는 어떤 것인가 하는 점이다. 텍스트의 본문에서는 일체 여기에 대해서 언급이 없다. 순이는 원수의 방을 없앨 궁리만 하지, 없애고 난 뒤의 일에 대해서는 전혀 생각하지 않고 있다. 그러나 원수의 방을 없애는 것은 곧 현실의 질곡으로부터의 해방을 의미하는 것이라면, 그녀가 해방된 공간이 곧 원수의 방에 대체되는 것이라는 것을 쉽게 짐작할 수 있다.

인간의 행위, 특히 금기시되는 것을 파괴하는 행위, 뒤에는 반드시 숨겨놓은 욕망이 있음을 프로이드는 지적하고 있다.[28] 불을 들여다보

고 있는 순이의 마음 한구석에는 해방된 공간으로서의 새로운 삶의 공
간에 대한 소망이 숨어 있음을 우리는 놓쳐서는 안 될 것이다.

아침밥을 짓기 위하여 물을 길러 간 순이는 시내(川)에서 노는 송사리
가 얄미워서 그것을 손으로 잡아낸다.

> 그중에 불행한 한놈이 맞춤내 순이의 손아귀에 들고 말았다. 손새로 물이
> 빠저가자, 제목숨도 자자 가는 것에 독살이나 내인 듯이 파득파득하는 꼴이
> 순이에게는 재미잇섯다. 얼마 안돼서, 가련한 물짐 승은 죽은 듯이 지친 몸을
> 손바닥에 부치고 잇을제, 잔인하게도 순이는 땅바닥에 태기를 첫다.[29]

잡은 송사리를 가지고 놀다가 송사리에게 가혹행위를 하는 장면이다.
여기에서 송사리는 순이 자신과 동일시되고 있다. 물이 새어 나간 순이
의 손바닥에 놓인 송사리의 모습은 거의 빈사상태나 다름없는, 죽지
못해 살아가는 순이의 모습과 조금도 다르지 않다. '독살이나 내는 듯이
파드득 파드득 하는 꼴'은 순이의 감추어진 저항 심리와 대응되는 모습
이다. 죽어가는 송사리의 모습에서 순이는 자신이 죽어가는 모습을 보
고 있다. 그녀는 송사리를 태질을 쳤다. 이러한 잔인한 행위는 죽음의
본능이 작용한 결과로 볼 수 있다. 자신과 동일시되어 있는 송사리를
잔인하게 태질을 치는 것은 죽음의 본능에서 파생된 자기 파괴적인 모형
(self-destructive pattern)을 보여주는 행위로 볼 수 있다. 이것은 자신에
게 가해하는 자들에 대한 복수욕이 전위된 행위이기도 하다. 또한 인용
문에 나타난 행위는 가학(sadism)과 피학(masochism)의 양면성을 지니고
있다. 그것은 부당한 가해자에 대한 살해욕망과 같은 것이며(sadism),
차라리 죽어 없어지고 마는 것이 낫다는 죽음의 충동(masochism)과 다르

---

28) Freud, "*Totem And Toboo*", W. W. Norton & Company, 1950, p.70 참조
29) 〈불〉, p.57.

지 않다. 이 송사리가 점심을 이고 나가는 순이 앞에 환상으로 나타나
방어만 하게 크게 보이는 순간 순이는 졸도하게 되고 점심이 담긴 목판
을 엎어버리게 된다는 것은 모두 이러한 순이의 심리적 상황에 그 원인
이 있는 것이다.

　힘겨운 목판을 이고 가던 순이는 너무나 힘이 부친 나머지 졸도하여
넘어지게 된다. 점심은 못 먹게 되어 버렸고 그릇은 깨어졌다. 이 사건
은 순이의 또 한 차례의 수난을 예고할 뿐만 아니라 그들(순이와 남편,
시어머니) 사이의 관계의 파탄을 암시한다. 백치 아다다가 첫 장면에서
동이를 깨뜨리는 것이 그녀의 비극적인 파멸을 예고하듯이 순이가 그
릇을 깨는 것은 그녀의 인간관계의 파탄을 암시한다는 것이다. 더 쉬고
싶지만 그 원수의 방이 싫어서 밖으로 나온 순이는 그릇을 깬 대가로
시어머니에게 무수히 구타당한다. 구타당하면서도 그녀는 '괴상한 쾌
감'을 느끼는데 이것은 말할 것도 없이 그녀의 죽음의 본능과 연결되는
마조히즘이다. 필경 이러한 마조히즘은 파괴적, 공격적 행위로 연결되
고 마는 것이다. 죽음의 본능은 반드시 그 사명을 완수한다.[30]는 말은
이 경우에도 적용된다.

　　밤이 보그를 하고 넘엇다. 순이는 솟뚝겅을 열랴고 닐어섯슬제, 부뚜막
　에 언치인 석냥이 그의 눈에 띄이엇다. 이상한 생각이 번개가티 그의 머리를
　스처지나간다. 그는 석냥을 쥐었다. 석냥 쥔 그의 손은 가늘게 떨리엇다.
　그러자 사면을 한번 돌아볼 결을도 업시 그 석냥을 품속에 감추엇다. 이만하
　면 될일을 웨 여태것 몰랏든가, 하면서 그는 생글애우섯다. 그날밤에 그집
　에는 난대업는 불이 건너방 뒤 겻춘혀로부터 닐어낫다. 풍세를 어든 불길이
　삽시간에 윈집웅에 번지며 훨훨 타오를제, 그 뒤집 담모 서리에서 순이는

---

30) Calvin, *op. cit.*, p.80.

근래에 업시 환한 얼굴로 깃버못견듸겟다는 듯이 가슴을 두근거리며 모로 뛰고 새로 뛰엇다.[31]

이 소설의 절정이자 결말 부분이다. 순이의 밤에 대한 공포감이 살아나는 위기(crisis)를 거쳐서 필연적으로 도달되는 절정이자 결말이다. 이 대목은 아리스토텔레스가 이른바 발견, 혹은 인지(認知)에 해당하는 대목으로서의 의미를 갖지만, 무지에서 지(知)로의 이행이 아니라 속박과 인욕(忍辱)으로부터 저항과 파괴로 이행하게 되는 계기로서의 발견이다. 성냥이 눈에 띄는 순간 우발적으로 방화를 생각해 낸 것 같지만, 이것은 이미 오래전부터 준비되어 왔던 충동임을 순이의 행동을 추적하는 과정에서 밝힌 바 있다. 방화가 단순한 우발적 행위였다면 이 소설의 리얼리티는 살지 못할 것이다. 순이는 불을 질러서 원수의 방으로 표상되는 남편과 시어머니의 가학행위로부터 벗어나게 되었고, 그들로 대표되는 시대와 제도에 대한 복수를 시행한 것이다. 일찍부터 준비되어 있었던 그녀의 죽음의 본능과 관련된 파괴적, 공격적 리비도가 현실화됨으로써 복수와 해방에의 욕구를 성취한 것이다. 동시에 그 불은 순이의 입장에서 보면 모든 불순한 것을 소멸시켜 버림으로써 정화된 새로운 삶의 공간을 제공해 줄 수도 있다는 역기능적인 기능도 수행하고 있다.

그러므로 순이의 성격을 드러내는 일차적인 지표는 그가 처한 현실에서의 속박과 고통이다. 순이가 방화를 하는 특정한 동기는 자기를 속박하는 것들에 대한 복수욕이며, 근본적인 동기는 바람직한 삶의 공간에 대한 소망이다. 이러한 관점에 서게 될 때 우리는 순이의 행동을 보다 선명하게 이해할 수 있게 되고, 〈불〉의 구조를 분명하게 파악할 수 있게 된다.

---

31) 〈불〉, p.61.

5. 캐릭터와 플롯 : 결어를 겸하여

우리는 제한된 몇 작품이기는 하나, 그 작품들의 작중 인물에 대한 검토를 통하여, 캐릭터의 몇 가지 양상을 진단해 보았다. 캐릭터를 보는 관점은 수없이 많이 있지만 하나의 가능성으로서 제시해 본 것이 본고의 인물 연구의 방법이다.

〈광염소나타〉의 백성수는 탄생충격으로 설명될 수 있는, 모성의 세계로부터의 분리(seperation), 거기에서 파생되는 불안의식과 복수욕, 그리고 모성의 세계로 회귀하고자 하는 소망으로 그 성격이 요약되는 인물이다. 좀 더 요약한다면, 근본적 동기로서의 그의 성격을 드러내는 지표는 복수욕과 낙원회귀의 소망이다. 그 사이에 위대한 음악의 창조와 관련된 엽기적인 파괴 행위[방화(放火), 사체모독, 시간(屍姦), 살인]가 나타나지만 그것은 모두 그의 최종적인 소망에 종속되는 요소들이다. 그러나 백성수는 예술은 얻었지만 그 인간은 파멸되고 말았다. 백성수는, 개인적인 소망은 보다 거대한 방해 세력에 의해 무참히 무너져 버릴 수 있다는 인간의 보편적인 운명을 보여준다는 점에서 비극적인 인물이다. 이 작품은 개인과 세계의 대립이라는 소설의 일반적 양상에 접근하고 있기도 하다.

〈벙어리 삼룡이〉는 죽음의 낭만적 인식이 토대가 된 작품이다. 죽음의 미학(美學) 운운(云云)하는 것이 통례로 되어 있다. 빅토르 위고의 '빠리의 노트르담'을 닮았다고 하는 만큼 그의 죽음은 독특하게 보일 수도 있다. 그러나 그가 죽음에 이르는 과정을 보면 그의 죽음도 인간의 보편적 운명을 크게 벗어나는 것이 아님을 알 수 있다. 삼룡이는 새색시의 등장과 함께 자기를 각성하게 되고, 그 새색시가 부당한 학대를 받는 것을 보고 그의 행동의 방향을 결정하게 되고, 그 결과로서 그 집에서 축출 당한다. 불행한 대로 삶의 보금자리였던 오생원집으로부터 쫓겨난다는 것은 곧

'분리에서 오는 고통'과 같은 것이며, 그것은 분노와 복수욕을 야기하는 것이기도 하다. 그의 마음 깊숙이 감추어져 있었던 에로스는 자기각성을 초래했고, 현실적인 축출은 복수욕을 자극했다. 그는 복수의 방법으로 방화를 선택했고 그 타오르는 불꽃 속에서 그의 에로스를 승화시켰다. 그리고 그것을 통하여 자기구원(自己救援)에 이른 것이다. 그의 성격 지표는 에로스와 복수욕이며 자기구원(또는, 자기실현)이다.

〈불〉은 시대와 사회의 현실을 대유적(代喩的)으로 나타낸 작품이다. 그런 점에서 사회도(社會圖)의 의미를 갖는다. 그러면서도 주인공 '순이'는 보편적인 행동 양식을 보여주는 인물이다. 그녀에게 주어진 삶의 공간은 그녀에게는 '원수의 방'으로 인식된다. '원수의 방'은 고통스러운 성행위가 자행되는 공간이면서 노역과 인욕(忍辱)이 강요되는 삶의 공간이다. 동시에 그것은 시대와 제도의 부조리를 표상하는 공간이기도 하다. 따라서 순이에게는 없애야 될 공간이다. 남편과 시어머니는 현실적인 가해자이므로 필연적으로 순이의 적대세력이 된다. 순이가 방화를 하는 것은 그들에 대한 복수이며 부당한 삶의 공간에 대한 부정과 저항이다. 또 그것은 부당한 삶의 공간을 소멸시켜 버리고 새로운 삶의 공간을 얻고자 하는 소망이 투영된 행동이다. 순이는 질곡과 고통으로부터 벗어나고자 하는 인간의 평균적 욕구를 보여주는 인물이다. 그녀의 행동의 특성은 부정(저항)과 파괴며, 근본적 동기로서의 성격은 복수욕과 새로운 삶의 공간에 대한 소망이다.

> 상상적 문학의 보다 더 발전된 형식의 특징은, … 행위자들(agents)이 자신들이 처해있는 인간적 상황에 상대하여 보여주는 행동이나 사상 속에 표명되는 특수한 윤리적 질(質)로부터 그 효과가 직접적으로 유래하는 플롯을 우리에게 제공해 준다는 점이다.[32]

인간 세계의 구조의 원리는 끝없이 벗어나려고 하는 의지(개인)와 언제나 붙잡아 묶어두려는 의지(사회)의 대립으로 설명될 수 있다. 언제나 대립만 하는 것이 아니라 절충이 되는 경우도 있지만, 대개는 개인과 사회의 이러한 대립에서 야기되는 갈등의 양상 속에 개인의 성격의 모습이 나타난다. 위의 인용문에 나오는 '행위자들(agents)이 자신들이 처해 있는 인간적 상황에 상대하여 보여주는 행동이나 사상'이라고 하는 것은 갈등의 원인이거나 갈등 그 자체를 의미하며, 그것은 성격의 문제로 직결되는 것이다.

"인간의 행동에 의해 창조되는 세계의 작용에 의해 형성되는 것으로서의 성격"33)에 의해서 플롯은 구성되고 하나의 형식으로서 존재할 수 있게 된다는 것이다. 성격(또는 인물)은 플롯과 동의어라고 해도 과언은 아니며, 아무리 양보한다 해도 플롯을 추진시키고 성립시키는 원동력이라 할 만한 것이다. 이런 의미에서 우리가 위에서 본 인물들의 행동의 바탕에 깔려 있는 근본적 동기로서의 성격들은 하나같이 그 작품의 플롯을 성립시키는 요인이었음을 새삼 확인하게 된다. 특히, 인간이 깊숙이 숨겨놓은 복수욕은 거의 어떤 인간관계(또는 인간과 사회, 인간과 사물)에서나 행동의 직접적이고도 근본적인 동기로 작용하고 있음을 볼 수 있다. 그와 아울러, 인물의 자존심에 대한 강인한 애착과 낙원에 대한 소망도 행동을 유발하는 근본적인 동기임을 보았다. 따라서 소설의 플롯은 인간의 복수욕과 자존심과 낙원 회귀의 소망에 의하여 형성되는 예술적인 형식(form)이라고 조심스럽게 말해 볼 수도 있을 것이다.

---

32) 김병욱 編, 최상규 譯, 앞의 책, (플롯의 개념), pp.168~169.

33) *ibid*(人物構成), p.288.

아이러니와 마스크의 미학

1. 플롯의 두 가지 요인

소설가가 인간의 운명을 그려나가는 것은 그의 선택과 자유에 속하는 문제다. 그리고 그것은 어느 정도 원칙의 문제에 속하기도 한다. 인간에 대한 탐구가 소설 제작의 출발점이 되며 그렇기 때문에 소설가는 가장 충실하게 인간을 그려내야 할 의무도 지니게 된다는 것이다. 이 원칙의 문제와 관련하여 소설가가 주의해야 할 것은 선택과 자유는 제한될 수도 있다는 점이다. 소설에서는 작가의 자유 못지않게 중요한 것이 독자의 문제이기 때문이다. 소설가는 거의 언제나 독자의 기대감이나 소설의 전통을 고려해야만 한다는 것이다. 즉, 소설가는 어떻게 하면 독자에게 감동과 재미를 줄 수 있을까를 생각지 않을 수 없고, 그런 점을 감안할 때 소설의 전통을 의식하지 않을 수 없는 일이다.[1] 물론 이러한 점이 소설가의 자유를 구속하는 절대적인 힘은 아니다. 위대한 사상의 전달은 경우에 따라서 독자의 기대감을 변화시킬 수도

---

1) William Kenny, "*How to analyze Fiction*", Monarch Press, 1996, p.9. "Choice in writing a story."

있고 소설의 전통의 영역을 넓힐 수도 있기 때문이다. 그러나 결과적으로 위대한 사상, 새로운 수법이 독자의 소설에 대한 인식과 전통적 기법에 변화를 가져온다 하더라도 그 출발점은 여전히 원칙의 의미선상에 놓여 진다는 점은 부인할 수 없다.

소설가가 자신의 선택과 자유를 실현해가는 과정에는 여러 가지 변수가 작용할 수도 있겠지만 결과적으로 그는 인간과 인생에 대한 진지한 성찰에서 얻어낸 어떤 원리에 의지하여 이야기를 구성해나갈 수밖에 없다. 소설 속에 우리의 삶의 모양과 질을 결정해버리는 어떤 힘에 의하여 움직여 나가는 인물의 모습이 나타나게 되는 것은 이러한 이유 때문이다. 소설이 우리의 삶의 문제에 밀착될수록 삶의 땀 냄새가 짙게 밴 이야기가 만들어지게 되고 당연한 귀결로서 그것은 리얼리즘 정신을 구현해 나가게 된다.

이 리얼리즘 정신과 관련된 소설미학의 한 대표적 양상이 아이러니다. 작가가 작품을 제작하는 전통적 수법이자 그 결과로서 나타나는 소설적 양상의 하나가 아이러니라는 것이다. 이것은 작가의 선택일 수도 있고 리얼리즘 정신의 자연스러운 소산일 수도 있다. 한 가지 분명한 것은 이런 수법과 양상은 거의 모든 훌륭한 소설에 다 나타난다는 점이다.[2] 그런 점에서 아이러니는 설명되어지거나 새삼 하나의 원리로서 확인될 필요가 없을 지도 모른다. 그러나 이것에 대한 올바른 의미 규정 및 인식은 소설미학을 위해 자주 반복되어도 지나칠 것이 없다.

이 아이러니와 함께 소설을 구성해나가는 하나의 힘이 가면(mask, persona)의 문제다. 아이러니가 삶의 한 원리이자 운명의 의미가 강한 것이라면 '가면(假面)'은 인간 자신이 스스로 행동하게 되는 계기를 마련

---

2) Robert Stanton, "*An Introduction to Fiction*", Holt, Rinehart And Wiston, Inc. 1965, p.34. 참조.

해 주는 것이라 할 수 있다. 필연적으로 인간의 삶이 도달하게 되는
어떤 결과가 아니라 결과를 잉태하고 낳게 되는 원인으로서의 의미를
지니는 것이 가면이다. 따라서 가면은 그것을 슬기롭게 이용하면 삶의
질을 높이고 보람을 창조할 수 있게 되지만, 필요 이상으로 거기에 집
착하게 되면 비극적 결말을 몰고 오게 될지도 모른다. 소설의 이야기는
바로 이 가면 때문에 빚어지는 일들을 기초로 해서 쓰여 지는 것이라
해도 과언은 아니다.

아이러니와 가면, 이 두 가지는 그 근본적 개념에서는 차이가 있지
만, 소설의 이야기를 구성해 나가는 원리이자 추진력이라는 점에서 소
설미학의 두 기둥이라 할 수 있다. 이 두 가지는 소설 플롯의 논리성이
나 인과율을 성립시키는 가장 중요한 요소이면서 이야기를 재미있게
만들어주고 감동의 깊이를 더해주는, 소설의 근본적 원리인 것이다.
다음에서는 졸고, 〈아이러니의 희생자〉와 〈페르조나의 희생자〉를 부
분적으로 인용, 전재하여 이 문제를 확인해 보고자 한다.

2. 아이러니와 마스크

넓게 보면 아이러니는 소설과 병존하는 양식일 수도 있고, 소설의
한 형태일 수도 있다. 그러나 여기서는 소설을 구성하는 하나의 원리라
는 의미로 해석하고자 한다.

현대는 과거와 같은 의미의 영웅이 존재하지 않는 시대다. 영웅적인
인물에 의하여 민족이나 국가가 좌우되는 시대도 아니며 고귀한 신분
도 따로 없는 평등의 이념이 지배하는 시대다. 영웅적 이념을 개인적
성실성이나 용기로 대치해버린 근대 이후의 시대에서는 이미 전형적인

영웅스토리의 존재는 무의미하게 되어버렸다. 아이러니는 이러한 히로이즘(heroism)이 제거된 평범한 소시민의 세계를 통찰하는 데서 오는 인간과 인생에 대한 리얼리즘적 인식의 한 형태라고 할 수 있다.

고립된 인간, 운명의 수레바퀴를 벗어나지 못하는 인간과 같은 지극히 인간적이고 모순에 찬 세계에서 고통 받고 있는 모습의 인간이 아이러니의 세계에 살고 있는 것이다. 그들은 근본적 동기에 고착되어 자신이 하는 일이 어떤 결과를 가져올 것인가에 대하여 전혀 알지 못하는 무지(無知)한 자들이다. 이미 그 행동의 결과는 정해져 있지만 그는 무지와 순진(純眞)으로 인해 그것을 감지하지 못하는 것이다. 여기에서 우리의 일상에서와 똑같은 아이러니의 희생자가 발생한다. 즉, 아이러니의 희생자란 이미 운명 지어져 있는 것을 알지 못하기 때문에 고통과 비극의 주인공이 되는 사람을 가리킨다. 그런 뜻에서 자신의 운명을 피하기 위해서 취하는 행동이 바로 그 운명을 실현하게 하는 역할 밖에 하지 못한다는 것을 보여준 오이디푸스는 아이러니의 희생자다.3)

매양 아이러니가 비극 쪽으로만 작용하는 것은 아니지만 아이러니의 결과가 비극적일 때 인간과 인생의 모습이 더 확연히 드러난다고 볼 수 있다. 소설의 주인공이 자신의 과오나 무지로 인하여 아이러니의 희생자가 되는 경우, 그것을 끝내 모르는 것은 죽음에 이르렀음을 뜻하며, 그것을 깨닫는 것은 죽음보다 더한 자기모멸(自己侮蔑)과 자기부정(自己否定)에 이르게 한다. 대부분의 아이러니의 희생자는 끝내 자신이 그것에 희생되었음을 깨닫지 못한 채 죽음에 이른다. 백치 아다다는 자신이 추구하는 행복과 그와 상반되는 현실이 병치(juxtaposition)되는 데서 오는 아이러니에 희생된, 왜 죽어야 하는지도 모르면서 죽음에 이르렀다

---

3) D. C. Mueke, "Irony", 문상득 역, 서울대학교 출판부, 1982, p.48.

는 점에서 그 전형적인 예가 되는 인물이다. 또 아이러니의 희생자는 자신이 처해 있는 현실에서 좀처럼 벗어나지 못하는 존재이기도 하다. 그는 자의(自意)든 타의(他意)든 제한되고 구속된 상태를 운명처럼 생각하며, 가끔씩 의문을 갖지만 그 상태를 끝내 벗어나지 못한 채 죽음에 이르게 된다.

결과적으로 아이러니는 리얼리즘 정신의 소산이면서 인물의 운명을 구성하는 요소의 의미를 갖는다. 그것은 인생을 구성하는 원리이자 작중인물의 근본적 동기에 의하여 형성되는 행동의 원리이며, 플롯에 인과성을 부여하는 원리인 것이다.

한편 다른 하나의 논의 대상인 가면(假面)은 융(Jung)심리학에서 말하는 페르조나(persona)를 의미한다. 가면은 융에 의하면, '외적(外的) 세계와 집단에 적용하려고 하는 원형적(原型的) 충동[욕구(欲求)]으로 규정된다.[4] 인간이 인간 사회의 한 구성원으로서 살아가기 위해서는 반드시 그 사회에 적응하는 통로를 가져야 하며, 또 그렇게 하는 것이 개인으로 볼 때도 편리하기 때문에 필연적으로 형성되는 기능콤플렉스가 페르조나라는 것이다. 이것은 사명, 역할, 본분, 도리 등과 거의 비슷한 개념을 갖는다고 한다. 동시에 페르조나는 우리가 세계라는 무대 위에서 연기하는 역할을 의미하며, 우리가 외적 세계에서 삶이라는 게임을 수행하기 위하여 필요로 하는 마스크와 같은 것이다.[5] 따라서 가면은 개인의 대사회적인 태도와 역할을 의미하는 것으로 우리의 진정한 자아와는 구별되는 것이다. 그것은 의복과 같은 것으로서 경우에 따라서 달리 착용할 수도 있고, 필요에 따라서 바꾸어 입을 수도 있는 것이다.

---

4) Edward C. Whitmont, *"The Symbolic Quest"*, Princeton University Press, 1973, p.156.
5) 위의 책, p.156.

우리는 흔히 그 사람의 신분이나 지위와 관련해서 나타나는 어떤 모습을 그 사람의 개성이라고 생각하지만 그것은 잘못된 생각이다. 가면은 적응 형식이고 개성은 자아(ego)로서 그 뒤에 숨은 자기 자신이기 때문이다. 그런데 우리들 주변에는 이 페르조나와 자아를 구별하지 못하고 동일시함으로써 '진정한 자기 자신(a genuine ego)'을 망각하고 살아가는 사람들을 자주 볼 수 있다. 본래는 유연한 신축성을 가지고 있고, 또 그래야만 조화로운 인성(personality)의 발달에 공헌할 수 있게 되는 마스크가 외부적인 요구나 영향에 일치하려는 경향을 과도하게 보일 때 가면과 자기 자신의 혼동이라는 결과를 낳게 된다. 이러한 혼동은 사이비 자아를 낳으며, 인간성은 판에 박은 모방(stereotyped imitation)과 집단으로부터 부여받은 의무의 수행을 반복하는 것으로 고정된다.[6] 이것은 인간성의 상실, 자기 상실을 의미한다. 현실의 우리들 대부분은 여기서 그리 멀지 않은 곳에 살고 있다. 이것은 우리들 자신을 포함한 모든 인간을 위하여 불행한 일이 아닐 수 없다.

그런데 현실의 이러한 우리를 닮은 군상들이 소설 속에서 심심치 않게 발견된다. 자신에게 주어진 순수 자아를 망각 상실함으로 인간적 불행에 빠지는 인물들이 바로 그들이다. 그들은 신분이나 지위와 자기 자신을 동일시(persona identification)하기 때문에 사고나 행동이 비인간적이 될 가능성이 크다. 그의 사고나 행동의 기준은 거의 언제나 그가 소속되어 있는 집단의 규범에 따르기 때문에 융통성이나 유연성이 거의 없다. 그 결과 그는 타인과 순수한 인간관계를 맺기가 어려울 뿐만 아니라, 맺고 있는 인간관계마저도 소멸해버릴 가능성이 크다. 이러한 인간적 불행에 빠진 작중 인물을 페르조나의 희생자라고 부를 수 있을

---

6) Whitmont, 위의 책, p.156.

것이다. 이들의 공통된 특성은 경직성, 부적절성, 무리하고 원시적인 행동성 등이다. 이들은 순수한 자기 자신-개성을 망각하거나 억압함으로써 적절하지 못한 행동을 하게 되고 그 결과 모든 것을 잃어버리는 사람들이다.

이러한 등장인물들은 대체로 평면적 인물형이 될 가능성이 크다. 그들은 자신의 행동 패턴에 고착된 나머지 융통성을 상실하게 되며 자연스럽게 타인과의 사이에 괴리가 생기고 갈등이 야기된다. 또 이런 인물들은 풍자적, 아이러니적 인물이 될 가능성이 큰 데, 그것은 이들이 준행하는 도덕률의 부적절성에서 연유하는 것이기도 하다.

위의 아이러니와 가면은 이야기를 성립시키는 가장 중요한 요소들이다. 다음에서는 계용묵의 〈백치(白痴) 아다다〉와 현진건의 〈B사감(舍監)과 러브레타〉를 중심으로 이런 문제들을 검토해보기로 하겠다.

3. 아이러니의 한 모습 : 계용묵의 〈백치(白痴) 아다다〉

1) 아다다의 아이러니

백치 아다다의 운명이 굴절하는 모습은 세 가지 사건 속에 명료하게 나타난다. 동이를 깨는 사건, 시집에서 쫓겨 오는 것, 수룡에게 죽임을 당하는 것이 그것이다. 아다다가 동이를 깨는 것은, 이 소설의 도입 부분에 나타난 순간적인 사건이지만 이것은 아다다의 운명을 예시(豫示)하고 이 소설의 플롯에 논리성을 부여하는 복선 구실을 하고 있다. 뿐만 아니라 그녀의 운명 위에 착색되어 있는 아이러니를 요약적으로 제시하기도 한다.

집의 일이 아무리 꼬여 돌아가더라도 나 모르는 채 손 싸매고 들어앉았으면 오히려 이런 봉변을 아니 당할 것이, 가만히 앉았지는 못했다. 선천적으로 타고난 천치에 가까운 그의 성격은 무엇엔지 힘에 부치는 노력이 있어야 만족을 얻는 듯 했다.　　　　　　　　　　　　　　　　　　 －〈백치 아다다〉

첫 장면에 나오는 시키지도 않은 된장 푸는 일을 하다가 동애(동이)를 깨는 사건에 이어지는 작자의 해설이다. 아다다는 무엇인가 하지 않으면 배기지 못하는 성미이기 때문에 시키는 일이건 시킨 일이 아니건, 좋은 일이든 궂은일이든 모든 일을 거두어 내려고 한다. 그러나 열심히 하겠다는 마음과는 달리 실수가 많다. 그래서 그녀의 어머니는 일을 하지 않아도 좋으니 그냥 얌전히 있어 주기를 바란다. 자식이기보다는 인간 구실도 못하는 원수덩어리로만 보이는 아다다이기에 어머니는 그 실수를 도저히 용납할 수 없는 것이다. 그러한 어머니인 줄을 알면서도 아다다는 가만히 있지를 못하고 일을 찾아 하게 되고, 실수를 되풀이하여 그 어머니에게 수없이 매를 맞아 왔다. 실수 후에 어머니의 가혹한 매질이 있을 때면 다시는 그런 일이 없도록 하겠다고 빌면서도 그때가 지나면 또 그 버릇이 나와 일을 찾게 되고 실수를 반복하게 된다.

동이를 깨는 것은 이러한 악순환이 결정적인 사건으로 응결된 상황이다. 동이를 깨는 사건과 관련지어 아다다의 성격을 살펴보면 아주 중요한 사실을 발견하게 된다. 그것은 아다다의 인간이고자 하는 의지이다. 표면적인 사건이나 작자의 해설에만 의지한다면 동이를 깨는 사건은 아다다의 모자라는 사람됨이 그 원인인 것처럼 보인다. 그러나 그 사건의 원인은 앞서 지적한 바와 같이 아다다가 자신의 존재 의미를 확인하고자 한 인간적 의지에 있는 것이다. 학대와 조소 속에서 살아가는 백치이기에 그녀는 서럽다. 학대와 조소에서 벗어나고 싶다는 그녀의 소망은 생존에 대한 의지만큼이나 강했으리라는 것은 쉽게 상상할 수 있는 일이다. 아다다는 자기를 인간으로 대접하지 않는 남들(가족)에게 자신도 인간임을 보여주고 싶었던 것이다. 그래서 닥치는 대로 일을 하여 나도 당신들처럼 일할 수 있는 인간임을 증명해 보이려 했던 것이다. 그러나 불행하게도 생각이 모자라는 백치라 실수가 많이 따르게 되고 더욱 가혹한 학대를 받게 된다.

　이 첫 장면의 사건과 그 사건을 잉태한 원인과 결과의 관계를 살펴보면, 인간 의지와 현실 사이의 모순과 부조화를 발견하게 된다. 자신의 불행을 극복해 보겠다는 의지와 그 의지의 실현을 위한 노력이 오히려 그녀를 더욱 참담한 불행으로 몰아넣어 버린다는 모순된 인생의 진실이 확연히 드러나 있다는 것이다. 이 장면은 아다다의 비극적인 운명을 묵시적으로 예시(豫示)한 부분이기도 한데 여기에 나타난 '의지 → 노력 → 파탄'이라는 인생의 한 패턴이 이 작품의 시종(始終)을 지배하게 된다.

　　벙어리라는 조건이 귀에 들어맞는 것이 아니었으나 돈으로 아내를 사지 아니하고는 얻어 볼 수 없는 처지에서 스물여덟 살에 아직 장가를 못 들고 있는 신세로 목구멍조차 치기 어려운 형세이었으므로…… 벙어리이나 일생을 먹여줄 것까지 가지고 온다는 데 귀가 번쩍 뜨이어 그 자리를 앗길까 두렵게 혼사를 지었던 것이니…….
　　　　　　　　　　　　　　　　　　　　　　　　　- 〈백치 아다다〉

　백치 벙어리인 아다다가 어떻게 시집이라는 걸 가볼 수 있었는가를 요약적으로 설명한 대목이다. 아다다는 돈의 힘으로 시집을 갈 수 있었다. 아다다는 열심히 일하고, 시부모 잘 모시고, 복덩어리라 해서 온 시댁 식구의 사랑을 받으면서 살았다. 지금은 친정에서 구박 받으면서 살고 있지만 지난 오 년 동안의 시집살이는 꿈같은 세월이었다. 그러나 그 행복은 아다다가 개척한 것이 아니라 그녀가 지참금조로 가져간 '논한 섬지기'가 그녀에게 베푼 것이었다. 자력에 의한 획득이 아니라 부모의 재산이 잠시 그녀에게 선심을 베푼 것이었다. 이러한 행복은 아다다의 인간적 결함에 대한 타인(시댁 식구)의 이해가 지속되는 기간과 비례할 수밖에 없다. 시댁 식구들이 아다다에게 고마움을 느끼는 한계는 생계의 여유가 생기는 데서 끝날 수밖에 없다. 아다다는 열심히 일하여 자기가 가져온 '논 한섬지기'를 불리는 데 다대한 공을 세운다. 시댁 살림에 여유가 생겼다. 그때부터 남편에게는 아다다의 모자람이 눈에 가시로 박혀오게 된다. 아다다가 그 행복한 생활을 더 다지기 위하여 열심히 일한 것이 그녀가 시댁에서 쫓겨나는 불행으로 보상(報償)된 것이다. 여기서도 희미하기는 하지만 '의지 → 노력 → 파탄'의 인생도가 그려져 있음을 보게 된다.

> 이태 만에는 이만 원에 가까운 돈을 손에 쥐고 완전한 아내로서의 알뜰한 사랑에 주렸던 그는 돈에 따르는 무수한 여자 가운데서 마음대로 골라 가지고 집으로 돌아왔다. 그리고는 새로운 살림을 꿈꾸는 일변 새로이 가옥을 건축함과 동시에 아다다를 학대함이 전에 비할 정도가 아니다.
> — 〈백치 아다다〉

아다다가 시집에서 쫓겨나게 된 경위(經緯)를 보여주는 대목이다. 처음에는 아다다에게 행복을 안겨다 주었던 돈이 이제는 아다다를 불행으로 몰아넣게 되는 것이다. 돈으로 행복을 살 수 없다는 진부한 아포리즘이 아니더라도 돈이 아다다에게 가져다 준 절망은 참담한 것이 아닐 수 없다.

아다다는 동이를 깨고 쫓겨나 유일한 구원처인 수룡을 찾게 된다. 수룡도 정상적으로는 장가 가 볼 엄두도 못내는 외톨박이 노총각이다. 그도 아다다가 병신이라 마음에 차는 것은 아니지만 그 벙어리라도 얻

어 살지 못하면 가정 한 번 이루어 보지 못 할 것이라는 판단 아래 아다
다를 꾀어보고자 한다. 그래서 두 사람은 가약(佳約)을 맺고 신미도에서
새살림을 시작한다.

> 한참 만에 보니 아다다는 복판도 한복판으로 밀려가서 속구어 오르며 두
> 팔을 물 밖으로 허우적거린다. 그러나 그 깊은 파도 속을 어떻게 헤어나랴!
> 아다다는 그저 물 위를 둘레둘레 굴며 요동을 칠 뿐, 그러나 그것도 한 순간이
> 었다. 어느덧 그 자체는 물속에 사라지고 만다.　　　　　－〈백치 아다다〉

아다다의 비극적인 종말을 보여주는 대목이다. 신미도로 온 수룡은
앞으로의 생활을 설계하면서 모아두었던 돈을 아다다에게 보인다. 그
돈으로 밭을 사서 재산을 불리자고 하면서 수룡은 자랑스러워하지만,
아다다는 그 돈이 그나마 남은 수룡으로 표상되는 구원의 통로를 막아
버릴 것이라는 생각에 전율한다. 시댁에서의 경험이 그녀로 하여금 돈
을 버려야 한다는 결단으로 몰고 가게 된다. 반드시 돈을 버려야만 행
복이 이루어 질 수 있느냐 하는 물음은 이 경우 순수하지도 못하고 인간
적이지도 못하다. 아다다가 처한 절박한 상황은 그러한 의심을 필요로
하지 않는다. 아다다는 결국 돈을 버리게 되고 자신은 수룡에 의해 죽
임을 당한다. 돈을 버리기까지의 갈등과 의지, 돈을 버리는 혼신의 힘
을 다한 결행, 그러나 그 결과가 아다다에게 죽음으로 보상되는 인생도
가 펼쳐져 있는 것이다.

위에서 살펴 본 바에 의하면, 〈백치 아다다〉는 그 내용적 구조에 있
어서 '아이러니(irony)'적 특성을 지니고 있음을 알 수 있다. 작품에서
인용한 네 부분을 하나하나 독립시켜 보면, '의지 → 노력 → 파탄'으로
이어지는 패턴이 나타나고, 첫 장면을 제외한 전체적인 줄거리를 요약
하면, '돈으로 인하여 가능했던 출가(出嫁) → 돈으로 인하여 시집에서

쫓겨남→돈으로 인하여 죽음'이라는 도식화(圖式化)가 성립된다. '의지
→노력→파탄'이라는 패턴이 모여 '출가→축출→죽음'의 도식화에
진실성과 객관성을 부여하고 있다. 이 패턴과 도식은 전체적인 플롯의
전개에 공헌하면서 〈백치 아다다〉의 아이러니적 구조를 드러내 보이는
이 작품의 특징인 것이다.

특히 '출가→축출→죽음'으로 이어지는 일련의 사건의 핵심에 자
리 잡고 있는 것은 돈이다. 돈으로 인하여 빚어지는 모순된 상황이 또
다른 한편에서 이 작품을 지배하고 있다. 아다다의 인생도 속에는 진리
이거나 진리에 가까운 진실이 깔려 있는 바, 하나의 상황에 대한 모순
되거나 대립되는 상황의 병치(竝置)가 그러한 진실의 성립을 가능케 하
는 것이다. 아다다는 자신의 불행이 돈에 있음을 알게 되는데, 이것은
정상인의 가치 척도가 역전(逆轉)된 곳에 아다다의 불행이 존재함을 의
미한다. 보통 인간들은 스스로 돈의 노예가 됨으로써 행복하다고 생각
하는 우(遇)를 범하고 있다. 수롱도 거기서 예외가 아니다. 수롱에게는
인생의 전부이다시피 한 돈, 아다다에게는 행복을 빼앗아 가는 돈, 이
모순된 병치 속에서 아다다의 죽음은 예견된다. 불행한 국가적 재난(불
행한 운명)을 극복하겠다는 의지를 가지고 시행하는 행위가 오히려 그
불행 속으로 자신을 밀어 넣어 버리고 마는 결과를 가져왔을 뿐이라는
오이디푸스적인 아이러니가 아다다의 운명 위에도 착색되어 있음을 본
다. 오이디푸스는 일종의 영웅 심리에서 스스로 희생되었다는 점이 아
다다와 다르기는 하나 인간의 운명을 지배하는 아이러니의 원리는 동
일한 것이다.

자신의 불행한 운명을 행복으로 바꾸고자 돈을 버리지만 그것은 엄
청난 재난이 되어 아다다를 엄습한다. 그녀는 자신이 버린 돈과 함께
파도 속에 휩쓸리고 마는 것이다. 물 위에 흩어져 떠다니는 돈과 허우

적거리는 아다다, 이것은 야릇한 콘트라스트를 이루면서 인생의 한 아이러니적 단면을 그려내고 있다. 어떤 이는 "불일치(不一致)의 공존이 생존구조의 한 부분이라는 것을 인정하는 인생관"7)을 아이러니라고 했는데, 이것은 그대로 아다다와 수롱, 아다다의 의지와 운명[파탄]의 병존(竝存)이 빚어내는 불행을 설명하는데 적합한 말이다. "아이러니의 희생자란 미리 운명 지어져 있는 것에 대해서 전연 모르는 자"8)라는 진술 속에서 아다다의 애연(哀然)한 모습을, 오이디푸스의 처절한 모습을, 그리고 우리들 자신의 숙명적인 모습을 보게 된다.

아다다의 인생 역정(歷程)은 우리네 인생이 본질적으로 지니고 있는 비극적, 운명적 아이러니의 한 전말(顚末)을 보여주고 있는 것이다.

2) 아다다의 욕망과 죽음

인간의 정신적 가치의 추구와 물질적 욕망이 빚는 갈등의 문제는 보편적인 것이다. 이러한 문제는 하등 새로울 것도 없고, 또 명쾌하게 해결될 성질의 것도 아니다. 단순히 이러한 갈등을 제재로 해서 작품을 쓴다는 것은 진부한 작업이 될지도 모른다. 〈백치 아다다〉는 물질적 욕망과는 거리가 먼, 또 다른 욕망의 문제를 저변에 깔고 있다. 이 아다다의 욕망의 성격을 파악하는 것은 이 작품을 이해하기 위한 의미 있는 하나의 방법이 될 수 있다.

〈백치 아다다〉를 세 부분으로 나누어 아다다의 욕망의 문제를 검토해 보기로 한다.

---

7) D. C. Muecke, 앞의 책, p.42.

8) *Ibid.*, p.41.

> 아이쿠헤나! 무슨 소린가 했더니! 이 년이 또 동애를 잡았구나! 이년아
> 너더러 된장 푸래든 푸래?
>
> -〈백치 아다다〉

아다다가 동이를 깨뜨린 것을 보고 격노한 어머니가 아다다를 질책
하는 말이다. 누가 시킨 것도 아닌 일을 하다가 그릇을 깨뜨리는 것은
자신의 능력이나 분수를 모르는 백치의 행위라고 인식되기 때문에 정
상인(어머니)이 보기에는 역정 나는 일이 아닐 수 없다. 그래서 그 실수
에 대한 문책은 가혹한 매질과 저주로 일관된다. 이러한 저주와 매질을
빈번히 당하면서도 또 무엇인가 일거리를 찾아 하지 않으면 직성이 풀
리지 않는 아다다의 행위 속에 숨어 있는 것이 바로 그녀의 욕망의 문제
이다. 인간은 누구나 무엇에 대해서이든 욕망을 가지고 있다. 비록 백
치이지만 그녀에게도 욕망은 있기 마련이다.

그러나 아다다의 욕망은 정상인들이 갖는 욕망과는 다른 곳에 그 의
미가 놓여 있다. 그녀가 일을 하는 것은 물질적인 대가를 기대하는 행
위가 아니라 그녀 자신의 존재를 타인에게 확인시키기 위한 것이다.
같은 인간으로서의 대접을 받으면서 살고 싶다는 소망을 몸짓으로 나
타낸 것이다. 좀 더 높은 지위에로의 상승, 보다 윤택한 생활에의 기대,
명예를 위한 노력과 같은 장식(裝飾)을 위한 욕망이 아니라 인간이고자
하는, 인간임을 인정받고 싶어 하는 원초적인 욕망이다. 자신을 화려하
게 장식하고자 하는 욕망은 타인에 대한 선망(羨望)과 질시(嫉視)에서 비
롯되기 때문에 정직하지 못하고 진실하지도 못하다. 이런 정상인의 욕
망은 허영(vanity)과 위선(僞善)으로 전락(轉落)하고 만다. 설사 그 욕망
이 성취되었다 할지라도 그 결과는 자신에 대한 혐오나 타인으로부터
의 질시, 혹은 비난을 초래할 뿐이다. 아다다의 그것은 장식과는 거리
가 먼 타인에 의해 자극되는 것이 아닌 가장 순수하고 자발적인 욕망이

다. 다시 말해서 지라르(Girard)가 이른 바, 타인의 모방이나 허영으로
인한 속물근성(snobbism)[9])에서 비롯된 욕망과는 상반되는, 순수하게
인간적인 동기에서부터 유래된 욕망이다.

　동이를 깬 것의 표면적인 동기는 백치적인 서투름이지만 근본적인
동기는 인간성을 회복하고자 하는 의지이다. 그것은 인간이고 싶다는
욕망의 전도된 행위인 것이다. 동이를 깨뜨리는 사건은 플롯의 전도(前
途)를 암시하는 것 외에, 아다다가 정상인의 가치관을 부수어 버리게
되는 것을 상징적으로 나타내 주기도 한다. 아다다의 욕망은 정상인의
사고방식을 거부하는 곳에서 의미를 갖게 되는 것이다.

> 　무엇엔지 차마 허치 못할 것이 있는 것 같고, 그렇지 않은지라 눈을 부릅
> 뜨고 수롱이한테 다니지 말라는 아버지의 말이 연상될 때 어떻게도 그 말은
> 엄한 것이었다.　　　　　　　　　　　　　　　　　　　 - 〈백치 아다다〉

　수롱이 같이 살자고 말했을 때, 거기에 대한 대답을 결정하지 못하고
있는 아다다의 갈등이 나타나 있다. 아다다는 비록 소박은 맞았지만
그래도 명색은 과부이다. 과부가 되어도 개가(改嫁)하지 않는 것이 소위
지체 있는 집안의 체모(體貌)라고 믿고 있는 아버지의 엄한 모습이 아다
다의 결정을 가로막고 있다. 이 경우 아버지는 인습의 굴레를 상징하는
인물이다. 아버지의 말을 어기고 수롱과 결합하는 것은 사회관습에 역
행하는 것이기 때문에 남들의 지탄이 두려워지는 것이다. 그러나 이러
한 경직된 윤리의 준수가 아다다에게 행복을 가져다주지는 못함은 물론
이다. 아다다가 아버지의 모습을 머릿속에서 지워버리고 수롱을 선택하
는 것은 아다다가 놓여있는 사회의 가치관으로 볼 때 하나의 모험이며

---

9) Rene, Girard, "Mensonge romantique et verite romanesque"(낭만적 허위와 소설적
　 진실), 김윤식 역, 〈소설의 이론〉, 삼영사, 1977, pp.32~39.

인습으로부터의 탈출이다. 그것은, 인습의 굴레에 복종하는 것은 자기 상실일 뿐 자신의 행복을 성취하는 길이 될 수 없다는 본능적인 깨달음에서 온 결행인 것이다. 그것은 자신의 인간성을 회복하고자 하는 용기이며 아버지로 표상되는 인습을 부정하는 성격10)의 파괴인 셈이다.

여기에서도 우리는 한 여인의 원초적 욕망의 의미를 발견하게 된다. 아다다의 욕망은 여전히 정상인의 사고방식을 거부하는 곳에서 의미를 지니게 되는 것이다. 아다다는 과부의 공식적인 개가가 수용될 수 없는 그 시대의 가치 질서를 거부함으로써 일단 그녀의 욕망을 성취하게 되는 것이다. 그녀의 욕망은 신분이나 사회적 지위의 상승을 기도하는 정상인의 욕망과는 성격이 다르다. 그것은 모방적인 성격보다는 자발성이 강한 것이며, 허영(虛榮)이 아니라 인간 본연의 권리를 주장하는 것이라 볼 수 있다.

수롱을 만나기까지의 이러한 아다다의 욕망도 수롱과 동거를 시작하면서부터는 약간 변질되는 모습을 보여준다. 수롱과 만나 아내로서의 대우를 받으면서 살게 되었다는 것은 신분의 상승을 의미하기도 하는데, 여기에 변질의 요인이 숨어 있는 것이다. 어느 정도 정상인의 대열에 서게 되었다는 것이 아다다의 소박한 욕망을 변질시킨다는 것이다. 보다 완전한 행복을 얻을 수 있다는 환상이 인간을 불행하게 만든다고 한다. 그때그때의 행복을 깨닫지 못하고 보다 높은 곳의 행복에 대한 헛된 꿈을 갖는 것이 비극의 요인이 된다는 것이다. 아다다는 바로 수롱의 사랑을 받는 그때부터 보다 완전한 행복을 생각하게 된다. 욕망의 변질이란 이것을 말하는 것이고, 이것이 그녀의 파탄의 시발점이 되는 것이다. 아다다의 그러한 욕망 앞에는 정상인으로서의 수롱의 가치 세계가 가로 막고

---

10) '성격은 개성 속에 있게 마련인 충동들을 억압하는 습성에서 생긴 개인의 성향, 또는 기질이라 할 수 있다.'(Herbert Read, "*Collected Essay in Criticism*", p.23).

서 있다. 아다다의 가치관과 수룡의 그것과의 대립이 이 작품의 한 모티
브가 되면서 사건을 결정적인 대단원으로 몰고 가게 된다. 아다다의 욕망
은 변질되고는 있지만 여전히 그녀의 욕망은 수룡(정상인)의 가치 질서를
뒤엎은 곳에 존재한다. 그녀는 그녀의 욕망을 성취하기 위하여 수룡의
가치 질서(돈)를 파괴해 버린다.

수룡에게는 돈이 행복의 제일 조건이 되어 있다. 아다다에게는 돈이
란 그녀의 전의 시집에서의 경험으로 보아 그녀의 행복을 빼앗아 가버
리는 괴물로 밖에는 보이지 않는다. 수룡의 돈에 대한 애착과 아다다를
맞이한 계산된 행동, 그리고 아다다의 돈에 대한 공포의 병존은 드라마
의 극적구성을 위한 조건도 되지만 욕망의 비극성을 창조하기에도 알
맞은 제재가 된다. 돈을 '불행의 씨'로 보는 아다다, 그녀는 이제 완전한
행복을 꿈꾸고 있다. 그래서 돈을 없앨 궁리를 한다. 이것은 수룡의
가치관, 나아가서 정상인의 가치 체계를 뒤엎으려는 무모한 도전이며,
그야말로 불행과 파탄의 씨를 심는 것이다. 그러나 비록 그녀가 분수에
넘는 욕망을 가지고 무모한 행동을 획책한다 해도 그것은 허영이 아니
라 진실이다. 수룡의 돈을 바다에 버려 버리는 그녀의 대담한 행동성과
용기는 분명히 경이적인 것이며, 따라서 이 백치 아다다의 용기와 행동
은 백치의 차원을 초월한 곳에서 의미가 규정되어야 할 것이다. 아다다
는 정상인들이 늘 생각은 하면서도 실행에 옮기지 못하는 이상의 세계
를 보여 준 여인이다. 그녀는 물질우선의 타성적인 형식논리를 파괴함
으로써 인간성을 옹호하는 투사[희생자]의 의미를 갖는다.

우리가 읽어 온 많은 소설들이 주인공의 죽음으로써 끝을 맺고 있는
데, 이것은 작가들이 소설을 좀 더 산뜻하게 종결짓기 위해서 도입한
수법이라고 포스터(Foster)는 말하고 있다.[11] 그러나 〈백치 아다다〉의
경우는 그 죽음이 작가의 기법에 의하여 이루어진 것이라기보다는 아

다다의 욕망의 자연스러운 귀결점이라고 보아야 할 것이다. 이런 뜻에
서 지라르가 '욕망의 궁극적 의미는 죽음'[12]이라고 지적한 것은 상당히
시사적(示唆的)인 것이다. 욕망과 죽음의 문제는 루카치가 '길이 시작되
자 여행이 끝났다'[13]라고 소설형식에 대하여 정의한 것과 연결될 수
있을 것이다. '길이 시작되자 여행이 끝났다'는 것을 '길을 찾는 변증법
적인 과정'으로 해석한다면, 소설 속의 인물들은 작가에게 소속된 단순
한 표현형식의 길이 아닌 인생의 길을 모색하는 자들이며, 그 인물들이
나름대로 생각하는 가치 있는 길을 모색하는 과정에서 욕망이라는 심
리적 상태에 봉착하게 된다고 볼 수 있다. 여행이 끝났다는 것은 모색
한 바를 성취했다는 것이 아니라 그것에 도달할 수 있는 방법을 각성했
다는 뜻이며, 그것을 각성했을 때는 이미 인생은 시행착오(trial and
error)의 종점에 서 있게 된다는 것으로 해석된다.

　결국 인생은 변증법적으로 시행착오를 범하면서 길을 찾는 과정이며,
그것은 존재론적(ontological) 아픔을 동반하는 욕망의 문제로 연장되고,
그 욕망은 허망감과 후회를 동반하는 죽음으로 귀결된다고 볼 수 있다.
아다다의 경우는 어떤 후회나 허망감을 동반하는 죽음은 아니다. 그녀
의 죽음은 하나의 투쟁의 결과로 볼 수 있다. 돈을 바다에 버리는 행위는
욕망의 성취를 위한 것인 동시에 자신의 행복을 저해(沮害)하는 것들에
대한 격렬한 반항이기도 하기 때문이다. 허영의 노예가 되어 중개자(仲介
者)를 시기하고 질시하는 스탕달의 인물들이 자신이 만든 올가미에 걸려
죽음을 맞게 되는 경우[14]와는 사뭇 다르다.

---

11) E. M. Foster, *"Aspects of the Novel"*, penguin Books(Edited by Oliver Stally Brass)
　　1974, p.61.
12) Girard, 앞의 책, p.213.
13) Girard, 위의 책, 부록, '지라르 이론에 대한 비판'(루시앙 골드만), p.250.

그러나 여기서도 길의 문제는 남게 된다. 아다다는 자기가 인간답게 사는 길이 무엇인가를 모색하는 과정에서 존재론적 아픔을 경험한다. 이것은 지적 경험이 아니라 본능적인 갈등의 문제라야 백치라는 인물 설정에 합치된다. 이 과정을 거쳐서 그녀는 드디어 돈을 버리는 것이 최선 이라는 길을 찾게 되지만, 그것을 찾는 순간 그녀는 물속에 빠져 죽게 된다. 이런 점에서 "주인공은 그가 진리를 얻게 되었을 때 죽는다."[15]는 지라르의 말은 그대로 '길이 시작되자 여행이 끝났다'라는 루카치의 말과 전적으로 동의어가 아닐 수 없다. 아다다는 진리를 발견하는 순간 죽음을 맞게 되는, 아이러니의 전형을 극명하게 보여주는 인물이다.

4. 가면(假面)의 한 양상 : 현진건의 〈B사감과 러브레타〉

이 작품은 크게 두 부분으로 나눌 수 있는데, 그 첫 부분에는 B사감 과 학생들의 관계가 요약적 사건으로 제시되어 있고 뒷부분에서 비로 소 사건이 본격화된다. 그런데 첫 부분에서 제시되는 B사감의 태도가 뒤의 사건의 원인으로 작용하고 있어 B사감이 배우가 되고 학생들은 B사감의 상대역(相對役)에서 물러나 관객의 위치에 서게 된다. 뒷부분 의 사건은 B사감의 모노드라마(mono-drama)로 되어 있다는 뜻이다. 이 전후의 사감의 태도와 행동이 원인과 결과를 이루면서 사건이 진행되 고 흔히 위선(僞善), 혹은 이중인격으로 설명되는 그녀의 인간적 비밀이 드러나게 된다.

다음 인용문에서 우리는 B사감이 하는 행동의 근본적 동기로서의 성

---

14) 스탕달의 〈적과 흑〉에 나오는 '줄리앙 소렐'의 경우.

15) Rene, Girard, *Loc. cit.*, p.219.

격에 대한 정보를 얻을 수 있다.

　　C녀학교에서 교원 겸 기숙사 사감노릇을 하는 B녀사라면 딱장때요, 독
신주의자요 찰진 야소군으로 유명하다. 40에 갓가운 로처녀인 그는 죽음깨
투성이 얼굴이, 처녀다운 맛이란 약에 쓰랴도 차질 수 업슬 뿐인가 시들고
꺼칠고 마르고 누러케 뜬 폼이 굴비를 생각나게 한다.
　　여러 겹 줄음이 잡힌 휠렁 벗겨진 니마라든지 숫이 적어서 법대로 쪽지거
나 틀어올리지 못하고 엉성하게 그냥 빗겨넘긴 머리 꼬리가 뒤통수에 염소
똥만하게 부튼 것이라든지, 벌서 늙어가는 자최를 감출길이 업섯다. 뾰족
한 입을 앙 다물고 돗보기 넘어로 쌀쌀한 눈이 노릴 때엔 기숙생들이 오싹
하고 몸서리를 치리만큼 그는 엄격하고 매삽앗다.16)

　이 인용문의 전반부와 후반부는 서로 결과와 원인의 관계에 놓여 있다.
후반부에 나와 있는 B사감의 용모에 대한 디테일은 과장적이지만 인상적
이다. 그녀의 못생긴 용모는 거의 선천적인 것으로 보인다. 인용문의
인물묘사는 나이가 들어 볼 품이 없게 된 모습을 보여주고 있다.
　〈광화사〉의 솔거가 그 용모의 추악성 때문에 스스로 자신을 깊은 산
골짜기로 유폐시켜버리고 그림에 광적인 애착을 가지고 살아가는 인물
이 된 것처럼, B사감도 그녀의 못생긴 얼굴로 해서 별난 성미를 지니게
된 인물이다. 용모가 한 인간의 성격 형성과 운명에 직접적, 간접적으로
작용하는 힘은 크다. 얼굴이 못생김으로 해서 충분히 발산하지 못한
에너지를 승화시켜 용모의 단점을 극복하고 용모와는 다른 차원에서
성공한 사람(여인)도 볼 수 있지만, 대부분은 그로 인해 불행한 운명의
주인공이 된다는 것도 부인하기 어려운 일이다. 물론 용모가 추하다고
해서 저절로 이상(異常) 성격이 되는 것은 아니다. 그것은 타인과의 접촉

---

16) 玄鎭健, 〈B舍監과 러브레타〉, 《朝鮮文壇》 제5호, 1925.1, p.19.

과 관계에서 형성되는 것이다. B사감의 용모는 여성이든 남성이든 타인에게 호감을 느끼게 할 요소는 그야말로 '약에 쓰려도 찾을 수 없는', 거부감을 느끼게 하는 모습을 하고 있다. 세상 사람들이 의식적, 무의식적으로 그녀를 멀리 하게 되고 거기에 대한 반작용으로 B사감은 그런 세인(世人)들에 대하여 반감을 갖게 된다는 것은 당연하다. 솔거의 경우가 그것을 잘 보여주고 있다. 여기에서 형성되는 B사감과 타인의 관계는 적대적이 될 수밖에 없다. 그리하여 그녀의 성격이 인용문 후반부에서 보여주는 것처럼 도전적, 비정적(非情的)이며 공격적으로 되는 것은 필연적이다. 그럴수록 그녀는 타인으로부터 소외되고 고립되기 마련이다. 바로 여기에 그녀가 딱장대(온화한 맛이 없고 성질이 딱딱한 사람), 독신주의자, 찰진 야소꾼(예수꾼-기독교 신자)이 되지 않을 수 없는 이유가 있다.

딱장대라고 하는 것은 그녀의 경직성과 비정성을 나타내며, 독신주의자란 그녀의 남성에 대한 반어적(反語的) 태도를 나타낸다. 독신주의를 표방함으로써 자신을 외면하는 남성에게 복수하고, 남성으로부터 외면당하는 자신을 구원하고 합리화[17]하려는 것이다. 그런 만큼 그것은 진실이 아니다. 독신주의는 이를테면 B사감이 자기 보호와 자위(自衛)를 위해서 선택한 고육지책임을 알 수 있다. 독신주의는 그녀의 페르조나의 한 부분을 차지하게 된다. 그녀가 찰진 야소꾼이라는 것은 자연스러운 일이다. 기독교야말로 그녀가 안주(安住)할 수 있는 가장 적당한 장소이기 때문이다. 만인을 사랑으로 감싸고 포용하는 기독교의 교리야말로 고립되고 소외되어 있는 B사감이 의지할 수 있는 유일한 기둥

---

17) 합리화(rationalization)는 일종의 방어기제(defence mechanism)라고 한다.
즉, '적절하지 못한 태도, 감정, 행동을 방어하는 것'이 합리화다(Mahoney, *"Abnormal Psychology"*, p.79). B사감이 독신주의를 선택한 것은 그녀의 행동과 대화로 보아 자연스러운 것이 아니며, 남성들로부터 외면당하는 자신의 불운한 처지를 남들에게 숨기기 위한 방편, 자신을 격하되는 것으로부터 방어하기 위한 수단임을 알 수 있다.

이었을 것이다. 타인에게 호감을 주지도 못하고, 그 반작용으로 해서 타인에게 호감을 느끼지도 못하는, 그래서 타인과의 우호적 관계를 형성할 수 없는 그녀가 기독교라는 사회공동체의 일원이 됨으로써 세계와의 동일성을 회복하려고 하는 것은 지극히 당연하다. 그녀가 기독교 신자라는 페르조나를 쓰고 있는 한, 그녀는 외로움을 느끼지 않아도 되고 남성들로부터 외면당하는 현실적 고통도 보상받을 수 있다. 그녀는 자신이 엄숙한 퓨리탄과 같은 표정을 짓고 있을 때, 남으로부터 존재가치를 인정받을 수 있음을 터득하고 있는 셈이다.

이 '찰진 야소꾼'은 '기숙사 사감'이라는 것과 함께 그녀의 절대적인 페르조나가 된다. 그녀에게 그것은 썼다 벗었다 할 수 있는 편리한 가면이 아니라 그녀의 전 인간성을 지배하는 움직일 수 없는 절대 법칙이다. 그것을 떠나서는 그녀가 인간으로서 설 수 있는 땅을 찾기가 어렵기 때문이다. 다시 말해서, 그녀가 그것을 벗는 순간 그녀는 보잘 것 없는 한 노처녀일 뿐이며, 아무에게도 호감을 줄 수 없는, 존재의 의미가 사라진 가엾은 여인으로 전락하게 된다는 공포감 때문에 그녀는 그것을 벗을 수가 없는 것이다. 따라서 그녀는 그것을 벗을 수가 없으며, 오히려 강화해야 할 입장에 있는 것이다. 그것을 강화해야 한다는 것이 그녀를 페르조나의 희생자로 만드는 근본적인 원인이 된다. 페르조나를 강조하면 자기 자신과는 더욱더 멀어져 자기를 완전히 상실하게 되기 때문이다. 세계와의 동일성을 회복하기 위하여 선택한 기독교가 자기 동일성의 회복을 저해하게 된다는 아이러니가 발생하는 것이다. B사감은 페르조나에서 자아로 돌아올 수 있는 심리적 조절 기제를 만들어 갖지 못함으로써 자아와 페르조나를 동일시(persona identification)하는 혼돈에 빠진 것이다.

그녀는 '용모에서 파생된 성격 → 성격상 자연스럽게 선택하게 된 페르조나→ 페르조나와 자아의 동일시'라는 과정을 거쳐서 지나치게 엄격하고 경직된 행동을 하는 인물로 굳어지게 된 것이다. 이러한 B사감이기에 그녀가 학생들에게 엄격하게 구는 것은 당연한 일이지만, 그녀가 특히 싫어하는 두 가지는 기숙사로 날아 들어오는 연애편지와 남성의 방문이다. 연애편지는 그녀가 질겁하다시피 싫어하고 미워하는 것이었다. 영문도 모르고 연애편지를 받은 여학생은 용서받지 못할 불륜을 저지른 죄인처럼 B사감으로부터 시달림과 고통을 받아야만 한다. B사감은 흡사 경찰관이 죄인을 취조하는 태도로 학생의 인격 같은 것은 안중에도 없다는 듯이 무차별 공격을 감행하는 것이다.

B사감이 연애편지를 받은 여학생을 대하는 태도는 선생이 학생을 교유(敎諭)하는 것과 거리가 멀다는 것은 새삼 설명할 필요가 없다. 죄인을 대하는 순경의 태도보다 훨씬 살벌한 분위기가 조성된다. 그녀는 학생을, 무슨 원수를 대하기라도 하는 듯이, 꼭 굴복시켜야 할 적(敵)을 앞에 두고 있는 것처럼, 적대감과 증오감을 가지고 대하고 있다. 깊이 고려해 보지 않더라도 B사감은 젊고 발랄하며 아름다운 여학생들에게 선망과 질투를 느끼고 있으리라는 것은 쉽게 짐작할 수 있는 일이다. 더구나 그녀는 무의식의 일면에서는 한 번 받아 보았으면 하고 열망하지만 한 번도 받아본 적이 없는 연애편지를 받은 여학생이 선망적 질시(羨望的 嫉視)[18]의 대상이 된다는 것은 당연하다. 자신이 갖지 못한 것, 가질 수 없는 것을 가지고 있는 사람을 본다는 것은 논리 이전의 근원적 고통인 것이다. 이러한 고통은 자기혐오(self-abhorrence)를 동반하는

---

18) 이 용어는 김동인의 〈유서(遺書)〉에 나오는 '나(○○씨)'의 심리적 상태를 나타내는 데 사용해 본 바 있다. 이 말은 '타인에의 선망→자기혐오→타인에 대한 시기와 증오'라는 심리적 과정을 나타내는 말이다. 이것은 양가감정(emotional ambivalence)의 개념에 소속될 수 있는 용어라고 생각하면 될 것이다.

것이지만, 그것은 곧장 그러한 사람에 대한 시기와 증오로 발전하고 그 사람에 대한 극복 의지로 변질된다.

인용문에 나타난 B사감의 태도는 일차적으로 이러한 연유에서 초래된 것이다. 그리고 이러한 적대적인 그녀의 태도는 그녀의 페르조나 동일시, 혹은 잘못 형성된 페르조나와 깊은 관계가 있다. 정상적이라면 페르조나와 자아는 구별되어야 하겠지만 B사감의 경우는 양자의 동일시가 이루어짐으로써 페르조나가 자아를 대신(代身)하는 현상을 보여주고 있다. 이렇게 팽창된 페르조나는 그 이면에 반드시 어두운 그림자를 드리우기 마련이다.[19] 이 인용문과 관련된 B사감의 그림자는 '자기에게 없는 것을 빼앗고 싶은 욕망'으로 볼 수 있다. 이것은 그녀의 반남성주의, 즉 남성혐오증의 반대편에 숨어있는 에로스적인 욕망과 관계있는 것으로, 뒷부분의 사건(그녀의 발작적인 모노드라마)을 준비하는 심적 상황이기도 하다. 그림자는 언제나 투사(投射)될 준비를 하고 있는 무의식이다. B사감은 남성과 여학생을 떼어놓고 싶다는(그 남성을 자기에게로 돌리고 싶다는) 자신의 생각을 여학생에게 투사함으로써, 그 여학생이 자기와 남성 사이를 떼어놓으려 한다고 생각하게 될 가능성은 크다. '나는 그를 미워한다.'라고 말하는 대신에 '그가 나를 미워한다.'라고 말하는 것이 투사이기 때문이다.[20] B사감의 투사는 근원적 유형의 투사(archetypal projection)에 해당된다.

그녀가 싫어하는 두 번째 일은 남자가 기숙생을 면회하러 오는 일이다. 친부모, 친동기간이라도 남자는 무조건 면회 사절이다. 이러한 그녀의 태도 때문에 학생들이 동맹휴업까지 하고, 그녀는 교장의 설유(說諭)까지 들었지만 조금도 달라지지 않았다. 부모가 찾아와도 면회를 시

---

19) Whitmont, 앞의 책, p.159 참조.

20) Calvin S. Hall, 앞의 책, p.118 참조.

키지 않는 것은 B사감이 가족 전통을 몰각하고 있기 때문일 수도 있지만, 텍스트에 의하면 B사감에게는 부모가 아니라 남자가 문제가 되는 것이다. 그러니까 어머니라면 면회가 가능할지도 모르지만 아버지라면 남자이기 때문에 면회가 안 된다는 것이다. 이것은 우리가 앞서 본 바와 같이 B사감의 남성에 대한 복수, 또는 남성에 대한 반어적 태도로 설명이 되어야 한다.

그리고 그녀는 가족 관계라는 전통 윤리 그 자체를 신용하지 않는 여자로 보인다. 이것은 그녀의 기독교적인 페르조나와 관계있는 것으로 보인다. 기독교적인 페르조나를 쓰고서 보면 전통 윤리란 보잘 것 없는 인습이나 우스꽝스러운 것으로 보일 가능성은 큰 것이다. 서구적(西歐的) 사조(思潮)가 착색된 기독교적 페르조나에서 보면, 특히 B사감의 경우 전통 윤리란 가증스러운 것에 지나지 않는 것으로 보일지도 모른다. 팽창된 페르조나를 가진 사람은 자신이 보다 높은 도덕적 차원에 있다고 생각하는 경향이 있음[21]을 생각하면 B사감의 생각은 적어도 그녀에게는 옳은 것이다. 그러나 이것이 사실은 B사감에게는 인간적 불행이 된다는 것은 역설이 아닐 수 없다.

그녀가 강고한 페르조나(자아와 동일시되는 페르조나)를 지니면 지닐수록 그녀의 타인과의 인간관계는 소멸되어 가며 종내는 고독하고 불행한 인간이 되어 버린다는 점에서 그녀는 페르조나의 희생자다. 그녀는 이러한 왜곡된 권위에 매달림으로써 스스로를 질식시키고 있는 여인이다. 그리고 이 대목에서의 B사감은 그 비인간성과 경직성이 좀 과장되어 있다는 느낌이 드는데, 여기에서 이 작품의 풍자가 발생하고 있다.

앞서 잠깐 지적한 바 있지만, 여기까지가 원인에 해당하며 뒷부분의

---

21) Whitmont, 앞의 책, p.158.

사건은 그 결과인 것이다. 학생들은 B사감의 상대역에서 관객의 위치로 물러나게 된다. 그 해 가을부터 이상한 일이 생겼는데, 그것이 언제부터 생겼는지 알 수 없기 때문에 그 이상한 일은 그 해 가을에 와서 '발각되었다'고 하는 게 나으리라고 작중화자는 해설하고 있다. 언제부터 생겼는지는 모르나 그 해 가을부터 밤이면 이상한 소리를 듣는 학생들이 생겨났다. 그 소리를 듣는 학생들은 궁금해 하기도 하고 무서워하면서도 심상하게 지나왔지만, 어느 날 세 학생이 그 소리를 듣고, 소리가 나는 곳을 찾아가는 데서 수수께끼의 소리가 하나의 현실적인 장면으로 나타나게 된다. 세 학생이 처음 방에서 듣는 소리(대화)는, '간드러진 여자의 목소리 → 정열에 뜬 사내의 목청 → 아양 떠는 여자의 말씨 → 피를 뽑는 듯한 사내의 말'로 이어지는 뜨거운 사랑의 대화이며 키스를 동반하는 사랑의 수작(酬酌)이다. 대화의 내용으로 보아 사내가 적극적이며 열정적으로 사랑을 구하는 입장에 있고, 여자는 그것을 가슴 벅차게 받아들이는 태도를 취하고 있음을 쉽게 짐작 할 수 있다. 이러한 대화만으로는 그것은 분명히 〈로미오와 줄리엣〉에나 나옴직한 환상적이고 로맨틱한 사랑의 장면으로 상상될 수밖에 없다. 세 처녀는 이런 달콤한 공상에 빠져 있다가 두 번째의 대화를 듣는다.

두 번째 대화는, '매몰스럽게 내어대는 모양 → 사내의 애를 졸이는 간청'으로 이어진다. 여자는 거부의 제스처를 짐짓 보이고, 사내는 달떠서 간구하는 장면이 연상된다. 세 처녀는 소리가 나는 방을 찾아내고는 깜짝 놀란다. B사감의 방이었기 때문이다. 그 사이에도 사랑을 갈구하는 사내의 목소리는 계속된다. 방문을 빠끔히 연 세 처녀는 더욱 놀라고 만다. 여학생들에게 온 연애편지가 여기저기 흩어진 가운데서 B사감이 안경을 벗은 채, 애원의 표정을 짓고 키스를 기다리는 포즈를 취한 채 남자와 여자의 목소리를 번갈아 내가며 일인극(一人劇)을 펼치고 있는

것이다. B사감은 일상적인 그녀의 태도로 보아서는 도저히 상상조차
할 수 없는 해프닝을 연출하고 있는 것이다. 그러나 우리는 이미 그녀가
연애편지를 받은 여학생을 대하는 태도에서 이런 사건이 생길 수 있는
가능성을 암시받았으며, 그녀의 페르조나 분석을 통하여 이상적 행동의
징후를 발견할 수 있었다. 세 처녀가 방에서 들은 두 번의 대화는 모두
남자의 애타는 구애(求愛)가 중심 내용을 이루고 있다. 그 사랑이 성사되
느냐 그렇지 못하냐 하는 결정은 여자가 하게 되어 있는 상황이다. 물론,
이 대화는 B사감의 일인이역으로, B사감의 소망적 사고(autistic or wishful
thinking)[22])를 나타내고 있다. B사감은 자기에게 사랑을 고백하는 한
남자를 설정하고 그 사랑의 결정권을 자기가 쥐고 있는 입장을 취함으로
써 현실적으로 거의 불가능한 에로스적 욕구의 실현을 환상을 통해 달성
하려고 하는 것이다. 대개 이러한 소망적인 사고는 자아에 의하여 이드
(id)가 지나치게 억압될 때 생긴다고 한다. B사감의 경우는 자아와 페르
조나가 동일시 된 결과로, 페르조나가 자아를 대신하고 있어 페르조나
가 강조되는 만큼 이드는 억압을 받게 된다.

　이 작품의 전반부에 나타나는 B사감의 일상적 세계(낮)에서의 모습
과 후반부에 나타나는 그녀의 자기만의 공간(밤)에서의 모습에서 볼 수
있는 인간 심성의 양면성에 초점을 맞추고 이 작품을 바라볼 때 인간
성격의 진상(眞相)과 허상의 상호모순적인 면모를 다루고 있다고 하는
이재선의 지적은 타당한 것이다. 낮과 밤의 대비는 인간 심성의 양면성
을 밝히고자 하는 사람들이 즐겨 사용하는 상징적 기제이며, B사감의
경우 그녀는 그 기제의 적용에 알맞은 인물이 되기 때문이다.

---

22) 이것은 프로이드의 용어로서, 자아(自我)로 이드(id)의 요구를 만족시키지 못할 때 본능
　　적 충동이 환상을 통하여 그 욕구를 실현하게 되는 심리적 현상을 이른다(Calvin, 앞의
　　책, pp.61~62 참조).

그러나 B사감의 페르조나와 그림자(혹은, 자아와 이드)의 관계를 살펴
보면, 그녀가 이중인격자이거나 위선자라기보다는 가엾은 페르조나의
희생자일 뿐이라는 것을 확인하게 된다. 그녀의 용모와 성격에서 필연
적으로 선택하게 된 페르조나, 그 페르조나가 아니고서는 설 땅이 거의
없는 B사감이 페르조나를 자아와 동일시함으로써 진정한 자기 모습을
상실하고 가장 근원적인 에로스적 욕구도 억압하는 데서 표리부동한
행동의 원인을 찾을 수 있다는 것이다. 그녀가 페르조나로부터 적절히
순전한 자기(a genuine ego)로 돌아올 수 있는 심리적 조절 기제를 만들
어 가지고 있었다면 희화적인 행동을 하지는 않았을 것이다. 이 장면은
B사감이 자기로 돌아온 모습으로 볼 수도 있으나, 이드(id)와 초자아(超
自我, super-ego)를 통합하고 지배하는 자아로 돌아온 것이 아니라, 곧장
이드의 충동의 세계로 멀리 퇴행했기 때문에 발작적인 행동이 나타난
것으로 볼 수 있다. 따라서 우리는 그녀의 행동을 위선이나 이중인격으
로 규정하여 부도덕성을 논하기보다는 본능적 욕구를 적절히 발산시키
지(충족시키지) 못하고 살아야 하는, 그렇게 살 수밖에 없는 한 여인에
대한 연민의 정을 이야기하는 것이 바람직할 것이다.

> 「정말슴야요. 나를 그러케 사랑하셔요. 당신의 목숨가티 나를 사랑하셔
> 요 나를 이 나를」하고 몸을 치수리는데 그 음성은 분명히 울음의 가락을
> 띄었다.
> 「에그머니 저게 웬일이야」 첫째 소녀가 소근거린다.
> 「아마 미쳣나 보아. 밤중에 혼자 닐어나서 웨 저리고 잇슬구」 둘째처녀
> 가 맛방망이를 친다.
> 「에그 불상해?」하고 셋째처녀는 손으로 고인 때 모르는 눈물을 씻었다
> ……　　　　　　　　　　　　　　　　　　　　　　　 － 〈B사감과 러브레타〉

인용문의 B사감의 말은 그대로 그녀의 소망의 표현이며 외롭고 가엾은 자신에 대한 회한을 나타내고 있다. 조용한 밤, 순수한 자아가 아닌 본능적 충동의 세계로 돌아오기는 하였지만, 거기서 자신의 가엾은 처지를 깨닫게 될 때 그녀의 심경의 참담함이란 보지 않아도 알 수 있는 일이다. 울음 섞인 그녀의 마지막 대사, 특히 '나를 이 나를' 하는 부분의 반복 강조법은 그녀의 소망적인 사고가 지니는 허망함과 비애감(pathos)을 잘 드러내주고 있다.

B사감은, 자기의 인간적 결함과 약점을 감추기 위하여 페르조나의 세계로 도피하는 인간이 어떻게 고독하고 불행하게 되는가를 잘 보여주는 인물이다. 그녀는, 차라리 자기의 인간적 결함이나 약점을 드러내 놓고 그것을 슬기롭게 극복해가는 것이 인간다운 삶이라는 진리를 반어적으로 보여주는 인물이기도 하다. 우리는 B사감을 통하여 우리들 모두가 지금도 저지르고 있을지도 모르는 자위적(自慰的)이고 자기기만적인 행동의 모형을 보고 있는 것이다.

5. 결어

여기서의 아이러니는 장르적인 개념이 아니라, 개별적인 행동이 갖는 모순성을 지적하기 위해 사용된 용어다. 일반적으로 말해서 아이러니는 그 어떤 것이 우리가 기대하도록 유도되어졌던 것과는 정반대의 것임을 우리로 하여금 발견하도록 해주는 것이다.[23]라고 하는 진술에 거의 가까운 의미를 갖는 것이다. 거의 가깝다고 한 것은 독자의 입장에서 그런 상황을 깨닫는 것보다도 행동하는 작중 인물이 그런 상황에

---

23) Robert Stanton, 앞의 책, p.34.

처한 자체를 아이러니적 양상으로 보기 때문이다. 그리고 아이러니의 효과는 유머일 수도 있고 비애감(pathos)일 수도 있으나, 여기서는 비애 감에 그 초점을 맞추었다. 아이러니의 희생자란 행위의 의도와 결과 사이에 모순이 발생함으로써 불행하게 되는 인물을 가리킨다는 것은 앞서 지적한 바 있다.

〈백치 아다다〉는 인생의 보편적 진실에 바탕을 둔 인생관을 정립함으로써 고전주의적인 리얼리즘의 세계를 보여준다 할 수 있다. 부분적으로는 '의지 → 노력 → 파탄'으로, 전체적으로는 '출가(出嫁) → 축출 → 파탄'으로 요약되는 구조적 특징은 아이러니칼한 인생의 단면을 보여 준다. 자신의 불행을 행복으로 바꾸고자 돈을 버리는 아다다가 오히려 그 행위 때문에 파멸하고 만다는 이야기의 구조는 우리네 인생이 본질적으로 지니고 있는 비극적, 운명적 아이러니를 요약한 것이라 볼 수 있다.

페르조나는 개인의 사회생활을 가능하게 하는 수단이자 개인이 사회와 교통하는 통로의 의미를 갖는다. 그것은 인간의 자기실현을 위한 수단이지 목적은 아니다. 따라서 자아의식과는 구별되어야 한다. 그런데, 자기의 사회적 역할(페르조나)에 지나치게 집착한 나머지 페르조나를 자기 자신(a genuine ego)으로 동일시하여 자기의 진정한 모습을 망각한 채 살아가는 사람들이 있다. 자아와 페르조나를 동일시하면 그 행동이나 사고가 비인간적이 되기 쉽다. 또 순수한 자기의 윤리 의식이나 도덕률보다는 자신이 소속되어 있는 집단의 도덕률로써 모든 것을 재단(裁斷)하려는 경향이 그 인간적 특징을 이룬다. 그들은 경직되고 부조리한 행동을 하게 되며 그 결과로 모든 인간관계에 균열이 오게 된다. 그들은 자신의 인간성을 스스로 파멸시킬 뿐만 아니라, 스스로를 고립시키기도 한다. 스스로 페르조나의 노예가 됨으로써 자기 자신을 상실하고, 경직되고 부조리한 행동으로 말미암아 타인으로부터 소외되어

종당에는 고독하고 불행해지거나 죽게 된다.

자기의 못생긴 용모 때문에 기독교라는 페르조나를 선택하고, 그 성채(城砦)에서 한 발자국도 벗어나려고 하지 않는 여인, B사감은 그 전형적인 희생자다. 지나치게 페르조나에 고착된 나머지 자신의 본성을 과도하게 억압함으로써 희화적인 기태(奇態)를 보이는 그녀는 분명히 불행한 운명의 주인공이다. 그녀의 근본적 동기인 열등의식의 보상 욕구, 에로스의 충족 욕구가 희화적인 모노드라마로 나타난 것이다. 그러나 이 모노드라마 속에는 그녀의 짙은 페이소스가 깔려있음을 간과할 수 없다. B사감은 운명적 요인에 의하여 희생된 불행한 여인이기도 하다.

이러한 아이러니와 페르조나는 소설 플롯의 근본적인 원리가 된다. 소설의 극적 묘미, 충격적 감동은 바로 이것들에 의하여 형성되는 것이라고 해도 별 문제는 없을 것이다.

아다다와 B사감, 이들은 고도의 개별성과 전형성을 보여주는, 그러면서도 보편적 진실에 닿아있는 인물들이다. 그런 의미에서 이들은 결코 특이한 인물들이 아니며, 오히려 높은 문학성을 드러내 보여주는 인물들이라 할 것이다. 그들은 나와 너, 우리들 모두의 자화상(自畵像)이라 해도 과언은 아니기 때문이다. 그들의 행동 속에서 우리는 인간을 지배하는 운명의 힘과 스스로 자신의 무덤을 파는 인간의 우매한 모습(인간 자신의 과오로 불행하게 되는 모습)을 보게 된다. 특히 B사감의 경우에서 우리는 자신을 성찰하거나 반성할 기회를 잃어버리고 왜곡된 페르조나에 매달리는 인간일수록 얼마나 헛된 망상과 허위 속에서 살아가는가 하는 것을 분명히 볼 수 있다. 그리고 이들이 보여주는 행동의 특성은 이들의 경우에만 나타나는 것이 아니라 다른 상당수의 작중 인물의 행동에서도 발견되고 있다는 점에서, 아이러니와 페르조나가 소설 속 인물이 보여주는 행동의 기본적인 모형(模型, pattern)이 될 수 있음을 확인하게 되었다.

시대성과 소설가의 상상력

– 한국소설의 근대성 수용 양상을 중심으로 –

1. 시대적 조건과 작가의 상상력

소설가에게 있어 상상력이란 그가 갖는 관심의 방향에 따라 그 내용
이 결정된다. 지극히 당연한 것 같은 이 진술을 확인하는 까닭은 작가
의 관심과 상상력의 상관성이 의외로 도외시되거나 그 중요성이 돌보
아지지 않는 경우를 종종 볼 수 있기 때문이다. 소설사회학(小說社會學)
의 경우 작가의 사회적 관심사라는 측면은 강조되고 있으나 그 관심이
어떻게 상상력의 재료가 되는지에 대한 명쾌한 분석을 보여주지 못한
다든가 하는 것이 그 예가 된다. 문학, 특히 소설이 사회에 끼치는 영향
이나, 반대로 사회가 소설에 끼치는 영향 등은 비교적 소상하게 다루어
지고 있지만, 작가의 사회적 관심사가 작품으로 형상화되는 과정으로
서의 상상력과 사회의 관계에 대한 연구는 비교적 등한시하는 경향이
있다는 것이다.

결과적으로 따져 들어가다 보면 소설과 사회의 관계 자체가 이미 소설
가의 상상력의 문제를 포함하고 있는 것이 아니냐는 생각이 들 법도
하지만, 소설과 사회라고 할 때의 사회는 문제적 현실로서의 재료일

뿐이지 그 자체가 상상력의 과정을 거친 작품의 내용은 아니므로 그런 생각이 전적으로 옳은 것은 아니다. 그러나 소설이 당대(當代)의 현실을 반영한다고 할 때의 당대의 현실은 소설가의 관심사이고, 이 관심사가 그의 상상력의 방향과 내용을 결정한다는 관점에서 본다면 위의 생각은 타당한 일면을 갖기도 한다. 결국 소설과 사회의 관계에서 사회가 작가의 관심사가 될 수 있다면 그것은 작가의 상상력을 자극하고 그 방향을 결정해주게 되며, 그것이 상상력의 과정을 통하여 작품으로 형상화된다는 점은 작가나 수용자 – 독자가 기본적으로 인식을 같이 해야 할 사항이다. 그런 기본적 인식 하에서 작품을 살피게 되면 리얼리즘을 극복해야 할 구시대의 유물로 본다든가, 전통적인 소설 작법을 봉건적 작태로 폄하하는 등의 분란의 소지를 없앨 수 있다. 이 소설가가 처한 시대적 상황, 또는 사회상과 상상력의 방향과 내용이라는 지극히 초보적이고 당연한 문제를 우리가 충실히 돌아보아야만 소설미학을 두고 벌어지는 논란과 갈등을 극복할 수 있다는 것이다.

소설가의 자유는 거의 기본적인 그의 권리이기도 하지만 또한 그 자유가 말처럼 그렇게 쉽게 주어진 것도 아니다. 그가 딛고 서있는 문학적 전통이나 독자의 기대감(期待感) 등이 그의 자유를 가로막고 있는 대표적 장애물이지만, 이것 못지않게 소설가를 제한하는 것이 그 시대에 따라 변하거나 요구되는 소설적 양태(樣態)들이다. 20세기 말 90년대의 경우를 보더라도, 전 세대를 뛰어넘어 뭔가 새로운 소설의 세계를 열어보려는 열정에 넘치는 젊은 소설가들의 움직임이나, 여성들의 권리 주장을 그 시대의 복음으로 승화시켜 나간 바 있는 페미니즘적 경향 등을 외면하고 오직 자기만의 개성과 자유를 고집할 수 있는 소설가가 과연 몇이나 되었겠는가. 전자의 경우가 소설의 모습 자체를 파괴 재생산하려는 입장에서의 개혁이라면 후자는 인간의 재발견이라는 철학 다시

쓰기의 성격을 지닌 운동이라고 할 수 있는 바, 동시대의 작가로서 여기에서 자유로울 수 있는 사람은 거의 없다고 봐야 할 것이다.

지금은 좀 오래 된 얘기가 되었지만 이인성이 〈낯선 시간 속으로〉를 발표했을 당시 저명한 소설가, 평론가들이 입을 모아 그 소설에서 받은 충격을 고백한 바 있는데[1], 그 이후 다수의 소설가들이 이인성적인 소설미학에 눈길을 돌렸고 그것은 오늘에 이르기까지 다양한 소설적 양상을 시도하게 되는 한 단초가 되었다. 그러나 우리가 조금만 소설의 기본에 관심을 가져본다면 소위 리얼리즘 소설이든, 이인성적인 파격적 구성의 소설이든, 페미니즘 소설이든 그것들은 공히 그 시대와 사회가 제공한 어떤 동기에 근거를 두고 있으며, 그것은 그런 것이 나타날 수밖에 없는 필연적 요구에 따라 등장하게 되었음을 알 수 있게 된다. 즉 어떤 형태의 소설이든 사회적 양상에 대한 작가의 관심과 그 관심에 따르는 상상력의 방향에 따라 그 모습이 결정되는데, 그러니까 그것은 사회라는 객관적 자료와 상상력이라는 주관적 정신 작용의 상호성(相互性)의 산물일 수밖에 없다는 것이다. 다양하고 새로운 소설적 양상이 등장하는 것은 변화 발전하는 문학의 생리상 필연적인 것이며, 어떤 변화든 궁극에 있어서는 소설가의 관심사와 상상력의 소산물이라는 점에는 변함이 없음에 주목해야 한다.

이런 관점에서 본다면 옛날 소설이나 요즘 소설이나 소설 본래의 기능 – 반영이라는 범주 안에서는 큰 차이가 없음을 알게 된다. 일반적인 소설적 양상과는 달리 시간과 공간, 현실과 환상이 어지럽게 얽혀나가는 구성의 소설이 있다면 그것은 그 시대의 복잡성이나 무질서한 현상

---

[1] 이 소설은 정신분열적 현상과 시점의 이동을 적절히 연결하여 인간의 내면을 드러내 보이는 실험적 성격이 강한 소설로 평가된다.
   이인성, 〈낯선 시간 속으로〉, 문학과 지성사, 1983.

을 형상화한 것이며 그 현실에 대한 작가의 비평정신을 담아내는 하나의 방법으로 간주된다는 점에서 여전히 전통적인 소설의 범주 안에서 논의될 수밖에 없다. 김시습(金時習)이 '기이(奇異)'하고 '허탄(虛誕)'한 말을 통하여 환상적인 세계를 그려 보여준 것은 그가 살았던 시대의 부조리함에 한 원인이 있었음은 두루 인정되는 바인데2), 그 부조리함이란 세조의 왕위 찬탈로 인해 빚어진 부도덕한 정국을 뜻함은 물론이다. 이런 현실적 조건이 김시습의 상상력을 〈만복사저포기(萬福寺樗蒲記)〉로, 〈이생규장전(李生窺墻傳)〉으로 이끌어갔던 것이다. 허균(許均)도 〈남궁선생전(南宮先生傳)〉 등에서 현실적으로 불가능한 일에 대해 깊은 관심을 보였으며, 도둑에게 '의(義)'의 의미를 부여하는 혁명적 자세를 보여주었는데3) 이것도 허균의 사회적 관심사와 상상력의 관계를 잘 보여주는 예가 된다. 즉 허균은 당대의 부조리한 현실-탐관오리의 발호, 계층적 갈등과 같은 사회의 구조적 모순에 대해 누구보다 예민하게 반응한 지식인으로서 그 개혁 의지가 상상력의 촉매가 되어 〈홍길동전(洪吉童傳)〉이라는 한국서사문학의 대도(大道)를 열게 되었다는 것이다. 이런 사정은 그 뒤를 잇는 김만중(金萬重)의 경우도 예외가 아니다.4) 그의 〈구운몽(九雲夢)〉은 당대의 사대부들의 가치관으로부터 큰 영향을 받아 쓰여 진 것이며, 주지하다시피 〈사씨남정기(謝氏南征記)〉도 실화를 풍자한 소설임은 알려진 바와 같다. 김만중이 보여준 소설의 기능에 대한 이해, 즉 재미와 감동에 대한 깨달음도 중요하지만 그의 상상력이 진행해 간 방향과 내용은 분명 그 자신이 처한 시대적 상황에 근거를 두고 있음은 자명하다. 이러한 사실은 작가들이 지니고 있는 현실 인식과

---

2) 鄭尙均, 〈韓國中近世敍事文學史硏究〉, 새문사, 1992, pp.5~6.
3) 鄭尙均, 위의 책, pp.138~140 참조.
4) 鄭尙均, 위의 책, pp.155~159 참조.

상상력의 관계가 상호(相互) 견인적(牽引的)이면서도 제한적이라는 점을 우리에게 시사하고 있다. 이렇게 시대와 사회에 대한 작가적 인식에서 촉발되는 상상력을 사회학적 상상력이라 불러도 좋을 것이다.

사회학적 상상력이란 본래 개인적인 삶의 문제보다는 정치적, 집단적 이데올로기와 관련하여 어떤 입장을 표명해 보이는 한 방법을 뜻하지만, 여기서는 시대 또는 사회와 작가의 상상력과의 관계를 드러내는 기능에 주목하고자 한다. 이 경우 '사회'의 개념 속에는 사회 현상을 비롯하여 역사적 배경, 또는 인간과 삶의 철학적 문제까지 포함되는 것은 물론이다.

2. 한국에서의 근대성

시민혁명이나 산업혁명과 같은 역사 변혁의 구체적인 사건을 설정하기 어려운 우리의 역사에서 근대(近代)라는 시대의 설정은 많은 이견과 논란을 수반하는 작업이 될 수밖에는 없다. 좀 심하게 말한다면, 실체가 없는 것을 있는 것으로 조작하거나 과장하는 자기기만에 빠질 가능성도 배제할 수 없다고 보아야 할 것이다. 역사의 시대 구분에 있어 근대, 혹은 근대성이라는 문제는 적어도 그것을 이루어내기 위해 값비싼 대가를 어떻게 무엇으로 치렀는가를 제시할 수 없다면 그러한 시대의 설정 자체를 유보하지 않으면 안 되기 때문이다.

서구(西歐)에 있어서 근대는 봉건적, 집단적인 생활양식이 시민혁명과 산업혁명에 의해 무너지고 거기에 대체되는 자본주의와 민주주의, 그리고 개인주의가 중시되는 경향의 대두(擡頭)로부터 시작되었다고 보는 것이 일반적인 시각이다. 이것은 자유와 평등이라는 인간적 가치에

대한 새로운 인식과 발견에 근거를 둔 휴머니즘의 확장이라고도 할 수
있다. 이 과정에서 서구는 그 때까지 그들이 안고 있었던 모순, 예컨대
인간성의 억압이나 종속적 존재로서의 인간관을 떨쳐내기 위한 엄청난
희생과 대가(代價)를 치렀음은 물론이고, 그랬기에 그들의 근대는 보람
과 자부심으로 가득 찬 시대정신을 만들어내게 되었던 것이다.

한국의 경우도 전근대적인 것과의 구별, 혹은 차이를 통해 근대라는
한 역사적 시기를 설정하는 일이라는 관점에서 본다면 근대, 또는 근대
성의 의미 규정이 아주 불가능한 일은 아니다. 18세기 실학파(實學派)의
등장과 같은 것이 의식의 변혁을 단적으로 보여주는 예가 되는 것처럼,
그 뒤로도 개항(開港)과 그에 따르는 신구(新舊)의 첨예한 대립 등을 통
해 역사의 흐름이 격변의 근대성을 드러내었다고 볼 수도 있을 것이다.
갑신정변, 갑오경장, 특히 동학혁명 등은 서구의 그것과는 시간적으로
나 그 모양 면에서 상당 부분 차이가 있기는 하지만 구각을 벗어던지려
는 의지의 표명이라는 점에서 근대성을 지향한 두드러진 예가 된다 할
것이다.5)

그러나 한국의 근대는 몇몇 자생적인 사건을 제외하면 상당 부분 서
구의 영향과 밀접한 관계가 있다는 점에서 문제성을 드러낸다. 역사나
문학사에서 소위 '개화기(開化期)'라고 불리는 이 시대를 조선 역사의 자
연스러운 한 연장선상에서 보아야 할 것이냐, 아니면 서구 역사의 충격
에 의하여 새롭게 시작된 어떤 시대로 해석할 것이냐 하는 풀기 어려운
문제가 도사리고 있다는 것이다. 역사의 어느 한 시기가 외래적인 것의
영향에 의해 그 본래의 흐름이 다소 왜곡되었다고 해서, 그리고 서구적
인 것의 영향이 크게 작용했다는 사실을 들어 개화기를 전통이 단절된

---

5) 金允植·김현, 〈韓國文學史〉, 民音社, 1973, pp.20~23 참조.

시기로 본다든가 하는 시각은 바람직한 것이라 보기 어렵기는 하지만 논란의 여지는 있다고 보아야 할 것이다. 우리 역사에서 근대성이란 자생적인 새로운 시대정신과 서구적인 영향의 상호작용에 의해 빚어진 사상적, 정치적 양상이라고 할 수 있다. 당연히 여기에는 의욕과 갈등이 혼재할 수밖에 없고, 그것을 정돈하고 질서화 하는 일이 그 시대의 지식인에게 주어진 시대적 책무였음은 물론이다. 개화기의 신소설(新小說) 작가들은 바로 그러한 시대의 선각자로서, 또는 지도자의 입장에서 소설을 썼던 사람들이었다. 그들의 상상력은 허구를 위해 사용되었다기보다는 선각자적 임무를 다하기 위한 수단으로 이용되었다. 이것은 그들의 선택이기도 했지만 그 시대가 그들의 상상력을 그렇게 제한했기 때문이라는 점도 지적되어야 한다. 시대성과 작가의 상상력은 상호 제한적인 일면이 있음을 증명하는 것이라 하겠다.[6]

그리고 이 개화기를 거친 근대성은 식민지의 역사로 이어진다는 데 그 큰 불행이 있었다. 신소설에서 그렇게 열렬히 추구되었던 근대 의식이 일제에 의해 해체되어 버리고 정치적, 경제적 암흑기가 시작되면서 이제 작가들의 상상력은 이 열악한 식민지적 현실에 구속되기 시작했다.[7] 이광수의 계몽소설을 뒤이은 이른바 리얼리즘 소설은 이러한 정치적 경제적 현실에서 자유로울 수가 없었다. 현진건이나 염상섭 같은 경우, 혹은 조명희, 이기영 같은 경우가 그 현저한 예가 되겠으나 여기서는 이해조(李海朝)의 〈자유종(自由鐘)〉과 현진건의 소설들을 통해 이러한 사실을 확인해보도록 하겠다.

---

6) 이 점은 신소설의 수준을 그 이전의 고대소설의 수준보다도 못한 것으로 떨어뜨리는 결과를 초래한 원인으로 지적되기도 한다(김윤식·김현, 위의 책, pp.101~102 참조).
7) 이광수의 소설이 그 대표적인 경우가 된다(김윤식·김현, 위의 책, pp.120~123 참조).

3. 한국 근대성의 또 다른 측면

강화도 조약을 기점으로 하여 점진적으로 현실화되었던 개항과 외래 문물의 수용은 정치사나 사회사적인 측면에서의 변혁을 초래했음은 물론이고, 정신사적인 측면에서의 혼란과 갈등을 야기함으로써 민족과 사회를 미로 속으로 밀어 넣어 버리고 말았다. 수구(守舊)와 개화의 상호모순과 가치관의 대립 투쟁은 정치적으로 국가의 기반을 위태롭게 하였고 사회적으로 성급한 기회주의의 풍조를 낳았으며, 외교적인 곤란을 불러왔고 그로 인한 청국(淸國)과 일본의 세력 신장을 위한 각축장화를 부채질하게 되었다.

이러한 와중에서 눈에 띄는 정신사적 변모의 하나가 서양문물에 대한 인식과 수용의 태도 문제다. 서구적인 새로운 문물과 제도는 그것이 청국과 일본을 통하여 전달되는 것이기는 하지만 이 땅의 민중들에게는 하나의 놀라움이요 새로운 세계의 발견이었다. 자기의 것에 자신을 갖지 못하고 자신을 믿을 수 없었던 어지러운 현실 속에서 마주치게된 서양의 문물은 충분히 생의 한 지향점이 될 수 있었고 새로운 가치의 기준이 될 수 있었다. 여기에서 야기되는 문제가 소위 개화기의 정신사적인 갈등과 모순인 바, 이 문제는 주권이 상실된 식민지적 상황으로까지 연장되는 그 시대의 한 특징적인 양상이었다. 이러한 시대적 혼란과 갈등을 긍정적으로 수용하고 그것을 해결하기 위한 정책으로 제시된 것이 갑오경장이지만 이 혁신이 서구 문명의 충격파를 어느 정도 완화시켰는지는 의문으로 남아있다.

이러한 시대적 갈등과 가치관의 혼란이 이 시대의 소설가들이 바라본 사회의 모습이며, 그들의 상상력을 촉발하고 이끌어 가는 문학적 동기가 되었음은 물론이다. 신소설 작가들의 사회적 상상력은 시대적 아픔과 지식인으로서의 사명감, 그리고 갈등과 혼란을 극복해 가고자 하는 의지에 의해 그 방향과 내용이 결정될 수밖에 없었다. 이인직과 이해조를 비롯한 대부분의 신소설 작가들이 논객(論客)이나 설교자와 같은 태도를 취하게 된 것은 바로 소설과 사회의 특수한 관계에서 빚어진 사회적 상상력의 제한성 때문이었다.

이 시대가 안고 있었던 문제는 풀리지 않는 하나의 숙제로서 다음 세대의 소설가들에게로 이어지고 있다. 전 시대를 지배하던 행위의 원리와 가치관은 무너져 버리고 새로운 시대를 지배할, 민중을 만족시킬 만한 어떤 원리가 발견되지 않은 이 정신적 지주가 부재(不在)한 끝없는 신구윤리의 갈등이 점철되는 시간과 공간이 20년대에도 상존하게 되며 이것이 이 시대의 정신사적 위치이기도 하다.

3·1운동은 비록 실패로 돌아가긴 했어도 이로 말미암아 일제는 지금까지의 모든 금단의 문을 어느 정도 개방하게 되었다. 계산된 범위 내에서의 제한된 것이기는 하지만 언론의 자유가 허용되고 연쇄적으로 문예의 장이 펼쳐질 수 있게 되었다. 여기에서 전개된 문예의 장은 어쩌면 상처뿐인 영광 그 자체일 가능성이 있었다. '과거 10년간 할퀼 대로 할퀸 지성과 양심은 앞에 놓여 진 자유의 식탁을 어떻게 소화시킬 것인가? 그 지성과 양심은 민족을 생각하고 조국을 생각한다. 그것을 위하여 살아왔고 그랬기 때문에 혹독한 시련을 겪어야만 했다. 이제 그 대가로서 그들 앞에 말할 수 있는 자유가 주어졌지만 오히려 입을 열수가 없다.' 이것이 3·1운동 이후 20년대의 이 민족이 놓였던 상황이었다. 과거의 역사 속에서 발견되는 것은 오직 치욕과 무지뿐, 미래의 지표를 설정하는 데에 도움이 되는 그 어떤 비전도 보이지 않는 암흑한 과거 위에서 어떤 바람직한 현실의 창조가 가능할 것인가? 20년대는 이 정신사적 불모의 시공(時空) 위에서 무엇을 찾아야할 것인가로 고민하고 방

황한 시대였던 것이다.

일제의 식민지로서, 피지배자로서의 현실에 어느 정도 길들여지고 그것을 어느 정도까지는 긍정적으로 수용할 수밖에 없었던 20년대는 일제의 계획된 수탈에 의해서 이 땅의 민중들이 극심한 궁핍을 강요당해야만 했던 비참한 시기이기도 했다. 일본이 자기네의 본토를 공업화하기 위하여 조선을 식량기지화하려고 했었다는 것은 주지의 사실이다. 그들은 이러한 그들의 당초 목적을 달성하기 위하여, 또 조선인의 민족적 저항 에너지를 고갈시키고 분쇄하려는 한 수단으로서 조선인을 가난으로 몰아 붙였던 것이다. 일제는 토지 조사 사업, 토지 수용령 등, 일련의 과정을 거쳐서 한국인의 토지를 교묘한 합법으로 가장하여 수탈하였으니, 그 중심체가 동양척식주식회사였다. 일제의 수탈은 농촌의 궁핍화를 가속화시켰으며, 결국 이것은 조선과 조선인을 가난의 수렁으로 몰아넣고 말할 수 없는 곤욕을 치르게 만들었던 것이다. 홍이섭은 그의 〈한국근대사의 성격〉에서 이러한 사정을 구체적으로 밝혀내고 있다.[8]

일제의 수탈과 그 결과로 빚어진 궁핍화는 결과적으로 이 땅의 민중들에게 경제적인 고통 이외에 또 다른 고통을 안겨주게 되었다. 그것은 가난이 인간에게 강요하는 인간성(humanity) 내지 가치관의 변질 및 포기를 의미하는 것이다. 어느 시대나 물질적 결핍은 정신적 윤택을 허용하지 않는 것이지만 이 시대는 특히 극도에 달한 궁핍이 인간성을 파멸시키는 데까지 이르게 하고 있다는 비참한 경우를 보여주고 있다. 가치관의 전도는 목적과 수단을 바꾸어 놓는다. 극도의 물질적 결핍과 참을 수 없는 굶주림은 돈으로 표상되는 물질의 우위를 인정하게 하고 그것은 비참한 신념으로 발전하게 된다. 물질이 우위에 서면 인간과 인간성

---

8) 洪以燮, 〈韓國近代史의 性格〉, 한국일보사(춘추문고), 1975, pp.36~37 참조.

은 싸구려로 전락하게 됨은 현대 사회가 잘 보여 주고 있거니와, 이러
한 근대적 가치관의 전도가 참혹하게 전개되는 20년대적 공간이 형성
된 것이다.

이러한 현실적 고통은 20년대 작가들에게 커다란 족쇄와 같은 구실
을 했다. 그들의 자유스러운 상상력은 가난과 허기로 병들고, 병든 상
상력은 초라한 몸부림으로 전락하고 말 위기에 놓였던 것이다. 그들이
생각한 보다 큰 의미의 극복의지는 가난으로 인하여 위축되고 그들의
시선은 궁핍한 현실에 머문 채 어떤 전망도 제시하지 못했다. 이들의
문학적 성과가 비록 큰 바 있다 하더라도 그들의 사회적 상상력이 제한
되었던 것은 사실이다. 이 시대의 소설가들은 이러한 정치적 불안과
경제적 궁핍을 외면할 수 없었고, 자연스러운 결과로서 비판과 고발적
성격이 강한 리얼리즘 문학으로 기울게 되었던 것이다.

4. 근대성의 소설적 수용 양상

1) 이해조(李海朝)의 〈자유종(自由鐘)〉의 경우

개회기의 신소설 작가들은 소설가가 처한 현실과 상상력의 상관성을
잘 보여 주는 작가들이다. 앞서 지적한 바와 같이 시대적 정황과 그것에
대한 작가의 인식이 상상력의 방향과 내용, 나아가서 질적인 면까지 지배
하게 됨을 이들에게서 극명하게 볼 수 있기 때문이다. 그들은 근대정신
내지 의지의 포로였으며, 그로 인해 그들의 상상력은 제한될 수밖에 없었
다. 〈자유종(自由鐘)〉[9]은 그러한 사정을 가장 잘 보여주는 작품이다.

---

9) 李海朝, 〈自由鐘〉, 廣學書鋪, 1910.

흔히 한국의 근대화는 그 발단을 실학(實學)에서 찾아볼 수 있다고 한다. 그것은 실학이 대체로 조선 후기에 태동되어가던 평민의식(平民意識)에 큰 영향력을 행사했다는 것을 뜻한다. 실학이 현실적으로 이용후생(利用厚生)을 강조하고 사상적인 측면에서는 무기력한 양반계급(지배계층)에 대한 비판을 그 내용으로 하고 있음은 주지의 사실이다. 이러한 실학이 계급사회에서 정당한 역할을 인정받지 못한 평민들에게 하나의 청량제가 되었으리라는 것은 쉽게 생각해 볼 수 있는 일이다. 평민의식은 조선사회가 지니고 있었던 구조적 모순의 반발에서 싹트고 실학에 의하여 이론화되었다 할 것이다. 이 평민의식이야말로 근대정신을 대표하는 것이며, 이것이 시대의 추이에 따른 정치와 사회의 변모 속에서 개화기의 시대정신으로 연장된 것이라 할 수 있다.

평민의식은 평민 계층의, 인간으로서의 자기인식이요 자기발견이다. 불분명하고 부조리한 계급사회를 비판적이고 저항적인 안목으로 바라볼 수 있었다는 것이 하나의 인식이며 발견인 것이다. 그러나 이 평민의식은 자생적인 것이면서도 현실적인 추진력을 지니지 못했다는 데에 한국 근대사의 불행이 있었다고 한다. 현실적인 추진력은 집단화된 어떤 정치적, 경제적인 힘을 말한다고 한다면 조선조 후기에 모처럼 맹아를 보인 이 자기발견의 의식은 그러한 후견인을 갖지 못한 외로운 시대의 파수꾼에 불과했었던 것이다. 그리고 조선 후기 사회에서의 평민의식이 지니고 있었던 취약점이 개화기에서도 보완되지 못했으며 그 점으로 인하여 개화사상과 의식은 시대를 구제하려는 해결점에 도달하기 전에 갈등과 모순에 빠져버렸던 것이다. 〈자유종〉의 작중 화자인 여자들의 열변 속에 담긴 지극히 근대적이면서도 자기모순을 감당하지 못하는 주장과 견해가 개화기의 사상과 의식의 현주소를 드러내고 있다 할 것이다.[10)]

인간이 자신이 놓인 처지의 부당성을 조금씩이나마 의식하게 되는 현상은, 전혀 그것을 고려한 적이 없는 사회에서는 기존 질서의 파괴가 시작되었음을 알리는 신호로 이해될 수 있다. 그것은 지배 계층의 지도 이념을 완전히 뒤집을 수도 있기 때문에 지배 계층, 혹은 기득권층의 보수주의적 방어 이념이라는 벽에 부딪히기 마련이다. 이 때 그 벽을 무너뜨릴 수 있는 힘이 있어야 새로운 가치관과 인간상을 추구, 정립해 나갈 수 있다는 것은 자명한 이치다. 그러나 조선조 후기의 인민의 자기 각성은 각성했다는 이상의 그 무엇을 갖지 못했다. 그 각성이 집단적인 민중 에너지로 확산 치환되지 못했기 때문에 시대의 저변에서 홀현홀몰하는 소극성을 띨 수밖에 없었으며 그들이 생각한 평등의 기회는 오지 않았던 것이다. 다시 말해서 자생적인 의식으로서의 평등사상은 조선조 후기 사회로부터 개화기에 이르기까지 끊임없이 이어져 오기는 했으나 그것이 사회 전반에 걸친 어떤 이념의 개선을 가져오기에는 너무나 미약했다는 것이다.

이러한 자생적 평등사상에 하나의 충격적 역할을 하면서 등장하는 것이 서학(西學)이다. 서학은 임란(壬亂) 이후 간헐적으로 한국에 수입되기 시작한 서양학술과 서양문물을 연구하는 것을 뜻하는 포괄적인 개념이었다. 이러한 서학이 끼친 영향 중에서 가장 중요한 것은 경직된 유교적 가치관과 이념에 억눌린 사람들의 자기인식과 각성을 가능케 했다는 점이다. 이 점은 서학이 일부 제도권 밖의 지식인 계층의 이념적 탈출구가 되었다는 것과 그들로 하여금 민중들의 의식 속에 평등사상과 보민사상(保民思想)을 간접적으로나마 전달할 수 있게 했다는 데 그 중요성이 있다고 할 수 있다.

---

10) 김윤식·김현, 앞의 책, pp.97~103 참조.

비록 민중들의 철학적 에너지로 확산되지는 못했으나 서학이 보여
준 평등, 보민사상과 동질적 차원에서 민중들의 의식 속에 자리 잡고
있었던 평등 의식이 필요불가결한 시대정신으로 부각되기 시작한 것은
문명 개항 이후의 개화기인데, 그것은 갑신정변과 갑오경장을 보면 쉽
게 알 수 있는 일이다.

> 천지간 만물 중에 동물 되기 희한하고 천만 가지 동물 중에 사람 되기
> 극난하다. 그같이 희한하고 그같이 극난한 동물 중 사람이 되어 압제를
> 받아 자유를 잃게 되면 하늘이 주신 사람의 직분을 지키지 못함이어늘 하물
> 며 사람 사이에 여자 되어 남자의 압제를 받아 자유를 빼앗기면 어찌 희한
> 코 극난한 동물 중 사람의 권리를 스스로 버림이 아니리오.　－〈자유종〉

인용문에서 강조되는 것은 자유다. 서구의 근대정신이 자유를 중요
한 하나의 인간조건으로 인식했던 것과 무관하지 않을 것이다. 인간으
로 태어나서 그 천부적인 권리인 자유를 향유하지 못한다는 것은 인간
임을 스스로 포기하는 것과 같다고 하는 견해는 대단히 진보적인 것이
다. 이것은 뒤집어 생각해 보면 상당한 도전성을 띠는 내용으로서 자유
의 쟁취에 대한 강한 의지를 표명한 것으로 보인다. 사회제도 속에서
용인되지 않았던 인간본성에 대한 각성이면서 동시에 정치적 현실에
대한 간접적 반항으로 간주될 수도 있는 내용이다. 이 대목은 〈자유종〉
전편을 관류하는 사상적 기반으로서 대전제에 해당하는 부분이다. 인
간은 존엄한 존재이며, 그 존엄성은 자유를 향유하고 수호하는 데서
성립한다는 생각은 그대로 평등사상으로 연결되는 것이기도 하다.
　위의 인용문 뒤에 이어지는 내용에서는 남자의 압제를 받아 자유를
상실한 조선의 여인은 인간으로서의 존엄성을 인정받지 못한 것이며,
능동적 입장에서 보면 스스로의 권리를 포기한 것이라고 하였다. 이러

한 주장은 새로운 시대의 만민평등이라는 시대정신의 영향에서 온 남녀
평등, 나아가 여권신장(女權伸張)이라는 근대적 사상의 한 표현이라 할
것이다. 여자에게도 존엄한 인간으로서의 자유와 권리가 주어져야 한다
는 것이 근대적인 인간 평등사상의 가장 중요한 부분을 차지하는 주제임
은 분명한 사실이기도 하다. 비록 관념적인 의도가 현실적인 실천으로
이행될 수 있었느냐 하는 시대적 문제가 남아 있기는 하지만 갑오경장과
같은 정책적인 바탕이 있었기 때문에 인용문의 주장이 동시대의 사람들
에게 공감대를 형성해 줄 수 있었을 것이다. 그리고 이러한 근대적 인간
관과 평등의식의 표명은 신소설에서는 보편화된 내용이었다.

　창조적이고 발전적인 주장은 아니라 하더라도 〈자유종〉에 나타난 이
러한 근대정신은 개화기를 살아가는 민중들의 의식 속에 새로운 자신
에 대한 인식과 각성을 불러일으키고 나아가 합방 이후의 그 집요한
민족주의 운동을 가능케 한 촉매재의 구실을 하기도 했다. 합방 이후의
맹렬한 민족의식은 천주교의 평등사상을 받아들인 동학에서 이미 시작
되었고, 그 동학의 종교적 이념이 '인내천(人乃天)', 즉 인간의 존엄성을
고조한 종교적 민주주의였다는 점을 생각하면 〈자유종〉에서 언급된 자
유, 평등, 인간존엄성의 사상은 민족주의 운동으로 이어지는 민족정신
의 발현을 가능케 큰 동인이었다 할 것이다. 이해조의 〈자유종〉은 그
시대의 지식인의 목소리로서 계몽적 역할을 성공적으로 수행하고 있기
도 하지만, 소설가가 그 상상력의 원천으로서의 사회상(社會相), 또는
시대정신에 구속될 수밖에 없음을 극명하게 보여주는 예가 되기도 하
는 것이다.

2) 현진건의 〈운수(運數)좋은 날〉과 〈빈처(貧妻)〉의 경우

20년대의 작가들은 신소설 작가와 그 세대적인 면에서는 차이가 있으나 그들과 다름없는 시대의 희생자들이었으며, 식민지적 상황이라는 특수성으로 하여 오히려 그들보다 그 상상력에 있어 더 큰 질곡(桎梏)을 감수해야 했다.

20년대의 소설이 노정하고 있는 리얼리즘의 한계는 그 당시의 시대가 안고 있었던 생존상황의 제약성과 한계성에 밀접히 관련되어 있는 것으로 보인다. 언론과 문예활동의 자유는 어디까지나 표면적인 회유책이었고 진정한 지성과 양심이 숨 쉴 수 있는 광장은 박탈된 상황이 20년대를 어둡게 지배하고 있었다. 그것은 곧 민중과 사회를 깊게 병들게 한 가난 때문이었다. 문화정책이라는 표면적인 호의(好意)는 생활의 궁핍화로 인하여 이 민족이 제대로 향유할 수 없었던 화중지병(畵中之餅)이었던 것이다. 우선 호구지책을 마련해야 한다는 절박한 생활의 절규, 그 상황 속에서 여유 있게 사회와 시대를 충실히 이해 파악하고 그 이상적인 진로와 해결책을 제시한다는 것은 불가능한 일이다. 개인의 실존적 자각의 문제에서도 이 가난은 개인에게 좌절만 안겨줄 뿐이었다. 무엇을 위해 사는가, 어떻게 살아야 할 것인가 하는 철학적 물음 이전에 실존의 절실한 조건인 무엇을 먹고 살 것인가가 먼저 해결되지 않으면 안 되었던 공간이 20년대라는 시공이었고 그것을 재현한 것이 20년대의 리얼리즘이었던 것이다.

이런 사정은 현진건의 작품들에서 아주 분명하게 나타나고 있다. 현진건의 소설적 상상력은 여기에서 그 동기와 추진력을 얻게 된다. 그의 〈운수 좋은 날〉[11]과 같은 작품에서 궁핍한 시대상과 그러한 시대 속에

---

11) 현진건, 〈운수 좋은 날〉, 《개벽(開闢)》 48호, 1924.

서 가난한 서민이 얼마나 참혹하게 살아가고 있는가 하는 것이 아이러 니적 수법을 통하여 잘 나타나고 있다. 여기에서 문제가 되는 것은 그 궁핍화의 현실에 작중인물이 어떻게 대처하고 있는가 하는 그 적응방 식의 문제이다. 이것은 작가의 사회적 상상력이 나타나는 한 방식을 보여주기도 하다.

'김 첨지'는 동소문 안에서 인력거를 끌어서 호구(糊口)를 하고 있는 가난한 서민이다. 그는 손님이 없는 날은 그냥 굶어 지낼 수밖에 없는 비참한 생활을 감수해야만 했다. 그날은 앓아 누워있는 아내를 두고 일을 나오게 된다. 그 아내가 병이 든 것도 가난 때문이었다. 며칠 굶다 가 어찌하여 얻은 몇 푼으로 좁쌀을 사다 준 것으로 밥을 지어 채 익지 도 않은 것을 마구 퍼먹다가 병이 된 것이다. 그 대목을 이렇게 표현하 고 있다.

> 병이 이대도록 심해지기는 열흘 전에 조밥을 먹고 체한 때문이다. 그 때도 김 첨지가 오랜만에 돈을 얻어서 좁쌀 한 되와 십 전짜리 나무 한 단을 사다주었더니 김 첨지에 말에 의하면 그 오라질 년이 천방지축(天方地 軸)으로 남비에 대고 끓였다. 마음은 급하고 불길은 달질 않아 채 익지도 안흔 것을 그 오라질 년이 숟가락은 고만두고 손으로 움켜서 두 뺨에 주먹 덩이 같은 혹이 불거지도록 누가 빼앗을 듯이 처박질하더니만 그날 저녁부 터 가슴이 땅긴다 배가 켕긴다고 눈을 홉뜨고 지랄병을 하였다. 그 때 김 첨지는 열화같이 성을 내며 '에이, 오라질 년 조랑복은 할 수가 없어, 못 먹어 병, 먹어서 병, 어쩌란 말이냐! 왜 눈을 바루 뜨지 못해.'
>
> -〈운수 좋은 날〉

이러한 상황은 김 첨지 부부만의 것이 아니라 그 사회 전체가 안고 있었던 문제였으며 이 장면은 그러한 문제의 한 단면에 불과한 것이다. 현진건은 이 부부의, 아니 김 첨지의 생활의 한 단면을 통해서 그 사회의 구조적 모순을 조명하려고 한 것이다. 김 첨지가 그의 아내의 뺨을 때리는 것은 아내가 미워서가 아니라 무능한 자신이 미워서이며, 이러한 가난을 강요하는 시대적 상황에 대한 저항의 의미를 담고 있다고 볼 수 있다. 김 첨지는 이렇게 하여 병이 중증이 되어버린 아내를 남겨두고 일을 나오게 되는데 이상하게도 첫 번부터 손님이 붙어 수입이 괜찮게 된다. 예상하지 못한 이러한 연속되는 운수가 집에 두고 온 아내에 대한 염려로 인하여 중단되어야 한다는 것은 아까운 일이다. 김 첨지는 불안을 떨치지 못하면서도 연속되는 운수에 사로잡혀 결국은 늦어서야 집으로 향하게 된다. 돈이 없어 생긴 병을 이제 돈이 생겼으니 고쳐 줄 수가 있게 되었지만 왠지 김 첨지의 마음은 개운하지 못하고 불안하기만 하다. 이것은 마지막 장면에 준비되어있는 아이러니적 극화를 위한 작가의 의도적 구성이기는 하지만 지나친 작가의 노출로 하여 어색한 느낌을 주기도 한다.

김 첨지는 곧바로 집으로 향하기가 어쩐지 겁이 났다. 누가 잡아서 대포라도 한 잔 권하기를 바란다. 그는 술집 앞에서 '치삼'이를 만나고 그와 술타령을 하게 된다. 그는 술이 거나해짐에 따라 그를 짓누르는 가난과 돈으로 표상되는 빈부의 불공평한 현실에 대하여 분통을 터뜨린다.

> '봐라 봐! 이 더러운 놈들아 내가 돈이 없나. 다리 뼈다귀를 꺾어 놓을 놈들 같으니.'하고 치삼의 주워주는 돈을 받아 '이 원수엣돈 이 육시를 할 돈' 하면서 풀매질을 친다. 벽에 맞아 떨어진 돈은 다시 술 끓이는 양푼에 떨어지며 정당한 매를 맞는다는 듯이 생하고 울었다.   -〈운수 좋은 날〉

김 첨지가 돈을 팔매질하는 그 심중은 울분이며 매질이라고 하지만 그것은 돈으로 표상되는 사회의 구조적 모순에 대한 저항이요 응전이며 자학적인 분노의 발로라고 보아야 할 것이다. 플롯에 있어서 현진건은 모파상적인 기교를 보이고 있기도 하지만 이 기교 속에 담긴 그의 의도는 다분히 저항적 절규의 의미를 지닌다고 볼 수 있고 그것을 표상한 인물이 무식한 인력거꾼인 김 첨지인 것이다. 이 저항적 의도를 무식한 인력거꾼인 김 첨지라는 인물을 통하여 표현하려고 했다는 점에서 약간의 문제점이 지적될 수 있다. 그것은 사회현실에 대한 인식의 타당성 및 그 결과로서의 응전의 정당성의 문제다. 김 첨지의 지식수준으로는 그가 부당하게 감수해야 하는 가난의 원인이 어디에 있는가를 감지할 수 없는 것이다. 그 저항적 의지가 좀 더 설득력 있게 개진될 수 있으려면 그 인물은 적어도 개인의 실존적 자각과 그 자각을 토대로 하여 올바르게 시대를 투시하고 인식할 수 있는 그런 인물이라야 되는 것이다. 이것은 현진건 자신의 사회 현실에 대한 인식이 미약하다는 것과는 의미가 다를 수도 있지만, 작품상에 나타난 이러한 자각과 인식의 미흡함은 이 작품의 한계성을 노정하는 것이라고 볼 수도 있다.

이러한 문제점이 있음에도 불구하고 〈운수 좋은 날〉은 현진건 문학의 한 특징적 세계를 보여주고 있다. 그것은 그의 비판자적 자세를 통하여 드러난다. 염상섭이 일상 세계를 외면적, 객관적으로 정확하게 묘파하려고만 한 것에 비하여 현진건은 좀 더 현실의 밑바닥을 파헤쳐 보려는 비판적 의지를 간직하고 있는 것처럼 보인다고 천이두는 그의 〈한국 현대 소설론〉에서 지적하고 있다.[12] 현진건이 비판적이라는 것은 그가 즐겨 다룬 제재의 문제와 연관되는 것으로, 그의 제재는 불행과 빈곤의 세계라는 것이다. 이 불행과 빈곤은 20년대가 안고 있는 중요한 역사 현실이며 그것을 인식하고 소재로 삼아 구상화했다는 것은 그의 사회학적 상상력 및 의식의 반영이라고 볼 수 있다. 비록 〈운수

---

12) 千二斗, 〈韓國現代小說論〉, 형설출판사, 1969, p.62.

좋은 날〉같은 작품에서는 그 사회적, 역사적 의식이 어느 해결의 지점에 도달하고 있지는 못하지만, 그의 사회를 예각적으로 파악하고 재현하는 한 리얼리스트로서의 면모가 잘 드러났다고 평해도 좋을 것이다.

이러한 현진건의 현실인식과 작가적 상상력이 소박하게 구현된 또 다른 작품으로 〈빈처(貧妻)〉13)가 있다. 단적으로 말하여 〈빈처〉는 물질적 가치와 정신적 가치의 대립과 상위(相違) 속에서 지식인이 어떠한 논리로 그것들을 이해하고 수용하는가 하는 문제로 귀착되는 작품이다.

> "그것이 어째 없을까?"
> "무엇이 없어?"
> 나는 우두커니 책상머리에 앉아서 책장만 뒤적거리다가 물어 보았다.
> "……."
> 나는 그만 묵묵하였다. 아내가 그것을 찾아 무엇을 하려는지 앎이라.
> 오늘 밤에 옆집 할멈을 시켜 잡히려 하는 것이다.   - 〈빈처〉

이 작품의 서두 부분이다. 서두는 독자의 긴장감과 호기심을 자극하는 경이적인 사건 전개의 기교를 의도적으로 도입한 부분이면서 독자로 하여금 이 부부의 생활의 형편을 한 눈에 짐작할 수 있게 하는 대목이기도 하다. 작중 화자인 '나'의 현실에 대한 갈등과 자신에 대한 혐오는 바로 이 서두 부분에서 제시된 가난으로부터 파생하는 문제인 것이다. '나'는 현실적으로 생계를 위한 아무런 노동이나 다른 돈벌이를 하지 못하는 경제적 무능력자다. 그렇지만 외국 유학 물을 먹은 소위 식자층, 인텔리에 속하는 고등실업자다. 소설가를 지망하는, 정신적 창조 활동에 종사한다는 최소한의 자부심을 가지고 속물적인 현실주의를

---

13) 현진건, 〈빈처〉, 《개벽(開闢)》 7호, 1921.

비소(誹笑)하기도 하는 가난한 서생인 것이다. 이러한 '나'에게 가장 괴로운 것은 현실적인 금전의 위력 앞에 자신의 정신적 가치가 여지없이 매도당하고 무시당한다는 점이다. 그리 멀지않은 친척인 T가 놀러 와서 한 이야기 – 월급이 오른 이야기, 주식의 이익 이야기, 또는 자기 아내를 위하여 새 양산을 샀음을 은근히 자랑하는 모습에 넋을 잃고 바라보는 아내의 모습에서 '나'가 느끼는 분노는 곧 자신의 무능력에 대한 혐오요 자신의 정신적 가치를 인정해주지 않는 사회의 구조적 모순에 대한 반발인 것이다. 이것은 정신사적 맥락에서 볼 때 개화기 이후 급속하게 등장하기 시작한 물질 우위의 가치관이 식민지 역사로 연장된 데서 오는 지식인의 한 갈등이라 할 것이다.

> 이 점에서 20년대의 우리 소설의 현저한 형태적 경향의 하나인 자전성 (自傳性) 및 신변적(身邊的)인 수필성(essayism)을 그대로 압축하고 있는 것이 바로 이 작품이다. 그러기 때문에 이런 형태의 소설은 사회의 현실적 인 차원을 수용하는 데 있어서 그만큼 제한되고 폐쇄된 내용을 담을 수밖 에 없는 것이다.[14)

그런데 물질과 돈, 정신적 가치의 창조와의 대립적인 이원 구조 속에서 갈등을 겪고 고뇌하는 나는 불행하게도 더 이상의 어떤 의식의 진전을 보여주지 못하고 있다. T가 다녀간 뒤 자신의 무능력에 한숨을 내쉬고 있을 뿐, '어떻게 당신도 살 도리를 좀 하시라'고 하는 아내에게 오히려 화만 낸다. 예술가의 아내 노릇을 하기 위해서는 배고픔과 모든 고충을 극복하는 인내가 있어야 한다는 '나'의 아내에 대한 일방적인 요구도 사실은 그 시대의 윤리의식이나 가치관이 안고 있는 부조리한 일면을 드러낸 것으로서, 바로 이 의식 속에 '나'의 정신적 파탄과 고뇌

---

14) 李在先, 〈韓國現代小說史〉, 弘盛社, 1979, p.286.

가 숨어 있음을 간파해야 할 것이다. '나'는 가장으로서의 생계에 대한 당면한 책임을 스스로 포기하고, 그러한 무성의를 정신적 가치의 창조(독서와 창작)로써 위장하려고 하는, 자신에 대하여 절망하는 유형에 속하는 인물로 보아야 할 것이다.

> "아아, 나에게 위안을 주고 원조를 주는 천사여!" 마음속에서 이렇게 부르짖으며, 두 팔로 덥석 아내의 허리를 잡아 내 가슴에 바싹 안았다. 그 다음 순간에는 뜨거운 두 입술이 … 그의 눈에도 나의 눈에도 그렁그렁한 눈물이 물 끓듯 넘쳐흐른다.
>   −〈빈처〉

이것은 이 작품의 종결 부분이다. 가난으로 하여 생겨난 두 부부 사이의 모든 갈등이 두 사람이 흘리는 눈물로써 해소되는 장면이다. 무식하기는 하지만 남편이 하고 있는 일이 언젠가는 보람을 가져오게 되리라는 열녀적 신념을 가지고 친정 언니의 부유한 생활에도 부러움을 느끼지 않고 남편에게 헌신할 것을 맹세하는 아내의 모습에서 작가 현진건이 지향하는 정신 우위(優位)의 의도를 짐작할 수 있지만, 동시에 남녀의 그 눈물 속에 담긴 자신의 무능력에 대한 좌절도 또한 우리는 간과할 수 없는 것이다.

앞서도 지적한 바와 같이 〈빈처〉의 '나'는 식민지라고 하는 궁핍화가 강요되는 현실 속에서 한 지식인이 그러한 극한적 상황에 어떻게 대처하는가 하는 적응 양식을 보여준 인물이다. 그러나 독자가 이 작품에서 발견하는 작중 인물의 상황에서의 적응 양식, 즉 해결 방안은 '아무것도 아니라는 것(nothingness)', 다시 말해서 좌절과 절망뿐이라고 인식하는 데 이 작품과 이 작가의 세계관의 한계가 있는 것으로 보인다. 막연한 미래에의 희망으로 현실의 가난과 고통을 눈물로써 극복하려는 자세는 생활적이 아니라 소녀적(少女的)인 감상에 불과한 것이다. 긍정적으로

수용한다 하더라도 이 눈물의 이중주(二重奏)는 이들 부부의 사랑의 확인
은 될지언정 그것이 현실 타개의 방법은 못 된다는 점에서 〈빈처〉의
'나'와 아내는 좌절과 절망의 한 유형으로 파악된다고 할 것이다.

〈빈처〉의 이러한 결말 처리도 사실은 그 시대가 작가의 상상력을 제
한하고 있는 데서 온 결과라고 봐야 한다. 작가의 상상력이 출구를 찾
을 수 없는 역사적 정황(情況) 아래에서 필연적으로 발생하는 현상이라
고 할 수 있다.

5. 사회와 작가의 상상력, 그리고 비교문학적 관점

소설이 사회적 정황을 통하여 인간의 진실을 드러내 보이기도 하고
인간의 어떤 모습을 통해 그 시대나 사회가 안고 있는 문제점을 제시하
기도 한다는 점은 소설과 사회의 숙명적 관계라고 할 수 있다. 이런
점에서 상상력의 촉매제로서의 사회와 작가의 상상력과의 관계는 사회
학적 상상력, 또는 단순히 사회적 상상력이라 불러도 좋을 것이다.

사회적 상상력의 소설 양식으로는 '악한소설(惡漢小說, picaresque no-
vel)'과 '정치소설(政治小說)'[15]이 그 대표적인 예가 된다.[16] 이들은 넓은
의미에서 모두 사회소설이라 할 수 있으며, 경우에 따라 목적의식이
너무 분명하다는 점에서 소설의 본령을 벗어날 염려가 있기도 하다.
정치소설의 경우 단순한 이념 선전적인 목적성에서 벗어나 당대의 정치
의식과 미래에 대한 전망을 제시하려고 했다면 그것은 소설의 본령에

---

15) 曺南鉉, 〈小說原論〉, 고려원, 1982, p.328.
　　정치소설은 '경향소설(Tedenzroman)'의 일종으로 '한 시대의 문제적 상황을 변혁하려
　　는 의도 아래서 독자에게 제시되는 것'으로 정의된다. - 볼프강 카이저
16) 曺南鉉, 위의 책, pp.325~330 참조.

충실하면서도 정치소설의 임무도 다했다고 할 것이다. 우리나라의 경우 개화기의 소설들이 이런 정치소설 부류에 드는 것들이라고 할 수 있는데, 그것들이 사회적 상상력의 소산물임에는 틀림없으나 소설미학과는 거리가 멀다는 점에서 문제점을 드러낸다. 스탕달의 〈적(赤)과 흑(黑)〉, 도스토예프스키의 〈악령(惡靈)〉 등도 정치소설적 특징을 보이는데 이들은 그러면서도 견고한 문학성과 소설미학에 충실한 모습을 보이고 있음에 우리는 주목해야 할 것이다. 이 두 소설은 사회학적 상상력이 정치소설에만 국한되는 문제가 아님을 우리에게 보여주고 있다.

우리 역사에 있어서의 개화기가 갖는 정신사적 한계성과 지식인의 시야가 제한적이었다는 관점에서 본다면 신소설이 지니고 있는 취약점은 필연적 현상일지도 모른다. 그러나 모든 여건을 제쳐두고 신소설의 비문학성을 지적하고 비난하는 것은 올바른 태도가 아닐 것이다. 〈자유종〉은 작가 이해조가 지니고 있었던 사회적 상상력의 소산물임에는 틀림없고, 그것이 비소설적이라면 그것은 이해조의 책임이라기보다 그의 상상력을 제한하는 시대정신의 빈곤에서 그 원인을 찾아야 할 것이다. 진정한 의미에 있어서의 사회학적 상상력이 발휘되지 못한 점은 아쉽지만 〈자유종〉은 한국문학사에 상당한 의미를 던져준 작품인 것만은 사실이다.

또 현진건의 〈빈처〉에서 발견되는 소설적 결함은 그 일차적인 책임이 작가의 현실인식의 미숙성에 있음은 틀림없지만, 그에 못지않게 작가에게 주어진 사회적 제약성에도 책임이 있음을 부정할 수 없다. 〈운수 좋은 날〉의 비판의식이 미완의 느낌을 주는 것도 작가의 역량 이전의 문제로서, 불리한 시대적 조건과 사회적 정황에서 그 원인의 일단을 찾아야 할 것이다. 소설가의 자유라든가, 그의 의지라는 것도 어떤 여건이 주어질 때 그 실현이 가능한 것이라는 사실, 그러니까 작가적 상상력이라는 것도 경우에 따라 어떤 제한적 상황을 피할 수 없다는 점을 또한 여기서 보게 된다.

이러한 현상은 중국(中國)의 근대소설에서도 나타나고 있는데 이는, 한국의 근대소설이 3·1운동의 실패에 깊이 관련되어 있는 것처럼, 중국의 근대소설이 서구세력의 핍박과 신해혁명(辛亥革命)의 실패라는 시대적 정황에 의해 제약을 받았기 때문인 것으로 파악될 수 있다. 비록 양계초(梁啓超)에 의한 일본문학의 번역 소개와 그와 관련된 그의 진보적인 소설관17), 그리고 진독수(陳獨秀)의 소설의 정치적 영향력에 대한 선언18) 등은 중국소설의 근대성을 긍정적 방향으로 이끌어 갔다고 할지라도, 그것이 정치적 근대화를 위한 사상의 질적 전환과 관련되어 있다는 점에서 시대의 제약으로부터 자유로웠다고 할 수는 없을 것이다.

중국의 정치소설은 이른바 견책소설(譴責小說)의 형태로 나타나게 되는데 노신(魯迅)에 의하면, 이 경향의 소설은 "관계(官界)의 부패를 폭로하고 시정(時政)에 대해서 엄중히 규탄을 가하고 한 걸음 더 나아가 풍속 개량을 적극적으로 주장한" 소설로서 흑막소설(黑幕小說)로 불리기도 한다.19) 이러한 명칭으로 보아 중국의 정치소설은 부조리한 현실의 고발과 비판, 나아가 개량과 혁신을 지향하는 혁명적 성격의 소설로서 훗날의 사회주의적 리얼리즘으로 그 맥락이 이어진다고 할 수 있다.

이러한 중국의 정치소설은 일본의 그것과 함께 한국의 신소설에 크

---

17) 그는 '도덕, 종교, 정치, 풍속, 학예, 인심'을 새롭게 하기 위해서는 소설을 새롭게 해야 하는데, 그 이유는 '소설에는 불가사의한 힘이 있어 人道를 支配하기 때문'이라고 보았다 (김윤식·김현, 앞의 책, p.100에서 재인용).

18) 陳獨秀는 〈文學革命論(新靑年)〉(1917)에서 "지금 정치를 혁신하기 위해서는 정신계의 바탕인 문학을 혁신할 것"이라고 함(김윤식·김현, 앞의 책, p.100에서 재인용).

19) 조남현, 앞의 책, p.331.
  이 부분은 魯迅의 〈中國小說史〉(정래동·정범진 공역)에서 인용한 것임.

게 영향을 미쳤는데, 그 대표적인 예가 위에서 본 양계초와 같은 사람이다. 한국의 신소설도 민중의 계몽과 풍속의 교정(矯正), 현실의 비판과 비전의 제시 등을 그 주 내용으로 하고 있어 일본과 중국의 정치소설과 같은 범주 안에 있음을 확인할 수 있다.

한국의 근대성과 중국의 그것은 그 원인과 과정에서 상당한 차이가 있음에도 불구하고 서구열강이나 일본과의 관계를 떠나서는 설명이 어렵다는 점에서, 양국은 근대 이후의 소설문학을 연구하는 방법에서 서로를 충분히 참고할 필요가 있음을 확인하게 된다. 소설을 정치적, 사회적 개혁과 직결시켜 바라본 중국의 문화주의적 태도와 언문일치(言文一致)를 사상(思想)의 질적(質的) 전환으로 연결시켜 간 중국의 근대적 소설관은 동시대(同時代)의 한국 소설에 대한 반성적 시각을 갖게 해준다는 점에서 비교문학적 연구의 좋은 근거가 된다고 할 것이다. 소설과 시대, 혹은 사회의 상관성을 확인하기 위한 작업으로서 한중 양국 소설의 비교문학적 연구가 앞으로 활성화되기를 기대해 본다.

지향과 좌절, 그 모순의 미학

- 김동인 소설의 경우 -

1. 작품 경향의 다양성과 일관성의 문제

김동인은 다양한 소설적 경향을 보여주는 작가로 정평이 나있다. 한 작가가 시종여일하게 하나의 경향으로 작품을 써나간다는 것은 사세(事勢)의 흐름이 그렇게 하도록 그를 내버려두지 않는다는 점에서 지극히 어려운 일이며, 그렇기 때문에 그것은 어쩌면 예외적 경우에 해당될지도 모른다. 시대가 달라지면 작가 의식에도 변화가 생기게 마련이고 어떤 형태로든 이 변화는 작품에 반영될 수밖에 없는데, 바로 이 점에서 경향의 일관성을 유지하기 어려운 원인을 찾을 수 있다. 이것은 소설이 사회 현상과 관련을 맺을 때 그 존재의 의미를 얻게 된다는 소설의 숙명적인 일 측면과 밀접한 관계가 있다. 소설가는 시대와 사회가 만들기도 하고 필요로 하기도 하는 존재라는 점을 생각하면 일관성 유지의 어려움은 쉽게 이해될 수 있을 것이다. 또 소설가는 변화에 민감하고 그것을 적극적으로 수용할 때 그 자신의 작품 세계는 물론, 소설문학의 새로운 지평을 열어갈 수 있다는 점에서 일관성 유지가 미덕일 수만은 없다는 사실도 인정돼야 할 것이다.

이런 점에서 보면 다양성의 추구는 김동인만의 특성이 아니라 새로운 소설을 꿈꾸는 모든 소설가의 공통점이라 해야 할 것이다. 염상섭과 같은 독특한 일관성의 세계를 보여준 작가를 제외한다면 변화하는 작품 세계와 기법을 보여주는 것은 소설가들의 일반적 경향이어서 어느 한 작가를 딱히 다양한 경향의 소설을 쓴 사람이라고 규정하는 것은 무의미한 일인지도 모른다. 그럼에도 불구하고 김동인을 다양성의 대명사처럼 일컫는 것은 그의 작품들이 단순히 시대를 따라 변화를 모색하는 정도를 넘어서 작품 간의 이질성이 두드러지게 나타나기 때문인 것으로 보인다. 캐릭터에서 보여준 〈유서〉와 〈감자〉의 거리, 또는 의식면에서 나타나는 〈광염 소나타〉와 〈붉은 산〉의 거리 등이 그 이질성의 본보기가 될 것이다. 철저하게 성격이 사건을 지배하는가 하면, 그와는 달리 환경이 성격을 만들어 가는 상이성을 보여주면서, 그런 이질적인 세계를 넘나든 작가가 김동인인 것이다. 작품 간에 현격한 차별성을 두어볼 수 있다는 점에서 그는 분명 한마디로 규정하기 어려운 작가임에는 틀림없다.

김동인이 보여준 이런 다양성의 추구는 그의 이광수와 관련된 독특한 문학사적 위치, 20년대의 문학적 현상들과 밀접한 관계가 있는 것으로 이해되고 있다. 이광수의 소설을 부정 비판하면서 등장한 김동인이기에 춘원(春園)과의 차별화를 통해 자기의 소설가적 위상을 정립할 필요가 있었고, 그것을 위해 이론적 무장과 기법에 대한 고구(考究)가 뒤따라야 했음은 당연한 일이다. 이광수의 소설을 넘어서는, 그리고 새로운 경쟁자로 등장한 염상섭과도 또 다른 소설을 만들어야 한다는 그 특유의 오기와 자신감이 그를 일종의 실험정신으로 몰아갔고, 그 실험정신이 그로 하여금 다양한 모습의 소설을 쓰게 한 것으로 볼 수 있다는 것이다. 그리고 20년대는 문예사조가 어지럽게 실험되던 시기였다는 점에도 그의 소설의 다양성의 한 원인이 숨어있는 것으로 보인다. 그의 소설을 문예사조와 관련하여 분류하는 것은 옳지 못하다는 주장이 있기도 하지만,[1] 흔히 자연주의, 탐미주의(유미주의 또는 예술 지상주의) 등으로 나누어 설명하는 경향이 있다.[2] 김동인이 당시의 혼류하는 문예사조를 어느 정도 신용했는지는 알 수 없으나, 그런 문학적 분위기에 관심을 갖지 않을 수는 없었을 것이다. 여러 문예사조는 오히려 그의 왕성한 기법에 대한 고구와 실험 정신을 자극했을 가능성이 크며, 이것이 또한 다양성의 한 소이(所以)였을 것으로 추정된다.

우리가 작품적 경향이라는 보다 대범한 관점에서 김동인을 볼 경우 문예사조나 기타의 문학적 경향이 그 설명의 한 방법이 되지 않을 수 없을 것이다. 그것은 어떤 형태로든 한 작가를 정리하고자 하는 입장에서는 유용한 방법이기도 하다. 그러나 좀 더 세밀한 작품 분석을 통하여 김동인의 작품 세계를 알아보고자 할 경우 우리는 캐릭터에 대한 연구에 의지하지 않을 수 없다. 일차적으로 캐릭터의 연구를 수행함으로써 작품 그 자체의 가치를 평가할 수 있을 뿐만 아니라, 나아가 김동인에 대한 총체적 파악의 단서를 삼을 수 있기 때문이다. 캐릭터야말로 작품의 핵심이며 작가의 의식과 정신의 반영체(反映體)라는 점에 이의를 달 사람은 없을 것이다.

모든 좋은 소설들이 다 그렇듯이[3] 김동인의 소설들에도 모순과 역설의 구조가 있음을, 그리고 그 구조 속에 캐릭터의 피할 수 없는 운명이 놓여 있음을 볼 수 있다. 캐릭터의 고통으로 일그러진 모습과 우수와 절망에 물든 표정은 우리가 대부분의 소설에서 어렵지 않게 발견할 수

---

1) 김윤식, 〈한국근대작가론고〉, 일지사, 1974, p.30.

2) 구인환, 〈한국근대소설연구〉, 삼영사, 1980, p.189.

3) Robert Stanton, "*An Introduction To Fiction*", Holt, Reinhart And Winston. Inc, 1965, p.34.

있는 것들이지만, 김동인은 그의 독특한 인간관과 예술관 위에서 그러한 캐릭터의 모습을 특히 인상적으로 보여주고 있다. 결국 소설이 인간의 고통을 통하여 진실과 소망의 세계를 보여준다는 미학에 가까이 간 모습을 김동인에게서 발견하게 된다는 것이다. 이하에서는 졸저 ≪한국 근대 단편소설의 인물 연구≫를 일부 인용 전재하면서 이러한 캐릭터의 운명을 확인해보기로 한다.

2. 지향과 좌절의 모순성

원칙적으로 지향과 좌절을 그 틀로 하지 않는 소설은 없다고 해도 과언은 아니다. 프라이가 이른바 아이러니의 세계에 자리 잡은 캐릭터들은[4] 모두 이 범주 안에서 생각하고 행동하며 비극적 결말을 맞게 되기 때문이다. 그러나 김동인의 경우 이 틀은 다른 작가, 또는 소설들에 비하여 너무나 명백하여 그의 소설과 캐릭터를 규정하는 하나의 단서로서 충분한 가치를 지니고 있는 것으로 파악된다. 주인공은 왜곡된 지향성을 지니고 있어 그 결과 필연적으로 좌절하거나 패배하게 될 수밖에 없다는 점을 김동인의 인물들은 잘 보여주고 있다는 것이다.

1) 〈유서(遺書)〉

(1) 전능자(全能者)에의 꿈

이 소설에서는 특히 인물 상호간의 관계가 사건의 중요한 실마리가

---

4) N. Frye, "*Anantomy of Criticism(Four Essay)*", Princeton Uniersity Press, 1964, p.34.

된다. 이 작품에는 네 사람이 등장한다. 김동인의 상당수의 작품들에서처럼 인물들의 구체적인 이름은 없다. 이 네 사람이 각각 특정한 접촉을 가짐으로써 사건이 본격화 된다. 작중화자인 '나(몇 차례 ○○씨라고만 나온다)'를 중심으로 하여, O, O의 아내('봉선'이라는 이름을 가졌다), A. 이렇게 네 사람이 관계의 망을 이루면서 사건이 전개된다. '나'는 작중화자이자 사건을 바라보기도 하고 사건의 문제해결을 떠맡기도 하지만, '나'의 가장 중요한 역할은 사건의 조작과 진행이다. 다시 말해서 '나'는 다른 세 사람을 조종하며, 그들의 운명을 주재(主宰)할 뿐만 아니라(A는 비교적 나의 영향권 밖에 있는 인물이다) 생사여탈권까지 행사하려 드는 전능자의 위치에 서 있다.

'나'의 직업이 무엇인지는 명시되지는 않았으나 인용문의 '나'의 생각이나 '나'의 주변의 친구가 대부분 화가(畵家)인 것으로 보아 그도 화가이거나 그림과 관계있는 사람이라고 생각하는 것이 좋을 것이다. '나'는 예술(그림)에 대한 광적인 애착을 가진 사람인 것만은 분명하다. '나'의 예술에 대한 애착이 O라는 재능 있는 청년 화가에 대한 기대로 바뀌어 O를 그렇게 관심 있게 보는 것이며, 모든 것을 O의 입장에서 생각하는 것이다. 단적으로 말해서 O는 '나'의 예술 애호증 내지는 자기만족 추구의 의지를 투사(投射, projection)한 인물이며 '나'와 동일시되는 인물이다.

'나'는 전능자의 위치에서 O를 내 속에 용해시킨 모습으로 등장하고 있다. 또, 성격상 '나와 O는 여러 가지 공통되는 점이 많다'라고 하고 있어 '나'와 O는 실제 이 작품에서 분리되기가 어려운 동일체임을 재삼 확인할 수 있다. 그런 '나'이기에 O의 결혼도 나의 전단(專斷)으로 성사시킨다. "작년 O가 한참 마음이 들떠서 어떤 이성을 자기의 아내로 삼으려고 했을 때에 이 여자이면 O에게 맞으리라고 내가 발견하여 온 것이 그이였었다." O가 따로 좋아하는 여성이 있었지만 '나'가 본 O의 아내로는 현재의 O의 아내가 적격이라고 생각했기 때문에 O의 의사를 무시하고 '나'의 뜻대로 결혼을 시켰다는 것이다. 자기 자식의 결혼도 부모 마음대로 하기 어려운 것인데 친형제도 아닌 후배 화가의 결혼까지도 독선적으로 처리해 버리는 그 영향력과 지배력은 놀라운 것이 아닐 수 없다. '나'가 O의 운명을 담당한 자이기에 O에 대한 나의 책임도 클 것이라고 생각될 수도 있다. 이점은 '나'의 행동의 특정한 동기로 나오기는 하지만 그것은 어디까지나 윤리적이고 사회규범적인 책임감일 뿐이고 '나'의 진심은 O를 통한 '자기실현'에 있음이 분명하다. 되풀이 하거니와 O는 '나'가 투사된 인물이며 이것이 '나'와 O의 관계이다. O의 모든 일은 '나'의 일이며, 따라서 O와 의 아내와 A의 삼각관계는 '나(윤리적인 자아가 아니라 타인의 운명을 주재하는 전능자로서의 나)'가 용서할 수 없는 일이기에 이 삼각관계에 '나'는 깊이 관여하지 않을 수 없고 사건의 핵심에 위치할 수밖에 없는 것이다. 이것은 '나'의 성격으로서 '나'가 좌절하게 되는 근본적 원인이 된다.

(2) 자존심의 역기능

O와 아내의 관계는 부부간(夫婦間)이라는 것 외에 이 작품에서 직접 두 사람이 보여주는 구체적인 사건은 없다. 그런 의미에서 O와 O의 아내의 관계는 나와 O의 관계망의 한 하위 개념으로 볼 수도 있다. 뿐만 아니라 두 사람의 결합은 자신들의 의사에 따라서 이루어진 것이 아니라 ○○씨의 안목과 주관에 의해 성사된 것이다. 때문에 이들은 둘의 관계에 한해서는 지극히 피동적인 인물들이며 포스터가 이른바 변하지 않는 평면적 인물(flat character)에 속한다. 이 두 사람은 '부부'

라는 것 이외에 어떤 관계를 보여주는 것은 부정(不貞)한 아내를 둔 남편과 부정한 아내라는 것뿐이다. O는 아내의 부정으로 인하여 절망하고 있고, 아내 봉선은 윤리나 사회 규범 같은 것은 아랑곳하지 않고, 그러나 남의 눈에 띄지 않게 교묘히 근친상간[정부(情夫) A는 봉선이의 6촌 오빠로 되어 있다]의 쾌락을 맛보고 있다. 남편은 분노하고 절망하며, 아내는 희희낙락하는 대조를 보여준다. 그들은 이 이상 발전하지는 않지만 이 작품에서 나에게 행동해야만 하는 특정한 동기를 부여한다는 점에서 중심인물이 된다. 그리고 이들은 인물 상호간의 적대관계의 한 하위개념이기도 하다. 즉, O는 나로써, 아내는 A로써 대표되는 적대세력을 간접적으로 보여주는 대립관계에 있는 인물이다. 이 작품에서 상위적인 적대 세력은 나와 A이기 때문이다.

나와 A, 표면적으로는 두 인물은 직접 관계가 없을뿐더러 '나'가 A를 대면한 것도 두 번 뿐이다. 그러나 A는 주인공인 나의 성격, 즉 근본적 동기를 촉발하는 인물이기 때문에 이 두 사람의 관계는 가장 심각하고 근원적인 문제에서 부딪치는 관계다. 그것은 빼앗긴 자와 빼앗은 자의 관계를 의미하기 때문이다. 뿐만 아니라, 이들은 능력 없는 자와 있는 자 사이의 갈등을 보여주기도 한다. O에게서 봉선을 빼앗은 A는 이미 O를 자신으로 동일시하고 있는 나에게 있어 원수와 다름없다. 매사를 금지하고 억압하는 자에게 우리가 반발을 하듯이 나의 손에 있는 나의 소유물(실은 O의 아내)을 빼앗은 자에게 분노하지 않을 수 없다. A는 그런 의미에서 나에게 있어 한 방해꾼(blocking character)인 것이다. 또, 이들은 능력 없는 자와 있는 자, 하지 못하는 자와 할 수 있고 하는 자 사이의 반목(反目) 관계를 보여준다. 대체로 이런 반목은 능력 있는 자 쪽에서 발생하기보다는 없는 자 쪽에서 씨앗이 잉태되는 법이다. 능력 없는 자 쪽에서 보면 시기와 질투의 마음이 끓어오르지만 능력 있는 자는 없는 자 자체를 의식하지 않는 것이 대개의 경우다. 이점이 능력 없는 자 쪽에서 보면 더욱 참을 수 없는 일이다. 나는 능력 없는 자며, A는 능력 있는 자의 위치에 서 있기 때문에 나의 갈등은 심화되는 것이다.

나는 우연한 기회에 A가 천재연애기사라는 말을 듣고 더욱 그를 증오하게 된다. 그 증오는 일차적으로 비윤리적이고 역륜적(逆倫的)인 A의 태도, 혹은 행동에 대한 것이지만, 보다 근본적으로는 우월한 자에 대한 열등감에서 오는 것이다. A가 저지른 친구의 아내, 친척의 아내, 육촌 여동생 등과의 통정(通情)은 사회 규범상 용인되지 않는 금기(禁忌) 사항이다. 그런데 이 금기라는 것을 뒤집어서 생각하면 그 뒤에는 항상 그것을 범하고자 하는 열망이 있다는 것을 우리는 인정하지 않을 수 없다.

> 아무도 원하지 않는 것은 금지할 필요가 없다. 크게 강조하여 막고 있는 것은 인간이 욕구를 느끼는 것임에 틀림없다. 만일 우리가 이 그럴듯한 가설(thesis)을 원시인들에게 적용해 본다면, 그들이 가장 강하게 느끼는 유혹(temptation)의 일부는 그들의 왕과 사제자(司祭者)를 죽이거나 근친 상간(incest)을 범하거나 사체를 모독하거나(to maltreat the dead)하는 (있을 법하지 않은) 것이었을 것이라는 결론에 도달하게 될 것이다.[5]

프로이드의 이러한 지적처럼 금기시되는 것은 우리의 고태적(古態的) 욕구를 반어적으로 보여주는 것이다. 나는 못하는 것을 A는 교묘하게 해낼 수 있다는 사실이 나의 열등감을 자극하고 그것은 A에의 극복 의지로 발전하게 된 것이다. 나에게 있어 A는 경멸하여 마지않는 역륜의 길을 가는 자요, 그래서 정죄(定罪)해야 할 대상이며, 나의 열등감을 자극하여 증오를 불러일으킨 극복해야 할 대상인 것이다. 이것이 이 작품

---

5) S. Freud, "*Totem and Taboo*", W. W. Norton & Company, 1950, p.69.

의 골격을 이루고 있는 나와 A의 관계인 것이다.

　이 작품은 다분히 상징적인 성구(聖句)와 그림에 대한 나의 느낌에서 부터 시작된다. 그 성구는 누가복음 8장 18절의 "있는 자에게는 더 주고 없는 자에게는 그 있다고 믿는 것까지 빼앗느니라"로서 작품 시작 부분에 부제(副題)처럼 제시되어 있다. 이 구절은 앞으로 전개 될 인물 상호 간의 관계와 갈등을 암시하고 예고하는 기능을 갖고 있다.

　성서의 본래의 이 장구(章句)는 그런 뜻이 아니지만, 그림에서 마귀가 들고 있는 떡은 O의 입장에서 보면 자신의 소유물이었던 아내를 상징하는 것으로 볼 수 있다. 마귀의 손에 자신의 소유물을 빼앗긴 O 자신의 처절한 심경이 본래의 예수의 모습과는 다른, 또는 O가 의도했던 예수의 모습과는 다른 '의심과 증오와 악독함의 표정'으로 나타난 것으로 볼 수 있다. 이러한 O의 심경을 그대로 '나'의 심경으로 전이시켜 보면, 이 모든 의미는 고스란히 나의 내경(內景)이 될 수밖에 없다.

　'나' 즉, O의 심경은 A로 인해 야기된 고민과 괴로움으로 요약될 수 있으며, 이 고민과 괴로움은 이 작품의 행동의 근본적 동기로 연결된다. 그리고 나로 하여금 봉선을 죽이게 만드는 심리적 메커니즘의 근저에는 상처받은 자존심이 숨어있음도 지적돼야 한다. 그림 속의 예수의 표정에 나타난 '의심과 증오와 악독함'은 이 작품에서 '나'(O)의 자존심과 관련된 심리적 변화 과정을 나타내는 어구이다. 나(O)의 심리 상태가 '의심 → 증오 → 악독함'으로 발전해 가는 것에 따라 사건이 진행된다. O의 아내를 의심하다가(의심), 그 의심이 현실로 확인되면서 끓어오르는 증오를 억제할 수 없었고(증오), 급기야는 부정한 그녀를 죽이게 된다(악독함)는 스토리의 뼈대가 그대로 그림 속에 암시적으로 나타나 있는 것이다. 이 그림에서 한 가지 간과할 수 없는 것은 마귀와 예수의 대결에서 마귀가 승리한 것이 아니라 승리하기 직전의 모습으로 그려졌다는 것이다. 이것은 A(O의 아내)의 승리를 잠시 보류함으로써 최종적인 승자는 '나'(O)가 되어야 한다는 결정적 상황을 암시한 것으로 볼 수 있다. 그림 설명 다음에 '나'가 그 예수의 얼굴을 지워버리는 장면이 나온다. 이 예수의 얼굴을 지우는 행위는 중대한 의미를 지니며, 이 작품의 플롯의 논리성에도 관계가 있는 것이다. 이것은 제거를 암시하는 신체 부위 절단의 상징성과도 관련지을 수 있다. 그림 속의 예수의 얼굴을 지우는 행위는 O의 예술을 방해하고 나를 고민하게 만든 간부들을 제거해야 된다는 의지를 시사(示唆)하는 행동이며, 결국 이 암시는 O의 아내를 살해하는 것으로 현실화된다. 즉, 그것은 복수의 개념을 갖는 행동이다. 이 행동의 이면에 자리 잡고 있는 것은 물론 왜곡된 자존심이며, 이러한 자존심의 파괴성이 여기에 극명하게 나타나 있다. 이 행동은 간부를 살해하게 될 것이라는 전조(前兆), 혹은 복선(伏線)에 해당되며 플롯에 논리성을 부여하는 구실을 하고 있다. 나의 지나친 전능자적 역할에서의 욕구가 결국은 나를 패배하게 만들고 돌이킬 수 없는 범죄를 저지르게 만든다는 아이러니적 구조가 이 작품의 플롯이 지닌 의미이기도 하다.

(3) 패배자

나는 나의 자존심을 지키기 위해 봉선을 죽이려는 치밀한 계획을 세우지만 이것은 이미 이기적인 자기 합리화에 지나지 않는 것이다. 나의 자존심을 회복하고 방어하기 위한 치밀한 각본이 만들어지지만 그것은 지극히 이기적인 자기만족만을 생각하는 행위로 일관된다. 치사할 정도로 자존심을 붙들고 늘어지면서, 조금도 거기에 손상을 받지 않고 자기의 전능자연하는 소영웅적 자만심을 훼손한 A와 O의 아내를 처단하려고 하는 나의 모습은 비열하기까지 하다. 결국 A는 나의 지배하에 들어오지 않는 채 병사해 버림으로써 실질적으로 나의 자존심에 다시 패배를 안겨주고 만다. 애초에 A는 나의 영향을 받기는커녕 나를 부숴 버릴 수 있는 인물이었음을 나는 알았어야 했던 것이다. 자기 광신, 나는 무엇이든 할 수 있다는 망집(妄執)에서 '나'가 벗어나지 못한 데서 오는 필연적인 패배인 것이다. 나는 끝내 O의 아내를 살해함으로써 나의 자존심의 승리를 확인하려고 한다. 그러나 그것은 이미 승리가 아니라 범죄이며 인간 정신의 황폐화이며 윤리적인 파멸 이외의 아무 것도 아니다. O의 아내의 살해는 나의 자존심의 최후의 패배일 뿐이다. 남는 것이 있다면 O의 아내를 살해함으로써 O의 예술적 재능을 구했다는 공허하고 광적인 자기기만이 있을 뿐이다.

전능자적 태도라는 점에서 보면 나의 행동적 특징은 심리적 신화적 측면에서 소위 동참적 상황(同參的 狀況, participation mystique)의 범위 안에서 설명해 볼 수도 있다. 그는 원초적인 측면에서 "구원자는 구원을 받는 사람의 생명 – 그가 구해낸 생명에 대해 마치 자기 자신의 생명에 대해 느끼는 것과 똑같은 책임을 느끼는" 샤만(shaman)적 행동을 보여주는 인물이기 때문이다. 그러나 '나'는 O의 아내를 성공적으로 통치(統治)하지 못함으로써(O의 아내를 살해함으로써) 동참적 상황을 정상적으로 존속시키는데 실패하고 만다. 이것은 '나'가 동경했으나 이상에 도달하지 못한 비극적 존재임을 의미한다.

2) 〈광화사(狂畵師)〉

(1) 성격의 비극성

〈유서〉의 '나'와는 좀 다른 방법으로 자기구제와 자기실현(self-realezation)에 연결되는 의지와 욕망을 보여주는 인물이 〈광화사〉의 '솔

거'다. 그가 추구하는 자기 구제와 자기실현은 그의 인간으로서의 의지
이며 욕망이자 최종적인 자존심 확인이라 할 수 있다. 〈유서〉의 '나'보다
는 긍정적인 면을 많이 가지고 있으면서 동시에 나처럼 광적이고 파괴적
(부정적)인 인간성을 유감없이 보여주는 인물이 솔거다. 두 인물을 비교
하려는 것이 본래의 의도는 아니지만 솔거의 몇 가지 특성을 메모해
보기 위해 나와 솔거를 비교해 보겠다.

  나는 O와의 인간관계 때문에 사건에 참여하게 되고 주인공으로 변신
하게 된다. 이에 비하여 솔거는 그 강인한 예술적 욕구 때문에 사건의
주인공이 된다. 그러니까 나의 행위의 특정한 동기는 O와의 인간관계
– 그에 대한 인간적인 연민에서 찾아지지만 솔거의 특정한 동기는 예
술적 포부의 실현에 있다. 나의 경우는 가시적인 성격지표가 나타나지
않지만 솔거는 그 외모로써 성격 파악의 단서를 우리에게 제공한다.
이 외모는 일차적인 솔거의 성격지표이자 솔거에게 근본적 동기를 부
여하는 요인이다. 또한, 그의 외모가 그와 모든 것의 관계를 결정한다.
나는 O를 희생시키지 않기 위하여 삼각관계를 교묘하게 해결하려 하
며, 솔거는 예술적 포부의 실현을 위하여 그림에 정진한다. 표면적으로
는 나는 O의 예술적 재능의 보호와 그 인간에 대한 휴머니즘의 실천에
나의 행위의 의미를 두지만, 실은 자기 과신의 자만심과 신적(神的)인
자기 위치가 훼손되어서는 안 된다는 망집에 사로잡혀 있으며, 일차적
으로 솔거는 미인도의 제작을 예술 행위로 생각하면서도 그 한편에서
는 자신의 추한 외모에 대한 보상심리에 근거를 두고 행동한다.

  이 점은 뒤에서도 언급되겠지만, 솔거가 미인도를 제작하는 것은 추
악한 외모에서 오는 그의 열등감을 극복하고 자존심을 회복하기 위한
행위로 볼 수 있다. 나는 근친상간(近親相姦)을 자행하는 A에 대한 외경
과 질시·선망적인 혐오감을 갖게 되고 솔거는 보상심리를 오이디푸스

콤플렉스로 변질시킨다. 나의 혐오감은 복수심으로 발전하게 되고, 솔
거도 자기를 세속적인 모든 것에서 격리시킨 인간에 대한 복수심에 사
로잡힌다. 나는 나의 자존심을 훼손한 O의 아내를 죽임(A는 자연사)으로
써 자신이 의도한 목적을 이루었다고 생각한다. 솔거는 미인도의 제작
에 실패함으로써 살인을 하고 자학적인 죽음에 이른다.

이상의 비교에서 보면 '나'는 다분히 허영적(虛榮的)이고 솔거는 지극
히 자발적(自發的)이라는 차이점은 있지만 특정한 동기에서 근본적인 동
기로 발전하는 과정은 아주 흡사한 점을 보여준다. '표면적인 동기(인간
관계, 추악한 외모) → 근본적인 동기(자존심과 근친상간에 대한 동경) → 분노,
또는 좌절과 살인'으로 요약해보면 두 인물의 공통점이 명확하게 드러난
다. 여기에 비극을 불러오는 솔거의 성격적 비밀이 숨어 있는 것이다.

(2) 변질된 예술적 욕구와 파탄

이 작품의 뼈대를 추려 보면, '솔거의 예술 창조의 욕구 → 예술창조
를 위한 노력 → 예술창조의 실패'로 요약된다. 이 작품에서 사건을 이
끌어가는 일차적인 동기는 솔거의 예술적 욕망이다. 미인도(美人圖) 제
작과 관련되는 그의 모든 행위가 '욕구 → 노력 → 실패, 또는 좌절'이라
는 과정으로 나타나는 것이다. 그런데, 이 과정에서 눈길을 끄는 것은,
솔거의 미인도 제작에 대한 의지와 욕망은 그의 추악한 외모에서부터
추진력을 얻고 있다는 점이다. 내부 소설의 서두에 나오는 솔거의 외모
묘사는 못생긴 얼굴의 극치를 보여준다. 과장이 좀 심하다 싶은 그 묘
사에서 우리는 진실성(reality) 여부에 대한 관심보다는 주인공이 정말
못생겼다는 확인을 얻게 된다. 뜨거운 여름날 점심까지 싸가지고 왕후
친잠용 뽕밭에 웅크리고 앉아 있는 이 사나이에게서 우리가 느낄 수
있는 것은, 그 사나이가 그렇게 하는 의도가 무엇이든 간에 암굴(暗窟)

과 같은 죽음의 형상이다. 긴 탐색(quest)의 과정을 겪으면서도 끝내 그 터널에서 빠져 나오지 못하고 답답한 숨만 몰아쉬는, 고뇌하는 패배자의 모습이다. 이것이 내부 소설의 첫 장면의 솔거의 모습이자 최종적인 그의 모습이다.

솔거의 이 못생긴 외모가 솔거와 타인과의 관계를 결정한다. 주인공의 타인에 대한 태도, 타인의 주인공에 대한 태도가 그들의 인간관계를 형성하는 기초가 되는 동시에 관계의 양상을 드러내기도 하는 것이다.

솔거의 인간관계를 살펴보면, 그것은 여인들과의 관계로부터 시작된다. 두 번의 결혼에서 실패한 것은 운명적 요인(추악한 외모)때문인데, 이것은 여인들이 솔거를 기피하는 원인이 된다. 여인들이 추남인 솔거를 피하는 것은 자연스러운 행동이지만 솔거가 여인을 기피하는 것은 솔거 자신의 인간적 심성에 배치(背馳)되는 부자연스런 태도다. 솔거의 여성기피증(misogyny)은 타인이 솔거를 대하는 태도에서 형성되었다고는 하지만 근본적으로는 솔거 자신의 자기비하적인 열등감에 원인이 있는 것이다. 여기에 솔거의 성격적인 비극이 있다.

솔거를 피하는 여인들은 곧 세상 사람들이다. 세상 사람들은 혐오감을 주는 솔거를 피할 수밖에 없다. 그러나 솔거도 한 인간이므로 그는 그들의 대열에 동참하여 그들과 함께 살고 싶은 소망이 있다. 이러한 솔거의 소망이 세상 사람들의 생각이나 선입견 때문에 방해를 받을 때 그는 그들을 미워할 수밖에 없는 것이다. 세인(世人)들은 솔거에 대하여 혐오감을, 그 반작용으로서 솔거는 자신을 혐오하는 세인들에 대한 증오감을 갖게 되는 것은 당연한 현상이다. 혐오감은 단지 싫어하고 기피하는 감정이지만 증오감은 증오의 대상을 극복하거나 제거하고자 하는 충동을 수반하는(복수욕을 자극하는) 감정이다. 세인들의 외면과 솔거의 소외감은 솔거 혼자만이 감당해야 할 커다란 존재론적인 고통(ontological sickness)이다.

세인들에 대한 증오감과 증오하면서도 선망하는 마음, 이것이 솔거의 심리적 갈등이자 모순이며 그가 극복하고자 하는 존재론적인 고통인 것이다.

이러한 양가감정(정서적 양면성)은 여러 군데서 보이는데 이것이 솔거의 심리적 딜레마로서 미인도를 그려야 한다는 강박관념으로 발전하고, 나아가 자신에게 좌절을 안겨 준 세인들에 대한 복수욕으로 심화된다. 요컨대, 추남이라는 조건이 솔거와 세인들과의 관계를 결정하며, 그 관계의 양상은 심한 여성기피증과 세인들에 대한 증오감과 적개심으로 나타난다. 솔거의 예술적 욕구와 노력은 추한 외모로 인하여 결정된 인간관계에 연원을 둔 감정이며 행위임을 알 수 있다. 〈광화사〉는 위와 같은 솔거의 여인과 세인들에 대한 부정적 감정에 바탕을 두고 사건을 진행시키는 작품이다.

하늘에서 타고난 천분과 스승에게서 얻은 훈련과 저축된 정력의 소산인 한 장의 그림이 생겨날 때마다 그것을 보면서 스스로 만족히 여기고 스스로 자랑스럽게 여기던 그였지만 이제는 그 전통적인 화재(畵材)와 기법(技法)과는 다른 새로운 그림에 대한 욕망을 느낀다. 솔거는 타고난 천재다. 그의 천재성이 그를 스승에게서 배운 그림의 차원에 안주하는 것을 허용하지 않을 것이다. 뭔가 새로운, 그리고 놀라운 그림을 그리겠다는 그의 의욕은 그의 천재성으로 보아 당연한 것이다.

그러나 그러한 새로운 그림에 대한 솔거의 욕구는 순수한 예술적 의욕에서 온 것이 아니라 그의 세인에 대한 감정에서 비롯된 것이다. 솔거의 세인들에 대한 감정은 위에서 본 바대로 부정적이고 적대적이지만 그 적대적인 감정 뒤에는 그들에 대한 동경의 마음이 숨겨져 있음을 볼 수 있다. 솔거의 적대적 감정의 전경(前景)에 나타나는 것이 소위 양가감정(emotional ambivalence)이다. 어린이들이나 야만인, 꿈꾸는 사람

(dreamers)들이 주변의 친지들(loved relatives)의 죽음에 대하여 갖는 태도에서부터 양가감정의 기초적인 모습을 볼 수 있다고 프로이드는 말하고 있다. 그들이 친지(부모, 형제, 자매)에 대하여 갖는, 사랑하는 감정과 적대적인 심정이라는 두 감정의 세트가 사별의 순간에 '애통함'과 '만족스러움'으로 나타난다는 것이다. 죽은 사람에 대하여 갖는 이율배반적인 모순된 두 감정의 세트와 같은 양가적인 정서상태가 솔거의 심리적 상황이다. 세인(정상인)들의 대열에 참여하고 싶은 소망과 그것이 거부된다는 것을 알기 때문에 갖게 되는 비참한 심경이 미인도 제작의 에너지로 작용된다는 것이다. 그러나 솔거는 미인도의 모델이 된 소경 처녀를 범함으로써 스스로 실패의 길을 가게 되었고, 결국은 귀기(鬼氣) 서린 미인도를 얻었을 뿐 광인(狂人)이 되어 객사하고 말았다. 그의 미인도에 대한 비원(悲願)은 그의 성격에 의해 좌절되고 만 것이다.

솔거는 그 추한 외모로 말미암아 불행한 운명의 주인공이 된 인물이다. 추악한 외모에서 오는 열등감을 극복하고 자신을 세상으로부터 격리시킨 세인들에게 보복하기 위하여, 또 충족되지 못한 성적 욕구, 혹은 오이디푸스 콤플렉스를 승화시키기 위하여 미인상을 제작한다. 그러나 그는 모델이 된 소경 처녀를 범함으로써 그 모든 욕망을 스스로 물거품으로 만들어 버린다. 처녀와의 통정은 어머니와의 근친상간에 대한 욕망의 대상행위로 볼 수 있고, 그렇기 때문에 그는 근친상간의 금기를 범하고 나아가 처녀를 살해함으로써 모친살해라는 신화적 범죄를 저지르게 된다. 그는 그 좌절과 실패의 책임을 소경 처녀에게 물어 그녀를 살해하지만 그 살인 행위는 근친상간을 범한 부도덕한 자신에 대한 준열(峻烈)한 심판이 투영된 행위이며, 극복하지 못한 세인들에 대한 제거 충동이 소경 처녀에로 전이(轉移)된 행위이다.

자신이 시도한 모든 것의 실패의 책임이 자기에게 있음을 알기 때문

에, 그리고 모친상(母親像)으로 동일시되는 소경 처녀를 살해했기 때문
에 그는 미쳐버리고 만다. 신화적으로 보면 모친살해의 종착점은 미치
는 것(madness)이다. 이것은 솔거가 일찍이 베수건으로 얼굴을 가리는
행위에서 암시된 자기 부정의 실현일지도 모른다. 솔거에게 있어 자기
실현은 자존심의 회복이라는 의미가 강하지만 그것도 미인도 제작의
실패로 수포로 돌아가고 만다. 추악한 외모와 뛰어난 재능, 이 신의
불합리한 섭리 속에 이미 솔거의 불행한 운명이 정해져 있었던 것이다.
창조의 욕구와 파괴의 충동이 끊임없이 교대로 나타나는 이 작품은 한
인간의 비원과 그것의 무참한 좌절을 보여줄 뿐만 아니라 처절한 파멸
과 패배도 보여준다.

3. 신념과 역설의 부조리

인간은 흔히 자신이 옳다고 믿는 것이 사실은 옳지 않으며, 부조리하기
까지 하다는 사실을 망각한 채 살아가는 경우가 가끔 있다. 그럴 듯한
이유로써 자신의 입장과 처지를 합리화하지만 사실 그것이 정말 옳은
것인지에 대한 판단이 서지 않은 상태에서 말하고 행하는 경우도 종종
보게 된다. 이로 인하여 자기도 모르게 불행에 빠지는 인물들을 우리는
소설에서 자주 목도하게 된다. 그리고 그 옳다고 믿는 바가 진실하다
하더라도 결과적으로 의도와는 달리 나타나는 현실 앞에서 절망하게 되
는 캐릭터도 자주 보게 된다. 신념이 화(禍)가 되어 돌아오는 역설의 동네
에 살고 있는 작중 인물들을 김동인은 또한 극명하게 보여주고 있다.

1) 〈송동이〉

(1) 예속성(隸屬性)이라는 신념

송 서방(송동이)은 황진사댁에서 나서 자라고, 그 집에서 춘심이와 결혼했으며, 그 이후 네 대째 머슴 겸 한 식구로 살아오고 있는 사람이다. 송 서방이 춘심이와 결혼했을 때 그들 부부는 황진사의 배려로 속량되어 따로 나가 독립된 가정을 이루고 살 수 있었으나 굳이 마다하고 그 집에서 살아왔다.

이러한 사실 속에는 송 서방의 중요한 성격이 나타나 있다. 그것은 그의 모든 삶의 의미와 삶의 방식이 이 집을 중심으로 해서 이루어졌기 때문에 이곳을 떠나서는 다른 환경에 적응하기 어려운 인물이라는 것을 말한다. 객관적으로 보면, 그는 예속적이며 행동의 자유가 제한되는 생활을 하고 있는 사람이다. 인간의 보편적인 성향으로 본다면 그는 분명히 특이한 성격의 소유자며 독특한 행동 방식을 보여주는 인물이다. 우리가 보아온 대부분의 작중인물들은 자기가 처해있는 상황으로부터 벗어나려고 애쓰는 모습을 보여주고 있는데 반해 송 서방은 그 역(逆)의 모습을 보여주고 있기 때문이다. 이러한 그의 성격은 그의 행동과 운명을 결정하게 된다. 그 집이 그의 탄생과 성장, 결혼과 부모의 죽음이 이루어진 삶의 보금자리라 하더라도 또 다른 자유의 공간이 약속되어 있음에도 불구하고 그 집을 떠나지 않는 것은 그의 성격이며, 이것이 그가 아이러니의 희생자가 되는 원인이 되기도 한다. 그는 자신의 행동과 그 결과에 대하여 의문과 회의를 갖기는 하지만 그것을 해결하는 어떤 모습과 변화를 보여주지 못한다는 점에서 평면적 인물에 가깝다.

아이러니의 전형적인 희생자는 시간과 사물에 사로잡히고 있으며, 맹목
적이고 우발적이며 제한되고 구속되어 있으며, 그리하여 이것이 처해 있는
궁경이라는 것을 전연 모르고 자신감에 사로잡혀 있는 것으로 보이는 인간
인 것이다.6)

이 인용문은 거의 송 서방의 경우에 일치하는 내용을 진술하고 있다.
그는 그가 지나온 세월과 고양이에 사로잡혀있는 인물이며 황진사댁의
규범 속에서 제한되고 예속된 삶을 살아가는 인물이다. 몰락한 황진사
댁에서 아내 춘심이까지 잃고 무의미하고 아무런 낙(樂)도 없는 생활을
하면서도 그는 자신이 처한 상황의 극한성을 모르는 채 살아가고 있다.
그리고 그는 자신은 언제나 주인댁 식구들을 위하여 무엇인가를 해야
하고, 그것이 이 세상에서 자신이 해야 할 유일한 책무라고 믿어 의심
치 않는다. 이것은 앞으로의 사건 전개 과정에서 밝혀질 것이지만, 송
서방의 아이러니가 필연적이라는 것을 보여주고 있다.

(2) 순수와 무지의 역설

송 서방은 장에 간 길에 장난감 가게에서 칠성이를 생각하고 장난감
총을 하나 사게 된다. 칠성이가 즐거워하면 집안 식구 모두가 웃음을
띠게 될 것이라는 판단에서였다. 그러나 그의 이러한 호의(好意)는 무참
하게도 원망으로 되돌아오고 말았다. 그 총을 들고 재미있게 노는 칠성
이를 바라볼 때만 해도 송 서방은 자신의 생각이 맞았음을 알고 너무나
기뻐서 어찌할 줄을 몰랐다. 고양이를 희롱하며, 기쁠 때면 하는 버릇
대로 고양이를 번쩍 들며 '논 사 줄까, 밥 사 줄까'할 때만 해도 그는
그에게 돌아올 고약한 운명의 장난을 알지 못했다. 이것은 송 서방이

---

6) D. C. Mueke, *"Irony"*, 문상득 역, 서울대학교 출판부, 1982, p.64.

어리석어서가 아니라, 앞일을 내다볼 수 없는 인간의 비극적인 운명 때문이므로 어찌할 수 없는 일이다. 그러나 우리는 송 서방이 검은색 총을 살 때부터 그가 총을 사면서 갖는 기대는 이루어질 수 없을 것이라는, 아니 오히려 어떤 불행으로 그에게 되돌아올지도 모른다는 불길한 예감을 가질 수 있었다. 근본적으로 아이러니는 우리 독자가 위에서 내려다 볼 수 있는 인간 행동 속에 존재하기 때문이며[7], 작가의 배려로 복선을 통하여 그러한 암시를 받았기 때문이기도 하다.

총에 싫증을 느낀 칠성이가 총을 해부하다가 튀어나온 쇳조각으로 하여 뺨에 상처를 입게 되었다. 이것은 아직 결정적 사건은 아니지만 우리는 여기서 송 서방의 명백한 아이러니를 목격하게 된다. 송 서방은 이미 운명 지어져 있는(독자들도 알고 있는)것에 대해서 전연 모르는 자라는 점에서 아이러니의 희생자다. 그는 자신이 한 일의 결과를 알고 난 뒤 무참한 회오에 빠진다. 그는 자신의 의사와는 관계없이 불행한 결과가 초래된 것에 대한 깊은 책임감을 느끼며 괴로워한다. 검은 약으로 상처를 다스리면서 한 일주일 신고를 겪고 난 뒤 뺨에서 고름을 한 공기나 내고서야 도련님의 병세는 좀 차도가 있었다. 그 동안, 전에도 늘 그랬지만 더욱 송 서방에게 말을 거는 사람이 없었다. 그는 그것이 더욱 민망스러워 견딜 수가 없었다. 아직까지는 그 정도가 심하지는 않지만 이 사건을 계기로 하여 그는 서서히 고립된 인간의 불행 속으로 빠져들어가게 된다. 도련님의 병세에 차도가 생긴 날 그는 모처럼 편하게 누워 잠을 청했으나 흉몽에 시달리며 소스라쳐 놀라곤 하는데, 이것은 앞 사건에 대해서 그가 느끼는 심한 자책감을 나타내는 동시에 앞으로 닥쳐올 사건에 대한 불길한 예감을 나타내는 구실을 하고 있다. 이 부

---

7) N. Frye, 앞의 책, p.34.

분에서 사건과 사건의 연계를 교묘한 방법으로 성립시키는 작가의 재능이 잘 나타나있다.

그 다음 사건은 송 서방을 파멸로 몰고 가는 결정적 계기가 된다. 흉몽에 시달리다가 잠에서 깨어 소변을 보러 밖에 나왔다가 노마님 방에 강도가 든 것을 보고 그 강도와 격투를 해서 붙잡아 경찰에 넘긴 사건(강도가 둘이었으나 하나는 도망쳤다)이다. 사건 자체는 왕왕이 있을 수 있는 일이고, 도둑을 잡아 경찰에 넘기는 것도 하등 이상할 것도 없지만, 송 서방의 경우는 악연(惡緣)이 악연을 낳는다고 이 당연한 듯한 일의 결과가 불행으로 되돌아오게 된다. 강도를 잡고 빼앗겼던 장물도 도로 찾게 되자 집안에는 좀 따뜻한 기운이 돌았다. 강도와의 격투에서 입은 상처 때문에 누워있는 송 서방의 방에 평소에는 얼씬도 않던 노마님이 문병까지 오게 되었다. 송 서방은 너무나 황송한 나머지 말까지 더듬으면서 자신이 한 일에 스스로 감격해 했다. 아닌 게 아니라 그 사건 이후 집안사람끼리의 사이가 전과는 아주 달랐다.

이러한 집안의 분위기는 송 서방이 얻은 전리품이다. 자기가 얻은 전리품을 보는 기쁨 때문에, 그리고 다시 이들을 위하여 무엇인가 해야 된다는 생각 때문에 그는 더 이상 누워 있을 수가 없었다. 일견 강도 사건은 이 집안을 회생시키는 전화위복의 계기가 된 것 같지만, 이것은 송 서방과 그 집안의 불행을 뒤에 감춘 전경(前景)과 같은 것이다. 송 서방은 미구에 자신에게 찾아올 불행과 파멸은 생각지 못한 채 강도를 잡은 일에 흡족해 하며 아픈 것도 잊고 오랜만에 집안을 깨끗이 치웠다. 앞의 사건에서 보았지만 이런 점에서 송 서방은 역시 아이러니의 희생자다. 자신이 한 일은 당연히 그래야만 될 일이며[자신감], 그 결과 집안에는 생기가 돌게 되었으니[외관(外觀)을 그대로 믿음] 우선은 기쁠 수밖에 없겠지만, 그것이 자신에게 앙화가 되어 돌아올 것이라는 것을 전연 모르고 있다[현실에 대한 무지]는 것이다.

이 순진무구한 자신감, 외관과 현실(외관 뒤에 숨은 진실)의 차이에 대한 무지야말로 아이러니의 주인공이 우리에게 보여주는 그의 전형적인 모습이다. 강도 사건으로 하여 송 서방에게 돌아오는 불행이란, 도망갔던 강도가 잡힌 자기 형의 원수를 갚는다고 송 서방을 찾아왔다가 그가 집에 없자 대신 칠성이를 죽이고 간 사건을 말한다. 송 서방은 무엇인가 주인 식구들을 위하여 일하지 않고서는 못 배기는 성미다. 그는 자진해서 소작농들을 돌아보고 오마고서 집을 떠난 지 닷새 만에 돌아왔고 사건은 그 사이에 일어났던 것이다. 그런 사실을 모르는 송 서방은 다녀온 일의 자초지종을 노마님과 아씨에게 성의 있게 고해바치지만 두 사람에게서는 의외로 아무런 반응도 없었고, 잠시 후 "송 서방이 우리 칠성이 잡아먹을 줄을 누가 알았나"하는 아씨의 말과 울음이 터져 나왔다. 이어지는 "도둑놈을 잡았으면 매깨나 때려 보내디이, 경찰서는 무슨 경찰서야아"하는 아씨의 말은 송 서방을 어리둥절하게 했다. 행랑사람에게서 사건의 전말을 들은 송 서방은 망연자실할 수밖에 없었다. 송 서방이 오랜만에 뜰을 치우고 풀을 뽑으면서 혼자 뇌까린 "그놈 한 놈 놓쳐서 분해서……"라고 한 말은 그의 운명을 절묘하게 암시하는 말이었다. 이제 송 서방이 그렇게 자랑스러워했고 흐뭇해했던 강도 사건은 잠시 송 서방과 주인집 식구들에게 기쁨을 주었을 뿐. 오히려 그것은 큰 앙화가 되어 그들에게 돌아왔고 그들은 모두 불행해지고 말았다. 특히, 송 서방은 자신의 행위가 몰고 온 엄청난 비극으로 인하여 헤어날 수 없는 회한에 빠지고 말았다.

송 서방은 예속성이라는 성격에 얽매임으로서 아이러니의 희생자가된 인물이다. 송 서방은 인생을 지배하는 아이러니의 원리에 철저히 유린당한 인물이다. 크게 보면 송 서방의 탄생에서 마지막 장면까지의 그의 삶의 역정이 하나의 커다란 아이러니의 구조물이다. 평생을 봉사하고 헌신한 결과가 소외와 불행으로 끝난다는 것이 그것이다. 이러한 송 서방의 아이러니가 요약적으로 선명하게 나타나는 것이 총 사건과 강도 사건이다. 이 두 사건은 모두 송 서방(송동이)의 선의나 호의가 참담한 결과로 되돌아오는 아이러니의 핵심을 보여준다. 예상과 결과의 불일치라는 아이러니의 원리가 송 서방을 아이러니의 희생자로 만든 것이다. 그는 신념과 역설의 부조리라는 상황에 의해 불행해진 인물이기도 하다.

2) 〈명문(明文)〉

(1) 가면(假面)과 가면의 평행선

〈명문〉은 전통윤리와 기독교윤리의 대립과 아버지와 아들의 대립이라는 별로 새롭지 않은 문제를 스토리의 골격으로 하고 있는 작품이다. 아버지와 아들의 대립은 염상섭의 〈삼대(三代)〉에서도 그 대표적인 예를 볼 수 있거니와, 인간의 대립 구조의 원형적(原型的) 양상이기도 하다. 전통윤리와 기독교의 대립은 기독교 전래 이후 오늘에 이르기까지 해결되지 않고 있는 드물지 않게 볼 수 있는 갈등의 양상이다. 어떻게 보면 전연 새롭지 않은 오히려 진부하기까지 한 이 제재가 이 작품에서는 인간의 가장 고통스러운 문제에 연결됨으로써 독특한 의미망을 형성하여 보여주고 있다. 〈명문〉의 제재가 인간의 고통스러운 문제에 연결된다고 하는 것은 아버지와 아들이 각각 지니고 있는 페르조나가 영원한 평행선을 유지함으로써 양자가 함께 그 희생자가 될 수밖에 없었다는 작중현실을 두고 하는 말이다. 페르조나(persona)란 원만한 사회생활과 인간관계를 유지하기 위하여 선택하거나 부여받은 태도, 역할

을 의미하는 것으로 그것은 경우에 따라서 잠시 벗어버릴 수도, 바꾸어
쓸 수도 있는 가면과 같은 것이다. 그렇게 하는 것은 결코 위선일 수도
없고, 이중인격일 수도 없는 것이다. 오히려 하나의 페르조나에 고착되
어 버리는 것이 위선이나 이중인격을 낳을 가능성이 더 큰 것이다.

그런데 이 작품의 아버지와 아들은 서로의 페르조나를 순수한 인간
으로서의 자기로 동일시(persona identification)함으로써 건너기 어려운
단절의 강을 만들어 버렸다. 이러한 잘못 형성된 페르조나(ill-formed
persona)의 근저에 아들의 아버지에 대한 적대감이 놓여 있음을 보여주
고 있다. 페르조나 간의 대립은 오히려 표면적인 것이고 아버지와 아들
의 대립이 보다 근본적인 문제라고 생각해도 무방하다. 바꾸어 말하면
아들의 아버지에 대한 적대감이 아버지의 아들에 대한 적대감을 불러
오고, 그 적대감으로 말미암아 서로의 페르조나를 더욱 두텁게 하게
되었다고 할 수 있다.

이 두 사람은 서로를 가엾게 여기는 휴머니티를 끝까지 유지하지만
특히 전 주사(아들)의 경우 그것은 자신이 아버지를 배신한 패륜아라는
죄책감을 합리화하려는 한 기제(機制)에 불과하다는 것을 그 어머니와의
관계(전 주사는 어머니를 죽이게 된다)가 증명하고 있다. 아들에게 있어 그
아버지는 아들식대로 변화되거나 아니면 극복되어야 할 대상이었기 때
문에 그 아버지에 대항하기 위한 무기로서 기독교라는 페르조나를 두텁
게 하고 있다고 볼 수 있다. 그 아버지는 아버지대로 외아들을 빼앗아간
기독교가 밉기 때문에 전통윤리의 가면(mask-persona)을 더욱 두텁게
하고 그 아들을 미워하는 것이다. 이들에게 있어 페르조나는 살아가기
위한 적응방식이 아니라 자기의 성(城)을 지키는 방패이며 상대를 극복
하려는 전략과 같은 것이다. 페르조나로 무장한 대부분의 사람들이 그
렇듯이 그들도 자신이 먼저 가면을 벗어던지고 화해를 모색하기보다는

상대방이 자기의 페르조나에 굴복하기를 요구하고 있다. 그러한 상태가 계속된다면 결국 그들 사이의 화해는 영원히 이루어 질 수 없음은 자명하다. 그들은 페르조나가 제대로 형성되지 않은 사람들이 사회에 잘 적응하지 못하고 정상적인 인간관계를 맺지 못하여 정신병리적인 행동을 보이는 것과 마찬가지로, 그것이 지나치게 견고하여 그야말로 옷과 피부를 구별하지 못하는 상태가 되면 인간관계에 단절이 오고 그 결과로서 소외와 불행의 주인공이 될 수 있음을 잘 보여주고 있다.

그리고 이러한 인물들은 성격의 변화와 발전을 보여주지 않는다. 그것은 작자의 어떤 의도에서 기인하기도 하지만, 본질적으로 '역할(役割)과 자신을 동일시하는 데서 오는 비인간성(a role-identified non-personality)'이 빚어내는 필연적인 결과이기도 하다. 그들은 자신이 생각하고 있는 것이나 하는 행동이 적어도 페르조나의 세계의 도덕률에 일치한다고 믿고 있기 때문에 반성하거나 교정하려고 하지 않는다. 그 결과로서 그 생각과 행동이 보편적인 도덕률이나 인간성에서 크게 벗어나게 될 가능성이 있고, 따라서 그들은 조소(嘲笑)와 비난의 대상이 될 수 있다. 여기에서 풍자(諷刺, satire)가 발생한다. 김동인은 어느 정도 풍자를 의식하고 이 작품을 쓴 것으로 보인다. 기독교에 대한 비판적인 태도가 눈에 띄고 있기 때문이다. 우선 문체부터가 경어체로 되어 있다는 점에서 그것을 감지할 수 있다. 그리고 어조(tone)가 다분히 냉소적(sardonic)이며, 작자가 도덕적 판단을 하는 위치에 서 있음도 보여준다.

또, 이 아버지와 아들, 특히 아들이 봉착하게 되는 결과(사형 당함)를 보면, 그가 영락없는 아이러니의 희생자임을 알 수 있다. 이것은 어느 정도 이 작품의 풍자적 성격과 연관되는 것으로서, 페르조나의 희생자가 도달하게 되는 필지(必至)의 결말이라 할 수 있다. '풍자가 공격적 아이러니'8)라는 프라이의 지적도 있지만 전주사의 오도된 페르조나는 아이러니적 상황을 만들어 내기에 충분한 것이다.

(2) 왜곡된 가면의 비극성

아버지(전판서) 사후 또 십여 년이 지나 아내의 나이 사십이 가까워오는 데도 전 주사 내외 사이에는 후사(後嗣)가 없었다. 여기에서부터 이 집안에도 마귀의 장난이 시작되었다. 칠십이 넘어 노망기(老妄氣)가 있는 어머니가 "계집년이 방정맞으니깐, 아들 하나도 못 낳고 매일 하느님, 하느님 … 하느님이 제 서방이야"라고 괴변(怪變)과 같은 말을 지껄이는 것이다. 전 주사는 하느님 아버지께 죄를 짓는 이 말 때문에 어쩔 줄 몰라 하며 어머니를 위하여 기도했다. 어머니는 후사가 없는 것은 하느님 때문이라 생각하는 것이고, 전 주사는 그러한 어머니의 생각이 너무나 불경스럽고 무서운 것이라 생각한다. 이것은 그 아버지의 전통 윤리와 전 주사의 기독교 윤리간의 대립의 또 다른 양상에 다름 아니다. 이러한 전 주사와 어머니의 대립은 또 한 번 전 주사의 페르조나에 시련을 안겨주게 되며 전 주사를 구제불능의 상황으로 이끌어가게 된다.

어머니는 아들 부부를 원망하기도 하고 울기도 하며 전 주사를 괴롭혔다. 심지어는 밤중에 계집종을 전 주사 방에 들여보내는 일까지 생겼다. 간음하지 말라는 십계명을 어기는 무서운 일을 어머니는 아무렇지도 않게 요구했다. 그런가하면 자기라도 아들을 낳아서 이 집의 대(代)를 잇게 하겠다고 드나드는 사람들에게 얌전한 영감 하나를 구하여 달라기까지 했다. 이 모든 어머니의 행동은 누가 보아도 망령임에 틀림없지만 어머니의 입장에서는 다분히 일리가 있는 일이라 할 수 있다. 가문의 대가 끊어지는 것을 차마 보지 못하는 것이 한국인의 전통적, 보

---

8) Frye, 앞의 책, p.223.

편적 성향이라면 어머니도 거기에서 예외일 수는 없고, 더욱이나 어머니는 아버지와 같은 전통 윤리의 페르조나를 가지고 살아온 사람이다. 그러한 어머니이기에 비록 노망이 들었다고는 하지만 후손을 못 보는 안타까움을 그렇게 표현하는 것은 당연한 일인지도 모른다. 이 어머니에게는 가문이나 후손 같은 것에는 관심이 없이 언제나 하느님만 찾는 아들 부부가 증오의 대상이 되지 않을 수 없다. 그러나 전 주사는 전통 윤리 같은 것은 무가치한 것이며 오히려 하느님에게 죄가 될 뿐이라는 페르조나를 가진 사람이기에 그 어머니의 행동을 이해하지 못하고 망령으로만 간주한다.

그는 자신의 페르조나 뒤로 더욱 꼭꼭 숨기만 할 뿐, 그것을 벗어 볼 엄두조차 내지 않는 것이다. 아니, 이미 그는 페르조나를 벗을 수 없는 화석화(化石化)된 인간이라고 보는 것이 타당할 것이다. 페르조나가 강화되면 반대로 그 '그림자'는 더욱 어두워진다고 한다. 어두워진다는 것은 억압된 상태를 의미한다고 본다면 억압된 그림자는 항상 출구를 모색하게 되며, 투사(投射, projection)라는 심리기제에 의하여 출구를 얻게 된다고 한다. 전주사가 그 아버지에 대항하고 극복하기 위하여 그의 페르조나를 강화하면 할수록 그 극복의지는 더욱 억압될 수밖에 없고 억압된 극복의지는 투사될 채비를 갖추게 된다. 그런데 그림자의 투사는 가까운 동류(同類)의 사람에게로 향하는 경향이 있다고 한다. 전 주사에게 가까운 동류의 사람은 그의 아버지다. 그들의 페르조나는 서로 다르지만 그것을 이해하고 운용하는 방법에서는 두 사람이 같다고 볼 수 있다. 결과적으로 전 주사는 그의 아버지에의 극복 의지를 아버지에게 투사할 수밖에 없다. 전 주사 자신이 아버지를 극복해야 한다고 생각하는 것이 아니라 아버지가 나를 없애려고 한다고 생각하게 된다는 것이다. 이것은 아버지와 아들의 관계라는 원형의 투사에 해당된다. 그리고

어머니는 이 경우 전통윤리라는 가면을 쓰고 있다는 점에서 아버지와
동일시되는 인물이므로 어머니도 결국은 극복의 대상이 되고 만다.

> 역할과 자신을 동일시하는 비인간성(a role-identified nonpersonality)
> 은 인간적, 도덕적, 책임 의식의 발달을 저해한다. 그런 사람은 그 자신의
> 윤리적 원칙, 혹은 인간적 감정과 가치기준을 갖지 않으며 집단적 행동윤리
> (colletive morality)와 규정된 관례(prescribed manners)뒤에 자신을 숨긴
> 다. 또 그들에게는 모든 것이 미리 판에 박은 양식(stereotyped fashion)안에
> 놓여져 있는 것이기 때문에 양심의 가책을 받지 않는다.[9]

전 주사는 일찍부터 페르조나와 자신을 동일시함으로써 윤리적 원칙
(ethical principles)과 인간적 감정(personal feelings)을 상실했으며 자신의
개성적인 가치 기준도 만들어 갖지 못했다. 그는 자신이 소속된 사회
집단(기독교 사회)의 행동 원리와 관례를 제대로 이해하지 못하고 있으며
피상적인, 판에 박은 기독교의 겉모습을 진실로 곡해하여 행동하기 때
문에 양심의 가책도 느끼지 못하는 인물이다. 그는 '벌써 송장으로 볼
수 있는 어떤 몸집'에 조금 손을 더하여 그 어머니를 독살하고 만다.

그는 자신의 페르조나를 지키기 위하여 어머니를 희생시키고, 자신
도 영원히 구원될 수 없는 윤리적 파멸에 이른 것이다. 전 주사는 잘못
형성된 페르조나, 동기적인 면에서 부도덕한 페르조나와 자기 자신을
동일시함으로써 그 순수한 인간성을 상실하고 나아가 사랑하는, 사랑
해야 할 모든 사람들과의 관계마저도 상실해 버린 비극적인 인물이다.
전 주사는 그가 자신의 페르조나로서 선택한 기독교, 또는 기독교적
윤리에 대한 충분한 이해가 없이 그것을 맹목적으로 신봉하고 따르는
데서 오는 불행을 보여주는 인물이기도 하다. 이러한 신앙은 인간을

---

9) E. C. Withmont, *"The Symbolie Quest"*, Princeton University Press, 1978, p.158.

위선적, 자기 기만적으로 만들 가능성이 크다. 아버지로부터 자기를 방어하고, 그로부터 벗어나기 위해, 그리고 나아가 역설적이긴 하지만 그 아버지를 위해 기독교를 선택한 전주사의 일련의 행동에서 우리는 그러한 현상을 엿볼 수 있다. 부언하거니와 전 주사는 잘못 형성된 페르조나와 그 신념으로 희생된 역설적인 인물인 것이다.

4. 결어

여기에서 다루고 있는 김동인의 소설들은 대체로 김동인의 소설관(小說觀)에 충실한 작품들이다. 시간과 공간, 인물과 사건이 현실성에 기초를 두기보다는 온전히 작가의 상상력과 작가적 의도에 의해 조작되고 조종된다는 점에서 이 소설들은 이른바 인형조종술에 근접한 모습을 보여준다. 특히 〈광화사〉나 〈광염소나타〉는 그 임의성과 비현실성이 허구의 한계를 넘어선 듯한 느낌까지 줄 정도이다. 이런 점에서 보면 소설의 진실성에 대하여 우리가 가지고 있는 어떤 믿음이 손상되는 일면도 있지만 동시에 김동인 류의 그 허구적 진실이 지니는 거대한 설득력을 확인하게 되기도 한다. 김동인의 다른 소설들, 예컨대 〈감자〉나 〈태형〉이 보여주는 진지한 비평정신과는 또 다른 의미의 비장함을 이 작품들은 갖추고 있다는 점에서 긍정적으로 평가되기도 한다.

〈유서〉의 '나'는 전능자적인 위치에 서기를 소망하는 인물로서, 현실적으로 불가능한 일을 획책함으로써 스스로 패배의 늪에 빠지는 우(愚)를 범하고 있다.

이 작품에서의 '나'는 우리에게 진정한 자존심의 한계는 어디까지인가를 생각하게 하는 인물이다. '나'는 집요하게 진정한 자존심을 추구하고 그것의 손상은 죽음보다도 참을 수 없다는 사고방식이 우리 모두에게도 잠재해 있을 수 있다는 가능성을 보여주는 인물로 보아도 좋을 것이다. 아울러 '나'는 빗나간 자존심이 얼마나 무섭게 인간성을 파괴하는가를 극명하게 보여주는 인물이기도 하다.

〈광화사〉와, 본고에서는 언급되지 않았으나 〈광염소나타〉는 김동인의 예술의식을 반영하고 있다는 점에서 〈유서〉와 일맥상통하는 작품들이다. 특히 〈유서〉에서 예수와 마귀의 그림이 그려지는 과정에서의 O의 심경과 솔거가 미인도를 추구해가는 심리적 국면, 그리고 백성수가 위대한 음악을 얻기 위하여 행하는 범죄적 행위들은 모두 극단적인 고통과 고뇌로 점철된다는 점에서 공통점을 지니고 있다. 또한 이러한 고뇌와 고통은 하나의 위대한 예술이 탄생되기 위해 예술가가 겪어야 하는 탐색의 어려움과 그 비밀스러운 과정에 대한 동인의 이해를 보여주고 있다. 특히 솔거와 백성수가 각각 예술적인 면에서 혹은 인간적인 면에서 실패하는 모습을 보여줌으로써 유미적인 예술관의 한계를 동인 스스로 인식하고 있음을 보여주고 있기도 하다. 요컨대 솔거와 백성수는 모성(母性)에 대한 추구와 좌절을 정확하게 보여준 인물이며, 〈유서〉의 '나'와 함께 지향과 패배의 모순성 - 그 운명위에 자리 잡고 있는 인물들이다.

이와는 달리 좀 더 진지하고 분석적인 태도로 인간과 삶의 진실을 캐보려고 한 작품이 〈송동이〉와 〈명문〉이다. 송동이와 전 주사는 명백하게 아이러니적인 인물들로서 인간이 조우하게 되는 비극성의 전형을 보여주고 있다. 최선이라 믿었던 것들이 악의적인 결과로서 눈앞에 나타나게 될 때 느끼는 망연자실함이 우리를 긴장하게 만드는 작품들이고, 그 중심에 서 있는 인물들이 바로 송동이와 전 주사다. 〈송동이〉의 경우는 순진과 무지의 결과로서, 그리고 그의 성격적 특징인 예속성으로 인하여 아이러니의 늪에 빠지게 되는 인물로서 보다 객관적으로 그려진 캐릭터다. 여기에 비하면 〈명문〉의 전 주사는 잘못 이해된 기독교적 가치관으로 인하여 모친을 살해하고 죽음을 맞게 되며, 저승에 가서는 지옥에 떨어지는 불행한 인물로서 다분히 주관적, 풍자적으로 그려진 인물이다. 이들은 모두 자신이 옳다고 믿었던 것들에 의해 기만당하는 역설 위에 자리 잡고 있는 캐릭터들이다.

김동인은 어찌 보면 평범하달 수 있는 캐릭터의 모순성과 부조리한 생의 모습(운명)을 성격적 결함을 지닌 인물들을 통해 하나의 진실로써 우리 앞에 제시하고 있는 것인지도 모른다.

전통적 소설 담론의 유효성에 대하여

1. 머리말

소설을 담론구조로 파악할 때 현저하게 눈에 띄는 것은 길 찾기와 깨달음의 의미망이다.

길 찾기는 이른바 탐색(quest)의 과정을 걸어가는 모습이고, 깨달음은 떠남과 만남의 결과물이라 할 수 있다. 탐색은 자기 정체성의 확인에 그 목적이 있고 깨달음은 체험의 끝에서 도달하게 되는 어떤 발견의 단계다. 그런 의미에서 탐색과 발견은 정체성 확인을 위한 시작과 과정이며 그 결과의 관계에 놓여있다. 즉, 탐색은 정체성 확인을 위한 시작이며 그 과정이고, 발견은 그 과정을 통하여 얻게 되는 어떤 결과라는 것이다.

본질적으로 탐색은 고통과 절망을 수반하는 자기실현의 과정이다. 자기실현(self-realization)이란 자기답게 사는 길을 발견하고 자기를 자기로서 세우는 작업이라고 한다면 그것은 동일성의 회복(regaining of identity)과 그 의미가 다르지 않다. 따라서 이러한 것을 위해서는 어딘가로 떠나고 무엇인가를 체험하고 고뇌하며 절망의 미로를 헤매는 인간의

모습을 등장시킬 수밖에 없는 것이다. 소설이 어딘가로 떠나는 것으로
부터 이야기가 시작되거나 다음 단계로 이어지는 것은 담론의 생리로
보아 불가피한 일임을 알 수 있다.

이 떠남으로부터 시작되는 길 찾기, 혹은 탐색은 전통적인 소설들이
가장 즐겨 취하는 이야기의 구성 방법이다. 이야기의 시작과 중간과
결말이 명료하게 나타나고 전후의 사건 전개에 인과율이 적용되며 성
격의 발전이 확연하게 드러나는 이 담론적 구조는 그 어떤 언술구조보
다도 설득력이 있기 때문이다. 인간이 가치 있게 살기 위해서는 그 길
을 바르게 찾아야 하며 거기에 도달하기까지 자신을 잘 다스릴 줄 알아
야 한다든지, 그러나 결국 인간은 고독한 존재이기에 그 과정에서 부딪
히는 모든 고난을 혼자 감당해 나가야 한다든지 하는 명제적 메시지의
전달 방법으로는 더 이상 적합한 방법이 없다는 것이다.

이러한 19세기 이래의 소설적 전통이 이제는 중대한 도전에 직면하
고 있음도 사실이지만 우리가 소설을 소통 가능한 의미 전달의 체계로
이해하는 한 이러한 담론적 특성에 의지하여 소설을 논의하지 않을 수
없음도 명백한 사실이다.

2. 떠남과 만남에서 얻는 깨달음

소설에서 이야기가 성립되기 위해서는 우선 주인공이 어떤 동기에
의해 길을 떠나거나 누군가를 만나야 한다. 어딘가를 향해 떠나서 무엇
인가를 보고 듣는 과정을 통해 어떤 깨달음을 얻게 되는 것, 또는 누군
가를 만나 그와의 관계를 통해 새로운 세계를 보게 되는 것이 소설적
이야기의 전형적인 틀이다. 떠나고 만나는 것과 어떤 깨달음을 얻게

되고 새로운 무엇을 보게 되는 과정을 우리는 편의상 체험이라 부르고 있다. 떠나고 만난다는 관점에서의 체험의 개념은 이야기를 구성하기 위한 비상(非常)한 재료와 조건이라는 의미를 지닌다. 어떤 소설도 이 평범한 원리에서 벗어날 수 없기도 하지만 이는 또한 소설이 스스로 찾아가는 그의 길이기도 한다. 체험의 끝은 깨달음과 발견이다. 그래서 최재서는 이를 일러 '전일적(全一的), 유기적으로 활동하는 생명과정'이라고 했다. 인간다운 삶을 추구하는 행위의 전 과정이 체험되고 그 끝에 어떤 깨달음 혹은 발견이 놓여있다는 것이다.

소설은 궁극적으로 어떤 의미를 만들어 독자 앞에 제시해야 한다는 책임의식이 강할수록 체험의 끝부분에 큰 비중이 놓여진다. 이십세기적인 소설 문법이 아직도 유효한가 하는 의문이 중요한 화두가 되어있을 뿐만 아니라 새로운 형식에 대한 탐구가 뜨겁게 이루어지고 있는 이 시점에서 위의 논의는 자칫 무성의한 한담이 될지도 모른다. 그러나 소설이 이야기의 형식으로 존재하는 한 이 기본은 소설의 큰 기둥으로서 남을 수밖에 없다는 믿음을 우리는 쉽게 버릴 수 없다. 구시대의 원론이면서도 새로운 소설의 시대를 전망하는 근거가 될 수도 있기에 우리는 자주 여기에 의지하여 소설을 말하게 되는 것이다.

이러한 체험이 가장 두드러지게 나타나는 소설의 한 형식이 이른바 로드로망, 즉 여로형 소설이다. 〈톰존스〉류의 피카레스크식 소설과 최근 얼마 전까지만 해도 상당한 유행을 보였던 해외여행기적 소설, 그리고 범위를 넓혀 최인훈의 〈웃음소리〉, 혹은 이순원의 〈은비령〉류의 소설 등을 여기에 넣을 수 있을 것이다. 이 중에서도 재료로서의 작가의 체험이 아니라 주인공의 체험과 깨달음이라는 관점에서 보면 〈웃음소리〉와 〈은비령〉류의 소설에 그 대표성이 강하게 나타나고 있다고 할 수 있다.

윤석원의 〈세번째 춤 이야기〉(《창조문학》, 1998년 겨울)는 〈웃음소리〉류의 회귀형(回歸型) 소설이라기 보다는 〈은비령〉류의 회고적 기록형이라 할 수 있는 소설로서 역사와 시대를 염두에 두면서 한 가족과 개인의 의미를 사슴 모양의 이야기 구조로 풀어나간 점이 돋보이는 작품이다. 현재의 시점을 빼고 나면 동생 춘오를 중심으로 하는 축약된 가족사가 중심내용이 되는 작품이다. 주인공 춘길이 민속 명절인 설을 맞아 귀성 열차를 타면서 그 열차의 진행 과정을 따라 가족과 자신의 이야기를 엮어가는 구성을 보여준다. 김문수의 〈성흔(聖痕)〉에서 이러한 구성의 대표적인 예를 볼 수 있다. 마음에 내키지 않는 귀성, 지금까지 무관심과 소극적인 태도로 일관해 온 자신의 생활태도, 아버지의 춤과 폭력, 그 폭력에 의해 불구가 된 동생 춘오, 춘오를 향해 흘리는 어머니의 피눈물 등이 가족사의 골격을 이루고 있다. 동생 춘오가 교도소에 있으면서 아프다는 아버지의 전언 때문에 마지못해 떠난 귀성길은 열차의 진행 과정과 시간에 따라 10개의 단위로 이야기가 나누어지며, 그 사이에 열차 내 풍경과 회고 내용이 교대로 나타나는 모습을 보여준다. '열차가 몇 차례 용트림하듯 꿈틀거리더니 서서히 미끄러졌다', 또는 '열차가 수원역을 출발했다'로 이어지면서 '시간은 새벽 3시 30분이었다.'로 마감되는 이 구조는 사슴 모양으로 배열되는 이야기의 한 전형을 보여주고 있다.

이 사슴 모양으로 배열되는 이야기는 평범하게 말하면 어떤 이야기 속에 다른 이야기가 섞여 들어가면서 한 고리를 형성하는 현대 소설의 일반적인 이야기 구성의 한 방법이지만, 소설의 메시지를 입체화 내지 심화시키는 데는 아주 유용한 방법으로 알려져 있다. 표면으로 드러나는 의미와 그 뒷면에 자리 잡고 있는 의미 사이의 상호 견인력에 의해 상징성이 나타나기도 하고 의미의 심화를 가져오기도 하면서 소설의 전달 효과를 높인다는 것이다.

이 작품은 사방형 어항에 살고 있는 흑출목금(검은색 금붕어-검붕어로 명명함)과 주인공인 춘길과 춘오를 그 표면과 이면으로 하면서 메시지를 형성해가는 기법을 보여주고 있다. 어항속의 흑출목금을 보면서 아버지와 어머니와 춘오를 잊을 수 있다고 하면서도 그 검붕이에게서 무기력한 자신의 모습도 함께 보는 것은 분명 서글픈 아이러니가 아닐 수 없다. 검붕이로 동일시되는 자신의 모습은 현실의 굴레로부터 자유로운 듯하지만 사실은 그 현실에 철저히 구속되어 있음을 역설적으로 드러내고 있는 것이다. 이 부분은 작가가 의도한 아이러니인지 전후 내용의 이질성 때문에 빚어진 혼선인지 분명치 않으나 확실한 것은 이 아이러니를 통해 소설적 상징성이 만들어지고 있다는 점이다. 춘길은 사방형 지하실에서 사방형 어항에 검붕이를 기르면서 살고 있고 춘오는 사방형의 감옥에 들어가 있다. 끝부분에 오면서 이 사방형은 아버지의 굴레이면서 춘오의 고통과 고독으로 연결되고, 춘오는 벽으로 형성된 사방형의 어둠 속에서 사위어가는 모습으로 그려진다. 비록 꿈속의 일이기는 하나 사방형 어항 속의 검붕이의 죽음은 검붕이로 동일시되거나 주인공 자신과 유사한 운명의 소유자로 인식되는 동생 춘오가 처한 비극성을 상징적으로 드러내는 것이다. 그러나 끝부분에서 동생 춘오가 보고 싶다고 한 것은 긴 회고의 여로에서 주인공이 얻게 된 중요한 깨달음이었음은 물론이다. 이 소설은 육이오까지 거슬러 올라가는 그 고리를 연결하여 인간을 구속하고 불행하게 만드는 어떤 시대의 폭력적인 힘을 그려 보이려고 했다는 점에 또 다른 가치가 있다고 하겠다.

윤진상의 〈금세기(今世紀) 마지막 하루〉(《월간문학》, 1999년 1월호)는 체험의 결과 원상(原狀)으로 돌아오게 되는 주인공의 모습을 보여준다. 마지막 부분에서 주인공(박과장)이 남자(장사장)를 뒤로 하고 돌아선 그

의도가 무엇인지 선뜻 이해되는 것은 아니지만, 그가 본래의 위치로 돌아올 것이라는 추리가 정당한 것이라면 이 작품은 떠남과 회귀의 한 공식을 잘 보여주는 〈웃음소리〉류의 회귀형 소설이라 할 수 있다.

IMF로 인해 직장을 잃거나 사업체가 부도 나버린 사람들의 절망적 심경을 그들이 처한 현실과 그 현실에 대응하는 심리적 국면에 초점을 맞춰 적절히 그려낸 점이 높게 평가된다. 주체하기 어려운 반복되는 일상에서 벗어나고 싶다는 욕구는 누구에게나 있기 마련이지만 생활인으로서의 이러한 느낌은 IMF 실직자들이 보기에는 한 사치에 지나지 않을 것이다. 일상을 떨쳐버리는 것이 아니라, 그것을 살해(殺害)하기 위해 은밀한 장소까지 물색해 놓았다는 이 우회적(迂廻的) 화법에서 우리는 절망과 비애를 확연히 읽을 수 있게 된다. 요컨대 떠남의 동기는 일상을 살해하기 위해서였는데 이는 의문의 여지없이 자살에 대한 충동을 뜻함은 물론이다. 나(박과장)가 그 은밀한 장소에서 조우하게 된 남자(장사장)는 나와는 구별되지만 나와 동류의 인간이거나, 아니면 또 다른 일면을 상징적으로 드러내는 인물이다. 주인공이 죽음을 염두에 두고 그것을 결행할 적절한 장소를 찾았지만 결행 직전 이제 세상에 내던져질 가족들을 생각하고 심한 자책감과 갈등에 빠진 또 다른 자아를 장사장으로 등장시킨 것으로도 볼 수 있다는 것이다. 말하자면 장사장은 주인공의 감추고 싶은 갈등 그 자체이거나 지킬 박사에 대한 하이드씨인 셈이다. 이제 다시 언덕을 기어 올라오는 두 남자의 모습에서 우리는 그들이 어떤 깨달음에 도달했음을 보게 되기도 한다.

이런 인물 구성에 이 소설의 묘미와 장점이 있다. 물론 이런 추정은 두 인물을 동병상련의 처지에 있을 뿐 별개의 인물로 처리하려 한 것이 작가의 의도였다면 억측에 지나지 않겠지만, 그렇다 하더라도 위와 같이 이 작품을 수용하는 것도 훌륭한 이해의 한 방법이 되리라 믿는다.

부드러운 오후의 햇살과 떼 지어 불어오는 바람을 배경으로 하는 절벽 끝, 그 끝에서 우연히 만난 소외된 두 남자, 어떤 그럴듯한 어법과 우회적 표현으로 미화하고 태연을 가장해도 우리는 그들이 흘리는 눈물과 고통을 너무도 쉽게 알아낼 수 있는데, 이는 우리 모두가 공유하는 시대적 아픔에 바탕을 두고 이 작품이 써졌기 때문이다. 고용되지 못한 인간의 비애, 그것은 단순한 경제의 문제가 아니라 현대인이 안고 있는 근원적인 인간 소외의 비극성임을 이 소설은 차분히 우리에게 일러주고 있는 것이다.

한차현의 〈거리의 낯선 화장실〉(《시대문학》, 1999년 신년호)은 만남을 통해 어떤 깨달음에 도달하는 한 인간의 모습을 보여주고 있다. 앞서 본 떠남의 체험이 아니라 만남의 체험이 자연스러운 문체를 통해 잘 형상화 된 작품이다. 어떤 이는 요즘 우리 단편소설이 위기에 처해있음을 크게 우려하기도 하는데, 이는 어찌 보면 문학, 특히 소설의 경제적 위상의 변화에 따른 필연적 귀결인지도 모른다. 다시 말해서 긍정적 의미에서의 상업성을 고려하여 장편소설을 강조하다 보니 단편이 외면당할 수밖에 없고, 자주 쓰지 않으니 그 질이 저하될 수밖에 없다는 것이다. 그 결과로서 소설의 미학적 매력은 없어지고 밀도도 떨어지는 작품이 양산된다는 것이다. 소설이 앞으로 어떤 형식적 변모를 보일지도 모르지만, 충만한 상상력과 탄탄한 주제성과 정확한 문장으로 구성된 단편소설 본래의 모습을 조속히 회복해야 할 것이다.

이 소설은 이런 와중에서 우리가 드물게 보게 되는 단편의 미학을 제대로 갖춘 작품으로 평가된다. 우선 그 자상하고 친절한 문체가 눈길을 끈다. 대화체가 주류를 이루면서도 꼭 필요한 묘사와 설명을 적절히 안배하여 문체의 균형을 이룬 점이 특히 인상적이다. 이것이 이 작품을 산뜻하면서도 탄탄하게 만들어준 하나의 요인이다. 남자는 기억이 분

명치 않은 중학교 동창생 김인석을 만나 저녁 시간을 함께 보내게 된
다. 김인석은 이혼남으로서 그 절망적 일상을 벗어나기 위해 잊고 지내
던 옛 중학교 동창들을 찾아다니는가 하면, 미성년자(여자아이)를 따라
가기도 하는 산만한 행위를 보여준다. 여기에 비하면 안정된 생활을
한다고 할 수 있는 주인공은 심한 변비로 고생하며 하얀 똥을 눈다는
사실에 괴로워하고 있다. 주인공이 배가 아픈 이유는 분명치 않지만,
어떤 일탈적 상황이나 낯선 분위기에서 주로 배가 아프고 변의를 느끼
는 것으로 보아 이는 김인석과는 또 다른 부정적 인식이 그를 사로잡고
있기 때문인 것으로 보인다. 주인공과 김인석은 어쩌면 상반된 원인에
서 출발하지만 결과적으로는 동류의 불안감과 소외의식에 시달리는 자
들이라 할 수 있다. 김인석은 좀 다른 세상으로 가기 위하여, 주인공은
낯선 공간을 피하기 위하여 어떤 행동과 증상을 보여주지만 결과적으
로는 소외되지 않기 위한 몸짓이라는 점에서는 같다는 것이다.

이 작품은 시종일관 이러한 현대인의 고독감이랄까 소외(疏外)에 대
한 두려움을 적절한 대화와 서술로써 형상화시키고 있는데 이 점이 이
소설의 단편소설로서의 또 하나의 장점이기도 하다. 마지막 장면에서
동행(同行)을 애걸하는 김인석의 모습을 보면서 우리는 삼십오 년을 거
슬러 올라가 김승옥의 〈서울, 1964년 겨울〉의 인물 -아내의 시체를 병원
에 팔아버린 서적외판사원- 을 다시 만난 느낌을 받게 된다. 그때 그 남자
(서적외판원)가 보여준 불안감과 허무감이 바로 여기 흰 똥을 누는 남자
와 김인석을 통하여 오늘의 의미로 확대된 것이라 하여도 좋을 것이다.
남자는 김인석에게서 새삼스러운 익명성(匿名性)을 발견하면서 놀라게
되는데 이것은 현대인이 지니는 정체불명의 불안 의식에 대한 깨달음
이라 할 수 있다. 이 작품은 문체와 주제의 단일성, 그리고 그 상징성으
로 하여 성공한 단편으로 평가된다.

요즘 가끔 들리는 반가운 소리가 있다면 소위 신세대 작가들의 작품에는 재치와 감수성만 승(勝)할 뿐 이야기에 대한 진지함과 엄숙성이 부족하다는 일갈이다. 실제 그들의 작품에 진지성이나 엄숙성이 결여되어 있는지는 신중히 검증되어야 하겠지만, 이러한 일갈의 이면에는 소설의 기초에 대한 공부가 부족한 소설계의 현실에 대한 우려가 숨어 있는 것으로 보인다. 분명 우리는 새 술을 담을 새 부대를 만들어가야 하지만 이를 빌미로 소설의 정도(正道)를 어지럽히는 현상이 나타나서는 안 될 것이다. 그런 의미에서 위의 세 작품은 우리의 마음을 든든케 하는 바가 있다. 고전적 수법이라고 해서 경원하는 것이 아니라 하나의 전통으로 수용하는 자세야말로 저력을 길러가는 지름길임을 이 작가들은 누구보다 잘 알고 있는 것으로 보인다.

3. 길 찾기와 자기 다스리기의 어려움

소설은 주인공이 길을 찾아가는 과정을 보여준다. 삶의 목표에 도달하기 위해 거쳐 가야 하는 길, 혹은 자기 자신의 정체를 알기 위해 경유할 수밖에 없는 길을 모색하는 주인공의 모습이 소설에는 나타나 있다. 대체로 이런 길들은 꼬이고 비틀어져 있어서 쉽게 그 가닥을 잡기 어려울 뿐만 아니라 그 가닥을 잡았다 하더라도 진행 방향을 바르게 유지하기 어렵게 되어있다. 소설의 주인공들이 고뇌하고 고통스러워하며 어찌할 바를 몰라 하고 있는 모습을 종종 보여주는 것은 길의 이런 성질 때문이다. 비교적 객관화되어 있는 삶의 목표와 같은 길 찾기는 그 궤적이 명료하게 나타날 수 있으나 그것이 관념이나 무의식과 연관될 때는 미로를 헤매는 것과 같은 무질서한 선(線)의 혼란을 만들어내게 된

다. 〈백치 아다다〉의 아다다가 돈을 바다에 버리게 되기까지의 일련의
행동은 고뇌에 찬 결단에 의한 것이라 하더라도 그 행위의 궤적이 비교
적 단순하게 나타나지만, 〈날개〉의 주인공이 날고자 하는 욕구에 도달
하기까지 보여주는 자의식의 표백과 방황은 여러 개의 선이 얽혀있는
복잡한 모습을 보여준다. 대개의 경우 소설의 주인공은 이 두 가지 중
하나의 동기와 방법에 의해 그가 찾아가야 하는 길의 모색에 심혈을
기울이게 마련이다.

그리고 이런 미로 속에서의 길 찾기는 자기를 다스리고 극복하는 방
식과 밀접한 관계가 있다. 어떤 이유에서든 주인공은 자신의 정체(正體)
를 잘 모르고 있으며 그런 까닭에 그는 그것을 알기 위해 노력하고 그
결과로서 어떤 정보를 얻게 되는 과정을 보여주는 수법은 그리 낯설지
않은 것이지만, 또한 아주 중요한 소설의 관습이기도 하다. 문제는 주
인공이 자신에 대하여 무엇인가를 알게 되거나 또는 이미 알고 있었던
것 때문에 괴로워하고 그로 인하여 자신의 정체에 대하여 더욱 알 수
없는 미로에 빠지게 되며 그 사실에 고착되어 헤어나지 못한다는 점에
있다. 이런 소설의 주인공이 불행한 결말에 도달하게 되는 것은 자기가
알고 있는 사실, 또한 체험한 것의 충격에서 벗어나지 못하기 때문인
것으로 그려지고 있다.

길 찾기와 자기 다스리기의 방식은 심층적인 심리의 문제이면서 정
체성에 대해 인간이 갖는 의문과 두려움이 어떤 것인가를 보여주는 형
식이라 하겠다.

신말수의 〈석모도〉(《창조문학》, 1999년 봄호)는 이러한 주인공의 길 찾
기와 자기 극복 내지 자기 다스리기의 한 방식을 잘 보여준 가작이다.
자신의 출신과 배경을 쫓아가는 한 개의 축과 불륜의 관계에 있는 애인
과 함께 석모도로 낚시를 가는 여정을 또 한 개의 축으로 하는 중층적

구조 속에 이 길 찾기와 정체성의 문제를 적절히 풀어놓은 짜임새를 보여주고 있다. 석모도로 가는 외포리 선착장에서부터 황포지 낚시터에 텐트를 치고 이틀간의 시간을 보내기 위해 자리를 잡는 시간에 이르기까지 이 두개의 축은 교묘하게 교차되면서 주인공의 관념과 자의식을 효과적으로 표출해내고 있다.

나(수연)는 지금 스물아홉 살 먹은 처녀이면서 한 남자를 떠나지 못하고 있는 어찌 보면 과거의 어떤 상처 때문에 그 치유의 한 방법으로, 아니면 자신의 근본적인 문제와 연결된다고 보기 때문에 이미 청산했어야 하는 남자와의 관계를 끝내지 못하고 있는 인물이다. '나'는 곱사등이 생선 장수 어머니를 두고 있는데 그 어머니는 모멸감으로 견뎌낸 주인공의 어린 날을 상징하는 핵심적 모티브이기도 하다. 곱사등이 어머니는 말하자면 주인공에게 외상적(外傷的) 체험을 제공한 장본인으로서 나는 이 외상적 체험에서 비롯된 열등감과 절망, 패배의식에서 벗어나지 못하고 있는 것이다.

그 어머니와 이복자매인 마리아 수녀님으로부터 들은 어머니의 과거는 엄청나게 강한 자극의 증가를 가져오는 외상적 체험이 되어 나를 강타하며 나는 이것을 처리할 수 있는 방법을 찾지 못해 방황하게 된다. 어느 비 오는 날 밤 일어났던 사건에 의해 강간범과 곱사등이의 아이로 태어난 주인공이 그 사실을 알았을 때 이미 가지고 있었던 곱사등이 어머니에 대한 모멸감과 함께 그녀가 감당해야 할 충격은 너무나 큰 것이 아닐 수 없고, 그것은 어쩌면 현실적으로 극복 불가능한, 영원한 상처로 남을 수밖에 없는 문제일지도 모른다. 주인공이 자주 주변의 정경에 눈길을 돌리고 그것들을 – 특히 갈매기 같은 것들에 의미를 부여하는 것은 현실적으로 자신을 다스리고 구원할 수 있는 방법이 보이지 않았기 때문일 것이다. 아무 것도 할 수 있는 일이 없을 때 사람은 누구나 외부적인 현상에 자신의 마을을 의탁할 수밖에 없을 것이다. 결과로서 '나'는 그 어머니가 그랬던 것처럼 폭풍이 몰아치던 밤 그에게 옷을 벗었고 스스로 그에게 예속되어 버리고 말았다.

앞서 지적한 것처럼 이러한 행위는 방법이 뵈지 않았을 때, 하나의 대안으로서 '나'가 선택한 길인 것이다. 주인공은 지금까지 길을 찾기 위해 어머니와 자신의 존재의 배경이기도 한 석모도로 그(승환)와 함께 다니고 있었다. 아마 그가 낚시를 다른 데로 갔다면 주인공은 일찍이 그와의 관계를 청산했을지도 모른다. 자신의 운명의 고향인 석모도이기에 그녀는 그에게 스스로 예속되어 불륜을 지속시키고 있었는지도 모른다. 그러나 그녀는 끝내 자신의 외상에 고착된 나머지 정신적 교란 상태를 벗어나지 못하고 극단적인 방법으로서 자신을 정리하려는 태도를 보인다. 황포지 가운데로 걸어 들어가는 주인공의 모습에서 우리는 길을 바로 찾아 올바른 방향을 유지한다는 것이 얼마나 어려운 일인가를 목도하게 된다.

고성의의 〈방화(放火)〉(《月刊文學》, 1999년 5월호)는 동기와 행위 자체의 의미가 다르기는 하지만 충격적 사건이 외상적 체험이 되어 범죄적인 길 찾기에 나서는 인물을 보여주고 있다. 〈방화〉는 인간이 외상적 체험에 고착될 경우 신경증적인 반응은 물론 그 행위가 자신과 남을 함께 파괴해버릴 수 있음을 극명하게 보여주는 작품이다.

꼭두새벽에 또 남의 집에 불을 지르러 간다고 하는 '나'의 이 담담한 진술 속에서 우리는 어떤 죄의식도 묻어있지 않은 주인공의 천연덕스러움에 놀라움을 금할 수 없게 된다. 이어서 나는 방화에 관한 신문기사와 방화벽(放火癖)에 대한 분석적 내용을 열거하면서 자신의 방화에 대한 독자의 이해를 돕고 있기도 하다. 내가 오늘 새벽 불을 지르기로 한 집은 나와 특별한 관계가 있어서가 아니라 그 저주스러운 빛깔의

옷을 입은 아가씨가 들어간 집이기에 선택되어진 것뿐이다. 그 저주스
러운 빛깔의 옷이란 불에 타죽은 여동생을 안고 통곡하고 있는 우리
식구들 앞을 구경꾼처럼 보고 지나간 어떤 아가씨가 입었던 장미꽃보
다 더 붉은 빛깔의 옷을 말한다. 그때 그 여자는 붉고 아름다운 마녀(魔
女)같은 신비스러운 모습으로 선글라스를 낀 어느 멋쟁이 사내와 구경
꾼들 틈에 섞여서 구경하고 있었는데 바로 그녀가 입었던 옷과 같은
빛깔의 옷을 입었다는 이유 때문에 그 아가씨의 집에 대한 방화의 충동
을 받았던 것이다. 나는 집에 불이 난 것이 방화인지 실화인지 모르나
방화라는 심증을 가지고 나를 핍박한 박형사의 딸이 입고 있었던 옷도
그 저주스러운 붉은 색이었는데, 나는 당시 그 마녀처럼 아름다운 처녀
에게 와락 달려들어 목이라도 졸라 죽이고 싶은 충동을 느꼈고 박형사
의 딸에 대해서도 같은 감정을 느꼈다고 했다.

이러한 저주스러운 감정이 방화로 전이되었다고 볼 수 있는데 이는
명백하게 복수의 감정과 다르지 않다. 정신생활에서 짧은 기간 내에
엄청나게 강한 자극의 증가를 가져오는 체험을 외상적 체험이라고 하
는데, 그런 강도 높은 자극은 우리에게 익숙한 방식으로 해소하거나
처리할 수 없기 때문에 정신 에너지의 운영 과정을 지속적으로 교란할
수밖에 없다고 한다.

나는 예쁘고 발랄한 동생을 화재로 잃어버리고 그 충격으로 살해 충
동을 느낄 만큼 큰 외상적 체험을 갖게 된다. 이러한 심리적 전이가
정당한 것인지를 나는 신분을 밝힐 수 없는 내 친구의 습작 소설의 내용
을 통해 밝혀보려고 한다. 즉 내가 세상에 대해 일종의 보복을 하게
된 것은 친구의 습작소설에서 영향 받은 바 크다고 하면서 자신의 행위
에 정당성을 부여하고 있다는 것이다. '나'가 세상에 대하여 갖는 복수
의 감정이 여동생에게서 비롯된 것이라 하더라도 이것은 길 찾기로서

는 그 방법이 왜곡된 것임은 물론이고 자신을 다스려나가는 방식과는 더더구나 거리가 멀다는 점에서 금기시 되어야 할 것이다. 작가는 어떤 우의적(寓意的)인 의도에서 이 작품을 썼을지도 모른다. 말하자면 부조리한 현실에 대한 경고의 메시지를 알레고리 형식으로 나타낸 작품으로 해석해 볼 수도 있다는 것이다. 그리고 이 소설은 제재의 단순성을 명료한 구성과 문체로써 잘 극복한 작품으로 평가할 수도 있다.

최문희 〈보리깜부기〉(《시대문학》, 1999년, 봄호)는 두 사람의 길 찾기 방식을 대비적으로 보여준 좋은 작품이다. 이 소설은 끊임없이 관계를 벗어남으로써 자기를 찾아가려고 하는 남편과, 남편과의 관계를 정립함으로써 존재의 의미를 실감(實感)하려는 아내를 두 축으로 하여 길 찾기와 자기 다스리기의 방식을 보여주는 작품이다.

남편은 신춘문예 당선 후 방황 끝에 재기하여 큰 문학상을 두 번이나 받는 왕성한 작품 활동을 하지만 어느 순간부터인가 그는 자신의 궤도를 유지하지 못하고 다시 자괴감과 정신적 방황에 빠져들고 만다. 마음에 들지 않는 모든 것들을 저주하다시피 하고 동네 아이들이 떠든다고 폭력을 휘두르는가 하면 허구한 날 방문을 잠그고 칩거하며 술로 하루 해를 보내기도 한다. 그런 과정에서도 그의 소설에 대한 열정은 식지 않고 있었다는 것이 다행이라면 다행이었다. 그는 아내의 권유도 있고 하여 해외 문학 세미나에 참가하게 되지만, 일행과 떨어져 귀국하지 않고 어디론가 잠적해 버리고 만다. 이런 일련의 행위들을 통해 명백하게 드러나는 것은 소설가로서의 한계를 극복해나가려는 길 찾기의 모습이다. 그의 어깨에 매달려 있는 어떤 무게가 늘 그를 괴롭히고 있었으며, 그것은 작가로서의 모종의 한계의식 같은 것이었다고 볼 수 있다. 그것이 점차 현실적인 문제로 클로즈업되어올 때 느끼는 강박감은 감당하기 어려운 문제였을 것이다. 그 어머니의 한쪽 눈을 이식받아

두 눈을 갖추게 된 남편의 외상적 체험에 대한 고착, 즉 '보리깜부기'의 역할만 한 어머니에 대한 죄책감 등이 그의 그러한 의식을 자극했을 것이다. 남편은 이러한 현실의 굴레와 죄책감으로부터 벗어나기 위한 방편으로 잠행(潛行)을 선택한 것임은 분명하다.

한편 아내는 일탈 욕구로 인해 어쩔 줄 몰라 하는 남편을 어떻게 해서든 가정의 테두리로 이끌어 들이려는 눈물겨운 노력을 계속하고 있다. 원고 쓰는 일로는 턱도 없는 생활비를 벌어들이면서 끊임없이 남편에 대한 애정과 관심을 증대시켜 나가고 있다. 비록 자신의 처지와 행동이 스스로 납득되지 않는 부분이 없는 것은 아니지만, 어디까지나 남편의 입장을 이해하고 그를 포용하려는 자세를 잃지 않고 있다. 관계를 벗어나는 데서 돌파구를 찾으려는 남편과 그를 생활인으로서의 작가로 바르게 세우려는 아내 사이의 팽팽한 신경전이 정제된 문체에 의해 잘 살아나고 있다. 이 소설이 주인공의 동기에 대한 설명이 불충분하면서도 한 작가와 그 아내의 고뇌를 절실하게 그려내는 데 성공한 까닭은 바로 이 문체에 있다. 길을 찾기 위하여 일상적인 길을 포기한 남편과 자기도 살리고 남편도 살리는 길로서 남편 찾기를 포기한 아내의 길 찾기는 모두 타당성과 설득력이 있다.

그리고 남편과 아내가 가지고 있는 외상적 체험, 특히 아내의 그것은 그녀로 하여금 남편에게 고착되는 동기를 부여하고 있기도 하다. 그녀의 외상적 체험이란 그녀의 출신 배경이며, 작가의 아내라는 신분은 그런 출신 배경을 가려주는 효과가 있기 때문에 그녀는 남편으로부터 자유롭지 못했던 것이다. 이 소설은 무슨 명쾌한 해결 방법은 제시하지 못했지만 길 찾기와 자기 다스리기의 한 전형을 보여주는 작품으로 평가될 수 있다.

현대인은 동일성을 상실한 채 살아가고 있다고 한다. 자신이 무엇 때문에 이렇게 살아야 하는지에 대한 의문이나 회의를 가질 여유도 없이 떠밀리듯 살아간다는 것이다. 그러다 문득 자신을 돌아보게 될 때 느끼는 당혹감과 낭패감으로 하여 현대인은 곧잘 절망에 빠진다고 한다. 길 찾기는 바로 동일성 회복을 위한 몸부림이며 자기 다스리기는 절망으로부터 벗어나려는 심리적 분투라고 할 수 있을 것이다. 우리가 위에서 본 세 작품은 모두 고통과 고뇌 속에서 자기를 찾아가는 모습들을 보여주고 있다. 그 찾기가 성공했느냐 그렇지 못하느냐는 그렇게 중요한 문제가 아니다. 결과적으로 그들이 비극적 상황에 놓인다 하더라도 길을 찾고 자신을 다스리고자 한 그 과정에 아름다운 가치가 있다는 것이다.

4. 자기 모양 만들어가기

소설은 주인공이 자기의 모양을 만들어가는 과정을 보여준다. 자기 모양은 자신이 추구하는 삶의 형식일 수도 있고 본래의 자기의 어떤 모습일 수도 있다. 잃어버리고 있었거나 잊고 있었거나 간에 자기식의 삶에서 벗어나 있었던 사람이 본래의 자신의 삶으로 돌아가고자 하는 것이 자기모양 갖추기일 것이다.

우리들 대부분은 자신을 늘 의식하면서 살아가지는 못하고 있다. 간혹 자신을 돌아보거나 반성할 수 있는 기회가 없는 것은 아니지만 그것은 극히 드문 일이어서 우리의 삶에 어떤 역동적인 영향을 미치지는 못하고 있다. 소설은 바로 이러한 인간의 맹점을 집어내는 일에 관심을 가지고 있다. 소설은 늘 그러하듯이 우리가 놓치고 있는 것들을 찾아다가 우리 눈앞에 가져다 놓곤 한다. 자기 모양 갖추기는 우리 모두에게

익숙한 문제이면서 또 건성으로 넘어가기도 쉬운 것이어서 소설의 제
재로서는 안성맞춤의 것이라 할 수 있다. '당신들은 왜 이런 것들을 잘
알면서도 잊고 있는 것인가?', 소설가는 이런 촉구의 소리를 우리에게
전달하고 싶은지도 모른다.

주인공이 자기의 모양을 찾아가는 모습은 다양하게 나타난다. 거의
모든 소설이 여기에 관심을 가지고 있기 때문인데, 이는 이른바 동일성
회복의 의미 그 자체라고 할 만큼 중요한 문제이기 때문이다. 이문열의
〈그 해 겨울〉에서 주인공이 길을 떠나 여러 가지 체험을 하는 과정에서
자기가 과연 무엇을 해야 할 것인가에 대해 차츰 눈을 떠가는 모습은
전형적인 자기 모양 갖추기의 한 예가 될 것이다. 결과적으로 주인공이
처음 의도했던 모든 것을 버리고 다시 본래의 삶의 터전으로 돌아오기
까지 그가 보여주는 것은 내면 들여다보기, 또는 자기 본 모습 찾기의
과정이라 할 것이다. 〈벙어리 삼룡이〉도 좀 경우가 다르기는 하지만
한 인간이 자신의 본래 모습이 어떤 것인가를 의식하고 그것을 찾아가
는 과정을 보여주는 작품이다. 이 두 작품을 예로 들기는 했으나 우리
가 모양 갖추기 또는 자기 모습 찾기라는 관점에서 작품을 볼 경우,
쉬운 일은 아니겠지만 인간에 대한 해명이 어느 정도까지는 이루어질
수 있을 것으로 보인다.

김희저의 〈산비둘기〉(《창조문학》, 1999년 여름호)는 한 할머니의 독특
한 삶의 양식을 통해 자기를 이루어가는, 또는 자기모양을 갖추어가는
인물을 보여주는 깔끔한 작품이다. '수미'라는 외손녀의 눈을 통해 할
머니의 삶이 인상적으로 드러나고 있는데 이는 객관적인 시점이 얻어
내는 한 효과라 할 것이다.

할머니는 할아버지에게 매인 삶을 살아온 여인이다. 말하자면 주견
이나 자기식의 목소리를 갖지 못한 채 할아버지에게 종속된 타의적인

삶을 계속해온 여인으로 나타나 있다는 것이다. 마실도 마음 놓고 다니지 못할 뿐만 아니라 매사가 할아버지를 통하지 않고는 행해질 수 없는 철저히 예속적인 삶으로 점철된 것이 이 할머니의 삶이었다. 우리가 보기에 이것은 수동적이고 노예적인 삶이어서 납득하거나 받아들이기 어려운 일면이 없지 않으나 이 할머니에게는 삶의 한 방식으로 고착되어버린 모습을 보여주고 있는 것이다. 할아버지에 대한 예속, 그에 대한 무제한의 봉사와 희생, 그에게 맞추어져 있는 생활의 기제 등에서 이 할머니의 삶의 양상이 결정되어 버린 모습을 보게 된다는 것이다. 이런 경우 이 할머니의 자기모양이라는 것은 우리가 흔히 말하는 일반적인 의미의 동일성과는 좀 다른 의미를 지닌다고 할 수 있다. 즉, 그 예속적인 삶에서 재래한 삶의 방식이 곧 할머니를 지배하게 되며 할머니도 그것을 본래의 자신으로 인식하고 받아들이게 된다는 것이다.

그래서 할머니는 할아버지 사후에도 외손녀에게 그녀의 방식을 그대로 적용해가는 생활을 유지하게 되는 것이다. 할아버지에 대한 무제한적인 봉사, 무제한적인 예속성이 이 할머니의 성격이라고 한다면 이제 이것은 그 자체가 자기모양이며, 이것은 어떤 형태로든 현실화되지 않으면 안 되는데 그 대상이 외손녀 수미에게로 옮겨온 셈이다. 수미에게 온갖 자기식의 간식을 해서 먹인다든가 옛날식 옷을 지어 입힌다든가 하는 모든 행위는 이 할머니가 자기 모양을 찾고 유지해가는 모습이 아닐 수 없다. 이 할머니의 잠들기 전의 의식과 같은 울음과 절규, 그리고 외손녀 가꾸기 등에서 우리는 자기 모양 갖추기, 또는 찾아가기의 한 전형을 보게 된다.

안영의 〈겨울 나그네〉(《월간문학》, 1999년 8월호)도 할머니를 주인공으로 하는 차분하고 단정한 느낌을 주는 가작이다. 그녀로 나오는 예순을 바라보는 중늙은이 여인이 주인공인 이 소설은 시종여일하게 정제된 문체로써 그네의 삶의 모습을 차분하게 그려나가고 있다.

특별한 큰 사건이나 선이 분명한 어떤 성격은 드러나 있지 않지만 나지막하게 도란거리는 듯한 화법으로 이끌어나간 한 여인의 일상이 아주 진지하게 부각되어 있는 작품이다. 그네는 남편과 사별한 후 특별한 자극이 없는 삶에 우려를 느끼면서 노후의 다정한 부부 생활에 대한 기대를 저버린 남편을 원망해보기도 한다. 그런 생활 속에서 그네는 아들의 유학문제로 하여 삶의 활기를 찾게 된다. 그네에게 무엇인가 자기를 찾아가는 삶이 있어야겠다는 생각과 아들의 유학은 말하자면 서로 아귀가 맞아 들어가는 다행스러운 일이 아닐 수 없었다. 그네는 아들 유학을 위한 뒷바라지에 그네의 모든 삶을 걸다시피 하면서 정성을 기울이게 된다. 여기에서부터 이 여인의 자기모양 갖추기의 모습이 구체적으로 나타나게 된다. 아들이 있는 미국으로 찾아가 한 달 남짓 함께 생활하면서 그네는 그네가 할 수 있는 정성을 다하여 아들과 그 룸메이트 형을 뒷바라지 한다. 그네는 푸르스트의 〈잃어버린 시간을 찾아서〉에서 열린 마음으로 다양성을 인정하며 새롭게 우주를 보아야겠다는 깨달음을 얻는다든가, 마더 테레사에게서 봉사의 진정한 의미를 배운다든가, 형과의 관계에서 집착을 버려야 함을 알게 된다든가 하는 과정을 통해 자신을 정돈하고 진정한 자기 모양을 갖춰가고 있음을 우리에게 보여주고 있다. 슈베르트의 '겨울 나그네'를 들으며 그네는 집착을 떨어버리고 다양성을 인정하는 지혜를 다시 생각하게 된다. 이 작품은 아들의 유학을 위한 준비, 아들을 만나러 가는 부푼 마음, 아들을 뒷바라지 하는 미국에서의 한 달 간, 그 틈틈이 듣고 본 음악과 책, 이 모든 것들이 하나의 구슬 목걸이가 되어 한 여인이 자기 모양을 갖춰가는 모습을 아주 조용하게 잘 보여주고 있다.

러시아의 한인 작가 리진의 〈나의 밤꾀꼬리〉(≪월간문학≫, 1999년 8월호)

와 〈안단테 칸타빌레〉(《시대문학》, 1999년 여름호)는 그 제제 면에서 낯선 느낌을 주기는 하나 역시 자기를 찾아가는 이야기라는 의미에서 주목해 볼 만한 작품이다. 〈나의 밤꾀꼬리〉는 밤꾀꼬리라는 새에 관한 이야기다. 러시아에서 볼 수 있는, 이름은 꾀꼬리지만 우리가 생각하는 일반적인 꾀꼬리와는 전연 다른 지빠귀과의 새로서 그 노래 소리가 지상에서 가장 아름답다는 밤꾀꼬리와 '나'의 이야기가 이 작품의 주된 내용이다. 나는 밤꾀꼬리의 노랫소리가 너무 좋아서 그 노래를 듣기 위해 강변을 자주 거닐기도 했지만 결국 새 시장에서 밤꾀꼬리를 사서 새장에 넣고 기르게 되었다. 새 장수는 한 일주일 후부터 울게 될 거라고 했지만, 미샤 아저씨의 유인에도 불구하고 내 밤꾀꼬리는 울지 않을 뿐만 아니라 결국은 죽고 만다. 미샤의 유인에도 울지 못한 이유가 분명하게 밝혀진 것은 아니지만 미샤는 노래하지 않고는 살 수 없는 새가 노래할 수 없어 죽었다는 말로써 새의 죽음을 애석해 한다. 새의 죽음은 말하자면 노래하지 못하는 현실에 대한 처절한 항변인 셈인데, 그 이유가 어디에 있는지는 분명치 않지만 인위적으로 새에게 노래를 시켜 보려한 나에게 그 책임이 있는 것은 아닌지 의심해 볼 만하다. 노래를 해야만 하는 새, 그것은 자기의 본래의 모습을 찾았을 때 비로소 그 삶의 의미가 살아나게 되는 인간의 자기 찾기와 동일한 의미를 지니는 것이라 할 것이다. 자기를 찾을 수 없을 때, 자기 모양을 갖추지 못할 때 인간이 겪게 되는 비극이 새의 죽음 속에 착색되어 있는 것이다.

〈안단테 칸타빌레〉는 '나'(송욱)의 눈에 비친 오낙주와 유인미의 슬픈 사랑 이야기다.

오낙주가 그의 첫사랑인 유인미를 찾아가는 과정은 말하자면 그대로 인간이 자기의 모양을 찾아가는 과정이라 할 만 하다. 오낙주는 전쟁 중 우연히 한 마을에서 유인미를 만나게 되고 결혼을 약속하지만 불행하게도 유인미는 윤간을 당하고 정신이상자가 되어 정신병원에 입원하게 된다. 이런 사실을 알게 된 오낙주는 소련 유학생 강습소 생활을 하면서 유인미를 찾아 나서게 된다. 나를 비롯한 강습소 동기생들이 한패가 되어 의주의 한 정신병원에서 유인미를 찾아내게 되지만 거기서 오낙주를 비롯한 일행들은 더 큰 아픔을 맛보게 된다. 소련 유학생 선발에서 제외된 오낙주는 유인미를 어떻게 해서든 구원해 함께 동기생들을 다시 만나겠다고 다짐하면서 다시 전방으로 돌아간다. 오낙주가 유인미를 그리워하고 찾아가는 모습은 바로 오낙주 자신의 본래의 모양 갖추기라는 의미를 지니고 있음은 물론이다. 이 작품은 그 제재가 독특하다면 독특한 면이 있다는 점에서 관심의 대상이 되며, 젊은 날의 사랑과 아픔이라는 점에서 흥미의 대상이 될 만한 소설이다.

김수년의 〈긴 겨울의 끝〉(《시대문학》, 1999년 여름호)도 전형적인 자기모양 갖추기, 또는 찾아가기의 틀을 보여주는 작품이다. '홍형'으로 불리는 나는 시골 중학교 선생으로서 그 생활에 불만을 느끼고 있는 사람이다. 그는 선생 생활을 청산하고 서울로 올라와 학창시절 곧잘 레포트 대필을 부탁해오던 이연진을 만나게 된다. 이연진은 유수한 언론기관의 기자로서 활기 있는 생활 모습을 보여주는데 거기에 비해 나는 백수로서의 패배감 같은 것에 짓눌리고 있다. 이연진과의 술자리를 가지면서 여러 가지 이야기를 나누지만 내가 학교를 그만두고 무엇을 할 수 있을 것인가에 대한 시원한 해답은 결국 나오지 않았다. 사회 현실에 대한 비판이나 인생사의 미묘한 기미(機微)에 대한 이야기가 오가지만 구체적인 번민과 갈등이 보이지 않는다는 점이 이 작품의 문제점이기는 하나 결국 나는 출판사의 편집 일을 좀 하다가 다시 시골 중학교로 되돌아가게 된다. 나의 자기모양 찾기는 회귀의 형식으로서 나타나게 되는데 동기가 불충분하기는 하지만 자기 본래의 모습이 무엇인가를 알고 그곳으로 돌아간다는 점에서 이 작품은 동일성의 회복이라는 주제 의식을 잘 드러내 보여준다고 할 수 있다.

소설의 작품성 여하를 떠나 우리가 소설에서 받게 되는 감동은 대체로 그것이 우리가 미처 생각하지 못하고 있었거나 알더라도 잊고 있었던 문제들을 느닷없이 우리 코앞에 들이민다는 점에서 촉발된다고 할 수 있다. 이런 점에서 소설가들은 남다른 눈을 가지고 있음을 인정하지 않을 수 없게 되는데, 독자인 우리들로서는 이런 사람들이 우리 주위에 많이 있다는 점에 감사하지 않을 수 없다. 위에서 검토해본 소설들도 작품성 문제를 가지고 논한다면 몇 가지 결점이 없는 것은 아니지만 각기 뚜렷한 주제의식을 가지고 그것으로써 독자의 공감을 얻어내고 있다는 점에서 좋게 평가하지 않을 수 없다. 소설이 담론이라 하여 그야말로 사랑방 한담식의 이야기도 소설입네 하고 함부로 내미는 문학적 혼돈의 시대에 분명한 자기 모양 찾아가기의 주제로서 우리 앞에 다가온 위의 작품들을 우리는 높게 평가해야 할 것이다.

5. 혼자인 사람들

소설은 숙명적인 인간의 모습을 보여준다. 인간이 숙명적 존재라는 것은 그 근원적인 고독성에서 확인된다. 사람은 누구나 궁극적으로는 혼자일 수밖에 없다는 것은 철학자에게 갈 것도 없는 엄연한 현실이다. 그럼에도 불구하고 사람들은 이러한 사실을 선선히 수용하기를 거부한다. 가치의 양면성과 또 다른 가능성을 믿거나, 또는 거기에 막연한 기대를 걸고 있기 때문에 그러한 태도를 지니게 되는지도 모른다. 숙명을 피해갈 수 있을지도 모른다는 또 다른 가능성에의 기대, 이것이 늘 인간의 마음을 복잡하게 만든다. 소설은 이러한 인간의 근원적 고독과 그 극복에 대한 인간의 의지를 곧잘 테마로 다루곤 한다. 결과적으로 인간의 외로움이 극복될 수 있는 것인지에 대한 물음을 우리에게 던지고 있는데, 거기에 대한 답은 사람마다 다르겠으나 한 가지 분명한 것은 그 어디에서도 만족스러운 결론을 얻어낼 수가 없다는 점이다. 인간에게 던져진 질문들은 대체로 정체가 불분명하여 선명한 해결 방안을 제시하기 어렵게 되어있지만 이경우도 예외는 아니어서 항상 숙제로 남겨지곤 하는 것이다. 어차피 명쾌한 단정이 어렵다면 이 문제는 당사자 자신이 해결의 통로를 찾아갈 수밖에 없는 노릇이기도 하다.

실존주의 철학에서도 고독의 문제는 중요한 관심사로 다루어지고 있기도 하지만, 이는 허무적인 인생관으로 가는 단초가 되기도 한다. 특히 현대인들의 자기존재에 대한 회의(懷疑)와 부정적 인식은 모두 여기에 그 근원이 있다고 해도 과언은 아니다. 한국소설에 나타난 60년대적인 방황과 허무의식 같은 것은 그 대표적인 예라고 할 것이다. 이 문제는 일찍이 리얼리즘 소설가들이 즐겨 다뤄온 문제이면서 동시에 오늘에 이르기까지 소설가의 주된 관심사가 되어온 바이기도 하다. 세기가 바뀐 이 시점에서도 여전이 사람들이 한 숙명적인 인간 조건의 조명에 매달릴 수밖에 없는 것은 그것이 시대를 초월한 영원한 숙제이기 때문일 것이다.

성지혜의 〈은빛 사다리〉(《창조문학》, 1999년 가을호)는 석녀(石女)인 채정의 갈등과 고뇌를 축으로 하여 상대적인 박탈감과 고독을 형상화해 낸 작품이다. 채정은 딸 미오와의 사소한 의견 충돌로 하여 괴로워하고 있는데 이는 미오가 자기가 낳은 딸이 아니라는 데서부터 야기되는 문제다. 남편이 염기화와 사랑을 나눈 결과물로서 탄생한 아이가 미오인데, 기화는 미오를 채정에게 맡기고는 유학을 가버린다. 참으로 견디기 어려운 갈등과 고통을 안겨다준 사건이지만 채정은 어쩔 수 없이 현실을 수용하고 미오를 오늘날까지 키워온 것이다.

그런데 미오가 채정이 생모가 아니며 기화가 생모라는 사실을 알게 되면서부터 둘 사이에는 미묘한 냉기가 흐르고 작은 일에서부터 의견의 대립을 보이게 된다. 채정은 이런 일련의 일들에서 심한 상실감에 젖게 되고 미오에게서 받은 배신감으로 하여 어쩔 줄 몰라 하게 된다. 이는 아이를 낳지 못하는 석녀로서 갖게 되는 인간적 단절감과 깊은 관계를 갖는 심리적 국면으로서 채정으로 하여금 혼자라는 의식으로 몰고 가는 계기가 된다.

비록 남편이 미오 문제 외에는 별다른 말썽을 부리지 않을 뿐만 아니라 오히려 채정에게 힘이 되는 점이 있다 하더라도 채정이 안고 있는 근원적인 고독감을 치유하는 데는 별다른 도움이 되지 못하고 있으며 이러한 주변의 사정으로 인하여 채정은 다른 탈출구를 모색하게 된다. 채정이 뒤에 고백한 내용에 의하면, 자신이 고질적으로 안고 있는 귓병이 없어질지도 모른다는 기대감에서 선택한 일이라고는 하지만 그보다는 인간적 단절감 내지는 고독으로부터의 탈출을 위해 그녀는 수화를 배우게 된다. 이 수화는 이 소설의 또 다른 중요 인물인 '여희'가 주관하는 '사랑의 날개' 사업과 관련하여 시행하게 될 봉사활동의 의미를 갖는다. 채정은 자신의 문제로 괴로워하면서도 여희의 일에도 관심을 갖는데 이는 위에서 지적한 석녀로서의 단절감을 극복하기 위한 하나의 수단임은 물론이다. 채정은 남편의 선교사역(宣敎使役)을 돕기 위해 아이도 낳지 않는다는 '임'의 고백을 듣고 자신의 처지와 비교해보기도 하지만 자신이 미오에게 과연 엄마로서의 역할을 제대로 했는가를 되돌아보게 된다. 남이 낳은 자식이라는 선입견으로 하여 한 번도 따스한 손길을 줘본 적이 없는 미오에 대하여 미안한 마음을 금치 못하면서 그녀는 봉사의 의지를 굳힌다.

세계선교대회 식장에서 보여주는 채정의 열정적인 수화는 곧 그녀의 새로운 발견과 깨달음의 한 표현이라 할 수 있다. 미오로 하여 깨어져 버린 부부간의 신뢰와 가정의 화평을 이제는 미오에 대한 인간적 의무를 다함으로써 회복하고자 하는 채정의 눈물겨운 노력이 이 행위를 통해 나타나고 있다는 것이다. 그녀가 꿈속에서 본 은빛 사다리는 천국으로 가는 길과도 같은 의미를 지니기도 하지만 채정을 구원으로 인도하는 통로이기도 하다. 그녀는 미오를 충심(衷心)으로 수용하고 자신이 진정한 엄마가 됨으로써 상실감에서 벗어나고 단절감으로부터 자유로울 수 있음을 발견하고 깨달은 것이다. 인간의 고독감은 근원적인 것이 결핍되는 데서 오는 단절의식이다. 채정은 석녀임으로 해서 겪게 되는 고통과 갈등을 인간관계의 새로운 정립을 통하여 극복하려는 자세를 보여주는 긍정적 인물로 평가된다.

이정호의 〈노인정〉(《월간문학》, 1999년 10~11월호)은 노인 문제를 통하여 인간의 외로움을 조명해본 좋은 작품이다. 노인문제는 고령화 사회가 안고 있는 난제 중의 난제라 할 것이다. 말벗이 없는 노인, 의탁할 곳이 없는 노인, 갈 곳이 없는 노인 등, 한마디로 노령의 고독을 해결할 수 없는 인간 군상의 이야기로 채워져 있는 소설이 바로 이 작품이다. 시점은 전지적 시점으로 되어 있으나 대체로 301호라고 하는 아파트 호수로 명명되는 한 할머니의 시선에 들어오는 노인정의 상황을 주요 내용으로 하고 있다. 노인정의 일상적인 생활과 거기에 등장하는 인물들의 면면을 적절히 소개함으로써 노인들이 어떤 상태에서 살아가고 있는가를 잘 반영하고 있다. 그런 점에서 이 소설은 세태소설로서의 의미도 지니고 있다 할 것이다. 노인정을 둘러싼 이해문제, 권외자들의 노인정을 바라보는 시선 등을 통해 세정(世情)이 어떻게 돌아가고 있는

가를 잘 드러내고 있기 때문이다.

301호 할머니의 시선을 따라 주로 이야기가 좇아가는 인물들 중에서는 401호 할머니가 중심이 되는데, 이 할머니는 비교적 자식들의 대접을 받고 있으면서도 늘 외로움을 타는 늙은이다. 301호는 분명한 언급이 없어 확인할 길은 없으나 높은 학력과 교양을 갖춘 지식인으로 보이며 글쓰기와 같은 지적 작업을 직업으로 갖고 있어서 실제로 심심할 일이 없는 인물임에 반하여 401호는 그저 평범한 할머니라 그런지 늘 심심해하고 그런 현실에 불만을 갖고 있는 것처럼 보인다. 301호는 401호 할머니를 운영위원으로 추천하지만 실제 할 일이 있는 직책도 아니다. 단지 301호는 이 할머니의 외로움을 더는 데 도움이 될까 해서 추천한 것이다.

이 노인정은 동네 할아버지, 할머니들이 며느리의 눈치를 피해 찾아나온 피난처와 같은 곳으로 표현되어 있다. 나서기 좋아하는 전기순 할머니 같은 경우는 맞벌이 부부인 아들 내외 대신 집안 살림을 맡아하고 있지만 이곳에서는 부회장 일을 보고 있기도 하다. 이들의 관심사는 점심을 원만히 해결하는 일과 시간을 적절히 보내는 일 등이다. 식사를 전담하는 지필순 할머니는 고기 같은 것보다는 쌀이 더 필요하다는 말을 하는가 하면 할머니들이 얼마씩 점심 값을 내야 하는가 하는 문제로 의견 대립이 생기는 등, 가장 민감한 문제가 바로 식사 건이다. 모두 집이 있고 자식이 있는 사람들이 점심을 밖에서 해결해야만 하는 이것이 이 노인들이 놓여 있는 현실인 것이다. 며느리에게서 얻어먹는 눈칫밥보다는 김치쪼가리 하나라도 마음 편하게 점심을 먹을 수 있다는 점에서 이 할머니들은 노인정을 찾게 된다는 사실이 오늘의 노인 문제의 실상을 대변해주고 있다.

또한 이 노인 문제는 인간이 그에게 주어진 고독이라는 숙명을 어떻게 극복해갈 것인가 하는 문제를 우리에게 던져주고 있다. 화투를 치는 노인들, 별 것 아닌 문제로 신경을 곤두세우는 노인들, 그들은 그 자체보다는 그것을 통해 외로움을 덜고자 한다는 데 큰 의미를 두고 있는 것이다. 자식과 며느리가 문을 잠그고 나가면 그들이 돌아올 때까지 기다려야 하는 할머니, 며느리의 친구들이 찾아오면 자리를 피해 나가야 하는 할머니, 등은 말할 것도 없이 국외자로서의 슬픔을 맛보아야 하는 딱한 인간 군상들이요, 우리 사회의 문제적 현실을 대변하는 자들이다. 아무도 놀아주지 않는 사람들, 말벗이 없는 사람들, 이웃이 없는 사람들, 이들의 모습을 통해 우리 사회의 노인 문제를 짚어보았다는 점에 이 작품의 의미가 있다 할 것이다.

김용철의 〈빈집〉(《시대문학》, 1999, 가을호)은 일상이 잠깐 깨어진 동안 한 가장이 느끼는 빈집에서의 공허감을 주제로 한 작품이다. 별다른 성찰 없이 반복해가는 일상도 어떤 계기가 주어지면 색다른 의미를 가지고 다가오는 경우가 있다. 이 소설의 주인공인 강 이사는 아내를 병원에 입원시키고 그동안 아내 없는 빈집을 지켜야 하는 자신의 처지를 통해 일상을 새삼 돌아보게 되는 인물이다. 그는 아내가 없는 집에서 누군가와 말이라도 나눌 사람이 없다는 현실에 경악하고 있는데 이는 일상의 타성에서 벗어나 바라본 자신의 본질적 모습인지도 모른다. 누군가의 음성도 듣고 싶고, 누군가와 말을 하고 싶고, 손은 뭔가를 만지고 싶어 하는 것이 인간이지만 정작 그것이 필요하다고 생각하는 순간 그것이 주어지지 않는다는 존재의 모순성을 그는 깨닫고 있는 것이다.

강 이사는 아주 새삼스러운 깨달음에 도달하게 되는데 그것은 인간에게 가장 괴로운 공포는 도무지 누구와 무슨 말을 해볼 수 없다는 사실이다. 혼자 있을 때 말처럼 그리운 게 없다는 사실에 강 이사는 전율하고 있는 것이다. 그래서 강 이사는 왜 말이 필요한가를 여러 가지 예를 들어가면서 확인해보기도 하는데 자신의 아내가 담석으로 입원하게 된 것도 그 하나의 예(例)임을 강조하고 있다. 허구한 날 늦게 들어오는 남편을 말벗 하나 없이 기다려야 했던 아내의 처지를 생각하면서 자신을 반성하기도 한다.

그러나 무엇보다 강 이사가 빈집에서 온갖 사념에 사로잡히게 되는 근본적인 이유는 그가 인간으로서의 고독감을 실감하였기 때문이다. 빈집에서의 적막감 속에서 그는 인간의 숙명적 실체를 발견했다고 볼 수 있다. 아내가 없는 빈 공간 속에서 그는 본래의 자신의 모습을 볼 수 있었고, 그것은 아내를 비롯한 인간 모두의 평균적 문제로 확대 인식된 것이다. 강 이사는 딸과의 전화를 통해 그 적막감과 공포감을 어느 정도 해소할 수는 있었지만 근본적인 인간의 외로움이라는 문제를 해결한 것은 아니다. 가족과의 재회를 앞두고 그는 빈집의 공포를 해결할 수 있으리라 기대하지만 그것은 일상으로의 복귀일 뿐 구원을 의미하는 것은 물론 아니다. 일상이 잠시 틈을 보인 그동안 자신과 인간을 통찰할 수 있었다는 것은 강 이사로서는 다행한 일이 아닐 수 없다. 일상에서 벗어나 일상을 바라보는 지혜를 이 작품은 우리에게 보여주고 있다.

이십세기적인 소설의 담론이 이십일 세기에도 유효할 것인가 하는 문제는 아직 성급하게 논단할 때가 아니지만, 여전히 오늘 우리의 일상에 대한 성찰이 소설의 주요한 테마가 되고 있다는 것은 무엇을 의미하는 것일까? 이는 소설이 일상적 현실, 또는 문제적 현실을 떠나서는 그 설 자리를 달리 마련하기가 어려움을 뜻하는 것이라 해도 과히 틀린 말은 아닐 것이다. 사이버 공간의 소설문학이 이십일 세기의 소설을 기상천외하게 바꾸어놓을 수도 있겠으나 역시 성실한 소설가는 현실의 문제로부터 눈을 떼지 않을 것으로 보인다. 그런 의미에서 이번에 짚어본 세 작품은 가장 성실한 작품으로 평가되어야 할 것이다. 미래의 소설을 전망하기 위해 우리가 전통적인 소설로 돌아가야 하는 이유가 여기에 있음도 지적해두고자 한다.

6. 맺음말

현대소설은 담론형에서 서사형으로 바뀌어가는 모습을 보여주고 있다. 전통적인 리얼리즘 소설이 보여주는, 인과관계에 바탕을 둔 시중종(始中終)의 구조나 갈등 구조의 플롯 등이 해체되어 버리고 화자가 객관적인 입장에서 어느 한 순간에 일어나는 현상을 나열해가거나, 내면적 문제를 다룬다 하더라도 독자의 동의 여부에는 관심이 없는 듯한 태도를 보이는 서사형의 소설적 양상이 현대소설의 주류를 형성해 가고 있다는 것이다. 화자가 청자를 이해시키고 나아가 그에게 어떤 영향을 주려는 의도를 담고 있는 언술이 담론이라면 여기에는 잘 짜여진 계획이 있어야 하는데, 예컨대 인과관계나 플롯, 성격의 구성 등에 관한 고려가 바로 그것이다. 그러나 작품과 독자 사이의 의사소통을 전제로 하지 않는 소설은 없지만 좀 더 명확한 독자의 이해를 돕기 위한 기법에 보다 큰 비중을 둔 전통적 담론이 어느 정도 퇴조의 기미를 보이고 있음은 부정할 수 없는 일이다.

20세기 말의 포스트모더니즘과 실험정신의 소산물로 보여지는 다양한 형식의 소설들이 우리 소설문학의 새로운 이정표로서의 역할을 수행하고 있음은 사실이다. 장르의 생성과 변모, 그리고 소멸의 단계까지를 상정해볼 때 전통적인 소설시학을 저만큼 벗어나 무엇인가 불명확한대로 하나의 전망을 모색하는 태도야말로 우리 소설의 앞날을 위해 바람직한 일이라 아니할 수 없다. 역사의 모든 것이 그러하듯이 부정과 비판, 그리고 탐색을 위한 고투가 21세기 한국소설의 앞날을 밝게 해줄 것이 분명하기 때문이다.

그러나 한 가지 우리가 간과해서는 안 될 것은 어떠한 실험정신도 전통적인 소설시학에 관한 이해를 그 근저에 깔고 있지 않으면 안 된다는 점이다. 장르의 소멸을 염두에 두더라도 적어도 소설이 서사장르로서 존재하는 한 이야기로서의 기본적 구조는 분명 살아있을 것이기 때문이다. 구상화를 졸업하지 않고서는 제대로 된 추상화에 근접할 수 없는 이치와 같은 것이다. 천재에 의한 전통의 부정과 파괴, 그리고 거기에 따르는 대안의 제시와 새로운 가치의 창조도 중요하지만 전통 위에 확고히 자리 잡고 난 다음 새로운 것으로 눈을 돌리는 자세야말로 이 시대의 소설가들이 갖추어야 할 필수 덕목이라 할 것이다.

그런 점에서 위의 소설들은 우리에게 시사(示唆)하는 바가 크다 할 것이다. 비록 명성과는 다소 거리가 있다 하더라도 이들 소설이 전통적 담론이 왜 필요하며 앞으로도 필요한 까닭은 무엇인지를 우리 앞에 잘 제시하고 있기 때문이다.

김동인의 악마적 경향에 대하여

1. 인물의 어두운 면과 진실

소설에서 인간과 인생의 진실은 두 가지 상반되는 양상으로 제시되어 왔다. 소설은 희망의 빛 아래에서 환하게 웃고 있는 모습이거나 아니면 절망의 그늘에서 고뇌하는 표정을 그려 보임으로써, 인생을 구성하는 진실은 양면적 성질을 지니고 있음을 반복해 우리에게 보여주고 있다. 꿈과 희망을 추구하는 것은 인간의 능동적 본성이며, 고난과 절망에 처하는 것은 수동적 운명이라는 관점에서 본다면 이것은 양면성이라기보다는 인간과 인간의 삶이 그려 보여주는 전형적인 인생 역정(歷程)이라고 할 수도 있을 것이다. 이상의 추구와 좌절은 인간 행위의 보편적 양상이자 일반화된 인간의 모습이며 소설은 이것을 정확하게 구현하는 것을 한 목표로 하고 있기 때문이기도 하다. 그러나 모험의 과정을 거쳐 소망의 세계에 도달하는 인간의 모습을 그려보여 줌으로써 인생의 진실을 긍정적으로 구현해내는 로망스의 세계가 있는가 하면, 이상을 동경하고 추구했으나 끝내 거기에 도달하지 못하고 불행한 상황에 처하게 되는 주인공의 모습을 통해서 그 비극적 진실을 드러내는 리얼리즘의 세계도 분명히 공존하고 있다는 점에서 우리는 그 양면성을 인정하지 않을 수 없다. 이러한 성질은 서사문학의 한 갈래로서의 로망스나 리얼리즘 소설의 특징으로서만 존재하는 것이 아니라 오늘날의 소설에서도 그 기반을 형성하고 있음을 물론이다.

그런데 인간과 인생의 진실을 드러낸다는 점에서는 둘 사이의 우열의 차이는 없으나 소설적 양상의 큰 흐름은 부정적이고 비극적인 진실에 무게를 두고 있음을 볼 수 있다. 근대 이후의 소설은, 사랑과 꿈 그리고 희망을 쫓아가는 것은 인간 정신의 영원한 성향이자 원형적 심리적 유형으로서 가장 가치 있는 진실임에도 불구하고 이의 성취보다는 이와는 또 다른 욕망으로 인하여 불행에 빠지게 되는 인간상에 더 큰 관심을 보여 왔다는 것이다. 이것은 전자(前者)는 당연하고도 순수한 본성으로서 너무나 명백한 것이기 때문에 서사문학의 소재로서의 가치가 다소 떨어질 수도 있다는 조심스러운 진단에서 나온 결과로 보여 진다. 다시 말해서 인간과 그 삶의 진실은 어두운 면을 통해서 더 잘 드러난다는 리얼리즘적 인식이 소설문학 전반을 지배해오고 있기 때문일 것이다.

근대 소설은 자본주의와 산업의 발달이 빚어내는 부정적 요소를 인간성의 어두운 면과 관련지음으로써 어떤 진실에 도달하고자 하는 의도에서 출발되었다고 볼 수 있다. 이것은 로망스적인 욕망의 세계와는 또 다른 욕망의 비극을 그 중요한 내용으로 하고 있다. 스탕달, 발자크, 플로베르 등의 소설이 그러하고 그 극단적인 지점에 에밀 졸라의 작품이 놓여 있다. 〈적과 흑〉이나 〈보봐리 부인〉에 나타난 욕망의 세계는 로망스에 비하면 지극히 이기적이고 사악(邪惡)하며 반인간적이다. 엠마 보봐리의 경우는 다소 다르다 하더라도 그녀가 줄리앙 소렐과 함께 보여준 욕망의 정체는 암흑한 진실 이외의 다른 것이 아니다. 이 두 사람의 궁극적인 도달점은 당연히 비극적인 죽음이 될 수밖에 없을 것

이다. 바로 이들이 보여주는 죽음이야말로 근대소설이 추구한 진실의
양상인 것이다.

여기에서 한 걸음 더 나아가 에밀 졸라는 인간과 인생을 보다 혹독하
게 파헤침으로써 그 진실을 다른 각도에서 제시해보고자 했다. 특히
자연주의를 대표하는 에밀 졸라의 작중인물들의 성격은 주로 살인과
광기(狂氣), 그리고 성적(性的) 방탕 등과 같은 비인간적 요소로 가득 차
있다. 에밀 졸라류의 자연주의적 인간관, 그리고 그들이 보는 인간의
진실은 지나치게 냉혹하고 부정적이어서 오히려 과장된 느낌, 혹은 그
들의 의도와는 달리 비사실적이라는 느낌마저 들게 한다. 인간 자체에
대한 절망과 환멸이 이러한 경향의 출발점이자 도달점이면서 또한 그
들이 추구한 진실이기도 하다. 이러한 점은 극단적이기는 하지만 인간
의 어두운 면, 또 다른 욕구의 세계를 통하여 인간의 진실에 도달하고
자 한 의미 있는 태도로 평가되어야 할 것이다.

2. 동인(東仁)의 인물들이 보여주는 어두운 면

인간은 본래적으로 선(善)한 존재인가 아닌가 하는 문제는 철학자들
의 관심사일 뿐만 아니라 전통적으로 소설가들의 관심사이기도 했다.
선과 악의 대결 구도를 통해 인간 본성에 대한 긍정적인 답변을 구하려
하는가 하면 악을 부각시킴으로써 역설적으로 선을 지향하는 인간성의
밝은 면을 드러내려고도 했다. 서사문학의 전통으로 보면 선악의 대결
구도는 인간 본성을 탐구하고자 하는 한 방식이었음을 알 수 있다. 근
대 이후의 서사문학에서도 적대세력이 확연하게 마주보고 있는 경우이
든 그것이 불분명하든, 선악이라는 도식적 갈등 구조를 탈피하고 있다

는 점은 다소 달라진 면이기는 하지만 역시 인간 본성을 추출해내고자
하는 의도에는 변함이 없음은 물론이다. 그런데 현대소설은, 선악이라
는 개념으로 나누어 말하기는 어려우나 대체로 인간의 부정적 일면,
즉 어둡고 비극적인 측면에 더 큰 관심을 가지고 있으며, 이것은 인간
의 생래적(生來的)인 속악성(俗惡性)이나 운명적인 문제와 깊은 관련이
있는 것으로 보고 있다. 앞서 지적한 것처럼 인간의 진실은 어두운 곳
에 잠복하고 있다고 생각하기 때문이다.

김동인이 이런 현대소설의 인간 인식에 대한 공부가 있었는지는 확
인할 길이 없으나, 그 나름의 리얼리즘을 표방하고 그러한 근거에서
작품 제작에 임하고 있음을 볼 때 적어도 그는 현대소설적인 인간 인식
의 세계에 자리 잡고 있었던 작가임에는 틀림없어 보인다. 이런 전제
하에서 그의 작품들을 검토해 보면 그는 동정어린 눈길로 바라볼 수밖
에 없는 인간의 비극성보다는 비판받아야 마땅한 속악성에서 인간의
진면목을 찾고자 한 작가로 평가해 볼 수도 있다. 그가 인간을 감싸
안으려는 입장보다는 그 위에 군림하려는 태도를 견지했다는 사실과
관련지어 보면 그의 인간관은 건전하지 못하거나 편향적이라는 비난을
면키 어렵지만 그 나름대로 인간의 진실에 접근하고자 한 하나의 방법
론이라는 점에서는 그 타당성이 인정되어야 할 것이다.

김동인의 인간관, 또는 그가 파악한 인간성의 진실은 에밀 졸라 류의
자연주의적 인간관과 깊은 관련이 있다고 한다.[1] 한 작가를 특정한 문예
사조와 관련지어 규정하는 것은 대개의 경우 작가의 개성을 희석시킨다
는 점에서 바람직한 것은 아니다. 그러나 김동인의 경우 그가 집중적으
로 조명한 인간의 속악성은 자연주의가 집요하게 드러내 보이는 그것과

---

1) 김봉군, 〈문학작품 속의 인간상 읽기〉, 민지사, 2002, pp.169~175.

일치하고 있다는 점에서 문예사조와 관련지어 볼 수도 있을 것이다. 그러한 경향을 대표하는 작품으로 흔히 〈감자〉가 거론되는데 이는 주지하다시피 인간이 도덕적으로 타락하여 종국에는 파멸에 이르는 과정을 단순명료하게, 또 그만큼 인상적으로 보여주고 있다. 인간은 주어진 환경에 의하여 그 모습이 결정된다는 환경결정론적 인간관에 의해 창조된 전형적인 인물이 〈감자〉의 주인공 복녀다. 〈명문(明文)〉의 전주사는 심리적인 분석 과정을 거쳐야 그 정체가 밝혀질 수 있다는 점에서 다소 다르기는 하나 그 병적인 신앙의 자세와 모친살해(matricide)는 인간의 극단적인 타락상을 대표하고 있다. 〈태형(笞刑)〉도 인간이 극단적인 상황에 놓이게 될 때 보여줄 수 있는 추한 이기심과, 도덕이나 양심을 포기해 버리고 오로지 원시적이고 충동적인 욕구에 따라 사고하고 행동하는 인간의 어두운 면을 적나라하게 드러내 보이고 있다. 이 작품의 경우는 '나'가 양심의 가책을 느끼는 것으로 끝난다는, 즉 인간에 대한 희망적인 요소가 보인다는 점에서 〈감자〉와 차별성을 두어 볼 수 있으나 작가의 의도가 인간의 수성적(獸性的)인 면을 드러내는 데 있다는 것에는 변함이 없다. 그 외에도 〈배따라기〉, 〈발가락이 닮았다〉, 〈김연실전(金研實傳)〉 등도 이런 성향을 지니고 있는 작품들이다.

다소 긍정적으로 말한다면 이러한 작품들은 이 작가의, 인간과 인간의 삶 속에 내재해 있는 암흑한 면과 추악성을 통해 인간의 진실에 접근하고자 한 노력의 산물이라 할 것이다.

3. 악마적 인물의 등장과 그들의 진실

김동인은 인간에게 비극을 초래하는 요인을 그 본성 속에 숨어 있는 속악성이라 보고 있다. 외부적 요인에 의해 속악하게 되는 경우라도 그것은 인간이 본래적으로 수성(獸性)을 지니고 있음으로 해서 쉽게 환경의 영향을 받기 때문이라는 관점에서 인간을 바라본다는 것이다. 이런 점을 두고, 인간을 도덕성이 실종된 동물의 차원으로 끌어내림으로써 당시로는 새로운, 예컨대 이광수 등과는 구별되는 인간 해석의 통로를 열어보였다고 평가할 수도 있을 것이다. 다음 인용문은 이런 경향을 잘 설명해주고 있다.

> 김동인은 인간의 생리적 본능이 곧 인성이라고 본 결정론자이며, 에밀 졸라와 같은 물질주의적 인간관을 보여준다.
> 염상섭은 돈과 성의 소유 문제를 중요시했으나, 인간을 물질주의의 눈으로 보지는 않았다. 그 진실과 아름다움을 함께 좋아한 중용주의자였다. 이에 대하여 김동인은 에밀 졸라와 같이 물질주의적 인간관을 보여준다. 물질주의적 인간과, 돈과 성의 소유 문제를 진지하게 다룬 '감자'는 에밀 졸라류의 자연주의 소설에 속한다. 그러나 '광화사', '광염소나타'의 예술지상주의적 광기가 혼란을 일으킨다. 이것이 김동인의 자연주의가 드러내는 특성이다. 김동인은 에밀 졸라식 물질주의적 인간관 때문에 비난을 당한다. 성의 과잉 노출, 병적인 기질 탐구, 비속성 등이 그 대상이다.[2]

그런데 위의 인용문에서 잠깐 언급한 바에 의하면 〈광화사〉나 〈광염소나타〉의 예술지상주의적 광기가 김동인의 자연주의가 드러내는 특성이라고 하였는데 이는 이것대로 온당한 견해로 보이지만, 달리 보면 이 두 작품에 나타난 이른바 '광기(狂氣)'는 김동인의 자연주의적 인간관이 한 단계 진전된 모습으로 이해될 수도 있다. 인간의 신성(神性)을 부정하고 비속(卑俗)한 동물성에 관심을 기울인 이 작가가 필연적으로 도달

---

2) 김봉군, 위의 책, p.170.

하게 되는 또 하나의 인간관이 위의 두 작품을 통해 나타났다는 것이다. 자연주의적 인간관 자체가 편향성의 오류를 범할 가능성이 있기도 하지만 그것이 극단으로 흐르면 악마적인 인간 인식으로 연장될 수밖에 없는 것이다. 동인의 경우는, 부정적 결정론적인 인간관이 예술 옹호론과 접목되면서 그 작품에 강한 악마적 경향이 나타나게 되었다고 볼 수 있다. 따라서 소위 '광기'는 자연주의적 인간관에 연원을 둔 현상이기는 하지만 그와는 다른 차원의 문제임을 알 수 있다. 이미 김동인은 그의 〈조선근대소설고〉에서 악(惡)도 미(美)일 수 있으며 미의 법칙에 상반되는 것은 무가치한 존재라고 하면서 자신에게 악마적 사상이 움돋고 있음을 밝히고 있는데[3] 이러한 그의 의식이 예술과 관련된 인간관과 만나면서 그로테스크한 작품 세계를 만들어내게 되는 것이다.

예술적 경향으로 말한다면 〈광화사〉나 〈광염소나타〉는 예술지상주의 내지는 탐미사상(耽美思想)으로 설명될 수 있을 것이다. 그러나 그 이전에 이 작품들은 행위와 그 동기 사이의 비밀을 탐구하여 제시함으로써 또 다른 인간 이해의 장을 열어 보여주고 있음에 주목해야 한다. 악마적이기까지 한 인간형의 창조를 통해 인간과 인간의 삶이 지닌 어떤 진실에 도달하고 있음이 발견되기 때문이다. 이 경우 '악마적'이란 마귀나 역신(疫神)의 악의적인 파괴성을 의미한다기보다는 상식을 거부하는 행위나 동기의 의외성, 또는 괴기성(怪奇性)을 가리키는 말이며, 나아가 퇴폐적 미의식으로 연장되는 비윤리적 인간성을 뜻하기도 한다. 예술과 관련된 문제라는 점에서 〈유서〉도 여기에서 예외가 아니다. 솔거가 미인도(美人圖)를 그리고자 하는 진정한 동기는 무엇이며, 백성수가 명곡(名曲)을 작곡할 수 있었던 근거는 무엇인가, 또는 '나'가 그토

---

3) 김동인, 〈조선근대소설고〉, 《동인전집》 8, 홍자출판사, 1979, p.603.

록 후배 화가를 아끼는 이유는 어디에 있는가라는 질문에 대한 답변을
동인은 악마적 인물 구성을 통해 우리에게 절실하게 전달하고 있다.
그것은 인간이 깊숙이 숨기고 있는 비밀, 그 진실은 무엇인가에 대한
답변이기도 하다.

졸고 〈지향과 좌절의 모순성〉에서는 이 세 작품을 다른 각도에서 분
석하여, 김동인의 소설들에도 모든 좋은 소설들이 다 그렇듯이 모순과
역설의 구조가 있음을, 그리고 그 구조 속에 캐릭터의 피할 수 없는
운명이 놓여있음[4]을 지적한 바 있다. 다소 불건전한 인간관, 나아가
악마적인 인간관으로까지 볼 수 있는 그의 인간에 대한 이해는 이 모순
과 역설적 구조를 통해 오히려 인간이 어떻게 해야 가치 있는 존재가
될 수 있는가라는 문제를 우리에게 던져주는 것은 아닌지 그 가능성을
생각해 보게 된다. 그런 점에서 이 글에서 인용하고 있는 작품 분석의
내용은 위의 〈지향과 좌절의 모순성〉과 일부 중복되는 면이 있음을 밝
혀둔다.

1) 〈광화사〉

(1) 행위를 이끌어내는 힘으로서의 불행

솔거는 뛰어난 화가다. 그는 자신의 예술적 욕구를 실현하기 위하여,
즉 화도(畵道)에 정진하기 위하여 세속과 절연하고 백악(白岳)의 숲속에
서 은거하게 된다. 그가 세속을 떠나 칩거하게 되는 것은 위대한 작품
을 탄생시키기 위한 행위이기도 하지만 보다 근본적인 이유는 사람을
피하기 위해서이다.

---

4) 홍태식, 〈지향과 좌절의 모순성〉, 《한국문예비평연구》 제3집, 양문각, 1998, p.235.

사람을 피하기 위하여, 그리고 또는 일방으로는 화도(畵道)에 정진하기 위하여 인가를 떠나서 백악의 숲속에 조그만 오막살이를 하나 틀고 거기에 숨은 지 근 三十년, 생활에 필요한 물건 혹은 그림에 필요한 물건을 구하기 위하여 부득이 거리에 나가야 할 필요가 있을 때는 반드시 밤을 택하였다. 피할 수 없어 낮에 나갈 때는 방립을 쓰고 그 우에 얼굴을 베로 가리웠다.

화도(畵道)에 발을 들여 놓은 지 근 四十년 부득이한 금욕생활 부득이한 은둔생활을 경영한지 삼십년, 여인에게로 소모되지 못한 정력은 머리로 모이고 머리로 모인 정력은 손끝으로 뻗어서 종이에, 비단에 갈겨 던진 그림이 벌써 수 千점5)

사람이 사람들과 섞여서 살지 못하는 것은 크나큰 불행이다. 바꾸어 말하면 사람들에게는 사람들 틈에 섞여서 희로애락을 함께 하면서 살아가는 것이 삶의 보람이요, 기쁨이다. 때로는 미워하면서, 때로는 사랑하면서 기쁨과 슬픔을 나누어 갖기도 하면서 살아가는 것이 평범하지만 근본적인 삶의 모습이다. 이것은 인간이 인간으로서의 자신을 확인하는 일상이며 인간으로서의 행복이다. 이러한 인간적 삶의 보람과 일상성을 포기하고 오히려 사람을 피하고 그들의 틈에서 벗어나 고독한 칩거생활로 돌아서는 인물이 솔거다. 그가 그렇게 하는 것은 정상적인 인간관계로 본다면 지극히 부자연스러운 것이다. 부자연스러운 만큼 은둔하는 솔거의 마음은 고통스러운 것이고 그는 그만큼 불행한 존재다.

그의 외모는 남들도 보기 거북한 것이고 솔거 자신도 남에게 보이고 싶지 않은 것이다. 뽕나무밭에 숨는 행위나 베수건으로 얼굴을 가리는 것은 남들이 자신의 외모 때문에 놀라지나 않을까 하는 염려하는 마음에서보다는 자기 얼굴에 대하여 솔거 스스로가 느끼는 혐오감과 분노에서

---

5) 김동인, 〈광화사〉, 《야담(野談)》 창간호, 1935, 12, p.69.

오는 자기 은폐의 행위다. 자기의 존재 그 자체를 무화(無化)시키고 싶은 자기 부정이 여기에 강하게 나타난다. 한편으로 솔거는, 아무리 운명적으로 타고난 추한 외모를 갖고 있다 할지라도 자신을 이렇게까지 비참한 심경으로 몰아넣는 여인들과 세인들에 대한 원망을 금할 수가 없다. 그래서 자기 부정의 비참한 심경은 그들에 대한 적개심으로 발전하게 되는 것이다. 솔거가 자신의 얼굴을 은폐하는 것은 제거(除去)의 욕망이며 그것은 마지막 장면에서 소녀를 살해하는 것으로 구체화된다.

평범한 인간으로서의 삶과 행복을 거부당한 솔거의 심적 에너지는 그림 제작에 경주된다. 금욕과 은둔의 생활로 하여 '소모되지 못한' 정력은 수천 점의 그림으로 변용된다. 말하자면 솔거는 성적(性的) 리비도(libido)의 예술적 승화를 구현해 온 것이다. 이렇게 그림을 그림으로써 솔거는 자신의 불행과 고통을 극복한 것처럼 보이지만 그 그림들이 솔거의 근원적인 욕구를 충족시키지는 못했다. 그림을 그리는 행위는 하나의 대리충족일 뿐 그것이 그의 진정한 자기실현이 될 수는 없었다. 이 경우 자기실현은 복수욕(復讐慾)으로 나타나는 자존심과 관련된다.

"좀 더 얼굴에 움직임이 있는 사람을 그려보고 싶다. 표정이 있는 사람을 그려보고 싶다"는 말은 보편적인 삶의 세계로 회귀하고 싶어 하는 솔거의 소망과 새로운 그림에 대한 그의 예술가적 욕구를 나타낸 것이다. 정상인들이 살고 있는 속세를 동경하는 마음의 표현이기도 하다. 원망(怨望)하면서도 동경하는 모순된 감정, 이것이 솔거의 갈등이자 그의 존재자로서의 고통(ontological sickness)이다. 그러나 이 갈등과 고통이 심화되면서 양가적인 감정은 직선적인 감정으로 통합된다. 동경과 원망(怨望)이 혼합된 감정에서 동경은 원망 속으로 흡수되어 원망 하나의 감정 상태로 통일된다는 것이다. 처음에는 원망하면서도 선망하는 마음에서부터 새로운 그림을 기획했지만 차츰 동경의 감정은 약

화되고 원망, 즉 적대(敵對)와 증오의 감정이 증대되어 그것이 그림 제
작의 강한 에너지로 작용하게 된다는 것이다.

솔거의 적대감은 자신이 정상인들에게 받아들여지지 못했다는 사실
에서 오는 자존심의 균열에 그 원인이 있으며, 그의 복수욕은 손상된
자존심을 회복하고자 하는 새디즘(sadism)적인 열정에 관련되는 것이
다. 동경과 원망이라는 양가감정은 직선적인 적대감으로 발전되고 이
것은 다시 자존심의 회복을 위한 복수욕으로 심화되면서 미인도(美人圖)
세작의 원동력이 되는 것이다.

> 세상이 주지 않는 안해를 자기는 자기의 붓끝으로 만들어서 세상을 비웃
> 어 주리라.
> 이 세상에 존재한 가장 아름다운 계집보다도 더 아름다운 계집을 자기의
> 붓끝으로 그리어서 못나고도 아름다운 체 하는 세상 계집들을 웃어 주리라.
> 못난 계집을 안해로 맞아가지고 천하의 절색이라고 믿고 있는 사내놈들
> 도 깔보아 주리라.
> 四五명의 처첩을 거느리고 좋다구나고 춤추는 헌놈들도 굽어보아 주리라.
> — 〈광화사〉

솔거가 미인도를 그리고자 하는 이유가 원색적으로 나타나 있다. 여
인으로부터 자신을 차단한 세상과 세인(世人)들을 비웃어 주기 위해서
미인도를 그리겠다는 것이다. 솔거 자신에게는 한 아내도 없는데 사오
명씩이나 처첩을 거느리고 희희낙락하는 '헌 놈'을 굽어보기 위해서 미
인도를 그려야만 한다는 것이다. 시기와 증오로 점철되는 솔거의 비참
한 심경과 비극적 소망이 표백(表白)되어 있다. 시기와 증오는 열등감의
소산이면서 동시에 자존심의 발동을 자극하는 것이기도 하다. 세상 사
람들의 우위(優位)에 서서 그들을 비웃고 굽어보아야겠다는 것이 바로

그것이다.

솔거를 인간관계와 그 감정적 측면에서만 분석하는 것은 편협한 태도라고 비난받을 여지는 있다. 솔거는 화가이고, 화가라면 예술에 대한 순수한 애정이 있을 것이고, 나아가 그에게 위대한 예술을 창조해야겠다는 포부가 있다는 것은 자연스러운 일이다. 실제 〈광화사〉는 솔거의 어떤 예술을 대하는 태도에 초점을 맞추어 해석되거나 평가되어 왔다. 이런 점은 특히 김동인의 예술관과 관련이 있는 것으로 파악, 설명되어 왔다.6)

그러나 솔거의 미인도 제작의 동기는 그의 추악한 외모에 관련된 인간관계에서 찾아져야 한다는 것이 필자의 견해이기 때문에 위에서 그의 증오감과 복수욕, 자존심의 문제를 부각시켜 본 것이다. 따라서 '욕구→노력→실패'의 도식(圖式)은 일차적으로 솔거의 창조 행위의 과정과 결과를 나타내지만, 근본적으로 그의 심리적 추이와 운명의 진행 과정과 결과를 나타내는 것이다. 다시 말해서, 솔거의 예술 창조 행위는 운명의 극복이라는 과제를 바탕에 깔고 있기 때문에 그것(미인도 제작)은 순수한 예술적 의도에서라기보다는 복수욕과 자존심에서 비롯된 행위로 보았던 것이다. 위대한 미인도 제작은 솔거의 예술가로서의 포부를 실현하기 위한 것이기도 하지만, 솔거의 인간적인 욕망을 성취하기 위한 것이라는 의미가 더 큰 것이다. 즉, 그것은 자신의 자존심의 승리를 확인하기 위한 행위라고 보아야 한다는 것이다.

(2) 편향성과 집착에서 비롯되는 악마적 성향

솔거는 '세상이 자기에게 주지 않는' 아내를 그리기 위하여 그 모델을

---

6) 조연현, 〈한국현대문학사〉, 성문각, 1972, pp.354~355.
　김치수, 〈한국소설의 공간〉, 열화당, 1976, p.108.
　김우종, 〈한국현대소설사〉, 성문각, 1982, p.138.

구하기에 혈안이 된다. 그러나 좀처럼 구하지 못한다. 이 점이 솔거의 모순이자 갈등이다. 상상으로 가능한 이목구비가 반듯하기만 한 미인 도로서는 만족할 수 없으며 순영적(瞬影的)으로 기억하는 어머니를 닮은 여인을 찾아야만 한다는 것이다. 솔거가 생각하는 완벽한 미인으로서의 아내의 모델은 이미 자신의 마음속에 있는데 그것을 밖에서 구하려고 하니 찾아질 리가 없는 것이다.

솔거가 미인도에서 가장 중시하는 것은 눈이었다. 미녀의 아랫도리는 다 그렸지만 얼굴에는 손을 대지 못하고 있다. 얼굴에서도 그가 바라고 생각하는 눈의 표정이 잡히지를 않아 두상(頭上)을 그리지 못하고 있는 것이다. 그가 생각하는 눈은 애무와 동경, 즉 사랑이 넘치는 눈이었다. 그것은 바로 회상 속의 어머니의 눈이 아닌가, 이 눈은 세상 어머니들이 아들에게만 보일 수 있는 눈이요, 아들은 어머니에게서만 볼 수 있는 눈이다. 세상 누가 이 추남 화가에게 그런 눈빛을 보일 것인가? 그것을 밖에서 찾는다는 것은 이미 불가능한 일을 헛되이 시도하는 것에 불과하다, 그가 밖에서 모델을 찾는 한 미인도는 완성 될 수 없으며, 미인도로 표상되는 자기탐색(self-exploring)도 실패할 수밖에 없는 것이다.

그리고 그가 그리고자 하는 미인도는 자기 아내의 상(像)이다. 아내의 상을 그리는 데 빈번하게 어머니의 회상이 등장한다. 어머니와 아내의 동일시가 이루어지는 것이다. 아내로서의 어머니, 어머니로서의 아내, 이것은 솔거의 잠재적 소망이며 그의 아니마(anima) 추구의 심기(心氣)지만 도덕적으로 용납되지 않는 등식이다. 그는 그것이 부도덕하다는 것을 의식하기 때문에 그것을 피하기 위한 도덕적인 합리화가 필요했던 것이며, 이 점이 솔거를 시정(市井)과 왕후친잠용 뽕밭으로 내몰았던 것이다. 안에 있는 것을 밖에서 찾아야 하며, 안에 있는 것은 도덕적 양심이 허락하지 않으니 미인의 얼굴은 그려질 까닭이 없다. 그래서 미녀 색출은 솔거의 모순이자 갈등이라고 한 것이다. 말하자면 그는 오이디푸스 콤플렉스와 도덕적 양심 사이에서 방황하고 있었던 것이다. 어머니에 대한 도덕적 감정을 고수하는 한 그의 시도는 성취될 수 없는 것이다. '자기에게 계집을 주지 않는 고약한 세상에게 보복하는 의미로 절색의 미녀를 차지하고자 하는 이 화공'은 이제 다시 궁녀(宮女)를 보기 위해서 뽕밭으로 갈 필요가 없을 수밖에 없다. 바깥세상의 그 어떤 미인 도 그에게 필요 없다는 것을 그는 이미 잘 알고 있었기 때문이다.7)

모델을 구하지 못한 답답함에 시달리던 어느 날 솔거는 우연히 계곡 에서 아름다운 소경 처녀를 발견하게 되는데, 놀랍게도 그녀는 그가 그토록 찾아 헤매던 그 모델의 이미지를 그대로 지니고 있었다. 소경 처녀를 집으로 데려와 미인도를 그려 나가지만 불행하게도 날이 저물 어 그림의 마무리는 내일로 미룰 수밖에 없었다. 그리고 그 밤 솔거는 소경 처녀를 범하게 되고, 이튿날 그녀의 표정을 본 솔거는 더 이상 그림을 그릴 수 없게 된다. 그리고 어머니를 대신한 그림의 모델인 소 경 처녀를 범한 자신의 부도덕성에 대한 자각이 그를 광포(狂暴)하게 만들고 만다.

'소경 처녀를 범한 것은 어머니를 범한 것과 같다'라는 각성의 순간이 그에게는 절망의 순간이었다. 미인도를 그려서 오이디푸스 콤플렉스를 승화시키고, 고독과 불행의 현실로부터 근원적인 삶의 보금자리[용궁 (龍宮)]로 회귀하려던 그의 소망은 좌절되었다. 뿐만 아니라 완전한 미 인을 창조함으로써 정상인들을 비웃어 주려던 그의 복수욕도 실현 불 가능하게 되었다. 그것은 추악한 외모에서 온 불행한 운명에서 벗어나 려는 시도의 좌절이며, 패배이며, 자존심의 파탄이다. 솔거는 순간적

---

7) S. Freud, "*Civilization And It's Discontents*", W. W. Norton & Company Inc. 1961, pp.7~9 passim.

인 분노의 감정을 억제하지 못하고 처녀를 살해한다. 그는 자신의 모든 좌절과 패배의 책임을 처녀에게 전가하고 있지만 실은 처녀의 살해는 어머니를 범했다는 무서운 도덕적 자책감의 반작용이며 부성원리(父性 原理)와 동일시되는 세인들을 극복하지 못한 자신에 대한 증오감의 반 작용이다. 처녀의 살해는 자기 파괴의 충동에서 빚은 살인이다. 극복되 지 않는 대상(일종의 부성원리)에 대한 살해 욕망은 곧잘 자신에게 투사되 며, 그것은 자살과 같은 자기 파괴 행위로 나타난다고 한다.

타나토스(thanatos)는 금기(禁忌)를 파괴한 자가 맞이할 수밖에 없는 당연한 파탄이다. 소경 처녀가 죽으면서 튀긴 먹물이 처녀의 얼굴에 덮이면서 그 방울이 튀어서 미인도의 눈동자가 그려졌다는 것은 E. A. 포우적인 괴기성, 악마성과도 통한다. 이런 점은 〈광화사〉의 탐미적이 고 악마적인 성격을 보여주는 요소이기도 하다. 그려진 눈동자가 원망 의 빛을 띠고 있어 솔거는 더욱 경악한다. 수일 후 솔거는 광인이 되어 거리를 방황한다. 있을 수 있을 것이라는 가능성을 전연 배제할 수는 없지만 도저히 있을 법하지 않은 괴이한 우연과 조우하게 될 때 오는 충격과 경악이 빚어내는 사고의 혼란이 실성(失性)으로 발전할 수도 있 다. 그러나 솔거에게는 미칠 수밖에 없는 더 큰 이유가 있다.

아버지를 살해한[부친살해(tarricide)] 자는 신체의 어느 부위를 절단 당 하게 되며, 어머니를 살해한 자는 미쳐버린다는 것이다.[8] 오이디푸스는 그 아버지를 살해하고 어머니를 아내로 맞이한 형벌로써 자신의 두 눈을 뽑아 버렸으며, 오레스테스(Orestes)는 부정(不貞)한 자기 어머니를 살해 한 뒤 미쳐버렸다. 솔거는 어머니로 동일시되는 소경 처녀를 범하고 (incest) 살해했기(matricide) 때문에 미쳐버린 것이다. 솔거는 그의 모든

---

8) A. Green, "*The Tragic Effect*", Cambridge University press, 1974, p.38.

의지와 욕망을 한으로 남긴 채 일생을 마감했다. 지라르는 "욕망의 궁극적 의미는 죽음이다"[9]라고 했다. 지라르가 말하는 욕망과 솔거의 욕망은 다소 다르다 하더라도 인간이 갖는 욕망의 한계와 그 욕망이 병적으로 심화되면 악마적인 성향을 띠게 됨을 우리는 여기서 볼 수 있다.

2) 〈광염소나타〉

(1) 인간성을 파괴하는 오도(誤導)된 열정 – K씨의 경우

K씨는 천재성과 천재성이 유감없이 발휘되는 음악에 대한 열망을 가지고 있으면서도 실제 창작에는 관여하지 않았던 것 같고, 그러한 재능도 없었던 것이 아닌가 생각된다. 이것은 지나친 비약이 될지도 모르나, 그러했기에 위대한 작품에 대한 그의 열망은 더욱 큰 것이 되었는지도 모른다. 비평(批評)이란 내가 직접 획득하지 못한 것을 간접적으로 획득하는 작업이다. K씨는 자신이 직접 창출하지 못하는 위대한 음악에 무한한 기대를 걸고 살아온 사람으로 생각된다. 그는 그것을 기다리면서 음악비평가로서의 활동을 해 온 것이다.

> 비평가는 어떤 일들을 직접 알아낼 수 없는 사람들이어서 '비평받는' 작가인 타인의 행위 덕분에, 오직 간접적으로 중개를 통하여서만 그것들을 알 수 있게 된다. 눈을 빌은 장님, 듣는 능력을 획득한 귀머거리, 시심(詩心)의 선물을 받은 비시인(非時人), 이것이 한 비평가다.[10]

이 인용문의 내용은 K씨의 경우에 부합된다고 확언하기는 어렵지만 K씨의 입장을 어느 정도까지는 설명해 줄 수 있을 것으로 생각된다.

---

9) Rena Girard, 〈소설의 이론〉, 김윤식 역, 삼영사, 1978, p.213.
10) 죠르즈 풀레 편, 〈현대비평의 이론〉, 김붕구 역, 홍익사, 1979, pp.199~200.

천재에 대한 열망과 위대한 음악에 대한 열정은 있지만 자신이 그것을 구유(具有)하지 못하고 실현 할 수 없을 때 K씨는 그러한 천재와 음악을 다른 사람에게서 구할 수밖에 없었을 것이다. 그러나 그가 처음 가능성을 발견했던 백성수의 아버지는 헛되이 죽었고 그의 기대는 일단 좌절된다. 그리고 삼십 년 후 백○○의 아들 백성수를 만나면서 그의 열망과 열정은 다시 타오르기 시작한다. 백성수를 우연히 만남으로써 그의 마음은, 삼십 년 동안 그가 마음속에 품어온 천재와 예술에 대한 소망이 실현될 수 있을 것이라는 기대로 부풀게 되는 것이다. 그 결과 K씨는 백성수의 후견인 노릇을 즐겨하게 되고, 은연중 백성수로 하여금 수단과 방법을 가리지 않고 명곡(名曲)을 만들도록 유도해 나가게 된다. K씨에 대한 이런 식의 이야기는 사실 지나치게 피상적, 비약적이라는 비난을 면하기 어려울 것이나, 앞으로 전개되는 K씨와 백성수의 관계를 면밀히 검토해 보면 수긍되는 점이 있을 것이다.

K씨는 자신을 이렇게 소개하고 있다.

> 아시다시피 지금 K라면 이 땅에서 첫손가락으로 곱는 음악 비평가가 아닙니까. 견실한 지도적 비평가 K라면 (중략) 말하자면 나 같은 괴상한 성미를 가진 사람이 아니면 삯을 주면서 들어가래도 들어가지 않을 음침한 집이었습니다.
> — 〈광염소나타〉

이 진술에 의하면 K씨의 특성은 '건실한 지도적 비평가'와 '괴상한 성미를 가진 사람'으로 요약된다. 이러한 양면성은 심상(尋常)하다면 심상하게 보아 넘길 수도 있겠지만, K씨의 경우는 그것이 곧바로 백성수에게로 연결된다는 데에 그 심각성과 중요한 점이 있다. "우리의 실생활에서 허용되지 않는 배척되고 억압되는 우리의 정신내용이 인격화된 것"[11]이 그림자(schatten)라면, 분명 K씨가 준비하고 있는 대답은 그

의 그림자의 모습이다. 그러나 그는 자기 그림자의 명령대로 행동할
수 없는 '건실한 지도적 비평가'이기 때문에 밤늦은 시간에 음침한 교회
당을 찾아가 명상에 잠기는 것으로써 다소나마 위안을 얻곤 했다. 여기
에서 만난 인물이 백성수다. 거기에서 우연히 백성수가 피아노를 탄주
하는 광경을 목격하고 놀라게 된다. 그리고 백성수가 삼십 년 전 아깝
게 요절한 백○○의 아들이라는 데서 다시 한 번 놀라게 되고, K씨의
그림자는 현실적으로 발동하게 된다. K씨는 자신의 그림자를 백성수에
게 투사(projection)함으로써 자신의 예술적 욕구를 충족시키려 하는 것
이다. K씨의 입장에서 보면 백성수는 K씨는 하이드 씨인 셈이다.

K씨는 백성수에게 방화(放火)를 하도록 유도하고 나아가서 백성수의
광포성이 심화되도록, '차차 힘이 적어져가네'와 같은 우회적인 말로써
그를 부추긴다. 그러한 결과로써 K씨는 불후(不朽)의 명작을 얻게 되
지만 인간 백성수는 파탄에 이르고 만다. 훌륭한 작품을 얻었다는 것은
백성수에게도 어느 한 면에서는 승리이겠지만, 그것을 얻기까지의 고
통과 그 결과로서의 파탄은 비극이 아닐 수 없다.

> 백성수의 그의 예술은 그 하나하나가 모두 우리의 문화를 영구히 빛낼
> 보물입니다. 우리의 문화의 기념탑입니다. 방화? 살인? 변변치 않은 집간,
> 변변치 않은 사람께는, 그의 예술의 하나가 산출되는데 희생하라면 결코
> 아깝지 않습니다.[12]

K씨는 끝까지 백성수에 대하여 인간적 연민을 보이기보다는, 자신
의 예술관과 백성수의 예술 – 음악을 변호하는 데만 열을 올리고 있다.
열정이란 고통과 희생을 수반하는 감정이기는 하지만, K씨의 열정이

---

11) Jolande, Jacobi, 〈융 심리학〉, 홍성화 역, 교육과학사, 1985, p.145.
12) 〈광염소나타〉, pp.446~447.

지니는 그 파괴성은 끔찍한 것이다. 그는 예술적 성취를 위해서라면 그 어떤 것도 희생시킬 수 있다는 악마적 성향을 노골적으로 드러내 보이는 인물이다.

(2) 악마적 성향으로 변질된 복수욕과 낙원 회귀의 소망

백성수는 타계한 천재 음악가 백○○의 아들로서 그 어머니의 약값을 구하기 위해 절도를 하다가 붙잡혀 감옥으로 가게 된다. 병든 어머니는 복역 중 죽게 되고, 출옥 뒤 이 사실을 알게 된 그는 자기를 고발한 담뱃가게에 불을 지르는데 이것이 그로서는 그의 음악적 천분을 발휘하게 되는 첫 계기가 된다.

백성수가 방화를 한 그 시각에 K씨는 바로 음침한 교회에 와서 자신의 말대로 괴상한 취미인 명상에 잠겨 있었고, 허둥지둥 피신해 온 백성수와 조우하게 된다. 교회 안에 들어온 백성수가 인기척을 느끼지 못하고 격앙된 감정으로 즉흥적인 탄주를 마친 뒤에야, '정신을 못 차리고 망연히 앉아 있던' K씨가 그에게 말을 건넴으로써 두 사람의 만남이 비로소 이루어진다. '괴상한 성미를 가진 사람'이나 밤에 찾아갈 '음침한 교회당'에서 '야성적 천재성을 유전 받은 사람'과 '귀기(鬼氣)서린 야성적 힘의 예술을 갈구하는 사람'의 운명적인 해후상봉(邂逅相逢)이 이루어지는 것이다.

백성수의 경우 불은 적대자 – 자기에 대하여 가해한 자를 소멸시키기 위한 파괴적인 것이다. 그리고 그가 느낀 순간적 충동은 두말 할 것 없이 복수욕이다. 이 부분에서의 그의 복수욕은 두 가지 원인에서 비롯된다. 그 하나는 어머니의 죽음과 관련된 백성수 자신의 불효의식과 죄책감이다. 이것은 윤리적 차원에서의 그의 성격이기도 하지만 동시에 그의 그림자(shadow)이기도 하다. 백성수는 자신의 그림자를 담뱃 가게 주인으로 대표되는 사회 제도에게로 투사하여(사회에로의 책임 전가) 스스로 파괴적 충동을 불러일으키게 된다. 나머지 하나는 모성의 세계 로부터 분리되는 고통이다. 이것은 개체적, 심리적 차원에서의 성격이 자, 그의 성격의 핵심을 이루는 것이다.

이러한 두 가지 원인에서 연유된 복수욕은 방화로써 일단 해소되고, 〈광염소나타〉의 작곡으로 승화됨으로써 일단락된다. K씨를 만나기 전, 여기까지는 백성수의 행위가 지극히 자연스럽게 진행되어 온다. 광염소나타의 작곡은 아직까지는 예상하지 못한 부산물이며, 백성수 자신이 깨닫지 못한, 잃어버린 모성의 세계의 대체물이다. 백성수의 이 '복수욕→파괴적 충동→방화→작곡'이라는 자연스러운 행위의 흐름이 K씨를 만나면서부터 의도적 고의적인 행동패턴으로 변질된다.

백성수의 음악은 어머니가 병드는 시기에서부터 출발하여 지금에 이 르기까지의 생활을 반영하고 있다. 어렸을 때, 어머니의 보호 밑에서 평화롭게 지내던 생활은 그의 음악에서 제외되어 있다. 본질적으로 예 술이란 결핍과 간절한 소망이 있는 시공에서 창조되는 것이다. 예술이 구현하는 세계는 인간이 지향하는 소망의 세계를 보여준다. 예술은 인 간과 인생의 결손 된 부분을 채워 넣기 위한 행위의 산물이다. 아무런 결손과 결핍이 없는 시공 가운데서 살았던 백성수에게 음악은 막연한 동경의 대상이었을 뿐이지 심각한 삶의 문제는 아니었기 때문에 그 당 시 그의 음악은 실패할 수밖에 없었던 것이다.

〈광염소나타〉의 내용은 '어머니의 득병과 함께 시작 된 빈곤과 주림 →어머니의 죽음과 슬픔→복수와 파괴→성취의 쾌감'으로 요약된 다. 이것은 그가 처한 현재의 상황을 극명하게 보여주는 것이다. 그의 음악의 특성은 그의 생활 자체가 거기에 집약돼 있다는 데 있고, 그

위대성은 문명의 혜택과는 거리가 먼 야성적인 힘을 지니고 있다는 점
에서 발견된다. 그런데, 여기서 한 가지 분명히 해 둘 것은 그의 음악의
위대성을 결정하는 야성(野性), 귀기(鬼氣), 광포한 힘과 같은 것은 작곡
의 동기가 아니라, 그의 음악적 재능에 속한다는 점이다. 야성, 귀기,
광포성이 동기가 되어 위대한 음악이 나오는 것이 아니라, 그의 어떤
특수한 생활양식에서부터 그의 음악이 나온다는 것이다. 그 생활양식
은 외적인 모습을 뜻한다기 보다는 그의 내면적 욕구와 밀접한 관계를
갖는 것이다.

여기까지만 해도 그 방화는 작곡을 의식한 방화가 아니었다. '광염소
나타'와 같은 자연스런 행위의 결과로 '성난 파도'가 만들어진 것이다.
그러나 이 후 백성수는 거의 습관적으로 방화를 하게 되는데, 그것은
의식적으로 음악을 얻기 위해서라는 명분 아래 저지르는 명백한 범죄
였다. 백성수는 이런 과정 – 방화와 작곡을 되풀이하면서 자기식의 생
존방식과 존재 의미를 구축해 나가게 된다.

사회 제도나 규범이 한 개인으로부터 그의 소유물을 빼앗기만 하고
그것을 보상하지 않을 때, 즉 그 개인에게 알맞은 대체물을 제공하지
못할 때, 그 개인은 스스로의 힘으로 대체물을 추구하게 된다. 그는
현실사회에서는 잃어버린 모성의 세계(낙원)를 찾을 수 없었기 때문에
늘 불안과 위협에 시달리다가 강렬한 복수욕에서 재래된 방화(파괴)를
통해 작곡을 하게 되고 그 음악 속에서 순간적인 구원을 얻게 된다.
다시 말해서 백성수에게 있어 음악은 낙원의 대체물이며 그 대체물을
얻기 위하여 그는 방화를 한 것이다. 그에게 있어 음악은 낙원으로 회
귀하고자 하는 그의 소망이 순간적으로 달성되는 시공(時空)인 것이다.
이것이 두 번 세 번 반복되는 과정에서 생활의 한 양식이 되어버렸고,
동시에 자신이 현실 사회에서 존재하는 의미도 여기에서 찾게 되었다.

이것은 자신의 행위가 범죄라는 의식 이전의 절실한, 실존이 부딪치는 생의 의미와 관련되는 문제다. 이렇게 보면, 백성수가 방화를 하는 특정한 동기는 음악을 작곡하기 위한 것이지만 근본적 동기는 복수욕의 충족과 낙원 회귀의 소망임을 알 수 있다.

백성수는 십여 일 건너 한 번씩 방화를 하고 그 때마다 한 곡의 음악을 얻는 무모하고 충동적이며 파괴적인 생활을 계속하지만, 필연적인 귀결로서 이 일에도 식상(食傷)하고 만다. 이미 사회적 구성원으로서의 인격체와는 거리가 멀어진 것은 물론이려니와, 수없는 방화에도 자극과 만족을 얻지 못할 만큼 그의 심정은 악마적이 되고 말았다. 그의 음악은 K씨에 의하면 여전히 흥분과 광포, 야성과 힘에 가득 찬 경악할 만한 것이었지만, 이제 더 이상 방화에서 그는 음악을 얻을 수 없게 되었다.

그 무렵 K씨는 '차차 힘이 없어져 가네'라는 한 마디 말로 백성수를 각성시켰고, 백성수는 급기야 끔찍한 범죄로 발전해가기 시작한다. 우연한 일이라고는 하지만 버려진 늙은이의 시체를 보는 순간 그는 광란으로 빠져들어 그 시체를 참혹하게 만들어 버리고 〈피의 선율〉이라는 작품을 얻었다. 백성수가 사체를 모독하는 행위는 백성수 자신의 죽음의 본능(thanatos)이다. 죽음의 본능은 보통 공격적 자기 파괴적인 행동(self-destructive pattern)으로 나타난다고 한다.[13] 사체를 모독하는 것은 적대 세력(사회 규범과 제도)에 대한 공격(복수)이며, 그에게 어떤 여인이 있었는지는 언급이 없으나, 그는 아는 한 여인이 죽었다는 소식을 듣고 그 무덤에 갔다가 시체를 파내어 시간(屍姦)을 자행한다. 그 결과 '사령(死靈)'이라는 곡을 얻는다. 시간은 일종의 시체애호증으로서 성본능(eros)이 도착(倒錯)된 상태(perversion)다. 이것은 사체 모독과는 또 다

---

13) Michael J. Mahoney, "*Abnormal Psychology(perspective on human variance)*", Haper & Row, publishers, Inc, 1980, p.80.

른 백성수의 일면이겠으나 여전히 악마적, 괴기적 취향이며 윤리적 파
탄의 극한점에 도달하고 있음을 보여준다. 그리고 급기야는 살인에까
지 이르고 수많은 사람의 생명을 희생하여 작품을 낳게 된다.

백성수는 복수욕과 낙원회귀의 소망이 길을 잘못 드는 데서부터 인
간성이 극심하게 파괴되고 급기야는 처참한 지경에 이르게 되는 한 전
형을 우리에게 보여주는 인물이다.

3) 〈유서〉

(1) 자만심과 광포성의 사이

이 소설에는 네 명의 인물이 나오고 그 가운데 '나'가 위치하고 있다.
'나'를 중심으로 하여 네 인물 상호간의 관계를 살펴보면 그 관계의 범
주가 세 가지로 나누어졌다가 다시 하나로 종합되는 양상을 볼 수 있
다. 나와 O(O의 아내)의 관계, O와 O의 아내의 관계, O의 아내와 그
정부(情夫)인 A와의 관계가 그것이다. 이 세 범주의 관계에서 일차적으
로 중요한 것은 나와 O의 관계이다. 나와 O의 관계가 나의 성격의 태반
을 설명한다 해도 과언은 아니다. 나와 O의 관계가 나로 하여금 사건에
참여하게 하고 이 작품의 주인공이 되게 하는 원인이 되기 때문이다.
나는 O에 대하여 후원자, 이해자(理解者)로 등장하고 O는 나의 지도와
조언(助言), 생활의 모든 면에서 도움을 받는 인물로 표현된다. 클로드
브르몽의 '행동자(agent), 수동자(patient)'의 모형에 거의 근접하는 인물
설정의 양상을 보여 준다. 나와 O가 어떻게 해서 이런 친밀한 관계로까
지 발전하게 되었는지는 밝혀지지 않았다. 나는 O의 예술적 재능을 아
끼는 사람이고, 재능을 아끼기 때문에 그 인간에 애착을 갖게 되고 그
의 일을 나의 일처럼 생각하게 되었다는 식으로 서술되고 있다. 나는

직업이 분명치 않은 사람이다. 하지만 예술과 재능이 있는 예술가에 대해서는 맹신적으로 옹호하는 사람으로 나타난다. 〈광염소나타〉의 백성수를 바라보고 후원하는 K씨가 인명(人命)은 위대한 예술을 위해서는 희생될 수도 있지 않겠느냐고 질문하는 것처럼 '나'는 O의 예술적 재능을 좀먹는 부정한 아내 하나 정도는 죽어도 괜찮다는 극단적이고 악마적인 사고까지도 서슴지 않는다.

단적으로 말해서 O는 나의 예술애호증 내지는 자기만족 추구의 의지를 투사(投射)한 인물인 것이다. 그러기에 나는 O가 그린 그림이 마음에 들지 않는다고, "나는 얼빠진 것같이 잠깐 그것을 바라보다가 두말없이 나가서 붓을 들고 거기 흰 기름을 발라서 그 예수의 얼굴을 지워 버렸다."와 같이 할 수 있었던 것이다. O는 '나'가 투사된 인물이며 나와 동일시되는 인물이다. 여기에 '나'가 이 작품의 주인공이 되는 원인이 숨어 있다. 나는 O를 나와 동일시(identification)하기 때문에 O의 모든 일을 대행(代行)하게 되는데 그것은 대리인이라기보다는 보호자 내지는 당사자(當事者)라는 의식에서 행하는 것들이다. '나'가 그렇게 행동하는 것은 누구보다도 O를 자신이 잘 알고 있다는 자신감이 있기 때문이며, O는 이미 자기의 영향권 안에 있는 사람이라고 생각하기 때문이다. O를 나로 동일시하고 나를 O에 투사한 당연한 행동인 것이다.

O의 아내(봉선)와 A는 표면적으로 육촌 오누이간이다. 육촌 오누이 사이에 사련(邪戀)을 벌이는 관계로 나와 있다. 그들은 금기로 되어 있는 근친상간을 대담하게 범하고 있는 자들이다. 그런데 A는 자신을 나약한 화가에게 시집간 육촌 여동생을 구원하는 기사(騎士)로 합리화하고 있고 봉선이는 남편에게서 찾을 수 없는 남성다움을 구하는 대상으로 A를 선택한 것으로 표현되었다. A는 그럴싸한 궤변으로 자신의 범죄적인 쾌락 추구를 합리화하고 봉선이는 백치 같은 무분별한 피보호

본능에 탐닉하는, 박자가 맞는 인물들인 것이다. 이들의 사고방식이나 행동은 윤리적 차원에서 엄중히 정죄(定罪)되어야 할 것으로서 나에게 행동의 단서를 제공하고 있다. 이들은 표면적으로는 부도덕한 근친상 간의 관계지만 본질적으로는 '나' 혹은 O의 소유욕과 자기실현[14])을 방 해하고 좌절시키는 적대세력을 형성하는 관계에 있다. 즉, 이들은 나와 O에 맞서는 반동 블록을 형성하는 관계인 것이다.

　독자의 입장에서 보면 이들도 양자가 서로를 동일시할 가능성이 있 는 인물로 보여 질 수 있다. 이 세 가지의 관계의 범주는 모두 중요하지 만 나와 O의 관계가 나의 성격에 결정적으로 작용함을 알 수 있을 것이 다. O와 그 아내의 관계는 나와 O의 관계 속에 포함시켜도 좋다. 그렇 게 되면 '나와 O대 A와 봉선'이라는 대립과 갈등의 관계가 마지막으로 남게 된다. O는 내가 투사된 인물이고('나'는 O를 수용한 모습이기도 하다) 봉선이는 A에 동일시된다면 최종적인 대립관계는 '나'와 'A'의 관계로 요약될 수 있다. 다시 말해서 위에서 살펴본 세 범주는 '나' 대 'A'라는 범주로 요약된다는 것이다. '관계의 범주가 세 가지로 나누어졌다가 다 시 하나로 종합된다.'고 한 것은 이것을 두고 한 말이다.

　　내가, 자네 대신으로 그 두 사람을, 넉넉히 벌(罰)하마. 만약, 사실이 무근일 것이면 자네의 의심을 넉넉히 푸를만한 반증(反證)을 어더오마. 자 네는, 웨, 곳 내게 니약이하지 안코, 두 달 동안을, 의심과 시기로만 보냇나?
　　　　　　　　　　　　　　　　　　　　　　　　　　　　－〈유서〉

　'나'가 O의 대리인으로 출발하는 대목이다. 서두 부분에서 우리는 나 와 O의 동질성에 대하여 암시를 받았지만 그것이 표면화되는 첫 단계

---

14) 이 말은 '마성인격(魔性人格)'에서 연유된 '자아의 팽창(inflation)'이라는 개념에 가까 운 뜻으로 쓰였다.

가 이 대화다.

　이렇게 나는 처음에는 난경에 처한 O에 대한 인간적 연민에서, 다소
는 O의 아내의 부정이 풍문일 뿐일 것이라는 기대에서, 또 얼마간은
부정한 여자를 심판해 보겠다는 윤리적 우월감에서 이 일을 해결해 보
려 한다. 그러나 이것은 표면적인 구실일 뿐이다. 다음에 이어지는 일련
의 사건을 통해서 명백해지겠지만 머지않아 나는 대리인에서 당사자로
변모하고 O의 문제는 안중에도 없는 엉뚱한 자신의 자존심의 문제로
사건을 이끌어 나가게 된다. 인물의 관계망에서 본 나와 O의 관계로
보아서 그렇게 사건이 반전되는 것은 당연한 일일지도 모른다.

　'나'가 처음 이 일을 해결하려고 나섰을 때는 쉽게 해결되리라 생각했
다. 그렇게 생각한 것은 지금까지 '나'가 살아온 과정에서 거의 실패라
는 것을 몰랐기 때문이다. 나는 곤경(困境)이나 고난을 겪어 보지 못한,
모든 것을 뜻대로 이루어 온 사람으로 설명되고 있다. 나는 무엇이든
할 수 있다는 자신감에 차 있는 사람임을 알 수 있다. '나'가 자신에
대하여 이야기하는 가운데서 나의 위인(爲人)이 서서히 밝혀진다. 그러
나 막상 O를 온정(溫井)으로 보내놓고 보니 일이 그렇게 쉽지 않음을
느끼게 되고, 또, 한편으로는 O에 대한 책임감도 느끼게 된다. 그 책임
을 다하겠다는 생각에서 O의 아내를 미행하게 되지만, 그 미행 첫날
나는 미행이 O를 위한 순수한 휴머니즘과는 별로 관계없는 나 자신의
이기적인 욕구를 충족시키기 위한 것임을 드러내게 된다. 나는 O의 집
앞 가게에서 O의 아내의 외출을 기다리면서 주인과 장기를 두게 된다.
처음 생각과는 달리 장기를 지지 않기 위하여 온 정신을 거기에 쏟다
보니 O의 일을 까마득히 잊어버리게 된다. '작고 큰 문제가 생기면 장
기판 밑으로 들어가 숨어버렸다'는 것은 이 장기를 두는 나의 태도가
곧 O의 사건을 대하는 나의 태도임을 의미하는 것이다. 이 장기를 두는

태도는 져서는 안 되겠다는 것이고, 조그만 병(兵) 하나라도 내 말이 다쳐서는 안 되겠다는 것이고, 나를 성가시게 하는 차(車)와 마(馬)를 잡아야겠다는 것이다. 여기서 우리는 '나'가 O의 사건을 윤리적인 책임감 때문에 해결하려고 하는 것이 아니라 자신의 자존심이 상처 받지 않도록 하기 위해서, 또는 자신의 아집(我執)이 손상되지 않도록 하기 위해서 그것을 해결하려 한다는 점을 간파할 수 있다. 나는 O의 사건을 O의 일로 보는 것이 아니라 자신의 자만심을 지키기 위한 게임으로 보고 있는 것이다. 내 병(兵) 하나가 친구의 생명보다 귀하다든가, 성가신 차(車)와 마(馬)를 없애겠다든가 하는 것은 전개되는 사건에 비추어 보면 상당히 암시적인 것이다. 내 병(兵)하나라도 아껴야 된다는 것은 이기적인 자기애를 나타내는 것이다. 성가신 차와 마를 죽여 버리겠다는 것은 전능자연(全能者然)하는 나의 능력을 시험하고 그것에 훼손을 가하려는 O의 아내와 A를 죽여 버리고 싶다는 충동을 나타내는 것이다. 실제로 그는 봉선을 죽임으로써 그의 반인간적 의지를 실현하게 된다. 이러한 광포성은 어떤 이유로도 설명되기 힘든 악마적 성향이라 하지 않을 수 없다.

(2) 빗나간 자존심의 악마성

이 작품의 스토리의 골격은 서두 부분에서 이야기 되는 예수의 그림에 나타난 예수의 표정에 복선으로서 예시(豫示)되어 있다. '의문→증오→악독함'은 실패작 예수의 그림에 나타난 예수의 표정이자 이 작품의 작중 인물(나와 O)의 심리적 변화과정을 보여주는 것이기도 하다. 서두에 제시된 성구는 인물 구성과 행동의 방향을 암시하는 구실을 한다. 우리는 빼앗긴 자(나와 O)와 빼앗은 자(O의 아내를 소유한 A)의 인물 구성에서 잃어버린 소유물과 상처받은 자존심을 회복하기 위한 모종의

투쟁을 예견하게 된다. 그리고 '나'가 예수의 얼굴을 지워버리는 행동
에서 우리는 제거의 상징성을 보게 되고 그 상징성은 미구에 '나'가 O의
아내를 살해하는 행동으로 현실화 된다. 이 작품은 이상의 범위 안에서
모든 이야기가 전개되고 있다.

삼각관계의 당사자인 O와 O의 아내, 그리고 A는 모두 나를 중심으로
해서 움직이는 인물들로 나타난다. 나(○○씨)는 O의 대리인 행세를 하
는 사람으로 이 삼각관계의 진상을 규명하고 사건을 해결하기 위하여
개입한 인물이다. 그런데, 나는 O를 나로 동일시함으로써 O의 일을
나의 일로 받아들이게 되고 그 사건의 중심부에 들어오게 된다. 나는
처음에는 휴머니즘적인 차원에서 이 사건을 해결하려고 하지만, 지나
치게 자기의 능력을 과신하고 다른 사람들을 조종하려는 소영웅주의적
인 망집(妄執)에 빠짐으로써 O의 사건의 핵심에 빠져들게 되는 것이다.
이 삼각관계 특히 A와 O의 아내의 근친상간은 나의 전능자연하는 자만
심을 여지없이 부숴버리게 되고 나의 소영웅적 자존심은 상처를 입게
된다. 더욱이나 O의 아내는 지금껏 나의 영향권 안에 있었던 여인인데,
이 여인이 자기 운명의 주인인 나(나의 생각으로 볼 때)를 거역하고 A의
영향권 안에 가 있다는 것이 나에게는 도저히 참을 수 없는 모욕으로
느껴진다. 게다가 A는 나를 압도하고 나를 능가하는 인물로 부상되어
나의 자존심을 무겁게 압도해 온다. 여기에서부터 나의 실추된 명예,
즉 자존심을 회복하기 위한, 어떻게 보면 치사하고, 어떻게 보면 처절
한 심리적 투쟁이 시작된다. A와 O의 아내의 간음은 사회규범, 법에
따라 정죄되고 처리되면 간단히 끝날 수 있는 문제였음에도 불구하고,
그 정죄의 책임을 '나'가 지겠다고 고집하는 나는 이미 간음을 문제시하
는 것이 아니라 자신의 자존심과 소영웅적인 자만심이 상처를 입었다
는 데에만 고착되어 버린 인물이다. 그러한 행동은 O의 예술적 재능을

살리기 위해서 불가피한 것이라고 누누이 강변하지만 이미 나의 근본
적 동기는 나 자신의 문제, 즉 상처받은 자존심의 회복인 것이다. 이
소설은 순전히 나의 자존심의 회복을 위한 투쟁의 과정으로 이루어진
작품이다. 서두에서 상징적으로 암시된 인물 구성, 행동의 방향은 모두
이 나의 자존심의 문제 안으로 들어오는 부분적인 요소들이다. 이것이
이 소설에서 플롯의 정신이다. 플롯은 행동을 모방한다지만 이 소설은
행동 이전에 자존심이 있음을 보여주고 있는 것이다.

　이 작품에서의 '나'는 우리에게 진정한 자존심의 한계는 어디까지인
가를 생각게 하는 인물이다. 나는, 집요하게 자존심을 추구하고 그것의
손상은 죽음보다도 참을 수 없다는 사고방식이 우리 모두에게도 잠재
해 있을 수 있다는 가능성을 보여주는 인물이면서, 아울러 빗나간 자존
심의 파괴성과 악마성을 극명하게 보여주는 인물이기도 하다.

4. 버림받은 자(者)가 가는 길

　김동인의 악마적 경향은 그의 예술옹호론과 결합되어 나타난다. 이
것을 일러 우리는 유미주의나 탐미주의라 부르기도 한다. 김동인이 보
들레르나 오스카 와일드 유(類)의 악마주의(diabolism)에 대하여 깊은 이
해가 있었는지는 분명하게 말할 수 없으나 그가 서구적인 예술지상주
의에 어느 정도 경도(傾倒)된 흔적을 보여주고 있음은 사실이다. '제멋
대로의 상상력'을 발휘했다든가, 전연 현실적 근거가 없는 짜 맞추기식
이야기라든가 하는 혹평이 없는 것은 아니지만 김동인이 예술에 대한
자기 생각을 작품화하려 한 노력은 인정되어야 할 것이다. 우리가 위에
서 살펴 본 세 작품은 바로 이러한 김동인의 인식과 노력을 담고 있는

작품으로 평가할 수 있다.

이 세 작품에서 우리는 최소한 두 가지의 공통된 내용 요소를 추출해
낼 수 있다. 그 하나는 이들 작품들의 주인공들은 모두 예술에 대한
강한 욕구를 지니고 있다는 것이고, 나머지 하나는, 〈유서(遺書)〉의 경
우는 좀 다르기는 하나, 이들은 초대받지 못한 자들이거나 버림받은
자들, 즉 국외자로서의 분노를 안고 있다는 점이다. 솔거는 미인도 제
작을 필생(畢生)의 사업으로 알고 있으며, 백성수는 작곡의 세계에 몰입
해 있고 '나'는 O의 예술적 재능을 살리는 일에 모든 것을 걸고 있다.
또 솔거는 못생긴 외모로 하여 세인들로부터 외면당하는 불운을 감수
하고 있으며 백성수는 모성(母性)의 세계로부터 분리되는 아픔을 겪고
있다. 솔거와 백성수는 예술 창조를 통하여 그들이 잃어버렸거나 빼앗
긴 것을 회복하려고 하며 나는 O의 구원을 통하여 자신의 예술적 욕구
를 실현하려 한다. 말하자면 이들에게 있어 예술은 그들이 마지막으로
돌아가야 할 안식처이며, 특히 솔거와 백성수에게 있어서는 그것은 모
성의 세계와 동일한 의미를 갖는다. 이런 점에서 예술과 이들의 분노는
결과와 원인의 관계에 있으며 그렇기 때문에 예술은 최고의 가치로 인
식될 수밖에 없는 것이다.

K씨의, '인명을 희생하더라도 위대한 예술을 얻을 수 있다면 그 희생
은 조금도 아까울 것이 없다'라고 하는 극단적인 발언 속에서 우리는
악마적 경향을 볼 수 도 있지만 동시에 그들의 동일성 회복에 대한 간절
한 염원을 이해하게도 된다. 다시 말해서 자신을 외면하고 무시하는
세인들에게 복수를 할 수 있는 유일한 방법이 예술이기 때문에 이것을
위해서라면 다른 어떤 것도 희생시킬 수 있다는 것이 이들의 입장이기
도 하다는 것이다.

이것이 바로 예술옹호론의 정체(正體)라고 할 수 있다. 그것의 진정한

목적은 자신의 구원, 또는 자기의 실현이지만 그것은 자칫 부도덕하다는 비난을 받을 가능성이 있으므로 예술이라는 가면을 통해 그것을 피해가면서 목적을 이루려고 한다는 것이다. 물론 모든 예술은 소망의 세계를 대변하며 예술가에게 있어 자기 탐색(探索)과 자기실현의 의미를 갖는다. 그러나 이들 세 주인공들은 그 동기나 의식이 너무나 적나라한 것이어서 그것이 괴기적인 색채를 띠게 되며 결과적으로 악마적 경향으로 기우는 모습을 보이게 된다는 것이다.

김동인은 어떤 의미에서는 예술 창조의 비밀을 탐구하여 우리에게 보여준 것인지도 모른다. 모든 인간은 그 깊숙한 곳에 아무도 모르는 비밀을 감추고 있으며, 그것은 때로는 창조의 에너지가 되기도 하고 때로는 무서운 파괴성의 진원지가 되기도 하는 것이다. 솔거와 백성수는 그들이 감추고 있는 것이 무엇이고 그것이 어떻게 작품 제작의 동인으로 작용하고 있는 가를 잘 보여주고 있다. 이들은 복수욕이라는 에너지와 낙원으로의 회귀, 또는 모성의 세계로 돌아가고자 하는 소망이 지나치게 확대된 나머지 악마적 성향을 띠게 된 인물들이며, 이것이 바로 김동인의 예술 옹호론과 결합된 악마적 경향의 실체인 것이다.

악운(惡運)과 내림의 리얼리즘

− 박경리의 〈김약국의 딸들〉 −

1. 박경리의 균형감각

소설에서 말하는 역사의식이나 사회적 관심은 원칙적으로 인간의 운명의 문제와 밀접한 관련을 맺을 때라야 의미를 지니게 된다. 작가의 역사의식이란 그가 재료로 하고 있는 구체적 시대 속에서 개별적인 인간의 삶들이 어떻게 제한되고 영향을 받게 되는가에 대한 그 나름의 성찰이며 이해라고 할 수 있다. 우리가 편의상 한 소설가를 두고 사회적 성향이 강한 작가로 언급한다든가 혹은 인간의 운명에 지대한 관심을 보이는 작가라고 규정하는 경우라도 그것이 어느 한쪽으로 편향되고 있음을 지적하는 것은 아니다. 단지 그 재료의 성질과 해석의 방법에 따르는 편의적인 설명일 뿐이지 모든 작가의 궁극적인 관심은 역사와 사회에 대하여 종속적인 존재로서의 인간 운명의 문제에 귀결됨은 부인할 수 없기 때문이다.

박경리는 초기 단편소설에서부터 이런 균형 감각을 잘 보여주고 있는데, 그녀의 초기 단편집 〈불신시대(不信時代)〉에 실려 있는 단편들의 면면들을 보면 이런 사정을 쉽게 확인할 수 있다. 이 작품들은 시대적 상황이나 역사적 배경이 작중 인물의 삶의 조건을 결정하는가, 아니면 원초적인 인간의 삶의 원리가 운명적으로 작중 인물에게 작용하는가에 따라 크게 두 계열로 나누어 질 수도 있지만, 이것은 보다 근본적인 문제에서는 하나로 통합되고 있음을 볼 수 있다는 것이다. 사회구성원들의 위선과 이기적이며 기만적인 행태를 비판하고 고발하는 듯한 태도를 보이는 〈불신시대(不信時代)〉, 〈흑흑백백(黑黑白白)〉, 〈암흑시대(暗黑時代)〉, 〈계산(計算)〉 등은 명백하게 비판적 리얼리즘으로 규정해 볼 수 있는 작품들이지만 여기에는 동시에 부조리한 삶의 조건으로 하여 운명적으로 부당하게 피해를 입어야 하는 여인들의 모습이 나타나 있어 일방적이고 드라이한 비판적 사회도의 제시라는 한계를 극복하고 있음을 보여주고 있다. 작품의 평가라는 측면에서 본다면 아주 좋은 점수를 주기는 어렵다 하더라도 소설이 무엇을 말해야 하며 작가정신, 또는 그 인식의 세계가 어떠해야 할 것인가에 대한 이해가 탁월함을 발견하게 된다.

이와는 분위기가 좀 다르기는 하지만 〈사랑섬 할머니〉와 같은 작품은 인간의 숙명성에 초점을 맞추고 있으면서도 그 숙명적 비극성이 어디에서 오는가라는 문제를 탐구하고 있다는 점에서 작가의 균형 감각을 또 잘 보여주고 있다. 운명의 문제는 인간이 안고 있는 원초적 삶의 조건이기는 하지만 이것도 자세히 들여다보면 뭐라고 명명하기는 어려우나 어떤 눈에 보이지 않는 힘으로서의 폭력성과 깊은 관련이 있음을 알 수 있다. 사랑섬 할머니가 꾸려가고 있는 현실과 그녀에게 찾아온 돌발적인 비극은 오늘의 그녀를 만든 과거의 인적 관계 및 주변적 환경과 무관하지 않다는 점이 은연 중 강조되고 있는데 바로 이런 것들이 시대나 사회가 안고 있는 부조리한 어떤 힘의 실체로 파악되고 있다는 것이다.

따라서 이런 작품에서 우리가 발견하게 되는 것은 텍스트 상호성으로서의 〈김약국(金藥局)의 딸들〉과의 관련성이다. 〈불신시대〉와 궤를 같이하는 몇 작품과 〈사랑섬 할머니〉등의 작품은 모녀관계, 자손에 대한 애착 등을 선명하게 보여주고 있는데 이것은 박경리의 작중 여인들이 놓여있는 가장 근본적인 위치이며 그들의 속성이라고 봐야할 것이다. 이 점은 그대로 〈김약국의 딸들〉로 이어지는 박경리 문학의 역동성의 근원이라 할 수 있다.

또 하나 박경리의 주요 관심사로 지적 될 수 있는 것은 여성과 애정의 문제다. 〈회오(悔悟)의 바다〉, 〈벽지(僻地)〉 등의 단편에는 여성이 애정 문제에 대하여 지니고 있는 애매성과 정동성(情動性)이 잘 표현되어 있다. 이 문제는 주로 삼각관계라는 사건 구도로써 나타나는데 심각한 내적 갈등에 비하면 치열한 경쟁이나 다툼이 없다는 점이 한 특성으로 나타난다. 조용히 물러나거나 말없이 길을 떠나버리는 것으로 문제가 마무리 되고 있는데, 이는 이것들이 근본적인 문제 해결의 방법이 아니라는데 비판의 여지가 있기도 하다. 주인공이 경쟁자를 앞에 두고 여러 가지 상황을 판단하거나 자기의 처지와 행동의 방향에 대하여 고민하는 것은 여성의 자기 찾기와 깊은 관계가 있는 것으로 보이지만, 치열성이 없고 정체성 확보를 위한 과감한 행동이 없다는 점에서 그 애매성을 드러내고 있다. 또 한 편으로는 회의와 의문을 가지면서도 그것을 지적인 방법으로 해결하지 못하고 감상적 자기모멸에 빠지며 극단적인 선택을 한다는 점에서는 그 정동성이 두드러지고 있다. 이 모든 것은 박경리가 파악한 여성 특유의 애정심리이며 이것이 지적 사고와 충분히 연결고리를 형성하지 못하는 것이 여성심리의 한계라는 점을 밝히고 싶었던 것으로 보인다.

이런 초기 소설의 경향이 한 단계 높은 곳에서 종합적으로 나타난 것이 〈김약국의 딸들〉이며 이는 물론 〈시장(市場)과 전장(戰場)〉, 나아가 〈토지(土地)〉로 연장되고 확대 재편된다. 〈김약국의 딸들〉은 여성이라는 개인의 운명의 문제와 시대와 사회 속에서 그 개인이 어떻게 변화하고 삶의 조건에 대응하는가를 잘 보여 준 작품으로 이해되어도 좋을 것이다.

2. 상실과 한(恨)의 리얼리즘

〈김약국의 딸들〉은 사건의 전제가 되는 작중 인물들로부터 시작하여 주인공이 되는 작중 인물에 이르기까지 시종일관 그들이 잃어버리고 깨어지는 과정과 모습을 리얼하게 그려나가고 있다. 작중 인물들이 삶에 있어서 중요한 그 무엇을 끊임없이 상실해 가며 파탄에 이르는 모습을 보여주는 것은 현실을 성실한 태도로 관찰하고 진지한 태도로 인식하고자 하는 작가의 작품이라면 어디에서나 쉽게 볼 수 있는 소설적 양상이기는 하다. 그것을 일러 리얼리즘이라 해도 좋을 것이다. 그런 의미에서 이 소설은 리얼리즘을 가장 소박하게, 그러면서도 진지하게 실현한 작품이라 할 만 하다. 그렇기 때문에 이 작품의 작중인물들이 당하는 상실과 파탄은 더 큰 실감으로 우리에게 다가오게 된다.

이 작품은 삼대(三代)에 걸치는 작중인물들의 영락(零落)의 과정을 연대기적으로 서술해 나가고 있다. 영(榮)과 욕(辱)이 있고 부(浮)와 침(沈)이 있는 서사시(敍事詩)가 아니라 하강 일변도의, 인간과 인간이 꾸려나가는 삶의 고통이 주된 내용을 이루고 있는 것이다. 프라이가 이른바, 신화의 세계는 자취도 없이 사라지고 고통스러운 아이러니의 세계만이 전편에 부각되어 있다.[1]

서장(序章)에 해당하는 '통영(統營)'에는 이 작품의 공간적 배경과 그
지방의 풍물이 아주 자세히 설명·묘사되어 있다. 원근법에 의하여 배
경을 멀리에서부터 사건의 중심 현장인 김약국에 이르기까지 점묘(點
描)해오는 과정에서 요약적으로 소개하는 풍토성과 삶의 방식이 지극
히 토속적이어서 한국적인 정감과 한(恨)과 원(怨)과 발원(發願)의 이미
지가 강하게 살아나고 있다, 다시 말해서, 무대의 토속성은 한국적 정
감을 환기시키며, 이 작품이 보여주게 될 여성적 한의 이미지를 암시하
고 심화시키는 기능을 수행하고 있다는 것이다.

배경의 점묘가 끝나는 부분에 와서 사건 현장인 김봉제 형제의 집과
그들 형제와 누이가 소개되었고, 그 사이에는 형 봉제와 동생 봉룡의
위인(爲人)에 대하여 언급하고 있는데 그것은 곧바로 이어지는 참혹한
활극과 비극의 단서가 된다. 봉제 형제는 이 작품의 작중인물의 제 1세
대로서 앞으로 전개되는 모든 사건을 제한하거나 작중인물에 영향을
미치게 된다.

'통영' 바로 다음에 이어지는 '비명(非命)'은 제 명대로 살지 못하고
죽는 이 작품의 한 주인공인 김약국(김성수)의 생모와 생부에 대한 비극
적인 이야기다. 김성수(김약국 2세대이면서 '김약국의 딸들'의 아버지)의 생모
인 숙정은 함양에서 김봉룡에게 시집을 왔다. 시집오기 전 혼담이 있었
던 욱이 숙정을 잊지 못하여 병까지 든 몸으로 김봉룡의 집으로 숙정을
찾아오는 데서 이 집안의 상실과 파탄의 긴 역사가 시작된다. 숙정이
욱과 결혼하지 못한 것은 그녀의 사주가 세다고 해서 욱의 부모들이
반대했기 때문이고, 숙정의 집안에서도 그 점을 시인하고 봉룡의 후취
로 보낸 것인데 숙정을 너무나 사랑한 욱이 결혼 첫날밤 자기 신부를

---

1) N. Frye, "*Anatomy of Criticism*", Princeton University Press, 1973, p.223 이하
참조.

두고 집을 뛰쳐나와 숙정을 찾아온 것이다. 욱의 숙정에 대한 사랑은 너무 서정적이고 환상적이어서 오히려 괴기적이고 비장한 느낌을 주는 데 그것은 실제 자살과 살인으로 현실화된다.

마당 가운데서 돌아가라고 성화를 대는 유모 앞에서 애절하게 한 번만 숙정을 보게 해 달라고 사정하던 욱은 봉룡과 부닥뜨리게 된다. 전처도 때려죽었을 것이라고 소문이 나있는 난폭한 봉룡은 숙정을 무자비하게 구타하고 나서 도망친 욱을 찾아 도륙을 내고, 집으로 돌아오는데, 그 사이 숙정은 비상을 먹고 죽어가고 있었다. 결국 숙정은 죽고 봉룡은 형이 마련해준 노자를 가지고 어딘가로 사라져 버렸다. 봉룡의 타고난 난폭한 성격과 숙정의 사주가 센 팔자가 서로 조화를 이루지 못하고 파탄에 이르고 만 것이다. 마음을 독하게 먹고 팔자를 극복하려는 숙정의 의지도 운명의 힘 앞에서는 무기력하게 무너져 내리지 않을 수 없다는 이 비극적 운명론은 앞으로 그녀의 며느리인 한실댁과 손녀들인 김약국의 딸들에게도 하나의 내림으로 짙게 착색된다. 이 '비명'이라는 설화 단위는 운명의 힘과 그 연줄에 얽혀서 불행하게 되는 이 작품의 작중인물들의 행위와 결과를 예시(豫示)하고 있으며, 작품 전체의 줄거리의 흐름을 이끌어 나가는 방향타의 역할을 하고 있다.

그리고 이 부분은 이 작품이 내포하는 아이러니적 양상을 포괄적으로 암시하고 있기도 하다. 숙정은 사주가 센 팔자의 기세를 꺾어 불행을 미연에 막아보자는 부모들의 배려로 해서 후취 자리로 온 것인데, 말하자면 이것은 액땜을 겸한 결혼이었던 셈이다. 그러나 이러한 인위적인 운명의 조작은 무의미한 것이어서 숙정은 불행을 피해서 온 그 집에서 불행을 막아줘야 할 남편으로 인하여 스스로 죽음의 길을 가게 되었다. 물론, 그녀는 죽지 않을 수도 있었다. 그러나 이름만큼이나 의식이 분명하고 용모만큼 자존심이 강한 그녀가 부정(不貞)의 누명을 쓰

고 남편으로부터 참을 수 없는 모욕을 당하고도 구차스럽게 목숨을 부
지할 수는 없는 일이다.

뿐만 아니라, 그녀의 사주가 세다는 운명적 조건으로 볼 때 그녀는
그 수모를 죽음으로써 씻도록 정해져 있는 인물이기도 하다. 결혼까지
한 욱이 난데없이 나타나 평지풍파를 일으키는가 하면, 때맞추어 봉룡
이 집으로 돌아와 두 사내가 조우하게 되었다는 것도 그녀의 운명적
조건이 그렇게 정해져 있음을 의미하는 것이다. 숙정의 사주와 그 사주
에 나타난 불행을 미리 지우기 위해 한 결혼, 그것이 오히려 화근이
되어 숙정은 더욱 불행한 운명의 주인공이 되었다는 것은 분명한 아이
러니의 예가 되는 것이다. 아이러니는 비극적으로 나타날 때 인생의
진실에 근접된다.[2] 따라서, 인간과 인생의 진실을 그 비극성에서 찾아
보려는 리얼리즘은 아이러니의 세계를 필수적으로 요구한다고 할 수
있다. 다음 인용문은 이러한 점을 잘 지적해 주고 있다.

> 아이러니는 내용면에 있어서 완벽한 사실주의와 모순되지 않을 뿐만 아
> 니라 작가 쪽에 있어서의 태도의 억제와도 모순되지 않는다.[3]

이 '비명'의 구조는 앞서 말한 바와 같이 이 작품 전체의 구조를 지배
하게 되는데, 특히 숙정의 며느리인 한실댁의 생애가 그 대표적인 예가
된다.

우리가 여기서 한 가지 더 짚고 넘어가야 할 인물은 송씨(宋氏)다.
송씨는 일세대에 속하는 인물로 일세대 김약국인 봉제영감의 부인이
다. 그녀는 김약국의 인격 형성에 상당한 영향을 미쳤고 딸 연순과의

---

2) 졸저, 〈한국 근대단편소설의 인물 연구〉, 한샘, 1988, pp.153~154 참조.

3) Norman Friedman, "*Form and Meaning in Fiction*", The University of Georgia
   Press, 1975, p.224.

관계에서 모녀관계의 한 전형을 보여줌으로써 한실댁의 한 원형(arche-type)으로 작용한다는 데에서 의미를 찾을 수 있는 인물이다. 봉룡과 그 아내 숙정이 모두 없어지고 남은 그들의 소생 성수를, 아들이 없는 봉제 영감이 양자로 앉히고 송씨가 그를 키운 것이다.

그리고 16년이란 세월이 지나는 동안 자기 손으로 키웠으면서도 성수에게 조금도 정이 가지 않고, 오히려 성수는 그녀에게 공포감을 갖게 만들었다. 그것은 비상을 먹고 죽은 어미의 자식이라는 점에 대하여 갖는, 막연하면서도 꼭 어떠한 불행을 몰고 올 것 같은 두려움 때문이었다. 그녀는 곧잘 '비상 묵은 자손은 지리지 않는다는데'라는 말을 뇌까리는데, 이것이 바로 그녀가 성수와 그의 생모에 대하여 갖는 두려움이고, 그 딸 연순에게 화가 미치지나 않을까 하고 염려하는 마음을 더욱 불안하게 만드는 원인이 된다. 따라서 그녀는 성수를 은연중에 미워하고 때로는 본의 아니게 심히 꾸짖기도 한다. 부언한다면, 송씨가 성수를 미워하는 첫째 이유는 딸 연순과의 모녀관계 유지에 장애가 된다는 것, 즉 재물(財物)로써 그 딸에 대한 보살핌을 지속하고 책임을 지려는 모성 본래의 욕구에 손상을 가져온다는 것이고, 나머지 하나는 비명에 간 숙정의 원혼이 성수에게 덮씌워져 그가 재앙을 몰고 오게 될지도 모른다는 공포감인데, 송씨는 후자에 대해서는 거의 선험적인 확신을 가지고 있는 것처럼 보인다. 이러한 예감은 한과 원과 무수한 비원(悲願)을 가슴에 안고 살아온 여인네 특유의 육감이라고 할 수 있는데, 이 육감은 송씨가 염려한 것처럼 그들 모녀에게보다는 성수와 한실댁, 그리고 그 딸들에게서 현실로 나타나게 된다.

송씨의 염려와 두려움, 그것은 바로 김약국 일가의 운명에 대한 예견이었고, 그 예견은 무서운 내림의 연줄에 대한 본능적인 육감에서 나온 것이다. 송씨의 육감은 김약국의 딸들의 상실과 파탄의 운명에 논리적

타당성을 부여하는 기능을 담당하고 있는 셈이다. 이런 사실을 방증적
으로 보충해주는 인물이 송씨의 딸 연순이다. 그녀는 폐결핵 환자이기
때문에 처녀귀신 면하기 위하여 표령의 신세인 강택진에게 시집을 가
야했다는 점에서, 또 삼촌이나 숙모처럼 불행한 죽음을 맞이했다는 점
에서 그 내림의 연줄이 무엇인가를 실감케 하면서 김약국의 불행은 필
지의 것이라는 근거를 제시하고 있는 인물이다.

3. 김약국(성수)과 한실댁(분시)

김약국과 한실댁은 이 소설의 핵심부에 위치하는 인물들이다. 이들
은 작중인물들 중 이세대에 속하는 인물이면서 삼세대의 이야기를 이
끌어가는 구실을 하고 있다. 일세대가 이세대의 인간과 삶을 제한하는
것처럼 이들도 삼세대의 인간과 삶에 거의 절대적으로 작용하게 된다.
김약국과 한실댁은 부부이므로 김약국의 운명 속에 내재하는 내림의
끈은 그대로 한실댁에게로 전이되는 양상을 보인다. 상실과 파탄을 초
래하는 어떤 운명적 조건은 거의 유전적인 힘을 가지고 이들 부부에게
적용되고, 또 이들은 그 굴레를 도저히 벗어나지 못하는 한스러운 생애
를 꾸려가는 모습을 보여준다. 이것은 앞서 지적한 바와 같이 작가의
삶을 파악하는 양식이 도달하게 되는 당위론적인 결과이기도 하지만
작중인물들의 생애에 드리워져 있는 무서운 재앙의 그림자요 그 실체
인 것이다.

작가는 김약국에게 내재해 있는 불행한 운명의 그림자를 유전적 배경
으로 보고 그것을 운명론으로 심화시키고 있는데, 그 실체를 보여주는
인물이 김약국과 한실댁이다. 생물학적인 유전 조건이 아닌 운명적 조

건을 하나의 유전 형질로 보고 그것을 샤머니즘적인 인식방법으로 사건 속에 도입하여 작중인물의 행위를 규정해나가고 있는 것이다. 부언한다면, 운명이라는 유전적 형질을 토속적인 샤머니즘 속에 용해시킴으로서 김약국과 한실댁의 삶에 약간의 괴기성(怪奇性)을 동반한 비감(悲感)과 신비의 색조(色調)를 부여했다는 것이다. 한실댁은 김약국의 내력에서 일차적으로는 제외되는 인물이지만 그녀가 김약국 집안의 내력과 내림의 중심체인 성수와 결혼함으로써 그 중심부에 위치하게 되고 성수보다는 오히려 더 큰 운명과 내림의 멍에를 감당해야 하는 비극적 인물이 된다. 그리고 이들 운명은 송씨의 육감에 의하여 예단(豫斷)된다.

　　손자는 송씨와 성수 사이의 오랫동안 감정을 풀어주는 존재가 되었다. 그렇던 손자는 돌림병 마마에 죽었다. 송씨는 문지방에 머리를 마구 받으며 스스로 죽으려고 했다. 아이를 갖다 버린 후 송씨는 넋 빠진 사람처럼 앞뒤 뜰을 왔다 갔다 하면서 시부렁거렸다.[4]

송씨가 핏줄을 두 번째 잃어버린 뒤 보여주는 처절한 몸부림이 나타난 부분이다. 금지옥엽 같던 연순을 앞세우고 다시 '서른두 짝 골패짝에 줄역 같은 울 애기'인 손자 용환을 또 앞세운 송씨는 이 소설의 중심 인물의 상실과 파탄의 한 전조(前兆)가 되는 인물임이 분명하다. 용환의 죽음은 송씨의 운명이라기보다는 한실댁의 운명이어야 할 텐데 송씨의 운명처럼 이야기 되는 것은 그녀가 죽으면서까지 되 뇌인 '비상 묵은 자식은 지리지 않는다는데'라는 내림에 대한 육감을 현실화시켜 보여 주기 위한 작가의 배려일 것이다.

　김약국과 한실댁을 중심으로 하는 이후의 사건은 이러한 송씨의 생

---

[4] 朴景利, 〈金藥局의 딸들〉, 《朴景利文學全集》 11, 지식산업사, 1988, p.47.

애, 특히 운명적 조건의 현실화에 대한 육감과 상당히 깊은 관련을 맺게 된다. 김약국은 이후 사건의 배경으로만 등장하므로 한실댁이 사실상 주인공의 역할을 맡게 된다.

한실댁은 김약국과 마찬가지로 그 딸의 운명 위에 그림자처럼 드리워져 있는 인물이다. 김약국과 다른 점이 있다면 딸들의 운명과 그들이 벌이는 사건에 대하여 끝까지 뒤치다꺼리를 하고 있다는 점인데, 이것은 바로 그녀의 삶 자체이기도 하다. 그리고 그녀는 김약국의 이상(異常) 성격으로 하여 부부간의 애정이나 살림하는 재미 같은 것은 전연 모르고 지낸다. 김약국의 한실댁에 대한 태도는 무관심과 말없는 속박으로 요약될 수 있다. 어떤 의미에서는 한실댁의 존재 자체를 의식하지 않고 있다고 할 수 있다. 한실댁은 한실댁대로 그것을 당연한 것으로 받아들이고 그저 자식들을 위해서만 살 뿐이다 한실댁은 김약국의 운명의 끈에 연결됨으로써 여자로서의 행복을 애초에 상실하고 말았고, 이것은 시간이 지날수록 그녀를 강하게 옭아매어 그녀를 비참한 나락으로 밀어 넣게 된다. 그녀는 처음부터 근본적인 것을 상실한 여인상으로 등장하는 것이다.

그 첫 번째의 구체적 상실이 첫아들 용환이를 잃어버리는 것으로 나타나고 그 반동으로 그녀는 딸들에게 모든 희망과 기대를 걸고 살아가게 된다. 한실댁이 그 딸들에게 보여주는 태도나 행위는 송씨와 연순이의 모녀 관계의 재현이다. 이것은 세상의 모든 어머니가 자식에게 베푸는 애정의 관례와 다를 바 없는 것이지만, 그녀가 딸들과 맺어가는 관계의 비극성 때문에 새삼스러운 깨달음을 갖게 해 준다. 이야기 자체는 평범한 삶의 현장을 보여주는 듯싶지만, 오히려 가장 일상적이고 인간적인 모습을 강조함으로써 소위 '낯설게 하기(defamiliarization)'의 효과를 얻고 있는 것이다. 일상적인 것의 한 겹 밑에 있는 가장 진실한 삶의 의미가 살아나기 때문이다. 평범하지만, "보살피고 보호하는 따스함과 감싸 안는 것은 여성의 근본적 속성이 그 자녀와 관련될 때 나타나는 관계 기능이다. 그리고 이 관계 기능은 여성 자신의 변화의 기초가 된다."[5]는 진술 속에서 우리는 송씨와 연순, 그리고 한실댁과 김약국의 딸들의 모습을 보게 된다. 송씨가 그랬던 것처럼, 한실댁도 출가한 딸이나 데리고 있는 딸이나 무엇이든 자신이 거두어 주지 않으면 안 되는 것처럼 그렇게 행동한다. 주로 재물과 관련하여, 그리고 생활과 관련하여 하나에서 열까지 한실댁은 신경을 쓰고 안타까워하며 애를 쓴다. 한실댁은 모친 원형의 특성인 모성(母性)[6]이 가장 강하게 드러나는 인물로서 그 긍정적 측면인, '보호하는 것, 떠받치는 것, 성장과 풍요와 음식을 주는 것, 도움을 주는 본능 또는 충동, 지키고 키우는 자애'가 그 성격적 특징(character)이 되어 있다. 이러한 성격에서부터 비롯되는 딸들에 대한 무조건적 희생과 봉사는 그녀의 도덕적 의무이며 본능적 충동이기도 하지만, 그보다는 그 자체가 그녀의 삶의 의미이자 기쁨이라는 뜻이 더 크다.

그러나 딸들의 성격과 그로 인해 빚어지는 행위에 따르는 불행한 결과가 모두 한실댁의 업보로 돌아감으로서 그녀는 철저하게 비극적 인물이 되며 전형적인 삶의 아이러니에 희생된다는 점에 그녀의 한과 원(怨)이 자리 잡는다.

한실댁은 딸들을 하늘같이만 생각한다. 큰딸 용숙은 대갓집 며느릿감으로, 용빈은 아들과도 바꾸지 않을 영민한 인물로, 용란은 달나라의

---

5) Erich Neumann, "*The Great Mother*", Princeton University Press, 1974, p.32
6) C. G. 융, 〈의식의 뿌리에 관하여〉, 설영환 역, 예문출판사, 1986, p.126.

항아(姮娥)같은 인물로, 용숙은 손끝 야문 살림꾼으로, 막내딸 용혜는
귀염 받는 막내며느리로 생각하고 가꾸며 기대한다.

그러나 그녀의 꿈은 첫딸 용숙으로부터 시작하여 하나하나 깨어져
나가기 시작한다. 용숙은 용렬하고 성미가 고약하여 김약국도 요망스
럽다 하면서 눈에 든 가시처럼 미워하는데, 그녀는 출가한 지 얼마 되
지 않아 남편을 여의고 과부가 된다. 김약국이 미워할수록 치마폭에
감싸고 시집갈 때는 '간지(장롱에 넣고도 남은 옷을 따로 싸서 얹어 보내는 것)'
까지 얹어 보낸 딸이지만 한실댁의 정성도 무색하게 과부가 되고 만
것이다. 그리고 여전히 언행이 곱지 못하여 속을 썩이지만 그래도 먹을
만한 것이 있으면 보내고 집까지 가서 보살피기를 잊지 않는다. 이러한
모녀 관계는 한실댁과 다른 딸들의 관계에서도 반복되는 패턴으로서
그것은 한실댁의 운명이며 김약국에게서 옮아온 불행의 한 모습니다.

> 언제나 용렬하고 성미가 고약한 용숙과 그 고약한 성미에 대하여 무관심
> 한 듯한 용빈의 얼굴을 번갈아 보며 한실댁은 부지런히 참외를 깎는다.
> 모이를 물어들이는 어미 제비만 같다.   - 〈김약국의 딸들〉

용숙은 성미도 고약하지만 재물에 대한 탐욕도 대단하여 이재(理財)
에 밝은 여인이다. 그 재물욕이 또 한실댁을 괴롭게 만들며, 자애병원
의사와 통정을 하고 영아살해혐의로 경찰서에 붙들려 감으로써 한실댁
은 앓아눕게까지 된다. 이 집안의 파탄이 구체화되는 한 이야기인데,
이 일로 하여 좁은 통영바닥에 큰 소문이 났고, 김약국 식구들은 더할
수 없는 비참한 심경에 빠져들게 된다. 그 이후 용숙은 친정에 발을
끊고 부모자식 간의 정마저도 저버리게 된다. 한실댁은 딸 하나를 잃어
버리고 마는 것이다.

다섯 딸 중에서 첫째 용숙과 셋째 용란과의 관계에서 한실댁의 운명

은 최악의 상태로 치닫게 된다. 둘째 용빈은, 혼담이 어긋나 가슴이 터지지만 그래도 그녀는 자신의 일을 알아서 처리할 수 있는 지성과 능력이 있어 오히려 한실댁에게 위안이 되고, 넷째 용옥은 독실한 크리스천으로 언제나 말이 없이 제 할 일을 할 뿐만 아니라, 비록 불행한 결혼 생활을 하고 있어(그녀는 서기두와 결혼했음) 마음이 아프지만, 그래도 친정 일을 도와주고 있으니 다행인데, 이 셋째 용란은 언제나 한실댁에게 가실 날이 없을 만큼 걱정과 부담을 안겨준다. 첫째 용숙은 앞서 본 것 같은 됨됨이와 간통사건으로 해서 한실댁을 절망케 하지만, 용란은 그에 못지않은 일들로 해서 한실댁을 괴롭힌다. 용란은, 지석원의 씨로서 한실댁이 길러낸 머슴 한돌과 야합(野合)한 사건으로 하여 통영바닥에 추문을 뿌린 결과로 제대로 짝을 찾지 못하고 아편장이이며 성불구자인 최연학과 혼인을 하게 된다. 저고리 끈 하나 달아 입지 못하는 용란이 비정상적인 최연학과 제대로 같이 살 리가 없는 일이어서 툭하면 보따리를 싸들고 친정으로 오곤 하는데, 그럴 때마다 한실댁은 억장이 무너지는 것 같고, 남이 볼까 두려웠다. 그래서 용란이 올 때마다 달래고 얼러서 시댁으로 데려다 주곤 하는 게 또 하나 한실댁이 해야 할 일이었다.

> '용란아 가자. 아부지 오시기 전에 나랑 가자' 한실댁은 일어섰다. '안 갈라요.' '안 가믄 어쩔 것이고' '밤낮 뚜디리 패고, 내사 안 갈라요' '어이구, 내가 이 날까지 남 못할 짓 안 했건마는 무슨 액운이 이리 많은고!' 한실댁은 운다. 용란은 멍청이 서서 하늘만 바라본다. (중략) 용란이 친정으로 올 때마다 이 고개를 울먹울먹 넘어가는 한실댁은 양지기만 같았다.
> ─〈김약국의 딸들〉

한실댁이 푸념하는 것처럼 '무슨 액운'은 그녀의 시어머니인 숙정의

망령으로부터 내림으로 전해지는 김약국의 운명임은 두말 할 것도 없
다. 그 내림의 운명이 용란의 불행과 한실댁의 한과 원으로 연결되는
것이다.

통영에서 사라졌던 한돌이 다시 나타남으로써 한실댁의 운명은 악운
(惡運)의 절정에 도달하게 된다. 용란은 찾아온 한돌과 다시 관계를 갖
게 되고, 최연학이 경찰서에 들어간 사이에 따로 방을 얻어 동거까지
하게 된다. 이 사실을 안 한실댁은 그들을 말려보려 하지만 만사는 그
녀의 뜻대로 되지 않는다. 한실댁은 모든 일이 하도 안 되어 점을 보는
데, 그 점괘가 한실댁의 급사(急死)로 나오자 그 액땜을 하려고 굿을 하
게 된다. 굿을 하는 한실댁의 마음은 자기 살자는 것이 아니라 그녀의
말대로, '그래도 내가 오래 살아야제. 수영산 그늘이 강동 팔백 리를
덮는다고 안 하나, 자식들한테는 에미가 있어야 하기 때문'이라고 스스
로 생각한다.

그녀의 딸들에 대한 끈질긴 애착, 눈물겨운 모성이 그녀의 불운과
대조를 이루며 철저한 비극성을 드러내고 있다. 용란과 한돌이를 도저
히 떼어놓을 수 없다고 판단한 한실댁은 꿈자리가 사나운 어느 날 밤,
용빈 몫으로 끝까지 챙겨두었던 패물을 싸들고 그들이 동거하는 집으
로 갔다가 때마침 경찰서에서 나와 미쳐 날뛰는 최연학을 거기서 만나
게 되고, 그녀는 사위의 도끼에 목숨을 잃고 만다. 한실댁의 시어머니
가 남자관계로 목숨을 잃은 것처럼, 그녀는 잘못 둔 딸의 치정에 연루
되어 그 시어머니처럼 비명에 간 것이다. 점괘에 나타난 잡귀의 시샘은
김약국의 내림의 운명이고, 그것은 한실댁의 죽음으로 극단적인 실현
을 보게 된다. 앞서 유전적 조건을 샤머니즘적인 인식 방법으로 사건
속에 도입했다고 한 이 작가의 인간과 삶에 대한 해석이 한실댁의 죽음
에 와서 확연히 드러나게 된다.

한실댁은 모성의 한 표본으로서 먹이를 날라 오는 어미 새, 희생적인 양지기였으나 아무런 보상도 없이 처참하게 죽어간 속죄양과 같은 인물이다. 또한 그녀는, 운명의 굴레, 눈에 보이지 않는 내림의 끈에 매인 삶을 끈질기게 인내하면서 꾸려온 한과 원의 여인이다.

4. 김약국의 딸들

다음 인용문은 김약국의 딸들을 간단히 소개하는 대목이다.

> 큰 딸 용숙(容淑)은 열일곱 때 출가를 시켰으나 과부가 되었고 지금 나이가 스물 네 살이다. 둘째가 용빈이, 셋째가 용란(容蘭)이다. 그는 열아홉이며, 그 다음은 용옥이, 막내가 열두 살짜리 용혜(容惠)다. 고모할머니 봉희가 살아있을 때 용혜는 봉룡이 할아버지를 많이 닮았다고 했다. 돌아간 날을 몰라 칠월 백중에 제사를 모실 때도 고모할머니는 용혜를 보고 언짢게 혀를 끌끌 차고는 했다. 그러나 김약국은 용혜를 두고 연순을 연상하였다. 입 밖에 말을 내지는 않았으나 어떤 때는 심한 착각을 일으키는 일까지 있었다. 김약국은 연순이가 어릴 때 봉제 영감이 그랬듯이 용혜를 노랭이라 부르며 사랑하였다. 다른 딸들은 모두 머리털이 칠빛처럼 검었는데 용혜만은 밤색 머리칼이었다.　　　　　　　　　　　　－〈김약국의 딸들〉

다섯 딸 중 유난히 머리가 노란 용혜는 말하자면 이 집안의 내력의 증거물이며, 그녀의 머리카락은 이 집안의 불행과 비극의 상징물이다. 이 용혜를 유난히 사랑한 김약국은 연순을 거슬러 생각하게 되고 그것은 필경 그의 생부에 대한 그리움으로 연결되는 것이다. 김약국의 용혜에 대한 사랑은 자신의 불운했던 출생과 소년기에 대한 반동적 심리상태며 자신의 운명에 대한 고통스러운 수용을 의미하는 것이다. 용혜의 머리카락은 이 집안에 숨어있는 끈질긴 운명의 끈, 즉 그 조모대(祖母代)의 업보가 유전처럼 살아내려 오고 있음을 구체적으로 보여주는 현상이 아닐 수 없다.

이들 다섯 딸 중에서 직접 한실댁의 운명에 악의적인 영향을 미치는 인물은 용숙와 용란이고, 용빈과 용옥은 그와 달리 선의적 인물이며, 용혜는 하나의 상징물로서 작용하고 있다. 편의상 이들을 나누어서 검토 해보기로 한다.

1) 이기(利己)와 탐욕 - 용숙

용숙은 아버지 김약국의 미움을 받으면서 어머니 한실댁의 감싸는 치마폭에서 자랐다. 성미가 고약하고 용렬하다고 해서 그 아버지는 대면조차 하기 싫어한 인물이다. 열일곱에 출가했으나 곧 남편을 잃고 과부가 된다. 그녀가 이 작품에 등장하는 것은 남편의 삼년상을 벗은 시점에서부터인데 그 어투나 행동이 호의적인 데라고는 찾아볼 수가 없다. '눈꼬리가 길게 찢어져 눈매는 고우나 암팡지고 목소리는 양양거리는 듯 우리 소리로 들리는', 말하자면 언제나 불만과 시샘이 들어있는 인상을 주는 여인이다. 남편이 없다 해서 심각해 하거나 슬퍼하는 모습은 거의 없고, 오히려 귀부인처럼 꾸미고 삶에 대한 강한 의욕을 엿보이는 인물로 묘사 되어 있다.

그녀의 부모에 대한 근본적인 불만은 아버지가 자기를 인정해 주지 않는 다는 것과 어머니의 자기에 대한 시혜(施惠)가 부족하다고 생각하는 데서 온 것으로 보인다. 무슨 일이 있으면 자기는 거들떠보지도 않고 용빈에게만 상의하는 아버지의 태도에서 심한 모욕감을 느끼며, 그런 언짢음에서 아버지를 미워하게 되고 나아가 그런 아버지의 집안에

금전적인 우위에 섬으로써 앙갚음을 하게 된다. 그리고 그런 불만은, 어머니 한실댁이 해줄 만큼 다해줘도 채워지지 않는 결핍증을 낳게 되고 그녀로 하여금 그 어머니마저도 아버지와 동일시함으로써 적대감을 갖게 만든다. 용숙은 자신이 과부가 된 불운(不運)을 그 아버지, 특히 아버지로 동일시되는 어머니의 책임이라고 보기 때문에 그 어머니로부터 경제적인 보상을 끊임없이 받아내려고 하는 것이다. 그것이 여의치 않을 때, 그 어머니가 다른 형제에게 사랑을 베푸는 것에 대하여 적의적인 태도를 보일 수밖에 없다. 그러나 그러한 모녀관계, 즉 결핍을 지속적으로 충족시킨다는 것은 불가능한 일이기 때문에 그 모녀관계는 파탄의 길로 이어지게 되는 것이다. 그 결핍은 실제적인 금전적 문제가 아니라 미묘한 심리적 욕구불만의 문제이기 때문이다. 결과적으로 그녀는 어머니에 대하여 아니모스(animos)적인 편견7)을 갖게 되고 의절(義絶)하는 상태로까지 가게 된다. 그녀가 늘 불만과 시샘이 들어있는 듯한 언행을 보이는 것은 어떤 천성(天性)의 문제가 아니라 위에서 본 바와 같은 심리적 결핍증에 그 원인이 있는 것이다.

용숙의 재물에 대한 욕심은 대단한 것이다. 그녀는 어머니 한실댁이 간지까지 보내서 보낼 만큼 없는 것 없이 챙겨 주었는데도 자기가 쓰던 물건이라고는 실 한 바람, 골무 한 짝 빼놓지 않고 싹 쓸어갈 만큼 소유욕이 강한 여인이다. 뿐만 아니라 한실댁이 틈틈이 챙겨줌에도 불구하고 친정에 올 때마다 눈에 드는 것은 한실댁을 졸라 가져가곤 하는 탐욕스러움을 보여준다. 이것은 여성의 부정적 측면의 하나인, '무엇이든 삼켜버리는 성질(devouring)'로서 그녀가 지니고 있는 무서운 어머니

---

7) animos는 여성의 경우, 공식주의적인 의견, 신념이나 중상 등의 인간관계를 끊는 성질을 갖는다고 한다(C. G. 융, 앞의 책, p.248).

(terrible mother)로서의 모성적 속성이다.[8] 동시에 이것은 그녀의 마녀적(魔女的) 일면으로서 이런 점 때문에 그녀는 부정적 여성상인 젊은 마녀(young witch)의 모습을 보이게 된다. 그녀의 이러한 탐욕적 성향은 그녀가 혼자 힘으로 살아가야 하는 과부이기 때문에 형성되었다고 할 수도 있으나, 그보다는 자기를 도외시하는 부모—사실은 부친—로부터 자신을 방어하고자 하는 심리적 욕구에서 비롯된 것으로 볼 수 있다. 그녀는 재물, 또는 그것과 관계있는 것을 이야기할 때는 언제나 자기와 아들의 불우한 처지를 들먹이지만, 그것은 제도권의 동정을 얻음으로써 자신의 행위를 정당화 시키려는 수단일 뿐이고, 실제는 자신의 비정상적인 욕구를 충족시키기 위한 위장인 것이다. 그녀는 몇 차례의 경제적 잇속이 이루어지지 않은 일들이 모두 친정, 즉 아버지로 동일시되는 어머니의 무성의 탓이라 여기면서 친정과는 관계를 끊게 된다. 그 사건으로 하여 한실댁이 받은 충격은 심대한 것이어서 한실댁으로 하여금 절망적인 심경에 빠져들게 하였다. 그녀의 불행은 사실은 그녀의 것이 아니라 그 어머니인 한실댁의 불행이자 김약국의 불행임이 더욱 선명해 지는 장면이다.

용숙은 극단적인 이기심과 탐욕, 그리고 자가당착적인 윤리관으로 김약국을 파탄으로 몰아넣는 인물이며, 한실댁의 운명에 짙은 비극성을 부여하는 부정적 성격의 인물이다 동시에 그녀는 여성의 기본적 속성이자 부정적 측면인 '삼키고, 움켜쥐는' 마녀적 성향을 대변하는 인물이기도 하다.

---

8) E. Neumann, 앞의 책, p.82의 〈표 Ⅲ〉 참조.

2) 성찰과 애증 - 용빈

용빈은 다섯 딸 가운데서 근대 교육을 제대로 받은 지식인이다. 그녀는 지식인답게 집안의 일을 돌보려 하며 순리적으로 사고하고 행동하려고 하는 인물이다. 그는 대체로 김약국댁의 재난의 현장에서 떨어져 간접적으로 그 영향을 받지만 상당 부분은 그 사건의 핵심부에서 김약국의 다른 식구들과 함께 괴로워하고 고민한다. 그녀가 작품에 처음 등장하는 것은 방학이 되어 통영으로 돌아오는 대목에서부터인데, 여기에는 마중을 나간 한실댁의 용빈에 대한 예의 모성이 강하게 드러나고 있어, 그녀와 한실댁의 모녀관계도 다른 딸들과의 모녀관계와 크게 다르지 않음을 보여주기도 한다.

용빈은, '이마가 훤하게 트이고 눈이 시원하며, 약간 광대뼈가 솟은듯 하여 강한 개성과 이지를 느끼게 하는' 용모를 지니고 있어 이미 외모에 서부터 그녀는 이지적 인물임을 쉽게 알아볼 수 있다. 김약국도 용빈의 그런 점 때문에 집안의 중요한 일은 다른 딸은 물론이고 한실댁마저 제쳐두고 용빈과 곧잘 상의하곤 하는 것이다. 말하자면, 아들이 없는 김약국은 남성적 속성이라고 할 수 있는 이지력, 판단력, 경우 바른 사고력을 갖추고 있는 용빈을 아들 대신으로 신용하고 있는 셈이다. 바로 용빈의 이런 점이 그녀의 중요한 성격이기도 하다. 언제나 감정이 앞서기만 하는 용숙에 대하여 무관심한 태도라든가, 막내 용혜를 자기가 맡아 키워야 한다고 생각하는 점 등은 그녀에게 내재해 있는 남성적 속성이라고 할 수 있다. 이러한 태도는 그녀의 모친 한실댁의 삶의 방식에 대한 반동 또는 극복 양식이기도 하다. 모든 걸 감싸기만 하고, 덮어주려고만 하며, 보호하려 하지만, 결과적으로는 그런 호의(好意)가 악운(惡運)으로 돌아오게 되는 어머니의 아이러니적 희생에 그녀는 회의와 연민의 정까지 느끼는데, 그녀의 이성은 그런 모친상에 동의할 수가 없는 것이다. 용빈은 융(Jung)이 이른바 마이너스적 모친 콤플렉스를 지니고 있는 인물이다. 그녀는 어머니의 희생에 동의하기 괴로운 심리적 갈등을 갖게 된다. 그녀는 여자의 생애가 왜 우리 어머니처럼 되어야만 하는가에 대한 강한 반발의식을 갖는 것이다. 이런 여자들은 대체로 다음과 같은 성향을 보인다고 한다.

> 그녀는 객관성이나 냉정한 판단에 있어서 형제를 능가하고, 남편에 대해서는 친구, 형제, 좋은 판단을 하는 조언자가 될 것이다. 이 능력을 그녀에게 주는 것은 특히 그녀의 남성적인 성향이다.9)

실제 그녀는 자신이 당하는 일이나 형제들에게 일어나는 일에 대하여 되도록 이성적으로 판단하고 성찰하려는 태도를 보이고 있다. 용빈이 결별을 고하기 위하여 자기를 불러낸 홍섭을 만나러 가면서 그 어머니에 대하여 생각하는 말, '못난이 엄마, 바보 같은 엄마, 그걸 자식이라고……'하는 데서도 볼 수 있는 바와 같이 딸에 대한 한실댁의 무조건적인 희생을 가엾게 그러나 객관적으로 평가하고 있다. 용빈 자신의 불운과 어머니의 불운을 구별할 수 있는 냉철성도 엿보이는 대목이다. 그녀는 그런 의미에서 어머니와 분리(separation)되려고 한다. 용숙이 근거 없는 감정 때문에 고의적으로 모친으로부터 자신을 분리시키는 것과 달리 용빈은 그러한 여성의 숙명에서 해방되고자 하는 의도에서 모친과의 분리를 시도하는 것이다.

그러나 그러한 이성적 판단과 행동과는 관계없이 그녀도 악의적인 운명에 의하여 상실의 아픔을 맛보아야만 하는 입장에 놓이게 된다.

---

9) C. G. 융, 앞의 책, p.147.

이 작품 전편을 통하여 용빈은 집안의 불행과 병행하여 자신의 애정문제에 대하여 심각하게 고민하는데, 이 점이 이 인물의 주요 행적이 된다. 그는 정국주의 아들 홍섭과 정혼이 되다시피 한 사이로서 서로 사랑하지만 그들의 사랑의 전도에는 이상하게 암운이 감돈다. 일경에 채포되었다 나온 뒤 남자다운 기상이 스러져 버린 홍섭을 바라보는 김약국의 못마땅해 하는 눈초리에서도 그렇고, 어떤 예감이 있어서인지 그들의 결혼이 성사될지 미심쩍어 하는 김약국의 태도에서도, 그리고 고종 오빠인 태윤이 홍섭을 심약하다고 하면서 용빈의 짝이 되기에는 부족하다고 하는 말이 그런 느낌을 주게 된다.

아닌 게 아니라 홍섭은 자신의 부주의로 안마리아라는 여자와 관계를 맺음으로써 용빈과의 사이에 파탄을 초래한다. 마지막 결별을 위한 홍섭과의 만남에서 그녀는 여자로서는 가장 고통스러운 슬픔을 억제하려 하지만 결국 절망하고 만다. 그녀는 이러한 상처를 이성적으로 다스리면서, 한편으로는 슬픔을 씹으면서 서서히 종말을 향해 가는 집안의 뒷정리를 감당해 나간다. 이 역할은 그녀와 같은 성격의 소유자에게는 가장 어울리는 일이기도 하다. 그녀가 사랑에 실패하는 것은 김약국의 운명적 조건에서 연유하는, 큰할머니 송씨의 좋지 않은 예감 속에 내재하는 그녀의 운명이며, 영락한 집안일을 정리하는 역할을 감당해야 하는 것은 모친에 대한 반동에서 형성된 용빈의 성격 속에 결정되어 있는 그녀의 의무이다.

용빈은 이지적이며 객관적인 사고를 할 줄 아는 인물이지만 홍섭과의 사랑에 실패하면서 애증의 갈등에 시달리는 인물이다. 그녀는 인간과 삶에 대하여 관조하고 성찰하는 태도를 보임으로써 최종적으로 김약국 댁을 정리하는 입장에 서게 되며, 김약국 댁의 역사의 새로운 장을 열어야할 인물이기도 하다. 그러나 역시 그녀도 조모(祖母) 숙정에서 시작되는 악의적인 운명의 내림에 의하여 희생되고, 가장 소중한 것을 상실하게 되는 여인이다.

3) 무감각한 천성 - 용란

용란은 한실댁이 달나라의 항아같이 생겼다고 할 만큼 잘생긴 외모를 지니고 있다. 그러나 천성이 게으르고 무슨 일이든 제대로 할 줄 아는 일이 없다. 그 점이 한실댁으로서는 걱정이 되지만, 인물이 좋으니까 좋은 신랑을 만나 귀여움을 받고 살 것이니 걱정이 없다고 생각하던 딸이었다.

이미 한실댁의 꿈은 첫딸 용숙으로부터 깨어져나가기 시작하지만 이 용란은 더 크게 한실댁의 꿈을 깨어버리고 만다. 옛날 지석원이 맡기고 간 사내 아이, 한실댁이 키운 머슴인 한돌과 용란이 불륜의 관계를 갖고, 그것이 더 할 수 없는 추문으로 통영 바닥에 화제가 되면서 용란은 그 어머니를 절망시킨다. 지석원이 아이를 맡기고 간 뒤, 중구 어머니(봉희)가 찾아와서 그 아이가 무당의 씨라고 염려를 하자, 한실댁도 무당의 씨라는데 눈살을 찌푸리면서도 지석원의 일생이 가엾어서 키워준 애가 한돌인 것이다. 이 점은 앞서도 지적한 바 있는 한실댁의 비극적인 아이러니인데, 그렇게 만든 당사자가 바로 용란인 것이다. 그 사건 이후로 용란은 철저하게 한실댁의 운명에 밀착되는데 용란의 생애가 곧 한실댁의 운명이 되다시피 한다. 다섯 딸 가운데서 한실댁의 가슴을 제일 아프게 하고 가장 심한 육체적 고생까지 시키는 인물이 용란이다. 용란은 한실댁의 운명에 가장 깊고 어두운 색깔을 부여하는 인물이다.

그녀는 무슨 일이든 자신이 알아서 할 줄 아는 일이 없으며, 옳고 그름의 판단이 없음은 물론, 감정까지도 없는 것처럼 보이는 여자다.

한돌과의 정사가 김약국에게 들킨 것이 용빈의 탓이라 하여 용빈에게
난폭한 행동만 할 뿐 한돌과의 일에 대하여 부끄러워하거나 한돌과 헤어
진 것을 슬퍼하거나 하는 기색이라곤 전연 없다. 용빈은 그런 용란을,
'바보처럼 천진한 그의 인간성에서 천사와 같은 순진성을 본다.'고 하면
서 원시인의 상태에 있는 인물로도 보려고 하지만, 이것은 여성이 지니
고 있는 한 본질로서 여성의 부정적 측면에 해당하는 것이다. 즉 용란의
태도는 남성의 부정적인 아니마(negative transformative character)가 투
영된 모습이라고 할 수 있는 것으로 그것은 대체로 쾌락(ecstasy), 광기
(madness), 무기력(impotence), 무감각(stupor) 등의 특징을 드러낸다고
한다.10) 다시 말해서 에로스적인 열정과 광란, 그리고 그와는 달리 침체
된 무기력이 용란의 성격적 특징인 것이다. 용란은 그 열정과 광란(용빈
에게 퍼붓는 폭행 같은 것)의 시간 외에는 현실에 대하여 아무런 의식도
없고 자신의 인격에 대한 의식도 없는, 아무런 생각이 없이 살아가는
인물이다. 자신이 열중하고 싶은 일 이외에는 무기력과 무감각에 빠져
버리는 것이다.

　최연학과 결혼 한 뒤에도 그녀의 삶은 마찬가지여서 한실댁이 일일
이 돌보아 주지 않으면 도저히 자기 일을 꾸려나가지 못한다. 김약국은
물론 이런 딸에 대하여 무관심할 뿐이다. 김약국은 애초에 아들처럼
믿고 부린 서기두에게 용란을 주려고 했으나 사건이 나서 그렇게 되지
못한 뒤부터는 이 딸에 대하여 전연 관여를 하지 않았던 것이다. 용란
은 한실댁에게 가장 큰 업보요, 한실댁을 파탄으로 몰고 가는 주인공임
에는 틀림없다. 한돌에 대한 사랑의 감정은 어떤 것인지 판단할 수는
없지만, 그로 인해 신랑을 제대로 구하지 못하고 아편장이에다 성불구

---

10) E. Neumann, 앞의 책, p.82.

자인 최연학에게 시집을 가게 되었다는 것이 무엇보다 그녀의 불행을 잘 말해준다. 아편 값 내놓으라고 허구한 날 매질이나 해대는 남편의 삶은, 조금이라도 의식이 있는 여자라면 이미 자기의 목숨을 끊어서라도 청산했어야 할 비극이다. 이런 것을 가려서 생각 할 줄 모르는 점에 또한 그녀의 불행이 있는 것이다. 다음 인용문에 이러한 용란의 성격과 불행이 잘 나타나 있다.

> '니가 얼매나 복이 많으믄 그런 신랑을 만났겠노, 내가 얼매나 복이 많으믄 니 같은 딸을 두었겠노, 죽으나 사나 매인 대로 살아야제' '늙어 죽을 때까지 이리 살아야 한단 말입니꺼?' '이때만은 영혼의 빛이 돌아온 듯 용란의 눈은 젖었다. 한실댁은 두려운 듯 용란을 숨어본다. 들어서는 안 될 말을 들은 것 같았다. 아편중독자라는 불행한 조건보다 성적으로 불구자라는 사실이 더 뚜렷하게 나타나는 비극을 한실댁은 느낀 것이다.
>
> -〈김약국의 딸들〉

용란은 에로스의 자극에 의해서만 의식의 불이 밝혀지는 여인이다. 그녀는 그것으로부터 해방과 구원을 얻는, 가장 원초적인 욕망에 의해서만 삶의 추진력을 얻을 수 있는 여인인 것이다. 그것이 불가능한 현재의 삶은 불행, 바로 그것일 수밖에 없다.

용란은 다시 돌아온 한돌과 만나게 되고 자신과 어머니 한실댁의 운명을 재촉하게 된다. 결국 용란과 한돌이 동거하는 집에서 숙명적으로 조우하게 되는 인물들, 한실댁과 한돌은 최연학의 도끼에 맞아 절명하고, 용란 자신은 정말 미쳐버리고(madness)만다.

용란은 그의 큰 언니인 용숙보다 더 철저하게 김약국 댁에 내재한 비극적 운명을 현실화 시키는 인물이다. 그녀는 광기와 무기력의 전형으로서 파탄을 필연적으로 맞아들이게 되고, 그로 하여 그 어머니마저도 비명에 가게 만든 '젊은 마녀'인 것이다.

4) 그 어머니의 딸 – 용옥

용옥은 조용한 성품의 인물이다. 그녀는 언제나 김약국댁의 사건과 영락의 과정을 현장에서 지켜보면서 그 어머니와 함께 뒷감당을 하는 역할을 하고 있다. 그녀가 결혼하기 전까지 보여주는 모습은 배경적 인물, 또는 조력자(助力者)의 그것이다. 배경적 인물이라 하더라도 김약 국처럼 수수방관하는 위치에 있는 것은 아니고, 자신이 사건 당사자가 아니라는 점에서 사건에 대하여 배경적 인물이 되는 것이지 실제로 그 녀는 언제나 사건 현장에서 조력하고 수습하는 위치에 있는 인물이다. 그녀는 '자기 본능을 죽여서 모친과 동일화하고 있는 형의 여성'[11]이다 그녀는 어머니 한실댁을 도와 집안의 대소사(大小事)는 물론, 다른 형제 들의 뒷바라지까지 묵묵히 감당해 나가고 있다. 그녀는 독실한 크리스 천이라는 점 이외에는 그 어머니와 아주 흡사한 역할을 수행하는 인물 인 것이다. 용옥에 대한 인물평은 이렇게 되어 있다.

> 용옥은 약간 가무스름한 용빈에 비하여 살결이 희다. 그러나 얼굴이 예 쁘지 않았다. 입술이 투박하고 코가 길다. 눈썹은 짙으나 양미간이 좁아서 어딘지 고생상(相)이다.   –〈김약국의 딸들〉

작가의 직접적인 논평에 의하면 그녀는 못 생긴 편이며, 그 상(相)이 고생스런 팔자를 예감케 한다는 것이다. 이것은 용옥의 생애가 그 어머 니처럼 불행하게 될 것이라는 전제, 또는 복선의 의미를 가지고 있다.

---

11) C. G. 융, 앞의 책, p.144.

그녀는 자신을 모성과 동일시함으로써 인종(忍從)과 희생을 자기의 의무처럼 생각하고 있다. 그 결과로서 그녀는 개인적인 애정관계나 자신의 인간적 가치에 대하여는 거의 무의식적으로 회피하거나 망각해 버린다. 또한 성애적 욕구를 생각나게 하는 것으로부터도 되도록 거리를 유지하려고 한다.

> 그녀는 자기에게 주어진 역할을 실망할 정도로 오랫동안 필사적으로 해야 한다. 그렇게 함으로써 비로소 그녀는 무섭게 자기가 누구라는 것을 발견할 수가 있다. 이와 같은 여성은 어떤 직업 내지는 재능과 동일화에 의해서만 존재하고, 그 밖의 점에서는 무의식에 머물러 있는 것 같은, 남성을 위한 헌신적인 아내가 될 수 있다.[12]

용옥은 한실댁이 생각하는 것처럼, '손끝이 야물고 말이 적고 심정이 고와서 없는 살림이라도 알뜰히 꾸며 나갈' 수 있는 인물에는 틀림없으나, 그 자신의 생활이 없다는 점에서 우선 그녀는 불행한 여인이다. 인용문에서 본 것처럼 그녀는 그야말로 쉴 새 없이, 거의 필사적으로 집안의 잔일을 거두어 해낸다. 한실댁도 무슨 일이든 일이라면 용옥과 상의하고 그녀의 도움을 받으려고 한다. 한실댁의 입장에서는 그래도 가장 믿을 만하고 쓸 만한 딸이 용옥인 것이다. 그럴수록 용옥은 한실댁의 운명의 그늘에 깊이 싸이게 되고 결국은 그 그늘에서 벗어나지 못한 채 생애를 마치게 된다.

그녀의 불행이 본격화되는 것은 서기두와 결혼을 하면서부터다. 본래 서기두는 김약국이 용란과 짝지어 주려고 했던 일이 있기도 했지만, 용란에 대하여 남다른 생각을 갖고 있었다. 이런 서기두였기 때문에

---

12) C. G. 융, 앞의 책, p.144.

그는 용옥과 결혼을 했으면서도 그녀에 대하여 아무런 부부의 정도 느끼지 못한다. 용옥은 그러한 서기두로부터 언제나 외면당하고 무시당하면서 살게 된다. 아이를 하나 두었지만 그 아이조차도 서기두는 거들떠보지도 않았다. 그러한 가운데도 용옥은 남편과 시댁을 위하여 알아주는 사람 하나 없는 고독한 살림꾼으로 이 일 저 일을 거두어 간다.

이 무렵은 친정의 살림도 영락하여 말할 수 없이 곤궁한 처지에 있었고, 한실댁은 비명에 간 뒤며, 친정에는 병든 김약국과 미친 용란만이 유령처럼 기거할 뿐인 그러한 때였다. 용옥은 자신의 삶이 지금까지 그랬던 것처럼 시댁 식구들, 주로 시아버지 서영감과 시동생과 친정을 함께 보살피는 노역을 감당했다. 한돌이 죽은 후 미쳐서 앞뒤를 못 가리는 용란을 목욕시킨다, 옷을 갈아입힌다, 김치를 해댄다, 친정 빨래를 해댄다 하는 등, 일을 위해 태어난 여인처럼 생활한다. 그녀는 어머니 한실댁이 없는 집안에서 한실댁의 역할을 물려받아 한실댁을 대신하는 삶을 살아가는 것이다. 그녀의 운명과 역할은 말하자면 한실댁의 재판(再版)이며, 따라서 그녀는 어머니의 화신(化身)인 셈이다.

그 가운데서 그녀는 자신의 존재 의미와 신세를 자각하면서 깊은 오뇌와 절망에 빠진다. 남편의 사랑을 받지 못하는 자신의 몰골을 들여다보면서 가슴을 도리는 오열로 몸부림치기도 한다. 그러나 그녀는 그 어머니가 그랬던 것처럼 그 운명을 어쩔 수 없는 것으로 받아들이고 있다. 이러한 상황에 이르기까지 용옥의 심경은 처절함, 바로 그것이다. 그녀는 시아버지 서영감의 불순한 행동에 다시 한 번 절망하면서 남편 서기두를 찾아 부산으로 갔다가 만나지도 못하고 돌아오는 길에 배가 침몰함으로써 한 많은 생애를 마치게 된다. 그 어머니가 비명에 간 것처럼 그녀도 그렇게 비참하게 죽은 것이다.

특히, 결혼 이후 부산으로 남편을 찾으러 가기까지 그녀의 삶의 모습은 처절하고 참담한 것으로 형상화되어 있다. 한 여인의 삶이, 그것도 죄는커녕 봉사와 희생으로 일관한 한 여인이 그렇게까지 철저하게 비극적인 운명에 놓이게 된다는 것은 우리들의 이해의 차원을 넘어서는 극단적인 아이러니가 아닐 수 없다. 신화의 세계에는 재생(再生)이 있지만 인간의 세계에는 죽음 그 자체가 궁경이며, 그 다음에 무엇이 있다면 아마도 천국보다는 지옥이 기다리고 있을 뿐[13]이라는 점에서 이 여인의 죽음은 우리의 마음에 고통스러움을 안겨준다. 아울러 이 점에서 인간의 절망과 비극이 뚜렷이 드러남을 알 수 있다.

용옥은 한실댁이 김약국으로부터 사랑받지 못한 것처럼 남편의 사랑을 받지 못했다는 점에서, 그 어머니가 딸들의 후견인으로 파란만장한 비극적 생애를 살아간 것처럼 나머지 사람들을 위하여 자신을 돌보지 않고 뒷바라지를 했다는 점에서, 끝내는 그 어머니의 역할을 이어받아 수행하다가 어머니처럼 비명에 갔다는 점에서, 어머니 한실댁과 동일시되는 여인이다. 그녀의 죽음은 김약국의 죽음과 함께 이 집안의 비극적 운명을 마감하고 있다. 그녀는 인종과 희생으로 조건 지어진 운명 속에서 비참하게 자기를 상실해간 여인이다.

5. 여성을 통한 인간의 해석

작가 박경리는 평범한 삶의 현장에 운명이라는 메커니즘을 도입함으로써 일상적인 것에서 비상(非常)한 진실을 규명해내고 있다. 그가 보는 운명은 눈에 보이지는 않지만 인간과 삶의 궤도를 결정하는 힘으로서, 이 경우는 특히 한 집안의 내력과 관련지음으로써 그것의 불가항력성

---

13) N. Frye, 앞의 책, p.223(The Mythos of Winter : Irony and Satire) 이하 참조.

이 강조되었다. 김약국 일세대의 비참한 파탄이 대를 이어 끈질기게 반복되는 모습을 보여줌으로써 인간의 삶을 제한하는 운명의 힘을 부각시킨 것이다. 이것은 어떤 철학적 의미를 찾아내기 위한 방법이라기보다는 인간과 삶의 실체가 그 비극성으로써 드러난다는 것을 효과적으로 보여주기 위한 방법이라 여겨진다. 그런 의미에서 〈김약국의 딸들〉은 비극적인 아이러니의 법주에 들며, 작가는 이 작품을 통하여 리얼리즘을 성공적으로 구현했다고 볼 수 있다.

이 작품의 중요 작중인물들은 하나같이 어두운 그늘 속에서 살아가거나 비명에 감으로써 한(恨)과 원(怨)을 남기게 되는데, 그 대표적인 인물이 김약국과 한실댁이다. 김약국은 운명에 대한 예감에서 유령처럼 고독하게 삶을 이어가며 한실댁은 딸들에 대한 과잉된 모성으로 일관된 삶을 힘겹게 꾸려가지만, 김약국은 당연한 결과로서, 한실댁은 김약국의 운명의 영향으로 모두 한을 안은 채 생애를 마감한다. 김약국은 암으로, 한실댁은 사위(최연학)의 도끼에 맞아 죽게 되는 것이다.

그런데 이러한 이들의 운명은 그들의 전세대인 김약국의 어머니와 아버지의 비참한 죽음에서부터 이어지는 내림의 끈(유전적 형질)으로 파악되고 있다. 이것은 다시 그들 딸들에게로 이어져 이 집안에는 작고 큰 우환이 끊일 날이 없으며, 경제적 파산으로 더욱 참담한 지경에 이르고 만다. 김약국 댁을 덮고 있는 만실우환(滿室憂患)의 구름은 김약국의 생부(生父)·생모(生母)의 망령이 몰고 오는 재앙인 것이다. 이것은 우리의 이성적 판단으로는 용납하기 어려운 것이지만, 현실적으로 분명히 우리의 삶의 현장에서 확인 할 수 있다는 점에서 삶을 구성하는 한 원리임을 인정하지 않을 수 없다. 작가는 바로 이러한 원리를, 김약국 댁이라는 실체를 통하여 특히 여인의 삶, 그 중에서도 모녀관계를 중심으로 그것을 파악하여 전달하려고 한 것으로 보인다.

김약국의 딸들은 그 조모(祖母)의 운명의 연장선상에 놓여 있는 인물들로서 각기 불운한 삶의 모습을 보여준다.(막내 용혜는 나이가 어리므로 여기에서 제외 된다. 그녀는 이 집안의 내력을 노란 머리카락으로써 상징하는 구실만 한다)큰 딸 용숙은 과부이며, 둘째 용빈은 파혼의 슬픔을 맛보고, 셋째 용란을 사련(邪戀)의 결과로 미치광이가 되며, 넷째 용옥은 배가 침몰함으로써 죽게 되는데, 이들이 보여주는 삶의 궤적은 모두 이 집안에 드리워져 있는 내림으로서의 운명의 영향에 의하여 빚어진 것으로 그려져 있다. 또한, 이들의 운명은 모두 한실댁의 업보로 돌아감으로써 거역할 수 없는 모녀관계의 비극적 양상을 보여주기도 한다.

그리고 이들은 각기 여성적 특성의 일면을 보이고 있기도 하다. 용숙은 이기성과 탐욕을, 용란은 에로스적 욕구를 그 성격적 특성으로 하는 부정적 여인상으로, 용빈은 이지와 지성을, 용옥은 희생과 봉사를 그 특성으로 하는 긍정적 여인상으로 그려져 있다는 것이다. 좀 더 구체적으로 말하면, 용숙은 '무서운 어머니(terrible mother)'형이고, 용란은 부정적 아니마상(像)으로 이들은 여성의 마녀적 속성을 나타내며, 용빈은 긍정적 아니마상(像)에 해당하고, 용옥은 '훌륭한 어머니(good mother)'형으로 이들은 여성의 모성적 속성을 나타낸다는 것이다.[14]

박경리는 이 네 자매를 통하여 여성적 속성을 총체적으로 파악하여 보여주고도 있는 것이다.[15] 어쩌면 이 점에 이 작품을 쓴 작가의 의도가 있는 지도 모르지만, 객관적으로 볼 때 여성을 통한 인간 해석의 한 경지를 이루어 낸 것으로 평가할 수 있다.

---

14) C. G. 융, 앞의 책, p.118 이하(Ⅳ. 모친원형 : 그 심리학의 관계) 및 E. Neumann, 앞의 책, p.82의 〈표 Ⅲ〉 참조.

15) 이것은 이 작가가 단편에서 탐색한 여성적 속성을 이 소설에서 정리하여 보여준 것으로 볼 수도 있다.

제2부

글쓰기를 다시 생각하다

모진 인연의 굴레,
그 불가지론의 극복을 위하여

– 박상운의 소설, 〈아빠 일어나〉를 읽고 –

1. 시인의 마음으로 쓴 글

소설가도 수필가도 글쓰기의 동기는 그리움이다. 시인도, 아니 특히 시인은 그리움 때문에 시를 쓴다. 시인에게 그리움은 마음의 우물 속에서 끊임없이 솟아오르는 샘물 같은 것이어서 그들은 그것을 수시로 길어 올리지 않으면 안 되는 운명을 안고 살아간다. 시라는 두레박으로 그리움이라는 샘물을 부단히 길어 올리는 일, 그것은 긴 인내와 수고로움을 요구하지만 그것이 없으면 생명도 존재도 무의미해질 수밖에 없다는 진실, 시인의 그 믿음으로 하여 인내와 수고로움은 고통이 아니라 기쁨이 되고 보람이 된다.

시인은 살아있는 모든 것들, 혹은 유무형의 모든 존재들에 대한 사랑과 궁금증을 통하여 그들의 그리움을 구체화한다. 그들에게 그리움은 어떤 소망의 세계를 향하는 마음일 수도 있고 결핍에 대한 안타까움과 그 충족을 염원하는 마음일 수도 있으나 좀 더 깊이 들여다보면 그것은 존재의 궁극에 대한 의문이고 그 해답에 도달하고자 하는 사유의 세계임을 알 수 있다. 그 사유는 논리보다는 직관에 더 크게 의존하는 깨달음의 모색이며 그리고 정서를 동반한다는 점에서 일반적 의미의 철학적 사유와는 어느 정도 다르기도 하지만 그것이 탐구의 정신으로 연결된다는 점에서는 분명 철학적 성격을 띠고 있다 할 것이다.

시인은 그래서 그 궁금증을, 그 깨달음의 편린을 그리움의 모습으로 바꾸어 노래한다. 내가 아니면 그것을 말할 사람이 없기 때문에 나는 그것을 바위에 새기듯이 기록할 수밖에 없다고 한 밀턴의 말처럼, 시인은 그것들을 숙명적인 작업처럼 써 나간다. 우리들은 모두 시인일 수는 없지만, 평범한 대로 우리도 그리움을 안고 살아가는 존재이기에 시인처럼 결핍을, 소망을, 그리고 존재의 의미를 생각하지 않을 수 없게 된다. 그것이 어떤 일체감에 대한 염원이든 상실감의 표출이든 아득한 절망감의 확인이든 그것들은 모두 우리의 삶 – 생명과 존재의 증거이기에 소중하지 않을 수 없고 기록의 대상이 되지 않을 수 없다. 기록은 역사성을 염두에 둔 기술행위이기 때문에 그리움과 같은 추상적 개념에는 어울리지 않는 용어일 수도 있으나 그리움도 개인의 역사를 구성하는 무형의 요소가 분명하다는 점에서 이 용어의 사용은 타당성을 얻는다.

느닷없이 시인의 그리움을 끌어들여 글의 논점이 흐려진 감이 없지 않으나 우리가 글을 쓸 수밖에 없는 이유를 시인만큼 잘 보여주는 예는 없을 것이다. 시인은 그 그리움을 눈물과 한숨과 사랑과 기쁨과 회한과, 때로는 비평정신으로, 때로는 윤동주의 하늘과 바람과 별처럼 세련된 모습으로 변형시켜 노래하지만, 그것은 차오르는 '그리움이라는 샘물'을 길어 올리지 않을 수 없는 절박성에 기인하고 있음은 물론이다.

〈아빠 일어나〉(2010, 꿈을 심는 나무)는 분명 시는 아니다. 그러나 이 책을 읽으면 소설이나 수필보다는 먼저 시적 체취를 느끼게 되는데 그것은 아마도 글의 양식 이전의, 사태(글의 소재)를 대하는 필자의 심적 자세가 보다 시인 쪽에 가깝기 때문이 아닌가 싶다. 위에서 우리가 시인의 경우를 대표적으로 짚어본 것은 이 글의 이런 성격을 고려했기 때문이기도 하다. 어느 장르의 글을 쓰든 글 쓰는 이는 언제나 쓰지 않고는 배겨낼 수 없는 필연성과 절박성에서 글을 쓰게 된다는 것, 모든 글쓰기는 그리움의 표출이고 그 그리움은 생명과 존재에 대한 안타까움이고 상실과 절망을 이겨내기 위한 몸짓임을 이 소설, 〈아빠 일어나〉는 실감나게 보여주고 있다. 박상운이 쓴 것은 분명 시가 아니지만, 분명 그리움의 샘물을 길어 올리지 않으면 안 되는 시인의 마음으로 이 글을 쓰고 있다.

2. 인고(忍苦)의 가족사, 그러나 아름다운 마음들

1) 아버지와 딸이 만든 영웅 이야기

〈아빠 일어나〉는 프롤로그와 본문으로 그 내용이 이루어져 있는데, 본문은 모두 20개의 설화 단위로 연결되어 있다. 그 마지막 스무 번째의 제목이 이 책의 제목이기도 한데 이 부분은 이 책의 에필로그를 겸하고 있다. 그리고 이 제목은 첫 설화 단위인 '1. 하늘나라에서 온 편지'의 서두, '사랑해 내 생각하지 말고 행복하게 살아'의 다른 표현으로서 이 책의 처음과 마지막이 수미상(쌍)관의 구조를 이루고 있음을 보여준다. 기록적인 성격이 강한 글이지만 그 서술 태도에 있어서는 나열형을 지양하고 '처음과 중간과 끝'이 완결성을 이루는 이야기 구조를 지향하고 있다.

〈아빠 일어나〉는 소설보다는 수필 유(類)에 가까운 글로 보인다. 서사성이 강한 글이기는 하지만 허구성이 부족하고 생체험을 직접적으로, 그리고 때로는 자상하게 풀어내는 수법으로 기술해나가고 있다는 점에서 서사적 수필로 보는 것이 타당할 것이다. 그런데 이 서사성이라는 요소와 위에서 언급한 이야기로서의 완결성으로 인해 우리는 이 글을 읽으면서 자꾸 소설을 떠올리게 된다. 아빠가 바라본 딸의 이야기이면서 아버지 자신의 심경을 세밀하게 그려내고 있어 현진건의 〈빈처(貧妻)〉와 같은 신변소설적인 성격을 보여준다는 점에서도 그렇고, 시점(point of view)의 설정이 분명하다는 점에서도 또한 그러하다.

딸 '형아'의 생애를 중심으로 이 작품의 내용을 요약해 보면 '출생 – 성장 – 모험(투쟁) – 죽음'의 도식이 성립되는데, 이는 우리가 흔히 보는 영웅소설, 혹은 로맨스의 주인공(영웅)이 보여주는 일대기와 유사한 데가 있다. 영웅은 모험의 보상으로 결혼을 하거나 명예를 얻는 반면에 형아는 비장한 죽음을 맞는다는 점이 다르다면 다르지만 중요한 것은 결과로서의 보상이 아니라 불의(不義), 혹은 장애 세력에 감연히 맞서 싸웠다는 그 사실이라는 점에 우리는 주목해야 한다. 영웅스토리는 인간이 어떻게 인간을 구속하는 부당한 세력에 맞서 싸우는가를 보여주는 이야기이지 그가 어떻게 성공했는가를 보여주기 위해 만들어진 이야기가 아니라는 점을 상기한다면, 이 작품의 주인공 형아는 분명 영웅의 모습을 보여준 인물이다. 형아의 그 초인적인 인내력, 그리고 고통과 겨루는 치열한 투쟁의 과정, 그러면서도 가족에 대한 배려를 잊지 않는 아름다운 마음씨에서 우리가 읽을 수 있는 것은 영웅의 모습 이외의 다른 그 어떤 것도 아니다.

또 한 사람의 주인공 아빠는 영웅의 조력자로서의 역할을 충실히 해내는 소설적 인물의 한 유형으로 파악될 수 있다. 사실 이 글은 아빠가 일방적인 작중화자로 등장하고 있어 그의 목소리, 그의 해설에 의지해서만 상황을 파악할 수밖에 없다는 점에서, 그리고 그의 내면세계가 이 글 내용의 상당 부분을 차지하고 있다는 점에서 아빠 박상운이 주인 공으로 이해되는 것이 마땅할 것이나, 어디까지나 이 작품은 형아를 가운데 둔 가족사를 이야기한 글이라는 측면에서 그는 조력자 또는 기록자의 위치에 머물게 된다. 그것이 또한 이 글의 필자가 바라는 바이기도 할 것이다. 왜냐하면 이 글은 딸 형아에게 전하고 싶은 위로의 추도문이며, 비슷한 고통을 겪고 있는 사람들에게 보내는 위문편지임을 그는 이 책의 서문에서 밝히고 있기 때문이다.

2) 고통을 넘어서는 아름다운 배려

형아의 출생에서부터 성장과정을 거쳐 투병생활에 이르기까지의 과정을 중심으로 그 간의 가정사를 순차적으로 기술하고 있다는 점에서 이 글은 가족사소설을 닮은 데가 있다. 앞서 살펴본 바와 같이 이 작품은 화자의 회한을 중심으로 하는, 고백성이 강한 수필적인 글이기는 하지만 그 내용 요소들이 가족사소설을 떠올리게 하고 있다는 것이다. 본격 가족사소설에서 볼 수 있는 인물이나 사건의 다양성은 없지만 우여곡절과 그 파란만장한 굴곡들은 나름대로 선이 분명한 역사의 궤적을 형성하고 있음을 볼 수 있다. 형아를 얻은 기쁨과 성장 과정에서 맛보는 경이로움, 행복, 보람, 그러나 예기치 않게 찾아오는 위기의 순간들, 그리고 주변의 친지들의 불행들로 하여 화자가 겪게 되는 고난의 시간들이 적당히 어울리면서 우리가 드물지 않게 볼 수 있는 가정사가 진행되지만 형아가 득병을 하는 데서부터 이 가정의 가족사는 남다른 고통의 길로 접어들게 된다.

수술과 항암치료의 연속이었다. 참 모질고도 질긴 시간의 연속이었다.
내 영혼도 많이 지쳐 있었다. 그럴 때마다 나는 눈물을 흘리며 기도했다.
항암치료 후 집에서 휴식을 취하며 몸이 어느 정도 회복되면 또다시 항암치
료를 받아야 했다. 이번에는 3번째 수술이다. 오른쪽 흉벽에 붙어 있는
종양을 떼어내었다. 말로 표현하기 힘든 고통의 연속이다. 그렇지만 형아
는 잘 참아내며 버텨주었다.   – (14. 고통의 한 가운데)

형아 본인이나 가족들 모두 형극의 길을 걸어가는 한 과정을 보여주는
대목으로서 화자의 말처럼 너나할 것 없이 그 영혼들이 지칠 수밖에
없는 상황이 이어지고 있음을 알 수 있다. 그러나 그 와중에서도 두
부녀는 답이 있을 것도 같고 없을 것도 같은 형이상학적인 문제에 대하
여 서로 대화를 나눔으로써 고통과 허무를 희석시키고자 노력하며(16.
신비한 꿈), 그것을 통하여 서로에게 위로가 되고자 하는 눈물겨운 자제와
극기의 모습을 보여주기도 한다.

본디 어떤 에너지가 인간의 모습으로 나타난 것이니 다시 그 본래의
에너지의 모습으로 돌아간다고 생각하면, 그래서 인간이란 무한성을
지니고 있는 존재라고 결론을 내린다면 죽음의 허무로부터 놓여날 수
있기는 한 것일까? 이들 부녀는 이런 대화를 통해 정말 위안을 얻고
있는지는 모르지만 애연(哀然)한 두 부녀의 모습에 가슴이 미어져 오는
것만은 사실이다. 인간의 유한성은 시비나 논란을 넘어서는 명백한 사
실임에도 불구하고 이것이 종교의 영역으로 들어오면 토론의 대상이
될 수밖에 없음은 우리가 늘 보아오는 일이지만, 이들 부녀는 종교적인
문제와는 상관없이 이러한 논제에 대하여 지적 판단에 의거한 의견을
나눔으로써 인간과 그 생명에 대한 안타까움을 토로하고 나아가 그 굴레
를 초월하고자 하는 염원을 드러내 보이고 있다. 그러나 운명의 진행은
그 누구도 막을 수 없다는 엄연한 현실과 그들은 직면하게 된다.

"아빠, 거기 있지 말고 여기에 있어." 병원 응급실에서 내가 조금 떨어져 앉아 있으니 형아는 그렇게 말했다.

"그럴게." 나는 바짝 다가앉으며 그렇게 말했다.

응급실에 대기하고 있다가 결국 병실로 입원하게 되었다. 시간이 흐를수록 고통은 점점 심해졌다. 그 고통이 극에 달했는지 이제 포기하겠다고 했다. 얼마나 힘들고 고통스러웠으면 그랬겠나.

"아빠, 무서워"

"무서워하지 마라. 당당하게 맞서라."

나는 너무나 당황한 나머지 그 말밖에 생각나지 않았다. 침착이라는 단어는 이제 내 마음을 떠난 지 오래다.

"아빠, 너무 힘들어. 이제 도저히 못 참겠다."

형아는 너무 힘들어서 그렇게 말했으나 나는 너무 괴로워서 아무 말도 해 주지 못했다. 단지 지켜 볼 수밖에 없었다.

— (17. 마지막 가는 길)

형아의 긴 투병 과정이 여러 군데서 상술되고 있지만 이 부분은 그 가운데서도 읽는 이의 마음을 가장 아프게 하는 대목이다. 이 글의 소재 자체가 커다란 비극성을 안고 있는 것이기는 하지만 실제 이런 대목들을 읽으면 그 애처로운 장면이 선명하게 떠올라 함께 눈물을 흘리고 싶은 마음이 들게 된다. 우리의 이러한 동정과 연민은 아빠의 그 아픈 마음에 비한다면 한갓 감상에 지나지 않을지 모르나 그것은, 단순한 감상일 수 없는 것이, 이 글이 지니고 있는 진실의 힘이 만들어내는 공감의 세계이기 때문이다. 마지막 가는 길, 죽음을 앞두고 형아는 힘이 없어 말을 못하고 아빠의 손바닥에 글을 써서 자신의 마음을 전달하는데 이 순간에도 오히려 가족들을 염려하고 아끼는 형아의 아름다운 마음이 아빠와 가족들을 더욱 슬프게 만들고 있다. '사랑해 내 생각하지 말고 행복하게 잘 살아', 이것은 형아가 가족에게 남긴 마지막 말이지만 형아의 평소 아빠와 엄마를 위하고 배려하는 마음의 연장이기도 하다. 박상운이 회사일이 잘못되고 딸마저 병을 얻은 와중에서 갈피를 잡지 못하고 있을 때 형아는 아빠를 염려하고, 또 엄마의 생일을 일러 주며 챙기라고 하는 등 세심하게 배려함으로써 그에게 큰 힘이 되어주는데, 형아의 이런 점들은 이 집안의 가족사를 고통 속에서도 의미 있는 것으로 만들어 준 요인이라 할 수 있다.

굳이 헤겔을 빌리지 않더라도 역사가 정반합을 지향한다는 것은 자명한 이치인데, 개인의 경우 이 역사는 자주 기쁨과 슬픔을 경위로 하여 변증법적 통합을 지향하게 된다. 그런데 문제는, 희비의 정반합을 통하여 그 갈등을 극복하는 것이 우리가 바라는 이상임에도 불구하고 현실에서는 슬픔이 기쁨을 압도해 버림으로써 개인을 비극적 상황으로 몰고 가는 일이 비일비재하다는 점이다. 박상운은 군데군데서 왜 우리는 이런 어려움을 당해야 하는가라고 자문하고 있는데, 안타깝게도 그것은 그가 말하는 것처럼 깊이 생각해 본다고 해서 답이 찾아지거나 해결될 수 있는 문제가 아니라는 점이 우리 인간이 안고 있는 숙명이고, 동시에 인간을 지배하는 역사의 불가해한 성질일지도 모른다.

비록 이 가정은 커다란 시련을 겪어왔지만 서로를 배려하고 깊이 사랑하는 마음들이 있었기 때문에 오히려 그 역사를 아름답게 써낼 수 있었을 것이다. 표면적으로는 고통의 역사처럼 보이지만 그들은 소중한 것을 잃은 것이 아니라 오히려 서로의 아름다운 마음을 확인하고 기억할 수 있는 또 다른 가치를 얻었다 할 것이다. 세상 어디에 이런 세심하고 자상하며 딸을 극진히 사랑하는 아빠가 또 달리 있을 수 있겠는가. 박상운은 그것만으로도 아름다운 역사를 소유한 사람으로 볼 수 있을 것이다.

3. 이 글이 지니고 있는 미덕

〈아빠 일어나〉는 서사성이 강한 수필로 분류될 수 있다고 했지만 내용의 상당 부분이 대화로 이루어져 있기도 하다. 이 책의 대화는 사건의 전개를 보여준다기보다는 주로 화자의 심적 상태와 지적 탐구심을 드러내는 도구로, 혹은 교육적 목적으로 이용되고 있다. 이런 점에서 이 책은 아버지와 딸이 만들어낸 거대한 대화록의 의미를 지닌다. 딸이 주로 묻고 아버지가 대답하는 형식을 취하고 있는데 그 내용은 민화적 (民話的)인 이야기로부터 아버지 개인의 체험과 생각, 그리고 형이상학적인 문제에 이르기까지 특히 교육적 효과를 고려하여 다양하게 구성해 나가고 있다.

우리가 이글을 읽어 나가다 보면 소크라테스의 산파술(産婆術)을 문득 떠올리게 되는데 그것은, 산파술이란 대화의 상대를 깨달음으로 인도하는 방법이기도 하지만 본인 자신을 성찰하는 계기가 되기도 한다는 점을 이 책이 잘 보여주고 있기 때문이다. 산파술은 대화를 이용해 내면에 잠재된 진리를 이끌어내는 방법으로, 대화를 나누는 이들은 서로에게 스승이며 또한 제자가 된다고 한다. 결과적으로 산파술은 대화를 통한 자기성찰(자기반성)과 진리에 대한 인식을 골자로 하는 대화의 방법이다. 이 작품의 부녀는, 주로 딸이 묻고 아버지가 대답하는 형식을 취하고 있어 일방적 설명으로 이어지는 듯이 보이지만 아버지는 그 대답과 설명의 과정에서 자기의 생각을 새삼 정리하고 또 미처 생각하지 못한 점을 발견해나간다는 점에서 서로 영향력을 행사하는 관계임을 알 수 있다. 딸의 질문이 계기가 되어 오히려 아버지가 잠재적인 내면세계를 들여다 볼 수 있게 되고, 상대방을 향한 설명이 오히려 자기성찰로 이어지게 되니 딸은 아버지를 진리의 세계로 인도하는 길잡이 노릇을 한 셈이다.

이 대화록은 또 무서울 정도의 일관성을 보여주기도 한다. 주변 친지들의 불행으로부터 시작하여 딸의 죽음에 이르기까지 화자는 그가 겪고 있는 모든 일들을 깊이 있게 생각하고 그 의미를 탐색하는 자세를 끝까지 유지하는 일관성을 보여주고 있다는 것이다. 그 생각들이 다소 관념적이고 사변적인 면을 지니고 있기는 하지만 그 내용을 현실의 사건들과 연결 지어 어떤 의미의 망을 구성해내고자 하는 의지는 분명 이 글의 강점이라 할 것이다. 충분히 정리되었다고 볼 수는 없지만 사물과 현상에 대한 비평적 식견과 그것을 논리적으로 엮어나가는 힘 또한 눈에 띄고 있다. 특히 딸을 향한 설교는 논리와 체계를 갖추고 있어 상당한 설득력을 지니게 되는데, 이 점에서 이 글은 설리적(說理的)인 수필의 성격을 드러내기도 한다.

그러나 무엇보다 중요한 것은 딸에게 해주는 아버지의 설명하는 말 속에는 딸에 대한 짙은 애정과 연민의 정이 가득 차 있다는 점이다. 지적인 내용의 말이지만 그것을 지적으로만 말하지 않고 따뜻한 마음에 담아 전하고 있기 때문에 그 말들은 더 깊이 있게 딸에게 전달되고 있는 것이다. 이것이 이 책 속에 담긴 대화가 지닌 아름다운 모습이다.

> 우주만물을 주재(主宰)하시는 전지전능하신 절대자 신이시여, 너무도 고맙습니다. 오늘 저희는 비로소 당신의 그 큰 뜻을 깨달았습니다. 당신의 그 크신 사랑을 느꼈습니다. 늘 부족한 저희에게 이토록 크신 사랑과 관심을 베풀어주셔서 정말 고맙습니다. 저희들의 소박한 기도를 값지게 들어주소서.
> ─(16. 신비로운 꿈)

이 책에는 신앙에 대한 얘기는 거의 나오지 않는다. 따라서 이 가족들이 어떤 종교를 가지고 있는지는 알 수 없으나 중간 중간 인간의 삶을 주재하는 어떤 힘을 상정하고 이야기를 전개해 나가고 있는데, 그 내용은 불가지론(不可知論)에 가까운 것이면서 동시에 위의 인용문에서 보는 것처럼 그것을 현실적인 의지(依支)의 대상으로 삼고 있음을 보여주고 있다. 회의(懷疑)와 무지, 의지할 수 있는 절대자에 대한 갈망이 서로 교차하고 있지만 그 갈망으로써 불가지론을 극복하고자 하는 자세를 보여준다는 것이다. 우리의 인식의 영역을 넘어서는 세계를 신앙적 자세로 극복하고자 하는 것, 그것은 인간의 비극성을 드러내는 모습이기도 하지만 인간의 고귀성을 보여주는 모습이기도 하다.

이 책의 화자가 유난히 다정다감한 모습을 보여주는 것도 우리가 눈여겨 볼 대목이다. 이것은 그가 정서적으로 윤택한 사람이라는 점과 무관하지 않다.

> 맑고 푸른 강물의 일렁이는 작은 파고에 햇빛이 이리저리 반사되어 기기묘묘한 빛의 입자들이 수면 위로 튀어 오른다. 형형색색의 작은 요정들이 수면 위를 뛰어노는 듯하다. 건너 편 강가에서 한 노인이 삽을 씻고 있다. 그 물결 파동은 금세 강 전체로 퍼져나간다. 파동들은 이리저리 서로 부딪치며 빛의 입자들을 더 많이 만들어내고 있다.
> 강 건너 들판에는 아지랑이들이 피어나고 있다. 끊어질 듯 이어질 듯 하늘하늘 피어나는 아지랑이들 사이로 가끔씩 새들이 훼방을 놓는다.
> ― (5. 기이한 노인)

동양화와 서양화의 중간 쯤 되는 특이한 풍경화가 만들어져 있다. 그리고 동요의 세계가 살아 움직이고 있다. 이 가족의 평화로운 한 때와 연결되는 부분으로서 뒷날 이들이 겪게 되는 시련과 대비항을 이루고 있어 한 편으로는 안타까운 느낌이 들기도 하지만 일류의 감각을 보여주는 대목이다. 이런 감각과 정서가 형아에 대한 애틋한 마음으로,

충만한 사랑으로 변용되었으리라는 것은 불문가지의 일이다. 꼭 무슨
시적 재능이 있어야만 좋은 아빠가 되는 것은 아니지만 이 부분은 분명
이 글이 지니고 있는 또 다른 미덕이라 할 것이다.

4. 맺음말 : 세상의 아버지들

이 세상의 대부분의 아버지들은 다들 비슷한 모습으로 살아간다. 이
들은 모두 고난과 시련에 노출되어 있지만 그것을 당연한 것으로 알고
묵묵히 그것들을 안고 살아간다. 더러 위로를 받기도 하지만 그건 있어
도 좋고 없어도 그만이라는 생각을 가지고 오늘을 걸어들 간다. 물론
거기에는 개인에 따르는 정도의 차이는 있게 마련이지만 자세히 들여
다보지 않으면 다들 비슷해 보이는 건 사실이다. 그러나 이렇게 이 책
을 읽게 되는 경우처럼 고난과 시련으로 점철되는 어떤 특정한 삶의
모습과 직면하게 될 때 우리는 우리들 각자가 놓여 있는 현실이 지니는
심각성을 새삼 돌아보게 된다. 그리고 이렇게 처참한 심경을 토로해야
하는 인생의 저 깊고 어두운 눈물의 세계를 바라보면서 인간과 그 삶이
내포하는 비극성에 대하여 연민의 정을 느끼지 않을 수 없게 된다. 그
리고 세상의 아버지들을 예사롭지 않은 눈으로 바라보게 된다.

'아빠 일어나'는 형아가 아버지에게 보내는 격려의 메시지를 상정하
고 붙인 제목이다. 〈아빠 일어나〉는 딸의 죽음에 아름다운 의미를 부여
하고 아버지 자신은 형아의 죽음을 헛되이 하지 않기 위해서라도 당당
하게 일어서야 한다는 각오를 새롭게 하자는 뜻에서 붙여진 제목이다.
누구의 무슨 말이 위로가 될 수 있겠는가마는 이제는 이 가족이 새로운
질서를 찾아가야 한다는 것만은 사실이다. 형아가 없는 세계, 그 세계

는 그 세계대로 어떤 가치를 만들어가야 하는 것이 살아있는 자들이 살아있음으로 하여 수행해 나가야 할 책임이기 때문이다. 또 생명의 영위는 권리이기 이전에 의무인 까닭이기도 하다.

아무쪼록 이 필자가 의도하는 바처럼 이 책이 어려움 가운데 있는 많은 사람들에게 위로가 되기를 바라고, 형아의 명복을 함께 빌면서 남은 가족들에게 하나님의 축복과 평안이 함께 하기를 진심으로 기원한다.

소명의식과 나눔의 시학
- 홍문식의 시를 읽고 -

1. 시인이 시를 쓰는 까닭은

시인은 무엇이든, 그것이 비록 사소한 것일지라도 예사롭게 보아 넘기는 법이 없다. 평범한 사람들에게는 일상이 되어버려 더 이상 관심의 대상이 될 수 없는 일에서부터 바삐 살다보면 그런 것이 있었나 싶은 아주 작은 것에 이르기까지 우리 주변의 모든 사물과 현상을 늘 눈여겨 보는 사람들이 시인이다. 이것은 그들이 남다른 호기심과 탐구의 열정을 지니고 있음을 뜻하기도 하지만, 동시에 인간은 물론 지상에 존재하는 모든 것들에 대한 관심과 애정이 유별남을 보여주는 것이기도 하다. 우주와 삼라만상에서 느끼는 아득한 궁금증과 생명 있는 모든 것들을 가슴에 품으려고 하는 따뜻한 사랑이 그들로 하여금 작은 돌멩이 하나, 자잘한 풀꽃 하나라도 무심히 지나칠 수 없게 만드는 것이리라.

시인은, 좋은 시를 쓰기 위해서는 이러한 마음가짐을 끊임없이 점검하고 확인할 필요가 있다. 비상한 감흥이나 좀처럼 만나기 어려운 감동이 시작(詩作)의 동기가 되기도 하지만 이 열정과 사랑이야말로 시인을 시인으로 서게 하는 근본이 되기 때문이다. 시적 감동은 시 내용의 핵

심적 요소이기는 하나 이 열정과 사랑의 바탕 위에서 이루어지는 심적
체험이라는 점에서 그 순서는 뒤로 가야 할 것이다. 우리가 시를 배우
고자 하는 사람에게 시적 기교 이전에 근본적인 마음가짐에 대한 공부
부터 충실히 할 것을 강조하는 것도 이러한 까닭에서이다.

　시적 에스프리는 이 탐구의 열정과 생명 있는 모든 것들에 대한 사랑을
바탕으로 이루어진다. 시정신은, 일차적으로는 시 창작에 적용되는 시인
개개인의 철학과 세계관을 의미하지만 궁극적으로는 '왜 시를 쓰는가?'
에 대한 관점과 태도의 문제로 귀결된다. 이것은 모든 시인에게 적용되는
일반적이고 보편적인 가치의 문제가 된다. 위에서 말한 '탐구의 열정'은
'모든 생명 있는 것들'을 그 대상으로 하는 의미의 항이다. 그러니까 그것
은 생명이라는 현상 뒤에 숨은 본질의 탐구를 통하여 존재의 의미를 분명
하게 이해하고자 하는 태도인 동시에, 인간 혹은 생명에 대한 관심과
애정이 없이는 이루어질 수 없는 고된 정신적 작업이기도 하다.

　이 작업은 그러나 불행하게도 만족할 만한 결과에 도달할 가능성이
아주 희박하다. 그것은 만상(萬象)과 존재의 불가사의함을 충분히 이해
하기에는 인간의 지력(智力)이 턱없이 부족하고, 그것을 생각하고 드러
내기에는 인간의 언어가 너무나 불완전하기 때문이다. 따라서 시인의
노력은 어쩌면 도로(徒勞)로 끝날지도 모르지만 시인은 여기에 그렇게
개의치 않는다. 열정(passion)은 본디 희생과 수난을 동반하는 정서이며
탐색(quest)은 고통과 인내를 요구하는 작업이라는 것을 그들은 시작의
체험을 통하여 누구보다도 잘 알고 있는 사람들인 까닭이다. 위대한
발견과 깨달음은 모든 시인의 이상이지만 쉽게 손에 넣을 수 있는 것이
아니어서 있으면 더욱 좋겠지만 없어도 크게 실망하지 않는다.

　시인은 시행착오를 운명처럼 받아들이며 오늘도 바람과 구름을 노래
하고 봄과 꽃을 찬미한다. 생명에 대한 사랑이 시를 낳고 그 시는 다시

우리의 삶을 윤택하게 한다는 이 엄연한 진리 하나만으로도 시인은 크나
큰 위안을 얻는다. '시는 생명의 소산이고 생명에 속하는 것이며 생명을
위하여 존재하는 것'(W.H.허드슨)이라는 인식은 그래서 지극히 타당한 말
씀이다. 인간과 삶의 진실은 최고선(最高善)의 추구에 있는 것이니 그것은
곧 행복에 이름을 뜻한다. 이것은 시정신의 윤리적 측면이기도 하다.
탐구의 열정과 생명에 대한 사랑을 통하여 인간에게 행복의 길을 제시하
는 것이 시의 에스프리, 시의 정신이다. 그래서 시인은 시를 쓴다.

홍문식은 그의 시집 〈그대는 아시나요〉(월간문학 출판부, 2008)를 통하
여 이러한 우리의 시에 대한 생각을 너무나도 명료하게 대변해주고 있
다. 시인은 꿈꾸는 사람들이다. 그 꿈은 결핍된 부분을 메우려는 욕구일
수도 있고, 소명(召命), 즉 신성한 의무의 수행에 대한 염원일 수도 있으
나 기본적으로는 자기실현, 혹은 동일성의 회복에 대한 소망이다. 자기
실현과 동일성의 회복은 우선은 시인 자신의 문제이지만 그들은 그것을
자신의 문제로만 국한시키지 않고 다른 모든 사람과 함께 풀어가야 할
공동의 숙제로 인식한다. '자기(自己)' 혹은 '동일성(同一性, identity)'의
최종적인 개념은 자유스러움이고, 그리고 평온과 행복이다.

시인(홍문식)은 수고로운 탐색과 아픈 열정의 끝에서 어렵게 얻어낸
평온과 행복의 세계로 함께 가자고 우리를 손짓하여 부르고 있다. 내가
수고하여 발견한 것이지만 이미 그것은 나만의 것이 아닌 너와 나, 우
리들 모두의 것임을 시인은 선언한다. 우리는 이런 태도를 일러 가치
있는 삶이라고 부른다. 홍문식은 그의 시 도처에서 가치 있는 삶이 고
된 탐색에 의해 얻어진다는 것, 그리고 그것은 나눔으로써 그 가치가
배가(倍加)된다는 사실을 말하고 있다.

그는 나누기 위해 시를 쓴다.

2. 시인이 사는 마을

사람은 환경의 지배를 받지만 매양 환경에 대하여 수동적이지만은 않다. 이 말은 환경이 인간성 전반의 형성에 큰 영향을 미치지만 역으로 사람이 환경을 능동적으로 조절할 수도 있음을 의미한다. 시인은 그가 살고 있는 마을(환경)이 만들어낸 보석과 같은 존재지만 그는 그가 만든 또 하나의 마을을 마음속에 품고 산다. 마음속의 마을은 실제의 마을을 닮았으면서도 시인의 의도에 따라 그 모습이 변형된 공간이고 시인의 정신이 살아가는 터전이다. 그 곳은 가상의 공간이지만 현실이 갖고 있는 사실성을 넘어서는 진실과 감동이 숨 쉬는 장소가 된다. 이 진실과 감동의 힘이 이제는 오히려 현실의 마을을 변화시키려 하고 있다.

홍문식도 예외는 아니어서 그가 살아온 마을, 그가 만든 마을을 터전으로 그의 주변과 이웃사람들에게 시적 복음을 전하고자 한다.

1) 푸른 뜻과 희망

홍문식의 모든 시적 화두는 푸르름이고 희망이다. 그의 시의 상당수가 푸르고 싱싱한 초원을 연상케 한다. 그의 시의 중심적 제재는 봄과 햇살이며 가장 즐겨 쓰는 시어는 바다(파도)와 바람이다. 봄을 탄생시키는 햇살의 이미지와 바다를 실어오는 바람의 이미지가 그의 시세계를 지배하고 있다.

> 산등성이에서 / 가슴을 열고 / 시원한 바람으로 씻고는
> 불타는 햇볕을 온 몸으로 / 휘어감 듯
> 님의 길에 빛으로 / 소금으로 흩어져
> 푸르름으로 / 넘실넘실 세상에 비추소서
> － 〈푸름으로 빛나소서〉 제4연

신춘 원단에 쓴 이 시는 그의 삶을 대하는 태도, 즉 삶이라는 현실에 어떻게 대응해야만 그것이 유의미한 것이 될 수 있는가를 단적으로 보여준다. 어느 한 곳 얽매임이 없으면서도 생활인으로서의 의욕을 놓치지 않는 성실성이 '시원한 바람'과 '불타는 햇볕'으로 구상화되어 있으며 빛과 소금으로 살아가야겠다는 희망과 결의를 넘실대는 푸른 파도의 이미지로 객관화하고 있다. 님이라는 청자(聽者)에게 말을 건네는 형식으로 되어있으나 이는 시적화자의 자기 내면을 향한 다짐의 소리임은 물론이다.

> 바람을 타고 온 / 가랑비가 파랗게 멍든
> 들녘을 맴돌아 꽁꽁 언 / 시냇물을 녹이듯
> 당신의 봄이 되고 싶습니다.
>
> — 〈봄이고 싶습니다〉의 제5연

전 5연으로 되어 있는 이 시의 각 연의 핵심어는 '기쁨 – 열정 – 희망 – 그리움'으로 연결되어 있는데, 이 중 열정과 5연의 봄은 시인의 희생 정신을, 그 나머지는 나눔의 정신을 드러내는 말들이다. 홍문식이 희생과 나눔을 말하기 위해 봄이라는 제재를 선택한 것은, 봄이 지니는 아픔과 소생이라는 양면성을 고려하더라도 그의 시정신이 푸른 마을에 살고 있음을 잘 보여준 예라고 하겠다.

〈아침햇살을 그리며〉, 〈바람입니다〉, 〈철로〉 등에도 이 시인의 시들이 보여주는 기조(基調)가 잘 드러나 있다. 〈아침햇살을 그리며〉와 〈바람입니다〉는, 자연의 이법은 언제나 희망의 메시지와 연결되어 있다는 믿음이 그로 하여금 사물과 현상을 긍정적으로 보게 하며 자신에게 주어진 일들을 기쁜 마음으로 맞아들이게 하고 있음을 보여준다. 아침햇살과 바람은 소망과 꿈을 자연스럽게 좇아가는 고운 심성을 드러내는 이미지이며 그것을 길러주는 마음의 표상이다. 문명이 우리에게 주는 깨달음도 이와 다를 바 없다. 〈철로〉는, 희망은 우리가 동행해야 할 가장 좋은 친구이며 평생의 반려자가 되어야 함을 일러준다.

2) 구호리와 모성의 세계

구호리는 시인의 고향이다. 굳이 홍문식의 고향이라 하지 않고 '시인의 고향'이라고 한 것은 모든 시인에게 고향은 보편적, 원형적으로 파악되는 세계이기 때문이다. 특정한 고향의 개별성과 고향이 갖는 보편적 의미는 서로 호환이 가능한 성질을 지니고 있다. 그것은 가장 공감대가 큰 집단무의식, 혹은 원형적 심상을 형성하고 있기도 하다. 구호리는 그가 살았던 곳이고 지금은 그의 내면 속에 현재화되어 있는 마을이다. 당연히 구호리는 모성(母性)의 세계와 동의어이며 그의 시정신이 뿌리내리고 있는 내면의 마을이자 그의 시 도처에 편재한 그리움의 대상이기도 하다.

> 뒤뜰 장터로 / 감자. 옥수수. 호박. 오이 / 함지박에 올려놓고
> 허리를 흔들며 / 다물재를 달려가던 / 어머니들.
>
> 빨간 진흙 밭 / 삶의 터로 끈끈하게 / 엮고 엮어
> 도란도란 정을 / 나누며 함께 숟가락을 나누던 곳
>
> — 〈구호리〉 제2, 3연
>
> 붉은 진흙 다물재를 / 미끄러지듯 달려
> 콩죽 같은 땀방울을 / 냉수처럼 몸으로 마시며
> 불끈 당긴 장둥띠로 / 허기를 메우시고
> 이층 함지 / 무게를 희망으로 묻어버렸습니다.
>
> — 〈어머니 1〉 제3연

구호리는 평범한 우리네 산천과 생활의 모습을 담고 있지만 시인에게는 그곳이 어머니인 고향이기에 결코 예사로울 수 없는 곳이다. 그곳은 시인이 만든 시인의 마을의 원형이자 가능하다면 언젠가는 돌아가야 할 공간이다. 이 시의 언어들은 '붉은 진흙 다물재'와 '빨간 진흙 밭'을 중심으로 그 유기적 관계를 형성한다. 진흙 혹은 진흙 밭은 대지인 어머니이고 그 어머니들이 달려 오고가던 다물재는 시장으로 통하는, 가족의 생존을 가능케 한 길이다. 붉은 색감은 어머니의 뜨거운 사랑이나. 진흙 밭과 어머니와 다물재는 동의어로서 시인을 낳고 길러낸 생명의 본향이다. 그는 여기서 희망을 배우고 인정과 사랑을 배웠다. 그리고 이것이 이 시인이 마음속에 만든 마을의 모습이기도 하다.

〈전천강〉, 〈다물재〉, 〈김장바다〉, 〈요갯골〉, 〈추병산〉 등은 홍문식의 또 다른 고향시로 눈에 띄는 작품들이다. 〈전천강〉은 산(두타산, 초록산)과 바다(동해)가 만나는 곳에 자리 잡은 고향 들녘을 신화적으로 파악하는 안목을 보여주며, 〈다물재〉와 〈요갯골〉, 〈김장바다〉에서는 그 공간에서 소중한 삶의 지혜를 배우게 되었음을 밝히고 있다. 〈추병산〉은 그의 그리움의 한 뿌리가 사춘기적 각성에 있음을 암시하는 작품이다.

3) 꿈을 심으며

홍문식 시의 가장 큰 뿌리의 하나는 뭐니 뭐니 해도 교직자로서의 마음가짐이다. 우리의 삶을 떠받치는 힘은 성취에 대한 욕구지만 이와 이웃 간에 자리 잡고 있는 것이 소명의식 혹은 사명감이다. 이것은 다분히 이성적이고 윤리적인 접근이어서 편향적 인식으로 보일 수도 있으나 우리들 대부분의 삶이 여기에서 추동력을 얻고 있음은 사실이다. 이 추동력은 한편 우리에게 중압감으로 작용하기도 하는데 이 점이 우리가 일상에서 겪는 갈등의 주요한 원인이 되기도 한다.

그러나 홍문식은 이러한 경우에도 그 스트레스를 능숙하게 희망의 에너지로 바꾸어놓는 솜씨를 우리에게 보여주고 있다. 흡사 〈님의 침묵〉에서 이별에서 오는 슬픔의 힘을 희망의 정수박이에 들이붓는 한용운의 시법(詩法)을 보는 것 같아 아주 친근한 느낌을 주기까지 한다. 절망이나 슬픔만을 노래하는 시는 시의 본령과는 거리가 멀다. 한용운, 이육사, 윤동주가 우리의 칭송을 받는 이유는 그들이 절망의 시대에 희망의 노래를 부름으로써 그 시대의 사람들에게 현실 극복의 의지와 미래 지향적 용기를 심어주었기 때문이다. 우리는 이러한 것을 시인의 예언자적 기능이라고 부른다. 이 시대는 딱히 예언자적인 시인을 필요로 하지는 않지만 이 시인에게서도 우리는 그러한 가능성을 보게 된다.

> 미련을 가지고 집착하는 / 아이의 기대를 저버리고
> 창공을 나르는 날개는 / 상승기류의 주변을 맴돌다 / 차창 밖으로 달려가 버린다.
>
> 하루를 도화지 위에 점점 수놓고는 / 그려지지 않는 그림을 꾸짖다간 홀로 한숨만 몰아쉬고 / 불같은 성미를 참지 못해 / 돌부리를 차고 허공만 본다.
>
> 어젠 / 파도소리를 듣더니 / 발걸음을 재촉하고 휑하니 달빛을 좇는다.
>
> 감꽃은 / 지저귀는 까치소리에 놀라 / 바람 타고 쟁반 위에서 떤다.
>
> 샘처럼 솟는 그리움은 / 훈장처럼 가슴에서 빛나고 / 수레 끄는 아이에게 / 싱그러운 아침을 열어주길 바란다.   - 〈꿈을 심으며〉 전문

이 시는 객관적 상관물을 효과적으로 사용함으로써 시적 완성도를 높이고 있다. 1연과 마지막 연에 나오는 '아이'는 대조적 모습이지만

그들은 시인의 정서와 의식이 스며들어 있는 객관적 존재라는 점에서 둘 다 객관적 상관물의 기능을 지니고 있다. 1연의 아이는 불만족스러운 상태를, 5연의 아이는 고난 극복의 의지를 나타내는 이미지로서 시상의 성공적인 전환과 논리적 결구를 만들어내고 있다.

2연에는 1연의 아이에 상응하는 시적화자의 모습이 나타나 있는데 이는 실존적 아이러니의 한 모습이다. 실존적 아이러니란 '우리 본성의 내부에 존재하는 모순, 또는 우주와 신의 내부에서조차도 발견되는 모순으로서 근본적으로 바로잡을 수 없는 부조리'를 의미한다. 그러나 그것은 우리가 극복해야 할 과제임은 분명하다. 3, 4연은 이러한 2연의 연장이지만 3연의 압축과 비약, 4연의 내적 심리의 감각적 표현을 통하여 5연으로의 능숙한 시상의 전환을 이루어낸다.

'수레를 끄는 아이'는 아침과 연계되어 창조적 심상을 일구어내고 시적화자에게 갈등을 극복하고 새롭게 의욕을 가다듬는 계기를 부여한다. 특히 5연의 '샘솟는 그리움'은 삶을 빛나게 하는 그 무엇 – 훈장 같은 것, 그러니까 소명의식과 관련되는 이미지로서 이제 갈등을 벗어나 교육자의 길로 매진할 것임을 암시한다. 탐색이라는 터널의 끝에서 발견한 자기실현의 길이 곧 이 시인에게는 교육자의 길인 것이다. 교육자의 마을, 홍문식이 만든 또 하나의 시인의 마을이다.

〈스승의 마음〉에서는 "매년 심장을 / 조금씩 나누어 / 가슴을 뜀박질치게 / 하는 이름 없는 교사의 사랑"이라고 하는 비장한 사명감이 우리를 숙연케 한다. 〈간〉에서 보여주는 윤동주의 처절한 각성과 희생의 시학을 연상하게 된다. 〈빛으로〉, 〈뜨거운 땀방울〉도 여기에서 그리 멀지 않은, 교사의 희생과 빛의 역할이 강조되어 있는 시편들이다.

4) 건강한 생명의식

홍문식의 시에는 봄을 제재로 하는 시가 유난히 많다. 중심 제재이든 부분적인 소재이든 이 봄이 등장하는 시가 그의 시편의 상당 부분을 차지하고 있다. 시간 개념의 기초는 춘하추동이고 그 기본적 의미는 생성과 소멸의 순환이다. 봄은 그 중에서 대표적인 생성의 시간이고 그런 까닭에 우리는 거의 상식적으로 탄생, 소생 혹은 부활, 희망, 창조의 이미지로 봄을 이해하고 있다. 홍문식도 봄을 해석하는 방법에서는 우리와 다를 바 없다.

그러나 그는 이 의미를 좀 더 생동감 있게 역동적으로 표현해내려는 노력을 게을리 하지 않는다. 이 시인의 봄노래는 신화적 심상을 연상케 하는 시어들로 가득 차 있다. 건강한 생명의식에 기초를 둔 원시적 메타포로써 생명의 탄생을 찬미하고 있다는 것이다. 원시적 은유는 속성상 관능성을 동반하게 된다.

> 산은 그대로 섰는데 / 꽃내음에 취한 가슴은 / 노루처럼 뛰고 /
> 마음은 구름 타고 달린다.
>
> 진달래 꽃봉오리는 / 오동통 터질 듯한 / 소녀의 도톰한 가슴처럼 /
> 봄 햇살에 드러내고 / 자태를 뽐낸다.
>
> 사랑은 솔향기처럼 / 바람 타고 달려와 / 심장에서 방망이질 하고 /
> 아지랑인 치맛자락을 / 가위질하여 올려놓고 / 아스팔트 위에서 /
> 하늘하늘 춤을 춘다.   - 〈봄〉 전문

이 시는 원시적 관능미를 일깨우는 원형적 심상으로 가득 차 있다. 생명의 탄생을 위한 성적 교섭이 이루어지는 과정을 숨 가쁘게 점층적

수법으로 형상화해 놓고 있다. 1연의 산은 남성이고 꽃과 노루는 여성이며 구름은 교섭에 대한 유혹이고 설렘이다. 2연은 흥분이 고조되는 상승의 이미지를 내포한다. 3연의 솔향기는 여성이고 바람은 남성이며 방망이질은 갈망일 수도 있고 실제의 행위일 수도 있다. 이 시의 백미인 3연의 마지막 네 개의 행은 드물게 보는 절창이다. 원시와 문명의 교차 지점(아스팔트)에서 원색적인 성의 향연이 이루어지고 있음을 발견하는 형안(炯眼)과 생동하는 비유가 돋보이기 때문이다. 이런 경우 춤은 의심할 여지가 없는 원초적 교섭 – 성적 결합을 의미하는 시어이다.

> 강은 / 훌쩍 얼음 옷을 벗어던지고 / 물 따라 바위틈을 따라 나서니 / 뾰족 / 틈새를 뚫은 어린 눈의 힘찬 / 함성에 하늘을 끌어안고 / 들을 내달리면 / 쟁기를 깨워 / 초원의 아침을 여는 농심　　 –〈봄은 망울져 옵니다〉 제2연

> 쑥내음은 아낙의 치맛바람을 타고 / 님의 힘을 돋워 주어 / 우람한 가슴으로 / 내리꽂은 괭이질에 / 텃밭은 온통 새 생명의 숨소리를 / 가쁘게 뿜어낸다.　　 –〈봄이 오는 길〉 제3연

이 두 편의 시의 핵심 부분이다. 여성인 강이 남성인 하늘을 끌어안는 것, 남성인 쟁기가 여성인 초원을 갈아엎어 아침을 여는 것은 모두 봄의 생성의 힘을 비유적으로 형상화한 것들이다. 비유나 상징은 원시 언어로의 환원이라고 한다. 거기에는 생생함이 있고 신화적인 감동이 있다. 괭이질과 텃밭은 이러한 신화적인 건강성을 일깨우는 원초적 교섭의 모습이고 생명의 근원이다.

이러한 건강한 생명으로 충일한 원시성과 문명이 조화를 이루는 공간이 또한 이 시인이 살고 있는 마을이다.

여름을 제재로 한 〈바람이 일면〉과 〈매미 노래를 들으며〉에도 봄노

래에서 보았던 생명력의 힘찬 일렁임과 그 역동성이 시 전편을 관류하고 있다. 특히 매미의 노랫소리는 시인이 늘 동경하는 뜨거운 사랑을 드러내는 청각적 이미지로서 생명의 신비스러움과 그 소중함을 새삼 깨닫게 해 주는 상관물이다.

3. 시인이 그리워하는 것들

시인은 그리움을 먹고 사는 사람들이다. 누구나 마음속에 한 자락의 그리움을 깔아놓고 살아간다지만 시인의 그리움은 유별난 데가 있다. 그들에게 그리움은 삶의 동기이고 삶을 이끌어가는 심적 에너지이다. 유년의, 사소하지만 아름다운 기억으로부터 미지의 세계에 이르기까지 시인의 그리움의 대상이 되지 않는 것은 없다.

그리움은 본질적으로 결핍에 대한 보상심리와 맞물려 있다. 그것은 이상과 현실이 서로 멀리 떨어져 있음을 알게 되는 데서 오는 절망감을 극복하려는 소망의 다른 이름이고 기쁨과 슬픔의 공존, 그 숙명적인 갈등에 대한 깨달음의 소산이다. 현실로부터 받은 배신의 상처를 치유함으로써 자기 동일성을 회복하려는 의지의 변형물이며, 잃어버린 것들 혹은 찾아야 할 것들에 대한 안타까움의 다른 모습이다. 그래서 그들은 까마득한 유년의 기억을 더듬기도 하고 미지의 세계, 그 비밀스러운 절대자의 주변을 배회하기도 한다.

'내 시는 온통 내 그리움의 표출'이라든지 '내 시는 그리움을 길어 올리는 두레박'이라든지 하는 무명시인들의 고백은 그대로 모든 시인들의 고백일 수밖에 없다. 지금은 나에게 없는 것, 그러나 저기에는 있을 것 같은 것, 그래서 손짓으로 불러보고 발길을 그 쪽으로 향해 보지만 결국 허허로움과 아픔만을 안고 돌아설 때 마음은 더 큰 그리움으로 채워지게 되는 것이니 그리움은 퍼내어도 퍼내도 마르지 않는 샘물과 같은 것이 아닐 수 없다. 시인은 이 샘물이 있어 영원히 젊게 사는지도 모른다.

홍문식의 시의 한 주조(主調)도 당연히 이 그리움이다. 이 시인의 경우 그리움은 어느 것 하나 예사롭게 보아 넘기지 않는 시인 특유의 탐구 정신으로부터 비롯된다.

> 구름이 산을 가리고 / 울고 있는 이유를 그대는 아시나요.
>
> 산 너머 작은 꽃마을을 가지 못해 / 등성이를 맴돌고 있는 새매의 /
> 빛나는 눈동자의 의미를 / 그대는 아시나요.
>
> 천신을 드리운 영봉에서 / 비단을 깔아 숲을 가로지르고 /
> 너울너울 흐르는 한 줄기 / 생명의 숨소리를 그대는 아시나요.
> （중략）
> 이 작은 순간을 / 점으로 찍으며 사랑을 /
> 그리는 작은 연인의 마음처럼 / 간절한 만남의 행복을.
> 　　　　　　　　　－〈그대는 아시나요〉 첫 세 개의 연과 마지막 연

시와 소설은 독자에게 질문을 던지는 문제 제기의 형식이라고 하지만 우리는 이 느닷없는 질문 앞에서 당혹감을 감출 수가 없다. 이 질문은 비록 일방적인 것은 아니지만 우리는 어떠한 대답도 할 수 없는 자신의 무지와 무기력함을 안타까워 할 뿐이다. 〈알 수 없어요〉의 한용운도, 〈꽃밭의 독백〉의 서정주도 이런 심정이었을까? 과연 누가 이런 질문들에 명료한 대답을 할 수 있을 것인가. 아마도 홍문식도 여기에서 예외는 아닐 것이다. 그러기에 그의 그리움은 때로는 밝지만 어떤 곳에

서는 깊고 어두운 탐색의 터널을 빠져나오지 못하는 모습을 보이는 것
일 게다. 어떤 학문과 지식을 동원하여 설명한다 하더라도 이 존재와
현상의 궁극을 이성적으로 충분히 이해한다는 것은 불가능한 일이다.
그것은 언어적 표현을 넘어서는 사유의 형태로, 또는 느낌과 상상력의
과정을 통하여 도달하게 되는 주관적인 깨달음의 세계이기 때문이다.
차라리 이럴 때 우리는 불가지론에 의지함으로써 위안을 얻는 것이 더
나을지도 모르겠다. 따라서 '그대는 아시나요'에 대한 답변의 모색은
영원한 그리움이고 아픔이다.

그러나 홍문식은 단연 안일한 타협을 거부하고 마지막 연에서 연인
의 간절한 마음으로 그 불가지의 세계와 만나게 되기를 염원한다. 구름
과 새매로 표현된 인간의 지적 한계성에 도전하는 정신, 숲을 가로지르
는 생명의 숨소리(강물)로 그려진 그 유현한 섭리와 이법을 그리워하는
마음, 이러한 시인의 정신과 마음이 있어 우리의 정신세계는 풍요로워
지는 것이다. 이 그리움은 홍문식의 신념이 되고 삶의 태도-인생관을
형성하는 기초가 되기도 한다.

이 시인은 앞서 본 커다란 물음의 세계로 가기 위하여 기다림의 문제
를 먼저 생각해 보게 된다. 도대체 우리는 무엇을 기다리며 사는 것인
가? 〈기다림 1〉에서 그는 주어진 생에 골몰하다가 무엇을 기다리며 산
것인지도 모르는 채 황혼을 맞는 인간의 모습을 어떤 노모(할머니)로 형
상화해내고 있다. 그 노모는 마음에 있는 것 어느 하나도 돌볼 겨를이
없이 바삐 살다가 늙어서야 '재 넘어 올 비둘기'를 기다린다. 비둘기는
노후의 안식과 평안을 의미하는 것으로 보이지만 과연 그것이 진정 이
노모가 기다리는 것인지는 의문이다. 어쩌면 비둘기는 기다림의 실체
가 지니는 애매성의 환유인지도 모른다.

이 기다림은 〈그렇게 혼자 기다립니다〉에 오게 되면 그리움과 병치

되는 개념으로 나타난다. 시적화자는 젊은 날의 열정과 격랑처럼 일어
나는 욕망도 '풍요 속에서도 소낙비처럼 흘러내리는 고독'을 이겨낼 수
없음을 자각함으로써 보다 근원적인 자신의 마을로 돌아가고자 한다.
이 시의 2연과 3연은 '원시 혹은 순수'와 '도시 혹은 단절'을 대응시키면
서 시적화자가 돌아가고자 하는 삶의 본향에 대한 그리움을 부각시키
고 있다. 앞서의 비둘기는 이 순수, 또는 동일성 회복에 대한 염원과
맥락을 같이 하는 것으로 보아도 좋을 것이다.

> 불처럼 타오른 하루가 / 발갛게 익어 / 여름 한낮을 / 꽃내음으로 가득 채
> 웁니다.
>
> 아이들의 재잘거림이 / 가슴을 울렁이게 하던 나날들도 /
> 해바라기처럼 / 시계 바늘을 따라 달려왔습니다.
>
> 활짝 미소 짓는 코스모스는 / 뽀얀 안개를 걷어내고 /
> 하늘 가운데로 솟은 태양처럼 / 가슴을 불어줍니다.
>
> 하아얀 파도가 / 바람을 타고 오듯 / 붉게 익어가는 고추처럼 /
> 그렇게 그리움 되어 / 뜨거운 여름날을 보내렵니다.
>
> —〈여름 한나절을 보내며〉 전문

이 시에 오게 되면 시적화자가 기다리고 그리워하는 것의 정체가 어느
정도 드러나게 된다. 한여름 낮의 정밀감 속에서 조용히 내면을 관조함으
로써 그 그리움의 실체를 스스로 확인하게 된다는 것이다. 시인이 진실에
도달하기 위해서는 대상과 어느 정도 거리를 유지해야 하는데 이를 미적
거리라고 한다. 이것은 감상자의 객관성을 뜻하는 말로 허심탄회한 마음
의 상태, 사적이고 공리적인 관심을 버리는 심적 상태를 가리킨다. 이
시에 나타나 있는 관조와 자기멸각의 자세가 바로 그런 것이다. 시적화자

는 이 미적 거리를 통하여 자기가 견지해야 할 바람직한 자세를 발견하게 되는데, 그것은 곧 소명의식의 실현이다. 최고의 선, 그 궁극에 도달하고자 하는 성자적(聖者的) 의지가 '붉게 익어가는 고추'라는 인상적인 이미지로 치환되어 있다. 이것은 비둘기가 지니는 동일성 회복의 염원과 크게 다르지 않다. 그가 앞서 던졌던 큰 질문은 우주적 질서나 자연의 이법에 대한 물음이기도 하지만 그것은 이 시에 나타난 것과 같은 생활의 철학으로 환원될 수밖에 없는 명제이기도 하다.

〈그리움이 가을을 익히고 있습니다〉도 이와 맥락을 같이 하는 시로써 결실과 영혼의 성숙함을 대비시키고 있다. 이 시의 중심 소재인 '알밤'은 영혼의 성숙함으로 연결되는데 이는 내면적 성찰을 통한 성숙의 모색, 혹은 자연과의 교감을 통한 자기 정체성의 확인을 드러내는 이미지이다. 그리움의 작용과 그 결과를 알밤의 이미지로 구체화시킨 점은 이 시인의 상상력이 예사롭지 않음을 보여주고 있다.

홍문식의 그리움의 또 다른 뿌리는 모성의 세계다. 이 점은 앞서 어느 정도 언급한 바 있지만 그의 삶을 구성하는 시작(始作)이자 구경(究竟)이다.

> 밤마다 동구 밖까지 / 호롱불 밝혀들고 / 홑적삼에 떨며 /
> 언 손 잡아주시던 모습이 / 그 땐 사랑인 줄 몰랐습니다.
>
> 장독 위 냉수 한 그릇 / 식구 수대로 숟가락 올려놓고 / 풍신 맞이 동이물로 / 언 손으로 비비시던 새벽 치성이 / 그 땐 사랑인 줄 몰랐습니다.
> ─〈그 땐 사랑인 줄 몰랐습니다〉 제2, 3연

모성의 세계는 희생과 사랑으로 요약할 수 있는 시공이다. 그 곳은 삶에 지치거나 현실이 곤고할 때 돌아가 쉬고 싶은 안식처다. 다툼과 시비가 없는 어머니의 세계는 그러나 이제는 돌아갈 수 없는 아스라이 먼 시간의 저쪽에 존재할 뿐이다. 시인은 그래서 슬프고 또 그래서 자꾸 그 때는 그것이 사랑인 줄 몰랐다고 되뇌고 있다. 고해성사와 같은 회한의 되새김이 시적화자에게 얼마나 위로가 되었을까? 그러나 그것은 위로받기 위한 되뇌임이 아니라 그 곳에서 그가 배우고 얻은 것들을 소중하게 여기고 있음을 반어적으로 표현한 것이다. 거기에서 배운 희생과 사랑은 이 시인의 소명의식과 짝을 이루어 그의 삶의 기조를 이루고 있음을 우리는 그의 여러 시편들에서 확인하게 된다. 그러므로 모성의 세계는 그의 생활의 철학을 구성하는 중심 개념이다.

홍문식은 그의 일대기를, 감사하는 마음을 틀로 하여 장편시로 써내려가고 있는데 그것이 〈참 고맙습니다〉이다. 이 시에 나타난 감사의 대상은 그의 성장과 내적 성숙의 과정에 따라 '어머니 – 할아버지 – 친구 – 교단 – 아내와 가정 – 조물주'의 순서로 열거되어 있다. 이 순행적 역사에서 그 핵심은 당연히 나를 낳아주신 어머니이고 그 이후의 무게의 중심은 아내와 가정에 대한 감사로 옮겨지며 최종적으로는 생명 있는 모든 것들을 주관하는 절대자에 대한 찬송으로 귀결된다. 그가 진정한 시인의 면모를 여실히 보여주는 시라 하겠다. 시간의 연속성과 공간의 무한성은 깊고도 넓은 시적 사유에 의하여 얻어지는 시적 형질이기 때문이다.

그는 다시 〈사람을 안다는 것의 행복〉과 〈바다처럼 잊고 일어나는 것들〉에서는 그가 애초부터 지니고 있었던 우주와 만상의 본질에 대한 궁구(窮究)의 자세로 돌아온다. 홍문식의 시에 자주 등장하는 바다와 태양과 바람을 지배적 심상으로 하는 이 시편들에서 우리는 여전히 현상의 본질에 대한 탐구의 열정을 견지해 가고 있는 그의 모습을 보게 된다. 바다는 모든 생명의 어머니이면서 영혼의 신비와 무한성을 드러낸다. 이 바다 위를 파도와 더불어 불어오는 바람은 생명을 실어 나르

는 메신저이기도 하고 우리의 삶을 경건하게 해 주는 영감적 계시이기
도 하다. 태양은 창조하는 힘이고 자연의 이법의 근원이다. 시간과 공
간을 날과 씨로 하여 생명 있는 모든 것들의 역사를 만들어 가는 무형의
존재(님) – 절대자, 그는 바다를 안고 그 물결 같은 세상사를 주관한다.
사람을 안다는 것은, 그들이 눈에 보이지 않는 힘(님의 섭리)을 따라 살
아가는 모습을 확인한다는 것, 인간사의 시원(始原)과 그 리듬의 아름다
움을 배운다는 것을 뜻한다. 이 두 편의 시는 본질과 이치에 대한 그의
깊은 사유의 결과물로서 〈그대는 아시나요〉에 대한 잠정적인 답변서의
의미를 지닌다.

홍문식의 그리움은 모성의 세계(근원적인 삶의 본향)와 자기실현(소명의
식)의 세계, 그리고 우주와 자연의 이법을 그 대상으로 하고 있다는 점
에서 다른 시인들과 크게 구별되지는 않는다. 이 그리움의 내용은 융
(Jung)이 이른 바 집단무의식, 혹은 프라이(Frye)가 언급한 원형적 심상
의 가장 현저한 예가 되는 보편적 진실이기 때문이다. 그렇다고 해서
홍문식의 개성이 손상되는 것은 아니다. 개성은 주제에서 발견되기보
다는 표현의 형식, 즉 언어를 부리는 그 시인만의 능력을 통해 나타나
는 시의 생명인 까닭이다. 그의 그리움을 노래한 시는 개성에서 출발하
여 보편성에 이르는 좋은 시의 전형을 보여주고 있다.

4. 삶의 갈피 속에 숨어있는 진실들

시인은 늘 의식의 불을 밝히고 있는 사람들이다. 그들은 남다른 주의
력과 호기심을 가지고 살아가는 사람들이기도 하지만, 특히 자신을 성
찰하고 삶의 구석구석을 통찰하는 습성이 몸에 배어 있는 사람들이라

는 것이다. 끊임없이 자신을 일깨우고 우리들이 무심코 지나치는 사소한 진실들을 소중하게 여기며 삶을 의미 있게 하는 것들을 찾기 위해 기꺼이 수고로움을 마다하지 않는 사람들이 시인이다. 나아가 그는 그가 찾은 것들을 다른 사람들의 손에 쥐어 주는 데서 기쁨과 보람을 느끼며 그것이 자기구원의 한 방법이라고 생각한다. 우리가 보기에는 그것은 분명 노고와 희생이지만 시인은 오히려 그것을 자기실현의 길이라고 믿는다. 문학 자체가 휴머니즘의 구현이기는 하지만 시인의 이런 모습은 그들이 진정한 휴머니스트임을 여실히 보여주는 것이라 하겠다. 자신을 희생하여 우리를 발견과 감동의 세계로 인도하는 것, 이것이 시인의 미덕이다.

홍문식의 시에도 이러한 미덕이 살아 숨 쉬고 있음은 물론이다. '의식의 불'은 통찰력과 상상력을 가능케 하는 내면의 에너지이다. 통찰력은 진실을 발견해내는 눈이고 상상력은 그것을 객관적인 모습으로 바꾸어 놓는 정신 작용이다. 전자는 소재를 해석하고 주제를 깊이 있게 하는 힘이고 후자는 그것을 정서와 결합된 이미지 혹은 시적 언어로 표현해내는 능력이다. 이 눈과 정신 작용이야말로 시인을 보통 사람과 구별 짓게 하는 핵심 요인이다. 홍문식은 이 의식의 불을 늘 밝혀 둠으로써 작지만 큰 시의 세계를 열어가고 있다.

간밤에 바람이 / 문틈을 비집고 들어와 / 봄의 빗소릴 전하더니 / 가랑비로 옷깃을 / 덮고 갑니다.

성큼 커진 가슴 / 타오르는 열정 / 밀려드는 두려움 / 모두 / 반짝이는 호수 속으로 / 빨려들고 / 들뜬 발걸음으로 / 교실 문을 열었습니다.

숲으로 가는 길목에 / 다시 작은 깃발을 꽂으며 / 터질듯한 꽃망울은 / 물을 올리며 / 봄볕을 기다리고 있습니다.

내 / 작은 가슴은 / 일렁이는 바람이 되어 / 살포시 숲을 열어봅니다.
-〈숲을 열어 봅니다〉의 전문

이 시는 한결 심화된 메타포와 원형적 심상으로 이루어진 작품이다. 그야말로 무성한 은유의 숲을 형성해내고 있다. 아이들의 반짝이는 눈망울로 가득 찬 교실의 분위기와 시적 자아의 진실에 대한 열망을 중첩시킨 구조로써 시인의 자기실현을 위한 탐색의 한 과정을 보여준다.

이 시의 언어들은 다의적인 기능들을 수행하고 있다. 시의 언어는 단순한 인간 사이의 의사소통의 수단을 넘어서는 곳에 그 진정한 기능이 있다. 시의 언어도 기본적으로는 문법에 충실해야겠지만 필요하다면 그것을 파괴할 수도 있어야 한다. 이 경우 그것은 파괴가 아니라 어법의 새로운 영역을 개척하는 일이 될 수도 있다. 이것은 우리의 언어를 풍부하고 윤택하게 해 주는 시인의 미덕일지언정 비난의 대상이 될 수는 없다. 그리고 시의 언어는, 그것이 제의적(祭儀的)으로 사용되거나 영감적 계시를 구할 경우 그것은 신과 소통하고 자연과 교감하는 기능을 지니게 된다. 논리를 넘어서는 야만적인 화법과 샤먼의 주술로까지 거슬러 올라가게 된다는 것이다. 오늘의 시는 문명적 어법을 적절히 섞어 씀으로써 그 언어의 기능을 조화롭게 운영해가지만 시어의 본연의 원시성은 분명 살아있는 시의 숨결이다.

1연의 바람은 생명 탄생의 우주적 비밀을 예지(豫知)케 하는 자연의 정령이고 빗소리는 이와 동의어이다. 홍문식은 수많은 세대를 뛰어넘어 '빗소리'에서 정몽주의 〈춘우(春雨)〉를 만났는지도 모른다. 4연의 숲은 원시종교의 관점, 혹은 신화적으로 보면 성스러운 장소, 즉 신령한 숲[聖林, sacred woods]으로 해석되며 그 곳에서 인간은 기도를 통하여 신(神)과 만나고 계시를 받는다. 그 곳은 생명의 신비와 조물주의 지혜, 그리고 자연의 섭리가 깃들어 있는 곳이다. 거기에 꽂은 작은 깃발은 시적화자의 하늘(숲)을 향한 염원이며 꽃망울은 소망과 열정의 몸짓이다. 숲을 열어보고자 하는 염원과 열망은 곧 자기가 걸어가고 있는 길에 대한 신념을 확인하고자 하는 마음과 동류항이다. 자연의 이법에서 생활인으로서의 진실을 찾고자 하는 시인의 의도가 잘 드러나 있다.

> 우리의 하루는 낙엽처럼 날아서 / 저녁하늘을 붉게 물들이는데 /
> 나는 내일을 붙들고 울고 있는 바보입니다 / 세상이 화려한 등불로 밤을
> 밝히면 / 모두가 무도회를 열고 춤을 추는데 / 내 춤을 보아 줄 사람이
> 없음은 참말입니다 / 그런 바보가 / 울며울며 새벽을 기다림은 / 푸르름
> 을 먹은 하늘이 열리기 때문입니다.   ─〈참말입니다〉제3연

〈참말입니다〉는 자기 내면의 성찰과 관조를 통하여 거듭 나고자 하는 시적 자아의 희망과 의지를 보여주는 시편이다. 탄식과 회의에서 오는 비극성이 잠시 시적화자를 우울하게 하지만 곧 그것은 푸른 하늘의 이미지에 의하여 극복되고 그의 앞에는 내일의 꿈이 자리 잡는다. 이 작품은 자신을 바보라고 하는 반어적 표현을 통하여 비록 작지만 분명한 철학을 제시한 가작이다.

〈아이의 웃음〉은 인간이 살아가는 이유의 한 자락을 맑고 밝은 시어로 노래한 작품이다.

> 구름을 담아도 / 비를 담아도 / 금방 맑아지는 하늘 /
> 그 하늘이 있기에 / 어미는 신이 납니다.   ─〈아이의 웃음〉제3연

별로 새롭지 않은 주제를 투명한 정서와 은유로써 새롭게 조명하는 솜씨가 돋보인다. 우리의 삶의 갈피갈피에 숨어 있는 이러한 작은 진실들이 사실은 행복을 구성하는 보석임을 우리는 이 시에서 새삼 깨닫게 된다.

〈작은 것을 볼 수 있어 행복합니다〉에서는 세월의 흐름을 따라 꿈과 마음이 줄어들지만 오히려 작은 것 속에 담긴 큰 세상을 볼 수 있는 지혜가 생겨남을 감사하고 있다. 이 시인이 저 먼 탐색의 여정 끝에 도달한 하나의 깨달음이 바로 이 시에 나타나 있음을 볼 수 있다. 그것은 다름 아닌 나누고 베풀고 감사하는 마음이 곧 최고선이 아니겠는가 라고 하는 물음이자 대답이다.

> 태양을 닮은 / 가슴엔 열정이 이글거리고 /
> 청사초롱처럼 처마 밑에 / 저녁노을을 가득 매단 그대.
>
> 나신을 던져 / 지붕을 불태우면 / 어머니의 정은 /
> 독 하나하나에서 / 빨갛게 / 빨갛게 익게 하는 그대
>
> – 〈고추〉의 3연 4연

이 시에서 저녁노을은 고추와 함께 어머니의 정을 환기시키는 객관적 상관물이다. 의미의 연계가 어려워 보이는 별개의 사물과 현상에서 유사성을 추상해내는 것이 비유의 기본적인 개념이다. 시인은 유사성을 통하여 천사의 얼굴을 본다라고 할 때 '천사의 얼굴'은 원시의 본래적 의미를 가리킨다. 시인은 고추와 저녁노을의 이미지를 합성하여 모성의 세계로 돌아가고자 하는 소망, 그 순수한 원시로의 회귀에 대한 꿈을 엮어내고 있다.

이제 홍문식은 멀고도 험한 탐색과 시행착오를 거쳐 하나의 인생관에 이르게 된다. '하나의 인생관'이라고 한 것은 그것이 아직은 잠정적인 것이지 결정적인 것은 아니라는 뜻이다. 그의 시 작업은 아직도 진행형이기 때문이다. 이런 점이 그의 장문의 시 〈그저 나 자신이고 싶다〉에 잘 나타나 있다.

바람이 되기를 거부하지 말자 / 멈추어서는 것은 곧 죽음이니 / 바람을
싣고 달려보자 / 저 넓은 대지로 / 바다로 / 창공으로 / 활활 타오르는 활
화산의 / 불이 되어 용암처럼 흘러보자 / 즐겁게 대지를 달궈보자
(중략)
훌훌 털어버리고 / 앎으로부터 자유로워지자 / 단순하고 소박해지자 /
없는 듯이 살자 / 그리고 / 그저 나 자신이고 싶다.

- 〈그저 나 자신이고 싶다〉 제3연, 11연

시적화자는 자신이 섰어온 길들이 자기에게 어떤 의미가 있는가를
잘 알고 있으며 그렇기 때문에 그것은 언제나 소중하게 여겨야 할 것들
이다. 그러나 그는 모든 것을 인정하고 포용하지만 그 모든 것들로부터
자유로워 질 때 오히려 나다운 삶을 발견하게 됨을 깨닫고 있다. 지금
까지는 현실이 나에게 부과한 책무에 충실함으로써 보람을 일구어 왔
지만 어떤 의미에서 그 보람은 중압감으로 작용해온 일면도 없지 않아
이제는 그 보람에서조차도 자유스러워지고 싶다는 것이다. 우리 모두
는 자유인이고 싶다. 할 수만 있다면 모든 인연과 인정으로부터도 멀리
떨어져 바람처럼 구름처럼 살고 싶은 것이다.

〈달과 나그네〉, 〈구름에게 길을 묻는다〉 등에서 그는 우리의 이러한
보편적인 심성을 확인하면서 자신도 그러한 생각에 동참하고자 한다.
'바위에 앉아 하늘을 보고' '바람이 가는 곳이 어디냐고 먼 산에 묻고'
'해가 가는 길을 구름에게 묻는' 시적화자의 모습은 동양화 속의 나그네
와 닮은 모습을 하고 있다. 불기의 자유인, 그것이 그가 꿈꾸는 자기다
운 모습이지만 한편으로는 아직도 남은 그리움이 있고 채 사그라들지
않은 불길이 있어 그는 묻기만 할 뿐 길을 떠나지 못하고 있다. 인연과
인간에 대한 연민의 정을 끊을 수 없는 인간의 숙명까지야 우리가 어떻
게 부정할 수 있겠는가. 시인을 탓할 일이 아니다. 〈꽃씨는 홀로 작은

꿈을 키웁니다〉는 삶의 이치에 순종하고 인내하는 마음을 제재로 하여 중의적인 의미 구조를 만들어내고 있다. 자연의 훼손을 염려하는 생태시로서의 의미와 시대의 어지러움을 비판하는 참여시의 성격을 지니고 있다는 것인데, 이는 이 시인으로서는 또 다른 하나의 시도라 하겠다. 〈정동진〉도 같은 맥락에서 이해될 수 있는 시이다.

홍문식은 작고 일상적인 것들을 낯선 모습으로 바꾸어 그 의미를 새롭게 함으로써 우리에게 감동을 주는 시인이다. 이것은 그에게서만 발견되는 특징은 아니지만 그가 시의 기본에 충실한 시인임을 보여주는 증거라 하겠다.

5. 기행시 몇 편 : 결어를 겸하여

여행은 자기를 돌아볼 수 있게 해 주는 시간이다. 자기성찰과 가치관의 정돈을 기대해 볼 수 있다는 것이 여행의 큰 미덕이다. 일상에 함몰되어 미처 돌아보지 못한 자기 자신과 이웃들과 현실의 문제를 들여다보고 우리가 무엇을 위해 어떻게 살아야 할 것인가를 고민해 보는 것은 자기 발전을 위해 우리가 선택할 수 있는 좋은 방법이다. 말하자면 여행은 현실과 역사에 대한 인식을 새롭게 할 수 있는 계기가 되고, 그렇게 함으로써 우리의 지적 판단의 능력과 비평정신을 길러갈 수 있게 해 준다. 지적 판단력과 비평정신은 지성인의 양식(良識)이자 교양의 핵심이다.

홍문식의 기행시 몇 편에는 이런 문제와 관련된 내용들이 잘 나타나 있다. 이 시편들은 고뇌와 방황을 끝내고 자기의 자리를 찾아 돌아온 사람의 원숙한 인격을 연상케 하는 내용들을 담고 있다.

〈영은사〉는 시적자아의 자기 인식과 불법(佛法)의 발견을 노래하고 있으며 그 결과로 그가 얻은 것은 겸손이다. 이 점은 먼 이국땅 싱가포르에서 읊은 〈Night Safari〉에도 나타나 있는데, 겸손은 수신(修身)을 위해서나 처신(處身)을 위해서나 우리가 우선적으로 배우고 익혀야 할 교양의 정신임은 물론이다. 〈백양사로 가는 길〉도 비슷한 어조의 시로서 그 나름의 종교적 사유와 깨달음이 선적(禪的) 분위기를 자아내는 시어를 통해 표현되어 있다. 공(空)의 불심이랄까, 물심일여 혹은 무념무상이달까 하는 정화된 마음에 이르고자 하는 지향심을 보여준다. 〈대둔산 태고사〉에서도 내면의 성찰을 통하여 자기 정화를 꾀하는 시적화자의 모습을 만날 수 있다.

〈이화원〉에서는 권력의 무상함과 인간의 어리석음을 보면서 내일의 나를 가늠해 보는 시적화자의 선명한 역사의식을 볼 수 있으며, 분단의 아픔을 제재로 한 〈백두를 떠나며〉도 이런 의식에서 쓰여 진 시이다. 과거와 현재와 미래를 연결하여 역사를 이해하는 기본이 잘 지켜진 시라 하겠다.

홍문식의 시는 시인이 지향하는 보편적 진리의 세계를 잘 보여준다. 그의 시는 그것이 숨 쉬고 있는 고향으로부터 우주와 만상에 이르기까지 닿지 않는 곳이 없는 무변성(無邊性)을 내포한다. 생명과 삶에 대한 진한 사랑과 자라나는 세대를 소중하게 여기며 그들을 꿈나무로 키워가는 보람을 고귀하게 여기는 시정신이 도처에서 그의 시를 빛나게 하고 있다. 뿐만 아니라 그는 그가 애써 발견한 진실을 아낌없이 우리에게 나누어주는 나눔의 시학을 실천하여 보여주고 있다. 길고 어두운 탐색의 과정을 지나 그는 이제 겸손의 미덕과 열린 마음을 지닌 교양인, 불기(不羈)의 자유인으로 거듭나고자 한다.

홍문식의 시가 많은 사람들에게 더 큰 꿈과 희망, 기쁨과 행복을 줄 수 있게 되기를 바란다. 그와 같은 선생님, 그리고 교육에 대한 사랑이 있기에 이 나라 교육이 더욱 발전하게 되리라 믿는다.

제 3 장

인생은 아름답구나, 삶은 눈부시구나

- 김규원의 수필을 읽고 -

1. 글과 글쓴이의 관계

시에는 시인의 인간적 면모가 반드시 드러날 필요는 없다. 우리가 간혹 시와 시인이 영 닮지를 않아 당혹감을 느끼게 되는 경우가 있는데 그것은, 시는 시인의 인간성과 인격의 반영일 것이라는 소박한 믿음이 현실에서 쉽게 깨어져버리는 데서 오는 혼란스러움 때문이다. 이것은 시의 본질에 대한 충분한 이해를 거치지 않은 '소박한 믿음'에 문제가 있는 것이지 시인의 책임은 아니다.

시는 시인을 닮을 수도 있지만 현실적 인간으로서의 시인과는 별 관계가 없는 것처럼 보일 수도 있다. 시인은 현실의 나를 그려내기보다는 그가 갖지 못한 것들에 대한 간절한 소망과 결핍에 대한 안타까움과 그 충족에 대한 희구(希求)를 노래하는 사람들이기 때문이다. 현실적 문제를 이야기할 때조차도 상징과 비유, 그리고 정서적 표현으로 일관하고 있어 거기에는 현실적인 시인의 모습이 끼어들 여지가 없다. 자기를 드러내기보다는 인간이 추구하는 어떤 이상적인 세계를 구현해내려고 하는 데 시의 본질과 시인의 역할이 있음을 상기할 필요가 있다.

소설과 소설가의 관계도 이와 다를 바 없다. 소설가가 그의 소설에서 정의롭게 살 것을 강조했다고 해서 현실의 그가 반드시 정의롭게 산다고 할 수는 없다. 소설 속의 세계와 사상은 모두 그가 살고 있는 시대와 사회에서 빌려와 자기의 이야기로 변형시킨 것이지 자기의 독창적인 목소리로 보기는 어렵다. 소설은 엄숙하고 진지한데 그 소설가는 경박한 사람인 경우를 가끔 볼 수 있는데, 이는 소설이 구축하는 세계와 소설가의 인간적 면모가 일치하지 않음을 잘 보여주는 예라 하겠다. 더러 작가 정신과 생활적 신념이 조화를 이루는 소설가도 없지 않으나 소설가는 본질적으로 현실극복의 의지를 보여주는 새로운 인간형의 창조에 관심을 가지고 있다는 점에서, 즉 바람직한 인간형의 제시라는 객관적인 목표를 지향하고 있기 때문에 자기를 드러내기가 어려운 것이다.

그러나 수필은 이와 다르다. 자기 고백성이 강한 문학이라는 지적처럼 타 장르에 비하여 글쓴이의 내면세계가 잘 드러난다는 데 수필의 큰 특성이 있기 때문이다. 상식적인 얘기지만 이 내면세계란 교양과 인품(인격), 식견과 지성 등을 망라하는 총체적인 인간성을 지칭하는 말이다. 이것은 수필의 재료이자 테마이며 인간의 미래를 전망하는 계기가 되기도 하는 것이다. 나를 말하고 있지만 나를 넘어서 우리 상호간의 신뢰와 희망을 찾아나가는 탐색의 과정이 수필의 길이다.

수필의 허구성에 대한 논란이 있지만 그것은 그리 중요하지 않을 수도 있다. 문학과 문학 아닌 것의 경계, 허구와 허구가 아닌 것의 경계에 대한 인식은 개인적인 판단에 맡기면 될 일이지 옳고 그름을 따질 문제가 아니기 때문이다. 우리의 관심은, 수필은 허구적인 접근이든 사실적인 방법이든 우리가 공감할 수 있는 생활의 지혜와 진실을 자기의 목소리로 말하고 있어야 한다는 데 있을 뿐이다.

김규원 님의 수필집 〈꿈꾸는 자들의 세상〉(평민사, 2006)에 실려 있는 글들은 소박하지만 본질적인 수필 쓰기에 대한 우리의 생각에 부합되는 모습을 보여주고 있다. 그의 글들은 자신의 이야기를 하되 그것을 인간에 대한 믿음과 희망으로 연계시킴으로써 보편적 진실을 획득해내고 있어 수필, 나아가 문학의 이상에 접근하는 모습을 보여주고 있는 것이다.

2. 꿈과 희망을 말하는 사람의 아름다움

모든 글쓰기의 미덕은 희망과 용기를 말하려 한다는 데 있다. 바꾸어 말하면 희망과 용기를 말하고자 하는 것이 글쓰기의 동기가 되어야 한다는 것이다. 사소한 일상사로부터 거창한 담론에 이르기까지 모든 글쓰기, 혹은 글들은 우리가 추구하는 이상의 세계와 닿아 있지 않은 것은 없다. 불행하고 비극적인 이야기도 실은 그것을 넘어서는 곳에 희망과 행복이 존재하고 있을 것이라는 우리들 믿음의 역설적 표현이며 아주 날카로운 비평조차도 새로운 지평을 열기 위한 대안의 제시에 그 목표를 두고 있다는 점에서 이러한 사정은 분명하게 확인된다.

김규원은, 글이란 그 동기와 결과가 유기적 논리적으로 연결되어 있어야 효과적인 의미 구성이 이루어질 수 있음을 누구보다 잘 이해하고 있는 것으로 보인다. 앞서 지적한 글쓰기의 일반적인 동기에 대한 이해는 곧 교양의 문제라고 본다면 그가 쓴 글들은 기본적으로 그의 교양과 깊은 관련이 있을 수밖에 없고 그것을 형성하는 근본 토양이 꿈과 희망임을 그는 우리에게 보여주고 있다.

걷는다는 것은 걸음의 수만큼 정신이 맑아지고 삶이 명료해진다. 내가 꿈꾸어 온 것들을 되돌아보게 된다. 세상은 꿈꾸는 자들의 것이다. 꿈은 상상력을 키우고 상상력은 무한한 가능성으로 세상을 변화시킨다. 과학도 상상력으로 만들어진다. 아인슈타인도 상상력을 키우라고 강조하였다.

이상은 젊은이의 특권이 아니고 우리가 죽을 때까지 가져야 하는 것이다. 꿈을 잃을 때 삶은 무미건조해지고 빛이 바래진다. 죽는 날까지 꿈을 꾸는 자가 아름다운 세상을 살 수 있는 것이 아닐까? 우리가 꾸는 꿈들이 상상의 날개를 달고 세상을 휘휘 날 때 삶은 윤택해지고 생기를 더 한다. 지금 당장 하지 못하는 것들이라도 언젠가는 할 수 있을 것이라는 믿음으로 그것을 향해 땀 흘리고 희망을 가질 수 있기에 삶은 당당하고 풍요로워진다.
― 〈꿈꾸는 자들의 세상〉에서

그는 이어서 꿈이 자신만을 위한 꿈으로 끝나는 것은 무의미하며 그것이 진정한 가치를 지닐 수 있으려면 다른 사람의 삶에도 생기를 불어넣는 그 무엇이 되어야 한다고 말한다. 개인의 꿈이 의미 있는 것이 되려면 그것은 다른 모든 사람들이 공감할 수 있는 보편적 진실에 닿아 있어야 한다. 이것은 새삼스러운 발견이 아니라 적어도 평균적인 교양인이라면 누구나 이해하고 있는 내용이지만 그렇다고 해서 아무나 이렇게 자기의 생각으로 정리해낼 수 있는 것은 아니다.

꿈은 우리를 정서적으로 윤택하게 해준다. 정서란 우리의 마음속에서 바다의 물결처럼 출렁이면서 언제든 쏟아져 나올 채비를 갖추고 있는 심정적 에너지이다. 그것은 때로는 거칠고 도도하게, 또는 분수의 물줄기처럼 경이롭게 표출되기도 하지만 정제되고 질서화 된 모습으로 나타날 때 더욱 감동적이다. 반드시 그런 것은 아니지만 이런 정서는 자신을 제어하고 다스릴 줄 아는 연륜과 지혜의 산물이라고 할 수 있으며 수필이 추구하고 또 드러내 보일 수 있는 경지이기도 하다. 김규원의 수필은 어느 것 하나 그렇지 않은 것이 없지만 특히 다음의 인용문이 이런 점을 잘 보여주고 있다.

> 저 아래 빛을 받아 반짝이는 우포늪과 창녕읍내, 창녕의 특산물인 양파와 마늘밭의 푸르름이 있고 낙동강이 빙 둘러가며 창녕을 감싸고 있다. 맑은 날은 멀리 지리산까지 시야에 들어오고 가야산과 비슬산, 가지산, 천황산과 운문산을 비롯하여 첩첩산맥들이 끝없이 펼쳐진다. 비 갠 후 그 수많은 골짜기들에서 피어오르는 안개의 장관은 태고의 신비를 절로 보여준다. 두세 시간이면 너끈히 오르내릴 수 있어 시간적인 여유가 생길 때 산을 찾는다.
> 우리의 상처를 보다듬으며 안아주는 산, 우리의 마음을 어루만져 주는 산, 발아래만이 아니라 먼 곳을 바라보게 하는 산, 진달래 붉은빛으로 열정을 말해주는 산, 갈대의 흔들림으로 생의 무상함을 가르쳐 주는 산, 흰 눈으로 덮여 순수의 의미를 말해주다 신록이 필 때, 이렇게 고운 색들을 감히 누릴 수 있음이 송구스러워지기도 한다. 최고의 호사를 눈에 가슴에 담는 것이다.
> — 〈창녕의 숨결, 화왕산〉에서

특별한 비유나 상징 같은 수사가 없지만 자연 경관의 파노라마를 따라가는 수법이 서술적 묘사의 효과를 극대화시키고 있음을 볼 수 있는데, 이는 모두 정서를 다스릴 줄 아는 능력에서 비롯되는 것이다. 더욱이나 자연을 관조하고 그 의미를 읽어내는 힘도 주목할 만한 부분이지만 자연에 대하여 갖는 감사의 염과 그것으로부터 겸손함을 이끌어내는 태도는 그의 인격의 원숙함을 보여주고 있어 인상적이기도 하다.

꿈과 희망은 사람을 아름답게 만든다. 그 감각이 늘 신선하고 정서는 충일하지만 넘치지 않으며 마음은 늘 부요(富饒)하여 시인과 같은 경지에 오르는 사람을 어찌 아름답다 하지 않겠는가. 김규원은 그의 수필속에 시를 담아내고 있다. 호흡과 감각, 그리고 언어의 선택과 조합이 정제된 정서적 표현을 통하여 시적 효과를 만들어내고 있는 것이다.

　낙동강, 길고도 긴 흐름을 이어온 그 넓은 강은 고요하고 평화롭다. 창녕 길곡 학포 마을 앞에 있는 낙동강은 흐름을 멎은 듯 방향을 거꾸로 여길 만큼 잔잔하다. 해 질 무렵이면 수많은 빛들이 반짝인다. 길곡으로 넘어가는 고개를 따라가면 강물은 온통 빛의 잔치를 벌인다. 찬란하게 반짝이는 빛들이 푸른산과 들판을 만들며 아름다운 추억들을 살린다. 빛은 그렇게 한바탕 난리를 치다가 석양이 지면 벌겋게 강물을 달구고 먼 이국의 수채화처럼 짙은 빛이 된다. 그 순간은 고독한 나그네가 되어 먼 길을 동경하고 인생의 수많은 여정들을, 상상속의 여정들을 저마다 떠나며 진정한 자신을 찾아가는 시간이 된다.　　　　　　　　　－〈인생은 아름답다〉에서

　수필은 본질적으로 시와 산문의 중간적 속성을 지닌다고 한다. 인생과 사물과 현상을 바라보고 인식하는 방법이 시적이기도 하고 산문적이기도 하다는 것인데 이는 감성과 지성의 조화를 추구하는 문학이 수필이라는 것을 의미하는 것이다. 위의 인용문은, 표현은 산문적이지만 그 호흡과 정신은 시적이다. 시적 감성과 지적 의미 탐색이 조화를 이루면서 인생에 대한 깊은 성찰을 보여주고 있다.

　꿈과 희망을 말하는 것은 자기 암시의 효과도 크지만 그 전염성도 강한 것이어서 다른 사람들을 고무시키는 힘이 있다. 김규원의 글에는 자신의 꿈과 희망을 말함으로써 그것을 다른 사람들과 나누고자 하는 의도가 짙게 깔려있다. 자신과 주변 사람들의 마음속에 평화를 심어나가고자 하는 아름다운 정신이 읽혀진다는 것이다.

3. 아직도 진행형인 발견과 깨달음

　사람은 평생을 배운다지만 이 배운다는 의미는 사람마다 다르게 적용될 수밖에 없다. 우리는 의식하든 그렇지 못하든 늘 배움과 동행하고

있는 것이 사실이지만 배운다는 의지를 가지고 일상적인 삶을 대하는 것과 막연히 일상을 살아가는 것과는 당연히 큰 차이가 있을 수밖에 없다. 체험이 가장 좋은 스승임은 분명하지만 체험에서 얻는 것은 자칫 단편적이고 피상적인 단계에 머물 가능성도 배제할 수 없기 때문에 노상 체험을 신용만 하고 있을 수도 없는 노릇이다.

김규원은 체험과 사유를 한데 묶어 하나의 의미 체계로 정리함으로써 이 문제를 해결하고 있다. 누구나 체험한 것에 대해서는 나름대로의 생각과 판단을 갖고 있지만 김규원의 경우는 좀 더 적극적이고 능동적이라는 점에서 다른 면모를 보이고 있다. 일상을 반복되는 삶의 과정으로 보지 않고 늘 새롭게 배울 것이 있는 깨달음의 장으로 인식하고 있다는 것이다. 물론 수필은 일상에서 얻는 발견과 깨달음이 동기가 되어 쓰여 지는 글이기는 하지만 우리는 김규원의 글에서 이런 사실을 다시 확인하게 된다.

〈진달래 먹고 물장구 치던〉, 〈가을날 유년을 그리워하며〉, 〈꿈을 키우던 청춘의 불꽃시절〉, 〈다시 출발선상에 서서〉 등은 모두 그의 성장 과정과 깨달음을 하나로 묶어놓은 글들이다. 수필이 자기를 있는 그대로 드러내는 글이라는 일반의 이야기에 부합되는 내용들로 되어 있어 그의 의식과 인간적 면모, 인생관과 가치관 등을 짚어 볼 수 있다.

농사를 짓는 아버지는 소박하고 정이 깊지만 강인한 전통적인 충청도 양반으로 한 마을이 거의 집안을 이룬 곳에서 예절에 엄격하셨고 어른들은 공경하는 유교적 가풍이 뿌리 내린 집이어서 어릴 때도 어리광 대신에 남 앞에서 반듯하게 행동해야했다. 더구나 집안의 장남에게 부과된 무거운 책임감으로 나이답지 않게 의젓한 애어른으로 지낸 어린 시절이었다.

집안 대소사의 일에도 어른들 뒷전에 졸면서 앉아 있어야 했고 어른들이 시키는 대로 따르며 '아니오'라는 말이 있는 줄도 몰랐다.

천자문을 외우고 틀리면 종아리를 맞기도 했다. 종아리에 내리쳐지던 그 모진 매운 맛은 지금도 기억의 저편에 아스라이 자리 잡고 있다. 감각적인 것은 오래도 남는가 보다.　　　　　 – 〈진달래 먹고 물장구 치던〉에서

들녘에 때 되면 피어나는 풀꽃 하나에 담겨 있는 신비는 그것을 사랑해보지 않고서는 도저히 알아채기 어렵다. 작디작은 꽃잎 하나에 모양을 갖춘 섭리는 우리 인간을 숙연하게 만들기도 한다.

언젠가 들길을 가다가 언덕배기에 피어 있는 보랏빛 산오이 풀꽃을 보고 가슴이 철렁대도록 충격을 받은 적이 있다. 그 섬세하고 오밀조밀한 꽃잎은 말할 나위 없고 긴 목을 쭉 내밀고 피어 있던 보랏빛 향연, 그 그득했던 그 보랏빛 때문에 한동안 그곳에서 머물렀던 기억은 오랜 시간이 지나도 항상 새롭게 기억된다.
　　이런 체험 속에서 자란 유년과 그렇지 못한 유년이 어찌 같을 수 있을까? 하늘거리는 망초꽃에서도 자연의 비밀을 듣고 공감하며 시공간의 조화를 터득하곤 했다.　　　　　 – 〈가을날 유년을 그리워하며〉에서

김규원의 발견과 깨달음은 엄격한 가풍에 적응하는 방법을 배우고 농촌의 자연 속에서 그 섭리에 대한 작은 느낌을 체험하는 데서 시작된다. 전통적인 예절과 책임감을 몸에 익히고 천자문 등의 공부를 통해 배움의 어려움을 인식하는 어린 날의 학습 과정이 오늘의 그의 지적 면모를 만들어내는 초석이 되었으리라는 것은 충분히 짐작이 가는 일이다. 들길을 가다가 풀꽃에서 충격을 받고 그곳에 오래 서 있었던 일들에서 드러나는 감수성과, 망초꽃과 자연의 밀어를 나눌 줄 아는 상상력이 오늘 그의 깊은 사색과 관조의 밑바탕이 되었음은 의문의 여지가 없다. 그의 수필 도처에서 보이는 빛나는 감각과 시적 사유의 원천이 어디인가를 위의 인용문은 잘 보여주고 있다. 체험을 의미 있는 것으로

만들어주는 것은 통찰력과 상상력이다. 〈가을날 幼年을 그리워하며〉는 특히 김규원의 인간적 비밀을 풀어갈 수 있게 해주는 단서가 되는 글로서 그의 체험과 사유를 묶어내는 능력의 근원을 보여주고 있기도 하다.

이와 함께 〈오늘과 그 시대의 풍경〉에서는 어려운 가운데서도 책을 구하여 열심히 탐독하고 토론하면서 지적 자양을 얻어가는 모습을 보여주고 있으며 〈꿈을 키우던 청춘의 불꽃시절〉에서는 고등학생다운 이상추구의 심기와 탐구열을 통해 지적으로 성장해가는 모습을 그려내고 있다. 〈생각의 차이〉나 〈조해리(Johari)의 '마음의 창'과 후흑학(厚黑學)〉과 같은 지적 에세이는 그가 여전히 배움의 과정에서 벗어나지 않고 있음을 보여주는 바, 앞의 두 수필의 연장선상에서 그가 얻어낸 발견과 깨달음이라 하겠다.

> 저녁놀을 보려고 강가로 몰려와 지난날 나루를 건너던 사람들의 장보따리 추억에 담겨드는 여유로운 후손들의 시간, 신록을 담은 강물은 싱싱한 빛을 뿜는다. 마늘과 보리밭과 노란 유채꽃들이 만발하고 감나무 밭의 담록빛 새순들은 숨죽이도록 아름다운 풍경을 만든다. 저녁 강가는 넉넉한 감상들로 온통 우리를 적셔준다. 인생은 아름답구나. 삶은 눈부시구나.
> (중략)
> "산다는 것은 참 좋은 거야. 그리고 나날이 더 좋아지고 있단다."
> 도슨의 말이 신화처럼 들려오는 낙동강 가에서 복잡한 세상사 단순하게, 강물처럼 유유히 여유롭게 살아가자고…내 삶에 밀려오는 잔물결들을 감동으로 안으며 강가에 핀 들꽃처럼 맑게 보내자고…순간을 소중히 여기며 감사하는 인생은 아름다운 것이라고 손을 모은다. 저녁 강물은 여전히 무수한 빛살이 되어 반짝거린다. －〈인생은 아름답다〉에서

수필 속의 사물의 모습과 정경은 사진이 아니라 글 쓰는 이의 내면으로 들어와 그의 방식대로 이해되어진 다음 묘사의 과정을 거쳐 재생산

된 것이다. 따라서 수필 속의 사물이나 현상은 단순한 풍경이 아니라 수필가가 발견하고 깨달은 그 무엇이며 그것들에 대한 해석의 의미를 담고 있다고 할 수 있다.

'인생은 아름답구나, 삶은 눈부시구나.'라는 깨달음을 이끌어내는 자연의 모습은 바로 글쓴이의 내면에서 재해석되어진 자연이기 때문에 각성의 토대가 될 수 있는 것이다. 김규원의 인간적인 원숙함이 배어나는 깨달음의 독백을 가능케 한 낙동강변의 저녁놀은 그 자체가 이미 그의 마음속에서 철학적 의미를 부여받고 있었던 것이다.

수필은 달관과 통찰과 깊은 이해가 인격화된 평정한 심경이, 무심히 생활주변의 대상에 혹은 회고와 추억에 부딪혀 스스로 붓을 잡음에서 제작되는 형식(김광섭의 '수필문학 소고')이라는 진술을 떠올리게 하는 김규원의 삶에 대한 상념은 그의 세련된 인품을 반영하고 있다. 〈황금세대의 합창〉, 〈장날 버스에서〉 등에서 우리는 그의 발견과 깨달음이 여전히 진행형임을 확인하게 된다.

4. 인간애로 피어나는 교육자의 고뇌

삶에는 목표가 있어야 한다. 목표 없이 사는 사람이 어디 있겠는가 싶지만 그것이 그리 간단한 문제가 아니라서 우리가 항상 명확하게 목표를 의식하고 살아가는 것은 아니다. 내가 선택한 목표에 대한 확신이 서질 않거나 목표의 가치가 없는 것을 목표로 생각하는 어리석음에 빠지지 않기 위하여 늘 경계하는 마음으로 살아간다고 하지만 일상에 골몰하다 보면 자기도 모르게 목표와는 상관없이 타성에 빠져버린 자신을 종종 발견하게 된다. '삶에는 목표가 있어야 한다.'는 것은 가치 있는

목표를 세우고 일상에서 늘 그것을 명료하게 의식하면서 살아가야 한
다는 것까지를 의미망으로 하는 명제다.

김규원은 탐구와 모색과 열정의 시절을 지나 교육자의 길로 들어서
게 된다. 70년대의 창녕은 그야말로 시골이었고 시골은 꿈 많은 젊은이
들이 떠나가는 곳이지 돌아오는 것은 극히 드문 일이었다. 사명감이나
유다른 목표가 없이는 결단을 내리기가 어려운 선택이었을 것이다.

> 나는 가난을 안고 사는 학생들에게 희망을 주는 교사가 되고 싶었다.
> 비가 오면 다리가 없는 개울 저편에서 안타까이 손짓을 하는 학생들…그
> 들의 재산은 희망이었다. 한번은 개울을 건너던 여학생이 물에 휩쓸려 떠
> 내려가는데 젊은 혈기로 뛰어들어 구하기도 했다. 두려움이 없던 시절이었
> 다. 불편하지만 빛나는 학생들의 눈망울을 보면서 내 새로운 세상도 밝아
> 졌고 활기가 넘치게 되었다.   - 〈다시 출발선 상에 서서〉에서

가난한 학생들에게 희망을 주기 위해 선택한 일이 오히려 자신을 밝
고 힘 있는 세계로 인도해주었다는 고백은 삶의 진실이 어떤 것인가를
우리에게 보여주고 있다.

그는 그러한 자신의 목표를 실현하기 위해 늘 자문하고 자신을 경계
하는 모습을 보이기도 한다.

> 새벽 산책길에서 꿈들을 생각한다. 꿈을 따라 피어나는 무한한 상상의
> 세계는 무지개빛처럼 영롱해진다. 나의 꿈은 어떤 빛으로 세상을 비추고
> 있을까? 솔직히 자신이 없다. 평생을 청소년 교육현장에서 온 힘을 다해
> 성실히 임해왔다지만 나는 그들에게 어떤 빛을 주고 있었을까?
> - 〈꿈꾸는 자들의 세상〉에서

> 더 이상 추구할 것이 없는 삶은 비극이다. 고등학교에서 오랫동안 학생
> 과 더불어 살다보니 나이 들어도 늘 팔팔한 푸른 이상을 잃지 않을 수 있음

은 행운이다. 학생들에게 이상을 말하기 위해서는 내 가슴에 이상을 품고
있어야 하지 않을까? 자기 자신이 이상을 가지고 있지 않으면서 어떻게
다른 사람에게 전할 수 있겠는가. 그렇다면 미래지향적인 꿈이 없는 아이
들에게 어떻게 가슴 속에 생생한 고운 꿈을 심어줄 수 있을까?

- 〈오늘과 그 시대의 풍경〉에서

그의 교육 관련 글들에서도 끊임없이 제기되는 이러한 유(類)의 의문
과 고뇌는 보다 적극적인 해결책 모색의 길로 그를 인도했고 결과적으로
그를 성취하는 인간형으로 변모시킨 원동력이 된 것으로 보인다.

한 사람의 수필가가 써놓은 글들을 종합해보면 그의 성장과 변모의
역사를 읽어낼 수 있는데, 그것은 수필이 무엇보다 솔직하고 담백하게
자신을 드러내고 있기 때문임은 물론이다. 우리는 몇 편의 글들에서
오늘의 교육자 김규원이 무엇으로 이루어졌는가, 다시 말해서 교육자
김규원을 구성하고 있는 원소가 무엇인지를 알 수 있게 된다.

수필의 문학성은 그 개성적 서정적 표현에서 오기도 하지만 그 주제
를 다루어나가는 태도와도 관련이 깊다. 어느 정도 논리적이며 평론적
인 요소를 갖춘 적당한 길이의 에세이를 우리가 문학적 수필로 보는
까닭은 본격 논문과는 달리 어떤 주제에 대한 시험적인 생각이 나타나
있고 그 지적, 분석적인 태도가 상상력과 연결됨으로써 문학적 요소를
내포한다고 보기 때문이다.

김규원의 교육 관련 글들 가운데는 이런 소논문적인 에세이가 여럿
눈에 띈다. 그는 교육 현안 문제가 대두될 때마다 자신의 소견을 신문
등에 발표하곤 했는데 그러한 글들에서 사태의 본질을 명확하게 짚어
내는 탁견을 보여주고 있다.

그는 〈교육정상화를 위한 제안〉에서 무엇보다 정직해야 할 학생들이
소위 좋은 대학에 가기 위하여 편법이나 불법과 타협하는 비교육적 현

실을 날카롭게 꼬집고 있다. 우리 사회에 만연해 있는 학력지상주의가 학생들의 인간성과 교육 현장을 왜곡시키고 있다고 비판하면서 능력주의 사회가 되어야 한다는 일반론을 확인해 보여준다. 우리 교육계가 안고 있는 문제의 상당 부분이 대입과 관련되어 있음은 재론의 여지가 없는 일이라 하더라도 거기에서 비롯된 부정과 비리는 계속 지적 비판되어야 할 것이다.

〈저출산과 사교육비〉에 나타난, 문제를 분석하는 힘은 김규원이 평소 교육과 관련되는 사회문제를 꼼꼼히 들여다보는 데서 만들어진 자연스러운 능력으로 보인다.

> 높아져 가는 사교육비를 고려하지 않고 단순히 출산장려금을 준다고 해서 국민들이 자녀를 낳을 것이라고 생각하면 오산이다. 저출산 탈출 전략으로 만혼 결혼 기피 대응, 출산 기피 대응, 자녀 양육비 부담 등과 같은 고령화대책이나 출산장려정책 만으로는 한계가 있다. 육아와 교육문제를 해결하지 않으면 정부의 출산 장려정책은 성공할 수 없다. 저출산 문제를 위한 지출은 사회의 지속적 발전을 위한 투자로 보아야 한다. 저출산 대책은 장기적인 안목에서 접근해야 한다. 먼저 생각할 수 있는 것은 교육비 부담경감, 특히 사교육비 문제와 대학교육비의 부담완화를 위한 획기적인 조치가 필요하다고 본다. ─〈저출산과 사교육비〉에서

이런 내용들은 어느 정도 공론화되어 있는 것이기는 하지만 누군가에 의해 재론됨으로써 건전한 여론의 틀이 만들어져야 된다는 점에서 당위성이 성립되는 것이다.

〈과잉교육의 심각성〉은 그 역사를 거슬러 올라간다면 아마 일제강점기에까지 이를 수 있을 것이다. 일찍이 채만식은 그의 소설 〈레디메이드 인생〉에서 수요와 공급을 고려하지 않은 교육열이 결국은 고학력 청년 실업자를 양산하게 되는 현실을 비판한 바 있지만 그로부터 70여

년이 지난 오늘날에도 동일한 문제가 현안이 되고 있음은 역사의 반복
성을 고려하더라도 우리의 교육 정책이 너무나 안일하고 무책임했음을
단적으로 보여주는 것이라 하겠다. 김규원은 이 글에서 합리적인 대안
을 명확하게 제시하고 있는데 〈공업계 고등학교 활성화 방안〉과 연계
하여 우리 모두가 경청할 만한 견해라 하겠다.

그의 교육 관련 글들은 이외에도 주목할 만한 것이 많이 있지만 그의
생각이 항상 교육과 학생 사랑에 초점이 맞추어져 있음은 물론이다.
오늘의 창녕공고를 이루어낼 수 있었던 힘은 외부적인 어떤 것이 아니
라 고뇌하는 한 교육자의 내면의 염원과 의지에서 비롯된 것임을 알게
된다.

5. 맺음말

김규원의 수필 세계는 삶에 대한 관조와 교육에 대한 고뇌로 구성되
어 있다. 관조에 이르기까지 그가 어떤 성숙의 과정을 거쳤는가를 그는
우리에게 자상하게 일러주고 있다. 유교적인 전통의 학습과 자연과의
대화를 통해 그는 지성과 감성, 그리고 상상력의 세계를 길러왔고 그것
들이 삶을 관조하는 세련된 안목과 빛나는 감각을 빚어내는 원동력이
되었음을 볼 수 있었다.

교육은 보람 이전에 고뇌와 노고가 앞서며 연구하고 봉사하는 희생
이 있어야 한다는 분명한 인식이 그의 글 도처에서 반짝이고 있다. 무
슨 일이든 자신이 선택한 일에 확신을 가지고 즐거운 마음으로 임하는
자에게 성취의 기쁨이 주어진다는 이 평범한 진리가 김규원에게 오면
그만의 개성이 되어 우리에게 감명을 주게 된다.

김규원 교장님의 문집 발간을 진심으로 축하하며 교장선생님의 인자하고 미소 띤 표정이 지금까지 그랬던 것처럼 많은 사람들에게 위안과 희망이 되기를 진심으로 기원한다.

참다운 인간 교육의 길

– 덕촌 김동극의 문집을 읽고 –

1. 글의 기능에 대하여

글은 읽는 이에게 감동을 주거나 재미를 느끼게 하거나 지식, 혹은 어떤 깨달음을 전달할 수 있을 때 글로서의 가치를 지니게 된다. 이 세 가지를 고루 갖춘 글이 우리가 생각하는 이상적인 글의 모습이지만 때로는 이 중 한 가지만으로도 글의 기능은 훌륭하게 수행될 수 있다. 뿐만 아니라 글속에 들어있는 솔직성, 친근성, 소박성 등과 같은 인간미는 그것이 비록 감동이나 재미와는 어느 정도 거리가 있다 할지라도 하나의 글을 성립시키는 요건이 될 수 있음도 눈여겨 볼 필요가 있다. 글은 그 용도와 독자에 따라 구성 요소들이 언제나 달라질 수 있기도 하고 효과도 다양하게 나타날 수 있기 때문이다.

그리고 어떤 특수한 문학적 의도를 가지고 쓰는 글이 아니라면 굳이 감동과 재미를 의식할 필요는 없다. 문학적인 글에서는 그것이 목적일 수도 있으나 여타의 다른 글에서는 부산물로 얻어질 수 있다면 더 좋을 뿐인 부가가치 정도로 이해되어도 좋다. 중요한 것은 그 글을 쓰는 목적과 취지에 충실한 내용의 글을 만들어내고자 하는 마음의 자세다.

감동적인 글을 써야 한다는 욕심과 강박감에서 벗어나 성실하게 글의 내용을 구성해가는 태도가 필요하다는 것이다. 이런 까닭에 좋은 글에 대한 우리의 생각은 가변적일 수밖에 없다. 즉 글의 성격에 따라 그 가치를 매기는 기준이 보다 유연해져야 한다는 것이다.

글은 글쓴이의 전인격의 반영체이며, 문체는 그 사람이라고 한다. 소설과 같은 허구적인 이야기에서조차도 소설가의 개성이 노출되어 있는 것만 보더라도 글이 글쓴이의 내면세계의 반영임은 재론의 여지가 없다. 여기서 내면세계란 교양이나 인격, 또는 철학이나 세계관을 의미함은 물론이다. 무엇보다도 심적으로 고투하고 탐색하는 모습이야말로 글쓴이의 가장 진실한 일면이라 할 것이다. 그것이 기교가 뛰어난 문장이든 소박하고 어눌한 문장이든 어려움 속에서도 정의와 진리의 끈을 놓지 않고 도덕적 양식을 고수해가는 모습이 나타나 있다면 그것은 모두 훌륭한 글이다.

나는 그것을 어떻게 성취하였으며 오늘의 성공에 이르렀는가를 뜨겁게 말하는 글이 우리의 가슴에 와 닿는 강도나, 고뇌와 탐색의 그 어려운 과정을 말하는 글이 우리의 마음을 움직이는 힘은 크게 다르지 않다. 내가 이룬 것, 내가 겪은 어두운 시련은 결국 과정과 그 과정의 필연적 결과의 관계이므로 이 두 가지를 있는 그대로 보여 주는 글이야말로 가장 바람직한 글이다.

이런 글은 살아있는 체험의 기록이기 때문에 우리에게 현장감과 생동감을 느끼게 한다. 인간과 인간의 삶에 대한 통찰, 그리고 거기에 따르는 의미 규정을 가능케 하는 철학적 사유도 바로 이러한 느낌에서 출발되는 것임을 생각한다면 진정한 삶의 과정을 기록한 글의 소중함은 아무리 강조해도 지나치지 않다. 체험은 인간과 사물에 대한 인식과 이해의 지평을 넓혀가는 과정이고 글은 체험의 소산이므로 그 글은 글쓴이의 인간과 사물에 대한 가치판단, 즉 세계관의 표현이라는 이 평범한 사실이 우리가 글을 보는 일차적인 기준이 되어야 한다는 것이다.

그리고 이러한 글들은 글쓴이의 지식과 양식을 바탕으로 쓰이기 때문에 자연스럽게 지식과 어떤 깨달음을 전달하게 된다. 지식의 전달과 깨달음을 주는 것은 다른 문제라고 볼 수 있는데, 지식은 주고받을 수 있지만 깨달음은 독자에 따라 개인적 편차가 발생하는 그 무엇에 대한 독자 나름대로 갖게 되는 인식과 발견이기 때문이다. 어떤 형태의 글이든 모든 글은 이 지식의 전달과 독자의 깨달음을 이끌어낸다는 숨은 의도를 지니고 있다. 결국 의도되었든 그렇지 않든 간에 모든 글은 그것이 숨김없는 그 인간과 삶의 표현이라고 한다면, 그것은 자연스럽게 감동과 재미를 이끌어내고 지식과 깨달음의 세계로 독자를 인도하게 되는 것이다.

덕촌 김동극 님의 문집 〈큰집머슴〉(도서출판 대양, 2007)은 그대로 그의 인간됨과 철학을, 심적으로 고투하고 탐색하는 모습을 가감 없이 보여주는 거대한 체험의 파노라마로서 우리를 깨달음의 세계로 인도하고 있을 뿐만 아니라 우리에게 깊은 인상과 감동을 자연스럽게 전달하고 있다.

2. 큰 뜻을 구하는 머슴의 열정

글이 지닌 기능의 한 자락은 자기 정리와 성찰, 그리고 자기 수련에 닿아있다. 말하자면 글쓰기는 자기 수양에 도움이 된다는 점에 그 미덕이 있다는 것이다. 실제로 글을 쓴다는 사실 자체가 보통 사람들에게는 어려운 일이 아닐 수 없고, 그런 까닭에 글을 쓰기 위해서는 남다른 수고와 정성을 들이지 않으면 안 된다는 점에서 글쓰기는 이미 자기 수양을 담보하고 있다 해도 과언은 아니다. 생활의 기록이라는 의미에서 삶의 여정을 일기나 자서전의 형식으로 쓰는 사람들이 심심찮게 보이지만 그렇다고 해서 그것이 누구나 마음먹는다고 쉽게 되는 일은 아니다. 김동극은 이 어려운 일을 생활화함으로써 자신을 정리하고 성찰하며 채찍질해온 사람이다. 정리와 성찰은 과거를 통하여 오늘을 보고 그 오늘의 의미가 내일의 초석이 될 수 있도록 하는 정신적 작업이다.

> 읍내에서 시골 장으로 출발하는 첫 버스는 상인이 많아 앉을 자리는 고사하고 마음대로 설 수도 없는 운수사업의 전성기가 있었다. 초등학교 시절부터 새벽 일찍 일어나 정류소로 달려가 문도 열지 않은 버스 앞에 줄을 서서 기다리다 문을 열면 빨리 올라가 좋은 자리를 맡았다. 준비와 식사를 하시고 나오시는 할아버지께서 편히 앉아가실 좌석이다.
>
> 그 시절 버스 정류소에서 껌과 과자를 조그마한 판에 메고 팔던 내 또래의 소년이 있었다. 그는 훗날 국가의 큰 공무원으로 전 국민이 알아주는 남북 경제회담의 주역을 담당할 훌륭한 인물이 되었다. 어릴 때 어려운 형편이지만 자라서 훌륭한 일을 하는 예는 너무도 많으며 반세기쯤 지나보니 인생의 변화는 너무나 다양하다는 것을 알 수 있다.
>
> − 〈할아버지의 가르침〉에서

손자들을 위해 수고를 아끼지 않으셨던 조부님과 그 버스정류소에서 만나곤 했던 장사꾼 아이, 그 할아버지의 뜻을 이해하고 받들었던 나(동극)의 오늘과 그 소년의 입신양명이 우연일 수 없다는, 과거에서 현재로 이어지는 이 인식의 고리는 그의 인간됨의 근거가 어디에 있는가를 잘 보여주고 있다. 조부와 선친이 그에게 끼친 영향은 여타 가정에서 볼 수 있는 것과 크게 다르지 않다고 할 수 있으나 문제는 그것을 받아들이고 이해하는 정도와 방법에 따라 그 인간의 형성이 크게 달라진다는 점이다.

아버지는 국가나 사회 교육의 혜택을 받지 못한 한을 동생에게, 그리고 자식에게 대리만족하려는 교육열을 뼈에 사무치게 가지셨다. 그리고 공무원이 되기를 바라셨다. 이왕 남의 집 머슴이 되려면 작은 집의 머슴보다는 큰집머슴이 되어야 한다고 말씀하셨다. 회사의 사원은 작은집의 머슴이요 국가의 공무원은 큰집의 머슴으로 생각하시는 뜻있고 뚜렷한 주관을 가지셨다. 원하신 대로 위로 형님과 난 교육자로서, 아래 동생 형세는 고위 행정직과 법조계 고위 공직을 맡은 고시에 합격하였고 딸 하나도 공직에 근무하다 결혼하였으니 우리 5남매는 당신의 뜻을 따랐다.

- 〈아버지의 사회관〉에서

부친의 가르침은 촌부의 소박한 그것이었지만 그 말씀이 김동극의 마음속으로 들어오면 그것은 위대한 철학자의 사상보다 더 큰 의미를 지니게 되는 것이다. 그는 작은 의미도 크게 받아들일 줄 아는 지혜를 통해 오늘에 이른 사람임을 알 수 있다.

앞서 글은 자기 정리와 성찰, 나아가 자기 수련의 가장 좋은 방법이라 했지만 이것은 곧 내가 무엇을 해야 하는가라는 물음으로 들어서는 길이기도 하다. 물음이 있으면 대답에 대한 탐구가 있어야 한다. 결국 글쓰기는 자기에게 새로운 물음을 던지는 일이고 그 답을 추구하는 작업임을 알 수 있다.

사실 그보다 더 힘든 일이 있었다. 배달한 신문 값을 다달이 받아서 지국에 납부하는 일이었다. 학교시간을 마치면 집집이 주인을 찾아 신문 값을 받으러 다녔다. 단번에 주는 집, 몇 번 가야 주는 집, 몇 달치가 밀려도 안주는 집, 심지어 큰 가게를 운영하면서 시내에서 몇 째 가는 갑부로 소문난 안주인도 가만히 앉아 눈도 깜짝하지 않고 '다음에 온나'하는 인심들 … 고스톱을 해 보면 상대방을 잘 알 수 있는 것처럼 신문 대금을 받으러 다녀보니 사람 인심을 다 읽을 수 있었다. - 〈중학생으로 아르바이트〉에서

부지런하고 책임감 있는 성품은 사람이라면 누구나 갖추어야 할 미덕이지만 현실은 그렇지 못하다. 〈중학생으로 아르바이트〉는 선친이 주신 가르침, 큰집머슴이 되라시는 말씀은 이웃과 사회에 도움이 되는 사람으로 성장하라는 뜻임을 이해한 그 순간부터, 김동극은 그렇게 되기 위해 갖추어야 할 조건이 바로 부지런함과 책임감이라는 사실을 깨닫고 그것을 실천에 옮기고 있음을 잘 보여주는 글이다. 그리고 이 신문배달의 경험은 그가 수많은 일을 계획하고 실천하는 과정에서 어려움에 직면할 때마다 그것을 극복할 수 있게 해준 힘의 원천이 되었음도 우리는 쉽게 짐작할 수 있다. 뿐만 아니라 인용문과 같은 어린 눈에 비친 세상의 야박한 인심은 훗날 교단에 서서 그로 하여금 누구보다 인성교육을 강조하게 만든 반면교사가 되었으리라는 점도 분명해 보인다.

김동극은 자신을 성찰하고 자신에게 물으면서 한편으로는 큰집머슴으로서의 소명의식을 굳건히 하는 일도 게을리 하지 않았다. 그의 글 도처에는 자칫 자기 연민이나 회의에 빠지기 쉬운 교원들을 격려하고 일깨우며 자부심을 심어주려는 의도가 역력히 나타나 있다.

> 우리는 교원이고 전문직이라 자부하고 있습니다. 그런데 검, 판사에 비해 권력이 없다고, 의사, 약사에 비해 수입이 적다고 전문직 스스로를 포기하고 심지어 노동자라고 자처하고 있습니다.
> 옛날 면서기에게 당신 검, 판사 할 수 있는가 하고 물으니 못한다고 대답하고 의사 할 수 있나 물어도 못 한다 하면서 교사는 할 수 있다고 대답하더라는 이야기를 들은 바 있습니다. 우리 전문직이 이런 대접을 받는 안타까운 현실이지요. 이는 내가 아는 지식을 옛날 선생님에게 배우던 그 방법대로 전수하는 것쯤이야 누구나 할 수 있다는 뜻이겠지요. 우리 스스로의 위치를 찾아야 할 때입니다. (중략) 또한 우리가 길러낸 국가의 큰 동량들이 커가는 모습을 바라보며 보람과 긍지를 가져야 할 일이지 다른 전문직에 굴할 하등의 이유가 없는데 스스로를 비하하는 문제가 문제입니다. 이제 우리는 그

어느 누구도 넘보지 못할 지식과 노하우를 길러야 할 때입니다. 국민의 가장 가까운 위치에서 진심으로 존경을 받던 그 옛날의 모습으로 돌아가야 합니다. 이것이 우리 교총의 희망이며 우리 모두의 바람이라 생각합니다.

- 〈현장연수 연수회 개회인사〉에서

이 글은 김동극의 교직에 대한 총체적 인식을 반영하고 있을 뿐만 아니라, 교직과 교원이 본래의 가치를 인정받아야 함을 강조함으로써 동료들을 고무하는 일에도 앞장서고 있음을 잘 보여주고 있다. 그는 교직과 동료 교원의 자존심을 보호하고 위상을 이끌어 올리는 일이라면 흔쾌히 머슴의 역할을 감당하겠다는 열정으로 무장된 사람임을 알 수 있다.

그는 교총 활동에 투신함으로써 이러한 자신의 역할을 보다 구체화시키기도 했다. 위의 인용문은 그의 교총활동의 일면을 보여주기도 하는 것으로서 경북교총 회장으로서의 철학을 담고 있는 글이라 해도 좋을 것이다. 연구대회 뿐만 아니라 경북교총회관 건립과 관련된 다수의 발언이나 논단, 경북교총 운영에 관한 여러 논고 등에는 교총에 대한 그의 애정이 가감 없이 나타나 있으며, 그것은 하나같이 고뇌와 수고를 요구하는 일들이라는 점에서 정말 충직한 머슴의 마음이 아니고서는 감당하기 어려운 일들이 아닐 수 없다. 이 교총활동과 관련하여 그가 전개한 경북교대 설립 운동에 대한 충정이 담긴 〈경북교대 설립의 도전〉이라는 장편 논문 또한 일의 성사 여부를 떠나 교육에 대한 그의 열정을 단적으로 보여주는 예라 하겠다.

대학에 나오는 정신들이 선비정신과 일치하고 이들은 오늘날 학교에서 학문을 연구하는 방법과 내용 및 목표가 비슷하다는 것을 알 수 있다. 덕행의 인성교육이나 창의력을 중요시 하는 新民, 특기적성에 맞는 止於至善의 교육은 예나 지금이나 다름이 없다는 생각이다. 세계화를 부르짖는 첨단 과학의 발달 속에 그래도 현실적인 문제는 德이 부족한 인간사회의 문제점에서 오는 심각한 일들이 사회를 멍들게 하고 있다. 이를 해결하는 것에는 교육자의 몫이 크며 특히 초등교육을 맡은 사람의 몫이 아닐까? 또한 가정과 사회의 책임 및 각성이 필요할 때이다. 한가하게 닭이 먼저냐 달걀이 먼저냐 따질 형편이 못 되는 시급한 문제 앞에 우리는 분발할 때라 생각한다.

－〈선비정신의 해석과 구현방안〉에서

전통예절에 대한 현대적 해석과 재조명이 필요함은 이론의 여지가 없는 일이지만 실제로 이 문제를 체계적으로 확인하고 그것을 어떻게 현재화시킬 것인가에 대하여 고민하고 연구하는 사람은 흔치 않다. 〈학봉 김성일 선생(鶴峰 金誠一 先生)의 생애 예학(生涯 禮學)〉, 〈올바른 경어(敬語) 사용에 대한 소고(小考)〉를 비롯하여 상제(喪祭)에 대한 소고(小考)에 이르기까지 김동극의 예절에 대한 관심과 연구는 이 시대에는 드물게 보는 일로서 이것이 그의 교육철학의 근간을 이루고 있음도 눈여겨 볼 사항이다. 특히 언어예절에 대한 그의 생각은 학생들의 글쓰기 문제와 직결되는 것으로 그가 여러 글에서 반복하여 강조하고 있는 사항이기도 하다.

김동극은 큰집머슴이기보다는 큰 뜻을 구하고 지키며 발전적으로 실현시켜 나가는 일에 열과 성을 다한 교육계의 청지기이자 길을 인도하는 사람이었음을 그의 글들이 웅변적으로 증언하고 있다.

3. 교학상장(敎學相長)의 산 증인

디지털영상시대에도 문자매체가 여전히 유효한 것은, 아니 어떤 큰 힘을 잃지 않고 있는 것은 그것이 전달자의 정성의 산물이며 그런 까닭에 수신자의 마음을 움직이는 설득력이 상대적으로 강하기 때문이다. 다른 전달매체가 갖지 못한 구체적이고도 심층적이며 숙고된 내용을 차분하고 조리 있게 표현해낼 수 있다는 점에서 문자매체 혹은 글쓰기 는 앞으로도 계속 가장 유용한 자기표현의 수단으로 사랑받을 것이다. 곡진하고 정성된 글쓰기는 그 내용 여하를 떠나 글쓴이에 대한 신뢰를 갖게 한다. 하나의 글이 본래의 의도를 성공적으로 수행하기 위해서는 독자에게 신뢰감을 심어줄 수 있어야 함은 두 말할 나위가 없지만, 이 것은 다른 표현 수단, 예컨대 그림이나 음악과는 구별되는, 또 다른 차원의 글쓰기의 미덕이다.

김동극의 글들은 주변의 누군가를 위하여 애쓰고 도움이 되려고 하 는 정성된 마음을 담아내고 있다. 그것이 계도적인 의미를 갖는 것이든 비판적인 내용의 것이든 보다 나은 교육현실을 희구하는 안타까운 마 음에 바탕을 두고 쓰여 진다는 것이다. 이러한 그의 안타까워하는 마 음, 혹은 태도는 그 글과 글쓴이에 대한 신뢰를 갖게 하기에 조금도 부족하지 않다. 〈컴퓨터교육을 위한 교사의 노력〉에서는 먼저 교사가 배우는 자세가 확립되어 있어야 함을 강조하면서 교사의 자신감, 불리 한 여건을 극복하는 지혜, 학생들의 개인차를 극복하는 방안의 연구 등이 교사가 스스로 배움을 통하여 갖춰야 할 사항들임을 제시하고 있 다. 가르치는 것이 배우는 것과 다르지 않음을 근본적으로 이해하는 것이 교원의 기본적 덕목임을 꼬집어 말하는 이런 류의 내용들이 여러 글에서 보이고 있다. 말하자면 특별히 의도하지 않아도 그가 교육의 정도를 걷게 되는 것은 이러한 기본에 대한 철저한 이해가 그 바탕을 이루고 있기 때문이다. 교학상장의 당연하면서도 결코 쉽지 않은 시도 를 실현코자 하는 김동극의 의지를 읽을 수 있는 대목이다.

꼭 읽고 쓰고 셈하고 외워 익혀 시험만 잘 보는 것을 공부라고 생각하는
것은 그 동안 사회적 틀이 그렇게 요구하여 왔기 때문이다. 퍽 잘못된 생각이
다. 개인적인 기능과 생각을 키우는 것은 물론이고 자고 먹는 생리적인 활동
이나, 더불어 사는 방법, 심지어 친구와 잘 놀 줄 아는 방법도 바르게 알고
익혀야 할 공부이다. 우리는 이를 어려운 말로 '전인교육'이라고 부른다.

이를 위해 우리는 항상 배우는 자세를 가져야 한다. 태어나면서부터 죽
는 날까지 시간적으로나, 어느 장소에서나 어느 사람에게도 배울 것은 배
우는 공간적인 교육활동은 지속적으로 이루어져야 한다.

- 〈평생교육을 통한 인간 완성〉에서

보기에 따라 위의 글은 일반론의 반복처럼 생각될 수도 있으나 이것은
학생들을 향해 하는 말이라기보다는 교사 자신을 향한 경계의 목소리로
보는 것이 온당할 것이다. 평생교육이 제도권 안으로 들어온 지는 오래
되었고, 또 실제로 이것을 하나의 교육과정으로 이용하는 등, 큰 호응을
얻은 적도 있으나 생각만큼 그렇게 활성화되어있지는 않다는 것이다.
사람에 따라서는 교육 기회의 연장을 위하여, 혹은 자기 분야에 대한
재교육의 기회로, 나아가 자기계발의 수련장으로 이용하는 경우가 상당
수 있지만 아직도 많은 사람들이 그 필요성을 실감하지 못하고 있다.
우리 교원들은 누구보다 끊임없는 자기 혁신이 필요한 사람들이므로
이 가르치는 과정에서 본인의 모자라는 점을 찾아내어 수정 보완해 나가
는 평생학습의 자세가 필요함을 위의 글은 은연중 강조하고 있다.

다음 인용문은 자신의 모자람을 중인환시리에 인정하고 사죄함으로
써 새로운 깨달음에 이르는 진정한 교학상장의 자세를 보여주고 있다.

먼저 교직자로서 사과를 드립니다. 60년 후반 교직 현장에 들어서면서
미감아란 말을 들었고, 아무 생각 없이 따라 사용했습니다. 당시 그 아이들
을 맡은 담임에게는 금전적으로 수당을 주고, 승진에서 점수를 보태 주었기
때문에 서로 맡으려 했다는 것은 사실입니다. 그러나 부모님과 그 아이들의

그런 아픔을 걱정하거나 생각을 말하는 동료는 듣거나 보지 못했습니다. 솔직히 용어로 보나 그런 큰 혜택을 주는 것으로 봐서 그 아이들이 한센인이 될 가능성이 높지 않은가 하는 무식한 의심을 한 적이 있습니다. 열악한 교육환경 속에 그런 내용을 바르게 이해시켜줄 프로그램도 없었습니다. 그들 중 한 사람도 한센인이 된 사실이 없었다는 다행함과 자신의 우둔함을 일깨워주셔서 고맙고, 많은 세월에 일찍 깨닫지 못함을 사죄합니다.

– 〈한센인 정착촌에서의 사죄〉에서

김동극은 이러한 경우뿐만 아니라 제자들과의 사이에서도 언제나 자신의 부족하거나 잘못된 점에 대하여 시인할 것은 시인하고 고칠 것은 고치는 모습을 보임으로써 서로간의 신뢰를 쌓고 함께 성장 발전해가는 길을 만들어내고 있다.

첫째, 자네는 교육에서 바라는 평생교육의 선구자 역할을 하였네. 보통 사람으로 힘들고, 나같이 남을 가르치는 사람도 하지 못하는 평생교육을 자네는 실천했고 남에게 모범을 보여 주었네.

둘째, 백 점 맞는 비인간보다 50점 맞는 참다운 인간교육을 받은 사람으로 행동하고 있었네.

그렇게 똑똑하고 상을 받던 제자들이 선생님을 실망시킨 일들은 많다네.

한 가지 일에 감사하는 마음을 아는 사람은 다른 모든 일에 감사하며 서로 사랑하고 협력하는 사회인으로 성장할 수 있다네.

셋째, 자네는 아동들의 무한한 가능성을 계발시킨 선생님을 일깨워 주었네.

흔히 이론적으로 알면서 실제적으로 학생들을 이해 못하고 그들의 가능성을 미리 포기하는 범죄는 교육에서 흔히 있는 일일세.

물론 정당한 이유가 존재하고 정도의 차이는 있겠으나 …

K군!

이제 밤도 깊었네.

자네가 선생님에게 배워서 고맙다는 인사보다 자네를 통해서 내가 더 많이 배운 고마움을 이 글로써 전하네.   – 〈20년만의 답장〉에서 전혀 공부와는 인연이 없으리라 여겼던 옛 제자가 기적처럼 배움을 성취하고 사회적으로도 성공했다는 소식을 전해오자 보낸 답장이 바로 위의 인용문이다. 불치하문(不恥下問)의 이치를 안다고 해서 모두 쉽게 실행에 옮길 수 있는 것은 아니다. 〈한센인 정착촌에서의 사죄〉에서나 위의 답장에는 글쓴이의 솔직담백함과 불치하문의 용기가 그 글의 품격을 높이고 있음을 볼 수 있다.

〈네게는 조금도 부끄러울 게 없다〉, 〈그 인사가 그 인사 아닙니다〉 같은 글에서는 제자와의 갈등, 혹은 학부모의 오해로 인하여 겪은 아픔이 나타나있다. 교사의 진심과 성의가 오히려 오해와 원망이 되어 돌아오는 아이러니가 가슴 아프지만 이 또한 피할 수 없는 교육현장의 현실이고 보면 차라리 그것을 자기정돈의 계기로 삼는 것이 현명한 일인지도 모른다. 이 두 글은 기억하고 싶지 않은 일들을 교학상장의 좋은 교재로 삼고 있는 글쓴이의 지혜로움을 보여주고 있다.

교학상장은 가르치는 자와 배우는 자가 함께 성장 발전해 나간다는 교육현장의 진실을 드러내는 말이지만 우리 교원의 입장에서는 가르치는 과정에서 끊임없이 자신을 새롭게 계발해 나가야 된다는 뜻으로 받아들여야 한다. 김동극은 그의 많은 글들을 통하여 이러한 이치를 설파하고 있으며 이것이 오늘의 그를 존경받는 선생님으로 만든 근원이 되었음은 물론이다.

4. 인간(인성) 교육이라는 신앙

아주 소박하게 말한다면 교육의 목적은 인간답게 사는 길을 가르치는 데 있다. 이 인간이라는 말 속에는 물론 인간으로서의 권리와 의무라는 모순 관계의 두 개념이 동시적으로 존재한다. 존엄한 인간으로 대접받을 수 있는 권리와 사회구성원으로의 자질을 갖추어야 할 의무가 그것이다. 그런데 문제는 그 권리가 아무에게나 주어지는 것이 아니라는 데 있다. 즉 모든 인간이 무조건 존엄한 것은 아니라는 것이다. 이것은 우리들 주변의 인간 대접 받기 어려운 사람들을 보면 쉽게 이해될 수 있는 일이다. 존엄성은 천부적인 것이 아니라 인간이 정당한 과정을 거쳐 스스로에게 부여한 후천적인 가치개념임을 알 수 있다. 존엄성이란 누가 가져다주는 것이 아니라 스스로의 힘으로 얻어내야 할 존재의 기본적인 조건이자 가치인 것이다.

그러므로 이 권리는 자연스럽게 의무와 맞닿게 된다. 의무는 권리를 가능케 하고 권리는 의무의 당위성을 높이는 일반적인 관계가 형성된다는 것인데, 이것은 사회구성원으로서의 자질을 갖춘 자에게만 그 존엄성이 부여된다는 것을 뜻함은 물론이다. 교육이 인간답게 사는 길을 가르친다고 할 때 그것은 존엄성을 누릴 수 있는 자질을 함양시킨다는 것과 동의어임을 알 수 있다. 다소 현학적인 면도 있고 상식적인 것이기도 하지만 교육의 목적은 이런 인간의 본질적인 문제에 그 끈이 닿아 있음을 항상 염두에 두는 일이 교육자의 덕목임을 상기할 필요가 있다.

인성, 인격, 개성, 성품 등의 차별적 개념을 일일이 거론할 필요는 없으나 교양과 철학을 포함한 이런 개념들이 이른바 인성교육의 핵심적인 관련요인이라 할 것이다. 교육자라면 누구나 이 정도의 내용들은 숙지하고 있는 것들이지만 구체적인 실천 문제로 들어가면 사정은 달라진다. 김동극은 우리의 많은 다른 선생님들처럼 이 인성교육에 무게의 중심을 두고 아동들을 지도해왔음을 여러 글들에서 보여주고 있다.

시대에 따라, 희망에 따라 주어진 역할에 따라 현실이 요구하는 지혜와 기술에 바탕을 둔 능력은 있습니다. 모두 그 요구하는 능력을 좇다 보니 가장 귀중한 인간의 가치를 망각하거나 때로는 무시하고 있는 것이 아닌가 생각합니다.

겉모습이 인간이면 속에 든 심성도 우리 인간다움을 생각해야 된다는 뜻입니다. 그래서 어느 시대 어느 해도 학교교육의 지표가 표현은 달라도 내용은 '인간교육'이 첫 번째 나타나고 있는데, 현장에서는 체감으로 느끼지 못하고 있습니다. 이를 우리 개인은 스스로 인식하고 늘 마음에 간직하자는 부탁을 합니다. 그 올바른 인간교육의 구체적 방법은 여러 가지가 있겠습니다만 모두 주위환경에 따른 교육과 변화가 이루어지리라 생각됩니다.

-〈복사꽃 2호 발간사〉에서

지금도 사정은 나아지지 않고 있지만 지난 세기말 사회의 지도적 지식인들이 한결같이 염려했던 것은 인간성의 상실과 물질만능주의, 그리고 그에 따르는 인간 경시의 풍조였다. 인간의 비인간화와 인간소외 같은 해묵은 병폐가 더욱 심화되어 인간이 수단으로 전락해버린 위기의 시대를 어떻게 극복할 것이며 피폐한 인간성을 어떤 방법으로 구원하고 회복할 것인가 하는 것이 핵심 화두요 관심사였던 것이다. 이 문제를 해결하기 위해서는 사회의 다양한 분야, 예컨대 종교와 문학, 철학과 과학 등의 도움이 필요하겠지만 그에 못지않은 비중이 교육에 놓여있음은 물론이다. 애초에 인간성이 제대로 형성되지 못한 사람에게서 인간중심의 바람직한 사고를 기대하기는 어려운 일이다. 우리 교원은 인간적 가치의 증진이란 언제나 진행형의 과제임을 분명하게 인식하고 그 교육을 게을리 하지 않음으로써 위기의 시대를 극복하는 일에 일조가 되어야 할 것이다. 그것은 김동극처럼 늘 기회가 있을 때마다 지루할 정도로 그 당위론적인 사실을 확인하는 사람들에 의해 이루어질 수 있는 교육의 과제임을 인식할 필요가 있다. 인간성을 바르게 기

제4장 | 참다운 인간 교육의 길 **347**

르는 교육은 김동극에게는 어쩌면 교육자로서의 신앙과 같은 것이 아니었을까 하는 생각도 든다.

> 같은 맥락에서 교장선생님은 마지막 교문을 나서는 여러분에게 자존심을 지키고 자주성을 키워가라고 부탁을 드립니다. 굳이 이유를 설명하자면 오늘의 우리 사회는 앞으로 미래를 위협하는 저출산 문제와 인명을 경시하는 잘못된 풍습에 젖어있습니다. 이런 상황에서 자기를 존중하는 자존심부터 지켜야 생명의 존엄성과 남을 배려하는 기본 인성을 바르게 가질 수 있기 때문입니다.
>
> 또한 개인적으로는 한 가정의 귀한 자녀로서, 무엇하나 부족함이 없는 풍족함과 부모의 과보호 속에 스스로를 지켜가는 힘을 상실하는 환경 속에 빠지고 있습니다. 이를 극복하기 위해서는 자기 자신 스스로를 지키는 자주정신을 키워야합니다. 자주정신은 자기의 위치를 스스로 판단하는 능력이나 새로운 방법을 모색하는 창의력 없이는 길러지지 않는 것입니다.
>
> ― 〈올바른 인간성과 창의력〉에서

오늘 우리가 살고 있는 시대를 사람들은 불확실성의 시대라 부르고 있다. 세기 초의 가치관의 부재가 불러오는 혼돈이 미래에 대한 어떤 투명한 비전을 가리고 있기 때문일 것이다. 혼돈의 시대, 불확실성의 시대일수록 인간의 동일성(정체성)을 수호하고 유지하는 일에 우리의 모든 노력이 집중되어야 한다. 인간이 인간으로서의 가치를 분명히 하고 존엄한 존재로 서기 위해 필요한 것이 무엇인가를 위의 인용문은 잘 보여주고 있다. 교육이 아름다운 것은 이렇게 인간을 인간답게 만들어주고, 인간답게 사는 길을 가르쳐주기 때문이다. 그리고 그것이 가능한 것은 김동극과 같은 많은 아름다운 선생님들이 계시기 때문이다.

5. 맺음말

모든 글쓰기는 정도의 차이는 있으나 자기암시와 자기 바로잡기를 그 동기로 한다. 김동극은 기회가 있을 때마다 글쓰기를 통하여 자기를 점검하고 자신을 경계하며 보다 나은 교육의 길로 함께 나아가자고 우리들을 부르고 있다. 그러니까 그의 글은 교육자로서의 사명을 분명하게 인식하고 우리가 함께 추구해야 할 공동선이 무엇인가를 반복하여 확인하는 작업의 결과물이다.

조부님과 선친의 가르침에서부터 그의 교직에 대한 자부심이 비롯되었으며, 이것은 줄곧 그의 헌신적인 교육활동을 가능케 한 원동력으로 작용하고 있다. 각종 연구모임을 주선하고 연구의 결과물들을 발표하는 성심은 심부름꾼이자 리더로서의 그의 면모를 여실히 드러내 보여주고 있다.

누구보다 교학상장의 진리를 소중하게 생각하고 인성교육을 중요하게 여긴, 교육의 교본과 같은 자세가 그의 글 도처에서 빛을 발하고 있다. 교원의 대표가 되기에 부족함이 없는 그이기에 아마도 삼락회의 교육자대상이 수여되었을 것이다.

김동극 교장님의 〈큰집머슴〉 발간을 진심으로 축하한다. 이 문집의 발간이, 김교장님께서 우리 교육계에 더욱 크게 공헌하는 계기가 되기를 바란다. 이렇게 말하는 것은, 이 책은 한 기간의 금을 긋는 정리이기도 하지만 새로운 시작이라는 의미가 더 크다는 생각 때문이다.

제3부
한국소설의 지평 열기를 생각하다

중앙아시아 고려인 문학의 현황과
교류 가능성 고찰

1. 중앙아시아를 바라보는 이유

우리는 지금 소위 글로벌화 시대를 살고 있다. 어느 시대에나 국제 사회에서의 나라 사이, 혹은 민족 간의 교류와 왕래는 필수적인 것이었지만 오늘날만큼 광범위하고 다변화된 시대는 일찍이 없었다. 이것은 유독 이 시대만의 특징이라기보다는 역사의 확장적 발전 과정에서 나타나는 자연스럽고도 필연적인 현상이라 할 것이다. 그러니까 과거에 비해 만나야 할 종족이나 사람도 다양해지고 찾아가야 할 나라도 많아진만큼 분주하고 바쁘게 돌아갈 수밖에 없는 것이 오늘 우리의 현실이고 그것을 글로벌화(세계화)라고 부르는 것이라 이해하면 될 것이다.

우리의 경우 개화기 이후 주로 일본과 서구문명과의 관계 형성을 국제 교류의 전부인 것으로 알고 있었고, 이러한 인식은 지금으로부터 그리 멀지 않은 시기까지 이어져 온 것이 사실이다. 오늘날에도 여전히 이들과의 관계가 세계화의 핵심적 내용을 구성하고 있지만 과거에 비해 그 의미가 많이 달라져 가고 있음도 사실이다. 그것은 세계의 다양한 문화가 각기 그 특유의 존재 가치를 인정받게 된 이후의 글로벌화의 양상이 다변화를 지향하고 있기 때문이다. 이제 세계는 어느 구석 하나 중요하지 않은 곳이 없게 되었다는 것이다. 우리가 경제적 교역에 있어서나 문화적 교류에서나 세계를 두루 돌아보지 않으면 안 되는 이유가 여기에 있는 것이다.

그리고 이제는 옛날처럼 어느 한 쪽이 일방적으로 다른 한 쪽에 영향을 행사하던 양상도 사라져가고 있다. 기술력이나 경제력에 있어서는 일방적 영향 관계가 일정 부분 성립될 수 있을지 모르나 적어도 문화적 교류에 있어서는 상호주의가 정립되어가고 있음을 볼 수 있다. 문화적 우월감이나 선민의식은 자신을 고립시키는 원인이 될 뿐 이제는 누구도 그것을 부럽게 바라보는 사람은 없다.

이 세계화는 여기에서 나아가, 변화하는 세계의 흐름을 적극적으로 받아들이고 어떤 중요한 역할을 수행함으로써 세계의 일원임을 타자로부터 인정받을 수 있어야 함을 의미하기도 한다. 그러니까 나를 세계 속에 편입시키는 일도 중요하지만 내가 그 속에서 변화를 주도해 나갈 수 있는 힘을 갖추는 일이 무엇보다 중요하다는 것이다. 그것을 일러 경쟁력이라 할 수 있을 것이다. 경쟁력은 정치와 경제와 문화를 아우르는 힘의 총합을 이르는 말이다. 글로벌화 시대의 핵심적인 화두라 할 수 있는 경쟁력은 정치 경제 문화 모든 면에서 우리의 관심의 영역을 확대하고 개척해 나감으로써 얻어낼 수 있는 능력인 것이다.

문학도 여기에서 예외일 수는 없다. 문학은 다른 분야와는 달리 다소 보수적인 생리를 지니고 있다는 특성을 고려한다 할지라도 이제는 세계문학과의 교류를 통하여 자기의 체질을 강화시켜 나가야 한다는 시대적 요구에 직면하게 된 것이다. 문학의 국제적 교류나 영향 관계의 형성이 오늘에 와서 갑자기 생긴 것은 아니지만, 이제 이것은 국지적으로 이루어져 온 과거와는 달리 보다 넓게 열린 세계로 나아가야 함을 말하는 것이다. 문학이 어떤 전통의 토대 위에 서 있어야 한다고 할 때 그 전통은 시대적 요구에 부응하기 위해 새롭게 발견되고 변형된 그 무엇이어야 할 것이다. 여기에서 우리는 문학 교류의 다변화가 이루어져야 할 이유를 찾게 된다.

우리의 문학은 근대 이후 일본과 서구의 영향 속에서 형성되어 왔고 지금도 그 관계는 어떤 다른 관계보다 중요하다. 그것은 어쩌면 우리 문학의 숙명일지도 모르지만 우리가 깊이 반성해야 할 주제이기도 하다. 우리 문학의 정체성을 확립해야 한다는 식의 식상한 구호가 아닌 무언가 시야를 달리 하는 반성이 있어야 할 것이다. 일본과 서구로부터 시야를 돌려 또 다른 지역의 다양한 삶의 세계를 찾아가는 노력이 필요하다는 것이다. 한국문학이 서구 일변도의 경향을 탈피할 수 있으려면 보다 다양한 문학적 파트너를 만나야 한다. 지금까지 세계문학의 변방으로 소외되어 온 문학들과의 만남을 적극 추진하는 것은 이런 뜻에서 아주 중요하다. 우리가 몽골의 문학이나 중앙아시아의 문학에 관심을 갖는 것도 이러한 의미망에 포함된다.

그럴 경우 우선 우리가 정리하고 넘어가야 할 문제가 중앙아시아 고려인의 문학에 관한 것이다. 그들 문학과의 연구 교류는 한국문학의 지평을 넓히는 작업이 되기도 하지만 그 지역의 타민족 문학과의 교류의 교두보가 될 수도 있다는 점에서 아주 중요한 의미를 지닌다.

이 소고에서는 이러한 연구 교류를 준비하기 위하여 고려인 문학을 개략적으로 살펴보고자 한다.

2. 중앙아시아 고려인 문학의 개념

중앙아시아 고려인문학(이하 고려인문학)은 소위 이주문학(移住文學)의 범주에 드는 문학이다. 이주문학은 본디 이산(離散) 유태인을 가리키는 디아스포라(diaspora)의 개념을 내포하는 문학적 명칭으로서, 우리의 경우 19세기 중엽 이후 러시아를 비롯하여 미주, 일본 등지로 이주해 간 동포들이 만들어낸 문학이 여기에 해당한다. 다음 인용문은 이러한 사정을 잘 설명하고 있다.

> 근대 이후 일제의 침탈과 강점기를 거치면서 발생한 한반도의 남북 분단, 중국 및 중앙아시아로의 집단 이주, 징용 징병과 관련된 일본으로의 이주, 궁핍한 생활 속에서 노동자 수출로 시작된 미주로의 이주 등이 유대인의 디아스포라와 유사한 모형을 이루고 있다. 동시에 각기의 지역에서 우리말을 상용하면서 확보한 민족공동체의 형성이나, 그로 인한 지역 내 이민족의 배타적 혐오감 또한 유사한 결과를 보이는 대목이다.
>
> ─ (김종회, 『한국현대문학연구』 25, 2008)

특히 고려인문학은 1860년대(정확하게는 1863년 무렵)부터 시작된 러시아 이주민에 뿌리를 두거나 일제강점기 만주나 연해주로 건너간 항일세력에서 그 근거를 찾아볼 수 있는데 이들은 그곳에서 ≪선봉≫, ≪만선일보≫와 같은 각종 신문이나 인쇄 매체를 통해 한글문단을 형성했고 이것이 훗날 고려인 문학의 모체가 되었다.

고려인문학은 러시아 원동(遠東) ─ 연해주시절의 한글문단에 뿌리를 두고 있는 것은 사실이지만 진정한 의미에서의 중앙아시아 고려인 문학은 원동 고려인들이 스탈린의 강제이주 정책에 의해 카자흐스탄과 우즈베키스탄에 거주하게 된 이후에 제작된 작품들을 가리킨다고 보아

야 할 것이다. 이주 이후 그들이 새로운 정착지에 적응해 가는 과정에
서 겪게 되는 간난신고를 비롯하여 이민족과의 갈등과 화합이라는 난
제 앞에서 그들이 어떻게 살아남을 수 있었는가를 주된 내용으로 하는
시와 소설들이 여기에 해당한다. 다음 인용문은 이들 문학의 중요 내용
을 간단히 이해할 수 있게 해준다.

> 강제이주를 비롯한 고난의 역사는 고려인들로서는 감내하기 힘든 치욕
> 인 동시에 언제 어떻게 처벌을 받을지 모른다는 공포를 불러일으켰다. 그들
> 은 이 같은 공포로부터 벗어나기 위해 체제에 철저히 순응함으로써 자신들
> 의 애국심을 증명하고자 했지만 그것마저도 적성민족이란 이유로 좌절된
> 다. (중략) 종국에는 소비에트에 완벽하게 동질화됨으로써 위험을 회피하
> 려는 그들 나름대로의 생존 전략을 채택하게 된다.
>
> – (강진구, 『어문논집』 제32집, 2004)

물론 이들 작품들은 모두 한글로 쓰여 진 것들로서 한국문학으로의
편입 문제가 진지하게 고려되어야 할 대상들이다.

이들 작품들은 주로 ≪선봉(先鋒)≫의 후신인 ≪레닌기치≫를 중심으
로 발표되었으며 지역은 주로 카자흐스탄이 중심을 이루고 있다. 우즈
베키스탄을 무대로 활동한 문인도 몇몇 있으나 대체로 카자흐의 알마
아타(알마이티)를 중심으로 한글문단이 형성되었다. 소련의 개방 개혁
과 러시아로의 회귀 이후 고려인은 민족적 정체성에 대해 입을 열기
시작했는데 그에 맞추어 ≪레닌기치≫를 대신하여 ≪고려일보≫가 나오
게 된다. 제호에서부터 고려인의 정체성 회복의 의지를 표명한 것으로
이해해도 좋을 것이다.

고려인문학은 중앙아시아, 특히 카자흐스탄으로의 강제이주 이후
정착의 과정과 정체성의 모색에 이르기까지의 삶의 역정을 중요 내용

요소로 하여 쓰여 진 문학작품으로 그 개념을 한정하는 것이 온당할
것으로 보인다.

3. 고려인 문학의 전개 과정

위에서 살펴본 바대로 진정한 의미의 고려인 문학은 강제이주 이후의
것을 대상으로 논의되어야 하겠으나 그 역사성을 확인한다는 의미에서
이곳에서는 원동 시절 한글문단에서부터 간단하게 살펴보기로 한다.
어느 분야에서나 역사적 전개 과정을 살피기 위해서는 시대 구분이 우선
되어야 한다. 고려인문학, 혹은 중앙아시아 한글문학의 형성과정을 이
해하기 하기 위해서도 시대 구분은 필수적인 요소가 된다.

대범하게 생각한다면 고려인문학은, 19세기 중반 러시아로의 이주
가 시작된 때로부터 항일기(抗日期)를 거쳐 중앙아시아로의 강제이주가
이루어진 1937년까지로 한 획을 긋고, 중앙아시아에 정착하기 시작한
때로부터 1990년대 소련의 개방 개혁과 붕괴가 이루어진 시기까지를
또 하나로 보고, 러시아로의 회귀 이후 오늘에 이르기까지를 한 단계로
하여 전체 세 시기로 구분해 볼 수 있을 것이다. 약 150여 년에 걸치는
긴 세월이지만 문학적 결과물로 보거나 삶의 양식의 단순성으로 보아
크게 잘라 보는 것이 편리할 수도 있기 때문이다.

그러나 그럴 경우 너무 막연해지거나, 건너뛰기 혹은 편의적인 개념
화로 인해 중요한 요소를 놓칠 수도 있기 때문에 세분하지는 않더라도
한두 단계를 더 설정하는 것이 바람직할 것으로 보인다. 이 경우 진정
한 의미의 고려인문학이라는 관점에서 시대를 구분하게 되면 문제를
보다 명료하게 해결할 수 있을 것이다. 〈소련 지역의 한글문학〉(이명재,

2002년)에서는 이런 관점에서 고려인문학의 역사를, ① 재소 고려인 소비에트 건설기(1925~1937), ② 중앙아시아 강제이주 및 암흑기(1937~1953), ③ 재소 고려인 문학 부흥기(1953~1991), ④ 재소 고려인 문학의 위기와 재정립기(1991~현재) 등 네 시기로 구분하고 있다. 여기서는 편의상 이명재 교수가 사용한 시대 구분의 용어를 차용 참고하여 그 전개 과정을 살펴보되 강제이주 이후에 중점을 두기로 한다.

1) 초창기(1925~1937)

이 시기는 러시아 연해주 신한촌을 거점으로 하여 전개된 항일 운동과 맞물려 한글문단이 형성된 때이다. 이 시기의 한글문단은 포석(抱石) 조명희가 그 주축을 이루고 있었다. 그는 1928년 연해주로 망명하여 문학 활동을 하게 되는데, 이때 그가 《선봉》에 발표한 주요 작품으로는, '짓밟힌 고려'(산문시), '시월의 노래', '볼셰비키의 봄' 등이 있다. 이 시기에 포석이 길러낸 제자들인 강태수, 김기철, 김준, 연성용, 조기천 등이 이주 후 고려인 한글문단의 주축을 이루게 된다. 조명희는 말하자면 고려인 문학의 초석을 놓은 선구자라 할 수 있다. 《선봉》신문이 발행되었던 1923년부터 강제이주 전인 1937년까지는 고려인 문학의 터를 닦았던 태동기라 할 수 있고 그 중심에 조명희가 있었다.(김낙현, 2004년)

이 시기 한글문단 성립에 크게 공헌한 신문이 바로 《선봉》이다. 《선봉》은 1923년 3월 1일 해삼위(블라디보스톡)에서 창간된 한글 신문으로 전동맹공산당 기관지였다. 조명희는 이 신문의 독자문예란을 통하여 이 지역 문학운동을 주도해 나가게 되지만 강제이주의 시기가 다가오면서 그는 일본 간첩 혐의로 총살당하게 되며 곧 이은 강제이주로 이 시기는 막을 내리게 된다.

2) 암흑기(1937~1953)

이 시기는 강제이주 후 고려인들이 새 터전에 적응하고 정착하기 위해 온갖 고난과 시련을 겪어야 했던 때로서 탄압과 추방의 공포로 나날을 보내야 했던 암흑의 시기였다. 소련이 왜 고려인들을 강제로 이주시켰는지는 아직도 명확하게 밝혀지지 않았다고 한다. 1931년 만주사변과 같은 일본의 대륙으로의 약진에 대한 불안감과 그와 관련된 소수민족, 특히 고려인에 대한 불신이 그 원인으로 지적되고 있는 정도다. 이주 당시 2500~2800여 명의 고려인 지식인들을 처형한 것으로 보아 스탈린이 고려인을 적성민족으로 간주하고 있었던 것으로 보인다.

고려인들은 이런 소련 당국의 차별과 탄압에서 어떻게 해서든 살아남아야 한다는 절박감으로 하여 모든 억울했던 기억들을 지우려 했고 이주 문제를 절대 입 밖에 내지 못했다. 고려인들은 견디기 어려운 억압과 탄압에도 불평 한 마디 없이 침묵을 고수했는데 이는 또 있을지도 모를 탄압에 대한 공포감 때문이었다. '1937'이라는 숫자마저도 사용할 수 없었고 '고향'이라는 말조차도 할 수 없었다고 하니 그 참상은 불문가지라 하겠다. 고려인들이 살아남을 수 있는 유일한 방법은 과거, 혹은 고향과 고려인임을 철저하게 망각하고 당에 무조건 충성하며 소비에트에 동화되려고 노력하는 길밖에는 없었다.

이 시기의 문학은 이러한 고려인들의 생존을 위한 몸부림을 고스란히 반영하고 있다. 소련 당국을 찬양하고 소비에트를 조국으로 숭배하는 송가(頌歌) 형식의 작품들이 이 이후 1980년대에 이르기까지 다수 등장하게 된다. 1938년 5월 15일 카자흐의 크솔오르다에서 ≪선봉≫의 후신격인 ≪레닌기치≫가 발간되어 고려인문학의 명맥을 이어가게 된다. 이 시기를 대표하는 작품으로는 김기철의 소설 〈첫사귐〉(1938)이 있다.

3) 부흥기(1953~1991)

스탈린 사후 그에 대한 비판이 시작되면서 고려인들에게도 어느 정도 숨통이 트이게 되었다. 특히 스탈린 시기의 소수 민족에 대한 탄압과 강제이주에 대한 비판에 힘입어 고려인들의 문학에도 정체성에 대한 관심과 인식이 반영되기 시작했다. 고려인에게 씌워진 적성민족이라는 누명을 벗기 위하여 항일 운동의 역사를 복원하는 문학적 작업이 이루어지는데 그 대표적인 작품이 김세일의 장편소설 〈홍범도〉(1968)와 김준의 〈십오만 원 사건〉(1964)이다. 이들 작품은 항일 운동이 소련의 사회주의 혁명과 동일선상에 놓일 만한 역사적 의미를 지니고 있음을 강조하고 있다. 이 작품들은, 고려인은 사회주의 혁명의 동지였지 결코 적성민족이 아님을 강조함으로써 소련의 공민으로서의 지위를 확보하려는 문학적 노력의 소산으로 평가된다.

이 시기는 말하자면 고려인들이 참고 있었던 말들, 억울함을 풀기 위한 말들, 소련당국의 오해를 풀기 위한 말들, 그리고 공민으로서의 지위를 확보하기 위한 말들로 문학 활동이 이루어진 때였다고 할 수 있다. 시문학의 경우 1958년 〈조선시집〉이 발간되는데 강태수, 연성용 등의 시가 실려 있다. 이들 시편들은 집단농장의 구성원으로서의 자부심과 정착에 성공한 기쁨을 노래하고 있다. 좀 더 시간이 지난 후의 작품으로서 김준의 〈나는 조선사람이다〉(1977)나 맹동욱의 〈모국어〉(1973), 등은 한 단계 더 나아가 민족적 정체성에 대한 자각을 보여주고 있으며 한진의 단편 〈공포〉는 처음으로 1937년 강제이주 문제를 정면으로 다루고 있는데, 이는 지난날 암흑의 시기를 생각해 본다면 참으로 놀라운 발전이요 변화가 아닐 수 없다. 이 시기는 부흥기라는 말 그대로 고려인이 고려인으로서 말할 수 있게 된 새로운 문학적 공간이 형성된 활력이 넘치는 시대였다. 따라서 이 시기는, 한글 문인 세대가 거의 세상을 떠나고 3, 4세대가 주로 러시아어로 문학 활동을 하고 있는 현재의 상황을 고려한다면 고려인 문학사에서 전무후무한 한글문단의 전성기로 규정되어도 좋을 것이다.

그러나 여전히 고려인들의 목전의 관심사는, 다소 완화되기는 하였지만 살아남기의 문제였기 때문에 문학작품들도 이러한 현실적 명제를 그 중심 내용으로 하지 않을 수 없었다.

> 소련을 자신들의 조국으로 형상화하여 소련 공민(公民)으로서의 삶에 충실할 것을 역설하고 있으며, '레닌'으로 대표되는 이념적 찬송(讚頌) 성향(性向)이 모든 시집에서 표출되고 있다. 이러한 현상은 시뿐만 아니라 고려인 문학 전반에 걸쳐 공통적으로 나타나고 있는 경향이라 할 수 있다. 구소련 현지에서 1970년대에 간행되었던 작품집으로는 《시월의 해빛》(1970)과 〈씨르다리야의 곡조〉(1975)의 두 권이 있는데, 이들 작품집에는 전술한 두 가지 경향이 매우 두드러지게 표출되고 있다.
>
> – (김낙현, 『어문연구』 32–2, 2004)

《시월의 해빛》에 실려 있는 연성용의 '나는 자랑한다'와 같은 작품이 그 대표적인 예로서 이 시에서 작중화자는, 자신이 꼴호스의 당당한 일원이자 쏘베트의 뿌리박은 일원임을 당당하게 자랑하고 있다. 〈씨리다리야의 곡조〉에 실려 있는 전동혁의 '박영감'과 같은 장편서사시에서도 고려인들의 성공적인 삶은 모두 레닌당의 덕분이므로 레닌을 환영하고 찬송하자는 내용이 그 중심을 이루고 있다. 같은 시집에 실려 있는 김세일의 '레닌의 전기를 읽으며'에도 이러한 정치적 복선이 내재된 송가조의 내용이 잘 나타나 있다. 정론적(政論的) 송가(頌歌) 형식의 채택은 고려인의 운명에서부터 비롯된 자연스러운 문학적 현상이라고 보아야 할 것이다. 고려인 문학의 경우 송가 형식의 목적성 문학은 문학의

순수성이나 자율성의 논리로는 재단하기 어려운 눈물겨운 생존 전략이
라는 점에서 문학으로서의 당위성을 획득한다고 하겠다.

이밖에 이 시기에 한글로 출간된 개인 작품집들로는, 김준의 개인시집
〈그대와 말하노라〉(1977)와 〈숨〉(1985), 김광현의 작품집 〈싹〉(1986), 김기
철의 소설집 〈붉은 별이 보이던 때〉(1987), 리진의 시집 〈해돌이〉(1989)
등이 있고, 합동시집으로는 〈꽃피는 땅〉(1988)이 있고, 여러 문인들의 작
품을 담은 종합작품집으로는 ≪시월의 해빛≫, ≪해바라기≫(1988), ≪행복
의 고향≫(1988), ≪오늘의 빛≫(1990) 등이 있다.(이명재, 2002)

4) 변환기, 혹은 모색기(1991~현재)

소련이 해체되는 90년대로 들어오면서 이미 그 이전부터 변화의 조
짐을 보이던 고려인 문단에는 과거와는 다른 개인적 서정을 노래하는
시편들이 등장하게 된다.

> 1980년대 후반에 들어서는 단상적(斷想的)인 개인 서정시(抒情詩)나 사
> 회적인 문제를 직접 다루지 않는 평범한 일상생활의 삶을 담고 있는 시편들
> 이 다수를 차지하고 있는 것은 특이한 현상이라 할 수 있다. 따라서 이
> 시기에는 개인적인 내면 정서를 표출하고 있는 시들이 주류를 이루고 있다.
> 이러한 1980년대 후반 고려인 시문학의 특성 근저(根底)에는 1987년 소련
> 의 페레스트로이카 영향으로 인한 구소련 사회 전체의 개방과 민족문제에
> 대해 새로운 각도에서 조명이 가능하게 된 소련의 사정이 내재하고 있다.
> – (김낙현, 『어문연구』 32-2, 2004)

이는 전 시기의 시나 소설들이 보여주었던 민족의 정체성에 대한 수
정된 인식과 강제이주의 역사 바로보기를 토양으로 하여 문학의 자율
성을 획득해 가는 과정으로 볼 수 있다. 사회주의 리얼리즘에 바탕을

둔 목적문학의 틀을 벗어나 개인의 창작의 자유와 개성적 표현에 눈을
뜨게 되는 것으로 파악할 수도 있다는 것이다. 그러므로 이것은 하루아
침에 돌출된 특이한 현상이라기보다는 고려인 문학의 전개 과정에서
나타나는 자연스러운 발전적 현상으로 이해하는 것이 바람직할 것이
다. 사회 현상과 가치관의 변화에 따르는 문학적 변환의 몸짓으로 받아
들여도 좋을 것이다.

김광현의 〈고운 오월의 서곡〉에서는 자연을 서정적으로 파악하는 내
용이 잘 나타나 있고, 리진의 〈자위〉에는 세월의 흐름을 따라 바뀌고
사라져 가는 모든 것들에 대한 허무감이, 특히 인정어린 세태가 사라지
고 그 자리를 텔레비전 안테나가 대신하고 있는 차가운 현실에 대한
안타까움이 잘 표현되어 있다. 이런 시적화자의 모습은 그 이전의 시들
에서는 찾아보기 어려운, 분명하게 달라진 고려인 문학의 일면이다.

이와 함께 전 시기에 태동되기 시작했던 민족 정체성에 대한 자각과
역사적 체험을 내용으로 하는 시편들이 자주 눈에 띄게 된다. 이 주제
는 이미 1970년을 전후한 시기부터 시적 관심 분야였기 때문에 유독
이 시기의 문학적 양상으로 보기 어렵지만 과거에 비해 보다 구체적이
고 직접적이라는 측면에서 변환기의 주요 항목으로 검토해 볼 필요가
있다. 양원식은 이러한 주제를 다룬 대표적 시인이다. 그의 시에는 '고
향에 대한 애끓는 그리움과 강제이주에 대한 아픔이 잘 형상화되어 있
다'(김낙현, 2004)고 하는데, 고향이나 강제이주는 곧 고려인으로서의 정
체성의 중심 요소가 되는 시적 제재이다. 그는 그의 시집 〈카자흐스탄
의 산꽃〉에서 어린 나이에 모국을 떠나와 참으로 힘겹고 외로운 타국
생활을 하면서 얼마나 사무치게 고향과 부모형제를 그리워했는지 모른
다고 하면서 그 아픔은 겪어본 사람만이 안다고 술회하고 있는데(양원
식, 2002), 이 자체가 동일성 회복에 대한 목마름이라고 할 수 있다.

이렇게 고려인 문학은 변환의 시기를 맞고 있지만 그 전망은 불투명하다. 한글로 글을 쓰는 문인들이 이젠 거의 작고했고 3, 4세대들은 한국어, 혹은 한글을 해독하지 못하고 있기 때문이다. 고려인 문학은 그 문학적 진로나 질적 문제를 논하기 전에 그 존립의 방법을 모색해야 할 처지에 놓이게 된 것이다. 물론 이것은 한글문단의 문제이고 고려인이 러시아어로 작품 활동을 한다든가 하는 최소한의 해결 방법이 없는 것은 아니지만 진정한 의미의 고려인 문학, 한글문단이 난제에 직면한 것만은 사실인 것 같다. 고려인 문학은 표현의 자유가 활짝 열린 세계로 나왔지만 정작 이 자유를 누릴 수 있을지, 이것은 한국문학이 함께 고민해 보아야 할 문제로 보인다.

4. 고려인 문학의 현황과 교류 가능성

중앙아시아 고려인 문학은 주로 카자흐스탄을 중심으로 그 문단을 형성해왔다. 그것은 강제이주 시 고려인들이 처음 기차에서 내린 곳이 이곳 카자흐스탄 지역이기 때문인 것으로 보이며, 그 후 알마아타에서 《레닌기치》를 무대로 한글문학을 지켜왔다. 우리가 살펴보는 고려인 문학의 대부분은 그러니까 카자흐스탄 중심의 한글문단에서 이루어진 작품 활동의 결과물들이다. 우즈베키스탄에는 이주세대 문인으로 기석복, 김두칠, 림하, 우제국, 장영진 등이 있으나 작고했고, 러시아어로 작품 활동을 하는 문인으로는 김부르트, 김블라디미르, 이웨체슬라브(이영광) 등이 있는 정도다.

1937년 이후 오늘에 이르기까지의 문학의 흐름에서 작품적 성과를 두드러지게 보이는 시기는 1958년 〈조선시집〉 발간으로부터 1991년 소련 붕괴를 전후한 때까지로 이 시기는 고려인 문학의 전성기라 할 만하다. 이것은 그 표기 수단을 한글로 하는 시나 소설, 혹은 희곡과 수필을 대상으로 할 때 우리가 부여할 수 있는 의미이지만 실제 언어의 문제를 떠나 고려인 문학을 규정할 수 있는 근거가 없기 때문에 여기에서는 러시아어로 된 작품은 일단은 논외로 할 수밖에 없다는 점도 짚어둬야 할 것이다. 고려인이 러시아어로 쓴 시와 소설 등도 상당할 것으로 보이지만 우선은 한글문단을 중심으로 논의가 진행되어야 한다는 원칙의 문제를 짚고 넘어가야 한다는 것이다.

그런데 문제는 그 시기에 작품 활동을 했던 대부분의 문인들이 이제는 세상을 떠났지만 그 뒤를 이을 한글문단의 후계자들이 없다는 점이다. 이주 당시 원동에서 형성된 문단을 계승하여 이끌어 온 중추적인 문인들은 이제 거의 작고하여 없고 한글로 작품 활동을 하는 3, 4세도 거의 찾아보기 어려운 것이 고려인 문학의 현실이다. 강제이주 당시 고려인들이 생존 전략으로 선택한, 조선말보다는 러시아말을 일상화한 그 후유증이 조선말의 고사(枯死)로 나타나고 있는 것으로 파악되지만 이제 그것은 잘잘못을 따질 문제를 넘어서고 말았다. 한글문단의 현실은 위기에 직면해 있다고 해도 과언이 아니다.

1991년 구소련의 해체 이후 《레닌기치》는 《고려일보》로 제호를 변경하여 발행하고 있으나 그 배포 지역이 오히려 줄어들었고, 한글 해독 인구의 감소로 한글판과 노어판(露語版)을 함께 발행해야 하는 어려움도 있다. 노어판 발간은 그 자체가 문제될 것은 없으나, 이 현상은 점차 중앙아시아 지역에 한글 해독 세대가 사라져 감으로써 한글문단의 존속이 어려워질지도 모른다는 비관적 전망을 가능케 한다는 데 문제가 있다.

이 지역에서 한글 창작은 더 이상은 기대하기 어려울 뿐만 아니라 내용적 측면에서조차 정체성이 모호해지는 경우가 많기 때문에 보편적인 문학의 범주에서 다룰 수 있을지는 몰라도 민족문학의 범위에서 다루기에는 여러 가지 난점이 있다. － (김종회, 『한국현대문학연구』 25, 2008)

이 인용문을 참고한다면 고려인 문학은 이제 이원적 관점에서 접근해볼 필요도 있을 것이다. 그 하나는 구소련 해체 이전의 중앙아시아 고려인 문학을 민족문학의 문학사 범주에 편입시켜 정리하여 일단 한 획을 긋는다는 점이고, 다른 하나는 해체 이후의 고려인 문학을 그 표기 수단과 관계없이 새로운 세대의 고려인 문학으로 분류하여 이해한다는 것이다. 한글 해독도 제대로 하지 못하는 고려인 3, 4세대에게 한글로 시나 소설을 쓰라고 할 수도 없는 일이고, 또 현실적으로 가능한 일로 보이지 않기 때문이다.

그러나 바로 여기에서 우리는 하나의 숙제를 갖게 된다. 언어라는 것이 어떤 인위적인 정책에 의해 움직이는 것이 아니라는 점은 분명하고 그렇기 때문에 거의 러시아어에 동화되어버린 고려인 3, 4세에게 유창한 한국어를 기대할 수 없다는 것도 어김없는 현실이기는 하지만, 그들에게 우리 한국문학을 이해시키고 그것을 그들의 문학 속에 반영할 수 있게 하는 방법은 찾아볼 수 있을 것이라는 점이 바로 그것이다. 이것은 고려인 문학에 기초를 두되 그 범주를 벗어나 중앙아시아 문학과의 상호교류와 호혜적 영향 관계를 만들어가는 교량적 역할을 고려인 문학에 부여하는 일이 될 것이다. 한편으로는 그들에게 한국문학을 깊이 있게 이해시키면서 다른 한편으로는 그들이 한국문학이 세계로 나아가는 창구 역할을 맡을 수 있게 한다는 것이다. 중앙아시아의 문학은 우리에게는 생소한 체험이 되겠지만, 세계화를 지향하는 입장에서 본다면 우리 문학의 내용을 풍부하고 다양하게 하며 그 지평을 넓히는 데 도움이 될 것은 분명하다.

그러기 위해서는 한국어 교육과 한국문학교육 분야에서 고려인들, 나아가서 우즈베키스탄이나 카자흐스탄 당국과의 협조 체제를 구축하는 일이 무엇보다 중요하다. 그 지역의 고려인을 위한 한국어 교육 지원 사업을 강화하고 아울러 고려인 3, 4세를 위한 한국문학 교육 시스템을 만들어야 할 것이다. 이 지역은 천연자원도 풍부할 뿐만 아니라 우리의 기술력을 진출시킬 수 있는 최적의 곳이기 때문에 문화적인 문제를 넘어 경제, 나아가 총체적인 국익에도 큰 도움을 얻을 수 있다는 점을 염두에 두어야 할 것이다.

문학과 교육 분야의 교류를 통하여 고려인 3, 4세에게 한민족(韓民族)으로서의 동일성(同一性)을 찾게 도와주고 우리 민족의 일원이라는 인식을 심어줄 때 그들은 비로소 자부심을 가지고, 그리고 자기 발전을 위하여 세계화의 대열에 동참하게 될 것이다.

5. 결어

특히 고려인 문학의 경우는 지리적으로나 역사적으로 긴밀한 관계를 맺어온 미국, 일본, 중국 등지의 이민자들의 문학과는 상당히 다른 위치에 놓여 있다. 그들은 주로 구한말부터 항일기에 이르기까지 러시아 연해주로 이주해 살고 있었던 사람들, 혹은 그 후손들이었고, 스탈린의 강제이주 정책으로 중앙아시아로 내몰려 극한적인 생존의 투쟁을 벌여야 했던 사람들로서 지리적 접근성의 어려움과 냉전 체제의 장막 때문에 거의 반세기 이상 접촉이 불가능했다는 특성을 지니고 있다. 남한의 입장에서는 잊혀 지거나 그 존재를 의식하지 못한 이주문학이 바로 고려인의 문학이다. 그런 점에서 이들 문학은 충분히 관심과 연구의 대상이 될 수 있고 또 마땅히 그래야 할 것이다. 혹독한 역사의 시련을 겪었으면서도 아직 소외되어 있는 그들을 끌어안아 위로할 의무가 우리에게는 있고, 또 그것이 한국문학의 외연을 넓히고 세계로 나아가는 하나의 길일 수 있기 때문이다.

고려인 문학, 혹은 중앙아시아 한글문단의 앞날은 불투명하다. 한글해독 세대가 사라져 가고, 당연한 결과로서 한글로 시나 소설을 쓰는 문인을 찾아보기 어려워져 가고 있기 때문이다. 다시 말해서 고려인 문학은 이제 표기 수단으로 그 의미를 규정하는 것은 무의미할지도 모른다. 그러나 모국이 그것을 인위적으로는 어쩔 수 없는 일이라 해서 그저 보고만 있을 수는 없는 일이다. 그들은 동포이면서 글로벌 시대를 함께 열어가야 할 훌륭한 파트너라는 점을 잊어서는 안 된다. 그들에게 한국어 교육의 기회를 제공하고 한국문학을 공부할 수 있는 장치를 제공해줄 책무가 우리에게는 있다. 의욕이나 구호만으로 일이 이루어질 수는 없겠지만 그 필요성에 대한 인식만은 분명해야 한다.

고려인 문학과의 교류와 그들 문학에 대한 지원은 민족적인 문제로 끝나는 것이 아니라 한국문학이, 아니 대한민국이 세계 속에서 중요한 위상을 점할 수 있는 좋은 계기가 되리라 믿는다.

중앙아시아 고려인의 소설문학 연구

― 공동 작품집 ≪시월의 해빛≫을 중심으로 ―

1. 고려인 소설의 사회적 배경

소설의 사회적 배경을 주인공이 놓여 있는 사회 환경, 또는 그에게 주어져 있는 삶의 조건으로서의 사회 현실로 보는 일반적 견해에 동의할 경우 우리는 그 사회가 갖는 시대성, 혹은 역사성을 주목하게 된다. 사회란 정치, 경제, 문화, 교육, 종교, 예술 등 수많은 제도와 영역을 지칭하는 추상적 개념이지만 인간의 삶이 이루어지는 공간이라는 점에서 필연적으로 사회는 그것이 형성되어 온 역사적 과정과 유기적으로 연결되는 구체적 존재가 된다. 즉 추상적 공간이 역사성과 만나면서 구체적 공간의 의미를 지니게 된다는 것이다. 소설에서 배경이 어떤 기능을 수행하는가를 논하는 것은 식상한 일이 되겠지만, 어떤 사회가 거쳐 온 역사적 과정, 혹은 한 사회가 지니는 시대적 특성이 그 구성원들의 삶을 제한하고 그들에게 특정한 삶의 양식을 선택하게 한다는 점은 확인할 필요가 있다. 소설의 작중 인물은 사회 환경이 결정한 존재라는 해묵은 명제의 유효성을 가끔씩 돌아보게 되는 이유가 여기에 있다.

중앙아시아 고려인의 소설 작품에는 그들에게 주어져 있는 사회 환경-생존의 조건들에 적응하는 모습들이 거의 여과 없이 반영되어 있음을 볼 수 있는데, 그러니까 현실에 대한 비판 의식이나 저항의 몸짓은 배제되고 현실에 동화되려는 열망을 중심으로 사건을 구성하고 있음을 볼 수 있는데, 이는 강제이주(强制移住)[1]라는 역사적 사건이 이주 후에도 상당 기간 그들의 삶에 거의 절대적인 영향력을 행사하고 있었기 때문인 것으로 파악된다.

당시 일본으로부터 위협을 느끼던 스탈린은 고려인들이 일본과 어떤 내통이 있을지도 모른다는 다분히 비현실적인 이유로 하여 일본과의 접촉이 불가능한 지역으로 고려인들을 추방하게 되었는데, 거기에 따르는 저항을 미연에 방지하기 위하여 약 2500~2800여 명의 고려인 지식인들을 체포 처형하게 된다. 당시 원동 지역에서 열렬하게 사회주의 문학 운동을 전개했던 조명희도 이 때 본보기로 처형된 대표적인 인물이었다. 이러한 저간의 사정은 고려인들의 저항의지를 상실하게 하였고 그 뒤로 소비에트의 고려인에 대한 탄압과 차별대우를 말없이 받아들이게 만들었다. 한진(1931~1993)의 〈공포〉는 그 때의 참상을 이렇게 묘사하고 있다.[2]

> 1937년 가을 쏘련 연해주의 조선사람들은 한날한시에 모두 〈승객〉이 되었다. 수십만 명이 동시에 기차를 탔다. (중략)
> 살던 집과 가장집물을 그대로 두고 거진 알몸으로 쫓겨나면서도 누구 하나 안 가겠다고 떼를 쓰는 사람이 없었다. 양무리처럼 온순히들 차에 올랐다. 어데로 무엇 때문에 실려 가는지도 몰랐다. 남녀로소 한 사람도

---

1) 1937년 스탈린에 의해 중앙아시아로 추방된, 고려인의 강제이주 전후의 그 참혹한 사정은 이미 국내에 널리 알려진 바와 같다(이명재 외 공저, 〈억압과 망각, 그리고 디아스포라〉, 한국문화사, 2004 참조).
2) 한진, 〈공포〉, 《오늘의 빛》, 자수석, 1990, p.10.

> 남지 못하고 다 고향에서 쫓겨났다. 가는 길도 멀었다. 수만리, 수십만리…
> 차에서 태어나는 애도 있었다. 그것들은 인차 귀신들이 물어갔다. 출생
> 신고도 사망신고도 할 필요가 없었다. 그들은 정말 이 세상에 왔다가 땅
> 한번 밟아보지 못하고 사라져갔다. 오직 어머니 가슴속에 피멍울만 남기고
> … 많은 로인들과 어린것들이 철로연변에 묻혔다.   - 〈공포〉에서

이렇게 중앙아시아로 이주해온 고려인들은 우선 살아남아야 한다는
현실적인 문제에 직면하게 된다. '왜? 무엇 때문에?'를 물어볼 겨를도
없이 절박한 생존의 문제와 맞서야 했다. 알몸으로 겨우 목숨만 부지한
채 당도한, 먹을 것도 잠잘 곳도 없는 낯선 땅에서 무엇을 따진다는 것은
부질없는 짓이요 어쩌면 사치일지도 모른다. 그리고 무엇보다 강제이주
에 대한 기억은 철저히 망각되어야 하는 것이 그들이 놓여 있었던 현실이
기도 했다. 이주와 관련된 어떤 언급도 허용되지 않았고 심지어는 '고향',
'이주', '1937'이라는 말조차도 할 수 없었다고 하며 이것은 고스란히 문
학작품에도 적용되었다. 소비에트 당국은 고려인들을 적성민족으로 간
주하였고 소련 공민으로서의 지위를 허락하지 않았다. 1937년 이후 스탈
린 사망 시(1953)까지는 기본적인 지위로부터 권리와 의무, 거주 이전
등에서 정상적인 인간의 대우를 받지 못하고 살았다고 해도 과언이 아니
다. 이 시기는 고려인들이 새 터전에 적응하고 정착하기 위해 온갖 고난
과 시련을 겪어야 했던 때로서 탄압과 추방에서 비롯된 공포로 나날을
보내야 했던 암흑의 시기였다. 이 당시 고려인들이 살아남을 수 있는
유일한 방법은 과거, 혹은 고향과 고려인임을 철저하게 망각하고 당에
무조건 충성하며 소비에트에 동화(同化)되려고 노력하는 길밖에는 없었
다. 다음 인용문은 이러한 당시의 상황을 잘 전달하고 있다.

1937년 강제 이주지 카작스탄 크즐오르다 시에서 다시 강의를 시작한 원동고려사범대학의 후신인 크즐오르다 사범대학에서 이 대학 직업동맹 위원장이었던 허모씨의 책임아래 벽보신문이 발행되었다. 1938년 어문학부 2학년 학생이었던 강태수가 이 벽보신문에 〈밭 갈던 아씨에게〉란 시를 발표하였다. 주필의 허가를 받아서 발표한 이 작품의 내용이 당국에 엉뚱하게 보고되는 바람에 강태수는 반동으로 몰리어 국가안전위에 체포되었다.

강태수의 증언에 따르면 당국이 그를 체포하여 재판을 하여야 할 그 어떤 정치적 실수를 저지르지 않았지만 벽보신문 주필 허씨는 강태수와 같은 많은 학생들을 배신하였다. 당시의 사회적 상황은 스딸린 정권이 대숙청을 주도하던 시기로 누가 잘못을 하였고 누구에게 죄가 있는지 심의도 하지 않고 당에 조금이라도 거슬리는 언사나 행동을 한 사람은 모조리 처형하거나 수용소에 감금하였다.

재판에 회부되어 강태수는 결국 당과 인민의 원수로 몰리어 소련 북극에 있는 아르한겔스크 수용소에 감금되었다. 이렇게 그의 강제수용소 생활이 시작되었으며 그로부터 20여 년 동안 '굴락'이라고 하는 수용소와 거주지 연금 생활을 하게 되었다.[3]

강태수(1908~2001)의 〈밭 갈던 아씨에게〉는 어떤 정치적 의도나 강제 이주 및 원동에 대한 그리움과는 전연 관계없는 시임에도 불구하고 그와 관련이 있는 것으로 해석하여 고자질하는 고려인들에 의해 이 시인은 고난을 겪어야 했다. 이러한 일부 고려인들의 배신행위로 빚어진 갈등 같은 것들도 그들 고려인 사회가 안고 있었던 큰 아픔의 하나였다. 한진은 그의 〈공포〉에서 작중인물 김선생이 들려주는 '염소 우화'를 통해 이 문제를 신랄하게 비판하고 있기도 하다. 시인 조기천(1913~1951)의 경우도 고려인이 어떤 탄압과 차별대우를 받았는지를 잘 보여주고 있다. 그는 크즐오르다 사범대학에서 세계문학과 러시아문학을 강의하였

---

3) 김필영, 〈소비에트 중앙아시아 고려인 문학사〉, 강남대학교 출판부, 2004, p.89.

는데 우수한 교원으로 인정받아 대학 당국에서 1938년 모스크바대학에
연구생으로 파견하였으나 모스크바에 내리자마자 경찰의 검문을 받고
고려인이라는 이유로 다시 크즐오르다로 송환되고 말았다. 그는 소련정
권에 크게 실망한 나머지 교직을 떠나 ≪레닌기치≫ 신문사 문학부장으
로 자리를 옮겼다.[4]

강태수와 조기천의 사례는 고려인들이 어떻게 해야 살아남을 수 있
는가를 묵시적, 반어적으로 보여주고 있으며 고려인들은 이를 거울로
하여 철저히 잊어버리기, 철저히 동화되기를 신조로 살아가게 된다.
민족적 정체성은 한낱 버려야 할 누더기에 지나지 않았다. 심지어는
소련 당국이 요구하지 않았음에도 불구하고 고려인들은 쓸 데 없는 조
선말보다는 실제 소용이 닿는 러시아말을 자식들에게 가르쳐야 한다고
하면서 당국에 러시아말로 고려인 학생들을 지도해달라고 요청하기에
까지 이르렀다. 고려인 3, 4세가 한국어를 전연 못하는 것은 이런 슬픈
역사가 그 뒤에 숨어있기 때문임을 생각하면 그야말로 뼈아픈 일이 아
닐 수 없다. 스탈린 사후 고려인들은 망각의 저 편으로부터 이주의 아
픈 역사를 더러 꺼내오기 시작하였으나 여전히 그들은 소련의 공민임
을 스스로 자랑스럽게 여기는 모습을 견지하고 있다.[5]

그런데 고려인들의 역사 복원과정에서 한 가지 주목해야 할 점은 그들이
강제이주에 대해서만큼은 끝끝내 침묵으로 일관한다는 것이다. 즉 강제이
주에 대해서는 심지어 자손에까지 자신들이 겪은 경험을 말하지 않을 정도

---

4) 김필영, 위의 책, p.118.
5) 고려인들은 스탈린 사후 점진적으로 소련 사회에서 공민으로서의 지위를 얻어왔으나
   여전히 주류에는 편입되지 못한 2급의 공민에 머물고 있는데, 그렇다 하더라도 이전의
   질곡의 세월에 비하면 감사히 여겨야 할 일인지도 모르며 실제 작품상에도 그런 태도가
   나타나 있다.

이다. 또한 반세기가 지난 현재에도 "고려인들은 과거사에 대하여 말하기를
주저하고 있다"(엠 우쎄르바예와, 〈강제이주〉, 《레닌기치》, 1989) 이러한
고려인들의 태도는 과거를 기억하는 것만으로도 또 다른 탄압을 받을지
모른다는 공포와 불안에 대한 일종의 '방어기제'로서 아직까지도 고려인들
이 강제이주의 기억에서 자유롭지 못함을 보여주는 것이라 할 수 있다.[6]

　고려인의 문학은 실로 이와 같은 역사적 현실−질곡의 시대성 위에
자리 잡고 있다. 고려인 소설의 사회적 배경도 이 범위를 벗어날 수
없음은 당연한 일이다. 강요된 침묵과 복종, 스스로 선택한 망각의 기
제(機制), 러시아에 동화되고자 하는 열망, 소비에트 당국에 대한 무조
건적인 충성으로 일관된 삶의 과정은 필연적인 결과로서 정론적(政論的)
인 송가(頌歌) 형식의 작품 생산으로 이어질 수밖에 없었다. 레닌과 스
탈린과 소비에트 연방과 꼴호스(집단농장)를 찬양하는 송가형식의 문학
은 고려인들의 생존을 위한 몸부림을 고스란히 반영하고 있다. 부모가
베풀어주는 사랑도 고맙지만 독일 침략군으로부터 자기들(어린이들)을
지켜주고 살려준 러시아의 붉은 군대가 더욱 큰 감동을 주었다고 대답
하는 조선 어린이 철수(김기철의 '붉은 별들이 보이던 때')는 그대로 당시
고려인들의 응전의 형식을 웅변적으로 증언하는 작중 인물이다.

　김기철의 〈첫사궴〉(1938)으로부터 1990년 작품집 《오늘의 빛》에 이
르기까지 그 내용과 태도에서 많은 변화가 있었다고는 하나 고려인의
소설들은 그들이 소련 땅에서 살아남기 위해 채택한 생존전략이라는 점
에서 그 목적성이나 미숙성을 넘어 진실성을 획득하고 있다 할 것이다.

---

6) 강진구, 〈중앙아시아 고려인 문학에 나타난 기억의 양상 연구〉, 이명재 외, 앞의 책,
　2004, p.48.

2. 고려인 소설문학의 개관

김필영은 중앙아시아 고려인 문학을 다음과 같이 정의하고 있다.

소비에트 중앙아시아 고려인 문학은 소비에트 중앙아시아 고려사람 작
가가 고려인 독자들을 대상으로 그들의 민족어인 고려 말로 창작하고 발표
한 작품을 의미한다. 따라서 소비에트 중앙아시아 고려인 문학이 형성된
시발점은 당연히 소련 원동에 거주하던 한인들이 강제 이주된 1937년으로
잡아야 할 것이다.7)

중앙아시아 고려인 문학의 뿌리는 원동 한인 문학에 있음은 분명하
나8) 고려인 문학이라는 용어가 일반화된 것은 이주 이후의 일이므로,
그리고 구체적으로 그 지리적인 명칭이 중앙아시아이므로 고려인 문학
은 위의 인용문처럼 정의되는 것이 바람직할 것이다. 그러나 한글로
창작이 가능한 세대가 거의 사라져 버린 상황에서는 고려인 3, 4세들이
러시아어로 발표하는 작품 중 한인(韓人)의 정체성이나 그 역사를 정면
으로 다루는 작품들이 있다면 이들도 앞으로는 한국문학의 한 외연으
로 인정하고 연구하는 일이 필요할 것으로 보인다.

고려인 소설문학은 고려인 문학의 암흑기9)라고 할 수 있는 1938년

---

7) 김필영, 앞의 책, p.57.

8) 원동 한인 문학은 한인 신문 ≪선봉≫(1923~1937)을 중심으로 전개 되었는데 그 중심에
는 포석 조명희가 있었고 그가 길러낸 강태수·김기철·조기천·연성룡·김준 등 문인들
이 훗날 고려인 문학을 이끌어가는 주축이 된다. 강제이주 후 ≪선봉≫은 ≪레닌기치≫로
개명하고 중앙아시아 문학의 시대를 열어가게 되며, 1990년 다시 ≪고려일보≫로 이름을
고쳐 오늘에 이르고 있다.

9) 김필영은 고려인 문학을 4시기로 시대 구분을 하고 있다. 형성기(1937~1953), 발전기
(1954~1969), 성숙기(1970~1984), 쇠퇴기(1985~1991)가 그것이다. 제1기 형성기는 고
려인들이 부당하게 탄압을 받았던 어두운 시대적 공간이었던 점, 그러한 어두운 공간에
서는 문학도 탄압의 대상이 될 수밖에 없었던 점을 고려하면 이 시기는 그 이전 이후의

김기철(1907~1991)의 〈첫사귐〉으로부터 그 장을 열었다고 할 수 있다.
이때로부터 부흥기의 김준(1900~1979)의 〈십오만 원 사건〉(1964)을 거쳐
1990년 공동작품집 《오늘의 빛》에 이르기까지 고려인 소설의 주제는
일관되게 사회주의적 리얼리즘에 충실한 모습을 보여주게 되는데 이는
당시의 소비에트의 문학관으로 보아 선택의 여지가 없는 당연한 일이
기도 하다. 이들 소설은 대체로 사회주의적 리얼리즘이라는 대전제 아
래 다음과 같은 주제의 범주를 형성하고 있다.

① 소련 당국에 대한 숭배와 사회주의 건설
② 레닌과 스탈린 찬양
③ 항일투쟁과 조국수호전쟁(조국애호전)
④ 꼴호스와 노력 영웅 찬양
⑤ 원동과 이주에 대한 기억
⑥ 일상적인 삶의 기미
⑦ 사회 현실, 혹은 인간성에 대한 비판

물론 이들 주제는 상호 유기적으로 연결되어 있고 한 작품 속에서
복합적으로 나타나기도 하며 또 시기를 넘어 중첩되어 나타나기도 한
다. 특히 원동과 이주에 대한 기억은 당시에는 금기의 영역이었다는
점에서 시기적으로는 훨씬 뒤, 김필영의 시기 구분으로 보면 성숙기에
나 논의가 가능했던 주제의 영역이다.
이주 초기 김기철의 〈첫사귐〉(1938)으로부터 한진의 〈공포〉(1989), 김
기철의 〈이주초해; 두만강 – 씨르다리야〉(1990)에 이르기까지 50여 년
간 발표된 소설, 또는 산문(散文)을 위에서 구분한 주제 범주로 정리해

─────────
시기에 비해 고려인 문학의 암흑기로 볼 수도 있다.

보면 다음과 같다.10)

1) 소련 당국에 대한 숭배와 사회주의 건설

〈첫사랑〉은 카자흐인으로 상징되는 소비에트에 대한 일방적인 화해와 감사의 뜻을 담아낸 소설이다. 카자흐인과의 상호 이해를 통한 화해가 아니라 고려인들이 일방적으로 카자흐인을 감사의 대상으로 선언함으로써 성립된, 즉 그들에게 동화되거나 현실에 순응하려는 자세에서 비롯된 화해라는 점에서 이 작품은 그 이후 오랜 세월 동안 고려인들을 지배한 삶의 양식의 첫걸음을 보여주고 있다. 이 작품을 시발점으로 하여 수많은 소설들에서 이 주제는 반복해서 나타나게 되는데, 이는 소련의 문예 작품 창작 지침에 따르는 데서 오는 현상이기도 하지만 무엇보다 강제이주의 공포를 이겨내고 소련 공민으로서의 지위를 얻음으로써 살아남아야 한다는 절박한 현실적 요청에 의한 것임은 물론이다.

이 주제의 범주에 드는 작품들은 대체로 고려인들의 빨치산 투쟁, 혹은 러시아 혁명기를 전후한 백파(白派)와 적파(赤派)의 전쟁을 주된 소재로 하고 있는데, 이는 고려인의 소설들에 지속적으로 나타나는 고려인의 투쟁과 소련 당국의 사회주의 혁명이 동일선상에 놓여 있음을 강조하기 위한 의도의 산물로 보인다.

최민의 〈강도들〉(1941), 림하의 〈불타는 키쓰〉(1959), 김준의 〈지홍련〉(1960), 전동혁의 〈뼈자루칼〉(1965), 김남석의 〈청송〉(1967)과 〈뜐구쓰 빠르찌산〉(1971), 등이 이 부류에 드는 대표적인 작품들이다.

---

10) 이 작업을 위해 김필영의 앞의 책을 주된 참고서로 삼고, 여기에 단행본 《시월의 해빛》 (1970), 《씨르다리야의 곡조》(1975), 《행복의 고향》(1988), 《오늘의 빛》(1990) 등을 텍스트로 하였다.

또 다른 한 형식은 소비에트 사회주의 건설을 찬양하고 적극 가담하는 자세를 보여주거나 그 사회주의 품 안에서 행복한 삶을 누리고 있음을 감사히 여기는 모습을 보여주는 것이다.

우가이 블라디미르의 〈수치〉(1941), 주가이 알렉세이의 〈까짜〉(1945), 한상욱의 〈생명〉(1957), 한진의 〈녀선생〉(1963)과 〈땅의 아들〉(1964), 안표도르의 〈비상한 날〉(1965), 등이 이 부류의 작품인데, 이 중 〈까짜〉는 소비에트 여자 까짜의 헌신적인 노력을 본보기로 보여주는 작품이고 〈비상한 날〉은 소비에트의 품속에서만 가능한 비상(非常)한 날의 행복을, 〈녀선생〉은 류싸라는 여선생이 자진하여 힘든 처녀지 집단농장 학교에 지원한다는 내용으로 되어 있다.

2) 레닌과 스탈린 찬양

레닌과 스탈린은 당연한 학습의 대상이고 찬양의 대상이지만 이 주제는 고려인들에게 있어 남다를 수밖에는 없는데, 그것은 위에서 살펴본 고려인들에게 주어진 삶의 조건 때문임은 물론이다. 과거 원동에서 또는 중국 간도에서 악덕 지주들에게 핍박당하고 착취당하던 그 지옥으로부터 벗어나 우리 고려인들이 사람답게 살 수 있게 된 것은 소련 당국과 레닌과 스탈린이 베푼 은덕의 결과임을 생각하면 그들을 찬양하지 않을 수 없다는 최고의 헌사(獻辭)가 바로 이 부류의 소설들이다. 특히 이 주제는 시문학에서 송가형식(頌歌形式)을 통하여 두드러지게 나타나고 있지만[11] 소설에서도 중요한 범주를 형성하고 있다.

붉은 군대와 스탈린을 칭송한 연성용의 〈영초치마〉(1946), 레닌과 소

---

11) 충실한 사회주의 리얼리즘 작가로 인정받는 김세일의 〈레닌의 전기를 읽으며〉(1970)와 같은 서사시가 그 대표적인 예가 된다.

련에 관심 있는 처녀가 레닌에 대한 이야기를 듣고 레닌의 제자가 되어 공산당원이 되고 지방 농민 투쟁의 선봉에 서게 된다는 김기철의 〈레닌의 제자가 되겠어요〉(1960), 레닌에 대한 사랑과 찬양을 주 내용으로 하는 전동혁의 〈흰 두루마기 입은 레닌〉(1970) 등이 있다.

3) 항일 투쟁과 조국수호전쟁(조국애호전)

고려인 소설에서 다른 주제에 비해 중량감 있게 다루어지고 있는 주제가 바로 항일투쟁이다. 조국수호전쟁은 독일과의 2차 대전을 말하지만 러시아 공민으로서의 지위를 인정받지 못한 고려인은 징집에서도 제외되어 실제 참전하지 못했다는 점에서 이 부분은 그 내용이 적극적이지 못하다. 그러나 실제 참전 못지않은 노력 봉사를 통하여 전쟁 수행에 공헌하였음을 강조하고 있다. 고려인은 절대로 러시아에 무임승차한 열등민족이 아님을 보여주려고 했다는 것이다. 꼴호즈 회장인 최세르게이가 집단농장을 열심히 운영하여 얻은 이익금으로 비행기를 소련에 헌납했다는 남해룡의 〈최세르게이의 비행긔〉(1944)가 이 경우에 해당하는 작품이다.

항일투쟁과 관련된 시나 소설은 고려인의 기억 불러오기, 혹은 역사 복원의 의지와 맞물려 있다. 스탈린 사후 어느 정도 숨을 돌리게 된 고려인들은 조심스럽게 강제이주를 돌아보게 되었고 그들이 놓여 있는 부당한 현실에 대한 비판의식과 정체성에 대한 인식을 갖게 되었다. 김준의 〈십오만 원 사건〉(1964)과 김세일의 〈홍범도〉(1968)가 이러한 그들의 의지를 잘 반영하고 있다.

　　스탈린 사후 그에 대한 비판이 시작되면서 고려인들에게도 어느 정도 숨통이 트이게 되었다. 특히 스탈린 시기의 소수민족에 대한 탄압과 강제이주에 대한 비판에 힘입어 고려인들의 문학에도 정체성에 대한 관심과 인식이 반영되기 시작했다. 고려인에게 씌워진 적성민족이라는 누명을 벗기 위하여 항일운동의 역사를 복원하는 문학적 작업이 이루어지는데, 그 대표적인 성과가 김준의 〈십오 만원 사건〉(1964)과 김세일의 〈홍범도〉(1968)이다. 이들 작품은 항일운동이 소련의 사회주의 혁명과 동일 선상에 놓일 만한 역사적 의미를 지니고 있음을 강조하고 있다. 이 작품들은, 고려인은 사회주의 혁명의 동지였지 결코 적성민족이 아님을 강조함으로써 소련의 공민으로서의 지위를 확보하려는 문학적 노력의 소산으로 평가된다.[12]

　　위의 인용문은 당시의 사정을 어느 정도 알 수 있게 해 주는데 실제 상당수의 작품들이 이 문제에 깊은 관심을 가지고 있음을 보여주고 있다.

　　김병욱의 〈사형제〉(1941)는 조국전쟁을 위하여 모든 것을 희생하는 소비에트 인민의 감동적인 모습을 그려내고 있는데 이는 주가이 알렉세이의 〈따마라〉(1942), 그리고 위에서 본 〈최세르게이의 비행기〉와 그 유를 같이 하는 작품이다. 항일운동과 조국애호전을 서로 연계하여 구성한 주가이의 〈빨찌산 김이완〉(1943)도 있다.

　　그러나 이 범주에서 주류를 이루는 주제는 역시 항일운동이다. 김준의 〈나그네〉(1956), 〈쌍기미〉(1968)에서는 원동을 배경으로 하는 독립군 활동이나 농민들이 선택한 독립투쟁의 길을 보여주며, 김기철의 〈복별〉(1969)도 이와 유사한 내용을 담고 있는 전형적인 사실주의 소설이다. 전동혁의 〈하모니까〉(1975), 〈권총〉(1979)도 빨치산 투쟁과 항일 독립운동을 그 주된 내용으로 하고 있으며 김기철의 〈금각만〉(1982)도 이

---

12) 홍태식, 〈중앙아시아 고려인 문학의 현황과 교류 가능성〉, 《서/타(S・T) 문학・교육인 국제학술대회 발표논문집》, 2010, pp.72~73.

부류에 드는 소설이다.

이러한 소설들은 쉽게 말해서 고려인들의 억울함을 풀어내기 위한, 일종의 한풀이를 위한 말하기의 광장이었다고 할 수 있다.

4) 꼴호스와 노력영웅 찬양

꼴호스(집단농장)는 고려인들 특유의 농법을 통하여 그 능력을 유감없이 발휘할 수 있는 절호의 장소였다. 생산성의 증대를 독려하는 소련 당국의 눈에 들 수 있는 좋은 기회의 공간인 셈이었다. 특히 벼농사 기법을 중앙아시아에 도입하여 그곳에서는 거의 불가능해 보였던 수도작(水稻作)을 성공시킴으로써 고려인은 여느 어떤 소수민족보다도 유능한 꼴호스의 구성원으로 인정받게 된다. 이 성공의 신화적인 인물이 바로 1940년대 사회주의 노력영웅으로 훈장을 받은 '벼농사의 선수' 김만삼이다.

고려인들은 실로 악착같이 일을 했고 생산 초과 달성은 흔한 일이 될 정도였다고 한다. 그 결과로 현지인이나 소련 당국의 고려인에 대한 인식은 많이 개선되었지만 그들이 경주(傾注)한 노력에 비하면 아직도 많이 부족한 형편이었다. 그러나 꼴호스는 여전히 고려인들에게는 그 존재의 가치를 확인시켜 주는 고마운 장소였고 소련의 공민으로서의 지위를 향한 통로였음은 분명하다. 당시의 많은 시인들은 꼴호스를 구원의 공간으로 미화하고 노력영웅의 탄생을 자랑스럽게 노래했다.[13] 이러한 꼴호스에서의 생존 투쟁이 고려인의 경제적 지위의 향상을 가져오게 했고 훗날

---

13) 이런 내용들을 담고 있는 공동시집이 《조선시집》(1958)인데 여기에 실려 있는 태장춘의 '김만삼에게 대한 노래'와 같은 시편이 그 대표적인 예가 된다. 《조선시집》은 고려인 최초의 시집이기도 하다.

꼴호스의 의미가 퇴색된 뒤에도 고려인 후손들이 현지 사회의 학자, 언론인, 변호사 등으로 신분의 격상을 이루어내는 밑거름이 되었다. 여기에는 고려인 특유의 교육열이 밑받침되었음은 물론이다.

노력영웅에 대한 의욕을 고취한 작품들로는 허원룡의 〈우승기〉(1940), 주가이의 〈순희 붉은 기〉(1943) 등이 있고, 목화따기꾼 처녀들의 성실근면성을 소재로 한 김광현의 〈목화 따기〉(1957), 꼴호스를 배경으로 하는 노동과 사랑을 다룬 한상욱의 〈향촌의 불빛〉(1960), 처녀 농사꾼의 억척스러움과 성공을 그린 리와씰리의 〈첫걸음〉(1965) 등이 눈에 띄는 작품들이다.

5) 원동(遠東)과 이주에 대한 기억

원동에서의 생활과 이주에 대한 기억은 고려인들에게는 지우지 않으면 안 되는 금기의 영역이었다. 일본의 간첩이 될 수도 있다는 지극히 비현실적인 판단에서 비롯된 스탈린의 고려인에 대한 탄압 정책이 극단적으로 현실화된 것이 강제이주였다는 점에서 이에 대하여 언급하는 것은 반역적인 일이 아닐 수 없었기에 살아남으려면 억지로라도 그 기억을 지워버려야 하며 말하기는 더더욱 안 될 일이었다. 살아남으려면 어떻게 해야 되는지를 그들은 조명희 등의 예에서 충분히 배울 수 있었기 때문이다.

이러한 금기의 영역이 스탈린 사후부터 서서히 완화되면서 고려인들은 원동과 이주에 대한 기억을 문학적 소재로 끄집어내기 시작했다. 앞서 본 빨치산 소재의 소설이나 독립군 이야기, 혹은 항일 투쟁을 소재로 하는 대부분의 소설은 모두 이 주제의 범주와 밀접하게 연결되어 있다. 또 이 주제는 역사 복원의 의지, 또는 복권(復權)에 대한 희구를

염두에 둔 것이기도 하다. 고려인 후세에게 과거의 아픈 역사를 가르쳐
서 뿌리의식, 즉 정체성을 심어주려는 의도와도 직결되어 있다.

한진의 〈공포〉(1989)는 강제이주의 부당성과 그 과정에서 빚어진 반
인간적인 부도덕성, 또는 잔혹성을 고발한 대담한 작품이다.

> 〈공포〉가 기억하는 강제이주는 크게 두 가지로 정리할 수 있다. 그 하나
> 는 '쫓겨난 무리', '죄수', '양무리', '피명울', '죽음' 등 탄압받는 대다수
> 고려인에 대한 기억이요, 다른 하나는 '검은 염소'가 상징하는 고려인 앞잡
> 이들이다. 그런데 이러한 기억 방식은 이전 고려인 문학이 보여줬던 '부재
> 또는 당의 배려' 등과는 판이하다. 이것은 고려인들이 강제이주를 소련 당
> 국과 그 앞잡이들에 의해 행해진 '범죄적 행위'로 인식하기 시작했다는 것
> 을 의미한다.[14)

한진은 〈공포〉에서 이제는 더 이상 묻어둘 수 없는 역사의 진상, 그
진실을 있었던 그대로 기록하려고 했다. 소설이 역사의 기록일 수는
없겠지만 역사 기술의 방법을 원용하고 있다는 점을 고려하면 이 소설이
지니는 의도와 의미는 그 역사의 진실성을 밝히는 데 있음을 알 수 있다.

김기철의 중편소설 〈이주초해; 두만강 – 씨르다리야강〉[15)도 이러한
역사 복원의 욕구에서 비롯된 작품이다. 이 작품은 〈공포〉와 함께 고르
바쵸프의 개혁 개방 정책에 고무되어 제작된 것으로 보이며, 특히 강제
이주 과정의 참혹한 상황이 구체적으로 소개되고 있어 역사 증언의 효
과를 얻고 있다. 스탈린 정권의 죄상을 직접적으로 고발하기보다는 강
제이주 전후의 고려인의 일상사를 중심으로 그 역사적 진실을 증언하

---

14) 강진구, 앞의 논문, p.64.
15) 이 작품은 1990년 4월 11일부터 6월 6일까지 총 18회로 연재되었다(강진구, 앞의 책에서
    인용).

고 있음이 이 작품의 특징이라고 할 수 있다.

원동과 이주에 대한 기억은 이제 이주 1, 2세대의 퇴장과 함께 그 실감과 애석함도 소멸하겠지만 이러한 작품들이 있음으로 하여 그 역사는 하나의 반면교사로 남아 있게 될 것이다.

6) 일상적인 삶의 기미(機微)

이러한 가운데에서도 사람 살아가는 세상의 희로애락은 여전한 것이어서 그 어둡고 차가운 현실을 그들은 의미 있는 시공으로 만들어가고 있음을 또한 보여주고 있다. 소박한 의미에서의 사람 살아가는 세상의 리얼리즘이 소설 속에 구현되고 있는 것이다. 만남의 이야기, 기구하지만 훈훈한 인정이 있는 이야기, 척박한 환경 속에서도 피어나는 아름다운 사랑의 이야기, 남을 위하여 헌신하는 아름다운 사람의 이야기들이 다채롭게 고려인 소설문학을 수놓고 있다.

물에 빠진 사람을 구해주는 이야기로 모든 사람은 친구이며 형제라는 인식을 드러낸 전동혁의 〈낚시터에서〉(1961), 순수하고 계산하지 않는 사랑과 인간애를 보여주는 한상욱의 〈보통 사람들〉(1961), 철준이 분옥의 딸을 친자식처럼 기르게 된 내력을 통해 인간애를 부각시킨 김광현의 〈새벽〉(1968), 혼자 몸으로 자식들을 잘 길러낸 헌신적인 어머니의 이야기를 담고 있는 김두칠의 〈옥금의 일생〉(1969), 그 외에도 한상욱의 〈경호아바이〉(1962), 리진의 〈겨울밤 눈길에서〉(1966), 김광현의 〈명숙 아주머니〉(1971), 강태수의 〈기억을 더듬으면서〉(1984) 등에서도 고려인들의 따뜻한 마음과 인정 어린 세계를 들여다보게 된다.

7) 사회현실, 혹은 인간성에 대한 비판

이 주제는 거의 모든 소설이 기본적으로 보여주고 있는 내용 요소이므로 별로 새로울 것이 없어 보이기도 하지만 고려인이 처한 특수한 역사적 환경으로 하여 그들 소설에서 상당한 의미를 지니게 된다.

강제이주 과정에서 나타난 러시아 앞잡이 고려인들의 반인간적인 모습은 특수한 역사적 상황이 빚어낸 비극적 면모로서 당연히 비판의 대상이 될 수밖에 없으며, 가난으로 인하여 목숨을 잃게 된다든가 하는 궁핍한 사회 현실, 또는 당시 사회의 구조적 모순─지주와 소작인, 지배자와 피지배자의 불평등한 관계 등은 당시 고려인의 생존 조건과 밀접한 관계가 있다는 점에서 그 부당성과 부도덕성은 마땅히 지적되어야 할 사항이기도 하다.

시인 강태수의 필화 사건, 한진의 공포에 등장하는 '김선생'의 '검은 염소' 이야기는 당시의 고려인 사이의 불신과 비극을 잘 보여주는 예라 하겠다.

'밝은 눈'(필명)의 〈되거리꾼〉(1942)과 〈소문난 잔채〉(1946), 축첩의 폐단을 비판한 양암의 〈창피한 싸훔〉(1946), 가난한 수남의 죽음을 통해 몰인정한 사회를 고발한 태장춘의 〈어린 수남의 운명〉(1959), 전쟁의 비극을 고발한 한상욱의 〈옥싸나〉(1963), 좀 유가 다르기는 하지만 타민족과의 결혼 문제로 하여 생기는 부모자식 간의 갈등과 불화를 다룬 김빠웰의 〈자밀라 너는 내 생명이다〉(1972) 등에는 고려인 사회가 안고 있는 비극과 모순, 그리고 갈등에 대한 비판의식이 잘 나타나 있다.

3. 고려인 소설문학의 양상

고려인 문단은 그 영세성으로 하여 전문문인의 등장을 기대하기 어려운 점이 있었다. 문학작품이 유통 구조 속의 상품으로서의 가치를 인정받는 자본주의 체제에서는 전업 작가의 존재가 가능하지만 사회주의 리얼리즘의 속성과 당국의 검열이라는 구조 속에서는 그것이 성립되기 어렵다는 점, 제도화된 문학작품의 질적 수준에 대한 검증 시스템, 그러니까 엄격한 등단 제도가 없었다는 점 등에서 고려인 문학은 한계를 노정하게 된다. 고려인 문인들은 대개 시, 소설, 희곡 등의 장르를 넘나들면서 작품을 발표하게 되는데 이러한 현상은 위에서 본 그들 문학의 한계가 빚어낸 고려인 문학의 아마추어적인 성격 때문이라고 할 수 있다. 김준의 〈십오만 원 사건〉, 김세일의 〈홍범도〉와 같이 의미 있는, 수작으로 손꼽히는 작품들도 다수 있으나 그 문학성에 논란의 여지가 있을 수 있는 작품들이 상당수에 이른다는 것도 사실이다. 그러나 고려인 문학은 그들의 살아남기 위한 생존 전략이었다는 점에서 문학성이나 예술성 이전에 그 존재의 당위성을 갖는다고 하겠다.

여기에 넉넉지 못한 경제 사정으로 하여 개인시집이나 개인 작품집의 발간이 어려웠기 때문에 시나 소설, 희곡 등이 공동시집이나 공동 작품집을 통하여 발표되는 예가 대부분이었다.[16] 여기서는 1970년에 발간된 《시월의 해빛》에 실려 있는 소설들을 중심으로 고려인 소설의 몇 가지 양상을 알아보도록 한다.

---

16) 고려인 공동 작품집으로는 《시월의 해빛》(1970), 《해바라기》(1982), 《행복의 고향》(1988), 《오늘의 빛》(1990) 등이 있다.

1) 사회주의 리얼리즘의 구현

사회주의 리얼리즘(socialist realism)은 본래 의도했던 것과는 달리 시간이 지나면서 그 개념에 혼선이 빚어진 것은 사실이지만 실제 작품상에 나타난 지향점은 명백한 것이었다. 리얼리즘은 인간과 그 삶을 충실하고도 객관적으로 반영해야 한다는 소박한 의미에서 보더라도 그것은 현실을 비판적 방법으로 이해하는 한 방법이 될 수밖에 없는데, 이것이 사회주의적 사실주의로 오게 되면 그 비판의 대상을 자유롭게 선택하기 어려워진다는 문제가 발생한다. 그 비판의 대상은 총체적인 현실이 아니라 사회주의 실현에 방해가 되는 현실 -그것은 사람일 수도 있고 관습이나 제도와 같은 사회 현상일 수도 있는 것들- 이 된다. 다시 말해서 적으로 간주되는 것들에 대한 비판은 있으나 자기가 당면한 현실, 또는 자기에게 요구되는 현실은 여기서 제외된다.

이것은 사회주의 리얼리즘이 현실을 파악하는 태도를 보면 충분히 이해될 수 있는 일이다. 그들은 현실을 있는 그대로 보아야 한다는 기본 입장은 인정하나 실제로는 현실은, 혁명이 진행되는 공간으로서의 현실이어야 하고 혁명이 성취되는 모습을 보여주는 현실이어야 한다고 규정한다. 실재하는 현실이 아니라 있어야 할 현실, 또는 만들어 내어야 하는 현실이 그들이 말하는 현실인 셈이다. 이상으로서 추구되는 현실은 그 극단에서 낭만주의와 필연적으로 만나게 되는데, 아마도 고리끼는 이점을 염두에 두고 '혁명적 낭만주의'라는 용어를 제안한 것으로 보인다.[17] 원칙적으로 문학용어는 문학을 설명하기 위해 존재하는

---

17) 그는 이 용어와 관련하여, "그 목적은 다만 과거를 비판적으로 묘사할 뿐만 아니라 주로 현재에 있어서의 혁명적 업적과 사회주의 사회의 고매한 목표에 관한 명확한 미래상을 종합 정착하는 것"이라고 말했다.
Damian Grant, 김종운 역, 〈리얼리즘〉, 서울대학교 출판부, 1981, p.93.

것이지만 이 경우처럼 용어가 문학을 제한함으로써 일정한 목적을 달성하려는 예를 여기서 보게 된다.

고려인 소설문학은 당연히 이러한 사회주의적 리얼리즘에 충실한 모습을 보여주게 된다. 그들은 자기들이 당면한 현실을 가능하면 외면하고 소비에트의 지침에 충실한 공민으로서 사회주의 건설에 적극 동참하는 모습을 그려내고 있다.

김준의 〈나그네〉와 〈지홍련〉은 모두 원동 시절, 항일독립운동과 백파(백위군, 구파)에 맞서 싸우는 빨치산(적파, 신파)의 투쟁에 가담하거나 동조하는 조선인들의 모습을 주요 소재로 한 작품들이다. 〈나그네〉는 일본군에게 쫓기는 홍범도 부대의 낙오병 장도철을 숨겨서 살려낸다는 이야기인데, 자신들의 위험을 무릅쓴 남편과 아내, 기지를 발휘한 아내의 장한 모습을 통하여 조선인의 투쟁의 역사를 끄집어내고 있다. 〈지홍련〉은 소비에트 사회주의 건설을 위한 투쟁의 시기에 백파군에게 죽임을 당한 적파 남편의 원수를 갚기 위해 길을 떠나는 나이 어린 지홍련의 결연한 모습을 통하여 고려인의 기개와 있어야 할 현실을 지향하는 의지를 잘 드러낸 작품이다.

전동혁의 〈뼈자루칼〉은 원동에서의 기억으로부터 현실의 이야기를 끌어내는 구조를 보여준다. 그것은 고려인 역사의 연속성을 염두에 둔 것이기도 하고 소련 공민으로서의 충분한 자격을 갖춘 민족임을 드러내려는 의도의 결과로 볼 수도 있다. 이 소설은 드물게 보이는 일인칭 시점으로 주인공이 원동 시절 만났던 김우철이라는 적파 사람이 흘리고 간 뼈자루칼이 만들어 준 그와의 인연과 재회를 감격적으로 그려낸 소설이다. 여기서 '뼈자루칼'은 원동과 현재를 이어주는 연결고리로서 중앙아시아 고려인들의 존재 의미를 확인하게 해 주는 기제의 의미를 지니며, 소련의 공민으로서 대우받을 수 있는 증거물이기도 하고 소련 사회주의 건설에 가담한 조선인의 투쟁의 역사를 고스란히 간직한 일종의 객관적 상관물이기도 하다.

태장춘의 〈어린 수남의 운명〉은 고려인 후손들에게 역사의식을 심어 주기 위해 쓴 글임을 그 서두에서 밝히고 있는데, 가난으로 인하여 인간 생명의 존귀함마저 외면당하는 비참한 현실을 어린 수남의 죽음을 통하여 구체적으로 형상화함으로써 고려인이 살아온 궁핍과 질곡의 역사를 증언하고 있다. 그러나 이 경우도 그 원인으로 백파와 일본군을 지목하고 비판함으로써 자기 앞의 현실은 피해 가는 모습을 보여주기도 한다.

김기철의 〈붉은 별들이 보이던 때〉는 이른바 조국애호전으로 불리는 이차 세계대전 당시를 배경으로 하는 소설이다. 독일을 극단적 원색적으로 비판하고 붉은 군대를 찬양하는 내용이 그 중심을 이루고 있다. 이 소설의 주인공은 여타의 소설에서는 잘 나타나지 않는 모스크바에 거주하는 인물(여성)이다. 그녀는 항일투사의 아내이면서 철수라는 아들을 지극히 사랑하는 어머니이기도 한데, 주로 어머니로서의 모습에 초점을 맞추어 이야기를 전개하고 있으나 그 못지않게 조국애호전을 위해 헌신하는 모습에도 큰 비중을 둔 작품이다.

그녀는 몸이 약한 아들 철수를 벨로루시아의 민스크에 있는 휴양소로 보내려고 한다. 어미를 떨어진 철수의 가엾은 모습을 생각하면 보내기 싫지만 건강을 위해 결국 철수를 휴양소로 보내게 된다. 그 엿새 후에 독일의 침공으로 전쟁이 시작된다. 아들에 대한 걱정 때문에 정신이 없지만 조국 소련을 위해 헌신해야 한다는 생각에서 그녀는 소방서에서 열심히 일함으로써 조국애호전의 전사가 된다. 그녀의 조국애호전에 임하는 자세는 고려인이 결코 이방인이거나 적성민족이 아니라

어엿한 소련의 공민이라는 인식을 보여주고 있다. 김기철은, 비록 적성
민족으로 간주되어 참전의 기회는 주어지지 않았지만 고려인들이 결코
이 전쟁에서 방관자나 국외자로 남아 있었던 것이 아니라 적극적인 참
여자로 활동했음을 이 여인을 통해 보여주려 했던 것으로 보인다. 이
작품은 고려인들이 그 지위와 정치적 입지를 위해 계속 싸워나가야 할
문제가 무엇인가를 분명히 제시하고 있다.

　전쟁이 끝나고 아들을 간난신고 끝에 찾아내게 되는 데, 그 과정에서
그녀가 보여주는 어머니로서의 애태우는 모습은 지극히 인간적이지만
그것도 붉은 군대의 도움이 있었기에 가능한 일이었다고 그녀는 주장
한다. 아들의 종적을 찾을 수 없다는 소식과 남편의 옥사 소식이 겹치
는 설사가상의 불행 속에서도 조국 소비에트에 대한 충성심에는 변함
이 없음을 보여주는 그녀는 사회주의 리얼리즘이 추구하는 인물의 모
습과 정확히 일치하고 있다.

　오 년 만에 만난 아들 철수는 어머니와의 재회를 기뻐하고 행복해
하면서도 그보다는 '붉은 군대 아저씨들이 쓴 모자의 붉은 별들이 보이
던 때'가 더 행복하고 기뻤다고 말함으로써 주변의 시선들을 감격하게
만들었다고 하는 마지막 장면에서 이 소설은 그 주제를 성공적으로 부
각해내었으며, 동시에 작가 김기철은 사회주의적 리얼리스트로서의 면
모를 유감없이 드러내었다고 할 수 있다.

　　우리의 영웅적 군대가, 한때 모스크와 문턱 밑까지 기어 들어 우리 조국
　　의 수도를 노리고 있던 원쑤들에게 치명적 타격을 가하여 뭇죽음과 련전련
　　패를 주고 어느덧 국경선을 넘어서 패주하는 적들에게 최후의 공격을 가한
　　다는 것이야말로 얼마나 장쾌한 일인가! 야수들의 발톱에서 벗어나 자유와
　　독립을 웨칠 와르샤와 쁘라가 시민들의 기쁨에 찬 얼굴이며 베를린 상공
　　에 펄펄 휘날릴 붉은 깃발, 그리고 나를 보고 막 달려 와서 가슴에 안길

아들과 그 애 동무들의 모습이 눈앞에 떠올라 마음을 진정할 수가 없다.
이것은 승리감과 행복감에 뛰노는 심장의 고동이었다.18)

이 인용문은 소련의 승전 후 아들을 찾아 떠나는 순간의 개인적인 감격
을 그려낸 부분이지만 소련을 숭배하고 찬미하는 마음에서 연유된 것임
은 물론이다. 이것은 당시 고려인들에게는 겉치레가 아니라 진실이었다
는 점을 우리는 인정해야 한다. 여기에서 우리는 강제이주의 아픈 기억이
망각의 늪으로 물러나고 슬픈 현실이 오히려 하나의 기뻐해야 할 진실로
자리 잡는 역사의 아이러니, 혹은 모순과 부조리를 보게 된다. 바로 이것
이 중앙아시아 고려인 역사가 안고 있는 비극의 실체인 것이다.

고려인 소설의 상당수는 그들이 당면한 현실은 되도록 건너뛰고 그
들이 이루어내야 할 현실을 작품 속에 담아내었다는 점에서, 또 비판보
다는 사회주의 현실을 긍정적으로 받아들여 찬양하고 있다는 점에서
사회주의적 리얼리즘을 잘 구현해낸 작품들로 평가할 수 있다. 또 하
나, 이 부류의 고려인 소설은 집단농장 등에서 일하는 고려인 노동자
농민들을 이상적으로 그려냄으로써 환경의 지배를 받는 인간의 모습을
적나라하게 드러내었다는 점에서 자연주의적인 일면을 지닌 소설로 규
정해 볼 수도 있다.

2) 휴머니즘과 인정의 세계

고려인 소설에서 사회주의 리얼리즘과 더불어 가장 빈번하게 나타나
는 소설적 경향은 인간에 대한 관심과 사랑, 혹은 인간성에 대한 비판
의식이다. 소설이 인간의 이야기를 그 소재로 하고 있다는 점에서 보면

---

18) 김기철, 〈붉은 별이 보이던 때〉, 《시월의 해빛》, 자수석, 1970, p.173.

이것은 지극히 당연한 일이지만, 그 열악한 생존 조건 속에서도 따스한 인간애를 유지하고 양심을 고귀하게 여기는 생활인의 모습을 보여주기란 쉽지 않은 일이라는 점에서 이는 고려인 소설의 또 하나의 지배적인 범주를 형성하게 된다. 넓은 범위에서 보면 이러한 경향은 리얼리즘 본래의 개념에 충실한 소설적 태도라고 할 수도 있다.

휴머니즘은 사회제도의 형성과 더불어 발생한 지배와 피지배, 객관적 제도와 개인적 욕구 사이의 괴리와 갈등으로부터 인간을 자유롭게 해 주고자 하는 데 근본적인 의미를 두고 있는 사상적 태도다. 개인과 사회의 대립에서 파생되는 인간 소외, 인간성의 왜곡과 억압에 맞서 인간을 옹호하고자 하는 태도는 곧 인간성 존중과 인간 해방의 사상을 의미하기도 한다. 소설에서는 이러한 휴머니즘이 곧잘 인간 구원의 사상과 결부되어 나타난다. 특히 일반적 의미의 사실주의 소설에는 개인과 세계의 충돌로 인해 희생되는 주인공을 통하여 세계의 폭력성과 부조리를 고발함으로써 개인에게 구원의 통로를 열어 보이려는 의도가 강하게 나타나 있다. 그러니까 '인간 해방, 인간성 존중'은 사회적 집단적인 개념이지만 이것이 소설로 들어오게 되면 개인적 존재를 그 중심 대상으로 하는 개념으로 변용된다는 것이다.

휴머니즘의 본래의 의미와 사실주의 소설에 나타난 휴머니즘의 모습을 보면 사회주의적 리얼리즘에는 이러한 휴머니즘이 자리 잡을 곳이 없어 보이기도 한다. 사회주의가 추구하는 평등한 사회는 개인의 차별성을 무시하지 않고서는 성립되기가 어렵다는 점에서 그것은 자유의 희생을 요구한다. 개인의 자유가 억압당하는 대가로 얻어지는 계급이 없는 사회 – 평등한 세계는 또 다른 인간성의 왜곡과 갈등을 불러올 뿐이라는 생각이 온당한 것이라면, 현실은 혁명이 진행되는 공간이어야 한다는 사회주의 리얼리즘에는 분명 휴머니즘이 비집고 들어갈 틈이 없어 보인다. 그러나 고리끼의 '혁명적 낭만주의'라는 용어는 거기에도 그 방식의 휴머니즘이 존재하고 있음을 암시하고 있다. 결국 낭만주의는 개성의 문제를 고려하지 않고는 쓰기 어려운 용어이기 때문이다.

> Gorky의 이 용어는 사회주의 리얼리즘이라는 것이 냉정하게 객관적이거나 심지어는 비판적으로 객관적이기는 커녕 사실은 오히려 그 가설에 있어서 매우 강렬하게 관념적(觀念的)인 것임을 우리에게 상기시켜 주는 유용한 용어이다.19)

사회주의 리얼리즘이, 있어야 할 세계로서의 현실, 즉 이상 국가(理想國家)를 지향하는 이상(以上) 그것은 어떤 형태로든 휴머니즘과 동거할 수밖에는 없는 것이다. 사회주의 건설을 위한 통제와 인간적 교류의 자유를 적절히 조화시켜야 한다는 어려운 과제가 있기는 하지만 인간성을 억압해서 얻어지는 소설이 있다면 그것은 이미 소설이 아니기 때문이다.

고려인의 소설에는 어느 정도 제한된 소극적인 의미의 휴머니즘이기는 하나 인간과 그 삶에 대한 관심과 사랑, 배려로써 그들의 삶의 공간을 따뜻하게 감싸주는 모습이 잘 나타나 있다. 억압과 차별 대우 속에서도 서로를 감싸고 배려하는, 필요하다면 희생도 할 수 있는 인정의 세계가 있기에 현실을 긍정적으로 받아들이고 살아갈 수 있음을 보여주고 있는 것이다. 이들이 나누는 정과 사랑은 엄혹한 현실에서도 서로를 구원의 길로 인도한다는 점에서 우리가 말하는 휴머니즘과 다르지 않다.

전동혁의 〈낚시터에서〉는 그 서두에서 '사람과 사람은 친우이며 동무이며 형제이다'라는 주제를 제시하고 있다. 낚시터에서 물에 빠진 러시아 영감을 구조해 낸다는 내용인데, 당연한 이야기 같지만 그 과정을

---

19) Damian Grant, 앞의 책, p.93.

보면 인간에 대한 사랑과 희생정신이 부각되어 있음을 발견하게 된다. 비록 수영을 잘한다고는 하지만 이미 나이 오십을 넘은 '나' 주인공은 물에 빠진 다른 사람을 구해낼 수 있는 능력이 없음에도 불구하고 물에 뛰어들어 러시아 영감을 구하려고 한다든가, 지쳐가면서도 위기에 빠진 두 사람을 필사적으로 끄집어내리고 하는 '들쑨'의 모습들은 모두 계산을 벗어난 아름다운 희생정신을 드러내고 있다. 이 작품은 구조(救助)의 절박한 과정을 실감나게 그려나가는 밀도 높은 묘사력을 보여주고 있는데, 이러한 디테일의 솜씨는 여러 작가들에게서 두루 나타나고 있는 바, 이는 고려인 소설들의 미숙성을 어느 정도 완화시켜 주는 구실을 하고 있다.

김광현의 〈새벽〉은 주인공 철준과 양딸 올랴의 인연과 사랑을 주된 내용으로 하고 있는 따뜻한 이야기다. 이 작품은 이중 과거의 구조로 되어 있는데 올랴를 만나게 된 경위와 그 상황에서 다시 끄집어내어지는 분옥과의 첫사랑 이야기가 긴 과거로부터 오늘의 인연으로 연결되는 구조적 특징을 지니고 있다.

> 음력 9월 20일. 오경이나 되었다. 집 서쪽의 단풍나무 가지에 걸친 조금 이지러진 달은 흐린 하늘에 희미한 빛을 흘리고 있다.
> 철준의 시선은 어쩐지 달에 머물었다. 여느 때 같으라면 깨끗한 웃음을 웃는 뭇별들이 달을 포위하고 근심 없이 화답이라도 하는 듯하였으련만 이 날만은 뭇별들은 간데 온데 없고 애오로지 이름 모를 별 하나만이 달을 지키며 가므락거리고 있었다. (중략)
> 그는 달 곁의 그 외로운 별을 바로 자기 마음의 별로 감수하는 것이였다.
> 철준에게는 딸 하나가 있다. 바로 그 존재가 철준의 마음의 별이다.[20]

---

20) 김광현, 〈새벽〉, 《시월의 해빛》, 자수식, 1970, p.189.

여기서 서쪽 편의 이지러진 달은 부모들 세대, 혹은 숨진 분옥을 연상시키는 객관적 상관물이며 가므락거리는 철준의 마음의 별은 언제나 가엾은 마음을 갖게 하는 올랴의 이미지다. 다소 감상적인 어조이기는 하지만 그들 사이의 운명과 인연을 철학적으로 이해하려는 태도가 드러나 있다.

철준은 길을 가다가 우연히 사경을 헤매는 첫사랑 분옥을 만났다. 그리고 분옥은 철준의 품 안에서 숨을 거두게 되는데 그녀가 남긴 딸 올랴는 철준에게는 어떤 운명의 계시처럼 받아들여지게 된다. 철준은 분옥을 사랑하면서도 새로 만난, 지금 부인 영희를 좋아하게 되었고 필경은 분옥을 버리게 된다. 분옥은 홧김에 철준의 친구인 만식과 결혼하지만 인간이 덜 되어먹은 만식은 분옥을 학대했고 분옥은 불행의 길로 들어서 오늘 이 비참한 최후를 맞은 것이다. 철준은 속죄의 심정으로 올랴를 데리고 와서 양딸로 키워 모스크바 의대를 졸업시켜 훌륭한 의사로 만들었다. 분옥과의 해후, 그리고 밀어닥치는 인간적 회오, 부끄럽고 죄송한 마음, 어디론가 숨어버리고 싶은 마음 등의 갈등이 올랴를 선택함으로서 해소된다는 점에서 올랴는 짐이 아니라 철준에게 구원의 길을 열어준 은인인 셈이다.

이 작품은 반성과 회오를 통하여 타인에게 힘이 되고 위안이 됨으로써 오히려 자신이 구원을 받게 되는 휴머니즘의 세계를 잘 보여주고 있다.

한상욱의 〈보통 사람들〉은 상처(喪妻)한 창수와 그의 딸 까쨔와 인연을 맺게 된 복순이 사이에서 발견되는 인정과 사랑의 세계를 차분하게 그려낸 소설이다. 이런 인적 구성과 이야기의 구도는 진부한 것으로 치부될 수 있는 것이라서 이 소설은 참신성이나 개성적 면모와는 다소 거리가 있는 작품으로 평가될 수 있음을 미리 지적해 둔다.[21]

이 소설의 첫 부분은 비 오는 장면으로 시작된다. 대부분의 경우 소

설의 첫 장면에 등장하는 비는, 모파쌍의 〈여자의 일생〉에서처럼 주인
공의 운명에 부정적으로 작용하는 모습을 보여주는데 이 소설에서의
비는 인연의 매개물로 이용되고 있다.

> 복순이는 사람이 웃는 것을 보아 그의 마음씨를 알 수 있다고 하는 말을
> 들은 생각이 났다. 실로 그런지는 알 수 없으나 웃음 웃는 그 얼골의 표정은
> 전혀 달라졌다. 처음 볼 때에 눈이 띠우던 침울한 듯 하던 기색은 흔적도
> 없이 사라져 버리고 지금 복순이의 앞에는 쾌활한 젊은 청년이 서 있는
> 것이었다. 그의 웃음은 실로 너그러운 마음씨를 그대로 드러내 놓는 비상
> 히 부드럽고 사람의 마음을 끄는 웃음이었다.
> 복순이는 더 말없이 그의 뒤를 따라 자동차에 가 앉았다. 아무 말도 없이
> 자동차를 운전하면서 앞만 내다보았다.[22]

비로 하여 걷기가 어려워진 복순이가 우연히 차를 몰고 가던 창수의
도움을 받게 되는데, 여기서 복순이가 창수에게서 느낀 첫인상을 상세
하게 묘사한 부분이다. 소설의 첫머리에서 이런 인물평이 나온다면 독
자는 이들의 관계가 긍정적인 방향으로 흘러갈 것이라는 암시를 받게
됨은 물론이고, 이는 동시에 앞으로의 사건 진행에 논리적 근거를 제시
하는 구성적 동기의 의미를 지니게 된다. 다소 작가의 의도가 별다른
장치 없이 전달된다는 점에서 문제가 없는 것은 아니지만 인간관계를
성공적으로 구성하고 있음은 사실이다.

몇 가지 우여곡절을 겪지만 창수와 복순은 까짜를 매개로 하여 연정을

---

21) 안표도르의 〈비상한 날〉도 이와 유사한 구성을 보여주는 소설이다. 박창식이 기른 러시
  아 어린이(뻬짜)의 어머니가 나타나 한 가정을 이루고 행복하게 살았다는 내용의 소설로
  서, 이러한 행복은 소련의 품 안에서만 가능한 것임을 강조했다.
  김필영, 앞의 책, pp.364~365.
22) 한상욱, 〈보통 사람들〉, 《시월의 해빛》, 자수석, 1970, p.209.

키워가는 데 여기서 우리가 눈 여겨 보아야 할 것은 그들의 사랑과 함께 바람직한 인간관계가 어떻게 사람을 변화시키고 있는가 하는 점이다. 사람들의 말에 의하면 창수는 상처 후 술에 빠져 사는 부정적 인물로 묘사된다. 그러나 그는 이미 복순이 파악한 것처럼 진실하고 믿음성이 있는 사람이었고 곧 건전한 자신으로 돌아올 준비가 되어 있는 사람이었다. 그 결정적인 계기를 만들어 준 사람이 복순임은 물론이다.

이 소설은 전지적 시점으로 작가의 눈이 복순에서 창수로, 다시 창수에서 복순으로 이어지는 반복의 형식을 갖추고 있는 일종의 교차전개식 구성을 보여주는데, 창수의 경우는 창수가 비록 홀아비라고는 하나 처녀인 복순의 짝으로서 손색이 없는 착하고 희생적이며 경우 바른 사람임을 독자에게 보여주려는 작가의 배려로 보인다. 무엇보다 중요한 메시지는, 인간의 인간에 대한 관심과 배려, 그리고 사랑이 인간을 어떻게 긍정적인 모습으로 변화시켜 나가는가를 보여주는 일이다. 언뜻 스치곤 하는 침울한 기색은 창수가 놓여 있는 아픈 현실을 반영하는 것이고 이것은 곧바로 까쨔의 쓸쓸한 모습으로 환치된다. 그러나 이들에 대한 복순의 관심과 배려가 창수의 경우는 자신의 생활을 반성하고 갈등을 벗어나게 해주며, 까쨔에게는 생기를 회복할 수 있게 해 준다. 이들의 앞에 행복한 날들이 기다리고 있음은 물론이다.

이 소설은 소외된 인간을 생활의 중심으로 이끌어내는 사랑의 힘과 그것으로 하여 성취되는 우리가 바라는 바의 현실, 즉 있어야 할 현실이 만들어지고 있음을 보여준다는 점에서 휴머니즘과 사회주의 리얼리즘이 잘 조화를 이룬 작품으로 평가될 수 있다.

한상욱의 또 다른 소설 〈경호 아바이〉는 이 작가의 디테일 솜씨를 잘 보여 주는 작품이다. 경호 아바이라는 인물과 그가 살고 있는 곳의 자연 정경이 잘 조화를 이루고 있는데 이는 이 작가의 묘사력에 힘입은 바 크다고 할 수 있다. 인간과 그가 살고 있는 자연이 서로 닮은 모습을 하고 있는 소설의 배경은 그 자체가 그 주인공의 인간성이고 그 소설의 주제가 된다.

> 경호 아바이의 그 생선국은 언제나 해가 서산에 뉘엿뉘엿 기울어질 때면 먹게 되었다. 늪가 잔디 깔린 곳에 둘이 앉아서 천천히 말을 주고받으면서 저녁을 먹을 때면 해는 서산 봉을 넘어서군 하였다. 그 때면 붉은 노을이 비낀 석양 하늘을 배경으로 한 산봉우리의 륜곽은 더욱 선명하게 나타났다. 사시로 흰 눈을 띠이고 있는 이 산봉우리와 그 산 아래로 줄줄이 뻗힌 골짜기들을 바라볼 때마다 그것은 마치 백발에 줄음이 줄줄이 잡힌 경호 아바이의 낯과도 비슷해 보였다.[23]

자연에 순응하고 자연을 자기의 내면으로 불러들일 줄 아는 사람에게서나 볼 수 있는 경호 아바이의 모습은 시적인 메타포의 세계를 닮아있다. 그리고 이런 우리의 느낌을 확인시켜 주는 작업이 바로 그가 과실나무를 심는 일이다. 훗날 경호 아바이가 세상을 떠나고 그 나무에서 과일을 따먹는 사람들에게 '경호 아바이 나무'로 불리는 이 과실나무는 소박하지만 분명한 그의 역사의식을 보여주는 증거물이며, 인간 존재의 참다운 의미를 창조해 내고자 하는 인간 의지의 은유적 실상이다. 현지 평론가 정상진은 한상욱에 대하여 다음과 같이 말하고 있다.

> 한상욱 동무의 창작상 장점으로 더 지적할 것은 그의 서정적 면이다. 세 편의 소설이 죄다 서정적이다. 한마디로 말해 한상욱 동무는 소설가인 동시에 시인이다.[24]

---

23) 한상욱, 〈경호 아바이〉, 《시월의 해빛》, 자수석, 1970, p.226.
24) 정상진, 〈보통 사람들에 대한 이야기〉, 《레닌기치》, 1962년 8월 31일자, 김필영의 앞의 책, p.383에서 재인용.

이것은 〈보통 사람들〉에 관한 평론이기는 하지만 오히려 〈경호 아바이〉에 적확히 일치되는 설명이기도 하다. 〈경호 아바이〉는 인간이 역사 속에서 어떻게 사는 것이 그 존재의 가치를 높이는 일인가를 생각게 해준다는 점에서 상당한 수준의 사유를 보여주는 작품이며, 동시에 휴머니즘을 구현해낸 작품으로 평가된다.

고려인 소설 중에는 서로 공존하기 어려워 보이는, 즉 상치되는 것처럼 보이는 두 관념의 세계 −예컨대 휴머니즘과 사회주의 리얼리즘과 같은 경우− 를 성공적으로 접합시킨 작품들이 더러 보이는데 ≪시월의 해빛≫에는 이런 작품들이 실려 있어 그 작품집의 가치를 높이고 있다. 이러한 소설적 경향은 고려인 문학이 생존을 위한 전략이라는 차원을 넘어 서는 곳에서 그 의미가 규정되어야 할 것이다. 다시 말해서 그 문학적 가치를 새롭게 조명해 볼 필요가 있다는 것이다.

3) 소련에 대한 헌신과 동화(同化)에의 열망

고려인들이 강제이주의 공포로부터 벗어나기 위해 선택한 길은 철저하게 러시아인들에게 동화되는 일이었다. 그러기 위해 그들은 자진하여 학교 교육에서 조선어를 버리고 러시아어로 조선인 학생들을 교육해줄 것을 소련 당국에 요청하기까지 하고, 그들 어른들은 강제이주의 기억으로부터 벗어나기 위해 망각이라는 철저한 자기기만의 세계로 빠져들어 가게 된다. 그것은 러시아 사람들에 철저하게 동화되어 한시라도 빨리 민족 절멸(絶滅)의 공포로부터 벗어나고 공민으로서의 대접을 받기 위하여 그들이 전략적으로 선택한 길이었다. 어둡고 혹독했던 그 역사의 뒤안길에서 누구의 주목도 받지 못하고 생존을 위해 고군분투해야 했던 고려인들의 아픈 역사가 오늘 러시아에 동화된 고려인 후손들의 모습에서 그 슬픈 실현을 보게 된다.

고려인 소설들의 상당수를 차지하고 있는, 꼴호스를 배경으로 하는 작품들에는 이러한 고려인의 열망을 대변하는 주인공들이 다수 등장하고 있다. 소련의 시월 혁명 덕분에 꼴호스에서 평화롭게 일할 수 있게 되었음을 감사히 여기고 그러한 기회를 준 소련 당국을 찬양하고 무조건 헌신하고 충성을 바치겠다는 헌사가 시로, 소설로, 희곡으로 줄을 잇게 된다. 그런데 역설적이게도 목숨만 부지하겠다는 일념으로 열심히 일한 것뿐이었는데 그것이 시간이 지나면서 고려인들에게 경제적 여유를 가져다주고 그들의 위상을 이끌어 올리는 결과를 낳게 되는 데, 이는 역설이 아니라 그들의 노력에 대한 당연한 보상으로 보아도 무방할 것이다.

림하의 〈불타는 키쓰〉는 원동에서의 기억을 소재로 하고 있다는 점에서 그 소재적인 측면에서는 중앙아시아적 현실과는 다소 거리가 있지만, 동화에의 열망은 이미 이주 이전부터 형성되어 있었던 이방인 민족의 콤플렉스였음을 알 수 있게 해 주는 작품이다. 주인공인 '나'는 친구 청룡이와 개암을 따라 간 산 속에서 백파에게 처형당하기 직전의 적파 러시아 처녀를 살려내는 일에 공을 세우게 된다. 훗날 내가 다니는 학교를 찾아온 그 러시아 처녀, 아마도 이 주인공(나)을 생명의 은인으로 생각해서였는지 그 처녀는 나에게 뜨거운 감사의 키쓰 세례를 퍼부었는데, "그 불타는 키쓰, 그 뜨거운 입술에 지금 이 이야기를 쓰는 순간에도 내 뺨이 막 뜨거워지는 듯 싶다"[25]라고 감격적으로 회고하고 있다. 그 키쓰가 그렇게 감격적인 이유는 직접 자기를 찾아와 사례를 했기 때문이기도 하겠지만, 내가 그 위기의 순간에 본 러시아 처녀에 대한 묘사에서 나타난 것과 같은 동경의 마음이 이미 내 마음속에 자리

---

25) 림하, 〈불타는 키쓰〉, 《시월의 해빛》, 자수석, 1970, p.253.

를 잡고 있었기 때문이었다. 그 처녀가 러시아인이 아니었다면 그렇게 큰 감격은 없었을 것이라는 얘기다.

이런 러시아인에 대한 특별한 감정은 이주민족(移住民族)으로서 차별적인 대우를 감수해야 했던 원동 조선인에게는 아주 자연스러운 일이었을 것이다. 이러한 러시아인─지배 계층에 대한 선망의 염(念)이 강제 이주 이후 보다 구체적, 현실적으로 나타나게 되었고 그것은 고스란히 그들 문학 작품에 반영된다.

리와씰리의 〈첫걸음〉은 표면적으로 보면 헌사적인 내용은 발견되지 않지만 행간을 흐르는 감정과 의식은 예의 그 헌신과 동화에의 열망으로 연결되어 있다. 논에 물을 대는 일은 아녀자들이 나설 일이 아니라는 통념을 뒤엎고 주인공(전수난) 처녀가 백전노장 벼농사꾼보다 훌륭하게 과업을 달성하는 모습을 보여주는 작품이다. 이 소설의 내용은 봄에서 시작하여 가을에 대한 기대감을 거쳐 실제로 가을에 이르기까지의 과정을 담고 있는데, 이 과정에서 몇 번의 시행착오는 있었으나 성공적으로 자기의 역할을 수행함으로써 모두가 기대하는 풍년 세계를 구가하게 된 현실을 보여준다는 점에서 이 소설도 사회주의 리얼리즘이 추구하는 이념에 잘 부합되는 작품으로 볼 수 있다.

> 지금은 아침 저녁 랭기가 산뜩산뜩 풍기고 있다. 고개를 푹 숙인 황금 벼이삭에 알이 얼마나 많이 달렸는지 산들바람이 지날 때에는 끄덕도 않다가 이따금 확 불어올 때에만 인사를 하듯 굽실한다. 다 여문 벼 알들은 터질 지경 살이 통통 졌다. 겍따르당 80쩬뜨네르 아래로는 들지 않으리라고들 한다.
> ─거 잘 됐군!
> 나의 옆에 선 구역 당 위원회 비서는 벼 이삭을 오른쪽 볼에다 살살 문지르면서 귀염둥이 막둥이를 쓰다듬는 듯이 흐뭇해하였다.26)

이 인용문은 사회주의 리얼리즘이 추구하는 현실의 모습을 정확하게 구현해내고 있다. 고려인들에게, 벼농사가 성공을 거둔 것은 주인공 처녀가 소련 당국의 지침을 충실히 따랐기 때문에 얻은 결과로 이해되며 그에 따른 보상의 의미로 해석된다. 소련 당국에 대한 헌신을 통해 모든 것을 얻을 수 있다는 사고방식이 이 작품의 전반을 지배하고 있다.

이 작품은 무엇보다 재래의 남녀의 역할에 대한 인식을 바꾸어 놓았다는 점에서도 사회주의의 이념을 제대로 반영한 작품으로 평가된다. 사회주의가 지향하는 남녀평등의 이념을 실현해 보인 모범적인 작품이라는 것이다. 또한 세대 간의 인식의 차이와 갈등도 이 과업의 수행을 통해 해소하고 있음은 이 작품이 거둔 또 다른 성과이기도 하다. 경험을 중히 여기는 기성세대와 합리적 논리적으로 일을 해결해 나가려는 신세대가 갈등과 충돌을 거쳐 화해와 합의에 이르는 아름다운 모습은 그들 고려인들이 성취한 최선의 가치로 평가되어도 무방하다. 삶의 방식에 대한 새로운 생각들을 담아내는 것이 소설의 한 기능이라고 본다면, 세대 간의 갈등을 극복하고 여자에 대한 인식과 농사에 대한 새로운 생각을 정리한 이 소설은 그 기능을 성공적으로 수행한 수작(秀作)이라 할 것이다. 동시에 이 소설은 논에 물을 대는 험난한 과정과 물보기꾼의 헌신적인 노력을 통하여, 열악한 생존 조건을 극복하고 삶의 터전을 마련해가는 고려인들의 피눈물 나는 역사를 간접적으로 증언하고 있기도 하다.

이외에 《시월의 해빛》에는 림하의 〈꾀꼬리 노래〉(1959)와 리정희의 〈아름다운 마음〉(1965)이 실려 있다.

〈꾀꼬리 노래〉는 잘못 건 전화로 하여 우연히 알게 된 두 남녀 학생

---

26) 리와씰리, 〈첫걸음〉, 《시월의 해빛》, 자수석, 1970, p.293.

사이에서 오고 간 대화 내용과 첫 만남을 갖게 되는 과정을 극적으로 구성해 놓은 작품이다. 모파쌍적인 기교가 들어간 서정적 작품으로 구성이 치밀하고 문학적 긴장감이 살아 있는 작품으로 보인다.[27]

〈아름다운 심정〉은 두 여학생이 대열에서 이탈하여 길을 잃고 산 속을 닷새 동안 헤매다가 겨우 길을 찾아 만나게 된 인가에서 러시아인 여주인의 친절로 원기를 회복하고 구조될 수 있었다는 내용의 소설로, 앞서 본 〈불타는 키쓰〉와 그 유(類)를 함께 하는 작품이다. 습작 수준의 소품으로서 사할린을 배경으로 고려인의 러시아인에 대한 감사와 동경의 마음을 잘 나타내고 있다.

고려인 소설 대부분이 그러하지만 《시월의 해빛》에 실린 작품들은 그들의 삶이 어떤 역정을 거쳐 오늘에 이르게 되었는가를 증언하는 역사 기록의 의미를 갖는다. 그들은 오늘 우리가 볼 수 있는 다양한 내면 세계를 자유롭게 담아내는 소설들과는 멀리 떨어진 잊혀진 땅에서 다소 서툰 대로 현실의 요청을 따라 그들의 삶을 소박하게 표현하고 있으며 그들이 염원하는 세계를 그려내고 있었다.

4. 결어

고려인 평론가 정상진은 《시월의 해빛》에 실린 '머리말 대신에'라는 발문 형식의 글에서, 소비에트 정권 50년 동안에 조선인들의 사회적 면모가 놀라울 만큼 달라졌는데 이와 같은 위대한 갱생의 길은 위대한 시월 혁명이 개척해 준 것이라고 하면서 사회문화적 현상을 설명하는 가운데 문학에 대하여 다음과 같이 말하고 있다.[28]

---

27) 김필영, 앞의 책, p.391 참조.

소설문학에서도 우리는 좋은 작품을 적지 않게 갖고 있다. (중략)
조선인 작가, 시인들의 창작적 주제는 다양하다.
　쏘련에서의 국내전쟁, 농업집단화의 승리, 사회 로동의 기쁨, 근로자들
의 생활에의 새 문화 도입, 국방력의 강화, 쏘련 헌법, 새 인간의 형성,
공산주의 건설 – 이것이 우리 작가, 시인들의 작품에 반영된 주제들이다.
　소설 및 극문학에서 우리는 일제의 억압 하에 있는 조선 인민의 해방
투쟁의 반영을 자주 보게 된다.

　그가 열거한 시와 소설의 주제는 사회 현상의 정직한 반영이면서,
동시에 소련 공산주의가 추구하는 현실의 구현이다. 계급이 없는 사회
건설을 역사의 최종적인 귀결점이라고 규정한 사회주의 이념을 실현해
가는 공간으로서의 현실은 어떤 모습이어야 하는가에 대한 답이 바로
여기 그가 열거한 주제 속에 나타나 있다. 그것은, 개인적 생활은 집단
적 의식의 범주 안에서만 성립이 가능할 뿐 그 독립성이나 자율성이
고려되지 않는 닫힌 사회의 율법이며 인간성을 제한하는 통제의 개념
으로 풀이될 수 있다. 말하자면 고려인 문학은 이러한 폐쇄된 공간을
삶의 영역으로 하는 사람들의 살아가는 이야기라고 할 수 있다.
　그러나 권위적인 세계가 개인에게 어떤 억압을 행사한다 하더라도
거기에는 여전히 인간 본연의 모습은 살아 숨쉬기 마련이다. 비록 주어
진 여건이 열악하다 하더라도 그 안에서 인간답게 살아갈 수 있는 최선
의 방법을 찾아나간다면 그것은 그것대로 가치 있는 삶의 모습이라 할
것이다. 고려인의 문학은, 특히 소설은 위에 열거된 주제의 범주 안에
서 그들이 어떻게 현실을 바라보고 거기에 대처했는가를, 다시 말해서
그들의 응전의 역사를 잘 보여주고 있다.
　이제 고려인들, 더 정확히는 고려인의 후세들은 더 이상 한글로 작품

---

28) 정상진, 〈머리말을 대신하여〉, 《시월의 해빛》, 자수석, 1970, p.350.

을 쓰지는 않는다. 이주(移住) 일 세대들 – 강제이주 세대들이 지니고 있었던 러시아를 향한 동화에의 열망이 오늘에 이르러 그 후손들이 모국어를 잃어버리게 되는 현실을 초래했기 때문이다. 모국어의 상실은 민족혼, 민족의식의 절멸과 직결된다. 그러나 누가 이들을 탓할 수 있겠는가. 절체절명의 긴박한 상황에서 오로지 살아남아야 한다는 일념으로만 살아본 경험이 없다면 이들에 대한 부정적 시각을 거두어들여야 할 것이다.

이제 우리가 해야 할 일은, 오랜 세월 동안 냉전 체재와 지리적 거리감으로 인하여 잊혀져 있었던 이들의 문학을 좀 더 성의 있게 조명하고 탐구하여 그 내용들이, 비록 러시아어로 작품 활동을 하고는 있지만 고려인 후세 작가들의 작품에 반영될 수 있도록 하는 일이다. 이것은, 그들이 고려인으로서의 민족적 정체성을 유지할 수 있도록 해 주는 일이면서 동시에 '해외 이주 동포문학'을 한국문학의 영역 안으로 끌어들이는 작업이기도 하다는 점에서 매우 중요한 의미를 지닌다.

몽골소설 〈황금꽃〉의
내용적 특성에 관하여
− '르 차이넘'의 소설, 원제 〈흑화(黑花)〉의 분석 −

1. 길을 찾아가는 외로운 행로[*]

〈황금꽃〉은 몽골의 대표적 시인이자 소설도 쓴 '르 차이넘'의 〈흑화(黑花)〉를 번역한 작품이다. 아주 소박하게 말한다면, 이 소설은 황금꽃 같은 젊은 날을 검은 꽃으로 만들어 버리는 어리석음을 범하지 말라는 내용을 그 주제로 하고 있다. 사랑의 실체에 대하여, 혹은 그 근원적인 의미에 대하여 고민해 보기도 전에 그 겉모양에만 취하여 결국은 견디기 힘든 성장통을 겪어야 하는 많은 젊은이들에게 던지는 처세훈적인 메시지가 주요 내용을 이루고 있다는 것이다. 〈황금꽃〉의 경우 이런 내용이 지극히 상식적으로 다루어지고 있다는 점에서 소설의 극적 재미를 이끌어내는 데에는 다소 실패한 감이 없지 않으나, 반면에 그 현장성과 통과적인 제의성(祭儀性)을 강조함으로써 주제의 전달에는 크게

---

[*] 이 부분은 졸고, 〈전통적 소설 담론의 유효성에 대하여〉의 일부를 전재하여 본고의 내용에 적용함.

성공한 모습을 보여주고 있다.

　대개의 소설이 그렇듯이 이 작품도 주인공이 길을 찾아가는 과정을 보여주고 있다. 소설에는 삶의 목표에 도달하기 위해 거쳐 가야 하는 길, 혹은 자신의 정체를 알기 위해 경유할 수밖에 없는 길을 모색하는 주인공의 모습이 나타나 있기 마련인데 이 소설도 예외는 아니다. 목표를 정하고 가는 길이든 이 소설의 주인공 바트처럼 예기치 못하게 찾아온 문제를 풀기 위해 어쩔 수 없이 가야 하는 길이든 그 어려움은 다를 바 없다.

　대체로 이런 길들은 꼬이고 비틀어져 있어서 쉽게 그 가닥을 잡기 어려울 뿐만 아니라 그 가닥을 잡았다 하더라도 진행 방향을 바르게 유지하기 어렵게 되어 있다. 소설의 주인공들이 고뇌하고 고통스러워하며 어찌할 바를 몰라 하고 있는 모습을 종종 보여주는 것은 길의 이런 성질 때문이다. 비교적 객관화되어 있는 삶의 목표와 같은 길 찾기는 그 궤적이 명료하게 나타날 수도 있으나 그것이 관념이나 무의식과 연관될 때에는 미로를 헤매는 것과 같은 무질서한 선(線)의 혼란을 만들어 내게 된다. 〈황금꽃〉의 바트처럼 삶의 과정에서 의도하지 않은 우연한 일들에 부딪혀 그 일에 사로잡힘으로써 겪게 되는 혼돈 또한 이와 다르지 않다.

　한국소설 〈백치 아다다〉의 아다다가 돈을 바다에 버리게 되기까지의 일련의 행동은 고뇌에 찬 결단에 의한 것이라 하더라도 그 행위의 궤적이 비교적 단순하게 나타나지만, 〈날개〉의 주인공이 날고자 하는 욕구에 도달하기까지 보여주는 자의식의 표백과 방황은 여러 개의 선이 얽혀 있는 복잡한 모습을 드러낸다. 대개의 경우 소설의 주인공은 이 두 가지 중 하나의 동기와 방법에 의해 그가 찾아가야 하는 길의 모색에 심혈을 기울이게 되지만, 〈황금꽃〉은 우연히 마주친, 그러나 운명적인 문제에 휘말려 힘겹게 그것으로부터 벗어나려고 애쓰는 캐릭터를 통해 길 찾기의 또 하나의 의미를 제시하고 있다. 그것은 새로운 인식의 세계를 열어가는 힘겨운 성장의 과정과 깊은 관계가 있다.

그리고 이런 미로 속에서의 길 찾기는 자기를 다스리고 극복하는 방식과 밀접한 관계가 있다. 어떤 이유에서이든 주인공은 자신의 정체를 잘 모르고 있으며 그것을 알기 위해 노력하고 그 결과로서 어떤 정보를 얻게 되는 과정을 보여주는 수법은 그리 낯설지 않은 것이지만, 또한 아주 중요한 소설의 관습이기도 하다. 문제는 주인공이 자신에 대하여 무엇인가를 알게 되거나 또는 이미 알고 있었던 것 때문에 괴로워하며, 오히려 자신의 정체에 대하여 더욱 알 수 없는 미로에 빠지게 되며 그 사실에 고착되어 헤어나지 못한다는 점에 있다. 〈황금꽃〉의 주인공이 바로 이러한 과정에서 겪는 고통을 대표적으로 보여주는 인물이라 할 수 있다. 그는 그가 벗어나고자 하는 상황에 오히려 고착됨으로써 스스로를 그 상황의 노예로 전락시키고 있다는 것이다.

길 찾기와 자기 다스리기의 방식은 심층적인 심리의 문제이면서 정체성에 대해 인간이 갖는 의문과 두려움이 어떤 것인가를 보여주는 형식이라 하겠다. 〈황금꽃〉은 길 찾기와 자기 다스리기가 얼마나 어려운 일이며 외로운 싸움인가를, 그리고 그것이 인간적 성숙을 위해 지불해야 할 대가임을 극명하게 보여주는 소설이다.

2. 말(馬)과 여자, 혹은 영웅(hero)과 마녀(魔女, witch)

알탕쩨쩨그(이하 '알탕'이라는 약칭으로 통일함)의 집에 처음 가던 날 바트는 그 아버지 남질 영감에게서 말같이 생겼다는 인상을 받았다. 그에 대한 사전 지식이나 남들로부터 들은 그 무엇도 없는 상태에서 바트가

받은 첫인상으로서의 말대가리 이미지는 실제로 남질의 현실적 처지와
너무나도 잘 맞아떨어지는 것이었다.

> 술기운이 좀 오르자 바트는 그제야 잔잔한 미소를 지으며 그 분들을 차분
> 하게 살펴보게 되었다. 알탕쩨쩨그의 아버지인 남질 영감은 얼굴이 길고
> 크면서 길게 늘어진 귀, 가로 퍼진 납작코, 꼭 다문 입, 머리 뒤로 솟구치듯
> 길게 뻗은 목 등의 형상을 하고 있는, 옆면에서 보면 손재주 없는 사람이
> 깎아 만든 목제 말대가리같이 생긴 노인이었다.[2]

이것은 인물과 역할을 그 외모로써 드러내 보이고자 하는 작가의 기
법적 의도가 나타나 있는 부분이기도 하지만, 더 근본적으로는 바트와
알탕의 관계를 예비적으로 보여주기 위한 장치라고 할 수 있다. 말하자
면 앞으로 전개될 두 남녀 사이의 사건과 대칭적 관계를 형성하는 인물
구성이라고 할 수 있다는 것이다. 남질 영감과 알탕의 어머니 한드가
보여주는 관계의 세트가 바트와 알탕이 만드는 세트의 전제가 되며,
동시에 이들 남자들의 여자에 대한 역할과 의미를 암시하고 있기도 하
다. 이 점은 다음 인용문을 통해 좀 더 구체적으로 드러난다.

> 남질 영감도 웃으며 성냥개비를 주워 버리는 대신 오히려 이를 쑤셨다.
> 그리고는 자리에서 일어났다.
> "자, 더 많이들 먹어요. 노래 부르든지 놀든지 알아서 하시고. 나는 그만
> 자야겠네. 내일 일 나가야 돼."
> 이 사람은 나무 공장에서 지정된 일을 몇 년째 해 오면서 이 집안의 생계
> 를 책임지고 있었다. 이웃과 잘 아는 사람들로부터 '한드의 갈색말', '마차
> 용 말', '말 남질'이라는 별명을 두루 들으며 비웃음을 받았지만 집안일은
> 물론 바깥일을 열심히 하는 데 익숙했다.[3]

---

[2] 르 차이넘, 〈황금꽃〉, 난딩쩨쩨그 역, 모시는 사람들, 2008, p.40.

남질 영감의 별명은 그 외모에서 온 것이기도 하지만 그 소유자가 한드임을 나타내는 의미를 담고 있음에 주목할 필요가 있다. 몽골에서 말은 좋은 운송 수단으로서 인간을 위해 절대적으로 봉사해야 하는 존재다. 남질의 별명은 그가 한드를 위하여 몽골의 말들처럼 노역과 봉사와 희생의 삶을 살아가고 있는 사람임을 드러내고 있다는 것인데, 이것은 말(馬)과 관련된 성적 상징과 함께 바트와 알탕의 관계를 예시적(豫示的)으로 보여주는 것이라 할 수 있다.

알탕이 바트에게 접근한 것은 알탕의 전력(前歷)과 행동거지로 보아 순수한 사랑과는 거리가 멀다는 것은 쉽게 알 수 있는 일이다. 단적으로 말해 알탕이 두 남녀의 관계에 부여한 의미는, 경제력의 제공(바트)과 그에 대한 보상으로서의 성(性)의 제공(알탕)이라는 지극히 원형적인 남녀관계의 모습이다. 이것은 성에 따른 서로의 역할을 인식하고 인정하는, 일종의 성적계약(性的契約)에 근거를 둔 원시경제의 양식이다.

남자는 그렇다고 해서 아무 여자에게나 '고기(경제력)'를 제공하는 것은 아니다. 거기에는 여자가 아름다워야 한다는 조건이 있다. 이 아름다움은 외모적 조건이기도 하지만 섹스와 동의어이며 생산성을 전제로 하는 개념이다. 여자가 남자를 다스릴 수 있는 무기는 바로 이 아름다움이다. 남자는 여자의 아름다움, 즉 섹스와 생산력 때문에 그 앞에 무릎을 꿇고 고기를 바치며 기꺼이 착취당한다. 오늘날 우리가 사랑이라고 부르는 것은 원시적인 성의 계약을 복잡화시키고 세련된 모습으로 발전시킨 것에 불과한 것인지도 모른다.

---

3) 위의 책, p.43.

출산 후 바로 암컷이 발정을 하면, 그녀의 일상은 섹스와 함께 시작된다. 캠프에서 이동을 개시하면 수컷들이 따라붙는다. 어디를 가려고 해도 수컷들이 따라오고, 그녀가 멈추면 수컷들도 멈춘다. 그녀가 섹스하고 있는 동안, 새끼는 누여놓는데, 그곳은 집단의 중심이어서 외적에게 잡힐 위험이 없는 곳이었다. 게다가 먹이에도 이익이 따랐다. 저녁이 되어 한 수컷이 영양고기를 가지고 캠프로 돌아오면, 모두가 구걸을 해서 고기를 얻어먹었다. 그녀는, 발정하고 있는 침팬지가 그렇지 않은 침팬지보다 많은 고기를 받는 것처럼 다른 이들보다 더 많은 고기를 받을 수가 있었다.

(중략)

이 특별한 이익 덕분에 그녀의 새끼는 발정하지 않은 어미의 새끼보다 훨씬 생존율이 높게 된다. 그렇기 때문에 섹시한 어미가 있으면 그 아이는 그만큼 유리한 조건에서 살아남고, 성장하고 번식하게 되었다. 그래서 그 특이한 유전자는 다음 세대에 더 많이 나오게 되었다. 이제, 출산 후 바로 성행동을 재개하는 방향으로 자연선택이 시작된 것이다.[4]

그녀는 아름다운 섹스와 왕성한 생산력으로써 모든 남자들을 굴복시키고 지배한다. 이른바 대모(大母, great mother)의 탄생이 이루어지는 것이다. 다시 말해서 대모는 성의 계약에 근거한 여성의 성적 주도권과 배급권이 만들어낸 권력이다. 남성은 대모를 통해서만 종족보존의 본능과 생명보존의 본능을 충족시킬 수 있기 때문에 대모를 모시고 그녀에게 복종할 수밖에 없는 것이다. 그들은 기꺼이 대모의 말(馬)이 되고자 할 뿐만 아니라 더 많은 섹스 보상을 받기 위해 목숨을 걸고 영웅이 되려고까지 한다.

알탕은 그 어머니가 남질에게 대모인 것처럼 바트에게 대모로 군림하려고 한다. 그리고 바트가 보기에 그녀는 그럴 만한 충분한 조건을 갖추고 있다. 그녀는 우선 아름답고 당연히 젊고 관능적이다. 게다가 반디

---

4) 헬렌 피셔, 〈성의 계약〉, 박매영 옮김, 정신세계사, 1993, pp.160~170.

할아버지에 의하면 일 잘 하고 깨끗하고 활발하고 경쾌하기까지 하니
'내 벌거벗은 예쁜 노랑이'라고 감격하지 않을 수 없는 일일 것이다.

> 알탕쩨쩨그는 양팔을 위로 올리고 나서 천천히 제 자리에서 한 바퀴 돌았
> 다. 그녀의 균형 잡힌 탄력 있는 하얀 몸이 낡은 방 안을 배경으로 새하얀
> 상아 조각처럼 뚜렷이 보였다. 어떤 조각과도 비교할 수 없이 생생한, 결코
> 평범하지 않은 아름다운 육체였다. 발을 디딜 때마다 반듯한 등 양쪽으로
> 건강한 근육이 불룩했고, 화나는 듯 숨을 쉴 때마다 작은 배꼽이 들어갔다
> 나왔다 하면서 깨끗하고 하얀 허리가 물결쳤다.[5]

바트는 알탕으로부터 아름다운 섹스를 제공받기 위해 즐거운 마음으
로 그녀의 말이 되고자 한다. 그는 그 아름다움의 뒤에 숨은 음모와
추악함을 알고 나서는 여러 번의 갈등과 우여곡절을 겪지만 결국은 그
녀가 원하는 말의 위치로 돌아가곤 했다. 삼자의 눈으로 보면 속절없는
젊음의 낭비 같지만 성을 매개로 하는 남녀 간의 원형적 모습이라는
관점에서 보면 이것은 바트의 운명의 문제이고, 그의 내적 성숙과 관련
된 문제라고 할 수 있다.

한편으로 바트는 알탕에게 있어 영웅의 의미를 지닌 존재이기도 하
다. 대모의 짝은 영웅이다. 대모는 영웅에게 성을 제공하기도 하지만
생산을 위해 영웅으로부터 역(逆)으로 성을 제공받기도 해야 한다. 영웅
은 충분한 고기와 성으로써 대모를 모셔야 하는 존재다. 이러한 대모의
욕구를 충족시키지 못하면 그 영웅은 교체될 수밖에 없는데, 이는 곧
죽음을 의미한다. 한국 고대 가락국 서사시(敍事詩)인 '구지가(龜旨歌)'는
이런 사정을 여실히 보여주고 있는데, 이제 '머리를 내놓지 못해' 죽음
을 앞둔 거북은 대모에 대한 성적 제공 능력을 상실한 영웅임은 물론이

---

5) 르 차이넘, 앞의 책, p.92.

다.6) 원시 부족국가에서 왕(王)을 시해하는 풍습 – 왕의 시역(弑逆)은 바로 이 생산력과 밀접한 관계가 있다고 한다. 왕의 생산력은 곡식의 성장이나 가축의 번성, 즉 풍요와 밀접한 관계를 가지고 있어서 왕이 쇠약해지면 곡식과 가축들도 병들게 되어 그 부족의 운명이 위협받기 때문에 젊고 힘 있는 왕으로 교체하지 않으면 안 된다는 것이다.7) 신라 시대의 향가(鄕歌)인 '헌화가(獻花歌)'에 나오는, 목숨이 위태로울지도 모르는 바위로 기어올라 꽃을 꺾어 수로부인에게 바치는 '노인(老人) – 영웅'의 용기를 잃어버리게 되면, 즉 영웅의 자질과 능력을 상실하게 되면 버림을 받게 되고 그것은 곧 제의적 죽음으로 연결되는 것이다.

반디 할아버지 말에 의하면, 알탕은 바트를 사귀기 전에 아그반잠바와 붙어 다녔는데 그 집에 며느리처럼 살다시피 하면서 돈과 괜찮은 물건들을 모조리 쓰고 나서 나중에 거지라고 욕하면서 그를 차 버렸다는 것이다. 일률적으로 대입하기는 어려우나 아그반잠바는 버림받은 영웅인 셈이고 바트는 교체된 영웅이라 할 수 있을 것이다. 바트는 또 실제 몽골의 권투 챔피언으로서 여성들에게 영웅적 이미지를 심어줄 수 있는 인물이기도 하다. 알탕은 명실상부한 영웅 애인을 둔 대모인 셈이다. 그녀는 당연하다는 듯 바트의 월급을 고스란히 가져감으로써 바트를 착취하기 시작한다. 그러나 이것은 정당한 성의 계약에 의한 거래가 아니라 일방적인 착취이므로 이제 그녀는 더 이상 대모가 아니라 마녀(魔女)의 의미를 갖게 된다.

---

6) 정상균, 〈한국 고대 시문학사 연구〉, 한신문화사, 1984, pp.12~17 참조.

7) J. G Frager, 《*The Golden Bough*(황금의 가지)》, 김상일 역, 을유문화사, 1983, pp.339 ~350 참조.

1. 알탕쩨쩨그의 편지 중에서

… 내 팔자야. 바트 씨! 너에게 무슨 말을 해야 할지 모르겠어. 너를 이해하기는커녕 내가 누군지도 모르고 여기까지 온 사람이야. 애초부터 네가 나를 따라다니는 게 잘못이었어. 불쌍하군. 그러나 지금 와서 어쩌겠어. 엄마가 너보고 날라이흐로 석탄 실으러 가 달래. 거기 갔다 오면 내가 만나줄게.

안녕.   (아. 1954.11.24)

너하고 나 사이에 더 할 이야기가 뭐 있겠어? 같이 다닐 만큼 다녔고 이제 지칠 대로 지쳤어. 이제 된 거 아닌가? 만일 부족하다면 터브 아이막으로 가서 겨울에 먹을 고기를 같이 갖고 와서 편하게 앉아서 밤을 잡아 이야기하자. 만두도 만들면서……. 안녕.   (아. 1954.12.5)

2. 바트의 일기 중에서

날라이흐에 가서 석탄을 싣고 왔다. 오늘은 날씨가 어찌나 춥던지 발가락이 동상에 걸렸다. 하루 종일 기다리다가 말싸움 끝에 큰 것을 골라 차에 가득 싣고 배고픔과 추위에 떨며 가지고 온 석탄을, 알탕쩨쩨그 엄마가 보더니 무시했다. 깔보면서도 차에서 내려 꼼꼼하게 겹겹으로 쌓아 올렸다.

(1954.11.25)

어젯밤 '아'의 집에서 잤다. 어제 터브 아이막에서 겨울 동안 먹을 고기를 갖고 오느라 추위에 떨었다. 또 요즘 알탕쩨쩨그 때문에 걱정이 많고 해서 저녁에 그들이 술을 권하기에 많이 먹었더니 속이 좋지 않다. 이러다가 알코올 중독자가 되는 게 아닐까?   (1954.12.8)[8]

알탕이 바트의 경제력과 노동력을 철저히 착취하고 있음을 여실히 볼 수 있다. 한드는 남질을 부려먹듯이 알탕을 사주하여 바트를 어두운 심연으로 몰아가고 있음도 드러나 있다. 한드는 알탕에게는 긍정적 모친상으로 비칠지 모르나 객관적으로 보면 딸에게나 바트에게나 그녀는

---

8) 〈황금꽃〉, p.187, p.189.

'어두움과 심연(深淵)과 사자(死者)의 세계의 이미지'를 던지는 부정적
모친상9) 으로 작용하는 인물이다. 그녀는 젊었을 때는 아름다웠다고
는 하나 행실이 곱지 못했고 난봉꾼 샤르와의 사이에서 딸 금화(알탕)를
낳았으며 그 후 남질을 만나 그를 말처럼 부리면서 함부로 살아가는
여인이다. 외모부터 탐욕스럽게 그려져 있기도 하지만 그녀의 표리부
동한 태도와 부도덕한 언행은, 여성의 부정적 측면의 하나인 '무엇이든
삼켜버리는(devouring) 성질'로서 그녀가 지니고 있는 '무서운 어머니
(terrible mother)'로서의 모성적 속성이다.10) 동시에 이것은 그녀의 마
녀적 일면으로서 이런 점 때문에 그녀는 늙은 마녀(old witch)의 모습을
보이게 된다.

또 그런 점에서 그녀는 한국소설 현진건의 〈불〉에 나오는 무서운 시
어머니와 매우 유사하다. 바트는 사위인 셈이고, 〈불〉의 순이는 며느리
라는 점이 다르기는 하나 경제력, 혹은 노동력을 착취하는 사악한 어머
니(wicked mother), 흡혈귀(vampire), 늙은 마귀의 의미를 지닌다는 점에
서 두 여인은 많이 닮았다. 알탕은 이러한 제 어머니의 재판(再版)이다.
바트와 사귀면서도 수시로 다른 남자들과 어울리는가 하면 바트의 이
름을 내세워 어린 아이의 물건을 빼앗기도 하고 거짓 임신을 말하며,
낭비와 사치를 일삼으며 바트에 기생하는 그녀는 갈 데 없는 흡혈귀,
혹은 사악한 여인의 모습을 하고 있다.

알탕은 그 어머니처럼 삼키고 움켜쥐며 피를 빠는 젊은 마녀(young
witch)이며 바트는 여기에 희생된 타락한 영웅이다.

---

9) C. G. 융, 〈의식의 뿌리에 관하여〉, 설영환 역, 예술출판사, 1986, p.126.
10) E. Neuman, "*The Great Mother*", Princeton University Press, 1974, p.32.

3. 입사식(initiation), 그 혹독한 시련

〈황금꽃〉은 주인공 바트의 내적 성장에 관한 기록이다. 비록 그가 어떤 분명한 깨달음이나 뚜렷한 발견에 이른 모습을 보여주지는 못하고 있지만, 그가 젊은 날의 한 때를 극심한 갈등과 자책으로 보내고 있다는 그 자체가 내적 성숙을 약속한다고 볼 수 있기 때문이다.

일반적으로 성장기에 있는 청소년이 결정적인 중대한 경험, 다시 말해서 어떤 시련을 겪음으로써 세상과 자기에 대한 새로운 인식을 쌓고 인생이나 사회와의 타협을 이루는 내적 성장 과정을 보여주는 소설을 성인식소설(成人式小說), 혹은 입문소설(入門小說)이라고 한다.11) 성인이 되기 위하여 통과해야 하는 과정이나 한 차원 높은 단계로 나아가기 위하여 필수적으로 거쳐야 하는 과정을 통과의례라고 하는데, 이 통과의례를 한 개인의 경우에 초점을 맞추어 이야기 형식으로 풀어나간 것이 성인식 소설이다.

J. 캠벨은 이러한 형식의 소설은 대체로 '떠남(departure) – 통과(initiation) – 회귀(return)'로 구성되어 있다고 정리했는데, 떠남은 어딘가로부터, 혹은 누군가로부터 분리(separation)됨을 뜻하고 통과는 체험과 발견(깨달음)을, 그리고 회귀(回歸)는 어떤 지위를 받거나 다시 태어남, 즉 재생을 의미한다. 다음에 인용한 성인식의 예는 이러한 소설 구조의 원형적 모습을 보여준다.

　아프리카의 캄바족을 비롯해 여러 종족의 성인식에 대한 J. S. 옴비티의 보고를 보면, 성인식 후보자들은 집으로부터 멀리 떨어진 숲속 외딴집에 격리 수용된다. 이것은 지금까지 부모의 보호 속에서 자라 온 의존성을

---

11) 이상우·이선민, 〈욕망의 서사에 비친 우리들의 초상〉, 월인, 2001, p.79.

완전히 탈피하는 일이 될 뿐만 아니라, 단체생활을 통해 축소된 사회생활을 경험하는 것이 된다. 이들은 장애물과 무서운 괴물이 출현하는 곳을 통과해야 하고 창을 들고 맹수를 사냥해야 하는데, 무엇보다 성인은 부족(部族)의 생존을 위해 용감하게 적과 싸울 줄 하는 힘을 기르지 않으면 안 되기 때문이다. 제의적 성교를 통해 육체적 성숙과 함께 수수께끼를 풀어 지적 성숙을 이루기도 한다. 그리고 신 앞에서의 성(性)이 매우 신성한 것임을 인식토록 하기 위해 신성수 아래에서 성기에 가벼운 상처를 내도록 하였다고 한다. 이러한 모든 고통의 과정이 끝나면 젊은이들은 전혀 다른 사람으로 변모되어 가정으로 돌아온다. 그들은 결혼할 자격과 성인으로서의 법적 지위를 부여받는 것처럼 하나의 경계를 넘어 새로운 실존의 틀 속으로 들어서게 되는 것이다.[12]

바트는 부모들이 시골로 목축을 하기 위해 이사를 하는 바람에 부모로부터 분리된다. 이것은 그가 중요한 성장기에 내적(內的) 고투(苦鬪)의 상황으로 내몰렸음을 의미하고 이제 그가 겪게 되는 일들이 어쩌면 필연일지도 모른다는 점을 시사한다. 그가 권투선수라는 것은 싸울 힘을 어느 정도 갖추고 있음을, 그리고 알탕과의 만남은 그의 성숙을 위한 제의적 성교가 가능함을 보여주기 위한 장치이자 바트가 겪어야 될 긴 성장통(成長痛)의 핵심적 내용이다.

극심한 정체성의 혼란을 동반하는 바트의 갈등과 방황은 일상의 파괴로부터 비롯되는데 그 구체적인 사건은 알탕을 통하여 술과 담배를 배우는 것으로부터 시작된다. 몽골 권투 챔피언이라면 그 자리에 오르기까지 그는 누구보다도 열심히 연습하고 자신을 엄격하게 관리해 왔을 것이다. 또 아버지의 편지로 미루어보아 부모와 함께 생활하고 있었을 때에는 그들의 엄한 훈도가 그를 더욱 자제하도록 만들었을 것임도

---

12) 위의 책, p.78.

분명하다. 그런 그에게 술과 담배란 남의 나라 이야기쯤으로 여겨져 온 일일 뿐만 아니라 금기시되어 마땅한 것들이었다. 사춘기, 혹은 성장기의 청소년이라면 그 누구에게라도 술과 담배는 금기의 대상이 된다는 것은 당연한 일이다. 따라서 권투선수로서 누구보다도 건전한 사생활을 유지해야 할 순진한 19세의 어린 청년이 술과 담배를 배우게 되고 여자와 섹스를 알게 되었음은 그에게 바람직하지 못한 일이 생길 수밖에 없는 단초를 마련하는 것이나 다름없는 일이다.

그런데 어떤 일은 그것을 겪음으로써 새로운 하늘을 볼 수 있는 좋은 계기가 되는가 하면, 또 다른 어떤 일은 불행한 세계로 빠져들게 하는 동기가 되기도 한다. 이 두 가지는 모두 겪는 사람에게 새로운 경험이 된다는 점에서, 그리고 어떤 반성이나 깨달음을 가져다준다는 점에서는 공통점이 있고, 특히 후자(後者)도 결과적으로 그 사람을 인간적으로 성숙케 하는 데 도움이 되었다면 그것도 삶의 훌륭한 한 부분으로 인정되어야 할 것이다. 술과 담배와 여자는 권투선수와는 상극이니 바트에게 이것들은 불행의 신호탄이나 다름없기도 하지만, 또 다른 측면에서 이러한 경험이 그의 정신적 성장을 약속하는 긍정적 단계가 될 수 있음도 부정할 수 없는 일이다.

> 그의 입에서도 어제 저녁에 먹었던 여러 가지 음식의 향과 맛이 삭아서 풍겨져 나왔고, 역겨운 담배와 술의 쓴 맛이 그대로 느껴져 속이 메스꺼웠다. 온몸은 쓰리고 아리며 가슴과 위와 장이 타들어 가는 것 같았다. 심장의 박동은 고르지 못하고 손발이 바르르 떨렸다. 온몸이 아파서 눈도 뜨기 싫은데 머리는 지끈거렸다.
> 그러나 바트는 울렁대는 속의 것들을 최대한 빨리 비워내고 싶어 주섬주섬 옷을 주워 입었다.
> 알탕쩨쩨그는 눈을 감은 채 그를 찾아 손으로 더듬어 잡으려는 듯 이부자

리로 잡아당기는 시늉을 하다가 말았다.

　옷을 입는데 바트의 손발이 말을 듣지 않고 다른 사람의 손발처럼 제멋대로 움직이는 것 같았다.13)

　처음 술과 담배를 배우고 알탕과 동침하고 난 다음날 아침 바트가 그 대가를 치르는 모습이 실감나게 표현되어 있다. 이것은 불행의 세계로 진입하는 혹독한 입사식의 모습이자 힘겨운 전도(前途)를 암시하는 부분이기도 하다. 온몸의 리듬이 깨어진 상태는 지금까지 유지해온 생활의 시스템에 균열이 가고 있음을 상징하는 것으로 볼 수도 있다. 바트는 이날 이후 술과 담배 그리고 알탕과의 만남이 일상화되고 권투선수로서의 책임감 있는 생활태도는 멀리 하게 되었다. 당연한 결과로서 그는 그 뒤 열린 권투경기에서 참담한 패배를 맛보아야 했고 그로 인해 가슴이 찢어지는 고통을 감내해야 했다.

　그는 젊은 나이에 출중한 역량으로 이 세상에 별처럼 뜨고 싶은 명예욕이 간절했다. 그러나 지금은 패배의 아픔이 가슴 속에 똘똘 뭉쳐 있었다. 패배를 비웃던 야유 소리가 귓속에 계속 메아리처럼 울렸다. 패배의 아픔을 담은 액체가 혈관을 타고 흘러 다니면서 온몸을 긴장시켰으며 몸이 바르르 떨리고 있었다.14)

　이 부분은 바트가 알탕과 그 집안에 대하여 몇 번의 의문과 회의를 거친 어느 정도 뒷날의 이야기이기는 하지만, '부모로부터 분리되어 입문전수(入門傳授)의 장소로 간 젊은이에게는 여러 가지 고문(拷問)이 가해지기도 하는데 할례나 그와 유사한 고통을 감내함으로써 성인의 대열에 들 수 있다'15)고 하는 성인식의 한 과정을 그가 통과하고 있음을

---

13) 〈황금꽃〉, p.48.
14) 〈황금꽃〉, p.84.

보여주고 있다.

대개 성인식소설의 주인공들이 그 성격에 변화를 가져오기 위해서는 거기에 필요한 중대한 체험과 만남의 과정을 거쳐야 한다. 체험은 보고 듣고 겪음으로써 세계에 대한 인식의 지평을 넓히는 일이고, 만남은 인간과 인생에 대한 이해를 깊게 하는 데 도움이 되는 일이다. 체험과 만남은 우리에게 진실한 그 무엇을 발견하고 깨닫게 해주며 우리를 변화시키는 기능을 가지고 있다. 한국소설 이문열의 〈그 해 겨울〉은 주인공이 길을 떠나 무엇인가를 체험하고 누군가를 만나는 과정에서 진실을 발견하고 깨달음으로써 내적으로 성숙하고 새로운 인간으로 거듭나기까지의 과정을 잘 보여주고 있다

〈그 해 겨울〉의 주인공 영훈이 길을 떠나 만난 많은 사람들과 보고들은 것들은 모두 그에게 스승과 같은 존재들이었다. 폐병장이는 영훈으로 하여금 교만과 편견을 반성하게 해주었고, 실연의 아픔을 극복한 사촌 누님은 진정한 절망의 의미를 알게 해주었으며 칼갈이 노인은 용서의 미덕을 가르쳐 주었다. 동시에 갈매기의 죽음은 존재의 가치와 삶의 의미를 새롭게 확인시켜 주었고, 눈 내린 창수령은 미의 실체와 생의 아름다움을 생각게 해 주기도 했다. 이러한 일련의 과정을 통해 영훈은 허무와 감상에서 벗어나 처음과는 확연히 다른 성숙된 모습으로 새 출발을 다짐하게 된다.

바트가 알탕과의 일들에 대하여 의문과 회의를 느끼게 되는 것은 자발적인 반성의 결과이기도 하지만, 그보다는 주변사람들과의 만남과 그들의 충고가 더 크게 작용했다고 볼 수 있다. 바트에게 의문을 불러일으켜 그를 갈등과 고뇌로 몰고 가는 인물들은 여학생들, 같이 운동하

---

15) C. G. 융, 〈무의식의 분석〉, 설용환 옮김, 선용사, 1995, pp.157~158 참조.

는 동료들, 친구 보양토그토흐, 반디 할아버지, 에레그제드마, 나중에 알탕과 술집에서 만나게 되는 어중이떠중이 등이다. 여기에 아버지의 편지도 한 몫을 했다고 볼 수 있다.

> 바트는 집에 와서 저녁 내내 깊은 생각에 빠져 밤새도록 거의 잠을 이루지 못했다. 비로소 자기가 가장 사랑하는 사람을 모든 사람들이 손가락질한다는 것을 알게 되었다. 갑자기 '나는 그때 그녀가 그런 여자가 아니라고 보양토그토흐와 싸우지 않고 뭐 했지?' 하는 후회도 되었다.
>
> 그러다가 다시 '그 두 여자아이는? 그들은 내 학생이잖아!' 하는 생각이 스쳤다. 한편으로는 사랑하지만 가엾은 알탕쩨쩨그에 대한 연민의 정으로 속이 탔다. 또 한편으로는 무엇보다 친한 친구인 보양토그토흐가 조금이라도 빈 말을 할 사람이 아니기 때문에 더욱 괴로웠다.
>
> 그러나 생각하면 할수록 알탕쩨쩨그와 그녀 집안의 흠들이 눈에 보였다. 몸을 꾸미는 것, 언제나 준비되어 있는 말들, 차가운 웃음, 대화 할 때마다 돈을 밝히는 말투, 월급을 가져간 일, 새해 때 두루 돌아다니며 보았던 욕심쟁이들, 투기 장사, 방탕한 생활을 하는 자들이 주마등처럼 스쳐 지나갔다. '그 모든 것을 내 눈으로 직접 보면서도, 수작에 말려들어 맛있는 음식과 술을 받아먹을 줄만 알았지 왜 그 당시에 그런 사실을 몰랐을까? 왜 이제야 그런 것에 생각이 미치는 거지?' 하고는 후회가 몰려왔다. 그러나 또 뒤이어 딴 생각이 밀려들었다.[16]

그러나 바트는 고민과 회의를 통하여 무엇인가 이래서는 안 되겠다는 생각은 하지만, 영훈의 경우와는 달리 그 깨달음을 분명히 하고 태도를 결정하는 데에는 실패하고 있다.

미국 소설 셔우드 앤더슨의 〈나는 까닭을 알고 싶다(I want to know why)〉의 주인공은 열다섯 살로서 입문기(入門期)에 놓여 있는 소년이다.

---

16) 〈황금꽃〉, pp.69~70.

이 소년은 이미 많은 것을 알고 있지만 그가 알고 있는 것과 현실의 괴리에 대하여 의문을 갖고 또 실망하기도 한다. 그러나 그는 새롭게 알게 된 것을 이해하려고 하며 그렇게 함으로써 다음 단계에 편입할 수 있다고 생각하기도 한다.17) 이와 같이 입문기의 주인공은 자기가 알게 된 것에 대한 회의와 두려움 때문에 괴로워하기도 하지만 곧 그것을 인정하고 타협점을 찾으려는 모습도 보여주는데, 이런 점에 초점을 맞추어 M. Z. 쉬로더는, 소설은 주인공이 순진에서 오염으로 이행해가는 이야기이며 따라서 소설은 환멸의 양식이라고 규정하고 있다. 그러나 이 경우 오염이란 단순한 타락이 아니라 무지에서부터 벗어나 무엇인가를 깨닫게 되었음을 의미한다는 점에 유의해야 한다.

〈황금꽃〉은 일단 바트의 오염된 모습을 보여준다는 점에서 환멸의 양식에 부합되는 소설이다. 그러나 바트가 알게 된 알탕의 실상은 타협할 만한 가치가 없음에도 불구하고 그는 그것을 긍정적으로 보려 하고 합리화하려 한다는 데 문제가 있다. 개인의 부도덕성은 타협의 대상이 될 수 없으므로 당연히 이러한 태도는 바트 자신을 더욱 어렵게만 할 뿐이다.

> '못난 짓이다! 두 여자 아이의 이야기를 몰래 듣고, 아는 사람 말을 듣자마자, 직접 물어 사실을 확인하지도 않고 바로 마음이 이렇게 변한단 말이야?'하고 길게 한숨을 내쉬었다. 바트는 그 긴 한숨과 함께 쓸데없는 생각을 밖으로 몰아내었다는 듯이 마음이 누그러져서 깊은 잠에 푹 빠졌다.18)

바트는 이러한 회의와 합리화를 반복해가게 된다. 갈등과 고뇌는 있으나 진실한 깨달음과 결단이 없다는 점에서 그는 아직 성숙의 단계에

---

17) C.브룩스, R. P. 워렌, 〈소설의 분석〉, 안동림 옮김, 현암사, 1985, pp.412~424.
18) 〈황금꽃〉, p.70.

이르지 못하고 있으며 진정한 오염에도 미달하고 있다. 그는 오히려 알탕이 길을 잘못 가고 있다면 그것은 그녀에게 원인이 있는 것이 아니라 주변에서 그녀를 그렇게 만드는 사람들이 있기 때문이라고 하면서 그런 자들을 찾아 혼내주려고 하며, 실제로 로장 영감에게는 폭력을 행사하기까지 했다. 김승옥의 〈서울 1964년 겨울〉의 두 청년(安과 金)이 책장사 아저씨의 죽음을 통해 알게 된 인생의 저 어둡고 깊은 비밀에 동참함("우리가 너무 늙어버린 것 같지 않습니까?"라는 대화)으로써 그 두려움을 이겨내고자 하는 것과 같은, 진정한 의미의 타협 – 그 성숙의 방법을 바트는 아직 배우지 못하고 있는 것이다.

그러나 바트의 이름을 팔아 남의 물건을 강탈하는가 하면 임신을 했다고 거짓말을 하면서 계속 바트를 착취하고 말처럼 부려먹으면서 능멸하기까지 하는 알탕을 언제까지나 용납할 수만은 없는 일이다.

> 올가을은 바트에게 마냥 슬퍼서 마치 노란 천막 안의 삶과 같았다. 그 천막 안에서는 인생과 관련된 여러 가지 연극이 공연되는 것만 같았다. 순진하고 조심성 없는 사람들의 경험과, 거짓이면서 진실 같고 진실이면서 거짓 같은 해괴한 사건이 날마다 눈앞에 아른거렸다. '예전에 내가 왜 이 모든 것을 보지 못했을까? 아니면 올해가 특별한 해였나?'하고 바트는 깊은 혼돈에 빠져들었다.[19]

소극적이지만 바트가 혼란 속에서도 무엇인가 각성의 실마리를 붙들고 있으며 성장의 기틀을 가꿔가고 있는 모습을 보여주는 대목이다. 에레그제드마의 인도로 목격하게 된 부도덕하고 문란한 알탕에게 절망한 나머지 절교의 편지를 쓴다든가, 마지막 부분(2. 정신병원 현관의 정신병자들)에서 난잡한 어중이떠중이들과 알탕에게 일장 연설을 하고 주먹

---

19) 〈황금꽃〉, p.141

으로 그들을 응징하는 용기는 바로 이런 각성이 있었기 때문에 가능한 일이었다. 바트는 분명한 어떤 깨달음에는 아직 미치지 못했으나 그가 겪고 있는 시련들이 헛되지만은 않을 것이라는 믿음을 주고 있다. 다시 말해서 그가 미구(未久)에 내적 성숙을 통하여 성공적으로 성인 사회에 편입하게 될 충분한 가능성을 암시하고 있다는 것이다. 특히 그가 알탕의 일당들과 벌인 자유에 대한 논쟁은 이미 그가 많은 것을 알고 있을 뿐만 아니라 가치관의 충돌을 적극 수용함으로써 인간에 대한 통찰의 시야를 넓혀가고 있음을 보여주고 있다.

〈황금꽃〉을 입문소설로 볼 경우, 이 소설은 M. 마르쿠스가 나눈 입문소설의 세 유형 중 시험적(tentative) 단계와 미완적(uncompleted)단계를 아우르는 내용을 보여주고 있다. 즉 주인공이 성숙과 인식 또는 각성의 문턱을 넘어서지 못한 일면이 있는가 하면, 그 문턱의 경계에서 정체성의 혼란을 겪으면서 자아를 발견하려고 노력하는 자세를 보여준다는 점에서 그렇다는 것이다.[20]

바트는 대모에게 봉사하는 영웅이지만 결과적으로는 희생양으로 전락했고, 그런 의미에서 그의 알탕에 대한 사랑은 노역(奴役)과 동의어가 된다. 그러나 비록 사랑에는 실패했지만 이제 그는 미망(迷妄)을 넘어 정체성을 확립함으로써 훌륭한 성인 사회의 구성원이 될 수 있는 기틀을 마련했다고 볼 수 있다. 바트는 그렇게 되는 데 필요한 충분한 수업료를 지불했기 때문이다.

---

20) 이상우·이선민, 앞의 책 pp.79~80 참조

4. 교훈적 토운(tone) - 소중한 젊은 날을 위하여

〈황금꽃〉은 사건에서 오는 재미나 감동보다는 작가가 품고 있는 사상이나 관념, 또는 의도의 전달에 더 큰 비중을 두고 있는 소설이다. 구체적인 행위와 성격은 분명 존재하지만 그것들이 극적 사건을 만들어내는 데 소용되기보다는 작가의 어떤 의도에 종속됨으로써 그 소설적 기능을 제대로 수행하지 못하고 있다. 그러나 소설적 감동이 반드시 극적인 사건의 구성에서만 오는 것도 아니고, 독자의 관심도 재미 못지 않게 그 주제성에 집중될 수 있기 때문에 이런 점이 이 소설의 격을 떨어뜨리는 것은 아니다. 오히려 이것은 이 작품의 중요한 특성으로 이해되어야 할 것이다. 그런 점에서 프라이의 유형론을 따른다면 이 소설은 '허구적인 것'보다는 '주제적인 것'인 것에 가깝다고 할 수 있다.21) 어느 소설에서나 이 두 가지는 적절히 조화를 이루게 마련이지만 이 경우는 '주제적인 것'이 보다 강조됨으로써 주제소설로서의 성격이 두드러지게 되었다는 것이다.

주제소설은 인물이나 사건 자체에 대한 관심보다는 그 인물이나 사건을 매개로 하여 전개될 수 있는 사상, 관념에 대한 관심이 더욱 깊게 나타나는 소설이다. 이 유형은 일정한 이야기를 들려준다는 점에서는 분명 허구적이지만 동시에 일정한 작품적 의도도 직접적이면서 강하게 드러낸다는 특징을 지니고 있다.22) 주제적인 것은 그런 점에서 전달 방식이 보다 직접적이다. 이것은 작가와 독자가 직접 연결됨을 의미하는데, 거리(distance)의 관점에서 보면 작가와 독자의 거리가 가깝다는

---

21) Nothrop Frye, "*Anatomy of Critism*", Princeton University Press, 1971, p.303, p.312 참조.
22) 조남현, 〈소설원론〉, 고려원, 1987, p.303, p.304 참조.

것을 뜻함은 물론이다.

〈황금꽃〉은 그 전달 방식이 보다 직접적인 소설이다. 작가와 나레이터-작중화자의 거리가 아주 가까운데 이는 작가와 화자가 거의 동일화되어 있기 때문에 나타나는 현상이다. 대체로 작중인물에게 작가가 투영된 모습을 보이고 있음에도 불구하고 작중인물을 거치지 않고 작가혹은 화자가 직접 독자에게 다가가는 양상을 보이고 있다. 작가가 직접작품의 전면에 등장하여 논평하고 간섭하고 통제하면서 주도적으로 스토리를 이끌어간다는 것인데, 이는 이 소설이 주로 편집자적 전지성(全知性)을 그 시점(視點, point of view)으로 쓰고 있음을 의미한다.

> 아뿔싸! 내 버릇없던 젊은 시절에 순간적인 쾌락을 즐기던 방탕한 밤들, 숙취로 인해 고통스럽던 아침……. 조화로운 사고력, 희망 찬 청춘기의 붉디붉은 비단 같은 세월의 흔적에는 담뱃불로 숭숭 뚫린 구멍이 아직도 보인다.
> 그러한 아침을, 바트가 남질 영감네 후텁지근한 집 오른쪽 침대에서 잠을 깨어 맞이하는구나. 오! 불쌍해라.[23]

> 알탕쩨쩨그는 바트와는 다른 사람이다. 앞으로 더 많은 이야기를 하면서바트는 내가 판단할 테고, 알탕쩨쩨그는 여러분이 판단하게 될 것이다. 지금 당장은 그들에 대해 도덕적 기준으로 심판하기는 아직 이르니 이만줄여야 할 것 같다.[24]

그러나 여기서 한 가지 주의할 것은 이렇게 작가와 독자의 거리가 너무가깝게 되면 작가의 주관성이 강화되기 쉽고, 따라서 불필요한 감상이나편견에 빠지게 됨으로써 소설의 예술성을 성취하기가 어렵게 된다는 것이다. 우리가 소설에서 자주 작가의 객관적 태도를 강조하거나 거리의

---

23) 〈황금꽃〉, p.47.
24) 〈황금꽃〉, p.88.

문제를 중요시하는 것은 이런 이유 – 소설의 예술성 때문이다.

그럼에도 불구하고 이 작가가 이러한 태도를 견지하는 것은 젊은이들에게 보다 명확한 메시지를 던져야겠다는 의지 때문인 것으로 보인다. 이 소설은 작가 자신의 젊은 날에 대한 반성과 성찰을 토대로 하여 지어진 허구의 집이다. 꽃다운 젊은 나이를 '검은 꽃'으로 만들어가는 적지 않은 청소년들에게 주는 경계의 메시지가 교훈적 토운에 힘입어 소설의 다른 요소를 압도해버리고 있다.

> 그 외에도 대부분 사람들은 환락에 빠져 술꾼의 길로 들어섰다. 젊은 시절에 몸과 마음을 던질 세계가 없고, 할 일도 없는데다가, 옆에서 말해 줄 사람도 없어서 혼자서 환락에 취해 어느새 자기 자신을 다스릴 용기와 힘을 잃은 사람들이 이런 길로 빠져 들었다. 이 세상에는 위험하고 치욕적인 운명에서 헤어나지 못하고 자기의 아름다운 인생을 술집 문에 묶어 놓은 채, 좋은 재주를 썩히는 사람들이 의외로 많다. 아, 아까운 청춘, 아까운 재주! 그 기형의 길을 피해 멀리 할 수 있는 자가 행복한 자이다. 또한 그 부정적인 길을 자기에게 이익이 되게 이용하는 자는 더욱 행복한 자이다.25)

재미와 감동에 비하면 교훈은 소설의 부차적 요소다. 아니, 소설은 설교의 장이 아니므로 애초부터 교훈은 거기에 끼어들 틈이 없는지도 모른다. 생경하고 추상적이며 난삽한 교훈적 수사(修辭)는 소설에서 설 자리가 없다는 것이 소설과 교훈에 대한 우리의 오래된 생각이다. 그런 점에서 한국에서는 개화기의 '신소설'들을 부정적으로 평가하는 사람들도 있다. 그럼에도 불구하고 소설에는 우리가 교훈이라고 부를 수 있는 요소가 엄연히 존재하고 있다. 작가는 의도하지 않았지만 독자가 스스로 구성해내는 교훈적 요소가 그 대표적인 예가 되겠으나, 의도된

---

25) 〈황금꽃〉, pp.158~159.

그래서 직접적으로 제시되는 교훈적 내용도 그것이 플롯과 긴밀히 연결되면서 객관성과 설득력만 갖춘다면 충분히 그 존재 가치를 인정받을 수 있는 것이다.

〈황금꽃〉은 그 제작 의도 자체가 교훈성에 초점을 맞추고 있기 때문에 교훈적 토운이 주조를 이루지만 한편으로는 그것이 작가 자신의 젊은 날에 대한 반성과 성찰에 근거를 두고 있기 때문에 감상적인 토운도 지니게 된다. 교훈은 엄숙한 것이지만 반추는 다소간의 감상을 동반하는 속성이 있기 때문이다. 소설의 경우 토운은 작가의, 등장인물과 사건에 대한 생각과 입장을 의미한다. 그것은 작가의 가치관이나 윤리의식과 밀접한 관계가 있으며 그의 비평정신도 담아낸다. 따라서 실제 작품에서는 작품 전체를 지배하는 분위기의 형태로 나타나게 되는데 이 분위기는 그 작품의 총체적 의미나 주제의식과 밀접하게 연관된다.[26]

특히 〈황금꽃〉은 작가의 비평정신의 산물로 보아야 할 것이다. 우리가 추구해야 할 삶의 자세와 그렇지 못한 것에 대한 명백한 구별을 통해 진정한 가치가 무엇인지, 지켜야 할 윤리는 어떤 것인지를 제시하고 있기 때문이다. 작가, 혹은 화자는 바트에게는 연민의 정을, 알탕에게는 비판의 눈초리를 보내면서, 때로는 냉소적으로 때로는 엄숙하게 주제를 구현해 나가고 있다. 이 소설은 주인공이 일정한 삶의 높이와 깊이를 이루기까지의 과정을 추적하는 형식의 소설—교양소설에 해당한다고 볼 수도 있는데, 주인공 바트가 올바른 삶의 자세나 어떤 위치에 도달했다고 보기는 어렵지만 변화의 마디 하나하나에 연민과 조언을 던짐으로써 이 작품만의 개성적인 토운을 만들어내고 있다. 교훈과 감상이 교차하는 토운을 통하여 젊은 날을 헛되이 낭비하지 말 것을, 젊

---

26) 조남현, 앞의 책, p.238

은 날을 소중히 보듬어야 함을 힘주어 말하고 있다.

르 차이넘의 다음 말은 이 소설이 구성하는 메시지의 근거가 어디에 있는가를 잘 보여주고 있다.

> 인간이란 허약하고, 꿈은 크나 힘이 약하고, 수명이 짧고, 악행이 많고, 목소리가 큰 동물이야. 나이가 드니까 나도 모르게 걸어온 길을 다시 돌아보게 되고, 거기서 사람은 사람다워지고 지혜가 생기는 것 같아. 그 전까지는 인간은 원숭이처럼 살지. 울란바타르에서 살 때 나 역시 여러분과 마찬가지로 머리나 발이 뒤바뀔 만큼 혼란스러운 철부지로 살았던 시절이 있었지. 아까운 젊은 나이, 아까운 시간, 아까운 인생, 아까운 기회! 지금은 세월과 몸이 고쳐질 수 없는 헌 차처럼 되었다네. 그러나 마지막 그날까지 호텔 앞에서 차를 기다리고 앉아 있는 사람처럼 가만히 있지 않고 쓰러질 때까지 전진하리라고 마음먹고 있다네.
>
> 여태껏 나는 술을 즐기는 친구들과 함께 술을 마셔야 심신이 편안하고, 그제야 속이 후련했지. 서로 쏟아놓고 싶은 말보따리를 호랑이처럼 서슴없이 내뱉곤 했지. 글을 쓸 때 몸속에 술이 들어가야 쌓인 피로와 자랑을 밖으로 배출하고 마음이 풀리는 그런 친구들과 함께 살아왔다네. 어떤 때는 나는 그 분들과 다를 바가 없었지.
>
> 그동안 내가 무엇을 깨달았는가 하면 술꾼마다 다를 뿐만 아니라, 나 자신도 술꾼이 되면 다른 사람이 된다는 사실을 깨닫게 되었네."27)

르 차이넘은 자신의 전철을 밟지 말 것을, 그러나 언제나 밝은 미래를 꿈꾸어야 함을 말하고 있다. 그는 이 작품에서 바트의 불행한 이야기를 통해 역설적으로 젊음에게 축복의 메시지를 던지고 있는 것이다.

---

27) 다스냠, 〈유물에 말걸기〉에서 재인용
   * 이 글은 원서의 머리말 뒤에 실린 서평임.

5. 바트에게 새로운 용기를 : 결어를 겸하여

이 소설의 주인공 바트가 이제 어떤 문턱을 넘어야 할 시점에서도 여전히 피해자에 머물러 있거나 고민만 할 뿐 더 이상의 성숙된 모습을 보여주지 못하는 것은 바트를 위해 안타까운 일이다. 이것은 바트 자신의 책임이기도 하지만, 여기에는 바트를 교훈적 재료로만 이용한 듯한 작가의 태도에도 어느 정도 책임이 있다고 할 수 있다. 작가의 의도란 우리가 간여할 수 있는 문제도 아니고, 작가의 의도가 자신의 젊은 날에 대한 성찰을 바탕으로 젊은이들에게 어떤 메시지를 전달하고자 한 것이라면 그것도 작가의 자유 의지이므로 남들이 뭐라고 할 수 있는 일은 아니다. 그러나 마지막 부분에서 보여준 저항과 슬픈 항복을 넘어서는 어떤 극적 반전이 바트에게 주어지지 않는다면 지금까지 바트가 겪어온 갈등과 고뇌와 아픔이 자칫 무의미한 것이 되어버릴지도 모른다는 염려는 떨쳐버릴 수가 없다. 바트에게 새로운 용기를 주는 배려가 아쉽다.

데 갈바타르는 '〈흑화〉만큼 잘 된 구조를 지닌 소설을 만난 적이 없다'[28]라고 했는데 그가 말한 구조가 무엇을 의미하는지는 분명치 않으나, 그것은 아마도 '만남 – 갈등(다툼) – 화해 – 갈등(절교 편지) – 화해 – 갈등(격렬한 다툼) – 심적 항복'으로 이어지는 반복구조의 정연성을 말하는 것이 아닌가 싶다. 아울러 한해의 첫날에 시작된 사랑이 한해의 마지막 날에 그 막을 내리게 되는 일종의 순환구조의 상징성도 염두에 둔 것으로 보인다. 이러한 구조의 파악은 이 소설의 본질과 맞닿아 있는 것이어서 탁견이라 할 만하다. 이 반복구조는 바트라는 입문기의 주인공이 내적으로 고투하고 성숙해가는 과정을 인상적으로 보여주기에 아

---

28) 난딩째째그, 〈'흑화' 밖으로〉에서 재인용.
  * 이 글은 제 6회 '서울/울란바타르 국제 문학인대회'에서 발표한 평론임.

주 적합한 형식이기 때문이고, 또한 이 소설의 '(겨울) – 봄(만남) – 여름 (사랑) – 가을(균열) – 겨울(이별)'의 순환구조는 계절이 지니는 원형적 의 미로 보아 사랑의 시작과 마감을 가장 잘 보여줄 수 있는 형식인 까닭이 다. 이 순환구조는 본래 성공한 영웅의 이야기에 어울리는 양식이기는 하지만 불행한 우리의 복싱 영웅 바트에게도 적용될 수 있는 이야기의 틀이다. 겨울 다음에는 또 다시 봄이 이어질 것이기 때문이고 바트는 그 봄을 맞이할 가능성을 예비하고 있기 때문이다.

이 소설은 무수한 반성과 성찰과 교훈을 중요 내용으로 하고 있기 때문에, 즉 그것들을 플롯 속에 용해시키기보다는 직접 전달하는 형식을 취했기 때문에 극적 구성과는 다소 거리가 있는 에세이적인 성격의 소설이 되었고, 따라서 예시기능(豫示機能)이나 복선(under-plot)의 묘미와 같은 소설미학을 미처 갖추지 못하게 되었다. 그러나 이 소설이 보여주는 에세이적 요소는 다감하고 낭만적인 토운을 이끌어냄으로써 이 작품을 아주 개성적으로 만들어 주고 있으며, 이것은 주변 사물과 현상을 시적(詩的)으로 파악하는 작가의 시인적(詩人的) 자질과 긴밀히 연결되어 있다.

르 차이넘은 시인이다. 그의 시 '인생'의 일절을 인용함으로써 〈황금꽃〉('흑화')에 대한 연구 내용의 요약에 대신코자 한다.

인생에게 버릇없는 아이처럼 굴다가
찰싹 얻어맞고
잊어버리고 또 얻어맞고
고생과 행복을 구별할 줄 모르는
길 잃은 개처럼 된 사람도 있다
인생을 옆집 처녀처럼
날마다 속이려 하다가
늙을 때까지 하늘을 보지 못하고

보내는 사람도 있다
인생이 스스로 입 속으로 들어올 것처럼 쉽게 보면서
맛있는 것이 나에게 떨어지겠지 하고
팔다리를 벌리고 누워 있다가 게으름과 가난이 극에 달해
다시 일어서지 못하고
저 밑바닥의 벌레처럼 보내는 사람도 있다

- 〈인생〉에서

부록

소설과 인간

소설과 인간

1. 소설을 읽는다는 것의 의미

1) 소설에서 말하는 허구와 모방과 진실

(1) 허구

소설의 모태는 신화(神話)라고 한다. 신화는 고대인들이 그들의 소망을 이상화시킨 이야기이므로 원칙적으로 꾸며낸 이야기다. 이 신화의 전통을 계승하여 공상적인 모험담을 엮어낸 것이 로망스라는 형태의 이야기다. 단계적으로 보면 이 로망스 다음에 나타나는 장르가 소설이므로 소설도 운명적으로 꾸며낸 이야기를 그 본질로 하지 않을 수 없다. 그래서 우리는 소설을 '가공(架空)의 진실', 혹은 '가공의 역사'라고 일컫는가 하면, '있을 수 있는 그럴 듯한 이야기'라고 말하기도 한다. 이렇게 보면 소설은 쓰여 진다기보다는 만들어지는 것이라 할 수 있다.

여기에서 말하는 '허구'란 실상이 없는 빈껍데기란 뜻이 아니라 의도적으로 제작된다는 의미로 이해되어져야 한다. 역사는 사실(事實)의 기록으로서 사실(史實)의 전달에 목표를 두기 때문에 여기에는 기본적으로 기록자의 의도가 배제된다. 기록자의 어떤 비평 정신이나 가치 판단

이 개입되는 경우, 즉 어떤 사관(史觀)에 입각하여 판단을 가하는 경우
라도 사실은 사실대로 기록되어야 한다. 그러나 소설은 있을 수 있는
일을 만들어내므로 거기에는 작가의 자유로운 상상력이 중요한 역할을
하게 된다. 공상적인 이야기와 마찬가지로 소설의 이야기는 온전히 작
가의 의도에 따라 무한한 변화의 가능성을 갖게 된다.

물론 소설이 허구라고 해서 아무런 근거도 없는 막연한 이야기를 써
내려간다는 것은 아니다. 소설의 재료가 되는 것은 인간의 삶과 역사
다. 이러한 재료, 즉 모델이 없는 소설을 생각하기는 어렵지만 문제는
그 재료를 어떻게 다루느냐 하는 데 있다. 소설가는 자기가 선택한 재
료를 있는 그대로 배열하는 것이 아니라 자기가 생각하고 있는 어떤
의도에 맞추어 그것의 모습을 바꾸고 다른 색깔을 입혀 내보이게 된다.
이 재료의 모습을 바꾸고 다른 색깔을 입히는 작업이 바로 소설의 허구
적 성질을 만들어 낸다. 터무니없는 비현실적인 이야기를 꾸며내는 것
이 아니라 현실적 삶의 의미를 보다 실감 있게 전달하기 위하여 이야기
를 만드는 것, 이것이 바로 소설에서 말하는 허구인 것이다. 이런 까닭
에 소설의 동의어로 픽션(fiction, 허구)이 일반화되어서 쓰이고 있다.

소설에서 말하는 '허구'란 보다 실감나게 인생과 인간의 의미를 보여주
기 위하여 의도적으로 인물과 사건을 조작하는 것을 의미하는 것이다.

(2) 모방

소설은 비록 꾸며진 이야기이기는 하지만 그 이야기는 거의 언제나
현실에 바탕을 두고 꾸며진다. 소설가는 현실의 어떤 인상적인 인물,
감동적인 사건을 발견하고 체험했을 때 소설 제작의 동기를 얻게 된다
고 한다. 어느 장르의 경우라도 마찬가지지만 이 작가의 체험이란 것이
작품 제작의 밑거름이 된다. 체험은 말할 것도 없이 다양한 현실적인

삶의 모습들을 인식하고 이해해 가는 과정이다. 그러므로 체험은 또한 작가에게는 하나의 재료가 된다. 이처럼 체험이 곧 소설의 재료가 되기 때문에 필연적으로 소설은 그것이 쓰여 진 당대의 시대상과 현실을 반영하게 된다. 반영은 거울에 비춰본다는 것과 유사한 의미를 갖는다.

아리스토텔레스는 문학을 자연의 모방이라고 보았는데, 이때의 자연은 곧 현실이며, 모방은 반영의 의미를 갖는 것이다. 이 모방이란 말은 저급한 것이 고급의 것, 완결된 것을 흉내 낸다는 뜻이 아니라, 어떤 고상한 의도나 목적을 드러내고 성취하기 위하여 현실의 모습을 빌려오고 이용한다는 의미를 갖는다. 그러므로 소설에서 말하는 모방은 현실의 복사가 아닌, 그것의 재현, 또는 재구성이라는 뜻으로 이해된다. 어떤 증거물로 남기기 위해 찍는 사진을 우리는 예술이라고 하지 않는다. 반면에 사진작가가 어떤 의도를 담아서 찍는 사진은 예술로 인정된다. 이처럼 단순한 흉내 내기, 또는 현실의 복사가 문학이 될 수 없음은 당연한 이치다.

모방의 대상은 물론 현실이다. 작가는 현실을 어떤 증거물로 남기기 위해 그대로 복사하는 사람이 아니라, 그 현실에 그의 어떤 의도를 적용시킴으로써 재료인 현실의 모습을 어떤 형태로든 바꾸어서 독자에게 보여 주는 사람이다. 이렇게 재료의 모습을 바꾸는 작업을 재구성, 또는 변형이라고 하며 이것이 바로 허구화의 과정이기도 하다. 모방은 현실에서 재료를 얻어오고 그 재료의 모습을 그럴 듯한 다른 모습으로 바꾸어 놓는 작업, 즉 허구화를 위한 작업이다.

소설가가 인간의 세상사를 이야기로 만들 때, 그는 아무렇게나 이야기를 엮어가지는 않는다. 인물과 사건, 즉 등장인물의 행위의 원리가 현실을 지배하고 있는 원리의 범주를 벗어나지 않도록 조절해가면서 이야기를 진행시키는 것이다. 일상적인 질서와 원리를 벗어난 등장인물의 행위는 박진감과 진실성을 획득할 수 없기 때문이다. 소설은 리얼리즘 정신에 입각하여 대상을 재구성함으로써 리얼리티를 얻게 된다. 모방은 대상을 재현하고 재구성하는 창조적 능력이며, 소설은 작가의 이러한 능력에 의하여 만들어지는 것이다.

(3) 진실

소설은 '가공의 진실'이라고 흔히 말한다. 이를 의미의 연결로 보면 '가공'이라는 수식어와 '진실'이라는 피수식어 사이에는 개념의 모순이 발생한다. 가공은 '실제로는 없는 것'이라는 뜻이어서 진실과는 개념상 대치된다는 것이다. 단순히 사전적인 의미로만 본다면 의미 연결이 불가능하지만 이것을 소설의 경우에 적용시키면 상당히 중요한 의미를 지니게 된다. 가공은 소설의 허구적 성질을 나타내는 말이다. 아무것도 없는 빈터에 무엇을 지으면 가설(架設)이라고 하는 것처럼, 가공은 원래는 없었던 무엇을 세운다는 뜻인데, 이것은 소설이 현실에서는 똑같은 것을 찾을 수 없는 새로운 무엇을 만들어 낸다는 것을 의미한다. 따라서 '가공의 진실'은 꾸며낸 이야기 속에 담겨 있는 진실, 또는 그 이야기 자체의 진실성을 가리키는 말이 된다.

꾸며낸 이야기는 원칙적으로 실제로는 없는 이야기다. 실제로 없으므로 사실이 아니다. 사실이 아니라면 거짓일 수밖에 없다. 그런데도 '진실'하다는 것은 어떤 이유 때문일까? 우선은 사실과 진실은 다르다는 점을 이해해야 한다. 실제로 있거나 있었던 것을 사실이라고 하지만 모든 사실이 진실은 아니다. A가 B에게 '사랑한다'고 고백했을 때, 사랑한다고 말한 것은 사실이지만 실제로 마음에 없는 말을 한 것이라면 그 사실은 진실이 아니다. 소설은 사실보다도 진실을 말하기 위해 이야기를 꾸민다. 비록 사실을 바탕으로 한 이야기를 하더라도 그 이야기의 사실 여부보다는 그 이야기 속에 담긴 어떤 진실에 초점을 맞춘다.

그렇다면 사실을 이야기하면서 진실을 드러내는 것이 정직한 일이 아니겠는가? 하필 없는 얘기를 꾸며서 진실을 말하는 것은 시간낭비가 아닌가? 이런 의문이 생길 법하지만 여기에는 그럴만한 이유가 있다. 우리는 어떤 진실을 전달할 때, 논리적으로 조리 있게 말하는 것보다는 그와 관련되는 이야기를 들려줌으로써 보다 큰 효과를 얻는 경우를 종종 체험하게 된다. 어린이에게 '정직하게 살아야 한다'라는 것을 깨닫게 하려고 할 때 논리적으로 설명하는 것보다는 '산신령과 나무꾼의 도끼'라는 이야기를 들려주는 것이 보다 설득력이 있다는 것은 우리가 다 아는 일이다. '산신령과 나무꾼의 도끼'는 꾸며낸 이야기이지만 그 이야기를 듣고 어린이가 깨닫는 것은 '정직하게 살아야 한다'라는 도덕적 진실이다. 이처럼 소설은 어떤 진실을 전달하고자 할 때, 그 전달이 효과적으로 이루어질 수 있도록 꾸며낸 이야기인 것이다. 다시 말해서 보다 실감나게 진실을 전달하기 위해 거기에 어울리는 이야기를 꾸며낸 것이 바로 소설인 것이다.

소설이 드러내고자 하는 진실은 주로 인간과 인간의 삶의 문제와 관련되는 것들이다. 사랑, 행복, 자유, 정의 등과 같은 인간의 원초적, 보편적인 욕구와 관련되는 삶의 문제, 혹은 인간 그 자체의 존재 의미에 대한 어떤 해답을 추구하는 것이 소설의 진실성이다.

소설에서 허구와 모방은 현실에서 유추된 세계를 창조해내는 과정이며 그 결과라 할 수 있다. 모방은 과정의 의미가 크고 허구는 결과물로서의 의미가 강하다. 이 둘의 관계는 필요와 발명의 관계와 같으며 진실은 여기에서 얻어진 고부가가치라고 보아도 좋을 것이다.

2) 소설 독서의 기본

소설은 재미있게 읽어야 한다. 소설을 대하면 '무슨 이야기가 쓰여 있을까?'하는 강렬한 호기심을 발동시켜 볼 필요가 있다. 소설 독서에 있어 호기심의 발동은, 수준으로 보면 초보적인 단계에 불과하지만 그 래도 이것은 소설 독서의 기본적인 태도가 되어야 한다. 애초에 호기심 이 없이 수행되는 독서는 존재할 수 없기 때문이다. 연구를 목적으로 소설을 읽는 전문 독자(문학 이론가나 평론가)의 경우도 예외는 아니다.

이 호기심의 발동에서부터 소설을 읽는 재미가 시작된다. 처음 이 재미는 스토리를 따라가는 데서 온다. '그래서 그 다음에는, 또 그래 서…….' 하는 식으로 사건의 추이에 흥미를 가지고 읽어 나가노라면 자연히 재미를 느끼게 된다. 그러나 이렇게 해서 한 편의 소설을 다 읽고 나면 단순한 스토리의 재미가 아닌, 뭔가 또 다른 재미가 있었다 는 느낌을 갖게 되는 데, 이것은 그 독서의 과정에서 무엇인가를 깨닫 게 되었다는 기쁨과 같은 것이라 할 수 있다. 이는 아리스토텔레스가 이른바 발견(인지)에서 오는 기쁨과 같은 것이다.

실제 소설을 읽다 보면 단순히 재미로만 읽어 넘기에는 너무나 심각 하고 안타까운 인간의 이야기가 그 속에 들어 있음을 보게 된다. 그런 이야기를 읽는다는 것이 독자에게는 고통스러운 경험임에는 틀림없지 만, 동시에 그것은 하나의 기쁨이 될 수도 있는 것이다. 심각하고 안타까 운 이야기 속에서 독자는 인간의 진실과 인생의 또 다른 경지를 발견할 수 있기 때문이다. 즐겁고 행복한 이야기보다는 슬프고 가슴 아픈 이야 기 속에서 인생의 진실은 더 잘 드러나는 법이다. 소설이 인생의 진실을 드러내고자 하는 데 한 목표를 두고 있다면 필연적으로 행복한 이야기보 다는 비극적인 이야기를 다룰 수밖에 없다. 독자는 이러한 진실을 깨달 음으로써 무엇인가를 새롭게 알게 되고 내면적으로 좀 더 성숙하게 되는

데, 이 무엇인가를 알게 되었다는 것과 좀 더 성숙했다는 것을 인식하는 데서 오는 기쁨, 이것이 진정한 소설 독서의 재미인 것이다.

따라서 수준 있는 소설 독자가 되기 위해서는 먼저 소설에 대한 호기심부터 길러가야 한다. 소설을 자주 대해야 소설을 알게 되는 것이 아니겠는가. 이런 예비적인 단계를 거쳐 실제 소설 독서로 들어가서 첫째로 중요한 것은 소설의 줄거리를 분명하게 파악하는 일이다. 현대소설은 시간의 순서를 뒤바꾸는 역순행적 구성을 즐겨 사용하기 때문에 정상적인 시간의 순서를 따라 줄거리를 정리해가면서 읽어야 한다는 것이다. 무슨 일이 있었는가를 파악해야 그 다음 단계의 감상이 가능하기 때문이다.

그리고 소설은 어떤 인간에 관한 이야기이기 때문에 소설 독자는 자기가 읽는 소설의 주인공을 확인해야 하며, 이 주인공을 중심으로 인간 상호간의 관계와 사건을 이해해 나가도록 해야 한다.

대개 소설의 사건은 인물의 성격이 원인이 되어 발생하기 때문에 인간관계의 양상이나 갈등의 모습, 또는 의미는 성격을 파악함으로써 그 이해가 가능하다. 성격과 사건의 파악에는 독자 자신의 체험이 중요한 작용을 한다. 성격과 사건은 이성적으로 이해될 수도 있겠지만, 그보다는 그것을 독자의 체험 세계에 편입시켜 본다든가, 반대로 그것을 인물의 성격과 사건에 편입시켜 봄으로써 보다 쉽게 이해를 얻어낼 수가 있다. 다시 말해서 작품의 내용을 그와 유사한 독자의 체험에 대입시켜 보면 이해가 쉽게 이루어진다는 것이다. 소설은 일상적 체험의 세계와 일상적 행위의 원리, 그리고 보편적인 인간 심성에 바탕을 두고 쓰여지기 때문에 이것이 가능하다. 그렇기 때문에 소설과 독자 사이에는 이런 관계, 즉 소설을 통하여 독자가 자신을 재발견하기도 하지만, 독자의 체험을 통하여 소설이 이해될 수도 있다는 사실을 염두에 두고 소설을 읽어야 한다.

소설의 보다 큰 재미는 소설을 이해하고 어떤 깨달음을 얻는 데서 온다고 앞서 지적한 바 있지만 이 이해와 깨달음은 주제를 파악하는 것과 깊은 관련이 있다. 어떤 소설이든 하나의 소설에는 작가가 독자에게 전달하고자 하는 메시지가 내포되어 있기 마련이다. 이 메시지를 보통 주제라고 하는데, 이 주제의 파악이 작품 이해의 최종적인 단계가 됨은 물론이다. 그러나 이 주제는 몇 개의 관념적인 어구나 한 장면 속에 나타나는 것이 아니라 전체의 사건 속에 용해되어 있기 때문에 그 포착이 상당히 까다롭다. 상식적으로 이야기한다면 소설의 각 요소를 면밀히 살펴보고 종합함으로써 주제를 찾아내야 한다고 할 수 있지만, 실제 소설을 읽어보면 그것이 그리 간단한 문제도 아니고, 또 그렇게 한다고 해서 쉽게 찾아지는 것도 아니다. 오히려 지나치게 분석적인 태도는 독자 자신을 더욱 혼란에 빠뜨릴 염려마저 있다.

따라서 우리는 소설을 읽을 때 지나치게 주제를 의식할 필요는 없다. 사람들은 대체로 어떤 사물이나 현상을 대하면 습관적으로 '그것은 무엇을 의미하는가?' 하는 물음을 던지게 되는데, 이것은 지적 욕구 이전의 인간 특유의 심리적 기질이다. 이것은 무엇이든 의미 체계가 완성되어야 만족을 얻는 인간의 보편적인 심성인데, 소설을 읽을 때 우리는 여기에서 해방 되어야 한다. 왜냐하면 처음부터 총체적인 의미 체계에 매달리면 부분들이 가지고 있는 미묘한 의미와 기능을 놓쳐 버리기 쉽고, 당연한 결과로서 파악된 총체적 의미라는 것이 허황된 결론이 되기 쉽기 때문이다.

우리가 소설을 읽은 경험으로 보면 주제를 의식하기보다는 등장인물에서 느끼는 인간적 매력이나 사건이 불러일으키는 긴장감, 또는 작가의 매력적인 글 솜씨, 아름다운 사랑을 묘사하는 장면 등에 반해서 작품을 재미있게 읽은 적이 한두 번이 아니다. 이렇게 어떤 한 부분에 몰두하여 소설을 읽어 나가는 것이 오히려 바람직하다. 비록 독자가 어느 한 부분에 끌리어 소설을 읽는다 하더라도 이미 그는 그 부분을 통하여 전체를 읽고 있기 때문이다. 이런 과정을 통하여 하나의 깨달음에 도달하는 것이 곧 주제를 파악하는 길이다. 소설 독서는 하나의 새로운 체험이며, 주제는 그 체험을 통하여 얻게 되는 하나의 깨달음이라는 것을 염두에 두고 소설을 읽어야 한다. 특히 소설 자체도 재미있어야 하겠지만, 읽는 사람도 그것을 재미있게 읽을 줄 알아야 한다.

위에서 이야기한 내용을 정리해보면 다음과 같이 요약할 수 있다.

> 첫째, 소설의 스토리를 정리해 가면서 읽어라.
> 둘째, 작품의 내용(특히, 인물의 성격과 사건)을 독자 자신의 체험 세계와 관련지어 가면서 읽어라.
> 셋째, 지나치게 주제를 의식하지 말고 흥미를 느끼는 어떤 부분을 중심으로 읽어 나가라.

위에 제시된 소설 독서의 방법이 최선은 아니겠지만, 그렇게 함으로써 어느 정도의 효과는 볼 수 있으리라 믿는다.

3) 소설을 제대로 읽어야 한다

소설은 읽히기 위해 쓰여 지고, 또 존재하는 것이다. 독자가 재미있게 읽어주면 소설의 사명은 완수된 셈이다. 그래서 어떤 이들은, 소설은 작가 혼자서 만드는 것이 아니라 독자와 함께 만드는 것이라고도 한다. 우리가 소설가를 위하여 소설을 의무적으로 읽어야 할 필요는 없지만, 소설 독서가 작가와 함께 인간과 인생에 대한 어떤 의미의 체

계를 세워가는 가치 있는 일임을 생각한다면 소설 독서만큼 우리의 삶
을 윤택하게 만들어 주는 일도 없을 것이다.

소설 독서는 작가가 의도하는 바 – 메시지를 찾아내는 작업이기도
하지만 독자가 소설 속의 사건에 어떤 의미를 부여하는 작업이기도 하
다. 이 일련의 과정을 통하여 독자는 인간과 세계를 새롭게 인식하고
나아가 삶의 지평을 확대해 간다고 볼 수 있다.

그러나 소설이 매양 이렇게 무게 있는 목적에서만 읽히는 것은 아니
다. 일반 독자들이 소설의 창작과 수용의 과정을 알고 읽는 것도 아니
고, 또 알 필요도 없다. 일반 독자들은 읽어서 재미있으니까 읽는다.
우리들의 소설 독서는 바로 이 단계에서 시작되고 지속되는 것으로 충
분하다. 단지 우리는 소설을 이해하고 감상하는 것이 초보적인 재미의
단계에 머물러서는 안 되겠다는 어떤 문제의식에 주목할 필요는 있다.
왜냐하면 단순한 재미로 보기에는 너무나 고통스러운 인간의 모습이
소설 속에서 발견되기 때문이다. 그런 고통스러운 인간을 작가는 왜
보여 주려 하는가, 우리에게 그것은 어떤 의미를 갖는가 하는 의문이
당연히 생기게 마련이며 우리는 그 해답을 요구하게 된다. 여기에 바로
깊이 있는 독서를 해야 하는 이유가 있기도 하다. 따라서 우리는 지나
치게 긴장할 필요는 없지만 더욱 깊이 있는 재미를 위하여 일단은 이런
문제에 관심을 가져볼 필요가 있다는 것이다.

그러기 위해서는 소설을 제대로 읽어야 한다. 소설을 제대로 읽기
위해서는 어떻게 해야 하는가? 그것은 소설의 전반적인 모습에 대한
공부에서부터 시작되어야 한다. '재미로 읽는데 무슨 공부냐'라는 반론
이 제기될 수도 있으나 이 공부는 수학이나 영어 공부와는 전혀 다르
다. 왜냐하면 가르침을 받는 공부가 아니라 소설 작품을 읽음으로써
스스로 깨달아가는 공부이기 때문이다. 이러한 과정을 거쳐 소설을 제

대로 읽을 수 있게 되면 우리는 단순한 재미의 차원을 넘어 작가의 의도
를 파악하고 그것을 통하여 나의 삶에 어떤 의미를 부여할 수 있는 능력
을 가지게 되고, 당연한 결과로서 소설의 진미를 알게 된다.

소설을 읽는다는 것은 인간의 보편적 진실을 알아내고, 그것을 바탕
으로 나의 존재의 의미를 확인하며 자기실현의 길, 혹은 동일성 회복의
길을 찾아가는 작업이라 할 수 있다. 인류의 보편적 가치인 자유와 정
의와 평등과 행복의 추구는, 따라서 모든 소설의 공통된 관심사요 주제
가 된다. 우리는 이것을 확인하기 위해 소설을 읽는지도 모른다. 왜?
내가 그 안에 설 때 비로소 참다운 내가 될 수 있기 때문에.

2. 새로운 인간형의 발견과 창조

이 세상에 소설이 없으면 안 되기 때문에 소설이 쓰여 지는 것일까?
소설 한 줄 제대로 읽은 적이 없으면서도 세속에서 말하는 성공을 거둔
사람들이 즐비한 것을 보면, 그리고 소설이라는 것이, 뭐 그런 게 있는
지조차 잘 모르면서도 인생을 재미있게 살아가는 사람들이 또 얼마든
지 있는 것을 보면 소설이 인생살이에 꼭 필요한 것도, 뭐 그리 대단한
것도 아니라는 것만은 분명하다.

세속적이든 고답적(高踏的)이든 뭐가 되었든 간에 그가 성공하는 데
소설로부터 아무 도움도 얻은 바 없고, 소설을 몰라도 그는 지금 이렇
게 재미있게 살고 있는데 소설이 도대체 무슨 소용이냐고 생각하는 사
람에게는 소설은 그저 어제 읽은 신문처럼 따분한 그 무엇일 뿐이다.
그들은 비록 소설을 읽은 적이 거의 없지만 소설을 많이 읽은 사람 못지
않게 인생에 대하여 많은 것을 조리 있게 말할 수 있고, 또 나름대로

현명한 판단과 명쾌한 결론에 이르고 있음을 보면 적어도 이들에게는 소설이 큰 의미를 지닐 수 없음을 알게 된다.

그래서 소설은 누구에게나 의미 있는 어떤 대단한 존재가 아니라 그 것이 필요하다고 생각하는 사람들에게만, 정말 그것이 인생살이를 깨우쳐 나가는 데 도움이 된다고 믿고 있는 사람들에게만 유의미한 선택적 존재로 그 의미의 항을 제한해 볼 때가 되었는지도 모른다. 어차피 소설은 그 말이 옳다고 믿는 사람에게만 진실이 되는 미토스(mythos)적인 말하기, 신화적(神話的)인 말하기가 아니던가.

위의 이야기가 장난처럼 들릴지 모르지만, 소설을 모르고 산다는 것이 얼마나 불행한 일인가를 당연한 것처럼 말해 온 것이 과연 옳은가를, 나아가 문학이 없는 삶은 참된 삶이 아니라는 진술은 과연 타당한 것인지 이제는 한 번쯤 점검해 볼 필요가 있다. 톨스토이 시대에는 인간을 바라보는(파악하는) 방식으로 소설만한 것이 없었지만 주지하다시피 오늘 이 시대는 너무나 다양한 방식, 예컨대 디지털 영상 기기 등을 통하여 인간을 다각적으로 들여다볼 수 있어 굳이 소설이나 철학과 같은, 고행(苦行)이나 다름없는 아날로그적인 방법으로 인간을 탐구하지 않아도 인간에 대한 해명이 어느 정도 가능하게 되었다는 점에 주목할 필요가 있다는 것이다.

인간과 인간의 삶이 지니는 진정한 의미를 찾아 험난한 지적(知的) 미로(迷路)를 헤매야 했던 소설적 탐구 방식은 그 진지함과 엄숙성으로 하여 오늘 이 디지털 시대에도 그 가치는 여전히 유효하지만, 이제 더이상 유일한 방법이나 최선의 가치가 아니라는 점을 우리 모두는 인정해야 할 것이다. 이인성이나 윤대녕, 혹은 박민규, 배수아 등이 우리 눈에 낯설게 보였던 것은 그들이 시대의 변화를 감지한 나머지 전통소설의 한계를 극복하지 않고서는 소설의 존속이 더 이상 어려울 것이라는 깨달음에서, 이 시대의 새롭게 인간을 들여다보는 다른 방법들, 예 컨대 디지털 영상기기들과의 차별화를 시도하여 작품화했기 때문이다. 그것이 실험정신으로 평가되든 개성의 극대화로 이해되든 간에 과거 소설이 누렸던 권위를 탈피함으로써 새로운 활로를 열어보려 한 노력 이었다는 것만은 분명하다. '시대는 옮겨가고 있는데 법은 옮기지 않고 옛날 법대로 다스리고 있으니 어찌 어려운 일이 생기지 않겠는가?'[1]라 는 말은 소설 장르가 늘 명심해야 할 경계의 말씀이다.

그러나 소설을 읽지 않고도 얼마든지 의미 있는 삶을 살 수는 있지만 그 의미라는 것의 내용이 상대적으로 빈곤해 질 수 있다는 점에서 소설 을 모르고 문학을 모르는 것은 아무래도 바람직하지 않다고 예기할 수 밖에 없다. 미국 실리콘밸리의 아이콘으로 알려진 유명한 경영학자이 자 경영컨설턴트인 톰 피터스는 학문적 연구가 잘 진전되지 않을 때는 굳이 고민하지 않고 훌쩍 그것으로부터 벗어나 소설을 읽는다고 한다. 그러면 희한하게도 막혔던 논리가 풀리곤 한다는 것이다. 이것은 아마 도 소설 독서를 통하여 상상력과 창의력을 일깨울 수 있기 때문에 나타 나는 현상이라고 할 수 있을 것인데, 이런 예를 통해서도 우리는 소설 을 아는 것과 모르는 것의 차이를 분명하게 말할 수 있게 된다.

앞서 말한 것처럼 과거 소설이 담당했던 인간 해석의 역할이 영상예 술이나 과학 쪽으로 많이 옮겨간 오늘 굳이 소설의 중요성을 강조하는 것이 과연 옳은지는 의문이나, 소설은 어느 시대에나 그 시대가 요구하 거나 필요로 하는 인간의 모습, 또는 전형적인 인간의 모습을 그려내려 고자 했다는 점에서 그것은 여전히 읽힐 만한 가치가 있고, 또 그렇게

---

1) 時已徙矣 而法不徙 以此爲治 豈不難哉-呂氏春秋

함으로써 우리의 의식을 새롭게 하는 힘을 지니고 있다는 점에서 존재의 당위성을 획득하게 된다. 오늘의 소설은 이러한 소설 본래의 기능, 혹은 사명을 시대의 변화에 따라 그에 어울리게, 그리고 정확하게 수행함으로써 그 존재의 의미를 강화해 나가야 할 것이다.

소설이 전형적인 인간의 모습을 그려 보여준다고 할 때의 전형성은 두 가지 유형의 인간을 의미한다. 하나는 삶의 양태를 드러내 보여주는 인간의 다양한 모습이고 다른 하나는 그 시대나 사회가 추구하는 인간의 모습이다. 소설에서 삶의 진실은 있는 그대로의 모습과 우리가 추구하는 어떤 모습, 이 두 가지를 통하여 나타난다. 전자는 사실이면서 진실이고 후자는 추상적 개념이면서 우리의 이상이기 때문에 또한 진실이 된다. 소설의 한 목표가 새로운 인간형의 발견과 창조에 있다고 할 경우 '새로운 인간형'은 한 시대와 사회가 추구하는(요구하는) 인간의 모습을 의미하지만, 다른 한 편으로는 숨어 있던 우리의 어떤 모습을 발견했다는 의미로 해석될 수도 있다. 소설의 진정한 가치는 바로 우리가 우리의 모습을 확인할 수 있게 해주고 우리가 진정으로 바라는 바가 무엇인지를 스스로 깨닫게 해 준다는 데 있다. 나의 실상과 내가 되고 싶은 것이 무엇인지를 깨닫고 확인하는 것, 즉 동일성의 회복을 가능케 한다는 데 소설의 가장 큰 미덕이 있다.

따라서 위에서 말한 소설무용론은 부분적으로는 받아들일 수 있지만 소설이 존재하는 한 하나의 정론이 되기는 어려울 것이다. 먼 미래에 소설이 어떤 모습으로 바뀌어갈지 예측하기는 어렵지만, 그것이 비록 오늘의 소설과는 다른 어떤 형태를 취한다 하더라도 인간 중심의 이야기라는 소설 본래의 전통을 벗어나기는 어려울 것이다. 소설이 인간의 이야기 바깥으로 나가는 순간 그것은 소설이 아닌 다른 그 무엇이 될 수밖에 없기 때문이다. 소설은 적어도 여전히 우리의 삶의 길잡이임에는 틀림없다는 사실을 더 많은 사람들이 알게 되어야 할 것이다.

3. 소설에 나타난 인물의 모습[2]

　이제 다음에서는 소설 공부를 하는 학생들, 혹은 소설가 지망생들을 위하여 소설이 어떻게 우리에게 인생의 의미와 새로운 인간형을 제시하고 있는지를 구체적 사례를 통하여 확인해 보도록 한다. 여기에 제시되는 내용들은 주로 문예사조와 관련하여 소설 속의 인간상을 분류하고 있어 색다른 공부가 될 수 있을 것으로 본다. 이 내용들은 가톨릭대학교 김봉군 교수의 〈문학작품 속의 인간상 읽기〉(민지사, 2002)에서 해당 내용을 저자의 허락을 얻어 부분적으로 필자가 가필, 보완, 편집하여 소개한 것임을 밝혀 둔다.

1) 주제론적 관점에서 본 인물 유형

　소설의 작중인물은 그 기능과 역할, 또는 장르적 성격에 따라 다양한 유형으로 나누어질 수 있다. 작중인물의 유형론은 하나의 독립된 연구 분야로서 한꺼번에 다루기 어려우므로 여기서는 소설의 주제와 관련된 인물의 모습으로 그 범위를 한정하여 살펴보도록 한다.

---

2) 이 단원은 가톨릭대학교 김봉군 교수의 〈문학 작품 속의 인간상 읽기〉(민지사, 2002)중 제 1장 5절의 (나)항 '주제론적 관점'과 제 2장 4절(리얼리즘), 5절(자연주의), 6절(사회적 사실주의)에서 소개 설명된 작품과 인간상에 대한 내용 중 필요한 부분을 발췌하여 부분적으로 가필 보완한 다음, 위에서 일차 언급한 것과 같이 저자의 허락을 얻어 전재한 것임을 재차 밝혀둔다.

(1) 운명 결정론적 인간상

운명결정론은 샤머니즘(shamanism) 또는 무격신앙(巫覡信仰)이나 당사주(唐四柱)와 같은 세속화된 주역(周易) 사상, 풍수지리설 등에 바탕을 둔 것으로, 한국 소설의 주인공을 운명 결정론적 인간상으로 형상화해 낼 수 있게 하는 한국인의 기층의식(基層意識)이다.

김동리의 〈역마(驛馬)〉, 〈황토기(黃土記)〉, 〈바위〉, 윤흥길의 〈장마〉 등이 그 전형이다.

섬진강과 화개장터를 배경으로 한 〈역마〉는 한 주막집 아낙의 아들 성기가 어머니의 간절한 염원을 저버리고 유랑(流浪)의 길에 나서고 만다는 서사 구조로 되어 있다. 주인공 성기는 남사당의 꼭두쇠(모가비) 할아버지, 떠돌이 승려 아버지와 같이 '역마살(驛馬煞)'로 명명되는 유랑의 운명을 벗어나지 못한 것이다.

풍수지리의 특이성으로 인해 억쇠와 득보라는 두 장사가 까닭 없이 피를 흘리며 싸우는 이야기인 〈황토기〉도 인간의 피할 수 없는 운명의 문제를 다루었다.

또, 〈장마〉는 각각 국군, 인민군 아들을 둔 사돈 부인끼리 벌이던 감정 대립이 한쪽 편의 치성(致誠)으로 풀리는 이야기다. 전사한 자식이 뱀으로 환생했을지 모른다는 윤회관(輪回觀)과, 그를 위해 좋은 곳으로 가라고 기원하는 사돈 부인의 주술적(呪術的) 행위를 매개로 하여 두 쪽의 감정싸움이 해소된다. 이데올로기 대립을 샤머니즘의 차원에서 해결하는 장면이다. 이것은 논리가 아닌 초이성적 힘에 종속되는, 운명에 기대는 모습이다.

(2) 자연주의 결정론적 인간상

자연주의는 인간과 사회에 대한 환멸의 소산이다. 자연주의적 인간관과 우주관 속에서 우리는 18세기 계몽주의 사상의 낙관론이 산산조각나 있음을 본다. 즉, 권위와 인간의 완전성에 대한 신뢰, 민주제도에의 확신, 인간의 성장과 진보에 대한 기대 등이 자연주의의 세계에서는 여지없이 무너져 내리고 있다. 자연주의자에게 신은 죽었고, 형이상학이란 한갓 시간 낭비일 뿐이다. 대표적인 자연주의 소설가 E. 졸라의 말대로라면, 인간이란 단지 현상이거나 현상의 조건일 뿐이다.

문학의 자연주의는 인간을 유전(遺傳)과 환경결정론으로써 인식, 묘사한다. 이를테면, 졸라(Emile Zola)의 〈나나〉의 여주인공 '나나'와 김동인의 〈감자〉의 여주인공 '복녀'가 환경결정론의 노예로서 짐승의 수준으로 전락하여, 어떠한 구원의 빛도 없이 비참하게 죽어가는 것은 자연주의적 인간관의 소산이다. 인간의 존엄성과 영성(靈性)의 흔적은 보이지 않고, 짐승의 속성, 곧 수성(獸性, brutality)만 적나라하게 드러난 것이다.

(3) 자연 낙원 지향의 인간상

동양인의 낙원은 범신론적인 자연 낙원(Greentopia)이다. 특히 동아시아에서 자연 낙원의 극치는 도연명(陶淵明)의 〈도화원기(桃花源記)〉에 제시된 '도화원'이다. 무릉(武陵)의 어부가 복숭아꽃 숲속 이상향에서 진시황 때 피란하여 늙지도 죽지도 않고 사는 사람들을 만나고 온 후, 다시 찾아갔으나 길을 찾을 수 없었다는 것이 그 내용이다. 이 도화원 또는 무릉도원(武陵桃源) 지향욕은 동아시아 문학의 전통으로 연면히 계승되어 온다.

이백(李白)의 '산중답속인(山中答俗人)'에 보이는 이런 자연관은 한국

문학에도 끊임없이 나타나는 창작모티프이다.

(4) 사회·역사적 자아로서의 인간상

우리가 지향하는 바람직한 사회는 모든 사람이 존엄한 인격체로서 자유롭고 평등하게 사는 것이다. 그럼에도 실낙원(失樂園) 이후의 인류는 줄곧 사회의 불완전성과 불의, 불평등의 비인도적인 삶 속에서 고통받아 왔으며, 이를 극복하려는 이상과 꿈이 동양에서는 니르바나(열반, 涅槃, nirvana)나 도화원적 낙원의식으로, 서양에서는 '하늘나라의 실현' 또는 유토피아 사상으로 나타났다.

서양의 경우 성 어거스틴의 〈신(神)의 도성(City of God)〉, 플라톤의 〈이상국가론(The Republic)〉, 토마스 모어의 〈유토피아(Utopia)〉, 프란시스 베이컨의 〈새 낙원(New Atlantis)〉, 앙드레의 〈크리스천의 성(Christino Polis)〉, 캄파넬라의 〈이카리아 유록(The Voage to Icaria)〉같은 작품은 인류의 이 같은 꿈을 이상화한 것들이다.

마르크스와 엥겔스, 레닌이 건설하려 한 사회주의, 공산주의 사회는 인간이 자신의 이름과 그 힘으로 최대한의 치열성을 띠고 건설하려 한 '지상낙원'을 지향하는 사회라 하겠다. 마르크스, 레닌의 예술론에서 발원하는 문학상의 사회주의 리얼리즘(socialist realism)은 이 지상낙원의 '치열한 꿈'을 실현하기 위한 이념 지향적 문예 사조다. 사회주의 리얼리즘에 헌신하는 문학 작품의 주동인물은 '못 가진 자(the unhaver)' 인 프롤레타리아 계급이고, 반동인물은 '가진 자(the haver)'인 부르주아 계급이다. 따라서 사회주의 리얼리즘 문학의 주인공은 물리적 폭력 혁명을 성공으로 이끌어야 할, 증오심에 찬 투쟁적 인간상일 수밖에 없다. 1860년대 투르게네프의 〈처녀지〉, 1900년대 초반 고리키의 〈어머니〉를

비롯하여 1917년 볼셰비키 혁명이후의 러시아 및 동유럽 국가들의 문학
은 지역에 따라 약간의 차이점은 있으나, 모두 이 같은 혁명적 인간상을
보여준다. 우리의 경우 1925~35년의 KAPF문학, 해방기(1945.8.15.~
1948.8.15) '문학가 동맹'의 문학과 해방기 이후 북한의 문학은 사회주의
리얼리즘 계열에 속한다. 1967년 이후 북한의 문학은 한 인물의 우상화
에 복무해 온 '수령문학(首領文學)'의 특성을 드러낸다.

(5) 참회와 구원의 인간상

참회와 구원은 고등종교의 문제다. 문학이 종교의 종속물은 아니지
만, 종교와 결별한 문학의 존재는 생각하기 어렵다. 아니, 문학은 종교
가 있어 그 위대성을 보장받고 있는지도 모른다. 문학의 본질적 속성은
문학성(literariness)이지만, 사회성·역사성·윤리성·종교성 같은 비본
질적 속성도 중요하다. T. S. 엘리어트는 문학이 문학인가 아닌가 하는
것은 문학적 기준만으로 판별되지만, 문학의 위대성 여부는 윤리적,
신학적 기준으로 판별되어야 한다고 했다. 문학에서 종교성은 이와 같
이 중요한 의미를 갖는다.

참회와 구원의 문제를 다룬 작품으로 유명한 것은 단테의 〈신곡
(Devina Commedia)〉, 괴테의 〈파우스트(Faust)〉, 톨스토이의 〈부활〉, 도
스토예프스키의 〈죄와 벌〉, 백도기의 〈청동의 뱀〉, 박영준의 〈종각〉,
황순원의 〈움직이는 성〉, 이종환의 〈에덴의 후원〉, 이청준의 〈낮은 데
로 임하소서〉, 김성일의 〈땅 끝으로 가다〉, 〈땅 끝에서 오다〉, 〈홍수
이후〉 등이 있다.

근대 종교문학 중에는 그 정신 지향의 주제를 주인공의 의미 있는
변화를 통하여 보여주는 것이 많다. 청교도적 인간관을 비판한 너서니

엘 호돈의 〈주홍글자(The Scarlet Letter)〉만 해도 그렇다. 헤스터 프린의 '드러난 죄(revealed sin)', 딤즈데일 목사의 '숨겨진 죄(concealed sin)', 칠링워스의 '용납되지 않는 죄(unpardonable sin)'의 문제를 다루며, 헤스터의 이웃사랑이 '간음(adultery)'의 표지인 주홍글자 'A'를 '능력(ability)'과 '천사(angel)'의 표지로 바꾸어 놓는다.

김동리의 〈등신불(等身佛)〉이 해탈한 부처의 상이 아닌, 소신공양(燒身供養)의 처절한 참회로, 중생의 고통을 안고 일그러진 불상의 모습을 보인 것이나, 김성동이 〈만다라〉에서 끝내 해탈을 못하고 죽은 방랑승을 그린 것은 전통 불교에 대한 도전 반응이다.

이처럼 근대 이후, 특히 현대에 들어 리얼리즘 정신의 영향으로 정통 사상이나 종교는 커다란 도전과 비판을 받으면서 문학 작품에 수용되어 왔다.

2) 문예사조의 관점에서 본 인물의 모습

(1) 리얼리즘

리얼리즘(realism)은 본래 철학, 신학, 정치학 등에서 사용되던 용어였다. 이것이 문학에 원용되기 시작한 것은 독일 철학자 S.쉴러에 의해서였고 문예상에서는 프랑스 화가 쿠르베의 작품에 대한 논쟁에서 비로소 언급되기 시작했다. 이 논쟁을 거쳐 리얼리즘은 '우리가 살고 있는 현시대의 사회 환경에 대한 적확(的確)하고 완전하며 진지한 재현(再現)'으로 그 개념이 정의되었다. 이 리얼리즘은 19세기 초중반 프랑스에서 주로 소설을 통하여 문학적 경향으로 자리 잡게 된다.

리얼리즘의 핵심은 현실의 반영이다. 현실을 반영한다는 것은 현실에서 소재를 취해온다는 것을 뜻하며 현실에서 소재를 가져온다는 것

은 현실에 근거를 두지 않고서는 리얼리즘이 성립될 수 없음을 의미한
다. 그런 의미에서 보면 모든 문학 작품은 이미 리얼리즘 이전부터 리
얼리즘을 구현해 왔다고 볼 수 있다. 시와 소설을 필두로 하여 인간이
영위해 나가는 삶의 현실과 유리된 문학이 과연 존재할 수 있는 것인가
를 생각해보면 어떤 이론 이전에 리얼리즘은 모든 문학의 본질적인 문
제와 연결되어 있음을 알 수 있다.

그러므로 모든 문학은 본질적으로 리얼리즘 문학이다. 리얼리즘이
다양한 의미층을 형성하면서 각기 그 경향을 나타내는 용어로 쓰이고
는 있지만, 그리고 리얼리즘이 어떤 특정한 문학적 경향을 나타내는
용어로 쓰일 수는 있다 할지라도 그것이 어느 한 입장에 선 사람들의
전유물이 되어서는 안 된다. 이 세상에 리얼리즘이 아닌 문학이 어디
있을 수 있는가. 이제 리얼리즘을 전유물처럼 생각하는 사람들로부터
리얼리즘을 해방시켜 보다 다양한 가치를 구현해낼 수 있는 개념으로
확대해 나가야 할 것이다.

여기서는 프랑스에서 시작된 리얼리즘 문학의 가장 기본적인 개념에
초점을 맞추고 그 인물의 모습을 살펴보기로 한다.

① 발자크와 플로베르의 모사적(模寫的) 리얼리즘

모사적 리얼리즘은 시대와 사회의 실상을 정확하고 완전하게 재현하
여 보이는 데 목표를 둔다. H.발자크, G.플로베르가 이 경향을 대표한다.

H.발자크의 〈인간 희극(La Comedie humaine)〉은 '19세기 프랑스의 완
벽한 사회사'로 불릴 만큼 당시의 사회상을 구체적, 객관적으로 그린
대작이다. 이 작품에는 90편 가량의 개별 작품들이 총체적 통일성을
이루고 있으며, 그 시대 사회의 풍속과 생활 감정과 함께 사회의 내면
에 잠재한 악과 암흑면이 적나라하게 드러나 있다. 그의 모사론적 관점

에는 생물학적 관찰과 분류법, 정밀한 기록 태도가 도입되었으므로, 〈인간 희극〉은 '리얼리즘의 바이블'로 불린다.

발자크는 〈으제니 그랑데〉, 〈고리오 영감〉, 〈해변의 비극〉, 〈부부 재산 계약〉, 〈골짜기의 백합〉 등 90여 편의 작품에 600명을 재등장시 킴으로써 대작 〈인간 희극〉은 '통일적 소우주'를 창조한 것이다.

그렇다면 1842년부터 1848년까지 매일 14~15시간씩 집필에 전념하 는 정열을 불태운 그가 창조한 인간상은 어떤 것인가? 발자크가 그린 인물들은 인간의 운명이나 능력보다 계급과 환경조건에 지배당하는 인 간상의 전형이며, 이른바 '돈과 성의 분배 문제'에 지배당한다. 〈으제니 그랑데〉의 경우, 작가의 주관과 감정을 개입시키지 않고 냉정하게 객관 적으로 그 시대 사회의 실상과 냉혹한 지주의 탐욕에 찬 인간상을 그려 보인다. 모리아크의 〈수전노〉와 동궤에 위치하는 작품이다.

플로베르의 〈보봐리 부인(Madamme Bovary)〉의 부제는 '시골 풍속'이 다. 이 작품은 수도원 교육을 받은 시골 농부의 딸 엠마가 평범한 시골 의사 보봐리와 결혼하나, 그녀의 감수성이 풍부하고 몽상적이며 사치 스러운 성격과는 판이하게 우직하고 둔감한 남편과의 결혼 생활에 권 태를 느끼고 여러 정부(情夫)와 방탕한 생활을 한 끝에 자살하는 이야기 다. 그녀는 시골 귀족이요 색광(色狂)인 르돌프, 공증인실의 젊은 서기 레옹 등 정부들에게 버림받고 남편 몰래 막대한 빚까지 지게 되자 비소 (砒素)를 먹고 스스로 목숨을 끊는다.

이 작품은 '투철한 성격 연구, 환경의 정밀한 관찰, 간결·정확한 묘 사, 질서 정연한 형식' 등으로 하여 '리얼리즘 소설의 전형'으로 불리며 '〈보봐리 부인〉의 혁명'이라 불릴 만큼 사실주의 소설의 한 획을 그은 작품으로 평가된다. 그러나 감정의 절제에 철저했던 사실주의자 플로 베르도 부수 인물인 약제사 오메의 묘사에는 부르주아지에 대한 혐오감을 감추기 어려워 한 일면도 있었다.

철학자 고티에는 〈보봐리 부인〉의 엠마는 '현실 속 자기의 분수 이상의 환영(幻影)을 좇는 여성상'의 전형이라고 하면서, 이런 심리적 정황이나 정신 작용을 보봐리즘(Bovarysme)이라 불렀다.

플로베르의 〈보봐리 부인〉은 르왕 부근의 시골 마을 리라의 의사부인이 여러 정부들과 방탕한 생활을 하다가 큰 빚에 몰려 자살한 드라마르 사건에서 취재한 작품이다. 사실주의 작품과 당대의 사회 현실은 이 같은 유추적 상동성(相同性)이 있다.

리얼리즘 문학의 인간상 이야기를 하면서 1830년에 발표된 스탕달의 〈적(赤)과 흑(黑)〉을 빠뜨릴 수가 없다.

장편 소설 〈적과 흑〉은 하층 신분의 한 청년이 수단 방법을 가리지 않고 신분 상승을 꾀하다가 파멸하는 이야기를 담고 있다. 출세의 야심에 불타는 목수 아들 줄리앙 소렐은 나폴레옹 실각 후 출세의 방도가 군인이 아닌 승려 쪽에 있음을 간파하고 신학교를 졸업한다. 거기서 익힌 라틴어 실력으로 귀족의 집 가정교사로 들어가 그 집 부인 레날을 유혹하다 해고된다. 다시 후작의 딸을 유혹하여 귀족의 칭호까지 받고 결혼이 임박한 때에 레날 부인의 폭로로 파혼 당하게 되자, 줄리앙 소렐은 레날에게 권총을 쏘나 미수에 그친다. 그는 단두대에 서고, 레날 부인은 그 소식을 듣고 충격으로 사망한다.

이 작품은 대혁명 이후 프랑스 사회의 부패상과 이를 기회로 하여 수단 방법을 가리지 않고 신분 상승을 꾀하려는 한 프로메테우스적 인간상을 보여준다. 여기서 '적'은 군복, '흑'은 승복을 상징한다.

모사적 리얼리즘 소설의 전범(典範)으로 불리는 스탕달의 〈적과 흑〉, 발자크의 〈인간 희극〉, 플로베르의 〈보봐리 부인〉의 주인공은 부정적인 인간상이며, 이들의 주인공들은 대게 비극적 결말에 봉착하게 된다는 점에 주목할 필요가 있다.

영국의 리얼리즘은 빅토리아 여왕의 재위 기간(1837~1901)과 일치한다. 샤로트 브론테의 〈제인 에어〉, 에밀리 브론테의 〈폭풍의 언덕〉, 조지 엘리어트의 〈아담 비드〉 등이 그 예다. 〈제인 에어〉는 비범한 사랑을 하는 강인한 여성상을, 〈폭풍의 언덕〉은 순수한 사랑으로 인하여 격렬하고 적극적인 성격으로 변화하는 개성 있는 인간상을 보여준다. 또 〈아담 비드〉는 불쌍한 시골 처녀가 남성에게 농락당하여 낳은 아이를 죽인 죄로 교수형을 받는다는 이야기다. 자본주의 사회의 패륜에 희생되는 한 여성상을 그린 작품이다.

또 찰스 디킨스의 〈크리스마스 캐롤〉, 〈올리버 트위스트의 모험〉, 〈거창한 꿈〉등도 리얼리즘계열의 작품들이다. 그는 도회의 배금사상에 사로잡힌 부르조아의 인간상을 그렸다.

② 고골리와 톨스토이의 비판적 리얼리즘

비판적 리얼리즘 문학의 선구자는 니콜라이 고골리(Gogoli, 1809~1852)와 레오 톨스토이(Tolstoi, 1828~1910)다.

고골리의 단편소설 〈외투〉는 페테르스부르크의 한 하급 관리의 비극적 일생을 그린 작품이다. 이 작품은 주위 사람들에게 멸시당하고 천대받는 한 하급 관리가 오래도록 근검절약하여 맞추어 입은 외투를 노상 강도에게 빼앗기고 그 충격에 스스로 목숨을 버린다는 이야기다. 냉혹한 사회 현실 속에서 희생되는 한 선량한 인간상을 그린 작품이다. 여기에는 이 소외된 인간에 대한 작가의 인도주의적 시선과 사회의 모순에 대한 신랄한 비판의식이 잠재되어 있다.

고골리의 〈외투〉는 도스토예프스키, 투르게네프, 체호프, 고리키 등에게 큰 영향을 끼쳤다. 도스토예프스키가 "우리는 모두 고골리의 〈외투〉에서 나왔다.”고 한 말은 결코 과장이 아니라 하겠다. 안톤 체호프의 〈비탄(悲嘆)〉에는 페테르스부르크의 한 초라한 마부 요나의 비탄이 우리의 폐부를 찌르는 장면이 나온다. 부인은 일찍 죽고 얼마 전에는 아들마저 잃은 외톨이 요나 노인의 슬픈 호소를, 수많은 군중 가운데서 들어줄 사람이 없는 사회상을 그린 작품이다. ‘남의 죽음이 내 고뿔만도 못한’ 인간의 보편적 심성과 사회의 비정성(非情性)에 대한 작가의 비판의식이 감지된다. 산업화된 도시인들 속에 저런 요나는 지금 더 많이 있을 것이다. 타인에 대한 무관심과 냉담은 체호프 시대에도 심각했다.

톨스토이의 〈부활〉, 〈산 송장〉, 〈이반 일리치의 죽음〉 등 일련의 작품들은 제정 러시아의 정치·사회적 모순을 통렬하게 비판하였다. 그는 이들 작품에서 재판관, 행정관료, 교회의 사제에 이르기까지 돈과 권력의 중심부에 있는 부정적 인간상의 실상을 예리하게 묘파해내어 비판하기를 서슴지 않았다. 〈부활〉은 한 귀족 남성 네플류도프 백작과 하녀 카추샤와의 개인적인 사랑의 문제이면서 동시에 모순에 찬 사회 제도에 대한 신랄한 비판 의식이 작용한 작품이다. 이 소설은 전제 군주제의 경찰국가 러시아의 행정 조직, 지주와 부르주아의 계급적 이익을 일방적으로 편드는 관료 체제와 낡은 사유재산 제도의 구조적 모순을 폭로, 비판한 작품이다. 톨스토이는 〈부활〉의 주인공 네플류도프를 모든 억울한 죄인들의 변호를 주선하고 소작인들에게 토지를 분배하는 인도주의자로 그렸다.

③ 한국 리얼리즘 문학의 인간상

1970년대 한국 문학에서 비판적 리얼리즘 계열의 소설을 대표하는 것은 황석영의 〈객지(客地)〉(1971)와 〈삼포 가는 길〉(1973), 조세희의 〈난장이가 쏘아 올린 작은 공〉(1976)이다.

고향이란 무엇인가? 그것을 '삼포(蔘圃)가는 길'의 인물들이 우리에게 절규하듯 확인시켜준다. 작품의 배경은 1970년대 한국 사회다.

이 작품에는 세 인물이 등장한다. 노영달, 정씨, 백화가 '길'에서 만난다. 그들은 지금까지 떠돌이였고, '삼포'는 정씨의 고향이다. 영달과 정씨는 '산업화의 역군'인 노동자고, 백화는 작부요 윤락녀다. 모두가 소외된 주변인들이다. 평론가들은 이들을 '임과 집과 길을 잃은 사람들'로 규정한다. 머무를 곳, 고향을 찾는 길에서 이들은 자연스럽게 '하나'가 된다. 백화는 감천 역에서 고향 가는 차에 오르고, 영달은 정씨 고향으로 간다. 그러나 고향은 무너지고 없었다. '지친 영혼이 안식할 즐거운 나의 집'은 거기 있지 않았다. 아름다운 섬마을 삼포는 이제 섬이 아니었다. 자연 낙원(Greentopia), 농경 사회의 정착지, 영혼의 안식처인 '고향'은 허무하게 무너져 간 것이다.

영달과 정씨와 백화(이점례)는 산업화 시대의 뿌리 뽑힌 유민(流民)의 표상이다. 떠돌이로 살아갈 수밖에 없는 이들의 삶의 한복판에는 〈객지〉의 통고체험(痛苦體驗)이 자리 잡고 있다.

이 작품의 배경은 1970년대 '아세아 건설'이 운영하는 '운지 간척 공사장'이다. 자본주의의 첨예한 경쟁원리가 지배하는 곳에서 비인간적 생존 현실을 감내하지 못하는 노동자들의 집단 운동이 빚어지고, 이는 자본가와 노동자의 첨예한 대결 구도로 발전한다.

황석영의 1970년대의 작품들은 혈연, 지연 중심의 농경 시대의 도덕 정치학(moral politics)의 원리가 붕괴되고, 합리주의적 경영학이 정립되기 전 우리 초기 산업 사회의 갈등상을 보여준다.

조세희의 〈난장이가 쏘아 올린 작은 공〉은 연작 소설이다. 〈칼날〉(1975), 〈뫼비우스의 띠〉(1976), 〈우주여행〉(1976), 〈난장이가 쏘아 올린 작은 공〉(1976), 〈육교 위에서〉(1977), 〈은강 노동 가족의 생계비〉(1977), 〈잘못은 신에게도 있다〉(1977), 〈클라인 씨의 병〉(1977), 〈내 그물로 오는 가시고기〉(1978) 등이 '난쟁이 연작'으로 불린다.

주인공 난쟁이는 1970년대 한국의 초기 산업 사회에서 경제적 토대와 세계의 타락상으로 인하여 철저하게 소외된 인간의 표상이다. 이 작품은 기호학적 대립구조로 되어있다. 전체적으로는 '난쟁이'와 '거인'의 패러다임을 보인다. 난쟁이는 못 가진 자로서 가진 자에게 착취당하며 고통을 받으며 살아간다. 그는 분노에 차 있어, 그 분노는 어떤 형태로 폭발할는지 모른다. 그가 볼 때 거인인 자본가는 가진 자로서 풍요한 안락을 독점하면서 노동자를 사랑할 줄 모르는 착취 계층에 속한다. 이것이 현실의 구도다. 이러한 현실에 난쟁이는 저항한다. 그러나 그의 저항은 무위로 끝난다. 사랑으로 일하고 사랑으로 자식을 키우는 세상은 지상의 어느 지평에서도 보이지 않았다. 세상의 지평에 절망한 난쟁이는 벽돌공장의 굴뚝 위에 올라가서 종이비행기를 날린다. 이계(異界)로의 여행에 소망을 품을 수밖에는 다른 도리가 없게 되어버린 난쟁이의 비극성이 표상되어 있다.

조세희의 '난쟁이'는 비극적인 인간상을 표상하는 산업 사회의 슬픈 이름이다. 그는 삶의 지평 열기와 수직적 초월에도 실패했으며, 그의 큰아들마저 실패했다. 겉과 속이 상통하는 뫼비우스의 띠와 안과 밖이 하나인 클라인 씨의 병의 이상(理想)은 배반당했다.

그러나 조세희는 실패하지 않았다. 독자들로 하여금 산업 사회의 구조적 모순에 눈뜨고 그 통고체험에 동참하도록 한 공적은 결코 가벼이 볼 것이 아니다. 더욱이 역사의 몫인 현실과 미학의 몫인 환상을 통합한 그의 문예 미학적 역량은 비범하다.

황석영, 조세희 등 1970년대의 한국 리얼리스트들이 현실 문제에 매

달려 있을 때, 본질 문제에 몰입한 〈사람의 아들〉의 이문열과 〈만다라〉
의 김성동의 역할 또한 소홀히 할 수 없다.

1970년대의 리얼리즘 소설과 관련하여 윤흥길의 〈아홉 컬레의 구두
로 남은 사내〉, 김원일의 〈노을〉, 황석영의 〈한씨 연대기〉, 현기영의
〈순이 삼촌〉 등도 우리가 논의해 보아야 할 리얼리즘의 성과물이다.

비판적 리얼리즘 내지 사회주의 리얼리즘 문학의 인간상은 '조선프롤
레타리아 예술가동맹(KAPF)'(1925~1935)과 '조선문학가동맹'(1945~1948)
의 작품들에서 만나게 된다. 1970년대의 〈창작과 비평〉의 시에서도 이
와 같은 인간상을 흔히 만나게 된다.

(2) 자연주의(自然主義)

자연주의는 원래 철학과 관련된 용어이지만 지금은 철학과 문학 양쪽
에서 두루 쓰이고 있는 말이다. 문학비평에서 말하는 자연주의는 자연친
화적 사상보다는 사실주의의 한 분파로서의 의미와 자연과학적인 문학
적 태도를 가리키는 개념이다. 실증적이고 사실적인 방법을 중시한다는
점에서 자연주의는 리얼리즘과 유사하나, 보다 과학적인 태도로 인간에
접근하려고 한다는 점에서는 사실주의와 다소 구별된다.

자연주의는 인간을 해부의 대상, 즉 과학적으로 해부해 보아야 그
본질을 알 수 있는 존재로 인식하고 인간을 철저하게 객관화시켜 바라
보고 있다. 이러한 태도는 필연적으로 인간의 추(醜)하고 어두운 측면을
파헤치고 폭로하는 경향을 만들어내게 된다. 결과적으로 자연주의 소
설에 등장하는 인간의 모습은 반이성적인 욕망의 노예로 그려지게 된
다. 극단적으로 말한다면, 우리가 자연주의 소설에서 만나게 되는 인간
은 사람의 탈을 쓴 짐승이라고 할 수 있다. 우리가 사람에게서 도덕적,

형이상학적, 신학적인 모든 소망을 포기할 때 우리는 에밀 졸라가 말하는 자연주의자가 될 수 있다.

그러나 자연주의는 우리들에게 반면교사가 되는 인물들을 제시함으로써 인간이 새삼 자신을 돌아볼 수 있는 반성의 기회를 갖게 한다는 점에서 보편적 진실에 닿아있다 할 것이다. 여기서는 프랑스의 에밀 졸라 유(類)의 자연주의적 작품에 나타난 인간상을 살펴본다.

① 프랑스의 자연주의 문학의 인간상

자연주의 문학의 본산은 프랑스이고, 그 첫 작품은 공쿠르 형제의 〈제르미니 라세르토〉(1864)이다. 그러나 자연주의 문학을 대표하는 소설작품은 그 중심인물인 에밀 졸라의 대작들이다.

그리고 '유전과 환경 결정론'을 2대 지주로 하는 자연주의 문학의 사상적 기반은 과학주의 정신이다. 19세기 후반의 과학 지상주의는 물질주의적 인간관, 세계관, 우주관으로 역사의 물줄기에 큰 충격파를 던졌다.

또한 자연주의는 사실주의 작가 발자크·스탕달·플로베르·디킨즈·조지 엘리어트 등의 현실 묘사의 정신과 기법의 바탕 위에서 형성되었다.

자연주의 작가는 자신을 의사 등 과학자의 자리에 놓았으며, 주인공 기타 등장인물을 실험 대상으로, 그들이 처한 환경을 실험실로 본다. 따라서 자연주의 작가들은 철저한 현실 관찰과 용의주도한 사실의 기록을 통해서만 작품의 진실성이 얻어진다고 믿었다. 그래서 그들은 수첩을 손에 들고 여러 곳을 여행하며 직접 체험과 관찰에 몰두 했다. 이를테면, 에밀 졸라는 〈짐승인간〉을 쓰려고 기관차를 직접 타고 객차 덮개 위에서 혹한에 떨어야 했고, 〈제르미날〉을 쓰기 위해 광산의 갱도에 들어가 보았으며, 〈나나〉를 쓸 때는 창녀촌으로 가 침실의 크기를 재어 보았다.

H. 테느는 스탕달과 발자크를 해부학자요 의사라고 했다. 의사가 사람의 육체를 해부하듯이 자연주의 작가는 그 마음을 해부하기 때문이다. 또 에밀 졸라는 클로드 베르나르의 〈실험 의학 서설〉(1865)을 읽고 〈실험 소설론(Le Roman Experimental)〉(1880)을 썼다. 이때는 그의 대표적인 자연주의 소설 〈루공 마카르 총서(叢書)〉(1871~1893)의 전 20권 중 제9권을 발표한 즈음이었다. 그러니까 '실험 소설론'의 정립과 '루공 마카르 총서' 사이에는 어떤 특정한 인과 관계가 있지는 않다.

에밀 졸라의 〈루공 마카르 총서〉는 '유전과 환경 결정론'이라는 자연주의의 가설을 실증해 보이려 한 작품이다. 정신 질환 소질이 있는 여주인공이 두 번 결혼하여 루공가(家)와 마카르가(家)에서 낳은 자손들의 기질과 생활상을 3대에 걸쳐 치밀하게 관찰, 기록한 것이 〈루공 마카르 총서〉다. 1870년에 쓴 첫 작품 '루공가의 운명'에서 시작하여 1893년에 발표한 스무 번째 작품 '파스칼 박사'에 이르기까지 22년이나 소요된 이 대작은 유전과 환경 및 제2제정기의 시대상이 어느 가족에게 끼친 영향을 분석, 해부한 보고서다. 그가 〈실험 소설론〉에서 과학적 진리는 실험적 연구에서 얻어지고, 소설의 방법은 과학적 연구법인 '실험과 관찰'을 통해서 얻어진다고 한 이론이 이 작품에서 실현을 본 셈이다.

② 한국 자연주의 문학의 인간상

한국에 자연주의 문학이 출현한 것은 1920년대 초반이다. 상징주의, 낭만주의 사조가 유입된 시기와 일치한다. 따라서 한국의 자연주의 문학은 서구의 경우와 그 출발의 배경과 조건을 달리한다. 한국에는 서구(西歐)와 같은 과학의 발달, 산업 혁명, 시민 혁명, 민주주의의 성장과 같은 정치 · 사회적 대변동과 그리스도교, 유신론, 이신론(理神論), 진화론 같은 사상적 충격도 없었다. 다만 미국 학자 모스, 개화기의 지성을 선도한 유길준, 안창호, 이광수로 이어지는 준비론적 민족주의가 스펜서의 사회 진화론에 빚지고 있음은 주목할 만하다.

한국의 자연주의 문학은 염상섭과 김동인이 주도한다. 〈표본실의 청개구리〉 이후 염상섭의 소설과 '개성과 예술' 등의 평론, 〈감자〉를 비롯한 김동인의 소설은 자연주의적 특성을 보이는 것으로 알려져 있다. 이 두 작가와 자연주의와의 관계를 밝히면 한국 자연주의 문학의 특성이 파악될 수 있을 것이다.

김동인은 자연의 불완전성 때문에 예술이 필요하다고 한 오스카 와일드에 친근하다. 그의 자연주의는 에밀 졸라의 그것과 다분히 일치한다. 그럼에도 그는 에밀 졸라의 자연주의가 과학주의라는 사실에 익숙지 않다. 자연을 압도하는 인공의 극치가 김동인의 유미주의와 자연주의 소설이고, 예술과 과학이 만나는 지점에서 유토피아에 이르는 길이 열린다고 그는 믿는다. 김동인은 인간의 생리적 본능이 곧 인간성이라고 본 결정론자이며, 에밀 졸라와 같은 물질주의적인 인간관을 보여준다.

염상섭은 돈과 성의 소유 문제를 중요시했으나, 인간을 물질주의의 눈으로 보지는 않았다. 그 진실과 아름다움을 함께 좋아한 중용주의자였다. 이에 대하여 김동인은 에밀 졸라와 같이 물질주의적 인간관을 보여준다. 물질주의적 인간관, 돈과 성의 소유 문제를 진지하게 다룬 〈감자〉는 에밀 졸라 류의 자연주의 소설에 속한다. 그러나 〈광화사〉, 〈광염소나타〉의 예술지상주의적 광기가 혼란을 일으킨다. 이것이 김동인의 자연주의가 드러내는 특성이다. 김동인은 에밀 졸라식 물질주의적 인간관 때문에 비난을 당한다. 성의 과잉 노출, 병적인 기질 탐구, 비속성(卑俗性) 등이 그 대상이다.

단편 〈감자〉는, 가정환경과 유전적인 요인까지 중요시한 〈김연실

전〉(1939), 성병으로 생식 불능자가 된 M의 심경을 그린 〈발가락이 닮았다〉(1931) 등과 함께 김동인의 자연주의적 인간상을 보여준다.

서구와는 다른 풍토에서 반유교적, 반이상주의를 추구하면서 출발한 한국의 자연주의 문학은 전통주의, 사회주의적 사실주의와 갈등을 빚으면서 한국 현대 문학사에 허위를 고발하는 참여 정신을 일깨우고, 본격적인 소설 '노벨'의 경지를 개척한 공적을 남긴다. 그러나 이광수 유(類)의 이상주의 문학이 인간 존재의 현실성을 놓친 결함을 노정하여 부정적 영향을 끼쳤듯이, 한국 자연주의 문학은 인간의 천사 지향적 영성을 배제한 채 영성이 소거된 환멸의 인간상을 과대 묘사한 부정적 유산을 남겼다.

(3) 사회주의 리얼리즘 문학의 인간상

리얼리즘이 추구하는 현실의 반영, 혹은 재현은 곧바로 현실이 노정하는 문제점에 그 초점을 맞추게 된다. 현실은 그 자체가 부조리의 실체이고 불완전성의 표본이다. 이러한 현실을 반영한다는 것은 필연적으로 비판적으로 현실을 바라본다는 것을 의미한다. 이러한 현실의 구조적 모순과 부조리를 고발하고 폭로하는 비판적 리얼리즘에서 한 걸음 더 나아가 그 사회를 모순이 없는 평등한 사회로 개조해 나가야 한다는 혁명적 정신에 바탕을 둔 문학적 태도가 사회주의 리얼리즘이다.

사회주의 리얼리즘(socialist realism)은 본래 의도했던 것과는 달리 시간이 지나면서 그 개념에 혼선이 빚어진 것은 사실이지만 실제 작품상에 나타난 지향점은 명백한 것이었다. 리얼리즘은 인간과 그 삶을 충실하고도 객관적으로 반영해야 한다는 소박한 의미에서 보더라도 그것은 현실을 비판적 방법으로 이해하는 한 방법이 될 수밖에 없는데, 이것이 사회주의적 사실주의로 오게 되면 그 비판의 대상을 자유롭게 선택하기 어려워진다는 문제가 발생한다. 그 비판의 대상은 총체적인 현실이 아니라 사회주의 실현에 방해가 되는 현실 – 그것은 사람일 수도 있고 관습이나 제도와 같은 사회 현상일 수도 있는 것들 – 이 된다. 다시 말해서 적(敵)으로 간주되는 것들에 대한 비판은 있으나 자기가 당면한 현실, 또는 자기에게 요구되는 현실은 여기서 제외된다.

이것은 사회주의 리얼리즘이 현실을 파악하는 태도를 보면 충분히 이해될 수 있는 일이다. 그들은 현실을 있는 그대로 보아야 한다는 기본 입장은 인정하나 실제로는 현실은, 혁명이 진행되는 공간으로서의 현실이어야 하고 혁명이 성취되는 모습을 보여주는 현실이어야 한다고 규정한다. 실재하는 현실이 아니라 있어야 할 현실, 또는 만들어 내어야 하는 현실이 그들이 말하는 현실인 셈이다. 이상으로서 추구되는 현실은 그 극단에서 낭만주의와 필연적으로 만나게 되는데, 아마도 고리끼는 이점을 염두에 두고 '혁명적 낭만주의'라는 용어를 제안한 것으로 보인다. 원칙적으로 문학용어는 문학을 설명하기 위해 존재하는 것이지만 이 경우처럼 용어가 문학을 제한함으로써 일정한 목적을 달성하려는 예를 여기서 보게 된다.

① 고리키의 어머니상

고리키의 〈어머니〉에는 이 같은 사회주의 리얼리즘의 '전형성'이 드러나 있다. 실제 〈어머니〉의 일부를 인용해 그 인간상을 확인해 보도록 한다.

그 이튿날 부킨, 사모일로프, 소모프 그리고 그 밖의 다섯 명이 더 체포되어 갔다는 것을 알게 되었다. 저녁 때 페자 마진이 찾아 왔다. 그의 집도 수색을 당했다고 한다. 그리고 그는 그게 큰 자랑이라도 되는 듯, 심지어 자신이 무슨 영웅이라도 된 듯 의기양양해 있었다.

"무서웠어, 페자?"

어머니가 물었다.

(중략)

"만약에 날 때리기라도 하는 날이면, 난 마치 칼처럼 온 몸을 던져서 그놈을 찌를 거야. 이빨로 물어뜯어 버릴 거야."

"그렇지 않으면 차라리 그 자리에서 죽어 버릴 테야."

- 〈어머니〉

노동자의 극한적 증오심과 저항, 당국의 수색과 체포의 악순환이 감지되는 대목이다. 그 중심에 어머니가 있다.

"만약 정직한 민중의 앞길에 유다 같은 놈이 버티고 서서 민중을 배신할 날만 꼽고 있는데도, 그런 인간을 없애지 않는다면, 나 또한 유다나 별반 다를 게 없는 놈 아닌가! 내게 그럴 권리가 없는가? 그렇다면 그들, 우리의 지배자인 그들은 군대다. 사형집행인이다. 또 공공건물, 감방, 강제 노동 따위, 그들의 안정을 보장해주는 온갖 부정한 것들을 손아귀에 움켜쥘 권리라도 갖고 있다는 건가? 두 손에 그들이 갖고 있던 몽둥이를 빼앗아 들어야 할 때가 왔다고 난 생각해. 난 절대 거절하지 않고 그걸 움켜쥘 걸세."

- 〈어머니〉

노동 운동의 동기와 투쟁의 양상의 전형을 보여주는 대목이다. 사회주의 리얼리즘 문학의 증오와 저주에 몸부림치는 인간형과, 이들을 이 같은 야수적 상황으로 내몬 장본인들의 어두운 인간형과 만나게 되는 모든 휴머니스트는 그야말로 인간의 본성과 행위에 대하여 환멸을 금치 못하게 된다.

이 작품은 고리키가 1902년 소르모프에서 있었던 노동자들의 시위 행진, 소르모프 당 조직의 활동, 시위대 해산 후의 재판 등 실제로 일어 난 사실들을 기초로 하여 쓴 것이다. 특히 아들의 혁명 대열에 동참한 고리키의 '어머니상(像)'은 소비에트 연방 73년 역사의 거울이 될 만한 것이었다.

② 박찬모의 어머니상

이러한 '혁명적 어머니상'은 해방기의 한국 소설 박찬모의 〈어머니〉 에 수용되어 있다. 이 작품은 당국의 실정에 죽음을 무릅쓰고 저항 봉기 한 농민들의 투쟁상을 그려 보인다. 아들과 어머니가 동참한 이 투쟁상 은 고리키가 보여준 '어머니'의 변이형이다. 다음은 이 작품의 요지다.

> 해방 정국. 전국 곳곳에서는 민중과 경찰 간의 충돌이 일어나는 등 혼란 은 극에 달하였다. 서울의 철도 종업원 파업이 일어났고, 대구서는 노동자 와 학생과 농민들이 쌀과 자유와 민주 독립을 달라고 부르짖는 군중을 쏘아 죽이자 군중은 그 시체를 둘러메고 경찰서를 쳐들어갔다는 소식을 듣고 '우리' 농민들도 싸우다 죽기도 한다. 어머니는 괭이, 도리깨, 낫을 찾아 집을 나서서 사람들이 모여 있는 골짜기로 간다.
> 함성이 터지면서 읍내를 향하여 파도처럼 군중이 몰려들기 시작했고, 장 터를 격한 경찰서 앞마당에 이르자 군중은 주춤 멈춰 서고, 총소리가 터졌다. 경찰서는 들창마다 소총과 기관총을 겨누고 있었던 것이다. 맨 앞에 서게 될 칠성 어머니는 여자라는 사실도 잊고 창구멍을 노려본다. 총을 맞고 쓰러 지는 아들을 정신없이 내려다보고 있다가 돌연 경찰서를 향해 뛰어 들어가 자, 군중들도 일시에 성낸 불길처럼 휩쓸려 들어갔다. 경찰서는 봉기한 농민 들에게 점령되고, 어머니는 '영원히 죽지 않을' 아들의 모습을 속에 그려 보며, 미친 사람처럼 혼자 "조선 인민 공화국 만세!"를 부른다.
> — 〈어머니〉

폭력 혁명으로 '모든 계급의 사람들이 평등을 누리는 사회주의 국가 건설'을 위하여 투쟁하는 장면이다. 고리키의 경우처럼 그 투쟁의 선두에 아들과 어머니가 있다.

사회주의 리얼리즘은 그 지나친 목적성, 선전문학적인 성격으로 하여 작품적 성과를 얻는 데는 실패한 것으로 평가된다. 그러나 사회의 구조적 모순과 고질적인 불평등의 문제 등을 표면화시키고 이슈화시킴으로써 일정 부분 역사를 긍정적인 방향으로 이끈 순기능적 측면도 있었음을 인정해야 할 것이다.

4. 인간을 알아야 소설이 나온다

소설에는 대체로 세 가지 유형의 인물이 등장한다. 가장 두드러진 유형은 오늘을 살아가는 갑남을녀의 모습이고, 다른 하나는 한 시대가 추구하는(요구하는) 인간형이고, 나머지 하나는 보편적 가치를 구현해 내는 인물의 모습이다. 우리가 "소설의 한 목적이 '새로운 인간형의 발견과 창조'에 있다"라고 할 때, 새로운 인간형은 축자적 의미로만 본다면야 당연히 지금까지 볼 수 없었던 인간형을 가리키지만 궁극적으로는 위에서 말한 세 유형의 인간형을 아우르는 말로 이해되어야 한다. 왜냐하면 세 유형의 인간형들은 모두 똑 같이 우리에게 새로운 깨달음과 체험을 제공해 주기 때문이고, 또 그렇게 함으로써 그들은 우리에게 낯선 새로운 인물로 다가오기 때문이다.

소설가가 이런 인물들을 독자 앞에 제시할 수 있으려면 이런 인물들과 관련된, 즉 인간의 이해를 위한 폭 넓은 공부가 있어야 한다. 이런 공부는 소설을 읽는 것으로도 어느 정도 가능하지만 인접 학문의 도움을 얻지 않으면 안 된다. 인접 학문이라고는 했지만 사실 우리의 독서, 즉 소설을 쓰고자 하는 사람들의 공부는 그 분야를 다변화시켜 나가지 않으면 안 된다. 정치, 경제 사회, 문화 등과 같은 상위개념적 분야를 포함하여, 철학, 역사, 종교, 심리학, 인류학, 과학 등의 분야로 그 공부의 영역을 확대해 나가야 한다는 것이다. 소설을 쓰는 사람이 가장 경계해야 할 일은 자신의 생각에 갇히는 일이 있어서는 안 된다는 것이다. 자신이 추구하고 있는 것만이 유일한 가치라는 독선 의식에 사로잡혀 다른 세계의 가치를 외면하거나 무시하게 되면 그는 편협과 무지를 벗어날 수 없게 되고 그러한 자에게서는 결코 바람직한 소설이 나올 수 없기 때문이다. 이러한 우를 범하지 않기 위해 공부가 필요하다는 것이다.

소설가가 소설을 쓰지 못하는 대부분의 이유는 소재의 빈곤 때문이라고 보면 거의 틀림이 없다. 소재의 빈곤은 곧 체험의 고갈을 의미하지만 그 못지않게 큰 이유는 그가 편견이나 독선을 벗어나지 못했기 때문이다. 다른 세계의 가치를 인정하고 수용하는 너그러운 마음의 자세, 다양한 생각들을 향해 마음을 열어가는 것, 그것이 비록 평소 자신이 신봉하고 있는 것과 상치된다 하더라도 그것을 즐거운 마음으로 학습하는 태도를 지닌다면 이런 문제는 자연스럽게 해결될 수 있을 것이다.

인간에 대한 이해도 편견을 벗어날 때 그 깊이를 더할 수 있고 정확을 기할 수 있다. 이를 위해서는 인간에 대한 다양한 시각을 길러가야 하는데, 그 가장 좋은 방법이 폭 넓은 독서임은 말할 나위가 없다. 일찍이 율곡은 어리석은 인간이 되지 않으려면 '편곡(偏曲)'과 '자긍(自矜)'과 '호승(好勝)'을 경계해야 된다고 했는데, 이는 사시(斜視)가 되어 한쪽으로 치우치는 것만큼, 그리고 교만한 마음으로 남을 인정 않으려는 것만큼 어리석은 일은 없다는 것을 일깨운 말이다. 소설가는 무엇보다 균형 감각이 뛰어나야 한다. 그리고 다른 가치를 인정하는 겸손한 마음을 가져야 한다. 왜냐하면 그가 무엇을 말하든 그것은 보편적 진실에 닿아 있어야 하기 때문이고 그래야 그 말은 설득력을 지닐 수 있기 때문이다.

이제 인간에 대한 깊이 있는 이해를 위해, 편곡이 없는 가치의 탐구를 위해 폭 넓은 독서의 세계로 들어가도록 하자. 편견과 독선에 빠져 있으면서도 그것을 깨닫지 못하는 어리석음을 범하지 않기 위해 다양한 가치를 향하여 우리의 눈과 귀를 열어두자.

참고문헌

제1부
소설의 기본을 생각하다

≪개벽≫ 제55호, 1925. 1.
〈現代評論〉 제7호, 1927. 8.

丘仁煥, 〈韓國近代小說研究〉, 三英社, 1980.
丘仁煥·丘昌煥, 〈文學槪論〉, 三英社, 1981.
김동인, 〈송동이〉, ≪동아일보≫, 1929.12.5~1930.1.11.
金炳旭 繹, 최상규 역, 〈現代小說의 理論〉, 大邦出版社, 1984.
김우종, 〈韓國現代小說史〉, 선명문화사, 1968.
김윤식·김현, 〈韓國文學史〉, 민음사, 1973.
김화영 편역, 〈소설이란 무엇인가〉, 문학사상사, 1986.
미셸 제라파, 〈小說과 社會〉, 李東烈 譯, 文學과 知性社, 1983.
송민호, 〈韓國開化期 小說의 史的 硏究〉, 일지사, 1975.
아지자·올리버에리·스크트릭 공저, 〈문학의 상징 주제 사전〉, 장영수 역, 문예
　　　　중앙, 1986.
엽건곤, 〈梁啓超와 舊韓末文學〉, 법전출판사, 1980.
욜란디 야코비, 〈융, 心理學〉, 홍성화 역, 서울교육문화사, 1984.
尹弘老, 〈韓國近代小硏究〉, 一調閣, 1982.

이부영, 〈分析心理學〉, 일조각, 1984.

이용남, 〈李海朝와 그의 作品 世界〉, 동성사, 1986.

이재선, 〈韓末의 新聞小說〉, 한국일보사(春秋文庫), 1975.

_____, 〈韓國現代小說史〉, 홍성사, 1979.

_____, 〈韓國短篇小說研究〉, 一調閣, 1982.

李海朝, 〈자유종〉, 광학서포, 1910.

전광용 편, 〈韓國近代小說의 理解〉, 민음사, 1983.

정상균, 〈形式文學論〉, 韓信文化社, 1982, 1984.

_____, 〈韓國中近世敍事文學史研究〉, 새문사, 1992.

조남현, 〈小說原論〉, 고려원, 1982, 1987.

조연현, 〈韓國現代文學史〉, 성문각, 1973.

崔載瑞, 〈文學原論〉, 信元圖書, 1978.

캘빈 S. Hall, 〈프로이드 心理學 入門〉, 黃文秀 譯, 범우사, 1977, 1999.

현진건, 〈B舍監과 러브레타〉, 《朝鮮文壇》 제5호, 1925.1.

_____, 〈빈처(貧妻)〉, 《開闢》 7호, 〈운수 좋은 날〉, 《開闢》 48호.

홍이섭, 〈韓國近代史의 性格〉, 한국일보사, 춘추문고, 1975.

홍태식, 〈韓國近代短篇小說의 人物研究〉, 도서출판 한샘, 1988.

Aristoteles, 〈詩學〉, 孫明鉉 譯, 《博英文庫》 47, 博英社, 1975.

Cleanth Brooks · Robert penn Warren, "*Understanding Fiction*", Appleton-Century-Crofts INC, 1959.

D. C. Muecke, "*Irony*", 문상득 역, 서울대학교 출판부, 1980.

Damian Grant, 〈리얼리즘〉, 金鐘云 譯, 《문학비평총서》 1, 서울대학교 출판부, 1981.

Edwin Muir, "*The structure of the Novel*" A Harbinger Book, Harcourt, Brace & World, Inc.

Edward C. Whitmont, "*The Symbolic Quest*", Princeton University Press, 1978.

Elizabeth Dipple, 〈플롯(plot)〉, 文祐相 譯, 《문학비평총서》 10, 서울대학교 출판부.

E. M. Forster, *"Aspects of the Novel"*, Penguin Books, 1974.

Freud, S., *"Totem And Taboo(the James Strachey Translation)"*, W. W. Norton & Company Inc. 1961.

Freud, S., 〈精神分析入門〉, 민희식 옮김, 巨岩, 1982.

Goldmann. L, 〈小說社會學을 위하여〉, 조경숙 譯, 청하, 1984.

Georg Lukace, *"ESSAYS ON REALISM"*, The MIT Press, Cambridge, Massachusetts, 1981.

Henry James, *"小說藝術論 The art of fiction"*, 尹基漢譯, 學文社, 1982.

Kenny, William, *"How to Analyze Fiction"*, New York : Monarch Press, 1966

Marjorie Boulton, *"The Anatomy of the Novel"*, Routledge & kegan paul, 1973.

Michel Zeraffa, *"FICTIONS-The Novel and Social Reality"*, Penguin Books, 1976.

Mahoney, Michael J. *"Abnormal Psychology(Perspective on Human Variance)"*, San-Francisco : Harper & Row Publishers, 1980.

Northrop. Frye, *"Anatomy of Criticism"*, Princeton University Press, 1973.

Percy Lubbock, *"The Craft of Fiction"*, Jonathan, 1957.

Rene Girard, 〈小說의 理論〉, 金允植 譯, 三英社, 1978.

Robert Stanton, *"An introduction to Fiction"*, Holt, Rinehart And Wistion, INC, 1965.

William Kenny, *"How to analize Fiction"*, Monark press, A Division of simon & schuster, Inc. 1966.

제3부
한국소설의 지평 열기를 생각하다

공동작품집, 《시월의 해빛》, 알마아따 작가 출판사(자수석), 1970.

강진구, 〈중앙아시아 고려인 문학에 나타난 기억의 양상 연구〉, 《억압과 망각, 그리고 디아스포라》, 한국문화사, 2004, pp.43~84.

구인환·구창환, 〈문학개론〉, 三知院, 1987.

김종회 편, 〈한민족문화권의 문학〉, 국학자료원, 2005.

김필영, 〈소비에트 중앙아시아 고려인 문학사(1937~1991)〉, 강남대학교 출판부, 2004.

르 차이님, 〈황금꽃〉(원제 : '黑花'), 난딩쩨쩨그 역, 도서출판 모시는 사람들, 2008.

윤정헌, 〈중아아시아 한인문학 연구〉, 《국제비교한국학회》 10권 1호, 국제한국 비교학회, 2002.

이광규 외, 〈재소한인 – 인류학적 접근 –〉, 집문당, 2005.

이명재 외, 〈억압과 망각, 그리고 디아스포라 – 구소련권 고려인 문학〉, 한국문화 사, 2004.

_____, 〈소련지역의 한글문학〉, 국학자료원, 2005.

李符永, 〈分析心理學〉, 一朝閣, 1984.

이상우, 〈소설의 이해와 작법〉, 月印, 1999.

_____·이선민, 〈욕망의 서사에 비친 우리들의 초상〉 월인, 2001.

장사선·우정권, 〈고려인 디아스포라 문학연구〉, 월인, 2005.

장윤익, 〈北方文學과 한국문학〉, 인문당, 1990.

鄭尙均, 〈韓國古代詩文學史〉, 한신문화사, 1984.

조남현, 〈小說原論〉, 고려원, 1987.

헬렌 피셔, 〈性의 계약〉, 박매영 옮김, 정신세계사, 1993.

Cleanth Brooks·Robert Penn Warren, 〈小說의 分析〉, 安東林 옮김, 현암사, 1985.

C. G 융, 〈意識의 뿌리에 관하여〉, 설영환 譯, 예문출판사, 1986.

_____, 〈무의식의 분석〉, 설영환 옮김, 선영사, 1995.

Damian Grant, 김종운 역, 〈리얼리즘 Realism〉, 서울대학교 출판부, 1981.

E. H. 카아, 길현모 역, 〈역사란 무엇인가〉, 탐구당, 1982.

Frye, Nothrop, *"Anatomy of Criticism"*, Prinston University Press, 1973.

Jean Paul Sartre, 김붕구 역, 〈문학이란 무엇인가〉, 문예출판사, 1977.

J. G 프레이저, 〈黃金의 가지〉, 김상일 역, 을유문화사, 1983.

Lilian R. Furst, 이상옥 역, 〈浪漫主義 Romantcism〉, 서울대학교 출판부, 1981.

Michel Ze'raffa, 이동렬 역, 〈小說과 社會〉, 문학과 지성사.

Neuman. E, *"The Great Mother"*, Princeton New Jersey : Princeton University Press, 1973.

Freud, S., 〈꿈의 解析〉, 張秉吉 譯, 을유문화사, 1983.

_____., 〈히스테리 연구〉, 김미리혜 옮김, 열린책들, 1997.

찾아보기

홍태식(洪泰植)

강원도 동해시(북평) 출생.
문학박사, 문학평론가, 수필가.
서울대학교 사범대학 국어교육과 졸업.
명지대학교 대학원 국어국문학과 졸업(현대소설 전공).
명지전문대학 명예교수.
한국문인협회 회원.
(사)유라시아문화포럼 이사장.
(전)명지전문대학 문예창작과 교수.
(전)서울시교원단체총연합회 회장.
(전)학교법인 한국전력학원 이사.

소설시학, 그 미로의 탐색

2014년 8월 25일 초판 1쇄 펴냄

지은이 홍태식
펴낸이 김흥국
펴낸곳 도서출판 보고사

책임편집 이순민
표지디자인 오동준

등록 1990년 12월 13일 제6-0429호
주소 서울특별시 성북구 보문동7가 11번지 2층
전화 922-5120~1(편집), 922-2246(영업)
팩스 922-6990
메일 kanapub3@naver.com
http://www.bogosabooks.co.kr

ISBN 979-11-5516-273-6 93810
ⓒ 홍태식, 2014

정가 24,000원

이 도서의 국립중앙도서관 출판시도서목록(CIP)은 서지정보유통지원시스템 홈페이지
(http://seoji.nl.go.kr)와 국가자료공동목록시스템(http://www.nl.go.kr/kolisnet)에
서 이용하실 수 있습니다.(CIP제어번호 : CIP2014022825)